平安朝漢文学鉤沈

三木雅博

和泉書院

序

日本の漢文学は、中国の古典文学と同じように漢字・漢文を用い、中国の文学を意識しながら、日本人が作り上げた文学である。中でも平安時代の漢文学は、『詩経』から始まり『文選』を経《へ》て、さらに『白氏文集』を含む中・晩唐の中国文学を吸収した上で、中国の文学作品と渡りあえる作品を生み出しており、日本漢文学史上の最初の画期となっている。しかもこの時代には、仮名という日本語を表記するための文字が普及し、仮名で書かれた日本語による和歌や物語などの文学も発達を遂げ、漢文学と仮名文学とが並行して行われるようになっていた。本書はこのように複雑な状況の下《もと》で作成された平安朝漢文学が持つ面白さを様々な視点から捉え、それらを一書に取りまとめたものである。

書名の「鉤沈」は、水中に潜む魚を求めて釣り針を水面下に沈めるというのが原義であろうが、『漢語大詞典』に「謂捜集与発掘資料、義理等」と説くように、書物の海の中から資料や論理を探し求め、一匹ずつ魚を釣り上げるように発掘・収集していく意で一般的に用いられている。『漢語大詞典』は、先の説明に続いて「一些輯逸書常以〈鉤沈〉為書名（いくつかの逸文を集めた書物は、〈鉤沈〉をもって書名としている）」と記し、「鉤沈」の用例として晋の楊方の『五経鉤沈』や魯迅の『古小説鉤沈』を掲げる。『五経鉤沈』は逸書であるが、『崇文総目』（北宋・王堯臣等奉勅撰）に「自謂鉤取五経之沈義（自ら五経の沈義を鉤取すと謂ふ）」とあるように、五経の中に潜《ひそ》んでいる問題のある箇所を抽出し考察を加えた書物であり、もう一つの『古小説鉤沈』は言わずと知れた魯迅の名著で、多くの古文献から古小説（志怪・伝奇の書）の逸文を博捜し、集成したものである。当初、本書の書名に「鉤沈」を用いようとしたのは、この魯迅の『古小説鉤沈』を意識したからであるが、本書のような論文集に「鉤沈」の語を用いてよいものか、いささか迷いがあった。しかし、台湾の劉正浩氏に『左海鉤沈』（台湾・三民出版、一九九七年初版。二〇一五年に東大出版社から二版刊行）という書物があり、その自序の、

這本小書、選集十篇単篇論文而成。是我多年来《左》海鉤沈的所得。有通論性的、也有専門性的。有白話的、也有文言的。各篇目仍存其旧、内文皆作了些許必要的修訂。為求内容的聯貫、不以発表的順序為先後。
（この小著は十篇の論文を集めて成った。これは私が長年《左伝》の海に釣り針を沈めて得たところである。論文には一般的なものもあれば、専門的なものもある。口語的なものもあれば、文語的なものもある。論文の題目は元のままであるが、内容にはすべて必要最低限度の修訂を施した。論文の内容の関連性を重視し、発表順序により論文を配列することはしない）

という記述から、長年『左伝』の海に釣り糸を垂れ、釣り上げられた様々な問題を論文にし、それを一書にまとめ上げた書物に対して「鉤沈」の語が用いられていることを知り、意を強くして本書にもこの語を用いることにした。というのも、本書に載録した論文は、輪読会や研究会での議論の中でふと興味を覚えた問題や、出版社から与えられた仕事の中で思いがけず遭遇した気になる問題を扱ったものが多く、長年にわたり平安朝漢文学という大海の中に当て処《あど》もなく釣り糸を垂れ、たまたま釣り針に引っかかってきたものを載録したという点で、「鉤沈」の語は本書にも適用できると思ったからである。付け加えれば、専門的な論文だけでなくやや一般的な内容のものも交じっていること、論文の題目は元のままに残しているが内容には必要最低限の修正を施したこと、発表年次に拘わらず関連する内容ごとに論文を集めて配列したことにおいても、本書は劉氏の著書と共通したものを持っている。

本書の構成であるが、次の五つのパートから成り、それぞれに二〜五篇の論考を収めている。

Ⅰ　平安朝漢文学と白詩圏の文学
Ⅱ　平安朝漢文学と中・晩唐文学
Ⅲ　詩と歌の交感
Ⅳ　菅原道真の文学活動
Ⅴ　幼学の世界と平安朝漢文学

中にはⅠ―4「平安朝における「劉白唱和集解」の享受をめぐって―文人たちの作品と『仲文章』―」のようにⅠとⅤの双方に関わるもの、Ⅱ―2「菅原道真の「端午日賦艾人」詩と唐人陳章の「艾人賦」―平安朝における唐代律賦受容の一端―」のようにⅡとⅣの双方に関わるものなど、内容が複数のパートに関わるものが幾篇も存在するが、内容的にどちらのパートにより多く関わっているかを勘案して配置している。またⅣ―2「「行春詞」札記―讃岐守菅原道真の国内巡視―」やⅣ―4「「舟行五事」札記」のように、論文というより作品の解読を中心としたものもあるが、これらも単に作品を読むだけではなく、Ⅳ―3「菅原道真「讃州客中詩」の形成と「詩人無用」論」と関わって、読解を行いながら作品の位置づけを行いたいという意図のもとにあえて載録した。

なお、各論考の末尾には、〔初出〕として、その論考が最初に掲載された書物または雑誌の書誌を記した。また、論考が公刊されてから本書刊行までに、当該論考に関係する注意すべき文献資料や論文が公刊されたり、参考にすべき意見等をいただいた場合は、必要に応じてそのことを〔補記〕に記した。なお、初出時にもともと「附記」「補記」等として末尾に置かれていた文章は、〔初出時附記〕としてそのまま残した。

また、本文および注における引用文献等の著者氏名については敬称を省略し、引用文献等の刊行年はすべて西暦に統一した。主な引用作品のうち、本文中に底本を示していない作品は、次のような文献に拠っている。

日本漢詩文

『懐風藻』『文華秀麗集』…岩波日本古典文学大系に拠る。『凌雲集』『経国集』…群書類従に拠るが、小島憲之『国風暗黒時代の文学』（塙書房）の「凌雲集詩注」「経国集詩注」により適宜本文を校訂した。『田氏家集』…小島憲之監修『田氏家集注』（和泉書院、一九九一―九四年）に拠る。『本朝文粋』…岩波新日本古典文学大系に拠る。

＊ただし訓読はすべて私に新たに施した。

和歌

『万葉集』…原文引用は塙書房刊『萬葉集　本文篇』、訳文引用は同『萬葉集　訳文篇』に拠る。勅撰集・私撰集…『国歌大観』に拠る。私家集…『私家集大成』に拠る。

＊ただし勅撰集・私撰集・私家集ともに底本の仮名表記を適宜漢字に改めたり、諸注釈書を参考に本文を改めたりした場合がある。

物語

『伊勢物語』…新潮日本古典文学集成に拠る。『源氏物語』…朝日日本古典全書による。

＊ただし底本の仮名表記を適宜漢字に改めた場合がある。

中国詩文

『文選』…嘉慶十四年刊重刻宋淳熙本李善注本に拠る。『白氏文集』…那波道円刊本に拠る。『白氏文集』以外の唐詩…『全唐詩』に拠る。

修士課程在学中に本書I―1に収めた「紀長谷雄の「山家秋歌」をめぐって―白詩享受の一端―」を初めて公《おおやけ》にしてから既に四十年近くが経《た》つ。この間に発表した平安朝漢文学関係の論考はそれなりの数にはなるが、前述のように一貫した研究テーマの下に書かれたものではなく、また勤務先の多忙も手伝って、それらを一書にまとめることには何かしら躊躇《ためらい》があった。今般、和泉書院の廣橋研三社長の勧めに後押しされ、思い切って「鉤沈」の書名のもとにそれらを取りまとめることができた。

冒頭に述べたように、複雑な状況の下に生み出されてきた平安朝漢文学には、まだまだ解明すべき謎が数多く隠されている。既に多くの言及がなされている著名な作品であっても、切り口によって、思いがけない新しい視野が開けてくるかもしれない。本書に載録した諸論考が、このような謎の一端を切り開き、新しい視野を提供する助けに少しでもなっているならば、望外の幸せである。残された時間があとどれだけあるのか心もとないが、焦らずに平安朝漢文学の蒼海に糸を垂れ、次の思いがけない釣果を待つことにしたい。

二〇一七年　丁酉の歳の年頭に

著者

目次

Ⅳ　菅原道真の文学活動

V 幼学の世界と平安朝漢文学

索　引

Ⅰ　平安朝漢文学と白詩圏の文学

1 紀長谷雄の「山家秋歌」をめぐって

——白詩享受の一端——

西暦八一五年、唐の年号でいえば元和十年、白楽天は四十四歳で江州の地に遷謫された。しかし彼はそれを機会に天下の名勝である廬山の香炉峯と遺愛寺との間の地に草堂を営み、彼地の美しい山水に囲まれた隠逸生活を多くの詩に詠んだ。こうした詩が『白氏文集』の巻七や十六・十七にまとまって収められている。後述する表㈠の後にあげた(a)〜(k)の各作品がその主なものであるが、今仮にこれらの詩をまとめて「白氏草堂詩」と呼ぶことにする。

以下その「白氏草堂詩」が平安時代前期の我が国でどの様に享受されたかを考えてみることによって、我が国の白詩享受の一端を窺ってみたい。

一、紀長谷雄「山家秋歌」と「草堂詩」

まず最初に宇多・醍醐朝の頃に活躍した紀長谷雄の「山家秋歌」について述べる。この詩は次に示す様に七言・七言・三言・三言・七言で一首となる「越調詩」[1]と呼ばれる変則的な形式の作品で、全体としては八首からなる連作である。

(1)一身漂泊厭二浮名一。試避二喧喧毀誉声一。秋水冷。暮山清。三間茅屋送二残生一。

(2)幽栖何事且営営。薬圃荒涼手自耕。渓水咽。嶺松驚。断腸媒介是秋声。

⑶空山幽静水潺湲。独臥二雲中一不レ限レ年。休二世夢一。断二塵縁一。苺苔唯展二坐禅筵一。

……（四首略）……

⑻寂寞山家秋晩暉。門前紅葉掃人稀。甘二長住一。誓二不帰一。只聴二泉声枕上飛一。

（本文は『岩波新日本古典文学大系　本朝文粋』による。漢字は現行字体に改めた）

川口久雄はこの詩の第一首の「三間茅屋」という語句を「白氏草堂詩」の中でも最も有名な「香炉峯下新卜二山居一。草堂初成。偶題二東壁一」（以下「香炉峯下詩」と略す）の首聯「五架三間新草堂」に基くものとし、更に後述する菅原道真の「僧房屛風図四首」の「閑居」にも「茅屋三間竹数竿」と、同じ首聯を踏まえた表現があるところから、「山家秋歌」も道真の作品同様に題画詩ではないかと類推した。[2]

ところが更に注意して「山家秋歌」と「香炉峯下詩」の両者を対比していくと、川口が指摘したものの他にも多くの類似表現がみられる。例えば「山家秋歌」第一首では先程の「三間茅屋」以外に、「一身漂泊厭二浮名一」の「浮名を厭ふ」が「香炉峯下詩」の「匡廬便是逃レ名地」の「名を逃る」を、「試避二喧喧毀誉声一」が同詩の「従レ茲耳界応二清浄一。免レ見二啾啾毀誉声一」を踏まえたものであり、また第三首の「独臥二雲中一不レ限レ年」の「雲中に臥す」も同詩の「已許二虎渓雲裏臥一」によったものである。更に「香炉峯下詩」以外の「白氏草堂詩」との係わりを調べてみると、例えば第一首の「三間茅屋」は川口氏指摘の「香炉峯下詩」の「五架三間新草堂」の他に、『白氏文集』巻十七「別二草堂一。三絶句」の「三間茅舎向レ山開」をも典拠として合わせて考慮すべきであり、第三首の「断二塵縁一」は巻十六「山居」詩の「塵事莫二相仍一」を踏まえていることが指摘できる。「山家秋歌」八首全体にわたりこうした影響の実例を調査して、「白氏草堂詩」との関連を示したものが次の表㈠である。

表㈠「山家秋歌」と「白氏草堂詩」

	山家秋歌	白氏草堂詩	
第一首	一身漂泊厭浮名	匡廬便是逃名地	(e)
	試避喧喧毀誉声	免見啾啾毀誉声	(e)
	三間茅屋送残生	架巌結茅宇	(a)
		見此心依然　如獲終老地	(e)
		五架三間新草堂	(e)
		司馬便是送老官	(e)
		三間茅舎向山開	(e)
第二首	幽栖何事且営営	年長識命分　心慵少営為	(c)
		留著伴幽棲	(j)
	薬圃荒涼手自耕	薬圃茶園為産業	(e)
	渓水咽　嶺松驚	偃亜長松樹　侵略小石渓	(j)
第三首	空山幽静水潺湲	其下無人居	(a)
		清流亦潺潺	(a)
	独臥雲中不限年	已許虎渓雲裏臥	(e)
	休世夢　断塵縁	世事従今口不言	(e)
		塵事莫相仍	(a)
	莓苔唯展坐禅筵	松房是我坐禅時	(f)
		与僧清影坐	(j)
第四首	卜居山水息心機	香炉峯下新卜山居……（詩題）	(e)
		喜入山林初息影	(e)
	不屑人間駮是非	不争龍尾道前行	(e)
	扃澗戸　掩松扉	雲生澗戸衣裳潤	(e)
第五首	秋鶴老　暮猿啼　結交留宿旧青渓	有時聚猿鳥	(a)
		野麋林鶴是交遊	(e)
第六首	門前秋水後秋山	架巌結茅宇	(a)
		草堂前開一池　養魚種荷…（詩題）…	(b)
	人不到　路難挙	攀蘿蹋危石　手足労俯仰	(d)
第七首	吾家嶺外枕江干	三間茅舎向山開　一帯山泉繞舎廻	(k)
	忘老至　計身安	四十至五十　正是退閒時	(c)
		心泰身寧是帰処	(e)
第八首	甘長住　誓不帰	心泰身寧是帰処　故郷可独在長安	(e)
		官途自此心長別	(e)
	只聴泉声枕上飛	何以洗我耳　屋頭落飛泉	(a)
		最愛一泉新引得	(e)
		山色泉声莫惆悵	(k)

〇白楽天詩句の出典

(a)香炉峯下新置二草堂一。即レ事詠レ懐、題二於石上一。　（『白氏文集』巻七）
(b)草堂前開二一池一。養レ魚種レ荷、日有二幽趣一。　（同前）
(c)白雲期。　（同前）
(d)登二香炉峯頂一。　（同前）
(e)香炉峯下新卜二山居一。草堂初成、偶題二東壁一。　（『白氏文集』巻十六）
(f)正月十五日夜東林寺学レ禅。偶懐二藍田楊主簿一、因呈二智禅師一。　（同前）
(g)臨レ水坐。　（同前）
(h)山居。　（同前）
(i)遺愛寺。　（同前）
(j)題二遺愛寺前渓松一。　（『白氏文集』巻十七）
(k)別二草堂一。三絶句。　（同前）

この表㈠によれば、「山家秋歌」の詩句の大半が(a)〜(k)までの「白氏草堂詩」各作品の語句を引用したり、詩想を踏まえたりしていることがわかる。

二、菅原道真の「僧房屛風図」詩と「白氏草堂詩」

これと同じ現象が先程述べた菅原道真の「僧房屛風図　閑居」詩においても見られる。「山家秋歌」の場合同様に「白氏草堂詩」との関連を示したのが次の表㈡である。

表(二)　道真「閑居」詩と「白氏草堂詩」

閑　居（『菅家文草』巻四・三二一）
茅屋三間竹数竿
便宜依レ水此生安
疎畦種レ黍纔収得
殊恨余年不レ棄レ食
（岩波日本古典文学大系本による）

菅原道真「閑居」	白氏草堂詩
茅屋三間竹数竿	五架三間新草堂 (e) 払レ窓斜竹不レ成レ行 (e) 三間茅舎向レ山開 (k)
便宜依レ水此生安	最愛一泉新引得 (k) 心泰身寧是帰処 (e) 一帯山泉繞レ舎廻 (k)
疎畦種黍纔収得	薬圃茶園為産業 (e)

この様に七言絶句一首の四句のうち三句にまで「草堂詩」との係わりを求めることができる。特に承句の「便宜依レ水此生安」などはこの句自体では意味が不明瞭であるが、泉水を愛してわざわざ自分の草堂にまで引き入れて、文字通り「潤い」のある生活を送るという白楽天の心情によったと考えれば理解できる。この様に「山家秋歌」と「僧房屏風図　閑居」とは川口が指摘した「三間茅屋」だけにとどまらず、両者とも「白氏草堂詩」——特に(e)の「香炉峯下詩」を中心とした——の表現をほぼ全体にわたり引用していることが明らかである。

三、宇多・醍醐朝以前の「白氏草堂詩」享受

ところで「山家秋歌」は「山家」、道真の「僧房屏風図」は「閑居」を題材にしており、宇多・醍醐朝の詩人達はこの様な題材を扱う時には白楽天の香炉峯下での草堂生活を念頭に置く傾向があったことがわかるが、こうした

傾向は遡れば嵯峨帝の御製にまで求め得るのではないか。

① 江頭春暁。一首。御製（『文華秀麗集』上・遊覧）

江頭亭子人事睽。ⓐ欹レ枕唯聞二古戍鶏一。ⓑ雲気湿レ衣知レ近レ岫

………（略）………

（岩波日本古典文学大系本による）

② 山居驟筆。一首。太上天皇（『経国集』巻十三・雑詠三）

孤雲秋色暮蕭条。魚鳥清機復寥々。ⓐ欹レ枕山風空粛殺。ⓒ横レ琴渓月自逍遥………（略）………（群書類従本による）

小島憲之は①②の傍線部ⓐの「欹枕」について、まず中唐詩人李端・武元衡・権徳輿の詩の用例をあげ「「欹枕」の語が恐らく始めて中唐詩に出現することからみてその若干の例をもつ権徳輿（元和頃の人。白居易よりも二十数年先輩）の詩の用法を嵯峨帝が学んだものとみなすことは時代的にみて可能であらう。しかし権徳輿の詩の伝来経路については未詳であり――『唐人撰唐詩』の中の彼の詩或は『日本国見在書目録』の彼の詩集名などすべてなし――果して嵯峨帝の目に触れたか否かは甚だ疑はしい」と述べ、続いて元稹・劉禹錫・白居易の用例をあげて三者の間の共通語として「欹枕」を考えた上で「従ってこの語の伝来を特に代表者として白居易とみなすことはあながち不当ではあるまい。……（略）……平安初期弘仁期ごろにはこの語が口頭などによって、伝へられてゐたのではなかったか」と述べている。[3] しかし小島も言及している様に、白楽天の「香炉峯下詩」は唐元和十二年（八一七）の作であり、弘仁九年（八一八）成立の『文華秀麗集』所収の①の詩とは最大に見積っても一年しか隔っていないことになり、白詩によったと断定するには危惧が抱かれるのである。

だがここで更に私見を述べれば、①の傍線部ⓑも同じ「香炉峯下詩」の「雲生二澗戸一衣裳潤」によったとも考えられ、また②に於て「欹枕」と対になっている傍線部ⓒも白楽天「草堂記」[4]の「堂中設二木榻四・素屏二・漆琴一張一」という記事などにみえる白氏の「琴を愛好した」事実を踏まえていると思われる。更に嵯峨帝には①の傍線

部ⓑ同様に、白詩の「雲生二澗戸一衣裳潤」によったと思われる語句を用いた詩がもう一首、先程の②の詩の直前にある。

③　山夜。一首。太上天皇

移レ居今夜薜蘿眠。夢裡山鶏報二暁天一。不レ覚ⓓ雲来衣暗湿。即知家近二深渓辺一。

これら三首の御製の傍線部ⓐⓑⓒⓓの表現を総合して考えれば、これらはやはり白楽天の「草堂詩」によったと考えられないであろうか。①の詩については伝来までの期間が短かすぎるものの、当時の権力者で漢文学の主宰者でもある嵯峨帝が何らかの方法で白楽天の著名な詩を聞き及んでいた可能性を考慮すれば、帝こそ「山居」や「山荘」の詩に「草堂詩」をとりいれた先駆者だったと推定することも可能になるのである。

この我が国の「山居」「山荘」の詩と「白氏草堂詩」の結びつきは、嵯峨帝の次の世代の都良香（承和元年（八三四）～元慶三年（八七九））の詩においても認められる。長徳年間（九九五～九九九）に紀斉名が撰録したといわれる『扶桑集』の現存する「隠逸部」（巻第七）に次の様な作が残っている。

④　旧隠詠レ懐。敬上二所天閣下一。都良香

不レ才多レ愧業猶難。好是山荘一挂レ冠。夜鶴眠驚松月苦。暁鼯飛落峡烟寒。ⓔ雲埋二澗戸一幽情積。ⓕ水隔二寰中一野生闌。学路蹉跎年暗擲。ⓖ更栽二籬竹一養二漁竿一。（群書類従本による）

傍線部ⓔは嵯峨帝の詩のⓑⓓ同様に「香炉峯下詩」の「雲生二澗戸一衣裳潤」を、ⓖも同詩の「石階桂柱竹編レ牆」を下敷にしていると思われる。またⓔと対になるところから傍線部ⓕの「水は寰中（俗世間の意）を隔てて」という表現も、二節で述べた菅原道真の詩の「便宜依レ水此生安」の句と同様に、「白氏草堂詩」の山泉に関する各詩句を踏まえてのものかもしれない。都良香の頃には文人達の多くは白楽天の詩文の全貌に接することが可能になっており、漸く白楽天の詩句を詩文作成の際の重要な素材としてとりあげる風潮が高まっていたと考えられる。[5] 嵯峨帝

が試みた「山居」「山荘」を題材とした詩への「白氏草堂詩」引用は、こうした風潮の中で文人達の間にも一般的な手法として受け入れられる様になっていったのではないか。

四、道真・長谷雄の作品における「白氏草堂詩」引用の特徴

こうした先行作品を踏襲しながら、初めに述べた紀長谷雄の「山家秋歌」や菅原道真の「僧房屏風図。閑居」も「白氏草堂詩」の表現や詩句を引用しているのであるが、この両者の「白氏草堂詩」の引用方法は先行作品のそれと比べて少々異なる様に思われる。

先行作品①～④の傍線部ⓐ～ⓖに引用された「白氏草堂詩」は、その作品を構成する素材の一つとして断章的に引用されるにとどまっている。例えば④の詩の「ⓖ更栽籬竹養漁竿」という句に於て、ⓖは「白氏草堂詩」によった表現であるが、この部分はその後の「漁竿を養はん」という作者の意志を述べた部分を修飾する為の働きをしている。即ち「学問も行き詰ってきたし、白楽天の様に山荘の桓根に竹でも植えて、それを養って釣竿にしたい。〈そして中国で古くから隠者の代表として親しまれている「漁父」の様に気ままな生活を送りたい〉」という具合に、作者は「白氏草堂詩」の詩句〈竹編レ牆〉を巧みに自分の述べたい事柄〈漁父〉に関係づけて、文脈に取りこんでしまうのである。これは中国の多くの典籍にみえる様々な故事や表現の中から自分の詠もうとする事柄に関連するものを集めてきて、それらを一つのまとまった意味のある詩文に組み立ててしまうという日本漢詩文の一般的な手法に則って「白氏草堂詩」を引用したもので、他のⓐ～ⓕの引用方法もこれに準じたものといえよう。これらの作品においては、いわば「白氏草堂詩」を「文飾」として利用する傾向が強いのである。

これに対して「山家秋歌」や「僧房屏風図。閑居」は既に表㈠・表㈡を中心にみてきた様に「白氏草堂詩」の詩

想や語句をほとんど作品の全体にわたって引用している。この二つの詩において「白氏草堂詩」は単に「文飾」として一部分に用いられるのではなくて、作品全体を形成する重要な素材として用いられていると考えられる。

一般の日本漢詩文の手法とは少し異なったこの二つの詩の「白氏草堂詩」引用は一体何を目的として行われたのであろうか。一節の冒頭に記した川口久雄の「「山家秋歌」も道真の「僧房屏風図。閑居」同様に題画詩ではないか」という類推を手がかりに考えてみたい。「僧房屏風図。閑居」は詩題から屏風詩とわかるが、この「白氏草堂詩」を踏まえた詩を屏風に題することによって、屏風に描かれた「閑居」の図柄は白楽天の香炉峯下の草堂の生活になぞらえられたものであり、「便宜水に依りて此の生安らかなり」とその心情を詠まれている画中の隠者は白楽天を模したものであるとする作者道真の屏風図に対する一つの解釈を、屏風の鑑賞者達は容易に察知することができたと思われる。つまり「閑居」の図を白楽天の草堂にみたてる為に、道真はこの四句から成る詩の三句にまで「白氏草堂詩」を引用したのではないか。同時代の歌人伊勢が「長恨歌」の世界を十首の和歌に再構成して「長恨歌」に基く屏風絵の絵解きを行った様に、(6)道真は「白氏草堂詩」の世界を七言絶句一首に再構成して「閑居」の屏風絵の絵解きを行ったのである。

紀長谷雄の「山家秋歌」も、この道真の屏風詩同様に「草堂詩」の世界の再構成を試みたものであることは既述の通りである。唯、その際に道真の作品が「七言絶句」という一般的な形式を用いたのに対して、「山家秋歌」は最初に述べた様に変則的でしかも押韻に関しても難しい規則のある「越調」(7)という形式を用いており、更に八首からなる長編の連作である。従って「山家秋歌」の方が形式的にはより複雑に、量的にはより大規模に「草堂詩」の世界を再構成しようとしているということもできる。この様に道真の屏風詩と同様の手法を用い、更にその手法を推し進めようとしているところから、「山家秋歌」も屏風詩、もしくはこういう屏風詩の手法を用いて作られた「山家の秋」という題による題詠詩ではないかと推定することが可能になる。

屏風詩や題詠詩というものは、描かれた屏風の図柄や出された題に対してどの様な「意味づけ」を行うかが作者の腕の見せどころであり、作品を鑑賞する人々にとっても重大な関心事であったと思われるが、「閑居」や「山家」という題材に対して、当時の代表的な詩人菅原道真や紀長谷雄が白楽天の「草堂詩」をもち出してくる背景には、作者側のみならず鑑賞者側の一般の権門貴族の間にも「閑居」「山家」という題材があれば白楽天の香炉峰下の草堂を想い浮べる、という程にまで「草堂詩」が普及していたことが考えられる。

家永三郎『上代倭絵全史』（墨水書房、一九六六年）によると、既述の「長恨歌屏風」をはじめ『白氏文集』中の諸作品を屏風絵に仕立てたものがこの頃から貴族の間で流行していたことがわかるのであるが、[8]『白氏文集』の中でも中国屈指の名勝「廬山」の好風景を所々に詠みこんだ「草堂詩」などは、物語性の強い「長恨歌」と並んで屏風の恰好の素材だったと思われる。そしてこうした「白氏草堂詩」に基く屏風が、「山家」「閑居」などの屏風絵に影響を与えると共に「白氏草堂詩」自体の普及に一役かっていたを考えるならば、道真が詩を題した「閑居」の屏風の図柄も「白氏草堂詩」を絵画化したものの一つであったかもしれない。[9]更に、もし「山家秋歌」が屏風詩である場合には、その屏風の図柄もやはり「白氏草堂詩」の影響を受けたものであったと考えられる。

五、「山家秋歌」と『古今集』の和歌

四節で「山家秋歌」は「白氏草堂詩」の世界を再構成しようとしたものであると述べたが、その再構成は全部が全部白楽天の原作に基いてなされているわけではない。「白氏草堂詩」には「平生無レ所レ好。見レ此心依然」(a)[10]、「傲然意自足　箕踞於二其間一　興酣仰レ天歌」(a)、「喜入二山林一初息レ影」(e)などの様に「山居」の喜びを歌い、また転任の辞令を受けて草堂を去る時も「身出二草堂一心不レ出」(k)、「三年官満却帰来」(k)と草堂への並々ならぬ愛着を

歌っている。これらの喜びや愛着の裏には自分を追い出した中央への憤りが秘められていると思われるが、ともかく表面上は草堂生活の楽しさを白楽天はよく詩に詠む。

ところが「山家秋歌」には世の喧しさを避けた隠逸の士の孤独で高雅な生活は描かれているが、白楽天の様に「山居」の喜びや楽しみ、住居への愛着を積極的に表現した詩句は見当らない。むしろ、

（イ）渓水咽、嶺松驚。断腸媒介是秋声。（第二首　三・四句）

（ロ）寂寞山家秋晩暉。門前紅葉掃人稀。（第八首　一・二句）

と述べられている様に「山居」の寂しさを強調した表現が目につく。また「山居」の決意にしても、

（ハ）甘二長住一　誓二不帰一。（第八首　三句）

と非常に歯切れの悪い消極的なものである。この様に、大部分「白氏草堂詩」によりながらも「山家秋歌」ではそこに歌われていた「山居の喜び」は除かれ、代わりに「山居の寂しさ」を感じさせる表現が所々に現われる。

そしてこれらの表現と同様の発想による表現を『古今集』の和歌の中に見いだすことができる。

例えば（イ）の詩句と次の和歌を対比してみよう。

　これさだのみこの家の歌合のうた

214 山里は秋こそことにわびしけれ　鹿の鳴く音に目をさましつつ　（秋上　忠岑）

漢詩の「渓流の水音、嶺の松の嵐の音」と和歌の「鹿の鳴く音」との違いはあるが、共に秋の風物の音に寄せて「山居」の寂しさを歌うという共通の発想がみられる。

また、（ロ）の詩句に関しては次の和歌があげられる。

287 秋はきぬ紅葉はやどにふりしきぬ　道ふみわけてとふ人はなし　（秋下　詠み人知らず）

この歌には「山居」を直接表わす言葉は見えないが、「道ふみわけて」等の表現からもやはり寂しい山の住まい

を歌ったものと考えてよいのではないか。松田武夫も和歌の配列の上からこの歌を「閑居の宿」を詠んだものと見ている。(11) そしてこの歌も「紅葉が道を埋める、尋ねる人もない」という（ロ）の詩句に共通した表現をとっていて発想の類似を感じさせる。

更に（ハ）の詩句についても、

944山里はもののわびしきことこそあれ　世のうきよりは住みよかりけり　（雑下　詠み人知らず）

の様に、「寂しいけれど仕方がない。俗世間よりはましだからこの山里に住もう」という共通の発想をもった和歌の存在を指摘できる。

以上の如く「山家秋歌」には、「白氏草堂詩」の世界を再構成しながらもその原作の随所にみられる「山居の喜び」は全く歌われず、逆に『古今集』の「山里」と同じ「山居の寂しさ」が歌われている箇所が存在するのである。『古今集』中において、「山里」という言葉を詠みこんだ和歌は先程あげた214番・944番を含めて全部で七首あるが、これらの和歌には「「わびし」「ものうし」などの語で象徴される寂寥」や「「見る人もなし」「とふ人もなし」「人目もかれぬ」「住む人さへ思ひ消ゆ」などで表象される孤独・孤絶」が一貫して存在することが小野谷照彦により指摘されている。(12)

こうした「山里」の意識は我が国において『古今集』以前から存在してきたものと思われる。『万葉集』を例にとれば、大伴家持は、藤原広嗣の乱の直後急遽平城京から遷都された、都とは名ばかりの辺鄙な「恭仁宮」において、「久堅之《ひさかたの》　雨之《あめの》落日《ふるひ》乎《を》　直独《ただひとり》　山辺《やまへ》尓《に》居者《をれば》　欝《いぶせ》有来《かりけり》」（七六九）「山妣《やまび》姑《こ》乃《の》　相《あひ》響《とよむ》左右《まで》　妻恋尓《つまごひに》　鹿《か》鳴《なく》山辺《やまへ》尓《に》　独耳為《ひとりのみし》手《て》」（一六〇二）と「山住まい」を余儀なくされた寂しさを詠んでいるが、これらの家持の和歌などに『古今集』の「山里」に通じるものを見い出すことはできないだろうか。

平安朝になると「山」は俗世を捨てた人々の住む所として意識される。空海は「入レ山興」(13)という長編詩において「山」で生活することを勧めるが、それは即ちその詩の結びに「三界火宅の裏に焼くること莫れ。斗藪して早く法身の里に入れ」とある様に「俗世の生活を捨てて出家せよ」ということであり、『伊勢物語』102段に「貴なる女の尼になりて世の中を思ひうんじて、京にもあらず、はるかなる山里に住みけり」とあるものやはり出家した者が住む場所としての「山里」の例である。

上代から平安朝初期に至るこうした「山」に対する人々の意識を反映して『古今集』の「山里」の持つ「寂寥感」や「孤絶感」が存在すると思われる。そして「山家秋歌」にもやはりこの意識の反映が認められるのである。

六、『白氏文集』の和様化

我が国の漢詩文においても「山住まい」は初めから「寂寥」「孤絶」という意識でとらえられていたのであろうか。

上代人の漢詩を集めた『懐風藻』に「山家」の例がみえる。長屋王の邸宅の宴に招かれた百済公《くだらのきみ》和麻呂《やまとまろ》の「初春於二佐僕射長王宅一讌」詩の「鶉衣追二野坐一。鶴蓋入二山家一――鶴蓋（鶴の羽の蓋をつけた貴人の車）が山家（長屋王の邸宅を指す）に入る――」という一節であるが、この「山家に入る」という表現は初唐の有名な詩人陳子昂（六六一～七〇二）の「晦日宴二高氏林亭一」（『全唐詩』巻八十四）の冒頭の「尋レ春遊二上路一。追レ宴入二山家一」を学んだものと思われる。語句の一致のみならず詩の題材も酷似しているからである。貴人が山間の別邸に文人達を集めて詩宴を催すことは中国東晋の王羲之の有名な「蘭亭」の宴に端を発し、陳子昂が招かれた高氏の林亭の宴にもその流れが受け継がれているが、こうした風流な行事が遣唐使等を介して日本にもたらされた結果、長屋王の宴なども行われたものであろう。この和麻呂の詩において「山家」は詩宴を催す風流な場所（別荘）であり、「寂寥」「孤絶」という語感は認められない。

三節で述べた嵯峨帝の三首の詩も、帝の別荘である山崎離宮や嵯峨の山荘への遊覧の際のもので、詩の詠まれた状況は『懐風藻』の和麻呂の詩と大きな相違はないと思われる。しかし、その内容は和麻呂の詩と異なり「山居」の閑静な雰囲気を描写しようと努めている。更にその後の都良香の詩は「俗世間から逃れ気ままな生活を送りたい」という個人の感慨を述べることを目的としていて、詩の詠まれた状況は前述の諸作品とかなり異なっている。従って「文飾」としての「白氏草堂詩」の引用も、嵯峨帝の詩では「山居」の雰囲気をかもし出す目的で行われているが、都良香の詩では雰囲気を出す為ばかりでなく、原作の持つ「俗世間からの逃避意識」をも加えて引用されたものと考えられる。しかしこれらの作品にも「寂寥」「孤絶」をはっきり詠んだ語句は見えない。

紀長谷雄の「山家秋歌」も個人の感慨を述べる形で書かれている。この感慨を作者の個人の感慨と反映とみることも可能であるが[14]、既述の様にこの詩を題画詩もしくは題詠詩とすれば、やはり白楽天を模した「山家の住人」の感慨を詠んだものとして考えるのが隠当ではないか。この詩において「白氏草堂詩」は「文飾」としてではなく、作品を形成する上での重要な素材として用いられていることも既に述べたが、「白氏草堂詩」の引用という面では先の都良香の詩よりも一段と進んだ段階にあるということができる。

ところが、この詩には五節で述べた如く「白氏草堂詩」の「山居の喜び」の面は詠まれず、代わりに『古今集』の「山里」を詠んだ和歌と同じ発想による「寂寥感・孤独感」を持った語句が所々に挿入されている。そしてその「山里」の持つ「寂寥感・孤絶感」は我が国の和歌の世界において以前から形成されてきたものであった。

つまり、こうした我が国の「山居」に対する意識を反映させながら、「白氏草堂詩」の世界の再構成を試みたのが、紀長谷雄の「山家秋歌」であるといえる。そこには語法や用語において見られる「和習（和臭）」とは違った意味で「和様化」された『白氏文集』の世界の出現を指摘し得る。それは白楽天個人の積極的な主張や感情を払拭して――もちろん題材に合わない場合に限られるが――、当時の日本の貴族達の脳裏にあった題材に対する普遍的なイメージ――例えば「山家」なら「寂寥・孤絶」――によって作り換えられた世界である。

「山家秋歌」の作られた宇多・醍醐朝の頃になると、和歌に漢詩文の発想が積極的に取り入れられる様になることは夙《つと》に指摘されているところであるが、漢詩文にもまた、我が国の貴族達の意識や発想によって、中国の漢詩文とは質が変わった部分が少なからず存在すると思われる。そして宇多・醍醐朝以後の漢詩文の享受は――『白氏文集』の場合など特に――こうした「和様化」された理解に基いて行われていると考えられる面が多分にあるのだが、この問題については改めて考えてみたい。

注

(1) 松浦友久「『越調詩』に関する二・三の問題―唐代新声の残したもの―」(『日本上代漢詩文論考　松浦友久著作選Ⅲ』〈研文出版、二〇〇四年〉所収)参照。

(2) 『三訂平安朝日本漢文学史の研究(上)』(明治書院、一九七五年)第九章第一節「紀長谷雄の作品とその特質」。

(3) 『国風暗黒時代の文学(中上)』(塙書房、一九七三年)第一章第一節の(2)「白詩の投影」。

(4) 『白氏文集』巻第四十三。

(5) 金子彦二郎『増補版平安時代文学と白氏文集―句題和歌・千載佳句研究篇―』(藝林舍、一九七七年)第二章第四節の(一)「和文の思藻と白氏文集」の(二)「白詩の摂取醇化と文学者の理念・態度」、本書Ⅰ―3「平安朝文人と『白氏文集』―どう向きあい、どう用いたか―」参照。

(6) 『伊勢集』に「長恨歌の屏風を亭子院のみかとかゝせたまひて、その所〳〵よませたまひける」として十首の和歌が記されている。

(7) 注(1)論文に詳しく述べられているが、「山家秋歌」もこの押韻規則を忠実に守っている。

（8） 第一章㈡「唐絵の種類と内容」の「文集屛風」「楽府屛風」「唱和屛風」の解説参照。
（9） 同前家永著書、菅原道真の「讃岐旅館松下道士屛風図」の解説に、「この画屛の六題、独坐、閑行、飲茶、弾琴、用筆、採薬の内松下弾琴はこれ亦白楽天の詩材となって居り（後集巻八松下琴贈客）」と述べられているが、この図柄も「閑居」屛風図と同様白詩の影響を受けたものの一例と考えられる。
（10） 以下(a)・(e)・(k)は共に表㈠左端にあげた詩題の記号である。
（11） 『古今集の構造に関する研究』（風間書房、一九六五年）第三章第三節「主題を中心にした九月の構造」。
（12） 「藤原公任の詠歌についての一考察―古今的美学の展開として―」（『東京学芸大学紀要』二十四集、一九七三年二月）
（13） 『性霊集』巻第一。『経国集』巻第十にも収められている。
（14） 後藤昭雄「紀長谷雄の『山家秋歌』について」（同『平安朝漢文学論考　補訂版』〈勉誠出版、二〇〇五年〉所収）。

〔初出〕『中古文学』第二十三号（中古文学会、一九七九年四月）に同題で掲載。

〔補記〕三節の、嵯峨帝の詩に白居易の「草堂詩」の影響があるかどうかという問題で、①の「江亭春興」詩の「雲気湿㆑衣」と③の「山夜」詩の「不㆑覚雲来衣暗湿」の「雲が衣を湿《うるお》す」という表現に、白居易「香炉峯下詩」の「雲生㆓澗戸㆒衣裳潤」句の影響があるのではないかと推定した。そこでも述べたように、「草堂詩」と嵯峨帝の作品とは年代的に非常に近接しており、嵯峨帝が本当に「草堂詩」を知り得たかどうかは微妙なところである。近年、中国の文献資料の電子化が進み、ウェブや電子媒体を利用した漢詩関係の用例検索が非常に便利になったが、これらを用いて検索しても、白居易以前の初唐・盛唐詩や六朝以前の詩の山居や山中の描写に、「雲が衣を潤《うるお》す（湿す）」という表現は見出せていない。管見に入っていない白居易以前の詩にこのような表現が存在し、嵯峨帝がそれを利用した可能性はなお存在するが、現時点では、この箇所の記述はこのままにしておきたい。

2 嶋田忠臣と白詩

はじめに

嶋田忠臣は天長五年（八二八）に生まれ、寛平四年（八九二）に没した。[1] 彼の出生の前年には、平安初頭の「漢風賛美」の文学思潮を象徴する勅撰三漢詩集の最後を飾り、嵯峨・淳和朝以前の漢文学を集大成した『経国集』が編纂されている。忠臣の少年期から青年期は、ちょうど承和年間（八三四―八四七）に当り、この時期は日本の漢文学史上の一つの大きな転換期でもあった。

まず、承和七年（八四〇）には淳和上皇が、そして承和九年（八四二）には、自ら漢詩作者として前述の平安初頭の漢詩文全盛の時代を出現させ、その主宰者として活躍してきた嵯峨上皇が、相次いで崩御した。この二人の帝王の崩御により、帝が詩を率先して詠じ、臣下もまたこれに奉和するという、平安初期の漢文学を支えていた基本的な場のあり方が、大きく変化せざるをえないようになった。以後、天皇自身が漢詩文の製作者として、漢文学の世界のイニシァティブをとっていくということは原則としてなくなり、公の場での漢文学の作成は、天皇や皇族、また藤原氏をはじめとする貴顕の命令や依頼に応じ、専門的な技能を有する文人がこれを行うという形に変わっていく。

また、このような漢文学を取り巻く環境の変化と同時に、漢文学の内容にも大きな変化をもたらす出来事が、この時期に生じていた。すなわち当時中国で「元白」と称され非常に愛好されていた、元稹そして白居易の詩文が日本にもたらされたのである。この承和期における白詩の将来については、特に記録にとどめられたものだけでも、承和五年（八三八）の太宰少弐藤原岳守による唐人貨物中から見いだされた「元白詩筆」の献上、承和十四年（八四七）の留学僧恵蕚による南禅院本『白氏文集』の書写本将来と、まとまった分量の白詩が日本にもたらされたことが確実となるのが、この時代なのである。

嵯峨帝がその生前に何篇かの白詩にふれていたことについては、既に論じられているが(2)、帝の時代には、白居易自身の手で組織的に編集された『白氏文集』の全体を、すみずみまで熟読して自らの詩作に利用するということは、まだ無理であったのではあるまいか。嵯峨帝より十五歳年少で仁寿二年（八五二）に没した小野篁あたりになると、『白氏文集』全巻を手にしていた可能性はあるが(3)、現存する彼の作品が少ないために、彼が実際に白詩の全貌に接し得たかどうかを確かめるすべがない。さらに時代が下って、元慶三年（八七九）に四十九歳で没した都良香には「白楽天讃」（『都氏文集』巻三）が存し、その末尾に「集七十巻、尽《ことごと》く是れ黄金」の句があり、自らの詩文集にも、『白氏文集』を強く意識して『都氏文集』と命名しているところからみても、彼の頃には『白氏文集』――すなわち白居易の漢詩文の全体像――は、日本の文人にほぼ把握されていたと考えてよいと思う。だが、この都良香においても、実際に彼が『白氏文集』をどのように読み、どのように自らの作品に応用していたかということについては、小野篁の場合と同様に、その作品がほとんど現存していないために究明は困難である。

嶋田忠臣は、この都良香とほぼ同世代にあたる。忠臣にも「吟白舎人詩（白舎人詩を吟ず）」という詩があり、良香同様、彼も『白氏文集』により白居易の詩作を全体的に享受し、それに魅了されていたことは疑いあるまい(4)。そして幸いにも、忠臣には『田氏家集』全三巻、二百十余首もの詩が現存している。すなわち、これらの忠臣の詩を考察することにより、承和期の『白氏文集』将来から数十年を経過した時点で、日本の文人がどのように『白氏文集』を読み、自らの作品に応用していたかを詳細に知ることが可能となる。また、忠臣は、菅原道真や紀長谷雄らより一世代前の人であるため、『田氏家集』には道真の『菅家文草』や長谷雄の諸作品より時代的に遡る作品がとられており、白詩の利用を調査するためのまとまった現存資料としては、最も古い時期に属するものとして位置づけられるのである。ここに白詩との関係において忠臣が重視される理由があるように思われる。

『田氏家集』については、小島憲之の監修の下に『田氏家集注』という詳しい注釈が刊行され、[5]個々の詩における白詩の利用状況の一つ一つの事例については、この注釈にあたることにより、詳細に知ることができる状態が生まれている。本稿においては、『田氏家集注』で得られた個々の忠臣の詩における白詩の利用の調査の成果をもとに、忠臣における白詩の享受の特徴や具体的な方法について、若干述べてみたい。

一、「詩媒」

――嶋田忠臣における白詩享受のあり方――

まず、忠臣が白詩に対してどのように接していたかということを知るための恰好の資料として、前にあげた「吟白舎人詩」（『田氏家集』巻中）を、とりあえず見ていくことにしよう。この詩は元慶七年（八八三）の作と推定されている。[6]

坐吟臥詠翫詩媒　　坐して吟じ臥して詠じ詩媒を翫《もてあそ》ぶ
除却白家余不能　　白家を除《のぞ》き却《さ》れば余《のこ》りは能《た》へず
応是戊申年有子　　是れ戊申の年に子有りて

付於文集海東来　文集に付きて海東に来たるなるべし
〈唐太和戊申年白舎人始有男子。甲子与余同〉〈唐太和戊申の年、舎人始めて男子有り。甲子余と同じ〉
（〈 〉は忠臣の附した自注）

この詩には、白居易への深い思い入れや白居易の生涯に対する理解の一端などが窺え、いろいろと興味深い問題が蔵されているのだが、ここではまず「坐して吟じ臥して詠じ詩媒を翫ぶ」という起句に注目してみたい。忠臣は白居易の詩を吟詠しながら、それを「詩媒」として賞翫すると述べている。「詩媒」は『田氏家集』巻中の「継和渤海裴使頭見酬菅侍郎・紀典客行字詩（渤海の裴使頭の菅侍郎・紀典客に酬《むく》いらる行字詩に継和す）」詩にも「詩媒逐電激成章（詩媒は電を逐《お》ひて激《たちま》ちに章を成す）」と見え、「詩を創り出す媒体となるもの」というような意味を持つ語であろう[7]。つまり、忠臣は白楽天の詩を単に吟詠して楽しむだけの受身的な享受をしていたのではなく、自らの詩の創作のためのヒントとなる題材や素材、表現といったものを捜しながら、白詩を吟詠していたということが、この起句から窺えるのである。

そして承句では「白家を除き却れば余りは能へず（白居易以外の詩人の作品は詩媒として賞翫するに堪えない）」と述べ、自らの詩想をかきたてる源泉として、白詩が他の詩人にくらべ圧倒的に優位にあることを宣言している。その理由としては、忠臣自身は、この詩の転・結句で「自分はもしかしたら戊申の年に生まれたという白居易の子供であって、それが『白氏文集』と一緒に日本に渡ってきたのかもしれない」と述べており、自分の持っている感性や志向が、白居易のそれとまるで親子のように似通っているからだと説明している。しかし、それはあくまでもこの詩の中で忠臣がたまたま述べていることなのであって、忠臣が常に本気でこのように考えていたかどうかは不明であるし、また、後世の我々の視点からすれば、忠臣が白詩を自らの「詩媒」として愛読した理由を、忠臣と白居易の性格や志向の類似という個別的な現象としてかたづけてしまうことは到底できない。そこには「平安期の日本においてなぜ白詩がこれほどまでに愛読されたか」という大きな問題が横たわっており、忠臣における白詩偏愛も、この大きなテーマの一部として考えられなければならないのである。

従って、忠臣がなぜこれほどまで白詩を愛翫したかという問題は後考に譲ることにして、ここでは、忠臣にとって、白詩の享受とは、単なる読者としての受身の立場での享受ではなく、創作者の立場から白詩を自らの創作の糧として能動的に享受することであったことを、彼自身が自らの詩の中で語っているということに注目しておけばよいだろう。

それでは忠臣がどのように白詩を享受し、自らの作品の創作に白詩を「詩媒」として活用していたのかを、彼のいくつかの作品を例にとり、できるだけ具体的に見ていくことにしよう。

二、嶋田忠臣詩における白詩享受の実態（一）
――「禁中瞿麦花」「夏日納涼」詩の表現を通して――

『田氏家集』巻下に「禁中瞿麦花三十韻」という作品がある。この詩は寛平元年（八八九）に作られた応制詩だが、菅原道真の子息阿視は「時人之《これ》を重んず。故に奉る」という言葉と共に、讃岐にいる道真のもとにわざわざこの詩を書写し送っている。道真もこの詩に対し絶賛の意を表した詩を残しており（『菅家文草』巻四）、忠臣の詩の中でも代表作といって良い作品であろう。唐詩にもほとんど詩の題材として取り上げられたことのない「瞿麦《なでしこ》の花」を、忠臣は三十韻、全六十句という長編詩に詠み、禁中に移し植えられた瞿麦の花の美しさを、様々に角度を変えながら、それこそ持てるかぎりの表現を駆使して賞賛している。その六十句のほとんどの部分が二句づつの対句により構成されるが、以下に、これらの対句のうちから、忠臣の白詩の享受・利用の跡が克明にうかがわれるものを選んで、この詩の表現が成り立っていく過程を考察してみよう。

a　脆軟紅蘇蔕　脆《もろ》く軟《やはら》かき紅蘇の蔕《うてな》
　欹垂蠟紫房　欹《かたむ》き垂れたる蠟紫の房《はなぶさ》

瞿麦の花の「蔕（うてな）」や「房（はなぶさ）」を、「紅色の蘇芳」や「紫色の蠟」と形容するこれらの表現は、白詩の「翫半開花、贈皇甫郎中。八年寒食日、池東小楼上作（半開の花を翫《もてあそ》び、皇甫郎中に贈る。八年寒食の日、池東の小楼の上《ほとり》の作）」（巻六十四・三一一九）に、

勿訝春来晩　訝《いぶか》る勿《な》かれ春の来たることの晩《おそ》きを
無嫌花発遅　嫌ふ無かれ花の発《ひら》くことの遅きを
人憐全盛日　人は憐れむ全盛の日
我愛半開時　我は愛す半開の時
紫蠟粘為蔕　紫蠟《しらう》粘じて蔕《うてな》と為《な》り
紅蘇点作蕤　紅蘇点じて蕤《ずゐ》と作《な》る
……（以下略）……

とある、棒線部の対句の表現を、そのまま「瞿麦」の花を描く対句として活かしたものである（以下「禁中瞿麦花三十韻」詩の白居易・元稹詩の出典の指摘は、『田氏家集注』のこの詩の担当者である栗城順子の輪読会における発表資料にもとづく。小論は、栗城はじめ『田氏家集注』の輪読会のメンバーの労多い調査の成果のうえに成り立っている）。忠臣は「半開花」を詠んだこの白詩を吟詠しながら、「紫蠟」「紅蘇」を用いて花の色彩を描写したこの対句に注目し、自らが花を詩に詠む際の「詩媒」として心にとどめると同時に、おそらく我々がカードにメモするように簡冊か紙片にこの対句を「抄出」して記録しておいたのであろう。それが、この瞿麦花を題とする応制詩を作成するかなり

以前に、「白舎人詩を吟ず」詩で詠まれたような座臥しながらの吟詠の中で悠然と行われていたのか、あるいはこの詩を作成することになって慌ただしく抄出することになったのかは、今となっては定かではない。しかし、この応制詩のような長編詩を作成する場合などには、改めて与えられた題目に関係するような花を詠んだ詩に目を通して、使えそうな表現を抄出することは、有りえないことではあるまい。

　b坐対酡顔客　坐して対《むか》ふ酡顔《たがん》の客
　行随笑臉娘　行きて随ふ笑臉《ゑがほ》の娘　（「酡」、群書類従本「艶」、内閣本・島原松平本・『日本詩紀』により訂す）

この表現は、忠臣が白詩、そして元稹詩から得た「詩媒」を巧みに組み合わせて創り出したものとみられる。まず瞿麦の花を「酡顔の（酔って赤い顔をした）客人」と「娘」にそれぞれ喩《たと》えるのは元稹「紅芍薬」の、

芍薬綻紅綃　芍薬　紅の綃《きぬ》を綻《ほころ》ばす
巴籬織青瑣　巴の籬《まがき》に青瑣《せいさ》を織る
　　……（略）……
受露色低迷　露を受けて色は低迷す
向人嬌婀娜　人に向かひて嬌《こ》びて婀娜《あだ》たり
酡顔酔後泣　酡顔　酔ひて後に泣く
小女粧成坐　小女　粧《よそほ》ひ成りて坐す
　　……（以下略）……

の傍線部の対句によるものであるが、忠臣はさらに白居易の「草詞畢遇芍薬初開、因詠小謝紅薬当階翻詩。以為一句未尽其状、偶成十六韻（詞を草し畢《おは》りて芍薬の初めて開くに遇《あ》ひ、因《よ》りて小謝〈＝謝朓〉の紅薬階に当たりて翻《ひるがへ》る詩を詠ず。以為《おもへらく》一句未だ其の状を尽くさずと。偶《たまたま》十六韻を成す）」（巻十九・一二七四）に、

罷草紫泥詔　草《さう》を罷《や》む　紫泥の詔
起吟紅薬詩　起《た》ちて吟ず　紅薬の詩
詞頭封送後　詞頭　封送の後
花口坼開時　花口　坼《ひら》開く時
坐対鉤簾久　坐して対《むか》へば簾《すだれ》を鉤《かか》ぐること久し
行観歩履遅　行きて観《み》れば履《くつ》を歩むること遅し
……（以下略）……

とみえる、「坐して対《むか》ふ」「行きて観《み》る」（忠臣詩は「行きて随ふ」に変える）の対句をも自らの対句に取り込む。ここで、忠臣がこの対句を構成するのに用いた元稹詩・白詩がともに「芍薬」を題材にしている点に特に注意する必要があろう。忠臣は明らかにこれらの「芍薬」を題材にした複数の元白詩から対句単位で抄出してきた表現を、意図的に「瞿麦花」を描写する表現として、このbの対句に転用しているのである。

そのうえで忠臣は元稹「紅芍薬」詩では単に「少女」としているところを、「笑臉の娘」と変えているが、これはおそらく白詩の「裴常侍以題薔薇架十八韻見示。因広為三十韻以和之（裴常侍薔薇架に題する十八韻を以て示さる。因りて広めて三十韻と為《な》し以て之《これ》に和す）」（巻六十四・三〇七一）の、

託質依高架　質を託して高架に依り
攢華為小堂　華を攢《あつ》めて小堂に対《むか》ふ
晩開春去後　晩《おそ》く開く春去りて後
独秀院中央　独り院の中央に秀《ひい》づ
……（略）……

燕脂含笑臉　燕脂は笑臉を含み
蘇合裛衣香　蘇合は衣香を裛《つつ》む
……（略）……
風朝舞飛燕　風の朝に飛燕舞ひ
雨夜泣蕭娘　雨の夜に蕭娘泣く
……（以下略）……

の傍線部によったものであろう。花の咲く様を「咲（笑）」と表現することは多いが、「笑臉」と喩えた例はそれほど一般的ではない。また、「娘」は押韻の関係で用いられたのであろうが、この白詩の、夜の雨に濡れる薔薇の花の喩えに用いられた「蕭娘泣く」に示唆を受けたものと思われる。そして、この句の「泣く」から数句前に「笑臉」があるのに注目し、また元稹「紅芍薬」詩にも「酡顔酔後泣―小女粧成坐」と「酔っぱらいの泣き顔」と「少女」とを対照していたのに想を得て、この「笑臉の娘」という表現が生まれたのであろう。

このように「薔薇」を詠んだ白詩からは、忠臣は花の咲く様を「笑臉の娘」と表現するための「詩媒」を得、これを元稹の「紅芍薬」詩から得た「酡顔」と「少女」を組み合わせるという詩媒や、同じように「芍薬」を詠んだ白詩の対句から得られた「坐対」「行観」を対にするという詩媒と組合せ、もう一度練り直しながら、新たに「瞿麦花」詩の対句を構成していくのである。

c 薔薇嫌有刺　薔薇は刺《とげ》有るを嫌ひ
芍薬愧無光　芍薬は光無きを愧《は》づ
比喩心難到　比喩するに心到り難《がた》く
吟題手又忙　吟題するに手又た忙《いそがは》し

（「到」、諸本「剛」に作るがこれでは韻字になってしまう。意により改める）

「禁中瞿麦花　三十韻」詩の末尾の直前の部分であるが、最初の二句のように、「瞿麦」とライバルの関係にある他の植物を持ち出し、その難点をあげつらって瞿麦の優位を賞賛する手法は、やはり前出の白詩「裴常侍以題薔薇架十八韻見示。因広為三十韻以和之」で「……（以下略）……」とした部分、

桃李慙無語　桃李は語無きを慙《は》づ
芝蘭譲不芳　芝蘭は芳《かんば》しからざることを譲《ゆづ》る
山榴何細砕　山榴は何ぞ細かく砕けたる
石竹苦尋常　石竹は苦《はなは》だ尋常なり

の、桃李や芝蘭、山榴、石竹の欠点を挙げて薔薇の優位を際立たせる趣向にもとづいたものであろう。また三句目の「比喩するに心到り難く」という表現は、これも前出の白詩「草詞畢遇芍薬初開、因詠小謝紅薬当階翻詩。以為一句未尽其状。偶成十六韻」の、

周廻看未足　周廻するに看《み》れども足らず
比喩語難為　比喩するに語為《な》し難《がた》し　（「比」、那波本「化」に誤る。宋本はじめ他の諸本により訂す）

を踏まえたものであろう。

ここまで見てくると、忠臣が「禁中瞿麦花三十韻」という長編の五言詩を作成するにあたっては、白居易の「草詞畢遇芍薬初開、因詠小謝紅薬当階翻詩。以為一句未尽其状。偶成十六韻」「裴常侍以題薔薇架十八韻見示。因広為三十韻以和之」という、二首の「芍薬」と「薔薇」を詠んだ長編の五言詩や、元稹の「紅芍薬」詩（この詩も十韻・二十句からなる長編の五言詩である）が、重要な「詩媒」の供給源となっていたことが明らかになってこよう。[8]

そして、それだけではなく、忠臣が「禁中瞿麦花」という応製詩を三十韻という長編の五言詩として作成しようと

した、その規範自体が、これらの元白詩——とりわけ薔薇を詠んだ三十韻の白詩——から得られたものであったことも、もはや明白であろう。忠臣が瞿麦を賛美するために「薔薇は刺《とげ》有るを嫌ひ　芍薬は光無きを愧《は》づ」と、この二つの花を引合いに出したのは、単なる偶然ではなく、これまであまり詩に詠まれたことのない瞿麦花を長編詩に詠むに当たって、忠臣がどのような花を詠んだ先行詩を念頭に置いていたかを、この詩の末尾近くになって彼自身が種明《たねあ》ししているかのように思われるのである。そしてこの二つの花の欠点をあげつらい瞿麦の優位を説くことの背後には、元白の薔薇・芍薬詩の表現を借りながら、それらに拮抗し、あわよくばそれらを乗り越えるものとして、漢詩という文学の形で「瞿麦花」を表現しようとした、忠臣の自負が見え隠れしているのではあるまいか。

この「禁中瞿麦歌」詩は、平安漢詩の中でも特に長編の部類に入る作品であったが、ごく短い詩においても、白詩を「詩媒」として、それに触発されて自らの詩を構成していった作品が、忠臣にはいくつも存する。『田氏家集』中巻の「夏日納涼」という絶句について見てみよう。

夏日閑居要竹樹　　夏日の閑居には　竹樹を要《もと》む
炎天暑服愛蕉紗　　炎天の暑服には　蕉紗を愛す
把来氷類飱三口　　氷類を把《と》り来《きた》りて三口飱《は》めば
不用珠門載一車　　珠門一車に載《の》すを用ゐず

この忠臣の「納涼」詩が作成されるにあたっては、次の「晩夏閑居、絶無賓客。欲尋夢得、先寄此詩（晩夏の閑居、絶えて賓客無し。夢得を尋ねんと欲し、先づ此の詩を寄す）」（巻六十七・三三六四）という白詩が大きく関与しているように思われる。

魚笋朝飱飽　　魚笋　朝飱に飽く
蕉紗暑服軽　　蕉紗　暑服軽し

欲為牕下寝　　牕下の寝を為《な》さんと欲し
先傍水辺行　　先づ水辺に傍《そ》ひて行く
……（以下略）……

「晩夏の閑居」を題材にしたこの白楽天詩を吟じていた忠臣は、その中の「蕉紗暑服軽」の一句に強く触発されて、「夏日の閑居」を冒頭に据え、「蕉紗」「暑服」という語句を用いた一句を置き、そこに自分なりに「竹榭」や「氷顆」といった風物を配して、自らの納涼詩を一首作り上げていったものと思われる（「氷顆を三口飡《は》む」という表現も「魚笋朝飡に飽く」という白詩句を意識して、忠臣なりの日本的な消夏法の表現に仕立てたものではなかろうか）。これは、俳諧になぞらえていえば、ある程度の長さをもつ白詩の中の一句を「発句」として、そこから忠臣なりに残りの句をつけていくというような作成法というように喩《たと》えられるであろう。

忠臣において白詩が創作の為に享受され、彼の詩の表現のために利用されていく具体的な過程を、この長・短二首の詩の例は、かなり鮮やかに示してくれているように思われる。忠臣の「吟白舎人詩」で述べられていた、白詩を「詩媒」として「翫《もてあそ》ぶ」とは、単なる愛好的賞翫をいうのではなく、彼にとっては、様々な題材について自らの詩想の「核」とすべき詩句を、そして表現をつかみとって抽出していく重要な作業であったことが、これらの例を通じて理解されるのではなかろうか。

三、嶋田忠臣詩における白詩享受の実態（二）

――新しい題材の発見――

このように、白詩を利用して自らの詩の表現を創りあげていくだけではなく、忠臣は作品の題材そのものについても、白詩から多くの新しいものを得て、自らその題材による詠作を試みている。

たとえば『田氏家集』には「八月十五夜宴月」「八月十五夜惜月」（以上巻上）、「八月十五夜宴。各言志。探得一字」（巻下）など仲秋の名月に関する詩がいくつかみえるが、現存の資料において、忠臣以前に仲秋の名月を詠んだ作品は存在しない。すなわち、忠臣は仲秋の名月を日本の文学に持ち込んだ最初の人ということになるのだが、この仲秋の名月は唐詩においても、盛唐の杜甫から詩に詠まれ始めた新しい題材であって(9)、忠臣は「華陽観八月十五日夜招友翫月」（巻十三・〇六二七）「仲秋月」（巻十六・〇九九三）「八月十五日夜同諸客翫月」（巻六十五・三一八二）などの仲秋の名月や宴を詠んだ白詩により、自らも十五夜の宴を設け、この日の月を詩に詠んだのである(10)。さらに忠臣は「十二月十五日夜対月」（巻下）と、師走の十五日の月をも詩題にとりあげているが、これも「酬夢得霜夜対月見懐（夢得の霜夜月に対《むか》ひて懐を見《あらは》すに酬《むく》ゆ）」（巻六十六・三二九一）などの冬の夜の月を詠んだ白詩や、「正月十五日夜月」（巻二十・一三九二）などの仲秋以外の十五日の月を詠んだ白詩に示唆を受けたものと考えられる。

歳時に関する題材といえば、『田氏家集』巻上に「三月晦日送春感題」という詩がある。上巻の詩がほぼ製作年次の順に配列されていることから、この詩はおそらく貞観三・四年（八六一―二）頃の作品と推定される。三月尽日の惜春の情を詠んだのも、日本では忠臣が最も早いのではないか。この忠臣詩の詩題も白詩の「三月三十日、題慈恩寺」（巻十三・〇六三一）「三月三十日作」（巻五十一・二二九〇）「三月晦日、晩聞鳥声」（巻六十四・三一三一）などの三月尽日を題材にした詩や、「送春帰」（巻十二・〇五九二）詩の詩題や詩中の「送春帰、三月尽日日暮時（春の帰るを送る、三月尽日日の暮るる時）」という句などに想を得たものであることは疑う余地が無い(11)。

また人事に関する題材として、特徴的なものをあげれば、『田氏家集』巻中の「落髪」が注目されよう。総じて忠臣以前の日本の漢詩には、自らの「老い」を直視して、肉体の衰えを題材にして詠んだ作品はほとんど見あたらない（和歌の世界でも、『万葉集』に山上憶良が「沈痾自哀文」や「老身重病経年辛苦及思児等歌（老いたる身に病を重ね、年を経て辛苦み、また児等を思ふ歌）」を残しているのが目につくが、その他には、忠臣以前の時代の和歌となると「老い」をとりあげた作品はあまりないようである）。忠臣は白詩の「歎髪落」（巻十三・〇六五七）「感髪落」（巻十四・〇七三六）「嗟髪落」（巻五十二・二二九六）などの詩に触発されて、自らの「老い」を正面から取り上げることを試みたのである。また詩の題ではないが、『田氏家集』巻中の「十非詩」という連作の中で、

玉珥金貂為寵耀
顔凋鬢白尽非栄

玉珥《ぎょくじ》金貂《きんてう》は寵耀《ちょうえう》為《た》れども
顔凋《おとろ》へ鬢白くしては尽《ことごと》く栄に非《あら》ず

（群書類従本「凋」「白」をそれぞれ「淵」「自」に誤る。島原松平本・『日本詩紀』により改める）

肉味菓珍為美食
脣焦歯落尽非甘

肉味菓珍は美食為《た》れども
脣焦《かは》き歯落ちては尽く甘に非ず

歌管舞粧為快楽
耳聾目暗尽非歓

歌管舞粧は快楽為《た》れども
耳聾《し》ひ目暗くしては尽く歓に非ず

と、年老いた自らの肉体の衰えた様子を様々に描写しているが、これも白詩の「和微之詩二十三首、其三」（巻五十二・二二五二）の「因循擲白日、積漸凋朱顔（因循として白日を擲《なげう》ち、漸を積みて朱顔凋《おとろ》ふ）」、「秋寒」（巻二十・一三二七）の「雪鬢年顔老　霜庭景氣秋（雪鬢年顔老い　霜庭景気秋なり）」、「自覚二首、其一」（巻十・〇四八三）の「前歳二毛生、今年一歯落（前歳二毛生じ、今年一歯落つ）」、「老題石泉（老いて石泉に題《しる》す）」（巻六十九・三五七三）に「漸恐耳聾兼眼暗　聴泉看石不分明（漸く恐る耳聾《し》ひ眼暗きを兼ぬることを　泉を聴《き》き石を看《み》れども分明ならず）」などと様々に綴られる「老い」の描写を、自らの「老い」の表現に引き移すことで可能となったもので、忠臣は「老

い」という現象が詩の題材となりうること、そして「老い」をどのように描写するかということを白詩から学びとり、日本の平安文学において「老い」というテーマを正面から題材にした先駆的存在となったのであった。

終わりに

紙幅の都合でこれ以上の実例を取り上げることはできないが、これまで述べてきたところからだけでも、忠臣は白詩から実に様々な詩の題材や表現を学びとっていたこと、そしてそれを積極的に自らの詩作に利用していたことが、具体的に理解していただけたと思う。ここで取り上げられなかった忠臣の他の多くの詩にも、無数の白詩が摂取されているわけであるが、それについては、初めにも述べた『田氏家集注』の個々の詩の注解を参照していただければ、ある程度その全貌を把握することが可能であろう。

だが、さらに重要なのは、忠臣の白詩享受の問題は、単に『田氏家集』として現存する忠臣の詩作の範囲内にとどまるものではない、という点である。忠臣が積極的に享受し、自らの詩に取り入れてきた白詩の題材や表現は、忠臣以後の平安朝の漢詩や和歌に、ただちに取り上げられていくのである。たとえば、忠臣とほぼ同世代人の在原業平〈天長二年〈八二五〉生〉は「弥生《やよひ》の晦日《つごもり》の日、雨の降りけるに、藤の花を折りて人に遣《つか》はしける」という状況の下で、

濡れつつぞしひて折りつる年の内に　春は幾日《いくか》もあらじと思へば

という歌を詠んでいる〈『古今集』春下・一三三、製作年時不明〉。これは前にあげた白詩の「三月尽日」の詩の影響を濃厚に受けた作品であるが、(12)この場合、業平がまったく独自に白詩の「三月尽日」の詩の世界を感じ取って和歌に詠みこんだというよりも、やはり忠臣が白詩の「三月尽日」を詩の題材に取り上げて「三月晦日送春感題」とい

う詩を作り上げたことが、業平に何らかの示唆を与えていた可能性が考えられよう。

忠臣が直接に詩の指導をした菅原道真には、当然のことながら忠臣が取り上げた白詩の題材（詩媒）を同じように詩に詠んだものが見受けられる。既に見てきたものに限っても、忠臣の「十二月十五日夜対月」に対して道真の「冬夜対月憶友人」（『菅家文草』巻四）「霜夜対月」（同巻五）、「三月晦日送春感題」に対して「春尽」（同巻三）「送春」（同巻五）、「落髪」に対して「白毛歎」（同巻四）などがあげられる。また忠臣は「禁中瞿麦花」を詠む際の「詩媒」として「薔薇」を題材にした白詩を用いたが、道真はこの「薔薇」を直接に詩の題材として取り上げている（「寛平七年、東宮寓直の次《ついで》に令《おほせ》有りて当時の廿物を取りて酉二刻より戌二刻に及び廿篇僅かに成る」のうちの一首「薔薇」「殿前の薔薇に感ず」〈ともに同巻五〉など）。

このように、忠臣が白詩から「詩媒」として感じ取り、自らの詩に詠みこんでいった題材や表現の多くは、同世代の業平や次世代の道真らの詩人・歌人に受け継がれ、たとえば、「十二月十五日の夜の月」などは、やがて平安中期の『源氏物語』（槿《あさがほ》巻）に、

時々につけても、人の心をうつすめる花紅葉の盛りよりも、冬の夜の澄める月に雪の光あひたる空こそ、あやしう色無きものの、身にしみて、この世のほかのことまで思ひ流され、おもしろさもあはれさも残らぬおりなれ。

とまで賛美されて取り上げられるにいたる。

忠臣は白詩を「詩媒」と呼び、自らの詩想の源泉としてこの上なく尊重したのであるが、こうした忠臣自身が、自らの詩の創作を通じて、結果的には白詩と忠臣以後の平安文学との「媒介」としての貴重な役割を果たしていたことになるのではないだろうか。嶋田忠臣の詩における白詩の享受について考える際に、我々は単なる忠臣詩の「典拠」として白詩をとらえるのではなく、このような視点からもう一度両者の関係を見直していく必要があると

思うのである。

注

（1）忠臣の生涯と事績については、金原理「嶋田忠臣伝考」（『平安朝漢詩文の研究』〈九州大学出版会、一九八一年〉所収）、蔵中スミ「島田忠臣年譜覚え書」（小島憲之監修『田氏家集注　巻之上』〈注5参照〉所収）を参照されたい。

（2）金子彦二郎『平安時代文学と白氏文集—道真の文学研究篇第一冊—』（藝林舎、一九七五年）の第二章「白氏文集渡来考」、小島憲之「漢語享受の一面—嵯峨御製を中心として—」（『龍谷大学論集』第四一〇号、一九七七年五月）など。この嵯峨帝や小野篁らの白詩享受の問題については津田潔「承和期前後と白氏文集」（『白居易研究講座　第三巻』〈勉誠出版、一九九三年〉所収）でも詳しく取り上げられている。

（3）篁の白詩享受については、注2にあげた金子の論の他に、藤原克己「小野篁—承和期の文人の一典型として—」（『和漢比較文学叢書3　中古文学と漢文学Ⅰ』〈汲古書院、一九八六年〉所収）などを参照。

（4）嶋田忠臣における白詩享受の問題を扱った先行論文に、金原理「嶋田忠臣と白詩」（注（1）所引著書に収録）があり、本稿もこの論考から多くの恩恵を受けている。

（5）『田氏家集注』巻之上・中・下は和泉書院より、それぞれ一九九一・九二年・九四年に刊行。

（6）注（1）に引用した蔵中スミ「島田忠臣年譜覚え書」による。

（7）「詩媒」は『大漢和辞典』や『佩文韻府』に項目として見えない語であり、また管見の限り中国の資料に例を見出し得ていない。ただし『佩文韻府』の「媒」の項目の末尾に附されている「対語」の項に「酒伴　詩媒」とあり、同じく「摘句」として「鶯花随処作詩媒」をあげることから、出典は示されていないものの中国でも用いられることのある語であることは確認できる（これらの語を対に用いた詩や摘句の出処はいまだに検出し得ない。諸賢の御教示を請う）。また、忠臣以後にも大江朝綱「夏夜於鴻臚館餞北客」詩序（『本朝文粋』巻九所収）に、「若非課詩媒而寛愁緒、携歓伯而緩悲端（若し詩媒を課して愁緒を寛《ゆる》うし、歓伯〈「酒」の異名〉を携へて悲端を緩うするに非ずんば）」

の例が存する（『田氏家集注　巻之中』の「吟白舎人詩」の「詩媒」の語注参照）。

（8）「禁中瞿麦花」詩において、元稹の「紅芍薬」詩が踏まえられている他の例として、「瞿麦花」詩の「晴霞初寸截、晩靄擬分將（晴霞初めて寸截す、晩靄分《わか》将たんとす）」の対が、「紅芍薬」詩の「晴霞畏欲散、晩日愁將墮（晴霞に畏れて散らんと欲す、晩日に愁ひて堕《お》ちんとす）」によっていることが、付け加えられる。

（9）吉川幸次郎「杜甫と月」（『吉川幸次郎全集　第十二巻　杜甫篇』〈筑摩書房、一九六七年〉所収）参照。

（10）注（4）の金原の論、ならびに『田氏家集注　巻之上』の「八月十五夜月に宴す」詩の詩題注参照。

（11）日本の文学における白詩の「三月尽日」の享受については、平岡武夫「三月尽―白氏歳時記」（『日本大学人文科学研究書紀要』十八号、一九七六年、後に『白居易　生涯と歳時記』〈朋友書店、一九九八年〉に収録）、小島憲之「四季語を通して―『尽日』の誕生―」（『国語国文』第四十六巻一号、一九七七年一月）を参照。

（12）片桐洋一「伊勢物語の本質とその背景―白詩との関係にふれつつ―」（『文学・語学』一〇五号、一九八五年五月、後に『伊勢物語の新研究』〈明治書院、一九八七年〉に収録）に論じられている。

〔初出〕『白居易研究講座　第三巻　日本における受容（韻文篇）』（勉誠出版、一九九三年）に同題で掲載。

〔補記〕「詩媒」については、中国文献資料に関する各種の電子媒体やWeb検索が発達しているので、それらを用いて用例調査を続けているが、注（7）で述べた段階から進展していない。

3 平安朝文人と『白氏文集』
——どう向きあい、どう用いたか——

一、東アジアにおける『白氏文集』の伝播と日本

一口に『白氏文集』というが、白居易自身、その生涯で何度も自分の詩文集の編纂を行っている。大きなものだけでも、

長慶四年（八二四）　「白氏長慶集」五十巻成る。
太和九年（八三五）　東林寺に「白氏文集」六十巻を献納。
開成元年（八三六）　聖善寺に「白氏文集」六十五巻を献納。
開成四年（八三九）　南禅院に「白氏文集」六十七巻を献納。
会昌二年（八四二）　「白氏文集」七十巻本成る。
会昌五年（八四五）　「白氏文集」七十五巻本成る。

と、精力的に何度も自身の「文集」の増補を繰り返している。

その「文集」は、中国だけでなく新羅・日本（そしておそらく渤海にも）など東アジア諸国に伝えられ、日本についていえば、

承和五年（八三八）、藤原岳守が太宰府の唐人貨物中に「元白詩筆」を得て天皇に奏上。

承和一一年（八四四）入唐僧恵《え》蕚《がく》、南禅院で「白氏文集」を書写。

承和一四年（八四七）の円仁の将来書の目録「入唐新求聖教目録」に「白家詩集六巻」あり。同年恵蕚帰朝。

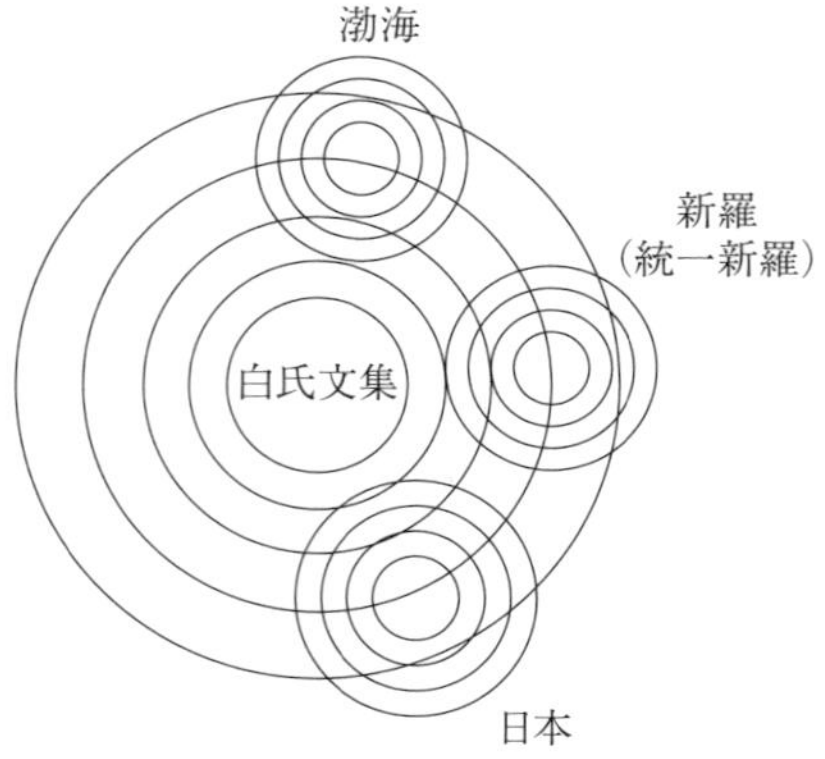

＊東アジアに伝播する『白氏文集』のイメージ

と、白居易の生前から何度にも渡って、彼の詩文集が様々なルートで持ち込まれている。さらに中国でも、北宋刊本・南宋刊本、明の馬元調刊本の刊行など、時代を経ても新しい『白氏文集』発信の波は止むことなく起き続け、また日本においてもこの波を受けて、平安、鎌倉、室町、江戸と時代時代に即した『白氏文集』の受容が行われ、そこから各時代ごとに新しい文芸が生み出されていく。おそらく朝鮮半島においても同様の流れが起きていたはずで、東アジアにおける『白氏文集』の伝播は、河の流れのように中国から東アジア各地に流れていくのではなく、波紋が拡がるように中国から何次にもわたって発信が行われ、その発信を受けて東アジア各地でも何次にもわたって新しい動きが湧き起こる、というイメージでとらえていくべきであろう。

本稿では、その最初の波が日本に届き、完本としての『白氏文集』の利用が可能となった九世紀後半の文人たちが、『白氏文集』をどのように受け入れ、どのように用いていったのかを、具体例に拠りながら考えてみたい。

二、平安朝文人による『白氏文集』耽読

一節で述べたように、承和五年（八三八）に藤原岳守が太宰府において「元白詩筆」を得て天皇に奏上したのが、日本における最も早い白居易詩文の伝来の記録であるが、これはその頃までに作られていた元稹・白居易両者の詩を取り合わせたもので、それほど大部なものではないと推察される。承和十四年（八四七）の円仁の「入唐新求聖教目録」の「白家詩集六巻」も、巻数から見て白居易詩のごく一部を選録したものであろうし、同年に帰朝した恵蕚が将来した南禅院献納本『白氏文集』の転写本も、はたして全巻を書写した完本であったかどうかは不明である。七十巻、最終形では七十五巻という大部な書物だけに、西暦八四〇年代に成立した『白氏文集』の完本が、同八五〇年頃までに日本にもたらされた可能性は、それほど高くないのではなかろうか。しかし、元慶三年（八七九）に四十九歳で没した都良香の「白楽天讃」（『都氏文集』巻三）に「集七十巻、尽《ことごと》く是れ黄金」の句が見えることから、西暦八七〇年頃には、都の文人たちの間では、『白氏文集』の完本を手にすることが可能になっていたと推測される。

　これを受けて、良香と同世代の文人、嶋田忠臣には「白舎人の詩を吟ず」（『田氏家集』巻中、元慶七年〈八八三〉）という詩があり、そこに、

坐吟臥詠翫詩媒　　坐して吟じ臥して詠じ詩媒を翫ぶ
除却白家余不能　　白家を除《のぞ》き却《さ》れば余《のこ》りは能《あた》はず

という句が見える。句中の「詩媒」は、自らの詩を創り出すための「媒《なかだち》」となるもの、の意で、「詩媒を翫ぶ」という章句からは、白居易の詩（白詩）をただ吟詠して楽しむだけの受身的な享受ではなく、忠臣が自らの詩の創作のために、詩作に使えそうな題材、表現、語句などを捜しながら吟詠していたことがよくわかる。

　また忠臣に詩作の指導を受け、自らも菅家廊下で後進の育成に当たった菅原道真も、国司として讃岐に赴任した際の「客舎の書籍」（『菅家文草』巻四・二五九、仁和四年〈八八八〉）という詩の中で次のように記している。

謳吟白氏新篇籍　　謳吟す白氏の新篇籍
講授班家旧史書　　講授す班家の旧史書

ここでは『白氏文集』を、「班家の旧史書」（＝班固の『漢書』）と対にして「白氏の新篇籍」と表現しており、道真は白居易のこの新しい詩文集を、はるばる遠い讃岐まで携行していた。忠臣詩にも「坐吟臥詠」と記されていたが、ここでも「謳吟」とあるのが注意される。道真も忠臣同様、白詩を吟詠しながら賞翫していたことがうかがえる句である。道真の場合、白詩の吟詠は、意に染まない国司の仕事の中での息抜きとしてなされていたのであろうが、単なる気分転換のためだけではなく、忠臣同様に、自らの詩作に活かせる語句や表現を捜しながら吟誦を行っていたことは、十分考えられる。

三、〈詩媒〉の獲得と実作への応用

それでは忠臣や道真は、白詩（そして元稹詩）をどのように〈詩媒〉として利用していたのか、それを非常によくわかる形で私たちに見せてくれているのが、嶋田忠臣の「禁中瞿麦花三十韻」（『田氏家集』巻下）における瞿麦《なでしこ》の花の描写である。この詩は寛平元年（八八九）の応製詩で、中国の詩にほとんど取り上げられない「瞿麦」を詠んだ、三十韻・六十句からなる長篇詩である。当時宮中で大評判になり、道真の息子がわざわざ書写して讃岐に居た道真に送り、道真も絶賛した（『菅家文草』巻四・三〇二）。紙数の関係もあり、この瞿麦花の描写の中から、a・b・c三つの対句について見ていきたい。

a脆軟紅蘇蔕　　脆《もろ》く軟《やはら》かき紅蘇の蔕《うてな》
敧垂蠟紫房　　敧《かたむ》き垂れたる蠟紫《らうし》の房《はなぶさ》

この瞿麦の花の蕚や花房を、紅の蘇芳や紫色の蠟に喩える対句は、白詩「翫半開花贈皇甫郎中。八年寒食日、池東小楼上作（半開の花を翫び皇甫郎中に贈る。八年寒食の日、池東の小楼の上《ほとり》の作）」（巻六十四・三一一九）の、

人憐全盛日　人は憐れむ全盛の日
我愛半開時　我は愛す半開の時
紫蠟粘為蔕　紫蠟《しらう》粘じて蔕《うてな》と為《な》り
紅蘇点作蕤　紅蘇点じて蕤《ずゐ》と作《な》る

の半ば開きかけた花の様を詠んだ、後半二句の対句の傍線部を用いたものである。

b 坐対酡顔客　坐して対《むか》ふ酡顔《たがん》の客
行随笑瞼娘　行きて随ふ笑瞼《ゑがほ》の娘

波線部では瞿麦の花を酔った赤い顔（＝酡顔）の客人や笑顔の娘に喩えるが、この「酡顔」と「娘」の対は、元稹「紅芍薬」詩の、

酡顔酔後泣　酡顔《たがん》酔ひて後に泣く
小女粧成坐　小女粧《よそほ》ひ成りて坐す

という、紅い芍薬を人の酔顔や化粧した少女に喩えた対句の波線部を用いたものであり、傍線部の「坐対」「行随」の対は、白詩「草詞畢遇芍薬初開。因詠小謝紅薬当階翻詩、以為一句未尽其状。偶成十六韻（詞を草し畢《おは》りて芍薬の初めて開くに遇《あ》ふ。因りて小謝〈＝謝朓〉の紅薬階に当たりて翻《ひるがへ》る詩を詠じ、以為《おもへらく》一句未《いま》だ其の状を尽くさずと。偶《たまたま》十六韻を成す）」（巻十九・一二七四）の芍薬を詠んだ、

坐対鉤簾久　坐して対《むか》へば簾《すだれ》を鉤《かか》ぐること久し
行観歩履遅　行きて観《み》れば履《くつ》を歩むること遅し

の対句の傍線部を用いたもの。また忠臣は元稹「紅芍薬」詩の「小女」を「笑瞼娘」に詠み変えているが、この、花を「笑瞼」に喩える趣向も、白詩「裴常侍以題薔薇架十八韻見示。因広為三十韻以和之（裴常侍薔薇架を題《しる》す十八韻を以て示さる。因《よ》りて広めて三十韻と為《な》し以て之《これ》に和す）」（巻六十四・三〇七一）の薔薇を詠んだ、

燕脂含笑瞼　燕脂は笑瞼《ゑがほ》を含み
蘇合裛衣香　蘇合は衣香に裛《うつ》る

の二重傍線部の「笑瞼」に拠るであろう。

c薔薇嫌有刺　薔薇は刺《とげ》有るを嫌ふ
芍薬愧無光　芍薬は光無きを愧《は》づ
比喩心難到　比喩するに心到り難く
吟題手又忙　吟題するに手又た忙《いそがは》し

は、薔薇や芍薬など他の植物の難点をあげつらい、瞿麦の優位を説くが、この趣向も、前出白詩「裴常侍以題薔薇架十八韻見示。因広為三十韻以和之」の、

桃李慙無語　桃李は語無きを慙《は》づ
芝蘭譲不芳　芝蘭は芳《かうば》しからざることを譲る
山榴何細砕　山榴は何ぞ細かく砕けたる
石竹苦尋常　石竹は苦《はなは》だ尋常なり

と、薔薇を引き立てるために薔薇以外のいろいろな植物の難点をあげつらう手法を用いたもので、忠臣が瞿麦の優位を説くためにcで引き合いに出した「薔薇」「芍薬」こそ、忠臣がこの長編詩で瞿麦を喩えるための〈詩媒〉の出処となった元白詩の重要な花であった。これはおそらく偶然ではなく、自らの瞿麦詩の表現の出処となった薔

薇・芍薬を引き合いに出してその欠点をあげつらうことで、元白が賞賛する〈漢の花〉薔薇・芍薬に対し、〈和の花〉瞿麦の優位を説こうとして、忠臣が意図的に仕組んだものであろう。

さらに瞿麦詩cの波線部「比喩心難到」も、前出の白詩「草詞畢遇芍薬初開。因詠小謝紅薬当階翻詩、以為一句未尽其状。偶成十六韻」の、

周迴看未足　　周迴するに看《み》れども足らず
比喩語難為　　比喩するに語為《な》し難し

の波線部を用いたものである。

以上、忠臣の長編の「瞿麦」詩が、元白の芍薬・薔薇を詠んだ詩を丹念に読み込んで、そこから得られた多くの表現や手法（＝詩媒）を組み合わせて作成されたものであることを述べ、その作成過程を具体的に見てきたが、そもそも忠臣が「瞿麦」という一つの花だけを題材にして、三十韻という長編の五言詩を作るという挑戦《チャレンジ》を思いたったこと自体、詩題の横に○印を付した、白居易の「薔薇」を詠んだ三十韻の五言詩、あるいは「芍薬」を詠んだ十六韻の五言詩といった、二つの花を詠んだ長編五言詩に触発された可能性が非常に高い。初めて『白氏文集』の完本を手に取り、すべての白詩をつぶさに味読できるようになった忠臣・道真ら九世紀後半の平安朝文人にとって、同時代を生きた都良香の「集七十巻、尽《ことごと》く是れ黄金」（前掲「白楽天讃」）は、決して誇張ではなく、実感を込めた讃辞として受け止められたことであろう。

＊以上の「禁中瞿麦詩」についての記述は、本書Ⅰ—2「嶋田忠臣と白詩」をもとにしている。

四、貴顕と『白氏文集』

――関白基経の白詩句吟誦――

白詩に魅せられ、『白氏文集』を耽読していたのは、忠臣や道真といった詩文を実作する文人たちばかりではない。次の記述は、彼ら文人たちに詩文の作成を命じる立場の貴顕、関白藤原基経が『白氏文集』をいかに読み込んでいたのかを物語る例として注目される。

『菅家文草』巻三・一八四詩題（原漢文省略）

予、外吏と為《な》りて、幸ひに内宴に侍す。装束の間に公宴に預《あづか》るを得るは、旧例有りと雖《いへど》も又《ま》た殊恩なり。王公次《ついで》に依りて詩臣に行酒す。相国（＝藤原基経）次に当たるを以て、又た盃を辞すべからず。予の前に佇立して行かず。須臾にして吟じて曰く「明朝の風景は何人にか属《つ》かむ」と。一吟の後《のち》、予に命じて高詠せしむ。命を蒙《かうむ》りて詠ぜんと欲するも、心神迷乱し、纔《わづ》かに一声を発して、涙流れ鳴咽す。宴罷《や》みて家に帰り、通夜睡《ねむ》らず。黙然として止《ただ》病むが如く胸塞《ふさ》がるのみ。尚書左丞（＝藤原佐世）、傍《かたは》らに在りて詳《つまびら》かに聞く。故に一篇を寄せて、以て予が情《こころ》を慰む。

仁和二年（八八六）正月十六日の内宴において、関白太政大臣藤原基経が讃岐国司として赴任する直前の道真に盃を与え、佇立したまま「明朝風景属何人（明朝の風景は何人にか属《つ》かむ）」という句を自ら吟誦し、道真にも「高詠」を命じたが、道真は心乱れて一声を発したまま鳴咽して吟誦できなかった、という有名な話である。基経が吟誦した「明朝風景属何人」のもとの白詩「元奉礼の同宿して贈らるるに答ふ」は、若い頃の白居易が、宮中で宿直した際に同僚から贈られた詩に答えた、次のような作である。

相逢倶歎不閑身　　相逢ひては倶《とも》に歎《なげ》く閑ならざる身
直日常多斎日頻　　直日《ちょくじつ》常に多く斎日《さいじつ》頻《しき》りなり
暁鼓一声分散去　　暁鼓一声分散して去る
明朝風景属何人　　明朝の風景は何人にか属《つ》かむ

「直日」は宿直日、「斎日」は物忌みしなければならない日、の意。「明朝風景属何人」は、「明日の多忙さはどなたにふりかかるのであろうか。おかわいそうに」と『新釈漢文大系　白氏文集』通釈で訳出し、語釈では「風景」を「状況。当時の俗語。宿直日の多忙さをひやかした表現」と説明する。しかし、中国の代表的な漢語辞典『漢語大詞典』や唐代俗語を扱った辞典類を見ても、「風景」に対して「状況」に類する意味を載せたものは見当たらず、他の唐詩の「風景は……に属《つ》く」の例を見ても、いずれも「（好い）風景は……のものである」の意であり、ここも「明日の好き風景は誰のものになるのでしょうか（少なくとも我々のものではありませんね）」と解した方が良いのではないか。おそらく基経も「明朝の（讃岐の海浜の）好き風景は誰のものか（国守として讃岐に赴任するあなたのものなのだ。せいぜいその風景を楽しんできなさい）」の意でこの句を吟じ、任国に赴く道真への餞別としたと思われる。

道真も前掲の一八四番詩の詩題に続く詩で、

自聞相国一開脣　　自ら聞く　相国一たび脣《くちびる》を開くを
何似風光有主人　　何似《いかん》ぞ　風光に主人有らんや
忠信従来将竭力　　忠信は従来将《もとよりまさ》に力を竭《つ》くさんとす

（私は関白が唇を開き白詩句を吟詠するのを聞いた。どうして「風景に主人がある」などということがあろうか〈風景は風景、誰もそれを支配することはできない〉。もとより国司として忠・信を致し力を尽くして国に報いる覚悟はできている〈任地の風景を楽しもうなどという気はさらさらない〉）

と述べており、白詩句の「風景は何人にか属《つ》かむ」を承《う》けて「何似《いかん》ぞ風光に主人有らんや」と言っている以上、「風景」を「風光」と同義に解していたであろう。

忠臣や道真にとって、詩作を命じられ詩を献じる対象として、関白基経は天皇や皇太子に次ぐ貴人であり、特に忠臣にとってはパトロン的な立場の人物でもあったように思われるが、そういう立場に立つ貴人が、『白氏文集』の中から、さほど有名とも思われない当該詩に目をつけ、しかも原詩では、「宿直明けの朝の好風景は誰のもの」という意で用いられている詩句を選んで、これを讃岐の風景に取りなして、任地に赴く道真への餞《はなむけ》の句として吟詠しているのである。基経もまた、詩作を業《なりわい》とはしていないものの、貴顕としての立場から、生活の折々を飾るのにふさわしい詩句を求めて、『白氏文集』を耽読し吟詠していた読者の一人であったとみてよいであろう。

五、白詩の耽読→〈詩媒〉の抄出→〈詩媒〉の蓄積へ

さて、基経が道真への送別に吟誦した「明朝風景属何人」という白詩句は、それから半世紀あまりを経て、大江維時が編纂した『千載佳句』（維時が没した応和三年〈九六三〉までに成立）に次のように採られる。

『千載佳句』別離部・送別・九一一

暁鼓一声分散去、明朝風景属誰（何イ）人

白居易の原詩では、宿直の夜の同僚とのグチめいたやりとりに用いられていた詩句が、別離部・送別の部立の佳句として載録されていることに、特に注意を払う必要がある。禁中の宿直の場で詠まれた原詩から、この句をいきなり〈送別〉の佳句として抜き出すことは、碩学の維時といえどもかなり困難であろう。この句が送別部に置かれたのは、基経がこの佳句を原詩から切り出して、内宴の場で道真への餞別の意を込めて吟詠した出来事に由来して

おり、その時点から、原詩から切り出された（＝抄出された）佳句は、原詩での意味を離れて「送別（餞別）」という題材と結びついて文人たちに認識され、維時もその認識にもとづいてこの句を「送別」に配置した可能性が高いのではないか。

基経は「明朝風景……」句を作詩の材料として用いたわけではないが、この詩句も、道真への「送別（餞別）」の意を表現するために、もとの白詩から抜き出された〈詩媒〉に類するものと考えてよいだろう。先に見た忠臣の瞿麦詩の表現も、白詩の芍薬や薔薇といった〈花〉を詠んだ詩から対句単位で抜き出されたものが多かった。忠臣や道真はこのような〈詩媒〉を探し求めて白詩を耽読していたのであるが、そうして得られた〈詩媒〉は詩句（または対句）単位で抄出され、その詩句が使えそうな題材とセットで記録されていったと考えられる。

こうして嶋田忠臣・菅原道真の頃から始まった白詩の抄出は、最初は忠臣、道真、……といった個人の手控えであったであろうが、やがてはそれが菅家・江家など、学者の家ごとに蓄積され、目に見える形（成果）として成書化されたのが『千載佳句』であり、さらに半世紀を経て、藤原公任がその成果を日本の漢詩文や和歌と融合させ、『和漢朗詠集』を創り上げるのである。

＊以上の記述は三木「唐詩の「抄出」と漢詩選集」（『和漢比較文学』第9号、一九九二年七月）と一部重なるところがある。

忠臣・道真の頃から営々として行われていたであろう、この〈詩媒〉の抄出作業の過程で、多くの文学的資源が獲得されていった。これを明らかにすることが、これまでの平安文学における『白氏文集』受容の中心的研究であったといえよう。たとえば、

題材　立春・立秋（四時）　三月尽（送春）　草堂（閑居）

表現（比喩・見立て）　雁声→櫓声　翻《ひるがえ》る白浪→多くの花

語彙（小島憲之のいう「白詩語」）　欹枕　眼昏　背燈

などがその一端であるが、平安朝の漢詩や和歌・物語などに、これらの『白氏文集』由来の文学的資源がどのように取り込まれ、いかにその世界を豊かにしていったかについては、この半世紀の研究成果から、ほぼその全貌が説き尽くされつつあるといっても良いように思われる。

六、題材・表現・語彙以外にも『白氏文集』はさらに多くのものを文人たちに提供した

題材・表現・語彙の受容といった文学的資源の面では、主な研究テーマがほぼ出尽くした感のある『白氏文集』であるが、実はそれ以外の面でも、この詩文集では様々な新しい文学的試みが行われており、平安朝の文人たちもその試みをしっかりと受け取め、自らの創作に貪欲に取り入れている。その中から二点を例に挙げ、A・Bとして紹介してみたい。

A「詩」にそれ以外の要素を加えて、自分の意図をより正確に読者に伝える試み

白居易以前の詩では、たとえば七言律詩なら七文字×八句、五十六文字から成る詩自体の表現だけで、題材《テーマ》に対する自らの思いを読者に伝えていた。詩は詩だけで完結し、そこに詩に用いられたことば以外の要素が入り込むことは希であった。ところが白居易は、詩中のことばだけでは自らの意図が十分伝わらないと判断した場合、積極的にそれ以外の要素を加えて自らの意図を確実に読者に伝えていこうという姿勢を見せる。その代表的なものが、次に掲げるaの「詩の自注」、bの「長文の詩題」である。

a「詩の自注」の出現

白居易は、必要に応じて自分の詩に自ら注を付ける。たとえば、「盩厔《ちうちつ》庁前の双松に寄せて題《しる》す」（巻九・三九九）

では、

悔従白雲裏　悔《く》ゆらくは白雲の裏《うち》より
移爾落囂塵　爾《ここ》に移りて囂塵《がうぢん》に落ちしことを
両松自仙遊山　両松は仙遊山より
移植県庁　県庁に移植せり

と、赴任した盩厔県の庁舎の前の二本松を詠んだ詩で、「(彼らは)白雲の中(＝仙界)からこの地に移ってきて、俗塵にまみれた人間世界に落ちたことをさぞ悔やんでいることだろう」と述べるが、この二本松が「仙人が遊ぶ山」という名を持つ仙遊山の山中から庁舎に移植されたものであるという由来を説明されて、初めて「白雲の裏より爾《ここ》に移り」や「囂塵《がうぢん》に落ち」の語句の持つ意味が正しく理解できるのである。この場合、自注は単純に詩句の補助として添えられているというよりも、詩句と一体になって読まれることを前提で付されているように思われる。この自注を忠臣や道真も、積極的に用いているが、次の有名な道真の詩にも自注が多用されている。

菅原道真「九月十日」(『菅家後集』四八二)

去年今夜侍清涼　去年の今夜　清涼に侍す
御在所殿名。　御在所の殿の名なり。
秋思詩篇独断腸　秋思の詩篇　独り腸《はらわた》を断つ
勅賜秋思賦之。臣詩　勅して秋思を賜はり之を賦せしむ。臣の
多述所憤。　詩多く憤る所を述べたり。
恩賜御衣今在此　恩賜の御衣は今此《ここ》に在り
捧持毎日拝余香　捧げ持ちて毎日余香を拝す

宴終晩頭賜御衣。　宴終はりて晩頭に御衣を賜へり。
今随身在笥中。故云。　今身に随へて笥の中に在り。故に云ふ。

このような道真詩に見える自注が、白居易の自注を取り入れたものであることについては、既に後藤昭雄が「詩の注記と『菅家文草』の編纂」（『平安朝漢文学史論考』〈勉誠出版、二〇一二年〉）において指摘している。後藤は、平安漢詩において詩の自注は嶋田忠臣の『田氏家集』において初めて現れると述べ、「このような詩注の方法を道真や周囲の詩人たちはどこから学び取ったのであろうか。それは白居易および元稹、劉禹錫の詩によってである」と明確に述べている。先の道真詩も、自注によって詩句に詠みきれない情報を読者に伝えていく白居易の試みを、平安文人たちが積極的に取り入れていたことを示す、恰好の例といってよいであろう。

b長文の詩題の採用

元稹・白居易・劉禹錫たちの詩には、それまでの詩人にはあまり見られない、長い詩題が見られる。特に白詩においては、相当長い詩題が数多く見受けられる。二つばかり例を挙げよう（原漢文省略）。

微之（＝元稹）通州に到る日、館を授かりて未だ安んぜず。塵壁の間を見るに数行の字有り。之を読めば即ち僕の旧詩なり。其の落句に云く「淥水紅蓮一朵開く、千花百草顔色無し」と。然るに題《しる》す者何人なるかを知らず。微之吟歎すれども足らず、因《よ》りて一章を綴り僕が詩本に兼ねて録し同《とも》に寄す。其の詩を省《かへりみ》るに乃ち是れ十五年前初めて及第せし時、長安の妓人阿軟に贈りし絶句なり。緬《はる》かに往事を思ふに、杳として夢中の若《ごと》し。旧を懐《おも》ひ今に感じ、因《よ》りて長句を酬《むく》ゆ。　（巻十五・〇八五三）

十年三月三十日微之《びし》に澧《ほう》（河の名）の上《ほとり》に別る。十四年三月十一日夜、微之に峡中に遇《あ》ひ、舟を夷陵に停《とど》め、三宿して別る。言《げん》の尽くさざる者は、詩を以て之を終ふ。因りて七言十七韻を賦し以て贈り、且《か》つ遇ふ所の地と相見る時とを記し、他年の会話の張本と為《な》さんと欲す。　（巻十七・一一〇七）

これはもはや詩題というよりは、作詩の事情や作詩当時の状況等を子細に記した一種の記録文であるが、公的な重みを帯び、四六騈儷体で綴られる〔詩序〕とは、また性格が異なるもので、詩の前に置かれるからには、やはり「詩題」としか呼びようがない。白居易は状況に応じて、詩題にこのように詳細な情報を盛り込むことで、詩の製作意図、作詩の背景を非常に丁寧に読者に伝えようとする。同時にそれは自らにとっても、日記代わりになるほどの備忘録でもあっただろう。

道真たちはこの白居易たちの試みも、貪欲に自らの詩作に取り入れていく。四節で取り上げた、内宴の席での基経の白詩句吟誦に関する道真の長文の詩題などは、その典型的な例といえよう。

さらに、ここで直接的な影響関係を云々するつもりはないが、これらの白詩やそれを承けた平安漢詩における自注や長文の詩題と、和歌集における長文の詞書や左注の存在、私家集の歌日記的部分や歌物語の文体との関係なども、気にかかるところではある。

B 『文選』には見られなかった新たな文体

最後に少し詩の話題から離れて、詩以外の文体についても見ておきたい。平安朝の文人たちは『白氏文集』を通じて、中唐の頃に行われるようになっていた、新しい文体の文学作品にも目を開かれていったと考えられる。奈良時代以後、日本の文人たちが漢文学の文体の種類の基準としていたのは、唐代の中国においても、文人たちの知識・教養の基盤となっていた『文選』であった。科挙の受験者にとっては、『文選』を隅々まで諳誦することが求められていたし、日本でも文章道に学ぶ学生には『文選』は必読のテキストであった。しかし『文選』は、成立した六朝時代までの伝統的な文体は網羅していても、唐代に入って新たに行われるようになってきた文体については、当然対応できていない。

そこへ、詩以外の様々な文体を網羅した文集として『白氏文集』が渡来したのである。『白氏文集』は、個人の文集とはいえ、総巻数では『文選』六十巻に対して『白氏文集』七十一巻（あるいは七十五巻）と、ボリュームとしても『文選』を上回っており、しかも成立した中唐という時代における文学状況を反映した編纂がなされている――唐代になって新たに行われるようになった文体がいくつも取り入れられている（逆に廃れた文体は取り除かれている）――。

以上を念頭に置いて、『文選』『白氏文集』所収の文体を比べてみると、次のようである。

『文選』と『白氏文集（文集）』の文体比較

文選　六十巻　作品数　四八五篇（『文選索引』篇目表による）

賦　詩　騒　七　詔　冊　令　教　文　表　上書　啓　弾事　牋　奏記　書　檄　対問　設論　辞　序　頌　賛符命　史論　史述賛　論　連珠　箴　銘　誄　哀　碑文墓誌　行状　弔文　祭文

文集　七十一巻　作品数　三六七六篇（『白氏文集の批判的研究』〈朋友書店、一九七四年再版〉綜合作品表による）

詩　詞　賦　雑文　制　詔　策　判　表　状　奏　書　序　論　頌　賛　銘　箴　伝　記　偈　謚議　碑　誌　行状　祭文

右傍に―を施したものが『文選』には見えず、『白氏文集』で新たに取り入れられた文体である。完本『白氏文集』を手にできた九世紀後半以降の平安朝の文人たちは、当然これらの新たに加わった文体を貪欲に吸収している。『白氏文集』で新たに加わった―を付した文体が、平安朝の文人たちにどのように受け入れられたかを、日本側の作者名・作品名を記すことで、ごく簡単に記しておきたい（主な文体に限る）。

策…『白氏文集』には実際の皇帝への献策とともに、受験用に作成した摸擬対策を集めた「策林」が巻四十五から四十八にかけて録されている。菅原道真も『治要策苑』という対策を集成した書物を編纂。ただし未完に終わり、序だけが『菅家文草』巻七に残る。

伝…都良香「道場法師伝」紀長谷雄「白石先生伝」「東大寺僧正真済伝」など
記…都良香「富士山記」　菅原道真「書斎記」「左相撲司標所記」　紀長谷雄「亭子院賜飲記」「昌泰元年競狩記」
など

＊後に慶滋保胤「池亭記」→鴨長明『方丈記』を生む

（賦）…分類としては同じだが、『文集』の「賦」は、唐代中期から盛んに行われる「律賦」の形式で作られている。道真や紀長谷雄も「律賦」を盛んに作製。

＊「律賦」の詳細やその平安朝における受容の始まりについては、馮芒「日本の律賦の発生―都良香「洗硯賦」「生炭賦」を中心に」（『水門　言葉と歴史』第二十六号〈水門の会編〉勉誠出版、二〇一五年一〇月）参照。

このように、日本の漢文学に新しい多様な文体をもたらし、その後の日本文学における「伝」や「記」の伝統形成の端緒を開いたという点でも、『白氏文集』の渡来は、大きな意味を持っていた。

清少納言は、「文《ふみ》は、文集、文選、……」（『枕草子』）と漢文学の代表的なものとして、『白氏文集』をその筆頭に掲げる。しかし、同時にその次に『文選』を挙げることも忘れてはいない。『白氏文集』が、平安朝の文人たちにとって、唐代に行われていた新しい中国文学の素養――ニュー・スタンダード――を身につけるための書物であるなら、『文選』は、古代から六朝までの伝統的（基本的）な中国文学の素養――トラディショナル・スタンダード――を身につけるための書物であった。『白氏文集』と『文選』、平安朝の文人たちは、ダブルスタンダードで自分たちの文学世界を構築していったと考えられる。清少納言は、そのことを十分に理解していたのであろう。

【初出】『中古文学』第九十八号（中古文学会、二〇一六年十二月）に同題で掲載。

4 平安朝における「劉白唱和集解」の享受をめぐって
――文人たちの作品と『仲文章』――

はじめに

劉白若知今日好　　劉白若《も》し今日の好《よ》きを知らば
応言此処不言何　　応《まさ》に此《こ》の処《ところ》と言ふべし　何《いづれ》とは言はじ
（『和漢朗詠集』春・暮春　源順）

平安中期の文人、源順は暮れゆく春の、とある一日のすばらしさを右のように詠んだ。『朗詠集』の詩題注記を有する古写本や『和漢朗詠集私注』の詩題注記によると、「深春好」という題による詠作である。この詩句の意は、劉禹錫と白居易が、それぞれに元稹の「深春（あるいは「春深」）」詩に和して、「何《いづ》れの処《ところ》にか深春（春深）好《よ》し、春は深し○○の家」で始まる二十首もの唱和詩を詠み交わしていたという事実を知らない者にとっては、まったく解し難いであろう。この二句は、もし劉禹錫、白居易の二人が今日のこの暮春の宴（あるいは詩会等）の場に居合わせたならば、あの唱和詩のように「何《いづ》れの処《ところ》にか深春好《よ》し」などと言わず、二人とも即座に「此《こ》の処《ところ》こそ〈深春好〉だ」と言ったであろうと、劉白の唱和詩の冒頭句を踏まえながら、その場の暮春の風景や、場のすばらしさを褒め讃える仕掛けになっている。「深春好」という詩題であれば、誰も皆あの劉白の唱和詩を思い浮かべるはず、という前提がないと、こういう詩句はまず創《つく》れないであろう（ちなみに柿村重松『和漢朗詠集考証』〈藝林舎、一九七三年覆刊〉や岩波日本古典文学大系本の頭注などに「深春好」を白居易詩の詩題「和春深二十首」や詩句「何処春深好」により「春深好」と改めるべきとするが存疑(1)。

かつてアーサー・ウェイリーは、白居易と元稹との深い交流や唱和の応酬の結果、「「白と元」は人々の頭には、同一人物であるように思いこまれていたのである」と述べたが(2)、白楽天と劉禹錫の交流と、その唱和詩の享受についてもやはり同じようなことがいえよう。太和三年（八二九）には、両者の間でやりとりされた数々の詩が白居易の手によって初めて「劉白唱和集」として一篇にまとめられた。その間の経緯については、『白居易研究講座　第二巻』〈勉誠出版、一九九三年〉に収められた齋藤茂「白居易と劉禹錫」にくわしく述べられている。さらに白居易と劉禹錫の間でなされた詩の応酬が、平安期以降の日本文学にどのように享受されていたかについても、同じく『白居易研究講座　第四巻』（一九九三年）に収められた新間一美「わが国における元白詩・劉白詩の受容」（同『平安朝文学と漢詩文』〈和泉書院、二〇〇三年〉に所収）に、嶋田忠臣・菅原道真の詩文や、『源氏物語』を中心に具体的な例が紹介されている。

小稿では、この劉白の交流の軌跡として編集された「劉白唱和集」に白居易が冠した「劉白唱和集解」（巻六十・二九三〇）の平安朝における享受について考えてみたい。「唱和集」そのものが失われてしまった今となっては、この書物の存在を今に伝える唯一のモニュメントであるこの文章は、白居易の他の同種の文章――たとえば元稹との関係では、「与元九書（元九に与《あた》ふる書）」などが有名である――と同様に、平安朝の文人たちに非常によく読まれ、様々なシーンで影響を与えていたと思われる。既にその具体例のいくつかについては、前掲の新間論考において示されており、劉白の交流が平安期の文人たちに強く意識されていた事例の一環として取り上げられている。小稿では、新間が示した事例に導かれながら、さらに「劉白唱和集解」（以下適宜「解」と略称する）という、一つの作品としての享受に焦点を絞り、平安朝における文人たちの「解」の具体的な享受の様相を探っていきたい。そして、一流の文人たちとは階層を異にする、下層レベルの漢学教養を持つ作者によって作られたと想定される教訓書『仲文章』(3)において、この「解」が使用されていることに注目し、「白舎人」作として白居易に仮託して『仲文章』を編んだ作者が「解」を引用した意図や、それが文人たちの作品における「解」の引用とどのように関係するのかについて考察してみたい。

一、「劉白唱和集解」の内容

まず、平安朝における「解」の享受を見ていくに先だって、「解」の全文を紹介し、どのような内容が述べられているのかをあらかじめ確認しておくことにしたい。前掲の齊藤論考においては、「解」の前半部が訓読文で紹介されており、新間論考においても、全文が返り点をともなって掲出されているが、ここでは、これら先学の訓や返り点を参考にし、全文を訓読文により示すことにする（原文は「那波道円刊本」に拠る）。

彭城の劉夢得は詩の豪なる者なり。其の鋒《ほこ》森然として、敢へて当たる者少なし。予、力を量《はか》らず、往々にして之を犯す。夫《そ》れ合応するは声同じくし、交争するは力敵《ひと》し。一往一復して、罷《や》めむと欲するも能《あた》はず。是れ繇《よ》り、一篇を製する毎《ごと》に、先づ草《さう》を相視《しめ》す。視《み》竟《おは》れば則ち興作《おこ》り、興作《おこ》れば則ち文成る。一二年来、日《ひび》筆硯を尋ね、同和贈答、覚えずして滋《しげ》く多し。大和三年春に至る已前、紙墨存する所の者は凡そ一百三十八首。其の余の興に乗じ酔を扶《たす》け、卒然として口号する者は、此の数に在らず。因《よ》りて小姪亀児に命じて編録せしめ、勒して両巻と成す。仍《よ》りて二本を写し、一は亀児に付し、一は夢得の小児崙郎に授け、各《おのおの》収蔵して両家の集に附せしむ。予頃《このごろ》元微之の唱和頗る多く、或は人口に在るを以て、常に微之に戯れて云く、「僕足下と二十年来、文友詩敵と為《な》るは、幸ひなるも亦た不幸なり。情性を吟詠し、名声を播揚し、其の適《たまたま》形を遺《のこ》し、其の老いを忘るるを楽しむは幸ひなり。然るに江南の士女の才子を語る者、多くは元白と云ふは子の故を以てなり。僕をして呉越の間に独歩するを得しめざるは、亦た不幸なり」と。今老いに垂《なんな》んとして復《ま》た夢得に遇《あ》ふ。不幸を重ぬるに非ざるを得んや。夢得夢得、文の神妙たる、詩より先なるは莫し。妙と神との若《ごと》きは、則ち吾れ豈に敢へて夢得に如《し》かんや。「雪裏の高山頭《かしら》白きこと早く、海中の仙果子《み》生ずること遅し」、「沈舟の側畔に千帆過ぎ、病樹の前頭に万木春なり」の句の類《たぐひ》、真に神妙と謂ふべし。在在処処応《まさ》当に霊物の之《これ》を護《まも》ること有るべし。豈に唯に両家の子姪の秘蔵するのみならんや。己酉の歳三月五日、楽天解す。

「解」では、まず劉禹錫が詩における「豪」の者であると讃え、その縁で「その鋒先は勢いが強く、それに匹敵する者は少ない」と武器にたとえて、彼の詩の力量と、それに対等に唱和できる者が数少ないことを述べ、そのうえで白居易自身己れの詩の力量をも顧みず、あえて彼に挑み、唱和を繰り返したことを述べる（結果として最初に禹錫を讃えながら、彼と唱和を繰り返せた居易自身も、詩の「豪」の者だということをアピールすることになる）。そして大和三年（八二九）春までに二人の間に一三八首の唱和詩が得られたので、これを甥の亀児に二巻に編集させて、二部を書写し、一部を亀児に、一部を禹錫の息子の崙郎に与えて、それぞれの家集に附させることを記す。本来なら、ここまでで「解」の目的は達せられているわけであるが、居易はさらに、元稹と自分とが二十年来詩の唱和を続け、その結果、互いに名をあげ、詩人同士の交友を堪能することができた幸いと、また、一方ではいつも「元白」と併称されて、ついに居易自身、単独で名をなすことができなかった不幸とを述べて（「戯れて曰く」といっているが、ある程度は居易自身の本音でもあったろう）、今の禹錫と居易との詩の唱和や、詩人としての交流もまた、元稹の場合とまったく同様であると述べ、この「劉白」の交流が、「元白」に決して劣らないことを強調する。そして唱和詩の中の禹錫の佳句を例に挙げ、「神妙」「神霊がこれを護る」と絶賛することにより、「解」の冒頭の禹錫を「詩の豪なる者」と讃美する所以《ゆえん》を、その実作の例をあげて証《あか》そうとするのである。そしてこのように優れた禹錫と自らの唱和詩を筆録して遺《のこ》すことは、単に劉白両家の子孫のためだけではない（広く後世の詩を語る人のためにも必要である）と述べて「解」を閉じるのである（ここも表面では禹錫詩について述べているが、当然、居易自身の唱和詩も同様に位置づけられるべきだという主張が背後に存するであろう）。

そもそも「解」とは、『文心雕龍』書記第二十五に掲げられた各文体の説明によると、

> 解は釈なり。結滞を解釈し、事に徴して以て対《こた》ふるなり（解とは、釈である。結ぼれて滞ったものを解きほぐし、事実に徴しながら回答していくものである）。

とあり、ある事象について、その意味や由来を解説していく文章のようで、『文苑英華』や『唐文粋』では文体の分類に書や序、碑、銘、記などは立項されているのに、「解」は立項されておらず、唐代以降においては、それほど重要な文章とはみなされていなかったようである。ちなみに韓愈の集である『韓昌黎集』には「獲麟解」「進学解」といった作品が「雑著」の巻に収められているが、「獲麟解」は有名な『春秋』に記された「獲麟」の故事について、韓愈なりの解釈や考えを展開したもので、こうした形が本来の「解」のあり方に近いと思われ、白居易の「劉白唱和集解」は、韓愈の「解」のようなあり方からは少しはずれた処に位置する作品ではないかと思われる。むしろ白居易は「解」という文体の地位をうまく利用して、書物の「序」のような重みと格式を持ったものではない、もう少し形式にとらわれない気楽な形で、二巻の「唱和集」という、書物と呼ぶには大げさなこの編集物が編まれた経緯を説（解）き明かし記しおこうとしたと考えればよいのではないだろうか。

白居易が何故「解」という文体を採用したのかの詮索はさておき、以上のような、詩文集の「序」とはやや格式を異にする「劉白唱和集解」のあり方を、平安朝の享受者たちは、場合によっては、かなり良く把握していたように思われる。そのことは以下においおい述べていくが、こうした作品全体のあり方を把握していたかどうかが明らかでない場合においても、およそ平安朝の人々は、主としてこの作品を二つの面からとらえていたとみて良いであ

ろう。一つは〈交友〉――白居易が劉禹錫との詩のやりとりや、元稹との詩のやりとりを通じて、詩人同士の得難い交友関係を築き上げたことを記す箇所に注目したとらえ方、あと一つは〈讃美〉――白居易が詩人としての劉禹錫の才や彼の詩を讃える箇所やその表現に注目したとらえ方である。次章では、これらのことを念頭に置きながら、まず平安朝の名のある文人たちに、「劉白唱和集解」が享受されていく軌跡をたどっていくことにする。

二、平安朝の文人たちと「劉白唱和集解」

「はじめに」でも述べたように、平安朝の文人たちの「解」の享受については、新間一美が既に、日本における劉白詩の享受を論じた際に、その一部を指摘している。ここではもう一度、それらの例も組み入れながら、前節で述べた二つの面での享受ということを柱にして、彼らにおける「解」の享受を見ていくことにしたい。

A〈交友〉の面に注目した「解」の享受

平安朝の文人たちと「解」との出会いは、船載された「劉白唱和集」に触れ、(4) そこに収められた詩群から両者の真剣な応酬と豊かな交情を読み取りながら、同時にその巻頭か巻末に附されていたであろう「解」に及ぶという形でなされたと想像され、現代の我々のように「解」だけを単独で読むことは、当時においてはむしろ稀であっただろう。従って、まず劉白の詩の応酬や交流の面への注目から、「解」の記事や表現が引用されていくのは、自然な成り行きであったといえよう。現存の資料では、菅原道真の『菅家文草』巻二に収められた元慶六年（八八二）の作と推定される「詩草二首、戯れに田家の両児に視《しめ》す。一首は以て菅侍医病死の情を叙し、一首は以て源相公失火の家を悲しむ。丈人侍郎、適《たまたま》本韻に依り、更に一篇を誚《むく》ゆ。予感歎に堪《た》へず、重ねて以て答謝す」詩に、その早い享受の例が見られる。この詩は、道真が、焼亡した源相公の旧宅を詠んだ詩と、菅侍医の薨去を悼む詩を、岳父嶋田忠臣の二人の子に見せたところ、忠臣がその両詩に対して、それぞれ「奉酬」の詩を作成し、さらに「草を両児に視《しめ》す詩に答え奉る」詩を附して、道真に送ってきたのに対し、道真が応酬した作である。この詩の最後で道真は、

我唱無休君有子　我が唱《うた》は休《や》むとき無く君には子有り
何因編録命亀児　何に因《よ》りてか　編録　亀児に命ぜむや

と詠み、「白楽天、小姪亀児に命じて唱和集を編録せしむ、故に云ふ」と自ら注を付す。これは「解」の「因《よ》りて小姪亀児に命じて編録せしめ、勒して両巻と成す」に拠るもので（新間論考に指摘済み）、道真は「私の詩作は休むことなくなされるが、あなたには（二人も）子供がいる。（だから私とあなたの詩の応酬が続いても）あなたはどうして子供に恵まれなかった白居易がわざわざ甥の亀児に唱和集の編録を命じたような真似をする必要がありましょうか（子供たちに両者の唱和詩を編録させれば良いのですよ）」と、白居易が劉白の応酬を甥に編纂させたように、忠臣に向かって、彼の子供たちに両者の詩の応酬による交流の軌跡を編録させればよいと、暗に提案しているように読める。またこれも新間が指摘していることであるが、この道真詩の詩題の「詩草二首、戯視田家両児」や忠臣の「奉答視草両児詩」などの「草を視《しめ》す」という言い回しも、「解」の「一篇を製する毎に、先づ草を相視《しめ》す」を意識したもので（他に「劉蘇州に与《あた》ふる書」〈巻五十九・二九二五〉にも「各数篇を賦し、草を視《しめ》して別る」とある）、道真はこの元慶年間の頃、劉白の詩の応酬や、唱和集の編纂を意識して、岳父で詩作の師でもある忠臣との間で、劉白同様の密度の濃い詩の応酬を行い、また現実にどこまで具体化されたかは知るすべもないが、唱和集の編纂というようなことも視野においていたことが知られる（『菅家文草』や現存『田氏家集』を見る限り、この時期こうした唱和を積極的に働きかけているのは道真の側であり、忠臣は受け身にまわっているように見える）。あるいは、もう少し早い時期に劉白の交流や、「解」からの影響を受けた詩人もあったかもしれないが、現存資料の限りでは、この元慶の頃の

道真の、劉白の唱和応酬に対する注目と、自らもそれを実践しようとする取り組みの中で、「解」が享受され、作品に用いられていった事例が、平安期の文人に「解」が意識された早い例ではなかろうか。

こうした道真の「解」の享受のあり方は、彼と同年輩でありながら、弟子でもあり、また詩友でもあった紀長谷雄の「延喜以後詩序」にも受け継がれているように思われる。この「詩序」は長谷雄の「延喜以後詩巻」という詩集に冠せられた序で、既に後藤昭雄『「延喜以後詩序」私注』に詳しい言及と注解が存するが、[5] 詩集の序と銘打ちながら、「これは学問に志した十五歳の時から、畏友道真の死に遇ってのち数年に至るまでの境涯を概観した文学的自伝となっている」（前掲後藤「私注」より）という、やや異色の作である。この詩序で、長谷雄は道真との詩による交流を回顧して、次のようにいう。

故菅丞相儒官に在りし日、復《ま》た同門に党せしかども、未だ相許すこと有らず。適《たまたま》予の「大極殿始めて成る宴集」詩を見て云く、「意《おも》はざりき伊《こ》の人の詞藻此《ここ》に至らんとは」と。自後意を属《か》けて数《しばしば》相寄せ和す。予出仕に及び、丞相政を執《と》る。文会有る毎《ごと》に必ず草を視《しめ》す。

ここに記されている、道真が門人としての長谷雄に詩を寄せたり、官僚として出仕以降の長谷雄と文会において詩の唱和を行っている具体例は、後藤「私注」にくわしく考証されているが、そこでは道真が長谷雄に対して厚い信頼と一体感とを持って、詩の贈答・唱和を行っている点が特に注目されている。このような道真との詩による濃密な交流に対して、長谷雄が「文会有る毎《ごと》に必ず草を視《しめ》す」と記しているのは、先に掲げた道真と忠臣の詩のやりとりの際の「草を視《しめ》す」を受け継ぎ、同時に「解」に記された「一篇を製する毎《ごと》に、先づ草を相視《しめ》す」劉白の交流をも意識したものであろう。また、この「延喜以後詩序」が、詩集の序でありながら、自らの境涯を概観し、特に道真をはじめ、嶋田忠臣などの詩人との交友を記したうえで、これらの人々が亡くなって以後の孤独な詩作の営みをまとめたいきさつを、心境を吐露しながら語るという、当時の「序」としてはやや異色な構成を取るのも、一節で述べた、格式、形式にとらわれず、劉禹錫や元稹との交友の足跡や心境を語りながら集の編纂のいきさつを述べる「解」の手法に、何らかの示唆を受けているのではなかろうか。

B〈讃美〉の面に注目した「解」の享受

また、平安朝の文人たちは、「劉白唱和集解」に見える、白居易の劉禹錫の詩への讃辞にも注目した。道真が自らと忠臣の詩による交友を、劉白のそれになぞらえようとした時点から十年余り後、延喜五年（九〇五）に書かれた、紀淑望の「古今和歌集真名序」では、和歌の歴史を述べた中の、柿本人麻呂についてのくだりに、次のように記す。

民業一たび改まり、和歌漸くに衰ふ。然れども猶先師柿下大夫といふ者有り。高く神妙の思ひを振《ふる》ひ、古今の間に独歩す。

これも既に新間論考で指摘されているが、この人麻呂を讃美した「神妙の思ひ」や「古今の間に独歩す」という表現は、「解」の「文の神妙たる、詩より先なるは莫し」「……の句の類《たぐひ》、真に神妙と謂ふべし」という禹錫への讃辞や、「僕をして呉越の間に独歩するを得しめざるは、亦た不幸なり」という、（元稹のために）居易一人がずばぬけた評価を得られなかったという措辞を、人麻呂への讃辞に巧みに置き換えていったものである。

平安中期になると、「解」の冒頭の「彭城の劉夢得は詩の豪なる者なり。其の鋒《ほこ》森然として、敢へて当たる者少なし」という劉禹錫への讃辞に用いられている部分の表現が、文人たちに用いられるようになる。たとえば、高階積善（生年未詳～長和三年〈一〇一四〉?）の「九月尽日北野廟に侍し、各《おのおの》一字を分《わ》かつ」詩序（『本朝麗藻』巻下・神祇部、『本朝文粋』巻十・詩序三「聖廟」にも所収）には、道真の偉業を讃えるにあたって、

文学鋒《ほこ》を争ふの初め、一家方《まさ》に邦国の大名を享《う》け、
雲雨駕を装《よそほ》ふの後《のち》、余裔猶《なほ》風月の著姓為《た》り。

と記すが、前句は大江家や藤原家などの漢学の諸家が勃興してきた平安前期にあって、道真は祖父清公、父是善、そして自らの三代の家集を延喜帝に献じることを許され、菅家の名を不動のものにしたことを指すと思われ、道真が薨じてからも、子孫は猶《なお》詩の家として名声を保っているという後句と対句を構成している。この前句の「文学鋒を争ふ」は、やはり禹錫の詩を「鋒」に喩えて、「敢へて当たる者少なし」、「予……往々にして之を犯す」「交争するは力敵《ひと》し」と、白居易自らとの詩の応酬を武人同士の争いに見立てた「解」の表現を踏まえると思われ、また源孝道（生年未詳～寛弘七年〈一〇一〇〉）の「勘解藤相公の賢郎茂才、課試の綸旨を蒙《かうむ》るに感じ、聊《いささ》か鄙懐を呈す」詩（『本朝麗藻』巻下・贈答部）の、

相公は本是《もとこ》の道の英雄、材翰森然として文亦た工《たくみ》なり

の「森然」も相公（藤原有国）の文才を讃えるのに用いられ、やはり「解」に拠るものと思われる。

院政期の著名な文人、大江匡房の「暮年詩記」（『本朝続文粋』巻十一、『朝野群載』巻三）には、自らの来歴を振り返った記述に、

十六にして「秋日閑居の賦」を作る。故大学頭明衡朝臣深く以て許す。常に曰く「其の鋒《ほこ》森然として定めて敵《あた》る者少なからむ」と。

と、「解」の讃辞「其の鋒森然として、敢へて当たる者少なし」がほぼそのまま用いられている。これは藤原明衡の讃辞として記されており、文面通りに解すると、明衡が若き日の匡房の文才を、「解」の文辞を引いて讃えたものであるが、この「暮年詩記」は、その全体の構成や措辞が、前に掲げた紀長谷雄の「延喜以後詩序」を全面的に踏襲――悪くいえば模倣――していることが、後藤昭雄により既に指摘されている。[6]それに従って考えれば、この明衡の讃美を記した部分は、「延喜以後詩序」で、道真が長谷雄の二三の詩句を常に吟賞し、酔に乗じて「元白再生すとも何を以てか焉《これ》に加へむ」と讃美したという箇所を襲ったものであろう。とすると、その「元白」から「劉

白」へと連想が行き、そこから「解」の「其の鋒森然……」が引かれてくるという筋道も想像され、あるいは、明衡がこういう讃辞を述べたというのは事実ではなく、匡房が若き日の己《おのれ》の文才を飾るために、自ら用いた文辞と理解すべきなのかもしれない。いずれにせよ、「延喜以後詩序」に「解」が影響を与えていることは既に述べたところであるが、その「延喜以後詩序」を踏襲した匡房の「暮年詩記」においても、「解」の顕著な引用が見られることは興味深い。

　また、院政期の「解」の享受の例としては、元永元年（一一一八）藤原顕季邸で行われた柿本人麿影供に掲げられた人麿画像に附された藤原敦光の作になる「柿本朝臣人麿画讃」に、

　和歌の仙、性を天に受く。其の才卓尓として、其の鋒《ほこ》森然たり。……（略）……既に独歩と謂ひ、誰か敢へて比肩せむや。

と、人麿を讃えるのに「解」の「其の鋒森然」や「独歩」、「敢へて当たる者少なし」などの文辞が用いられており、鈴木徳男・北山円正「柿本人麿影供」[7]において、「其の鋒森然」「独歩」が「解」を受ける文辞であることが指摘されている。無論そこでも指摘されているように、この「独歩」は直接には、前引の「古今和歌集真名序」の「先師柿下大夫といふ者有り。高く神妙の思ひを振《ふる》ひ、古今の間に独歩す」を受けたものであるが、敦光は、この「真名序」の人麿讃美の箇所が「解」にもとづくことを正確に把握しており、画讃を記すにあたり、もう一度「真名序」の典拠となった「解」に戻って、「独歩」だけでなく、「神妙」に代わって「其の鋒森然」を用い、「敢へて当たる者少なし」を踏まえて「誰か敢へて比肩せむや」と、それぞれ押韻しながら（天、然……肩）綴ったのであろう。匡房の「解」の利用法と一脈通じるところがある。また二人とも「其の鋒森然として敢へて当たる者少なし」の箇所を引くのも単なる偶然ではなく、匡房から敦光への影響もあるのだろうが、あるいは、平安後期における流行の表現だったのかもしれない。

これら匡房や敦光の院政期における引用例を見ても、「解」がそれぞれの時代を代表する文人たちに、時代を超えて受け継がれ、意識され続けていた様が良くうかがえるのである。

三、『仲文章』における「劉白唱和集解」の引用とその意義

前節で述べたように、平安時代前期から院政期まで「解」は平安朝の文人たちにとって、詩人同士の詩の交友を述べたり、詩人の文才を讃えたりする際に、しばしば想い起こされ、詩序や詩題、記などに利用されてきたが、本節では、こうした名の通った文人たちによる本格的な漢文学とは位相を異にする漢文作品、『仲文章』における「解」の引用について考えてみたい。

『仲文章』は、永延二年（九八八）成立の『尾張国解文』を引用し、かつ寛治二年（一〇八八）の序を有する釈成安の『三教指帰注集』に引用されるところから、およそ平安中後期、十一世紀に成立したと想定され、和習を帯びた四六駢驪くずれの漢文体で書かれた教訓書であり、撰者は「序」の初めに「東尉山白舎人」と記され、白居易に仮託されている。吉備真備撰とされる『私教類聚』や、『実語教』『童子教』など日本で作られた初学者用の教訓書を大幅に引用し、故事の引用や、漢文の措辞も、二節で扱った文人たちの作とは位相を異にし、『将門記』『尾張国解文』などの文章と共通点を持つ。その「序」や、記された内容の一部から、「白舎人」を名乗る筆者は、朝廷の下層官吏か、あるいは書生、史生として地方の国衙などに勤務した経験を持つ者ではないかとかつて推定した（以上については、注（3）に掲げた本書Ⅴ—3「教訓書『仲文章』の世界—平安朝漢文学の底流—」を参照されたい。以下「前稿」と称する）。

この『仲文章』の「学業篇」に「解」の引用が見られ、特に『仲文章』の原撰時の形態を留める西野本では、

「学業篇」の末尾を飾る位置に引かれている。

一樹の契りは、已《すで》に同泉の道に合《かな》へり。傍《かたはら》を誘ひて文を弘むるは、学生の志なり。白居禹錫は、詩の豪なる者なり。其の体森然として、敢へて当たるもの少なし。相去ること万里の地を過ぎ叵《がた》し。山を復《かさ》ね江を重ぬ。人便ち往く者は岐《たか》きを希《ねが》ひ、来たる者は中《あた》るべし。唯為《ただため》に慇懃に雁翅を凴《たの》むのみ。

（一樹之契、已合同泉之道。誘傍弘文、学生志也。白居禹錫、詩豪者也。其体森然、敢少当。相去叵過万里地。復山重江。*人便往者希岐、来者可中。唯為慇懃凴雁翅而已）

*底本「江」字の下に「山」字あり。今衍字と見て削除した。

この前の部分では、師の恩を顧みなければならない、人としての徳を忘れてはいけないという教訓がしばらく述べられているが、そのさらに前には、既に、

孔子は本《もと》の学友を忘れず、賢者は一室の朋《とも》を重んず。

という、共に学ぶ友人を大切にすべき旨の対句が記されている。前に引いた章句「一樹の契りは……学生の志なり」は、この対句と関わって、一樹の陰に宿り同じ泉の水を汲む人の縁を大切にして、共に学ぶべき友を広く求めていくことが必要であると読者に説く。そして、その次に「解」の引用がなされるのだが、この箇所、「解」の原文の「彭城の劉夢得は」を、わざわざ「白居禹錫は」と言い変えて引いている。筆者は前稿でこの箇所に対して、「本来は白居易が詩友劉夢得（劉禹）の詩才を讃えた辞句であるが、『仲文章』はそれに白居易を加えて、その詩才をも讃えようともくろんだものであるらしい」として、白居易（白舎人）撰を名乗る書物が、白居易自らを讃えるのは馬脚を露わすようなものとしたが、少し思慮が足らなかった。『仲文章』作者は、平安朝の文人たちが理想として意識し、自らの作品にも用いてきたのと同じように、深い絆で結ばれた友であり、また詩を磨く「詩敵」でも

ある劉白二人の交流を、彼なりに『仲文章』の文脈の中で、「学文」(8)の道に励み、互いに切磋琢磨して、功成り名をなした例《たと》えとして用いたかったのではあるまいか。それ故に劉禹錫の名だけではなく、どうしても白居易の名を併《あわ》せて記す必要があったのではないかと思われる。そして、その二人の達した境地と、自分たちのいる場所はそれこそ遥かに隔たっているが（相去ること万里の地を過ぎ亘《がた》し。山を復《かさ》ね江を重ぬ）、人々は少しでもその高みに近づくことを願い、またそこに達した者はしかるべき地位につける（?）（人便ち往く者は岐《たか》きを希《ねが》ひ、来たる者は中《あた》るべし）、だからそこへ飛んでいけるような雁の翼（＝学文の力を指すか）をひたすら頼みとすべきだ（唯為に慇懃に雁翅を憑《たの》むのみ）と、この「学業篇」を結ぶ。(9)

すなわち、『仲文章』作者は、劉白をまず文道に励む者同士の〈交友〉の文脈により持ち出してきて、この二人を遥かに望み見るべき存在であると〈讃〉え、読者たちも自らも学文に励み、そこへ少しでも近づこうと呼びかけていると思われ、平安朝の文人たちが用いてきた、「解」の持つ〈交友〉と〈讃美〉の両面を、彼なりに把握したうえで、ここで併《あわ》せ用いているといってもよいのではないか。(10)この部分だけでなく、『仲文章』全般にわたって作者が用いる文辞は、正格の漢文のそれとは異なり、拙劣で難解ではあるが、その難解さは、自らの保有している故事や文字の知識を、あとさきをわきまえずに遮二無二使ってしまおうとするところから生じている部分が、かなりあるように思われる。この「解」の引用にも、そういう点が見受けられるが、しかし、作者の「解」に対する理解自体は、平安朝の名のある文人たちの理解とそれほどの隔たりがあるわけではない。むしろ、文章や事跡を飾るために用いている文人たちの引用に比べれば、「解」をより実践的な教訓として用いようとしている点で、その独自性を評価すべきなのかもしれない。

終わりに

以上、平安朝文人たちの「解」の享受について述べ、次いで『仲文章』における「解」の引用について、ややくわしく論じてみた。最後に、平安朝文人たちの作品と『仲文章』とにおける「解」の享受を見てきて、思い至ったことを少しばかり述べておきたい。

二節で見てきたように、平安朝の文人たちが、『仲文章』に引用されている「解」の冒頭の「彭城の劉夢得は詩の豪なる者なり。其の鋒《ほこ》森然として、敢へて当たる者少なし」の箇所に注目し始めたのは、早くとも西暦一〇〇〇年前後、高階積善や源孝道らによってであるが、この頃はまだ「文学鋒《ほこ》を争う」や「才翰森然」のように、語句のレベルでの引用であった。小稿では「解」の引用例として取り上げてきたが、あるいは厳密に調査すれば、修辞や「解」以外の文献に拠る可能性もないとはいえないレベルである。ところが、それが西暦一〇〇〇年代後半以降の院政期になると、大江匡房や藤原敦光といった著名な文人によって、「解」の冒頭部全体が意図的に引用されるようになってきており、この箇所への注目度が、文人たちの間で次第に高まってきたことが、見てとれるように思われる。

前節で述べたように、『仲文章』の成立時期は平安中後期、具体的には永延二年（九八八）から寛治二年（一〇八八）にかけてのちょうど百年間が想定されるが、先に述べたような文人たちの「解」の引用傾向と、『仲文章』における「解」の引用を思いあわせるならば、『仲文章』の成立時期は、想定される期間の前半の西暦一〇〇〇年前後の平安中期よりも、むしろやや時代が降って匡房や敦光が活動し始めた一〇〇〇年代の後半以降、一〇五〇〜八〇年あたりを想定するのが良いのではないかと考える。前稿において、筆者は『仲文章』の文辞が、大江匡房のいくつかの漢詩文における文辞と共通することを指摘し、両者の間に何らかの関連があるのではないかと論じたが、そのことを『仲文章』の成立時期にまで絡めて考えるには至らなかった。
今回、『白居易研究年報』に執筆の機会を与えられ、あらためて「解」の持つ意義を見直すとともに、その平安朝の文人たちに与えた影響や、『仲文章』についての前稿の至らなかった点についても、いろいろと考え直すことができたことを、このうえなくありがたく思う。

注

（1）劉禹錫の和詩の詩題には「同楽天和微之深春二十首」、詩句には「何処深春好」とあり、劉禹錫詩によると元稹の詩題は「深春」であったことになる。現存の『白氏文集』諸本や劉禹錫詩（『劉賓客文集』『全唐詩』）には、それぞれともに本文に異同はなく、決定的なことはいえないが、劉禹錫詩を根拠とすれば、少なくとも源順詩の詩題が「深春好」であってもさしつかえはないことになる。

（2）『白楽天』（花房英樹訳、みすず書房、一九五九年初版、一九八八年新装第二版）第十一章。

（3）『仲文章』については、幼学の会編『諸本集成　仲文章注解』（勉誠出版、一九九三年）に校訂本文と注解、諸本の影印が収められており、基本的な解説と諸本の書誌や研究の展開が、同書の解題（黒田彰執筆）に記されている。また論文としては、黒田彰「西野本仲文章」解題（『説林』〈愛知県立大学国文学会〉三十五号、一九八七年二月）、山崎誠「『仲文章』瞥見」（同『中世学問史の基底と展開』〈和泉書院、一九九三年〉所収）、後藤昭雄「仲文章・注好選」（『説話の講座4　説話集の世界』〈勉誠出版、一九九二年〉）などがあげられ、三木「教訓書『仲文章』の世界—平安朝漢学の底流—」（本書V—3）においては、『仲文章』の文章の解析を通じて、作者の学問的基盤の特質を考察し、この書物が平安朝の漢学の基底にある、初歩的、下層的な学問の体系を反映した貴重な文献であることを論じている。

（4）寛平年間（八八九〜八九七）頃に編集された『日本国見在書目録』の「四十　総集家」に「劉白唱和集二」とあり、九世紀後期には、既に「劉白唱和集」二巻は、日本にもたらされていた。

（5）同『平安朝文人志』（吉川弘文館、一九九三年）所収。

（6）「大江匡房の『暮年詩記』について」（同『平安朝漢文学論考　補訂版』〈勉誠出版、二〇〇五年〉「一条朝前後」に所収）参照。

（7）同『平安後期歌学書と漢文学　真名序・跋・歌会注釈』（和泉書院、二〇一四年）所収。

（8）「学文」とは、一般的な「学問」の意ではなく、漢文の読み書きを中心とした漢学の勉強を指す、当時の一般的な用語である。

（9）ここに引用した「学業篇」の文章の訓読・解釈は、「解」の引用意味を斟酌した結果、『仲文章注解』のものとはやや異なったものとなっている。『注解』では「人便ち往く者希《まれ》に岐《さか》しくして、来る者可中《たまさか》なり」と訓《よ》み（「可中《たまさか》」は金沢文庫本の訓注に拠る）、また「雁翅」は、雁の羽に頼るところから、「雁書」「雁信」の手紙のことであろうと解する。

（10）ちなみに、西野本を改編した静嘉堂文庫本、島原松平文庫本等では、この「白居禹鍚……」以下の文を、これよりかなり前にある、「久例を手記するに文詞常に新たなり、遠要を通ずるに書信最も近し」以下、文字（文《ふみ》）の徳を述べた箇所を削って、そこに移している。これは『仲文章注解』（五十四頁注一）に述べるように、「書信」のことを述べた箇所に、「白居禹鍚」以下にある「雁翅」を書信のことと解して、両者を入れ替えたとも考えられるが、むしろ文字の徳を述べた箇所の直後の「飛文染翰、雲の如く飄颻す、詩韻艶句、風の若く紛綸す」という、すぐれた文章が輩出することを述べた文章に引かれて、「白居禹鍚」以下をここに持ってきたのではあるまいか。とすると、「解」の引用は、単に詩文が優れていることの〈例え〉としてなされていることになり、西野本の引用の仕方に比べて、かなり文飾的なものに変質しているように思われる。しかし、一方では、こういう用い方が、匡房や敦光の作品における引用のされ方にむしろ近いのではないかと思われ、前稿で述べた『仲文章』の本文改編の問題と関わらせて今後とも考えていく必要があろう。

〔**初出**〕『白居易研究年報　第二号』（白居易研究会編、勉誠出版、二〇〇一年）に同題で掲載。

Ⅱ　平安朝漢文学と中・晩唐文学

1　中国晩唐期の唐代詩受容と平安中期の佳句選

——顧陶撰『唐詩類選』と『千載佳句』『和漢朗詠集』——

はじめに

平安中期の漢文学研究の現状を私なりに展望すると、現存する『扶桑集』や『本朝麗藻』『江吏部集』などの漢詩文集のテキストについては、本文校訂や索引・注釈といった基礎的な研究が積み重ねられてきており[1]、かつて群書類従本を頼りに字面《じづら》を追いながら、これらのテキストを読んでいた段階からは、格段に充実した環境が整いつつある。また、漢文学作品の作者についても次第に研究が進み、作者についての専著も用意されてきている[2]。さらに個々の分野に目をやれば、平安中期の漢詩の中心的な存在である句題詩については、その技法の成立や展開、実際の詠法についての研究が近年急速に進展し[3]、またかつては「文人」として一律に捉えられていた作者たちも、その置かれている立場には、伝統的な儒家と新進の起家といった違いがあり、それによって彼らの文筆活動や生み出した作品にも、その違いが表れていることも明らかにされてきている[4]。

本稿では、これらの研究とは少し視点を変えて、平安中期の漢文学の「表現の基盤」として受容されていた中国文学、とりわけその中でも唐代の詩の問題について考えてみたい。九世紀半ばの「元白詩筆」や『白氏文集』の将来を承けて、九世紀の後半に活躍する都良香や嶋田忠臣、菅原道真などの詩人たちから、白居易ならびに元稹、劉禹錫らのいわゆる「白詩圏」の文学の影響が多大となってくることが従来から指摘されており、平安中期になってもこの傾向が変わらないことは、十世紀半ばに大江維時が編纂した『千載佳句』や十一世紀初めに藤原公任が編纂した『和漢朗詠集』といった佳句選に、大量の白居易の詩句が採られ、また元稹、劉禹錫の詩句も、白居易ほどではないにせよ、かなりの量が採られていることからも、ただちに認められよう。しかし『千載佳句』には、これら「白詩圏」の詩人以外にも、かなりの数の中晩唐期の詩人たちの詩句が採録されている。今後の平安中期漢文学の表現の出処を研究するに当たっては、白居易の詩文だけを検討するのではなく、元稹、劉禹錫の詩文にも目を向け、さらに彼ら以外の、すなわち非「白詩圏」の『千載佳句』に採られた詩人たちの作品にも注意を払っていく必要があるだろう。一昔前の、限られた著名な詩人の詩集を対象とした索引しか存在しない状況ならいざ知らず、最近のように『四庫全書』『四部叢刊』『全唐詩』などの全文が電子検索により瞬時に検索できる環境のもとでは、たとえ今ではマイナーな存在の詩人であっても、平安中期に受容されていた可能性のある詩人の作品ならば、注意深くその用例を検討していかねばなるまい。

それでは『千載佳句』に採られた、非「白詩圏」の多くの中晩唐期の詩人たちの作品は、どのような形で日本にもたらされ、大江維時の目に触れたのであろうか。金子彦二郎は、『増補平安時代文学と白氏文集　句題和歌・千載佳句研究篇』（藝林舎、一九七七年覆刊に拠る）において、『千載佳句』の詩句の出処について次のように述べている。

かの千載佳句に採る所の唐人の詩句に対する二個の懸案命題、即ち維時が悉く各詩人等の全集を被閲してゐるか。それとも伝聞する所を踏襲したものか——といふ疑問に対しては、余は此の両様を併用した上に、更に他の詩文総集類の如きものをも参看してゐると看做すものである。

おそらくこの見通しに大きな誤りはないと思われるが、もう少しその実態を明らかにすることはできないものか。

たとえば、藤原佐世の『日本国見在書目録』には、唐詩の別集として太宗、許敬宗、王勃、宋之問、駱賓王、沈佺期、劉希夷、杜審言ら初唐詩人の集が最も多く採録され、次いで王維、李白といった盛唐詩人、白居易、元稹、劉禹錫ら「白詩圏」の中唐詩人たちの集の名が挙がっているが、『千載佳句』に多く登場する非「白詩圏」の中晩唐期の詩人たちの集の名はほとんど見えない。これは寛平年間に成立したとされる(5)『日本国見在書目録』には、時代的に見てまだこれらの中晩唐期の詩人たちの集を採録することができなかったためであろう。唐詩の総集についても事情は同じで、『天宝集』『河岳英霊集』といった盛唐期までの詩を集めた総集の名は見えるが、明らかに中晩唐期のものとわかる唐詩の総集は見いだせない（今ではその実態・内容が不明な詩集も採録されているので、軽々に断定はできないが）。

維時は中晩唐期の非「白詩圏」の詩人たちの別集を手当たり次第に集め、それらを通覧しながら詩句を抜き出していったのであろうか。それとも何らかの拠るべき基準をもとにして詩人を選び、その人たちの詩句を抜き出していったのであろうか。また維時が参看していたと金子が言う「他の詩文総集の如きもの」についても、『千載佳句』に採られた中晩唐詩を収めた総集で、維時の時代までに日本に将来されていた可能性のある書物は存するのかなど、考えてみなければならない問題は多い。

本稿では、晩唐期に編まれながら現在では散佚した唐詩の総集『唐詩類選』の、残された序と後序に注目し、そこに名の挙げられた中国晩唐期における唐代詩人たちと、『千載佳句』所収の唐代詩人たちの状況とを比較しながら、維時の中晩唐詩享受の位相を探る。さらに『和漢朗詠集』古注釈に引かれる『唐詩類選』逸文を手がかりに、この散佚した晩唐期の唐詩総集と平安中期の佳句選との関係を考察し、平安中期の漢文学の表現の拠り所となった資料の一端を探ってみたい。

一、『唐詩類選』に注目する理由

『唐詩類選』は晩唐の顧陶の撰。現在は散佚して伝わらないが、『文苑英華』巻七一四ならびに『全唐文』巻七六五に顧陶自らが記した序と後序が収録されている。序の末尾に「時に大中景子の年也」の記述があり、宣宗の大中十年（八五六）に成立したことがわかる。[6] また序の中に「唐の有るより始まり近く没するに迄《およ》び、凡そ一千二百三十二首、分かちて二十巻と為す」とあり、時代的には唐初から大中年間近くに没した中唐期の詩人までをカバーし、千二百首以上の詩を二十巻に収めた、かなり大規模な詩の総集であったことがうかがえる。撰者顧陶の経歴は明らかではないが、『新唐書』芸文志に「顧陶唐詩類選二十巻、大中校書郎」、『全唐文』の作者注記に「会昌四年進士、大中時、官校書郎」とあり、会昌四年（八四四）に進士に及第し、大中年間（八四七〜八五九）に校書郎に任ぜられたことは判明する。おそらく校書郎の任務についたのを契機に、任務の傍らにこの書物を編纂したのであろう。後序は冒頭に「余、類選を為して三十年、神思耗竭し、老の将《まさ》に至らんとするを覚えず。今大綱已に定まりて、勒して一家を成す」とあり、その後に中唐から晩唐期にかけての詩人たちの名を掲げ、「若《も》し得《う》る所有らば、別に巻軸を為して、二十巻の外に附す」と記しているところから、『唐詩類選』を編纂した三十年後の西暦八八〇年頃に、『唐詩類選』編纂当時には得られなかった詩人の作品を別巻として追補する際に記されたものと推定される。[7]

今、日本の平安中期の漢文学との関連において、この『唐詩類選』に注目するのは、（1）唐人が自ら唐代詩を編纂した唐人選唐詩としては、時期が最も遅い晩唐期に成立し、後序に述べられた別巻も含めれば、初唐詩から、平安中期の漢文学に影響を与えた中晩唐詩までをカバーする相当大部な総集である、（2）詩集としての中身は散佚しているが、序と後序にそれぞれ、唐代初期から中晩唐期にかけての才名あるとされる詩人名が列挙されており、これによって、晩唐においてどのような唐代詩人たちが名を馳せ、当時の人々に読まれているのかを知る恰好の資料となりうる――当然撰者の好尚も働いているにしても、それを『千載佳句』に採られた唐代詩人と比べれば、彼我の唐代詩受容の共通点や相違点などを多少なりとも考察できる、（3）後述するように、この書物はその逸文が日本側の資料に残されており、鎌倉時代以前に日本に将来されていることが確かめられる。時代的には平安中期までに日本へ将来された可能性は十分あるので、この書物が『千載佳句』や『和漢朗詠集』などの佳句の供給源になっている可能性もあり得る、といった理由による。

（1）について少し附言すれば、現存する唐人選唐詩をおよその時代順に示すと、『河嶽英霊集』（殷璠〈伝未詳〉撰。三巻、常建〈開元十五年727進士及第〉から閻防〈開元二十二年734進士及第〉までの詩人二十四人、二二七首）、『国秀集』（芮挺章撰。天宝三年744序、三巻。詩人九十人、二二〇首）、『篋中集』（元結〈大暦七年772没〉撰。一巻、詩人七人、二十四首）、『中興間気集』（高仲武撰。二巻。序に至徳初756から大暦末780に至る詩人二十六人、一四〇首を収めたと記す）、『御覧詩』（令狐楚〈開成二年837没〉撰。一巻。詩人三十人、二八九首）、『極玄集』（姚合〈元和十一年816進士及第〉撰。二巻。詩人二十一人、九十九首）、『捜玉小集』（撰者未詳。一巻。詩人三十七人、六十三首）となり、時代的には『御覧詩』や『極玄集』が中唐期にかかるが、令狐楚は白居易よりかなり早く没しており、姚合も白居易とほぼ同世代人であろうから、これらの総集には晩唐期の詩人の作は収められていない。また、規模的に見ても、一番大部な『御覧詩』でも二八九首、他も数十首から二百首程度を収めるのみで、二十巻に一二三二首を収める『唐詩類選』とは、大きな差がある。五代に入ると、後蜀の韋縠撰の『才調集』が編まれ、これは十巻に一千首を収め、現存する宋代以前の唐詩の総集としては最大のもので、時代的にも元稹、白居易から李商隠、温庭筠らの晩唐期の詩人、さらに韋荘らの五代期の詩人までが含まれるが、『唐詩類選』は、この『才調集』に匹敵し、それをやや上回る規模であったと想像すればよいだろう。後代の『三体詩』の四九四首（増註三巻本）、『唐詩鼓吹』の五九六首、『唐詩選』

の四六五首などに比べても、唐詩の総集としては相当大規模なものであったと位置づけられよう。

次節では、前に（2）として挙げた、『唐詩類選』の序・後序に列挙された唐代詩人と、『千載佳句』に採られた唐代詩人との比較を通して、晩唐期の中国と平安中期の日本における唐代詩の受容の共通点・相違点を探ってみたい。

二、『唐詩類選』序・後序に挙げられた唐代詩人と『千載佳句』の唐代詩人の比較

『唐詩類選』序の冒頭において、撰者顧陶は「詩は風俗の邪正を察し、王化の興廃を審《つまび》らかにする」ものという『毛詩』大序以来の伝統に連なる諷喩性を重視した詩の定義を掲げ、この観点から歴代の詩の傾向を批評していく。「周より漢魏に及ぶまで政治を諷喩しない作品はなかった」、「晋宋の詩人も雅頌の正調を失わず、直言を避けずに、よく漢魏の風を遵守した」といい、「しかし斉梁陳隋におよんで徳義は浅薄になり、詩人は浮艶を誇るようになり、風雅の道は様変わりした」と批判し「王沢竭《つ》きて詩作らず」という状態になったと述べる。そして唐代における詩の復興を讃え、傑出した詩人たちが輩出したことを述べ、彼らの名を列挙していく。

国朝以来、人多く古《いにしへ》に反《かへ》り、徳沢広く被《おほ》ひ、詩の作者継出す。則ち杜李時に挺生する有りて、群才得《う》れども並ぶこと莫し。其の亜は則ち昌齢、伯玉、雲卿、千運、応物、益、適、建、況、鵠、当、光羲、郊、愈、籍、合せて十数子なり〈杜甫、李白、王昌齢、陳伯玉、孟雲卿、沈千運、韋応物、李益、高適、常建、顧況、于鵠、暢当、儲光羲、孟郊、韓愈、張籍〉。……爰《ここ》に律体有り。清巧を祖尚し、切語の対を以て工と為《な》し、声病を絶つを以て能と為《な》す。則ち沈、宋、燕公、九齢、厳、劉、銭、孟、司空曙、李端、二皇甫の流有りて、実に其の数繁《しげ》し〈沈佺期、宋之問、張説、張九齢、厳維、劉長卿、銭起、孟浩然、司空曙、李端、皇甫曽、皇甫冉〉。皆新韻に妙にして、名を当時に播《ひろ》げ、亦た章句を守る範にして、其の正を失はざる者と謂ふべきなり。

（『唐詩類選』序・後序の本文は『全唐文』により、私に訓読したものを掲げる。〈　〉内は原文割注）

杜甫、李白の二人を抜きんでた存在として挙げ、その次（「亜」）に位置する詩人として王昌齢以下張籍まで十五名を挙げた後、別に律詩に秀でた詩人として沈佺期以下皇甫冉に至る十二名の名を列《つら》ねる。さらに最初の編纂から三十年後に書かれた「後序」では、「序」に名を連ねた唐代詩人たちの後を承け、初回編纂時にはまだ取り上げられなかった中唐から晩唐にかけての詩人たちの名が列挙されている。ただし元白二人については、あまりにも有名で、また家集も膨大であるために収録を見送り、彼らに次ぐと目される詩人たちから収録を始めたようである。

昔元相国〈稹〉、白尚書〈居易〉の若《ごと》きは、名を一時に擅《ほしいまま》にして、天下称して元白と為し、学ぶ者翕然として元和詩と号す。其の家集浩大にして、彫摘すべからず。今共に取る所無きは、蓋し微志の存するなり。此者《これら》に足らざる所、以て刪定の初めとす。相国令狐〈楚〉、李涼公〈逢吉〉、李淮海〈紳〉、劉賓客〈禹錫〉、楊茂卿、盧仝、沈亜之、劉猛、李渉、李璆、陸暢、章孝標、陳罕等十数公の如きは、詩猶世に在り。……近くは則ち杜舎人牧、許鄂州渾より、張祐、趙嘏、顧非熊に洎《およ》ぶ数公、並びに詩句有りて、播《ひろが》りて人口に在るも、身没して二三年、亦た正集に未だ絶筆の文を得ず。若《も》し得る所有らば、別に巻軸を為して、二十巻の外に附す。

さて、それでは改めてこれら『唐詩類選』の序と後序に挙げられた唐代詩人たちの、『千載佳句』における詩句の収録状況（表二）を見てみよう。序と後序に挙げられた詩人たちの名を順に上に掲げ、その下に、それぞれの詩人の『千載佳句』における収録詩句数を示して対照し、序・後序の記述に従って、ＡＢＣの三つに分類して掲げる。

実際には、『千載佳句』に摘句されたこれらの詩人の詩句が『唐詩類選』所収のものと同じかどうかを確認できるわけではなく、あくまでも『千載佳句』に採られた詩句の数だけをもとにした見通しにすぎないが、この対照結果から、ひとまず次のようなことが言えるのではないか。

・Ａグループでは、『唐詩類選』序で顧陶は杜甫と李白を抜きん出た詩人とし、他はその「亜」（一つ格下）とし

表㈠

A 序（杜李とその亜たる詩人）		B 序（律詩に優れた詩人）		C 後序（中唐後期から晩唐期の詩人）	
杜甫	六首	沈佺期		元稹	六五首
李白	三首	宋之問	三首	白居易	五〇七首
王昌齢		張説		令狐楚	一首
陳伯玉		張九齢		李逢吉	
孟雲卿		厳維	三首	李紳	
沈千運		劉長卿	五首	劉禹錫	一九首
韋応物		銭起	一首	楊茂卿	
李益		孟浩然		盧仝	
高適	二首	司空曙		沈亜之	
常建		李端	七首	劉猛	
顧況	二首	皇甫曽		李渉	
于鵠	一首＊	皇甫冉	三首	李璆	
暢当				陸暢	二首
儲光羲				章孝標	三〇首
孟郊				陳罕	
韓愈	一首			杜牧	
張籍	一首			許渾	三四首
				張祐	一首
				趙嘏	一三首
				顧非熊	

（＊この一首は『全唐詩』では王建の作として採られる）

て扱っているが、『千載佳句』においても、このグループにおいては杜甫と李白が優位に立っている。また顧陶は序で「杜李」と杜甫を李白の前に立てているが、『千載佳句』の詩句数も同様の順になっているのが興味深い[8]。

・Aグループでは杜甫と李白が目立つものの、A・B両グループ全体の『千載佳句』における入集詩句数を比べてみると、大江維時は、AグループよりもBグループの詩人たちからより多くの詩句を入集させている。維時は七言律詩の対句を集めるに当たり、顧陶が「切語の対を以て工と為し、声病を絶つを以て能と為す」律体の名人として評価したこれらの詩人たちのうちの、宋之問、厳維、劉長卿、李端、皇甫冉らについて、やはり顧陶と同様に、律体に優れた詩人として意識しており、意図的にこれらの詩人の作品から多くの詩句を抜粋していたのではないか。

・Cグループでは、元稹、白居易、劉禹錫らのいわゆる「白詩圏」の詩人たちを別にすると、顧陶が『唐詩類選』後序で「その詩が世に知られている」中唐期から晩唐期にかけての詩人として列挙した中の、章孝標、許渾、趙嘏らの詩句が、『千載佳句』でも元白に次いで多く採られていることが注目される。これらの詩人については、晩唐期の中国における評価・好尚をそのまま承《う》けて、当時の日本の文人たちにも受け入れられ、その結果、大江維時も多数の詩句を入集させることになったのであろう。また、顧陶が章孝標、許渾、趙嘏らと並んでその名を掲げ、現代でもこれらの詩人たちよりもはるかに知名度が高い杜牧の詩句が『千載佳句』には一首も入集していないことは、日中間における杜牧詩の受容の差異を物語るものとして注意する必要があろう。

それでは逆に、『唐詩類選』序・後序に名前が挙がらなかった詩人で、『千載佳句』に多数の詩句（とりあえず十首以上）が採られた者を次に挙げてみよう。

杜荀鶴　二十首、楊巨源　十八首、方干　十六首、温庭筠　十六首、何玄　十二首、賀蘭遂　十二首、王維　十一首、羅隠　十首

これらの詩人を時代的に見てみると（以下、詩人の生没年等は周勛初主編『唐詩大辞典』〈江蘇出版社、一九九〇年〉に拠る）、杜荀鶴（八四六—九〇四）、楊巨源（七五五—?・長慶元年〈八二一〉国子司業）、方干（?—八八五?）、温庭筠（八一二—八七〇）、何玄（生没年未詳）、賀蘭遂（生没年未詳）、王維（七〇〇—七六一）、羅隠（八三三—九一〇）となる。

生没年未詳の何玄、賀蘭遂を除くと、杜荀鶴（八四六—九〇四）、方干（?—八八五?）、温庭筠（八一二—八七〇）、羅隠（八三三—九一〇）らは、『唐詩類選』後序に名が見える最も遅い時代の詩人である趙嘏（八〇六—八五二?）、許渾（七八八?—八五八）に比べて、さらに二十年以上も後の世代の詩人たちであり、おそらくこれらの詩人たちの作品は、まとまって生前の顧陶の目に触れることはなく、それ故、後序にその名が挙がっていないのであろう。そうすると、『千載佳句』に多数の詩句が採られた詩人で、顧陶が作品を知る可能性がありながら『唐詩類選』序で取り上げなかったのは、王維と楊巨源の二人ということになる。楊巨源はともかく、顧陶が杜甫と李白の名を挙

げながら、同じ盛唐期の著名な詩人で、生存当時から既に名声を得ていた王維の名を序に挙げていないのは、いささか不審であるが、その理由を明らかにすることは難しい。ただ、晩唐期にさしかかると、杜甫・李白の二人の存在がそれまでよりも一段とクローズアップされてきて、王維はその陰に隠れてしまうという傾向があったのかもしれない。逆に日本では、『日本国見在書目録』に「王維集廿（巻）」と見えるように、盛唐期の中国での盛名を承けて、平安朝の前期には既にその別集が舶載され、早くから愛読されていたと思われ、そのために『千載佳句』でもその詩句を多く採録しているのであろう。このあたりは、王維という詩人の受容をめぐって、九〜十世紀にかけて日中で差異が生じているのかもしれない。

結局、この王維と楊巨源を除き、さらに時代的に顧陶の目に留まらなかったと思われる前掲の晩唐後期の詩人たちを除くと、『千載佳句』で多く詩句が採られている詩人たちは、すべて先の（表㈠）の中に出ていることになり、『唐詩類選』撰者の顧陶が注目し評価していた唐代詩人たちの中に、『千載佳句』に多数の詩句が採られた作者たちが少なからず含まれることとから、晩唐期の中国における唐代詩人の評価と、大江維時『千載佳句』の入集句数による評価との間には、ある程度の共通性があることが看取される。それはやはり偶然ではなく、維時が中国の晩唐期における唐代詩人の評価の動向を、何らかの形でよく知り得ていたことによるのではないだろうか。もしそうであるならば、一節の『唐詩類選』に注目する理由の（3）で述べた、『唐詩類選』が鎌倉時代以前に日本に将来されていた形跡があることは非常に興味深い。仮に大江維時が『唐詩類選』を見ることができたならば、当然その序や後序にも目を通したはずであり、そこに述べられた顧陶の唐代詩人の評価が、維時の佳句採取の動向にも何らかの影響を与えている可能性が出てくるからである。こうした点に留意しながら、次章では日本に残存する貴重な『唐詩類選』の逸文を検討し、『唐詩類選』の日本における受容、その位置づけについて、臆測をめぐらしてみたい。

三、『唐詩類選』と『千載佳句』『和漢朗詠集』
——『和漢朗詠集』博士家写本に見える逸文をめぐって——

『唐詩類選』は、その序と後序が『文苑英華』や『全唐文』に載せられ、書名が『新唐書』『宋史』の芸文志に見えるものの書物自体は散佚し、中国側の資料では宋代の一部の詩話類に杜甫の詩句が杜詩の校異資料として引用されているが（その詳細については注（8）長谷部論文参照）、杜甫の詩句以外の逸文は管見の限り、中国側の資料には見出し得ていない。しかし日本には杜詩以外の貴重な逸文が残されており、同時にそれはこの書物が早くから日本に将来されていたことを物語っている。その逸文は某氏蔵正安二年（一三〇〇）奥書『和漢朗詠集』（正安本）の裏書に二条、ならびに同書と建長三年（一二五一）菅原長成筆専修大学図書館蔵『和漢朗詠集』（建長本）、貞和三年（一三四七）安部直明筆天理図書館蔵『和漢朗詠集』（貞和本）の詩題・作者注記部に一条が見えるが、近時影印紹介された三河鳳来寺旧蔵暦応二年（一三三九）藤原師英写『和漢朗詠集』は上下巻揃いの完本で、前述の諸本の内容を網羅しているうえ、それら諸本には欠落していた下巻裏書を備えている。そこに新たにもう一条『唐詩類選』の逸文が見出せる。[9] いまそのすべてを該当する『和漢朗詠集』（以下適宜『朗詠集』と略称する）の佳句本文・作者注記とともに挙げる（引用はすべての逸文を備えた三河鳳来寺旧蔵『和漢朗詠集』に拠る。原文の漢字表記は現行の字体に改め、適宜句読点・返り点を付けた）。

(ⅰ)春部・雨「長楽鐘声花外尽、龍池柳色雨中深」李嶠／銭起（『千載佳句』四時部・春興）

〔上巻裏書〕

唐詩類撰十一、銭起贈二閣下閻舎人一詩、二月黄鶯飛二上林一、春城紫禁暁陰々、長楽鐘声花外尽、龍池柳色雨中

深、陽和不レ散窮途恨、霄漢常懸捧レ日心、献レ賦十年猶未レ遇、羞将二白髪一対二華簪一。

(ii)秋部・九日付菊　「燕知社日辞巣去、菊為重陽冒雨開」李端（『千載佳句』時節部・重陽）

〔上巻裏書〕

唐詩類撰曰、秋日東郡作。皇甫冉云。作者相違、如何。

閑看二秋水一心無レ事、臥対二寒林一手自栽、廬岳高僧留レ偈別、茅山道士寄レ書来、燕知二社日一辞レ巣去、菊為二重陽一冒レ雨開、浅薄将レ何称二献納一、臨レ岐終日自遅レ廻。

(iii)秋部・雁付帰雁　「万里人南去、三春雁北飛、不知何歳月、得与汝同帰」李陵

〔詩題・作者注記〕

南中詠雁　絶句　韋承慶云々　唐詩類撰第六

(iv)雑部・故宮付故宅　「老鶴従来仙洞駕、寒雲在昔妓楼衣」菅

〔下巻裏書〕

唐詩類撰、朱湾同二達奚宰一過二竇子明仙壇一詩曰、華表問看何歳木、片雲留著去時衣。

(i)(ii)では『朗詠集』に採られた佳句の原詩全体の本文が、『唐詩類選』に拠り示されており、(iii)では佳句の作者としてもともと「李陵」と記されていたのに対して、『唐詩類選』に拠り、この詩が韋承慶の「南中詠雁」詩であることを注記したものである。なお(ii)においても、佳句の作者が『朗詠集』の詩句の注記では「李端」とあったのに対し、『唐詩類選』では皇甫冉の「秋日東郡作」（『全唐詩』は「秋日東郊作」に作る）であることを示し、「作者相違」と注記する。(iv)は、道真句の下句に使われる、人の住まなくなった邸宅の上にかかる雲を、昔そこに住んでいた人の衣に見立てるという趣向が、『唐詩類選』中の中唐の朱湾の詩にも見えるという注記で、(i)(ii)(iii)のように出典詩の全文を示したり、作者の違いを示したりする注記とは質が異なり、かなり高度な注釈と言って良い。実際に

道真がこの朱湾詩を意識して詩作したかどうかはともかく、『唐詩類選』をフルに活用して、現代の発達した電子テキスト検索にも負けない注釈を行っていたことがうかがえる。これらの逸文から、次のような情報が読み取れる。

(a)建長三年（一二五一）筆の菅家本に引用があることから、『唐詩類選』は鎌倉前期までには、確実に日本に渡ってきていた。

(b)(i)に「唐詩類撰十一」、(iii)に「唐詩類撰第六」と、巻数を上げて所在を示すところから、ここに引かれた『唐詩類選』のもとは、二十巻揃いの完本であった可能性が高い。

(c)言わずもがなであるが、(i)(ii)(iii)の『朗詠集』の詩句の原詩は、すべて『唐詩類選』に採られており、さらに(i)(ii)を参照してもらえば、『朗詠集』の元になった『千載佳句』の二首の詩句についても、同様に『唐詩類選』にその原詩が採られていたことになる。また『唐詩類選』には律詩だけでなく、絶句も採られていたことがわかる。

(d)(iv)から『唐詩類選』は『朗詠集』佳句の出典や作者の確認に使われていただけでなく、佳句に用いられた語句や表現の、唐詩における先行例を調べるための情報源としても用いられていたことがわかる。

さらに、『唐詩類選』逸文が記されたこれら四本の『朗詠集』写本は、いずれも鎌倉中期以降の書写とはいえ、すべて博士家の証本、またはその転写本であり、そこには平安後期から鎌倉初期にかけての大江家や菅原家、藤原南家などに伝えられた『朗詠集』詩句に関する知識が集約されている。[10] 従って、この裏書や詩題注記に記された『唐詩類選』も、遡れば鎌倉初期、さらに平安後期へとたどり着く可能性は高い。前述のように(i)(ii)では『唐詩類選』は詩句の原詩全体を示すために引用されており、また(iii)においては、原詩の引用はないが、これはたまたま絶句で『朗詠集』に一首全体が採られているために、原詩を載せることはあえてせず、『朗詠集』写本と相違する作者名と詩題だけを提示していると考えられる。つまりこれら(i)(ii)(iii)に見える『唐詩類選』は、『朗詠集』に採られた詩句の原詩を求め、その詩題や作者を知り、あるいは『朗詠集』写本に記された作者との異同を確かめるために利用されているのと考えられるのである。ここで思い合わされるのが、『今鏡』（紅葉のみかり）に記された、大江匡房が白河天皇の発案により、『朗詠集』に採られた詩句の原詩の全文を蒐集したという次の記事である。

（白河天皇は）また唐国の歌をもてあそばせ給へり。朗詠集に入りたる詩の残りの句を四韻ながらたづね具せさせ給ふこともおぼしめしよりて、匡房中納言なん集められ侍りける。

この時、匡房が原詩を蒐集する際に用いた書物のうちに『唐詩類選』があり、その時にこの書物から抜き出した原詩や、詩題・作者に関するデータの一部が、転写・転記を経て前記の三本に裏書や注記の形で伝えられたとすれば、いかがであろうか。一章で述べたように、『唐詩類選』は晩唐の大中十年（八五六）の成立であるから、時代的にいえば、匡房がこの書物を利用できた可能性は十分にある。いや、時代的には匡房どころか、『朗詠集』の撰者藤原公任、『千載佳句』の撰者大江維時でさえ、この書物を利用することは十分可能であった。現存する平安期の図書目録である『日本国見在書目録』や『通憲入道蔵書目録』にその名が見えないために、日本へ将来されたのがいつの頃かは不明であるが、中世から近世にかけての『三体詩』や『唐詩選』の流行からも想い起こされるように、このようなまとまった規模で初唐期から晩唐期までを通観できる唐詩の総集は、日本ではかなりの需要があったものと思われる。貴顕や博士家などの求めに応じて、唐商人などが持ち込んだ可能性もあり得よう。

さらに、この『唐詩類選』が、その書名から見て、作者別に詩を集成したものではなく、主題別に詩を集めて分類した「類書的性格」を持った総集であったと想定されることにも注意したい。これについては、既に明の張之象撰『唐詩類苑』複製本（汲古書院、一九九〇年）の「まえがき」において、中島敏夫が、

『唐詩類苑』の「凡例」は「詩に類書無し。詩の類書有るは茲《こ》の刻自《よ》り始まる」と言うが、唐詩を事類によって分け編纂した詩集は、実はこれ以前にもあった。唐、顧陶『唐詩類選』二十巻、及び宋、張申奎『分門纂類

唐歌詩』一百巻である。前者は既に佚し、僅かに序文だけが『文苑英華』に残る。……（以下略）……

と述べている。『唐詩類苑』は天部、歳時部、地部、山部、水部……以下の部門を立て、さらに各部門の中を細目別に分けて、そこにほぼ時代順に該当するテーマの詩を配列していくが、その部門は、『初学記』『芸文類聚』『白氏六帖』等の類書の部門に類似している。おそらく『唐詩類選』もこうした唐代の先行類書の部門を襲った部門を有し、そこに詩を配列していたのではないか。もしそうした形態を持った詩集であるならば、これは平安朝の文人たちにとって、テーマごとに模範となる唐詩を一覧できる大変魅力的な資料であったことになる。たとえば『千載佳句』のような部門、項目を持った佳句選を編集する時にはまさにうってつけの総集であったろう。

これ以上臆測に臆測を重ねることは控えたいが、『千載佳句』の唐人佳句の出処をとして金子彦二郎が想定した「詩文総集類の如きもの」（本稿「はじめに」の引用参照）、あるいは『朗詠集』の編纂材料に関して柿村重松が「唐代の総集、句集は少なからず本邦に伝はり居りしなるべく」（『和漢朗詠集考証』序説「二　朗詠集の内容」）と述べたような、唐代の詩の総集として、『唐詩類選』を候補の一つとして想定することは許されるのではないだろうか。

終わりに

本稿では、『唐詩類選』という、今は散佚した唐詩の総集を取り上げ、特に晩唐期における中国の唐代詩の受容の状況と、平安中期の日本の佳句選における唐代詩の受容状況との比較を、表面的ではあるが一通り試みた。この書物の逸文がもう少し残っていれば、さらに具体的な比較考察が可能であろうし、また日本における受容の様子や、『千載佳句』『朗詠集』の佳句の供給源の一つであった可能性についても、もう一歩踏み込んだ考察ができるであろう。『唐詩類選』は、『宋史』芸文志にも「唐詩類選二十巻」とあり、宋代の詩話類に、そこに収められた杜甫の詩句が引かれることから、中国でも宋代までは完本で伝わっていたことは確かである。今後もその逸文が日中の資料の中から発見される可能性はないとはいえない。その期待を込めて、中国側の『文苑英華』『全唐文』に残された顧陶の序と、日本側の『朗詠集』写本に記されたわずかな（しかし貴重な）逸文を頼りに臆測を重ねた本稿を閉じることにしたい。

注

（1）『扶桑集』については、田坂順子『扶桑集　校本と索引』（櫂歌書房、一九八五年）、『本朝麗藻』については、『平安朝文学研究ハンドブック』（和泉書院、二〇〇四年）の「本朝麗藻・一条朝文壇」（本間洋一執筆）に詳細な最新の研究情報が載せられており、『江吏部集』については、木戸裕子「江吏部集試注」（『文献探求』〈文献探求の会〉三十六号〜、『鹿児島県立短期大学人文論集　人文』二十二号〜、『鹿児島県立短期大学紀要』四十九号〜に分載して連載中）などが挙げられる。

（2）福井迪子『一条朝文壇の研究』（桜楓社、一九八七年）、後藤昭雄『平安朝文人志』（吉川弘文館、一九九三年）など。

（3）主に平安中期までを対象とした論としては、谷口孝介「天暦期の詩人と白詩―句題詩の生成―」（『白居易研究講座第三巻』〈勉誠出版、一九九三年〉）、小野泰央「平安朝句題詩の制約―題字を発句に載せること―」（『和漢比較文学』十二号、和漢比較文学会、一九九四年一月）、本間洋一「平安朝句題詩考」（『王朝漢文学表現論考』〈和泉書院、二〇〇二年〉）、佐藤道生「詩序と句題詩」「句題詩詠法の確立―日本漢学史上の菅原文時」（『平安後期日本漢文学の研究』〈笠間書院、二〇〇三年〉）など。

（4）佐藤道生「平安後期の漢文学―本書の総論として」（注（3）前掲書）。

（5）矢島玄亮『日本国見在書目録―集証と研究―』（汲古書院、一九八四年）の「日本国見在書目録の研究」参照。

（6）「景子」は「丙子」に同じ。唐高祖の父の諱「昞」を避けたもの。

（7） ちなみに後序の末尾近くに「嗟乎《ああ》、行年七十有四、一名已《すで》に成り、一官已に棄つ」と見え、顧陶はこの時七十四歳であった。この記述から、『唐詩類選』を最初に編んだ大中十年、校書郎の時点では彼は四十代半ばであったことがわかる。

（8） 顧陶の『唐詩類選』が、唐代の選集でありながら早くも杜甫を重視し、多くの杜詩を入集させていたこと、またどのような作品が入集していたかなど、『唐詩類選』と杜甫との関係については、長谷部剛「唐代における杜甫詩集の集成と流伝」（一）（関西大学『文学論集』第六十巻第四号、二〇一一年三月）、同（三）（関西大学『文学論集』第六十一巻第四号、二〇一二年二月）を参照。

（9） 以上の諸本については、次のような影印が刊行されている（書写年次順に掲げる）。

・建長三年（一二五一）菅原長成写　専修大学附属図書館蔵本（『専修大学図書館蔵古典籍影印叢刊』第一期第七回配本、一九八一年）＊上巻のみ（下巻は別系統）

・某氏蔵正安二年（一三〇〇）奥書本（日本古典文学刊行会『複刻日本古典文学館』第一期第八回配本、一九七五年）＊上巻のみ

・暦応二年（一三三九）藤原師英写　三河鳳来寺旧蔵本（佐藤道生『三河鳳来寺旧蔵暦応二年書写　和漢朗詠集　影印と研究』〈勉誠出版、二〇一四年〉）＊上下巻揃

・貞和三年（一三四七）安部直明写　天理図書館蔵本（栃尾武『貞和本和漢朗詠集　附漢字総索引和歌用語索引』〈臨川書店、一九九三年〉）＊上下巻揃

なお、三河鳳来寺旧蔵本の下巻裏書の『唐詩類選』逸文の存在については、三木「書評　佐藤道生著『三河鳳来寺旧蔵暦応二年書写和漢朗詠集　影印と研究』」（『国語と国文学』第九十二巻四号、二〇一五年四月）で触れている。

（10） 三木「『和漢朗詠集』博士家写本の解読　学的情報としての〈注記〉の読み取り」（『院政期文化論集二　言説とテキスト学』院政期文化研究会編〈森話社、二〇〇二年〉）参照。

〔初出〕『国語と国文学』第八十二巻第五号（東京大学国語国文学会、二〇〇五年五月）に同題で掲載。

〔補記〕初出原稿提出時には、中国文学研究の側からの『唐詩類選』研究についての知見は皆無であったが、注（8）に掲げた論考の著者の長谷部剛氏から教示を受け、中国文学研究の側では特に杜甫の研究者たちの間で、唐代における早期の杜甫詩の評価・享受の例として、『唐詩類選』が注目されていることを知り、初出時の本文に若干の改訂を行った。最新の『唐詩類選』に関する論考として、永田知之「『唐詩類選』雑考―類書と唐人選唐詩―」（東方学研究論集刊行会編『高田時雄教授退職記念東方学研究論集』［日英文分冊］、東方学研究論集刊会、二〇一四年六月）がある。また初出時には知られていなかった、上下巻揃いの完本で裏書も完全に備えている『三河鳳来寺旧蔵暦応二年書写　和漢朗詠集』が影印刊行されたことにともない、『和漢朗詠集』古写本に見える『唐詩類選』逸文の引用を、同書のものに変更した。

2 菅原道真の「端午日賦艾人」詩と唐人陳章の「艾人賦」

――平安朝における唐代律賦受容の一端――

はじめに

中国から入ってきた節日の行事が、日本の朝廷でも行われるようになると、彼地に倣ってそれを題材にして漢詩文を詠むことも行われるようになり、『懐風藻』や『凌雲集』『文華秀麗集』『経国集』には、三月三日の曲水、七月七日の七夕、九月九日の重陽と、それぞれの行事を題材にした詩が数多く採録されている。しかし、五月五日の端午節だけは、夏の蒸し暑い、雨の多い時期に行われる故か、これを題材とした詩はこれらの詩（文）集に存在しない。中国でも、例えばインターネットサイトの「寒泉」を利用して『全唐詩』で「端午」を題に持つ詩を検索してみても、わずか十二首を見いだすに過ぎない（詩中に「端午」を詠んだ例を加えても十六首にとどまる）。

このように、日中の端午を題材にした詩作がほとんど存しない状況を見るにつけても、九世紀の後半の日本において、菅原道真が讃岐の国司として在任中の寛平元年（八八九）に、端午節を題材として「端午日賦艾人」詩を詠んでいることは注目に値する。(1)これは「寒食」を詩に詠むなど、中国由来の年中行事を積極的に詩に詠んでいった道真の志向におそらく起因するのであろう。(2)

そのうえで道真は、中国でも珍しい端午節の詩において、魔除けの具として門戸に懸けられる「艾人《がいじん》」を詩題に取り上げるのであるが、これはいよいよ希な題材で、先の「寒泉」により『全唐詩』を検索してみても、「艾人」が詩題に登場する作品は皆無であり、その語が詩中に詠まれた作品も、わずか二首を数えるに過ぎない。

道真は端午節の詩の題材として「艾人」を詠むことを、どこから学んだのであろうか。また「艾人」を詩に詠むに当たり、その表現を何に求めたのであろうか。

本稿では、日本のみならず、中国の文学までを視野に入れても特異な、道真のこの「端午日賦艾人」詩が、中国唐代の人、陳章（もしくは陳廷章）作の「艾人賦」と深く関わっていることを述べ、この道真の特異な題材による詩作の背景を探るとともに、今まで明らかにされてこなかった、平安前期における唐代律賦の受容の一端を明らかにしたい。

一、道真の「端午日賦艾人」詩と『荊楚歳時記』に見える「艾人」

まず始めに道真の「端午日賦艾人」詩と、私に試みたその訓読文とを次に掲げる（本文は元禄十三年刊『改正菅家文草』に拠る。二句目の「霊」字、底本はじめ諸本「雲」字に作るが後掲「艾人賦」により改める）。

端午日賦艾人
艾人形相自蒼生
初出霊溝束帯成
運命歓逢端午日
追尋恐聴早鶏鳴
有時当戸危身立

端午の日　艾人を賦す
艾人の形相　自《おのづ》から蒼生たり
初めて霊溝を出でて　束帯成る
運命は端午の日に逢へるを歓び
追尋して早鶏の鳴くを聴くを恐る
時有りて戸に当たりて　身を危《あやふ》くして立ち

無意故園信脚行　意《こころ》無くして故園に　脚《あし》に信《まか》せて行《あり》く
只合万家知採用　只合《まさ》に万家採用することを知るべし
縦焚筋骨不焚名　縦《たと》ひ筋骨を焚《た》くとも名を焚かず

この詩に詠まれる「艾人」とは、どのようなものか。これについては、『岩波日本古典文学大系　菅家文草』の補注にも指摘される、『荊楚歳時記』の次の記事がまず注意される（『歳時記』本文と撰者宗懍の注を掲げる）。

五月五日、謂之浴蘭節。四民並踏百草戯。採艾以為人、懸門戸上、以禳毒気。

（五月五日、之を浴蘭節と謂ふ。四民並びに踏百草の戯あり。艾を採りて以て人を為《つく》り、門戸の上に懸《か》け、以て毒気を禳《はら》ふ）〔本文〕

宗則、字文度。常以五月五日、鶏未鳴時採艾、見似人処、攬而取之、用灸有験。

（宗則、字《あざな》は文度。常に五月五日、鶏未だ鳴かざる時を以て艾を採り、人に似たる処を見、攬《す》べて之を取り、灸に用いるに験有り）〔宗懍の自注〕

『荊楚歳時記』の五月五日の端午節の項の本文に、人々が艾《よもぎ》を採り人の形を作り、それを門戸の上にかけて五月の毒気を払うとあり、『歳時記』撰者の梁の宗懍の自注には、故事として、宗則という人が、毎年五月五日、鶏の鳴く前に艾を採り、人の形に似たところを見つけて、これをまとめて取ってきて、（モグサにして）お灸に用いると効き目があった、と記す（艾人の図像については本稿末尾を参照）。以後の類書の「端午」の項や、本草書の「艾」の項などでも、「艾人」については、ほとんどすべてこの『荊楚歳時記』の記事が引かれており、これらの書物から、「艾人」についてこれ以上の情報を得ることは難しいと思われる。

今、この『荊楚歳時記』の記述と、道真「端午日賦艾人」詩の詩句との関連を拾い上げれば、頷聯第三句「運命歓逢端午日」は、『歳時記』の「五月五日……採艾以為人」をはじめとする「端午の節に艾人を作る」という内容と関わり、第四句の「恐聴早鶏鳴」が、同宗懍注の「鶏未鳴時採艾、見似人処、攬而取之」を踏まえていることが明らかである（大系補注に指摘する）。しかし他の詩句、たとえば二句目の「出霊溝」や頸聯五句目の「当戸危身立」と六句目「故園信脚行」、尾聯最終句の「縦焚筋骨不焚名」などはについては、『荊楚歳時記』に直接関連する語句を見い出すことができず、大系の頭注においても詩句の意を解しかねているようである。一体、道真は「端午日賦艾人」の詩句の、『荊楚歳時記』に由来しない表現を、どのようにして生み出したのであろうか。

先に述べたように、「艾人」を題材にした作品は中国でもほとんど見られないのだが、その希有な例が、詩ではなく、唐代の賦に存する。それが『文苑英華』巻一四九・草木部七に採られた陳章（『全唐文』では陳廷章）作の「艾人賦」である。この「艾人賦」を一読すると、賦の中の語句や表現が、道真の「端午日賦艾人」詩の中の、『荊楚歳時記』の記事との関連を見い出せない、いくつもの語句や表現と関連を持つことが明らかになる。次節では、この「艾人賦」を紹介し、さらに三節では、道真「端午日賦艾人」詩の語句や表現と「艾人賦」との密接な関係について述べていきたい。

二、「艾人賦」の紹介

それでは、道真の「端午日賦艾人」詩と関係を有すると考えられる、唐人陳章（陳廷章）の「艾人賦」を紹介したい。本文は『文苑英華』巻一四九、『全唐文』巻九四八、『御定歴代賦彙』巻一一九に収められるが、校訂が加えられた『全唐文』の本文に拠り、私に訓読を付す（原文の注記は〈　〉で示した）。押韻により段落を分け、押韻には○、題注に示された韻字には◎を右傍に施した。＊で当該段落の本文中の語句に対して簡単な注記を施し、その後に（　）で試みの訳を記した。ただし、難解な箇所も多く、存疑の訳には後ろに?を付けた。

艾人賦〈以*懸艾為人以禳毒気為韻〉

艾人賦〈「艾を懸《か》け人を為《つく》り以《もっ》て毒気を禳《はら》ふ」を以て韻と為す〉

＊懸艾為人以禳毒気―一節所引『荊楚歳時記』の「五月五日……採艾以為人、懸門戸上、以禳毒気」に拠る。

採彼艾兮、及此佳辰。標至霊以衛物、因善救以成人。当戸而居、悪*莠言兮結舌。負墻而立、甘菜色以安身。異発能以求旧、方止悪以知新。（上平声一一真韻）

彼《か》の艾を採りて、此の佳辰に及ぶ。至霊を標《しめ》して以て物を衛《まも》り、善救に因りて以て人と成る。戸に当りて居り、莠言を悪《にく》みて舌を結ぶ。墻《かき》を負ひて立ち、菜色に甘んじて以て身を安んず。異《こと》に能を発するは旧に求め、方《まさ》に悪を止《と》むるは新に知る。

＊莠言＝莠は、エノコログサ。田に生え、稲に似て稲を害する。そこから莠言は善言に似て実は害のある言葉をいう。

（艾草を採るのは、五月五日の佳節。艾草は霊威を示して万物を守り、善く人を救う力により人の形となる。門戸を守って居り、莠のような偽の善言を嫌って言葉を発しない。垣根を後にして立ち、菜と同じ色に甘んじて身を安置している。艾人の異能は古くから知られ、その悪を止める力は今あらためて知られる）

原夫、生亦有涯、寂然*没歯。*盈腰雖賤於楚客、奮臂若威乎*厲鬼。*苟三年之疾、雖云来者可追。而五日為期、豈復怨乎不以。蓬頭亦取其容直、蒿目似存乎深視。行止於百姓之病、雖云具体而微、育材於万物之霊、必見尽瘁以俟。

（上声四紙韻）

原《たづね》れば夫《そ》れ、生は亦た涯有り、寂然として没歯す。腰に盈《み》ちて楚客より賤《いや》しと雖も、臂を奮《ふる》ひて厲鬼《れいき》を威《おど》すが若《ごと》し。苟《いやし》くも三年の疾あらば、来る者追ふべしと云ふと雖も、而して五日を期と為して、豈に復た以《もち》いざるを怨まんや。蓬頭は亦た其の容直を取り、蒿目は深視を存するに似たり。百姓の病を行止して、体を具すに微《かす》かなりと云ふと雖も、万物の霊を育材して、必ず瘁《すゐ》を尽くして俟《ま》つを見る。

＊没歯―生涯を終える意。　＊盈腰……楚客―屈原の『楚辞』離騒に「戸ごとに艾を服して以て腰に盈《み》て、幽蘭は其れ佩《お》ぶべからずと謂ふ（人々は皆、五月五日に魔除けの艾を腰いっぱいになるまで身につけるが、深林の奥にある蘭のような高貴なものはとても身につけられないと言う）」とあるのにもとづく。人々が卑俗なものに惹かれ、自分の高邁な志を理解しないことをいう。楚客は屈原を指す。　＊厲鬼―病気を流行らせる悪鬼。　＊苟三年之疾……―『孟子』離婁章句の「今の王たらんと欲する者は、猶七年の病に、三年の艾を求むるがごときなり。苟しくも蓄えざるを為さば、身を終うるまでも得じ」に拠り、（三年分の艾は七年の病には足らないが）三年の病には十分に間に合う、の意か。猶、後考を俟つ。

（そもそも艾人の生には限りが有り、さびしく生涯を終える身?。艾は端午に腰一杯に飾られる卑俗な草で、楚客屈原が自らを喩えた蘭よりは賤しいが、艾人として腕を振るい精一杯悪鬼を威嚇している。もし三年分の病があればやって来てそれを追い払うけれども?、五月五日の仕事を期待しているが、用いられなくとも怨むことはない?。ざんばらの頭は姿形の朴直さにふさわしく、その目は奥深くまで見通すかのようだ。人々の病をおしとどめて、身体を表すのはわずかではあるが?、万物の霊をはぐくんで、必ず病を無くすまで俟ち続ける?）

＊直躬不墜、邪気可禳◎。毎表先生之候、善為君子之防○。＊類宗則之初来、一朝而獲○。順＊夏正之聚蓄、久要不忘○。終＊躡虚而挂戸、爰＊摭実以升堂○。想在野之時、豈謂生無＊根柢○。及得門之後、如其自有肝腸○。（下平声七陽韻）

直躬墜《お》ちず、邪気禳《はら》ふべし。毎《つね》に先生の候を表し、善く君子の防を為す。宗則の初めて来《きた》るに類し、一朝にして獲《う》。夏正の聚《あつ》めて蓄《たくは》ふるに順《したが》ひ、久しく要《もと》めて忘れず。終に虚を躡《ふ》みて戸に挂《かか》り、爰に実を摭《ひろ》ひて以て堂に升《のぼ》る。野に在る時を想へば、豈に生まれて根柢無しと謂はんや。門を得る後に及びて、其れ自ら肝腸有るが如し。

＊直躬―我が身の行いを正しくするもの、正直者。　＊類宗則……―『荊楚歳時記』に「宗則、字は文度。常に五月五日、未だ鶏の鳴かざる時艾を採り、人に似たる処を見て攬《と》りて之を取り、灸に用うれば験有り」という。宗則の例《ためし》に従

い、朝早く艾を採ることをいうか。　＊夏正……―夏正は、夏王朝の暦。陰暦の意で用いられるが、ここは暦の意。暦が蓄積されていっても、艾人を用いることは廃れないことをいうか。　＊躡虚―虚空を踏む、ここは足が空中にある様。晋の孫綽の「遊天台山賦」（『文選』巻十一）に「応真錫を飛ばして以て虚を躡《ふ》む」とある。　＊摭実―事実だけを選び取る、の意であるが、上句の「躡虚」との対からは、地を駆ける意で用いられるか。『佩文韻府拾遺』「摭実走」に「淮南子云く、鳥は虚を排《ひら》きて飛び、獣は実を摭《ひろ》ひて走る」とある（現存『淮南子』に未見）。　＊根柢―根元、の意。

（艾人の正直さは失墜することなく、邪気をはらうことができる。常に疫病より先に生じてその兆しを表し、善く君子のように人々を守る。宗則が初めて採りに来た時のように、五日の朝に艾を手にすることができる。暦が蓄積されても、艾はずっと求められ続け忘れられることはない。虚空を踏んで戸に懸かり、地を踏んで堂に昇る。野に在った時を思えば、どうして生まれつきの根無し草と言えようか。居るべき門戸を得た後は、人の形になって肝や腸を持つかのようである）

列名号於＊氷台、＊載典常於玉燭○。＊免縄持而遏悪、＊因草創而成俗○。以枝葉為膚革之胞、藉麻糸為筋骨之属○。＊待時而用、益彰惟爾之能○。＊不怒而威、詎可比予於毒◎。（入声二沃韻）

名号を氷台に列ね、典常を玉燭に載《の》す。縄持を免《ゆる》されて悪を遏《とど》め、草創に因りて俗と成る。枝葉を以て膚革の胞と為し、麻糸を藉《か》りて筋骨の属と為す。時を待ちて用うれば、益《ますま》す惟《こ》れ爾《なんぢ》の能を彰《あら》はす。怒らずして威《をど》さば、詎《なん》ぞ予を毒に比《なら》ぶべけんや。

＊氷台―艾の一名。『爾雅』に「艾、氷台〈今艾蒿〉」とある。　＊載典常……―「典常」は、人間の常に守るべき道。ここは艾人の行うべき道の意か。『初学記』五月五日の「採艾懸於戸上」に「玉燭宝典に云く、以て毒気を攘《はら》ふ」と、『玉燭宝典』に艾の効能が謳われていることを指す。　＊免縄持……―縄は、「悪を捕縛して正す」の意で、艾人が悪鬼を捕縛する力を持つことをいうか。　＊因草創……―艾人が、艾草をもって人の形に創られることを指すか。　＊待時

……――五月五日の時を待って用いれば、艾人（爾）の効力が存分に発揮できることをいう。＊不怒……――艾人は怒ってものを言う訳ではないが、門に懸けておくだけで自分を毒気から守ってくれるという意味か。

（艾人は、その名を氷台に連ね、その責務を玉燭宝典に載せる。捕縛の特権をゆるされて悪鬼を押しとどめ、草から創られて人となる。枝葉をもって皮膚とし、括られる麻糸をもって筋骨となす。端午の時節を待って用いれば、一段とお前の能力は発揮される。怒声を発せずに悪鬼を威嚇すれば、私を毒気に遭わせることはない）

＊起自蒿萊之下、処乎軒屏之前○。＊奉百薬而首出、展四肢而脈連○。＊異萱草之忘憂、孰云言樹。＊等匏瓜之不食、焉肯徒懸◎。

（下平声一先韻）

蒿萊の下より起りて、軒屏の前に処《を》り。百薬を奉じて首《かうべ》を出《いだ》し、四肢を展《の》ばして脈連《つら》なる。萱草の憂《うれ》ひを忘るるに異なり、孰《たれ》か言《ここ》に樹《う》うと云はんや。匏瓜《はうくわ》の食《くら》はれざるに等しきも、焉《いづくん》ぞ肯《あ》へて徒《いたづ》らに懸《か》からんや。

＊起自……――艾人が雑草から身を起こし、軒の下に堂々と飾られている様をいうか。＊奉百薬……――多くの薬草と同じ力を持つ艾草から、次第に頭や四肢がこしらえられて人の形になる様をいうか。＊異萱草……――『詩経』衛風「伯兮」の「焉《いづくん》ぞ諼草を得て、言《ここ》に之を背に樹《う》えん」（何とかして憂いを忘れられるという諼草〈萱草に同じ〉を手に入れて、家の後の庭に植えたい）を踏まえる。艾は萱草の様に愁いを忘れるという効能はないので、これを庭に植えたいという人はいない、の意。＊等匏瓜……――『論語』陽貨の孔子の言葉「吾豈に匏瓜ならんや。焉《いづくん》ぞ能《よ》く繋《かか》りて食《くら》はれざらんや（私はどうしてあの瓢箪《ふくべ》のような無能な人間であろうか。どうしてぶら下がったままでいつまでも食べられないままでいようか）」を踏まえる。艾人は匏瓜のようにぶら下がってはいるが、匏瓜のように何の役にも立たずに空しくぶら下がっているわけではない（人々を毒気から守る仕事をしている）、の意。

（艾人は雑草の中から身を起こし、軒端に居処を得る。百薬を奉じて顔を出し、枝葉の四肢を伸ばして気脈を通わせる。萱草のように憂いを忘れさせてくれるわけではないので、誰も「庭に植えたい」とは言わない。瓢箪と同じく食

用になるわけではないが、彼のように何の役にも立たずに空しくぶら下がっているのではない)

藹爾端容、森然屛気。逾芻狗而善御、並木奴而為貴。雖雷奔電激、寧聞乎危者使傾。而暑往寒来、亦見乎後生可畏。

(去声五未韻)

藹爾《あいじ》として容《かたち》を端《ただ》し、森然として気を屛《おほ》ふ。芻狗を逾《こえ》て善く御《ぎょ》し、木奴《もくど》に並びて貴と為す。雷奔電激すと雖も、寧《いづくん》ぞ危ふき者の傾けしむるを聞かんや。而して暑往き寒来るも、亦た後生の畏るべきを見んや。

＊藹爾―盛んな様。草木が生い茂る様。　＊端容―居住まいをただす、艾草が人の形を得て門戸に懸けられている様をいうか。　＊森然―樹木が盛んに茂る様。多く並び立つ様。　＊屛気―ここは、毒気をさえぎる意。　＊逾芻狗……―芻狗は病気平癒を祈って神に捧げるわらで作った犬。『老子』の「天地は仁ならず、万物を以て芻狗と為す」で知られる。病気を制御することでは、艾人の方が芻狗に勝ることをいう。　＊並木奴……―『芸文類聚』居処部・宅舎所引「襄陽記」の、襄陽の李衡が武陵の龍陽州のほとりに家を造り千本の橘樹を植えて、息子に「自分の家には千頭の木奴がいる」と告げた故事による。艾人は、李衡が植えた橘樹と並ぶほどに貴重な働きをする、の意か。　＊危者使傾―危険な状態に陥る様。『周易』繋辞下の「危ふき者は平ならしめ、易なる者は傾けしむ」に拠る。　＊後生可畏―『論語』子罕に見える孔子の有名な言葉。

(艾人は勢い盛んにして居住まいを正し、並び立って毒気をさえぎる。病気平癒の祭具の芻狗《わらのいぬ》よりも病をよく制し、木奴と呼ばれた橘樹に並ぶ貴重な働きをする。たとえ雷電が激しく飛び交うとも?、どうして人を危険に陥らせることがあろうか。季節が移り変わろうとも、彼より優れたものが後に現れることがあるだろうか)

故得攬蘭莫比、懸葦未奇。委質而桐君是録、焚軀而介子相随。宜爾室家、略備詩人之採。不祈土地、雅同儒者之為。

(平声四支韻)

故に蘭を攬《と》りても比ぶる莫く、葦を懸《か》くとも未だ奇とせざるを得たり。委質《ゐし》して桐君是れ録し、焚軀《ふんく》して介子に相ひ随ふ。爾《なんぢ》の室家を宜しくし、略《おほむ》ね詩人の採るに備《そな》ふ。土地を祈らずして、雅は儒者の為すに同じ。

＊故得……―艾人を戸に懸けることが、三月三日に蘭を手に秉ったり正月に葦を戸に懸けたりするよりも僻邪の方法として優れていることをいう。攬蘭や懸葦は『荊楚歳時記』の当該節日の記事に見える。＊委質―初めて仕官すること。委は置く、質は贄に同じく礼物のことで、仕官の初めに主君の前に礼物を置いて挨拶したことからいう。＊桐君―黄帝の臣下で『薬封』四巻を撰し薬草を採取して形や色を「録説」したという（『証類本草』所引陶隠居「本草経序」）。＊介子……―晋の介子綏（子推）が、逃亡中の晋の文公を必死に助けたにもかかわらず、帰国した文公から冷遇されたことを怨んで山に籠もり、気づいた文公が連れ出そうとして山焼きをしたが、介子綏は木を抱いて焼け死んだので、文公は、以後五月五日に火を使うことを禁じたという故事（『芸文類聚』五月五日所引「琴操」、寒食の由来譚でもある）に拠る。＊宜爾室家―家中がうまくいくようになること。『詩経』小雅「常棣」の「爾《なんぢ》の室家を宜しくし、爾の妻帑を楽しむ」に拠る。本来は兄弟が仲良く暮らすと家がうまく治まることを言うが、ここは艾人が病や邪気を除き、家庭に幸せをもたらすことをいうか。＊不祈土地……―『礼記』儒行の孔子の言葉「儒は金玉を宝とせずして忠信を以て宝と為す。土地を祈らずして義を立つるを以て土地と為す」に拠る。艾人が土地から離れて人の僻邪のために働く様を、儒者が領地を求めず義の為に働く様に喩えるか。

（その故に、艾人は、三月三日に蘭を手に秉《と》ることも比べものにならず、正月に葦を戸に懸けることも奇とするにあたらないほどの効能を得ているのである。彼の仕官初めには薬草を記録した桐君がこれを記録し、五日にその身を焼かれて同日に焼け死んだ介子綏に殉じる。家庭に幸せをもたらし、『詩経』の「常棣」のように、詩人により採録されるところとなり、土地を求めずに働き、その高雅さは儒者のようである）

＊及夫気散於中、貌萎於外○、＊干時匪謂其徼福、焦思亦斉乎遠害○。＊斯人也而有斯疾、見霊溝之霊艾◎。（去声九泰韻）

夫《か》の気中《うち》に散じ、貌《かたち》外に萎《しぼ》むに及びて、時に其の福を徼《ねが》ふを謂ふに匪《あら》ず、思ひを焦《こが》して亦た害を遠ざくることを斉《ひとし》くす。斯《こ》れ人や、斯《こ》れ疾有りて、霊溝の霊艾を見る。

＊及夫……――戸に懸けられた艾人が枯れて精気を失い萎んでいく様をいう。　＊匪謂其徼福……――自らの幸せを求めることはせず、人々を害悪から遠ざけることをひたすら願っている、の意。「徼福」は幸せを求める、の意。　＊斯人也……――『荊楚歳時記』に「師広占に曰く、歳に病い多ければ、則ち病草先づ生ず。艾、是れなり」とあるのに拠るか。

（門戸に懸けられ、やがて精気が体内から散じ、外貌が萎んでいく時になっても、自分の幸福を願うことは言わずに、思いを焦がして皆が危害から遠ざけられるように努める?。人々は、疫病の恐れが有る時には、まず霊験有る畝に霊験有る艾が生えているのを見い出すであろう）

以上、「艾人賦」の訓読と簡単な訳注を試みた。艾人を実際の人間に見立て、その僻邪の効能を顕彰しているが、類書（『初学記』『芸文類聚』『白氏六帖』『太平御覧』等）の「五月五日」や「艾」「蒿」「蓬」の項目の記事だけでは、とてもこの賦の語句を解読することはできない。意味不明の箇所も多いが、この賦を解釈することが本稿の主たる目的ではないので、不明の点は後考を俟つことにして、この賦の作者その他について少し申し添えておきたい。

『文苑英華』と『御定歴代賦彙』では、本賦の作者を「唐陳章」とするが、『全唐文』では作者を「陳廷章」とする。陳章・陳廷章ともに『旧唐書』『新唐書』の紀・伝や経籍志・芸文志等にその名は見えず、『四庫全書』『四部叢刊』『全唐詩』等の検索によっても、その伝などはまったく不明である。ただし、『文苑英華』『御定歴代賦彙』『全唐文』には本賦以外にも陳章あるいは陳廷章の律賦が採られており、しかも「艾人賦」と同様に作者名に異同がある。今それを示せば次のようである。

賦の題名	『文苑英華』作者名	『御定歴代賦彙』作者名	『全唐文』作者名
風不鳴條賦	陳章	陳章	陳廷章

水輪賦	陳章	陳章	陳廷章
斗牛間有紫気賦	陳章	陳章	陳廷章
腐草為蛍賦	陳章	陳章	陳廷章
氷泉賦	陳廷章	陳廷章	陳廷章

「氷泉賦」だけが作者が陳廷章で三書に異同はないが、あとの四つの賦は「艾人賦」と同様に『文苑英華』『御定歴代賦彙』が陳章、『全唐文』が陳廷章という異同を見せている。時代的に見て、『御定歴代賦彙』も『全唐文』も、それぞれ『文苑英華』に拠って作品を収集したと考えて良いであろうが、『御定歴代賦彙』が『文苑英華』の作者表記をそのまま踏襲したのに対して、『全唐文』は『英華』の陳章作品をすべて陳廷章の作として巻九四八に収めたことになる。その理由は不明であり[3]、今の筆者にはどちらが正しいか、これ以上追究する術はないが、ただ陳章・陳廷章のいずれにしても、『全唐詩』にはまったく名が見えず、しかもこれだけの律賦（いずれの作も「艾人賦」同様、題下に章句の形で韻字が指定される）をいくつも残しているところからみると、唐代には律賦の作者としてある程度名を馳せた人物であると想像される。こうした作者の律賦が、九世紀の日本で菅原道真に受容されていたわけであるが、後述するように、このことは我々にいくつもの興味深い問題を提供している。

三、道真「端午日賦艾人」詩における「艾人賦」の受容

それでは、道真の「端午日賦艾人」詩が陳章（あるいは陳廷章）の「艾人賦」を踏まえて作成されていることを、実際の詩句を挙げながら論じていこう。

○初出霊溝束帯成（初めて霊溝を出でて束帯成る）

「霊溝」を、岩波日本古典文学大系はじめ『菅家文草』現行諸本は「雲溝」に作る。大系本は頭注で「不詳。あるいは「雪溝」の誤写か。一・二句は、春泥をかきはらい、雪の溝のほとりからよもぎが成長して、今や冠をつけて帯をむすんで、艾人の人形となったの意か」とするが、「雪溝」も、五月五日の作としてはいかにも苦しい。ここは「艾人賦」の「斯人也而有斯疾、見霊溝之霊艾（斯《こ》れ人や、斯《こ》れ疾有りて、霊溝の霊艾を見る）」の「霊溝」の誤写と見れば、「初めて霊験有る畝より出て（霊艾は）束帯をまとい人の姿となる」の意となり、すんなりと解せる。

○有時当戸危身立（時有りて戸に当たりて身を危《あやふ》くして立つ）

艾人が門戸に懸けられていることを「当戸」というのは、「艾人賦」の「当戸而居、悪莠言兮結舌（戸に当りて居り、莠言を悪《にく》みて舌を結ぶ）」に拠ろう。また「危身立」も同賦の「負墻而立、甘菜色以安身（墻《かき》を負ひて立ち、菜色に甘んじて以て身を安んず）」の「安身」を逆に取って、同賦に「終躡虚而挂戸（終に虚を躡《ふ》みて戸に挂《かか》り）」という、戸に懸けられて宙に浮いた危険な状態でいることをいうのであろう。

○無意故園信脚行（意《こころ》無くして故園に脚《あし》に信《まか》せて行《あり》く）

「故園」は艾人となった艾草がもともと生えていた園生であるが、「艾人賦」に「想在野之時、豈謂生無根柢（野に在る時を想へば、豈に生まれて根柢無しと謂はんや＝艾人は今は宙ぶらりんだが、もとの野に在った時は根が生えていたのだ）」とあるのを意識していよう。従って「信脚行」は、艾草が土に根を張って自由に這《は》い広がっていた時の様子を人に喩えて表現したものであろう。大系本頭注はこの句を「よもぎの生えていたもとの園を足にまかせてあるこうなどとは思わない」と注し、この句が取られた『和漢朗詠集』端午部の注釈でも同様に解するものが見られるが、この句法で「無意」を「～しようと思わない」と解すのは苦しい。艾人は人形なので文字通り「意志が無い」の意で、「艾人賦」で艾人を「芻狗」や「木奴」と比べていることを思い合わせるべきであろう。

○縦焚筋骨不焚名（縦《たと》ひ筋骨を焚《た》くとも名を焚かず）

大系本頭注、「（節日のあと艾人を焼く習いであるけれども、）たとい人形の筋骨はやいても、その名まで焼き失ってしまいたくはない。私はどんなことがあっても秩満まで立派につとめあげたい、名を汚したくないとの意をこめる」と注する。端午の節日の後に艾人を焼くのは正月明けの「どんど焼」や三月三日の「雛流し」と同様の意味があろうが、艾人を焼くことは、『荊楚歳時記』や類書の端午の項には記載が無い。しかし「艾人賦」には「焚軀而介子相随（軀を焚きて介子に相ひ随ふ）」と艾人が焼かれてしまうことが詠まれており、道真はこれを用いたものであろう。さらに艾人の身体が草でできているのに「筋骨」というのは、同賦の「藉麻糸為筋骨之属（麻糸を藉《か》りて筋骨の属と為す）」という、草ではあるが、束ねている麻糸が胴体や手足にしっかりした形を与えている様を「筋骨」と形容するのに拠っていることも明らかである。

以上、「端午日賦艾人」詩は、一節で見た『荊楚歳時記』に拠った箇所以外は、かなりの部分が、唐人陳章（陳廷章）の「艾人賦」の表現や語句を意識して制作されていることが明らかになったと思う。従って、道真がこの詩の題材となった「艾人」を、実際に戸に懸けられた実物を見て詩に詠んだかどうかは非常に疑わしい（道真のこの詩以外に、平安時代の端午の節日に関する資料で、本朝の習俗として「艾人」が記された例は未見）。

道真は、彼自身の中国の節日行事への関心から、『荊楚歳時記』五月五日の項によって、中国の南方に「艾人」という習俗があることは当然熟知していたであろうが、さらに陳章の「艾人賦」に触れ、「艾人」や「艾草」にまつわる様々な端午の習俗・故事を知り得たことで、その知見をもとにして、端午の節日の新しい題材として、試みに「艾人」を詩に賦した可能性が高いと考える。

終わりに

最後に道真がこの「艾人賦」を受容した背景について、少し考えてみたい。松浦友久は平安時代の賦の制作の展開について言及する中で、『経国集』所収の嵯峨・淳和朝までに制作された賦は六朝的な駢賦の範疇に入るが、『都氏文集』以後に制作された九世紀後半からの賦は、『白氏文集』の影響を受けて、四六隔対・限韻・押韻等に特徴がある、唐代の律賦を指向すると述べた(4)。『菅家文草』に収められた道真の「秋湖賦」「未旦求衣賦」「清風戒寒賦」「九日侍宴、重陽細雨賦」の四つの賦が、すべて限韻による律賦であることも、松浦が述べた傾向と合致している。

ただし、道真がことさらに律賦を指向してそれを作成したのは、『白氏文集』に載せられた白居易の律賦の影響だけではあるまい。『本朝文粋』巻二所収の「応補文章生幷得業生復旧例事（文章生幷びに得業生を補するに旧例に復すべき事）」（天長四年〈八二七〉六月十三日「太政官符」）に「弘仁十一年（八二〇）十二月八日付「太政官符」を引き「今須文章生者、取良家子弟、寮試詩若賦補之（今須《すべから》く文章生は良家の子弟を取り、寮にて詩若《も》しくは賦を試みて之《これ》に補すべし）」とあるように、文章生試の課題として、詩以外に賦が入っている。賦が実際に試験に出題されたかどうかは明らかではないが（現存資料には出題の確例は見えないようである）、もし賦が出題される場合には、唐朝の科挙の考試に倣って、対句の形式に厳格な規定があり、韻字の指定（限韻）のある〈律賦〉を作成することが要求されたはずである。道真が律賦を作成した背景には、こうした文章生の考試を意識した、自身の律賦作成の訓練、あるいは門弟たちのための律賦の模範例の作成、ということも大きな要因として働いていたのではないだろうか(5)。

従って、本稿で取り上げた陳章（陳廷章）の「艾人賦」も、まずは、唐朝で作られていた律賦の見本《モデル》の一つとして、道真に意識されていたのではないか。『和漢朗詠集』に摘句が採られる公乗億、謝観、賈嵩などは、『新唐書』

芸文志にそれぞれ賦のみの別集が記載されている(6)。陳章（陳廷章）についても、既に述べたように、芸文志の類にはその名は見えないものの、『文苑英華』にいくつもの律賦が採られるところから、律賦の作者としてかなり名の通った存在であった可能性が高く、彼の賦を集めた別集が存したかもしれない。あるいは、科挙の考試に資するため、唐代の律賦を集めた総集などが既に存在し、そこに「艾人賦」を初めとして前掲の彼の律賦も収められていたかもしれない。道真が「艾人賦」に接したのは、別集に拠ってなのか、総集に拠ってなのかは明らかではないが、道真の脳裏には、律賦の見本《モデル》の一つとして、「艾人賦」が刻み込まれており、同時にその題材である端午の節日の「艾人」も、印象深く記憶されていたのであろう。そして、赴任先の讃岐で端午の節日を迎えた際に、この賦を踏まえ、「艾人」を題材とした律詩を作成したのではないか。

道真は、白詩やその他の様々な中晩唐詩だけではなく、杜詩なども受容していたと言われているが、こうした幅広い唐詩を受容しているだけでなく、現代ではその存在もほとんど知られていない、唐代の律賦までも積極的に受容していたことが明らかになった。道真の詩嚢には、私たちの想像を超える多彩な作品が、まだまだたくさん詰まっているようだ。

注

（1）　後代、院政期の『本朝無題詩』巻二・植物部に藤原明衡、藤原敦基、藤原茂明の「賦艾人」詩が載せられている。「時を隔てた同題の父子三代の篇什」（本間洋一『本朝無題詩全注釈一』〈新典社、一九九二年〉）であるが、三首はともに道真の当該詩を踏まえ、それに後に述べる『荊楚歳時記』や類書の五月五日の記事を加えて作成されたもので、道真詩の強い影響下に詠まれたものといえる。

（2）　菅原氏が中国伝来の年中行事を積極的に取り入れ、道真もそれを受け継いでいたことについては、北山円正「菅原氏と年中行事」（『神女大国文』十三号、二〇〇二年三月）、「是善から道真へ―菅原氏の年中行事―」（『神女大国文』

十五号、二〇〇四年三月）参照。
（3）簡宗悟「唐律賦典律之研究」計画手稿（http://www.docin.com/p-432088.html）では、その「六、典律化作品分篇解題」中に「風不鳴條賦」を取り上げ、作者「陳章」について「陳章、晩唐人、生卒年、生平事跡不詳」と記し、脚注に「《全唐文》巻948作陳廷章、未知所拠、今依《文苑英華》《御定歴代賦彙》」と記す。「晩唐人」とするのは、おそらく『文苑英華』の同賦の前後の作品の作者から類推したか。
（4）松浦友久「上代日本文学における賦の系列」（『松浦友久著作集Ⅲ』〈研文出版、二〇〇四年〉）。
（5）以上の記述は、『菅家文草注釈　文章篇　第一冊』（文草の会編著〈勉誠出版、二〇一四年〉）の「秋湖賦」の「解説」（本間洋一執筆）において、前引の「太政官符」を引き、「賦は文章生試の規定課題に入る。……（中略）……従って、道真自身の修学、又は門弟達への指導の一環として貞観期（八五九～八七七）以後に作していたとしても強ち不自然ではないように思われてならない」と述べていることに導かれたものである。
（6）三木「『和漢朗詠集』所引唐人賦句雑考―出処と享受の問題を中心に―」（『和漢朗詠集とその享受』〈勉誠社、一九九五年〉所収）参照。

○『端陽故事図冊』第五開「懸艾人」図
蘇州・徐揚画（清・乾隆年間）
『細説中国節　国伝統節日的起源与内涵（插図珍蔵本）』（九州出版、二〇〇五年）に拠る。
＊門の左に艾人が懸けられている

○現代に実際に行われている「艾人」の写真
紅桜桃氏ホームページ「桃李一園　端午説話艾草和菖蒲」に拠る。http://wsuhong6912.blog.163.com/blog/static/47399122010051113239841/

〔前掲の艾人の図像について〕

清代の「懸艾人」図の艾人も、現代行われている艾人も、ともに艾と菖蒲の葉を併せてその根元を糸で括り、逆さにして門戸に懸けている。「艾人賦」には「四肢を展《のば》して脈連なり」、「麻糸を藉《か》りて筋骨の属と為す」などの記述があるので、唐代の「艾人」は、これらの図像の艾人よりもっと人に近い、「わら人形」のような造りになっていたのかもしれない。

〔初出〕『梅花日文論叢』第二十二号（梅花女子大学大学院日本文学会編、二〇一四年二月）に同題で所収。

〔補記〕 初出論文刊行後に公刊された平安朝における律賦の受容・製作に関する論考として、馮芒「平安朝律賦の述作制限について」（『東アジア比較文化研究』第十四号、東アジア比較文化国際会議日本支部、二〇一五年六月）、「日本の律賦の発生—都良香「洗硯賦」「生炭賦」を中心に—」（『水門—言葉と歴史—』第二十六号、水門の会、二〇一五年一〇月）がある。

Ⅲ　詩と歌の交感

1『文華秀麗集』『経国集』の「雑詠」部についての覚書

――その位置づけと作品の配列をめぐって――

はじめに

特定の景物に焦点を当て、それを題材にして詠む「詠物詩」は、日本漢詩においても『懐風藻』から早くも見られ、それが特に盛んに行われるようになるのは、平安時代初期の嵯峨朝の頃、すなわち勅撰三集の時代からである。奈良時代からこの平安初期にかけての詠物詩の特質やその位置づけ、盛行の理由などについては、既に蒋義喬にくわしい考察がある(1)。

ところで、平安初期に盛んに作られたこの詠物詩を数多く収めるのが、『文華秀麗集』『経国集』の両集に置かれた「雑詠」という部門である。この「雑詠」部については、後に述べるように、これまでに小島憲之が多少言及しているものの、その名称の由来や位置づけについては、なお考えてみる余地が残っているように思える。また「雑詠」部の作品の選定や配列についても、小島の諸注釈書において概観が示されているが、さらに具体的に見ていくことで、編者たちの配列の意図をもう少し明らかにすることが可能になるのではないだろうか。

このような視点から、ここでは『文華秀麗集』『経国集』の「雑詠」部に焦点を当て、「雑詠」という名称や、両集の部門の中での「雑詠」部の位置づけ、両集の「雑詠」部内の作品の配列方法などについての私見を述べ、平安初期に盛行した、詠物詩という手の込んだ料理を盛りつけるのにふさわしい器《うつわ》として用意されたと思《おぼ》しい、『文華秀麗集』『経国集』の「雑詠」という部門に対する私なりの「覚書」としたい。

一、『文華秀麗集』『経国集』の部門の配列と「雑詠」部

『文華秀麗集』の編纂方針の特徴

平安京に都が遷《うつ》って二十年が経《た》った弘仁五年（八一四）、平安時代最初の勅撰漢詩集『凌雲集』が誕生する。そして、そのわずか四年後の弘仁九年に、早くも次の勅撰漢詩集『文華秀麗集』が編まれる。成立に時間的隔たりはさほどないが、この二つの詩集には様々な面で違いが見られる。[2]その中でも特に大きな外面的相違は、『文華秀麗集』では、奈良時代の『懐風藻』や四年前に編まれたばかりの『凌雲集』が採用していた作者ごとに詩を集めて配列する編纂方法を採らずに、様々な部門を設けてそこに同内容の詩を集め、部門によって詩を配列するという編纂方法を採用したことであろう。これについては、『岩波日本古典文学大系　懐風藻　文華秀麗集　本朝文粋』の『文華秀麗集』の解説（以下「大系解説」と略称する）で小島憲之が、

> 凌雲集の詩は、御製を初めとして個人別にまとめ、一般に官位順に配列してあるために、全体として同じ題材の詩も一箇処にまとめられていない。この点は前出の懐風藻に同じ――唐人選唐詩集の総集も河嶽英霊集や御覧詩（元和御覧、選進集）にみる如く、個人別に配列したものが多い――。これに対して、文華秀麗集は「類題」によって集める方法を採用する。同一の題、或いは類似の題材を類聚し、これを同じ部門の中に収集する。これは文選の方法によるものであって、その序の「凡次文之体、各以彙聚。詩賦体既不一、又以類分」（凡そ文を次《なら》ぶる体は、各《おのおの》彙を以て聚《あつ》む。詩賦の体既に一《いつ》ならざるは、類を以て分《わか》つ〈訓読は筆者による〉）は、文華秀麗

集の序「並皆以レ類題叙、取二其易一レ閲」（並皆《みな》類を以《もつ》て題叙し、其の閲《けみ》し易《やす》きを取る〈訓読は大系による〉[3]）へと応用されたものといえる。これは便利なために後続の経国集の方法にそのまま採用されるが、この点において、文選の影響は本集の編纂に関する基本方式にまでも及んだものといえる。

と説いており、『文華秀麗集』では、唐代の詩の総集において一般的であった作者別の配列よりも、『文選』に代表される部門別による編纂を目指したことが指摘されている。

これは『文華秀麗集』の持つ唯美的性格、ひいてはこの詩集を生み出した弘仁期という時代の好尚とも係わる選択なのであろうが[4]、この集の九年後に作られた『経国集』がその方針を引き継いだのはもとより、『扶桑集』『日観集』『本朝麗藻』など、その後に編まれた平安時代の漢詩の総集も、作者中心の唐人選唐詩式の編集を採用せず、こぞって部門別に詩を分類・配列する編纂方針を採用していることを考えると[5]、平安朝漢文学史の上で画期的な選択であったといえるかもしれない。

その『文華秀麗集』の部門は次のように立てられている（部門の下の数字はその部門に収められた作品の数）。

（巻上）遊覧14　宴集4　餞別10　贈答13

（巻中）詠史4　述懐5　艶情11　楽府9　梵門10　哀傷15

（巻下）雑詠48

遊覧部が冒頭に置かれ、そこには淀川河畔の行宮《あんぐう》や嵯峨の山荘に行幸した嵯峨天皇と侍臣たちとの間で作られた君臣唱和の作品が数多く収められているが、これはこの詩集の遊楽的、天皇主導的性格をよく物語っている。また注（2）に挙げた後藤「文華秀麗集の位置」でも、

『文華秀麗集』の唯美的性格を支えるものとして、艶情・楽府に代表される艶冶華麗な詩の存在があるが、それらはほとんど「君臣唱和」の詩なのである。艶情一首・楽府九首を通じて、一首の例外を除けば、他はす

べて御製かこれに対する奉和詩である。……（略）……これは、唯美的詩篇が嵯峨天皇の作を中心として成り立っていることを示すものである。

と、中巻に置かれた艶情や楽府の部を取り上げ、唯美的、艶麗といったこの詩集の特質が、嵯峨天皇を中心とした君臣唱和の中で形成されてきたことを指摘している。さらに大系解説において、宴集・餞別・贈答の作品では、弘仁五年（八一四）の秋に来朝した渤海国使一行との交歓の詩が約半数近くを占めることが指摘されるが、これなどは遊楽的・唯美的な『文華秀麗集』の特質を形成した君臣唱和の場に、渤海国使までもが参集していたことを強調することで、天皇の徳化が海外にまで及んでいることを誇示する意図があったのではないだろうか。

『文華秀麗集』『経国集』の「雑詠」部

このように、『文華秀麗集』の部門からは、この詩集についての様々な情報を読み取ることができるのだが、ここでは、この全三巻の詩集において、下巻全体という大きな分量《ボリューム》を占める——収められている詩の数においてもやはり全体の三分の一を占める——「雑詠」部に注目してみたい。この「雑詠」部は、九年後に編まれた『経国集』にも、やはり重要な部門として引き継がれる。『経国集』は惜しいことに全二十巻のうち六巻が残存するに過ぎないが、その内訳は次のようである。

（巻一）　賦一
（巻十）　詩九　楽府　梵門
（巻十一）詩十　雑詠一
（巻十三）詩十二　雑詠三
（巻十四）詩十三　雑詠四
（巻二十）策下

『経国集』の序文には「作者百七十八人、賦十七首、詩九百十七首、序五十一首、対策三十八首」とあり、残存巻から推測すると、巻一が賦の部、巻二が詩一となって詩の部が始まり、巻十一（詩十）が雑詠一で「雑詠」部の始まり、巻十四が詩十三となって雑詠四、巻二十が策（対策文）の下なので、巻十九は策上と推定される。その間の巻十五から巻十八までに詩と序がどのように配されていたのかは不明であるが、小島憲之は序に記された作品数と実際に各巻に収められた詩の数から類推して、次のように推定する。[6]

（巻十五）詩十四　雑詠五　（巻十六）詩十五　雑詠六　（巻十七）序上　（巻十八）序下

小島は巻十五までが詩の部で、残り十六・十七・十八の三巻が序の部であった可能性も併《あわ》せて述べているが、仮に巻十六までが詩の部であったとすると、全十五巻の詩の部のうち、六巻が「雑詠」部に充てられていたことになる。これは実に詩の部の五分の二（40％）を占め、「雑詠」部が全体の三分の一（33％）を占めていた『文華秀麗集』をさらに上回ることになる。

『文華秀麗集』の「雑詠」部について、「大系解説」は「以上の部門の詩を除いたものが「雑詠」の詩であって、これを巻下に収める」と述べるが、この両集の「雑詠」部は、その前に置かれた各部門に収めることができなかった雑多な作品を収納したというだけの部門なのであろうか。それならば「雑」部とあれば良さそうにも思うのだが、「雑詠」部には「雑」部とは異なる位置づけがなされているのではないか。次節では「雑詠」部とはどのような部門なのか、もう少し「雑詠」という語に立ち入りながら考えてみたい。

二、「雑詠」とは何か

「雑詠」と「雑詩」

一節の冒頭に引用した大系解説において、小島憲之は『文華秀麗集』の部門（解説では「類題」と称している）により詩を集めて配列する編纂方法は、『文選』の方法によるものと説いていたが、大系解説には、両者の部門を対照させた次のような表が挙げられている（紙幅の関係で形式を多少変えて記す。上が『文華秀麗集』の部門名、矢印の下は『文選』の部門名とその部門が置かれている巻数）。

（巻上）遊覧↑遊覧（巻二十二）、宴集↑公讌（巻二十）、餞別↑祖餞（巻二十）、贈答↑贈答（巻二十三―二十六）

（巻中）詠史↑詠史（巻二十一）、述懐↑詠懐（巻二十三）、艶情↑情（巻十九）、楽府↑楽府（巻二十七・二十八）、梵門〈文選対応項目なし…筆者注〉、哀傷↑哀傷（巻二十三）

（巻下）雑詠↑雑詩（巻二十九・三十）

今問題にしている「雑詠」部は、『文選』の「雑詩」部が元になっているように比定されているが、さらに小島は『国風暗黒時代の文学　下Ⅰ―弘仁・天長期の文学を中心として』（塙書房、一九九一年）の巻十一「雑詠一」を対象とした「経国集詩注」において、部門の「雑詠」に注して、

「雑詠」はいろいろの事物を詠じた詩をいふ。「雑」は『文選』（巻二九）王仲宣「雑詩一首」の李善注「雑者不拘流例。遇物即言。故云雑也（雑は流例に拘《かかは》らず。物に遇《あ》ひて即ち言ふ。故に雑と云ふなり）」の意であらう。「雑詠」は、恐らくこの「雑詩」などに暗示を得た和製語か。　（括弧内の訓読文は筆者による）

と説く。ここに引かれた李善注では、従来からの慣例（＝流例）に拘束されず、ものごとに遭遇して、その時の心

情をそのまま言葉にするのが「雑」の意であるという。詩の詠法に即していえば、伝統的な題材《テーマ》に拘束されず、即事的・即物的に詠む、ということになろうか。『文選』の「雑詩」部は有名な「古詩十九首」を冒頭に置き、李陵「与蘇武（蘇武に与ふ）三首」、蘇武「詩四首」、張衡「四愁詩四首」といった、自らの心情をそのまま詩に綴った作品が続き、その後に前掲の王粲（王仲宣）「雑詩一首」に次いで、劉楨（劉公幹）、魏文帝らの「雑詩」が置かれるが、確かにこれらの作品は、「詠懐」「哀傷」「贈答」といった従来から確立していた詩のテーマに当てはまらない題材《テーマ》や場面《シチユエーション》に拠って自らの心情を詠んだ作品といって良いであろう。唐代の「雑詩」と題する作品を見てもその傾向は同様である。

　これに対して「雑詠」はどうであろう。小島は「和製語か」というが、一般的な辞書、例えば『大漢和辞典』『漢語大詞典』という日中を代表する辞典にも「雑詠」は立項されており、『大漢和辞典』には「いろいろの事物を詠じた詩歌。雑吟」と説明し、清の高珩の詩題「春日雑詠詩」などを例に挙げ、『漢語大詞典』には「亦作〝雑咏〟。謂随時吟詠。常用作詩題（また「雑咏」に作る。その時々に即しての吟詠をいう。常に詩題に用いられる）」と解説があり、宋の姜夔の詩題「湖上寓居雑詠」などを例に挙げる。両辞典で語の説明が違っているが、まず「和製語」とみることには慎重でなければなるまい（おそらく辞書などに古い用例が見えないことが、「和製語」と推測する根拠になっているのであろうが）。『漢語大詞典』に拠れば、「雑詠」は意味的には前掲の「雑詩」とあまり異ならないことになるが、『大漢和辞典』の説明では「事物を詠じる」とあるので、心情を詠むことに重きを置いた「雑詩」とは異なってくる。この辺のところを、詩題としての「雑詠」を対象として、具体例を見ながらもう少しくわしく見ていきたい。

「雑詠」再考

　先に挙げた『漢語大詞典』は宋代の詩題を「雑詠」の用例に挙げていたが、「雑詠」は既に六朝時代から詩題に用いられている。後代に編まれた総集や別集の類《たぐい》は、詩題等に後人の手が加えられている恐れがあるので、なるべく古い資料に拠るということで、『玉台新詠』に当たれば、次のような例がある（清・乾隆三十九年〈一七七四〉刊『玉台新詠箋註』に拠る。以下、詩の本体の引用は省略する）。

巻四　斉・謝朓「雑詠」　鐙（「燈」に同じ）　燭　席　鏡台　落梅

巻八　梁・劉緩「雑詠和湘東王三首」　寒閨　秋夜　冬宵

また初唐に編まれた『初学記』の橘部（巻二十八）には「周（北周）李元操園中雑詠橘樹詩」が引かれている。これも詩の作者の時代からそれほど隔たらない、比較的信頼性の高い資料といえよう。この三例から言えることは、詩題に「雑詠」を有する作品は、いずれも「鐙」「燭」、「寒閨」「秋夜」など異なる題による複数の詠物詩から成るということである。『初学記』の李元操の詩題も、庭園の中の複数の景物を題材にした詠物詩の中の「橘樹」を詠んだ詩ということになろう。

唐代になると、詩題に「雑詠」の語が入った作品が多くなってくる。『全唐詩』に拠って、いくつかの例を示そう（作者の下の括弧はその詩が存する『全唐詩』の巻数。作者の自注、『全唐詩』の校異注記等は省略した）。

初唐・儲光羲（巻一三六）「雑詠五首」石子松　架鶯藤　池辺鶴　釣魚湾　幽人居

初唐・劉長卿（巻一四八）「雑詠八首　上礼部李侍郎（礼部李侍郎に上《たてまつ》る）」幽琴　晩桃　疲馬　春鏡　古剣　旧井　白鷺　寒釭

中唐・銭起（巻二三九）「藍田渓雑詠二十二首」登台　板橋　石井　古藤　晩帰鷺　伺山径　薬圃　石上苔　窓裏山　竹間路　竹嶼　砌下泉　戯鷗　遠山鐘　東坡　池上亭　銜魚翠鳥　石蓮花　潺湲声　松下雪　田鶴題南陂

中唐・李徳裕（巻四七五）「春暮思平泉（春暮に平泉を思ふ）雑詠二十首」望伊川　潭上紫藤　書楼晴望

西嶺望鳴皐山　瀑泉亭　紅桂樹　金松　月桂　山桂　柏　芳蓀　流杯亭　東谿
鸂鶒　西園　海石楠　双碧潭竹径　花薬蘭

これらの詩を見ても、「雑詠」という詩題は、ある特定の状況や場面、場所などにおいて、複数の景物を題として詠物詩を詠んだ時に、それらを総称して呼ぶ際の呼称として用いられていたのではないかと推測されてくる。

さらに例を挙げれば、日本でも幼学書・作詩の手引き書として平安時代初期には既に受容されていた、初唐の李嶠作の一二〇首の題詠から成る詩集『李嶠百二十詠』が、『李嶠雑詠』とも呼ばれることが挙げられる。中国側の資料では、唐天宝六載（七四七）に書かれた張庭芳撰『李嶠百二十詠詩注』の序が「故中書令・鄭国公李嶠雑詠百二十首」と記し、『新唐書』芸文志に「李嶠雑詠詩十二巻」、北宋の王堯臣等が編んだ『崇文総目』別集四にも「李嶠雑詠詩十二巻」と著録される。日本側の資料では、「建治三年（一二七七）七月十九日」（「建久八年〈一一九七〉十二月二十六日」の本奥書を有する）の書写奥書を持つ古鈔本（田中教忠旧蔵、国立歴史民俗博物館蔵）の上・下巻の巻首の内題が「李嶠雑詠百廿首」となっている。[7] これも「雑詠」が、「一まとまりになった複数の詠物詩の呼称」であることを裏付ける一つの証左ではないだろうか。

三、『文華秀麗集』『経国集』の「雑詠」部の実際

『文華秀麗集』の「雑詠」部

それでは『文華秀麗集』の「雑詠」部に収められているのは、はたしてどのような作品であろうか。大系解説では次のように述べる。

その内容は雑多であるが、詠物の詩が多く、大別すれば（カッコ内はその一例）、

天（月・雪）歳時（春日）果木（松・梅）鳥（鶯・燕）などとなる。中には淀川付近の風物を詠んだ「河陽十詠」、或は草合せの模様をつぶさに詠んだ「観㆑闘㆓百草㆒」などもある。……（略）……なお詩会の座において、各人に一物が与えられ、それを題として詠む、いわゆる賦物《ふしもの》の詩（一例「各賦㆓一物㆒得㆓水中影㆒」）もあるが、この手法は奈良朝の詩には見えないものであり、平安初頭の詩は種々の点において前進する。

詠物の詩が多いという指摘や、「賦物《ふしもの》の詩」が存することについての指摘は重要であるが、これらのことも含め、「雑詠」という部門名にこだわって、もう少しくわしくこの部の内容を見ていきたい。『文華秀麗集』の「雑詠」部には、詩題に「雑詠」と銘打った作品は存在しないが、「雑詠」部の冒頭に、嵯峨天皇の「河陽十詠」の中の四首、「河陽花」「江上船」「江辺草」「山寺鐘」が置かれている。春の一日、臣下と山崎辺りにあった離宮に遊び、この地を潘岳が県令となり桃花を植えたことで名高い中国の河陽県になぞらえ[8]、この地の十種類の景物を題材にして詠んだ詠物詩であり、大系頭注には、「○○（地名）十詠」の中国における例として、李白の「姑熟十詠」、劉禹錫の「海陽十詠」が挙げられている。この「河陽十詠」は、『李嶠百二十詠』と同じく、「○○＋数字（題の数）詠」という詩題の形を採っているが、作品の形式としては、特定の土地のいくつかの景物を題にして詠むもので、先に挙げた銭起の「藍田渓雑詠二十二首」や李徳裕の「春暮思平泉雑詠二十首」などと同じであり、『李嶠百二十詠』が『李嶠雑詠百二十首』とも呼ばれたように、「河陽雑詠十首」と言い換えることも可能であろう。

『文華秀麗集』は「遊覧」部で始まり、その冒頭には嵯峨御製の「江頭春暁」詩が置かれる。この詩も「河陽十詠」と同様に、河陽（山崎）付近の離宮に行幸した折の作品と思われるが、「雑詠」部の冒頭に「河陽十詠」が置かれるのは、おそらく集全体の冒頭作である「江頭春暁」との対応を強く意識しているのであろう。下巻「雑詠」部が、この詩集の中の「もう一つの詩集」として位置づけられているかのようである。嵯峨天皇の冒頭作に続いて、これに奉和した臣下たちの作品が並ぶ。その次に置かれた作品は、巨勢識人の「春日四詠」に和した、嵯峨天皇の「和巨識人春日四詠」の二首、「舞蝶」「飛燕」である。これも春日の四つの景物を題にして詠んだ「雑詠」と呼んで良いだろう。この後に、朝野鹿取の識人詩への和詩が置かれる。

これ以降は、「〇〇何詠」的な詩は無くなって、次のような形で詩が配列される（作者名は省略。詩題に「奉和」が無いのは御製）。

奉和観新燕（新燕を観《み》るに和し奉る）
奉和聴新鶯（新鶯を聴《き》くに和し奉る）
故関聴鶏（故関に鶏を聴く）〔後に奉和詩あり〕
奉和過古関（古関に過《よぎ》るに和し奉る）
代神泉古松傷衰歌（神泉の古松に代《かは》りて衰へを傷《いた》む歌）〔後に奉和詩あり〕
奉和代美人殿前夜合詠之什（美人の殿前の夜合《ねむ》に代《かは》りて詠めるの什《じふ》に和し奉る）(9)

まず、嵯峨の詩に奉和した臣下たちの「観新燕」詩と「聴新鶯」詩が並ぶ。「雑詠」部は、基本的に四季に従って詩を配列しているので、ここも、春の景物の中の「燕」と「鶯」の二鳥に関わる題詠を並べている。この後に、季節不明の、函谷関で孟嘗君が鶏の鳴き真似をして関を通過した故事を題材にした、嵯峨帝の「故関聴鶏」とその奉和詩が置かれる。「鶏」を題にしているので、先の「燕」「鶯」とは、鳥に関する題詠ということで連続性がある。次に置かれた「過古関」の奉和詩も、季節は不明であるが、「古関」ということで、前詩の次に置かれたのではないか。次の二首は、神泉苑の古松と宮中の官女の館《やかた》の前に植えられた夜合《ねむ》という、「場所＋植物」の取り合わせである。双方ともその植物に「代《かは》りて」と擬人化して詠まれるが、その内容も、かたや年老いた忠臣、かたやうら若い官女に設定され、本来は同時に詠まれた作品ではなかったかもしれないが、ここでは対偶の妙を狙って並べて配列されている。以上の詩群の詩は、本来「雑詠」として詠まれた作品ではないかもしれないが、ここに配されて、三首（「観新燕」「聴新鶯」「聴鶏」）、または二首（「故関聴鶏」「過古関」、「代神泉古松」「代美人殿前夜合」）をセットとして捉えると、一《ひと》まとまりになった複数の詠物詩、すなわち「雑詠」に類するものと見なして読んでいくことができるように思われる。

そして、その次に配されたのが前掲の大系解説で「賦物《ふしもの》の詩」の例に取り上げられた「冷然院各賦一物得〇〇〇」（冷然院にして各《おのおの》一物を賦し〇〇〇を得たり）と題する御製と応製詩で、〇〇〇に入る三字題の景物は、御製が「澗底松」、臣下の応製詩が「瀑布水」「水中影」である。これも冷然院という場所における複数の景物を題にして詠まれた「雑詠」として見ることができる。以下、詩題のみを掲げて題の状況を見ていこう。

奉和翫春雪（春雪を翫《もてあそ》ぶに和し奉る）→「春雪」
春日侍神泉苑賦得春月（春日神泉苑に侍りて賦して春月を得たり）→「春月」
観闘百草簡明執（百草を闘《たたか》はすを観て明執に簡す）→「闘百草」
和野内史留後看殿前梅之作（野内史の留後殿前の梅を看るの作に和す）→「殿前梅」
（冒頭の「河陽十詠」からここまでが春[10]）
夏日賦雨裏梅（夏日雨裏の梅を賦す）→「雨裏梅」
（梅は果実。夏はこの一首のみ）
賦得朧頭秋月明（賦して朧頭《ろうとう》に秋月明らかなりを得たり）
→「朧頭秋月明」（初唐楊師道の「朧頭水」の第一句を題とした題詠）
賦得絡緯無機（賦して絡緯《らくゐ》機無しを得たり）→「絡緯無機」
和内史貞主秋月歌（内史貞主の秋月歌に和す）→「秋月」
神泉苑九日落葉篇（神泉苑九日落葉篇）→「落葉」
（ここまで秋）

和滋内史奉使遠行観野焼之作（滋内史の使を奉じて遠行し野焼を観《み》るの作に和す）→「野焼」（冬はこの一首のみ）
山亭聴琴（山亭に琴を聴く）→「山亭聴琴」
琴興→「琴興」　（雑？　あるいは音楽？）

春の「殿前の梅（＝花）」の次に夏の「雨中の梅（＝実）」を配して、ただ一首で夏の詠作とし、「秋月」「絡緯」「落葉」の詠で秋を構成し、冬は「野焼」で、夏と同じくただ一首を配する。ただ、「雑詠」部をこの冬の一首で終わらせずに、最後に二首の「琴」詠を置く意図を汲み取ることは難しい。あるいは「雑詠」部冒頭の「河陽十詠」と呼応して「幽閑」「閑居」の象徴として配したものか。この二首の「琴」詠を除くと、それぞれの季節のもとに、その季節の景物を詠んだ詠物詩（題詠詩）を配することで、四季にわたる「雑詠」を展開していこう、というのが『文華秀麗集』の巻下「雑詠」部の編纂意図ではなかったのかと考えるのだが、どうであろうか。

『経国集』の「雑詠」部

『経国集』も『文華秀麗集』の「雑詠」部重視を承けて、詩の部門全体の40％を「雑詠」部に充てていることは既に述べたとおりであるが、「雑詠」部の詩の配列方法も『文華秀麗集』の「雑詠」部を踏襲し、雑詠一から三まででは、四季の順に詩を配列する。この点については、小島憲之が既に次のように述べている。(11)

> 巻十一の「雑詠一」が春の詩を編輯することから推して、「巻十二」は、春の詩の残りと――主として仲春より晩春の詩――、少数の夏の詩を経て、更に初秋あたりに及ぶ詩を収集編輯したものと思はれる。これに続く巻十三は、現にその詩が残る以上、明らかに仲秋・晩秋及び「冬」（歳晩）に関するくさぐさの内容をもつ詩を収集する。

続く雑詠四（巻十四）の配列方法についても、小島憲之が次のように述べている。(12)

> 巻十四は、要するに

(一) 奉試詩群 (二) 清涼殿画壁山水歌群 (三) 青山歌群 (四) 漁歌群

の四群を柱として、その間を縫ひつつ若干の詩を織り成し、ほぼ巻十三の詩数に近く編輯する。但し巻十三の内容が秋・冬など四季の風物を中心とするのに対して、巻十四は「雑」の内容を持つといひ得る。

さらに小島は、この雑詠四が(一)の奉試の詩群で始められることに注意し、その奉試の詩群の特徴を、

> 巻十三の「奉試」の詩題は、秋に関するそれであるが、巻十四の奉試は、詩題に統一がなく、雑多である。

と述べ、詩題によって奉試の詩が四季の部とそれ以外の雑の部とに意図的に振り分けられていることも指摘する。

以上の小島の指摘を総合すると、『経国集』の「雑詠」部は「四季」と「雑」の二つの大きな区分により構成されていることになり——巻十五以下が欠けているため、暫定的な見通しではあるが——、ほぼ「四季」のみで配列されていた『文華秀麗集』に比べ、後世の勅撰和歌集や『和漢朗詠集』などにつながる、より充実した配列の枠組が採用されているといってよい。

実際にどのような詩題がどのように配列されているか、紙幅の関係もあるので、雑詠一(巻十一)の春の部門を対象に眺めてみよう(詩題に存する作者名や詩を贈った相手に関する記述、「和」や「奉和」、その他題材に関係しない記述は省いた)。

1「殿前梅花」 2「落梅花」 3「庭梅」 4「早春」 5「観打毬」(打毬を観《み》る) 6「春日作」 7「春日病起」 8「春日過前尚書秋公帰病(春日前尚書秋公の帰病するに過《よぎ》る)」 9「閑庭早梅」 10「春雨」 11「老翁吟」 12「鞦韆篇」 13「看源童子書跡(源童子の書跡を看《み》る)」 14「新年雪裏梅花」 15「暇日閑居」 16「竹樹新栽、流水遠引、即事有興。把筆直疏。得寒字(竹樹新たに栽《う》え、流水遠く引くに、即事興《けう》有り。筆を把《と》りて直《ただ》に疏《しる》す。寒字を得たり)」 17「現果詩」 18「過因詩」 19「賦桃(桃を賦す)」 20「詠桜(桜を詠める)」 21「春庭友人見過(春庭友人に過《よぎ》らる)」 22「春堂五詠」(題は「屏」「牀」「几」「燈」「簾」) 23「詠鬼(鬼を詠め

る）」 24「臨春風（春風に臨む）」 25「春日奉使入渤海客館（春日使を奉じて渤海客館に入る）」 26「聴早鶯（早鶯を聴く）」 27「城外聴鶯（城外に鶯を聴く）」 28「賦鶯（鶯を賦す）」 29「閉門好静、花鳥馴人（門を閉ぢ静を好み、花鳥人に馴《な》る）」 30「詠禁苑鷹生雛（禁苑に鷹雛《ひな》を生むを詠める）」 31「月下聴孤雁（月下孤雁を聴く）」 32「詠燕（燕を詠める）」 33「看紅梅（紅梅を看る）」 34「早春途中」

『文華秀麗集』の「雑詠」部は「河陽十詠」や「春日四詠」のような、いかにも「雑詠」的な作品で始められていたが、『経国集』の「雑詠一」では、このような作品は22の「春堂五詠」だけにとどまり、冒頭1～3には梅花に関する詠作が集中して配され、春の冒頭を梅で始めようという意図が汲み取れる。しかし、その中身に踏み込めば、2に「落梅」があるのに、かなり離れた9に「早梅」、さらに14に「新年雪裏梅花」が置かれるなど、後世の『古今和歌集』などのように、梅花詠で一つのグループを形成し、咲く梅から散る梅へと季節の流れに沿って作品を並べていくといった配列はまだなされていない。6「春日作」7「春日病起」8「春日過前尚書秋公帰病」25「春日奉使入渤海客館」などの「春日」を冒頭に置いた各作品も、『文華秀麗集』「雑詠」部に置かれていた「春日四詠」などと比べると、春日の景物を詠む「雑詠」というより、むしろ即事性に傾いた「雑詩」と捉えるべき傾向が強いように思われる。11「老翁吟」13「看源童子書跡」16「竹樹新栽、流水遠引、即事有興。把筆直疏。得寒字」34「早春途中」などの作品も同様で、春の景物を主題にした詠物詩というよりも、たまたま春に詠まれた、即事的な「雑詩」と呼ぶべき作品であろう。

とはいえ前《さき》の「春堂五詠」をはじめ、5「観打毬」10「春雨」12「鞦韆篇」19「賦桃」23「詠鬼」26「聴早鶯」27「城外聴鶯」28「賦鶯」29「花鳥馴人」30「詠禁苑鷹生雛」31「月下聴孤雁」32「詠燕」33「看紅梅」などのように、『文華秀麗集』の「雑詠」部に採られていた作品と同種の、詠物詩的な要素の強い作品もたくさん見受けられる。つまり『経国集』の「雑詠一」は、『文華秀麗集』の「雑詠」部を承《う》けながらも、そこには詠物詩的な要素をあまり持たない「雑詩」的な作品も数多く取り込まれており、『文華秀麗集』の「雑詠」部が既に見たように明確に詠物詩的な作品を集めていたのに対して、「雑詠」という部門の性格はかなり曖昧なものになっているといってよい。『文華秀麗集』の成立から『経国集』が編纂された天長四年（八二七）までは十年足らず、『文華秀麗集』から規模を大幅に拡大したことで、詠物詩的な作品の量が足りず、一つの巻を満たすことができなかったので、やむをえず詠物詩ではない、春に詠まれたその他の作品も取り入れた、というような事情があったのかもしれない。あるいは『経国集』の編纂までに「雑詠」という部門に対する考え方自体に変化があったのではないかという見方もあるかもしれないが、既に見てきたように、「雑詠四」が（一）奉試詩群、（二）清涼殿画壁山水歌群、（三）青山歌群、（四）漁歌群といった詠物（題詠）詩群を中心に構成され、それ以外の作品も「宮人翫扇」「暁頭聴雁」「曓肩」「石決明」「茶歌」「絮柳」といった詠物詩ばかりで占められ（小野岑守の詩と嵯峨帝の和詩による「旅行吟」だけは多少趣《おもむき》が異なるかもしれない）、「雑詠」という部門に対する基本的な考え方は、『文華秀麗集』とさほど変わっていないと判断してよいのではないだろうか。

四、「雑詠」部の由来・その意義など

「雑詠」部の由来

紙数も尽きてきたので、この文章を閉じるに当たって、まず『文華秀麗集』『経国集』（以下「両集」と称する）の「雑詠」部が、どういう流れを承けて両集の重要な部門として設けられるに至ったのかについて、臆測を述べてみたい。既に述べたように、中国においては、「雑詠」という言葉は六朝から唐代にかけて、詩題には用いられていたが、詩文集の題名や部門名に用いられた例としては、一節で触れた『李嶠百二十詠』の別名、『李嶠雑詠』が

管見に入った程度である。日本には伝嵯峨天皇筆の『李嶠百二十詠』の平安初期の古鈔本が残されているが、首部が欠損しており、本来この古鈔本の題に「李嶠百二十詠」とあったか「李嶠雑詠」とあったかは、残念ながら今では不明である。もし仮に「李嶠雑詠」とあったとすれば、平安初期に「雑詠」という語が、詩題のみならず書名としてもよく知られていたことになり、両集に「雑詠」部を設ける契機の一端となった可能性はあろう。

しかし、仮にそのようなことがあったとしても、単純にこの書物が両集の「雑詠」部のもとになったとは言えない。『李嶠百二十詠』の題詠の配列は、「乾象部十首　日・月・星・風・雲……」「坤儀部十首　山・石・原・野・田……」「芳草部十首　蘭・菊・竹・藤・萱……」「嘉樹十首　松・桂・槐・柳・桐……」以下、「霊禽部」「祥獣部」「居処部」「服玩部」「文物部」「武器部」「音楽部」「玉帛部」と続き、基本的には『初学記』や『芸文類聚』のような類書と同様に、天象・地儀から始まり、自然界・人間界の事物を網羅するべく部門を配列しているが、これに対して、両集の「雑詠」部は春夏秋冬の四季の流れを基調にして詩を配列しており、詩を配列する際の発想の根本が『李嶠雑詠』とは異なっているのである。むしろ、四季の流れの中に詠物的な作品を配列していくという点では、『万葉集』の巻十に見える「春雑歌　詠鳥　詠霞　詠柳　詠花……」「春相聞　寄鳥　寄花　寄霜　寄霞……」、「夏雑歌　詠鳥　詠蟬　詠花」「夏相聞　寄鳥　寄草　寄花　寄露」、「秋雑歌　七夕　詠花　詠雁　詠鹿鳴　詠蟬　詠蟋……」「秋相聞　寄水田　寄露　寄風　寄雨　寄蟋……」、「冬雑歌　詠雪　詠露　詠黄葉　詠月」「冬相聞　寄露　寄霜　寄雪　寄花　寄夜」という部門と配列に注目したい。『万葉集』では、巻八にも四季順の部門が置かれているが、春夏秋冬にそれぞれ「雑歌」「相聞」の部が設けられているだけで、詠物、寄物の作を四季に配列しているのは巻十のみである。両集の「雑詠」部が、直接『万葉集』の巻十に拠って構想されたかどうかは不明ではあるが、少なくとも詩の配列方法を見る限り、両集の「雑詠」部の作品の配列方法には、中国の詩集や類書ではなく、『万葉集』巻十に用いられたのと同様の配列の発想が強く意識されていた、ということは言えるのではあるまいか。

「雑詠」部の意義

両集の「雑詠」部に収められた詠物詩は、その後菅原道真らによって継承されさらに発展し、平安後期の句題詩の隆盛へと繋がっていくことが、注（1）に挙げた蔣義喬「詠物詩から句題詩へ―句題詩詠法の生成をめぐって」でくわしく述べられている。対象とした景物を詠むにあたり、中国の先行詩から多くの表現を貪欲に摂取し、どのような比喩や故事をどのように組み合わせて使うかを、様々な景物について徹底的に訓練する――こうした取り組みの成果が示されているのが平安初期の詠物詩であろう。この訓練の成果が漢詩文だけでなく和歌にまで影響を及ぼし、その後の古今集時代の和歌を生み出す原動力になっているのは疑いない。

それでは、その詠物詩を盛る器《うつわ》であった、両集の「雑詠」部自体の意義はどういう所にあるのだろうか。それは、直前に述べた、『万葉集』の巻十で使われた四季により詠物作品を配列していく方法を、漢詩集であるにもかかわらず積極的に取り入れたことにあるのではないか。六朝詩や初唐詩の圧倒的な影響下にあると考えられる平安初期の漢詩文集にあって、詠物詩を配列するのに『李嶠百二十詠』のように中国の類書の枠組みに拠らず、『万葉集』で用いられた四季による配列を優先したということこそが、その後の日本の文学に大きなインパクトを与えた、ということは考えられないであろうか。『古今集』が四季部を重視してこれに集の前半を充てる、その四季による配列は、『万葉集』の巻八や十で既に行われていたから、さも当然のことのように考えられるかもしれないが、『古今集』が編纂される前段階で、漢詩文に大きな比重を置いて作られた『千里集（句題和歌）』や『新撰万葉集』までもが既に四季部を重視して、冒頭にこれを置いているのは、はたして『万葉集』の巻八・十の配列だけを意識した結果なのであろうか。唐人の漢詩句を集成して分類配列した『千載佳句』が、中国の類書のように天象部を冒頭に立てず、これを後回しにして四時部を冒頭に置くことや、唐人や邦人の漢詩文佳句を主要な構成要素としながら『和漢朗詠集』が四季と雑との二巻で構成されることについても、『古今集』の影響が大きいことはいうまでもないが、漢詩文を四季の順に配列するということについていえば、『文華秀麗集』『経国集』の「雑詠」部が果たした役割に、私たちは今一度注意を向けてみる必要があるのではないだろうか。

嵯峨朝に編まれた勅撰三集の世界には、まだまだ埋もれたままになっている課題がたくさんあるようだ。ここで述べてきた「雑詠」部についても、見直すべきこと、言及すべきことが、まだいくらも残っているかもしれない。

注

（1）蔣義喬「詠物と言志―『懐風藻』から勅撰三集に至る」（『アジア遊学162　日本における「文」と「ブンガク」』〈勉誠出版、二〇一三年三月〉）。なお「詠物詩から句題詩へ―句題詩詠法の生成をめぐって」（『和漢比較文学』第三十五号、和漢比較文学会、二〇〇五年八月）も併読されたい。

（2）後藤昭雄「嵯峨天皇と弘仁期詩壇」「文華秀麗集の位置」（『平安朝漢文学論考　補訂版』〈勉誠出版、二〇〇五年〉第一章「嵯峨朝詩壇」所収）参照。

（3）大系の当該句の頭注には「すべて皆同類の詩をもって叙述し〈同類の詩を一カ処にしるし集める意。題はしるすこと〉、閲覧（しらべみること）しやすい方法を採る」と解釈している。

（4）たとえば、後藤昭雄は注（2）の「文華秀麗集の位置」において「当代の正統的文学理念である経国的文学観の立場からすれば、その埒外に踏みだしたというべき『文華秀麗集』の唯美的性格は、これを生み出した弘仁期という時代の好尚の形象化なのである」と述べている。

（5）『日観集』は、書物自体は失われているが、序が『朝野群載』に収められており、そこに「心を異才に留め、部を同類に分《わか》つ」とあることから、部類別の編集が行われていたことは明らかである。

（6）『国風暗黒時代の文学　中（下）Ⅰ―弘仁・天長期の文学を中心として―』（塙書房、一九八五年）第四章第二節「経国集の研究（二）」の「（1）その基礎的研究」二〇八二～八四頁。

（7）神田喜一郎「『李嶠百詠』雑考」（『神田喜一郎全集　第二巻　続東洋学説林』〈同朋舎出版、一九八三年〉所収）七十一頁参照。

（8）嵯峨帝やその臣下たちが、山崎附近の地を中国の河陽県になぞらえて盛んに漢詩文に詠んだことについては、小島憲之『古今集以前』（塙書房、一九七六年）の第二章「漢風讃美時代」第四節「漢風の表現」一六一〜一七四頁参照。

（9）大系は「美人に代《かは》りて殿前の夜合《ねむ》を詠むの什《じふ》に和し奉る」と訓読しているが、原文の語順から見てこの訓み方は難しく、またなぜ「美人に代りて」詠むのかも理解しにくい。前に置かれた神泉苑の古松の詩と同様に、植物になり代わって詠んだ作と解するべきであろう。

（10）「故関聴鶏」「奉和過古関」「代神泉古松傷哀歌」と「冷然院各賦一物得……」の各作品は詠まれた季節が明確ではないが、それぞれの後に春の景物を詠んだ題詠が置かれているので（「代神泉古松傷哀歌」の次の「奉和代美人殿前夜合詠之什」、「冷然院各賦一物得……」の次の「奉和翫春雪」）、春の詠作と組み合わせて、春の作品という流れの中で見ていくべきなのであろう。

（11）『国風暗黒時代の文学　下Ⅱ―弘仁・天長期の文学を中心として―』（塙書房、一九九五年）第四章第二節「経国集の研究（二）」の「（3）経国集詩注（五）巻十三」の「二その編輯を中心として」三二五〜二六頁。

（12）『国風暗黒時代の文学　下Ⅲ―弘仁・天長期の文学を中心として―』（塙書房、一九九八年）第四章第二節「経国集の研究（二）」の「（3）経国集詩注（六）巻十四」の「一その目録・編輯を中心として」三七七八頁。

〔**初出**〕北山円正・新間一美・滝川幸司・三木雅博・山本登朗編『日本古代の「漢」と「和」　嵯峨朝の文学から考える』（勉誠出版、二〇一五年）に同題で掲載。

2 嶋田忠臣と在原業平
――漢詩が和歌を意識し始めた頃――

はじめに

古今集時代の和歌の世界を切り開いた先駆者の一人、在原業平は天長二年（八二五）生まれで、元慶四年（八八〇）、五十六歳で薨じている。一方、菅原道真の詩作の師であり、彼の岳父にもあたる嶋田忠臣は、業平より遅れること三年、天長五年（八二八）に生まれ、寛平四年（八九二）に六十五歳で薨じている。忠臣の方が、寿命に恵まれ十年余り長生きしているが、基本的に二人はほぼ同世代人として生きたことになる。

二人の生きた時代は、文学史的に見ると、嵯峨天皇と彼を取り巻く臣下たちとが、公宴の場で奉和・応制の漢詩文の華を咲かせた時代が幕を閉じ、漢文学の世界では『白氏文集』の将来とともに新しい詩作の方向が胎動し始め、また和歌の世界では、六歌仙の業平や遍昭、小町らにより、それぞれの個性を持った、万葉歌とはまた異なった新しい傾向の歌が詠まれ始めた時代であった。

従来から、この六歌仙やそれ以降の古今集歌人の和歌の題材や表現が、漢詩の題材や表現を進んで取り入れることによって、万葉歌に比べてその世界を大きく拡げていることについては、様々な論究がなされてきている。その研究も、白楽天を中心とした中唐詩や六朝詩などの中国の漢詩と和歌とのストレートな影響関係を論じるという形だけでなく、中国の漢詩と和歌との間に日本の漢詩を介在させて、ワンクッションを置く形で、日本の漢詩の世界をも視野に入れながら、和歌の世界が中国詩の題材や表現を享受していく様子を探ろうとする試みも徐々になされてきている(1)。当然、こうした研究では、日本の漢詩を中国の漢詩の題材や表現の〈受け皿〉としてとらえ、そこから和歌への流れを重視するわけであるが、日本の漢詩を考える際には、このように中国文学の〈受け皿〉としての側面をとらえるだけではなく、その一方で、中国の漢詩とはまた異なった、日本人の手になる独立した文学作品としての側面を発掘し、これを見つめていくことも、また重要な意味を持ってこよう。

小稿では、このような観点から、嶋田忠臣の『田氏家集』に採られた漢詩のいくつかをとりあげ、これらの詩の成立に、彼と同時代を生きた歌人在原業平の、『伊勢物語』に採られた和歌が深く関わっていることを論じてみたい。奈良時代の『懐風藻』や平安初頭の『凌雲集』『文華秀麗集』『経国集』の勅撰三漢詩集の漢詩には、中国の漢詩に先例を持たずに、直接和歌の世界に題材や表現を仰いだと考えられる例は希である(2)。忠臣の詩のいくつかに業平の和歌の投影が認められるのであれば、それは、勅撰三漢詩集時代までの日本漢詩とはまた異なった、日本漢詩の新しい詩作の方向を示すものともなろうし、併《あわ》せて貫之ら後世の歌人たちに大きな影響を与えていた業平の和歌が、早く彼と同世代の詩人にも強く意識されていたことを物語る貴重な資料ともなるはずである。なお、以下の論では、『田氏家集』の引用は、小島憲之監修『田氏家集注』（和泉書院、一九九一～一九九四年）、『伊勢物語』の引用は渡辺実校注『新潮古典集成　伊勢物語』に拠り、忠臣詩には『田氏家集注』における作品番号、『伊勢物語』には章段番号を、それぞれ付した。

一、藤氏の栄華

――「藤」によせた詩と歌――

忠臣の詩の中で、業平の和歌を強く意識して作られたことが比較的よく見て取れるものとして、『田氏家集』巻下に採られた次の詩があげられる。

131　大相府東庭貯水成小池、小池種一紫藤、至於今春始発花房、酌於花下翫以賦之、応教（大相府の東庭に水を貯《た》め小池を成す、小池に一紫藤を種《う》う、今春に至りて始めて花房を発《ひら》く、花下に酌し翫《もてあそ》びて以て之《これ》を賦す、教に応《こた》ふ）

重華累葉種相依　　重華累葉　種は相依《あひよ》る
池上新開映晩暉　　池上に新たに開き晩暉に映ず
料量紫茸花下尽　　料量す　紫茸　花下に尽くるも
家香更作国香飛　　家香は更に国香と作《な》りて飛ばむ

一種垂藤数尺斜　　一種の垂藤　数尺斜めなり
雖新雖旧是同家　　新と雖《いへど》も旧と雖《いへど》も　是れ同家
久来用意依芳蔭　　久来　意を用ゐて芳蔭に依《よ》る
不向人間趁百花　　人間《じんかん》に向かひて百花を趁《お》はず

この二首の連作は、寛平元年（八八九）の作と推定され、詩題中の「大相」は「大相国」の意で、当時、太政大臣であった藤原基経を指し、「府」は彼の邸宅を指すと考えられる。[3]「応教」は普通は諸王の命（教）に応じて詩作する意であるが、忠臣詩では、他に右大臣藤原良房の命に応じて作ったと思われる作品にも「応教」が用いられており、ここもおそらく基経の下命によって作られたことを意味すると見て良いと思われる。基経の邸宅の小池のほとりに植えられた藤が初めて花をつけたのを祝って宴がもたれ、その宴に興を添える目的で、主《あるじ》の基経が忠臣に命じて作らせた詩ということになろう。

現存する作品の限りにおいて、「藤の花」を詠んだ日本の漢詩は、忠臣以前にはほとんど見えない。『文華秀麗集』梵門の嵯峨帝御製「過梵釈寺（梵釈寺に過《よ》ぎる）」詩に「老大杉松離旧藤（老大なる杉松旧藤を離《か》く）」の例があるが、これは「年老いた杉や松の大木に古びた葛かずらが掛かっている」の意で、藤の花を詠んだものではない。また、藤花の詩と言えば、中国の漢詩において、三月尽・惜春の景物として藤花を初めて登場させた作として注目され、[4]日本でも『千載佳句』や『和漢朗詠集』に採られ、平安人《びと》にもてはやされた、

惆悵春帰留不得　　惆悵す春帰りて留むれども得ざることを
紫藤花下漸黄昏　　紫藤の花の下《もと》　漸く黄昏たり　　（「三月三十日慈恩寺に題す」）

悵望慈恩三月尽　　悵望す　慈恩の三月尽
紫藤花落鳥関関　　紫藤は花落ち　鳥は関関たり　　（「元八員外の三月三十日慈恩寺に相憶《あひおも》ひて寄せらるに酬《むく》ゆ」）

といった白楽天の詩が想い起こされるが、この忠臣の詩には、これらの白詩の惜春の景物としての藤花の詠法の影響も見えないようである。忠臣は白詩を積極的に取り入れた早い時期の詩人であるが、[5]この詩の場合には、詩作の場の状況やそこで要求される詩の内容からみて、白詩のように惜春の景物として感傷的に藤花を詠むことはふさわしくないために、あえてそれをしていないのであろう（一首目の「晩暉に映ず」という言い回しが、白詩の「紫藤の花の下漸く黄昏たり」を踏まえていると思えたり、藤の群がりぶら下がった様を「紫茸」という語で言い表す先例が白詩に

「藤花浪は払ふ紫茸の條《えだ》」〈「湖上閑望」〉と見えるなど、部分的には白詩に拠ったと思われるところは存するが）。

さらに藤花を文学作品に詠むということについていえば、日本では白楽天の漢詩に先立って、奈良時代、『万葉集』の和歌において既に行われていた。

恋しけば　形見にせむと　我がやどに　植ゑし藤波　今咲きにけり　（巻八・一四七一　山部赤人）
ほととぎす　鳴く羽触《はふ》れにも　散りにけり　盛り過ぐらし　藤波の花　（巻十九・四一九三　大伴家持）
多祜《たこ》の浦の　底さへにほふ　藤波を　かざして行かむ　見ぬ人のため　（巻十九・四二〇〇　忌寸縄麻呂）

万葉歌では、藤は赤人の歌を除けば、巻十九の家持の越中での歌群において、大伴家持とその周辺の人々によって集中的に詠まれており、ほととぎすとともに初夏の景物として詠まれたり、水に映る景が詠まれたりしている。忠臣の詩には、ほととぎすも詠まれておらず、池水に映る藤花の美しさが詠まれているわけでもないので、こうした万葉の藤の詠歌が影響を与えているということもなさそうである。

なにより、忠臣の詩の特徴は、藤の花を、宴の主である基経をはじめとする藤原氏一門に重ね合わせて表現しているところにある。一首目の冒頭句「重華累葉、種は相依《あひよ》る」では、「重華」は藤の花の重なり合った様をいうと同時に、『尚書』「舜典」に「曰若《ここ》に帝舜を稽古して曰く、重華帝に協《かな》ふ」とある、先帝堯の文徳（＝華）を継承して（＝重）、世を治めた聖帝舜を讃えた呼称でもあり（孔安国伝の解釈による）、そこには氏の長者である良房から基経へと藤氏の治世が受け継がれている意が込められている。また「累葉」も、藤の葉が重なっている様をいうと同時に、「葉」には代、世の意があるところから、「代々」「世々」の意も込められており、藤氏の治世が代々続いていることをも表している。となると、「種は相依《あひよ》る」も、当然藤の花や葉が互いに寄り集まって一つの花房を形成していることをいうとともに、藤氏の一族が基経を中心に互いに結束して氏の繁栄を支えている意が込められていよう。二首目の詩の「一種の垂藤、数尺斜めなり。新と雖《いへど》も旧と雖《いへど》も是れ同家」も、一首目の冒頭句「重華累葉……」を受けて、一株の垂れ下がった藤花と、宴の場に参集した老若の藤氏一門の人々を取り合わせて詠んでいる。このような、藤花に藤氏を重ね合わせる詠法は、当然白詩には存在しないものであるし、万葉歌にも一つも見えない。忠臣の詩の後、古今集時代以降の和歌では、こうした詠法は、片桐洋一が論じたように、藤花詠の技法の一つとして確立していくが[6]、忠臣詩が詠まれた以前においては、管見の限り唯一こうした藤花の詠法が認められるのが、次の『伊勢物語』一〇一段の業平の詠である。

昔、左兵衛督なりける在原の行平といふありけり。家によき酒ありと聞きて、うへにありける左中弁藤原の良近といふをなむまらうどざねにて、その日はあるじまうけしたりける。なさけある人にて、瓶《かめ》に花をさせり。その花の中に、あやしき藤の花ありけり。花のしなひ三尺六寸ばかりなむありける。それを題にて詠む。詠みはてがたに、あるじのはらからなる、あるじし給ふと聞きて来たりければ、とらへて詠ませける。もとより歌のことは知らざりければ、すまひけれど、強ひて詠ませければ、かくなむ。

　咲く花の下にかくるる人おほみ　ありしにまさる藤のかげかも

「などかくしも詠む」といひければ、「太政大臣の栄華の盛りにみまそかりて、藤氏のことに栄ゆるを思ひて詠める」となむいひける。みな人そしらずなりにけり。

文中の「太政大臣」は藤原良房、彼の太政大臣就任は天安元年（八五七）、貞観十四年（八七二）に薨じているから、ここに記されているのは、忠臣の詩が作成されたのより少なくとも十五年以上も前の出来事である。兄行平の家で宴があり、左中弁の藤原良近が正客として招かれた。その場の興趣を盛り上げるために瓶に生《い》けられた藤花を題に和歌を詠むことを命じられた業平は、「咲く花の……」と詠んだ。なぜこの歌が、宴に参加した一同から「などかくしも詠む」と問いただされたのか、業平がなぜ「藤氏のことに栄ゆるを……」と釈明したのかなど、議論が多い歌であるが、良近が藤原氏の傍流でさほどの高位高官でもないのに、藤氏であるということで正客としてもてなされ、奢っている様を苦々しく思った業平が「藤氏の庇護を被る人が多いから、在原氏をさしおいて（ありしにまさる）、藤氏の傍流（藤の蔭）がちやほやされていることよ」と皮肉を言い、その意を汲み取った一同から非難された時に、「藤氏の庇護を被る人々が多いので、以前にもまして大きくなったこの藤の木陰であることよ」と、眼前の藤の巨大な花房に掛けて良房はじめ藤氏一門の栄華を讃えた歌なのだと言い抜ける道を作ってあったと見て、そこに業平の反骨精神と歌才とを読み取る新潮日本古典集成の渡辺実の解釈が当を得ているのではないかと思われる。

仮に業平が弁明したように、この歌を藤氏の栄華を詠んだものと解すると、咲く花が藤氏の長者である良房を指し、その下に庇護を求める藤氏一門の人々が集まり、藤がますます大きく成長するというこの歌の詠法と、忠臣の詩の藤花の詠法との間には、強く相通じるものがある。「咲く花の下に隠るる人」「藤のかげかも」という表現は、忠臣詩の「重華累葉、種は相依《あひよ》る」や「久来意を用ゐて芳蔭に依《よ》る」などの句に、漢詩文の文脈に形を変えてはいるものの、巧みに取り入れられている。忠臣は、藤氏の人間が主役である宴の場で、藤花を詠ずるにあたり、その先例として業平のこの詠歌を強く意識していたとみて良いであろう。『伊勢物語』の伝えるところが事実にもとづくものならば（官職や実名が具体的に記されているところから、おそらくそうであろうが）、この歌はいかにも「きわどい歌」（集成一〇一段頭注）である。しかし、忠臣は、業平が弁明したように、この歌を藤氏讃美の歌と解すれば、自らの藤花の宴における詩作に十分利用できると考えたのであろう。しかも宴の主《あるじ》である藤氏は良近のような小物ではなく、国政をあずかる基経である。藤氏批判と取られるような表現は採らず、「家香は更に国香と作《な》りて飛ばむ」のように、よりスケールの大きな讃美を添えて、この詩を創り上げた。おそらく忠臣は、業平の歌だけを知っていたのではなく、『勢語』一〇一段に記されたような歌にまつわる逸話《エピソード》（＝歌が詠まれた場の状況）をも熟知していたと思われる（行平は、藤氏の良近を正客として招くことを意識して、あらかじめ瓶の花の中に大きな藤を生けておき、それを題にして詠歌を催したのであろうが、もしそうなら、その行平邸の場の状況自体が既に忠臣の詠詩の場面と近似しており、忠臣にとっては恰好の先例としてとらえられたであろう）。それは忠臣だけではなく、基経の邸宅に招かれた他の多くの人々についても同様だったのではなかろうか。「あのきわどい業平の藤の〈歌〉をもとに、このようなめでたい藤の〈詩〉を作ってみました」、忠臣のねらいは、案外こういうところにあったのかもしれない。

二、月を留める

――「天柱を峙《そばだ》たしめ」と「山の端《は》逃げて」――

前節では、忠臣が、業平の和歌の詠法をほぼなぞるような形で取り入れることによって自らの作品を成立させている例を見てきたが、この節では、「月」を主題とした彼の詩においても、業平の詠歌の発想が影響しているのではないかということを述べてみたい。『田氏家集』巻上に、次のような詩がある。

62　八月十五夜惜月　（八月十五夜月を惜しむ）

月好偏憐是夜深　　月好《ことんな》くして偏《ひとへ》に憐れむは　是れ夜深
三更到暁可分陰　　三更より暁に到るも　分陰なるべし
争教天柱当西峙　　争《いかで》か天柱をして西に当りて峙《そばだ》たしめ
凝滞明光不肯沈　　明光を凝滞《がいたい》して肯《あへ》て沈めざらむ

製作年時不明ながら、『田氏家集』巻上の配列より貞観十五年（八七三）頃の作かと推定される詩である。中秋の名月は夜更けになると一段と興趣をそそられると歌い起こし、承句では三更（午後十時半頃）から暁に到る長い夜の時間も、月を惜しむあまり、あっという間に過ぎるという（「分陰」は「寸陰」に同じく「ほんの短い時間」の意。[7]

『田氏家集注』では「陰《くらき》を分《わか》つ」と訓じ「月の明るさは、夜明け前の暗さとは、はっきり見分けられよう」、中村璋八・島田伸一郎著『田氏家集全釈』〈汲古書院、一九九三年〉では「陰《かげ》を分《わか》つ」と訓じ「その朝まだきのほの暗さを、この月の光が分けるかのように照らしている」と訳すが、ともに意味が通じ難い）。そして、転結の両句で、どれほど愛惜してもすぐに西に沈んでいくあの無情な月を、天に柱を立てることで邪魔をして天空に引き留めることはできないものかという、いささか現実離れした夢想で一首を締めくくる。

八月十五夜、あるいはその月を詩に詠むことは、中国では杜甫に始まり、白楽天が盛んにこれを行い、日本では、現存作品から見る限り、この嶋田忠臣あたりが白詩に刺激を受けて行い始めたと考えられている(8)。しかし、この十五夜の月を惜しむ忠臣の詩のように、あっという間に西へ傾く月を、何とか沈ませないようにしたいというような表現は、たとえば『和漢朗詠集』の八月十五夜部や月部、『千載佳句』の月部などに採られた白楽天をはじめとする唐人の作品や、『初学記』『芸文類聚』の月部に採られた六朝から初唐にかけての詠月詩などには、類似の先例を見いだすことは難しい。ここで詳述する余裕はないが、中国の詩においては、名月の円満な姿や清光を賞翫する他には、その光を仰いで遠く離れた故人や家族、故郷を想いやったり、過去を回想したりするのが一般的であり、月が沈むことを露《あら》わに惜しむこと自体があまり無いように思われる。

ところが、万葉歌を振り返ってみると、巻七の雑歌の「詠月」の歌群には、

常はさね　思はぬものを　この月の　過ぎ隠らまく　惜しき夕《よひ》かも　（一〇六九）

のように、月が西に沈み行くことを惜しむ歌は普通に見られ、中には、

ぬばたまの　夜《よ》渡る月を　留めむに　西の山辺《やまへ》に　関もあらぬかも　（一〇七七）

のように、「月を留めるために関所があればよいのに」という、忠臣の詩の転結句にかなり近い表現を持ったものも存在する。忠臣の詩は、中国の詠月詩ではなく、こうした和歌の世界の表現を承《う》けて作られていると想像される

が、この一〇七七番の万葉歌は、『古今六帖』などには採られておらず、平安人《びと》にどの程度知られていたかは甚だ心許《こころもと》ない。しかし、前節で見通しをつけたように、忠臣が在原業平の詠歌やエピソードに親しく接していたとすれば、『伊勢物語』八十二段に採られた次の歌を、この月を惜しむ詩の先蹤として想定しても良いであろう。

（惟喬親王は）かへりて宮に入らせ給ひぬ。夜ふくるまで酒飲み物語して、あるじの親王、酔ひて入り給ひなむとす。十一日の月も隠れなむとすれば、かの馬頭の詠める。

あかなくにまだきも月のかくるるか　山の端逃げて入れずもあらなむ

親王にかはり奉りて、紀の有常、

おしなべて峰もたひらになりななむ　山の端なくは月も入らじを

この章段に述べられているのは、少なくとも惟喬親王が出家して小野に隠棲する貞観十四年（八七二）より以前の出来事と考えられ、おそらく忠臣の詩の方が後で作られているとみて良い。「あかなくに」の歌においては、月に惟喬親王をオーバーラップさせながら、「山の稜線が逃げて月を沈めないようにしてほしい」という、万葉一〇七七番歌の「西の山辺に関もあらぬかも」の発想に比べ、より奇抜な業平の個性的発想が際《きわ》だっている。この、沈み行く月を何とかして天空に引き留めておこうという発想を、忠臣は「月を惜しむ」という漢詩において表現しようとしたのではないか。漢詩では、忠臣は月を留めるために「天柱」を西の天空に立てようというが、この表現に関して、『田氏家集注』では、『神異経』の「崑崙の山に銅柱有り。其の高きこと天に入れり。所謂天柱なり」を注として引く。これは崑崙山に存在する神秘な事物としての「天柱」であり、「天まで届く柱」という意味で命名されているものである。しかし、私は、この忠臣詩にいう「天柱」は、同じ「天柱」という字面《じづら》ではあるが、『神異経』にいうところのものとは異なり、張華の『博物志』地部に「天地初め足らず。故に女媧氏五色の石を練《ね》り、以て其の闕《けつ》を補ふ。鼇の足を断ち、以て四極を立つ。其の後、共工氏顓頊と帝を争ひて怒りて不周の山に触る。天柱を折り、地維を絶つ。故に天後に西北に傾き、日月星辰焉《これ》に就《つ》く。地は東南に満たず、故に百川の水焉《これ》に注ぐ」と見える（『初学記』天部・天の事対の「四極」に『淮南子』、同「折柱　絶維」に『列子』を引き、これと同内容の記事を記し、平安期の教訓書『仲文章』にも引かれる）(9)、女媧が天を支えるために地の四極に立てたという「天柱」の方が、内容から見て、よりふさわしいのではないかと考える（「立てる」という行為とのかかわり、「日月星辰」とのかかわりなど。折れたのは西北の角の柱らしいから、「西に天柱を立てる」という発想が出てきやすかったと考えるのは穿ちすぎであろうか）。

さらに忠臣詩が、「西の山辺に関もあらぬかも」の万葉歌よりも、「あかなくに」の業平歌を意識していると思われる理由がもう一つある。それは、先ほど先行注の訓《よ》みを私に改めた「三更より暁に到るも分陰なるべし」という承句についてである。先行注は「陰」を光の「明暗」に関するものと解してしまったため、「分陰」の意がつかみにくくなってしまったのであるが、この句が、業平歌の上の句「あかなくにまだきも月の隠るるか」を意識したものとすれば、「分陰」を中国での本来の用法である「ごく短い時間」の意味に取って、名月を賞翫できる深更の時間がすぐに尽きてしまうことを惜しんだ詩句と解せることになり、前後の句との続き具合も良く理解できるようになるのである。ちなみに、万葉の月を惜しむ歌には、時間が瞬時に過ぎることを嘆く表現を持ったものは見えない。

前節の藤の漢詩では、忠臣は業平歌の藤花に藤氏を重ねる発想を取り込みながら、その表現については、中国の漢詩文に使用されていた「重華」「累葉」「芳陰」などの語を用いていたのであるが、この月を惜しむ詩においても、「月を愛でる時間があっという間に過ぎてしまう」「月を沈ませないようにしたい」という業平歌の発想を、「分陰」という漢語や、中国の故事のある語句「天柱」を用いてアレンジしていくという、共通した詩作の方法が読みとれるのではないだろうか。

三、「春心」の懊悩

――酔中、花を惜しむ――

このような目で『田氏家集』の漢詩を読んでいくと、他にも業平歌との関連で注意されて良いと思われる作品が見いだせる。巻下にある次の詩などもその一つであろう。

174　酔中惜花（酔中花を惜しむ）

風落庭芳暮景深　　風　庭芳を落とし　暮景深し
春花幾処悩春心　　春花　幾処《いづこ》にも春心を悩ます
偏消妄想憑何事　　偏《ひとへ》に妄想を消すは何事にか憑《よ》らむ
唯有添杯倚柱吟　　唯《ただ》杯《さかづき》を添へ柱に倚《よ》りて吟ずる有るのみ

この詩の製作年時は不明であるが、既に『田氏家集注』において、承句の「春花幾処悩春心」に関して、「この句は、散る春花はどんなにか人の心を悩ませることだろう、の意で、『古今集』の「世の中に絶えて桜のなかりせば春の心はのどけからまし」（春上・五三）に通じるところがあるとみてよいか」と慎重にではあるが、業平歌との関連が示唆されている。詩の「春心」と歌の「春の心」という語句の類似がまず一番に注目されるが、それだけではなく、いつ散るともしれぬ花が春の人心を乱れさせることを問題にする点で、両者は発想としても共通点を持つ。散り行く花を惜しむという詠は、漢詩の世界でも、和歌の世界でも、ともに忠臣、業平以前から一般的に存在していたが、業平歌のように花の存在が春の人心を「のどかでない」状態にさせるととらえた例は、この業平歌以前には見出せず、業平が、白楽天の新楽府「牡丹芳」に描かれる人心を狂惑させる牡丹の美などに触発されて独自に和歌の世界に創出したものではないかと、以前拙稿で推定した(10)。また日本漢詩においても、忠臣以前に「春花が春心を乱す」と詠んだ詩は見あたらない。ここでも忠臣詩と業平歌は互いに関連を持って存在し、どちらかが、どちらかを意識して取り入れた可能性が高いと考えられる。

忠臣詩の製作年時が不明のため、外的証拠により両者の前後関係を定めることはできないが、忠臣詩の「春心」の用い方に注目すれば、ある程度それを推定することは可能ではないか。通常、漢語「春心」は「春景所引発的意興或情懐（春の景色によって引き起こされたところの興趣或いは情感）」（『漢語大詞典』）の意で、『楚辞』招魂の「目極千里兮傷春心（目は千里を極めて春心を傷《いた》ましむ）」、その王逸注に「言湖沢博平、春時草短、望見千里、令人愁思而傷心也。或曰蕩春心。蕩、滌也（言ふこころは湖沢博平にして、春時草短くして千里を望見すれば、人をして愁思せしめ心を傷《いた》ましむなり。或は曰く、春心を蕩《とろ》かすと。蕩は滌なり）」と見えるのが古い例で、ここでは「春心」は春景により、傷つけられる（傷）ものとされ、「或曰」の本文（「蕩春心」）では、いやされる（蕩）ものとして詠まれている。忠臣詩に多大な影響を与えた元白の詩を見ても、白楽天の「三月三日洛浜に祓禊す」詩は「水引春心蕩、花牽酔眼迷（水引きて春心蕩《とろ》け、花牽《ひ》きて酔眼迷《まど》ふ）」と『楚辞』の王逸注の本文（「蕩春心」）を踏まえた例があり、元稹には「宿酔」詩の「風引春心不自由、等閑衝席飲多籌（風引きて春心自由ならず、等閑の衝席飲むに籌《かずとり》多し）」、「折枝花贈行」の「桜桃花下送君時、一寸春心逐折枝（桜桃の花の下君を送る時、一寸の春心折枝を逐《お》ふ）」の例があるが、いずれも忠臣詩の「春心」の用法には直接繋《つな》がらないように思われる（ちなみに劉禹錫詩には「春心」の用例が見出せない）。これらの中国詩の「春心」の用例を見ていると、やはり忠臣詩の「春心」の使用は、中国の詩から学んだものではなく、業平の「世の中に……」歌に触発されたものだったのではないかとの感を強くするのである。

さらに語句のレベルだけでなく、業平歌が詠まれた状況にも注意する必要があろう。

昔、惟喬の親王と申す親王おはしましけり。山崎のあなたに、水無瀬といふ所に宮ありけり。年ごとの桜の花ざかりには、その宮へなむおはしましける。その時、馬頭なりける人を、常に率《ゐ》ておはしましけり。時世へて久しくなりにければ、その人の名忘れにけり。狩はねむごろにもせで、酒をのみ飲みつつ、やまと歌にかかれりけり。いま狩する交野の渚の家、その院の桜ことにおもしろし。その木の下におり居て、枝を折りてかざしにさして、上中下みな歌詠みけり。馬頭なりける人の詠める。

世の中に絶えて桜のなかりせば　春の心はのどけからまし

となむ詠みたりける。

『伊勢物語』八十二段では、この歌は「年ごとの桜の花ざかりに」水無瀬の離宮に出かけていき、「酒をのみ飲みつつ、やまと歌にかかれりけり」「渚の家、その院の桜ことにおもしろし……枝を折りてかざしにさして、上中下みな歌詠みけり」という状況で詠み出された歌だと語られている。酒に酔いながら、桜花をかざしにさして愛惜し、歌を詠んでいるのである。忠臣詩の「酔中花を惜しむ」は、まさに業平歌と近似した状況で詠まれた作であることはいうまでもあるまい。前の二つの節、特に第一節の藤の詠詩の場合に顕著であったが、忠臣は単に業平歌の発想・表現を漢詩に取り込んだだけでなく、業平歌の詠まれた場の状況をよく把握しており、自らが詩作する場において、これに類似した状況で類同のテーマが要求された場合に、業平歌を思い起こしていたのではないかとも想像される。この「酔中花を惜しむ」詩の場合にも、同様のような経過でもって、業平歌の発想を詩に取り込んでいったことが考えられるのではなかろうか。

ちなみに、この詩の二句目の「春花幾処悩春心」の「幾処」をここでは「幾処《いづこ》にも」と訓読し、「春の花は何処においても春の人心を悩ますものだ」と解釈してみた。この「幾処」を『田氏家集注』『田氏家集全釈』の先行注では、ともに疑問をベースにした強調の意と取り、「春の花はなんと（どれほど）人の心を悩ませることか」と解している。このように解することができれば、それはそれで文意は良く通じるが、しかし、「幾処」は唐詩の例を見る限り、基本的には「何処」と同様「どこ」の意で、「どれほど」や「なんと」のように抽象的な強調の用法でこれを解するのは、かなり苦しい感じがする。見てきたように、この忠臣の「酔中惜花」詩が業平の「世の中に……」歌を意識していたならば、この歌の反実仮想を、現実の状況に戻して「花というものは世間の人々の心を乱してやまないものだ」ととらえた時に、歌の「世の中」の語に引かれて「幾処」という表現を用いたのではあるまいか。「幾処」が「どこ」という疑問でなく、「どこでも」という肯定的な文脈で用いられた例も、劉禹錫「吟楽天自問愴然有作（楽天の自問を吟じ愴然として作有り）」に「洛陽城裏多池館、幾処花開有主人（洛陽の城裏池館多し、幾処《いづこ》にも花開けば主人有り）」と見える。

このように「酔中惜花」詩においても、業平歌との関連が認められるのならば、この詩に用いられた語句や表現に対しても、その解釈を再検討し、より一層深まった考察を加えることができるように思われる。

終わりに

以上、嶋田忠臣の漢詩の中には、在原業平の和歌の表現を強く意識して作られたと考えられる作品が、少なくとも三首は存在することを述べてきた。そして、これらの作品では、単に業平の和歌の語句や表現が、漢詩の文脈にふさわしい形に置き換えられているだけでなく、当該の業平歌が詠まれるにあたっての状況——現在では私たちは『伊勢物語』により、それをうかがうことができるのであるが——をも、かなり明確に把握して作られた場合もあるのではないかということも、併せて述べた。

ただし、現存の『田氏家集』に載せられた忠臣の漢詩で、このように業平歌を踏まえて詩句が作られたと想定される例は、今のところ私見ではこの三首の他には見えないようである（こうした目でさらに注意深く捜せばまだ見い出せるのかもしれないが）。全部で二百十数首残る忠臣の詩の中の三首に見られるだけという限りにおいては、小稿で述べてきた問題は、彼の一部の作品に見られる特異な現象ということになるだろう。けれども、小稿の冒頭で述べたように、平安初頭、九世紀前半までの日本漢詩は、原則的には中国の漢詩文を指向しており、和歌独自の題材や表現を意識して取り入れた作品が、忠臣以前の現存の日本漢詩にほとんど見えないということを思えば、これはきわめて重要な現象といって良いであろう。

それでは、忠臣が、業平歌を自らの漢詩に取り込もうとした理由はどういうところにあったのか。当時の日本の文人たちが漢詩製作を行う場合に、本家中国の漢詩の題材や表現に準じることが、どれだけ絶対的な規範として意識されていたのかは明らかではないが、平安初期の勅撰漢詩集に見られるような忠臣以前の日本漢詩の状況からすれば、忠臣のこのような漢詩の製作法は、やはり、相当冒険的な試みであったことは、現代の私たちにもある程度想像することができる。彼があえてそのような試みを行った背景に、たとえば中国を絶対的な規範とする漢文学から離れて、日本独自の漢文学を構築しようとする意図を積極的に読み取っていこうとする人もあるかもしれないが、私には、忠臣がそこまでの大きな目的意識をもってこうした試みを行ったとは思えない。もし、忠臣にそうした明確な目的意識が存したならば、今残っている多くの彼の作品に、もっと多くの同様の例が見出されてもよいはずだからである。

現時点での私なりの見通しを述べれば、忠臣のこのような試みは、それまでの日本漢詩が扱ってきた題材を、彼自身がいろいろなレベルにおいて積極的に拡大しようとしたことと関わってなされているのではあるまいか。たとえば、八月十五夜や十二月十五日の月（師走の月）を詩に詠んだのは忠臣が最初であり、また「紙鳶《たこ》」（48「侍中局の壁頭に紙鳶《たこ》を挿すを看《み》て諸同志に呈す」）や「海老」（57「海老を賦す、三十字絶句」）などこれまでの日本漢詩では顧みられてこなかった身近な事物を、忠臣は積極的に詩の題材に取り上げている。さらに136「禁中瞿麦歌三十韻」では、宮中に移植された「なでしこ」を題材に長文の序を付した三十韻という長編の詩を創作しているが、ここでは忠臣は『万葉集』で既に和歌の世界に詠まれていた「なでしこ」を長編の漢詩に詠むに当たって、元稹・白楽天の「芍薬」や「薔薇」を詠んだ詩から表現を多く借り、それらを縦横に駆使して「なでしこ」の美を表現している。[11]このように、これまで詩に詠まれていない題材を意欲的に取り上げ、その題材を自ら持てる表現のすべてを投入して詩に詠みあげていこうとする、忠臣の積極的な作詩活動の一環として、小稿で述べてきた業平歌の表現を漢詩にとりこむという試みもとらえていくべきではないだろうか。彼には、中国の漢詩の規範を脱して和歌の世界を指向した漢詩を作ろうというまでの積極的な意識はなく、業平歌が詠まれたのと類同の状況、あるいは類同の題材が取り上げられた際に、それらを詠むのにふさわしいと思われた業平歌の表現を、思い切って自らの詩作に用いてみたものと思われる。そうした行為は、彼の意識のうえでは、「なでしこ」を詠むのに、それにふさわしい元白の「芍薬」「薔薇」詩の表現を用いるのと、さほど大きな差を持つものではなかったのではないか。

ともあれ、彼のこのような試みは、平安朝の漢詩の世界と和歌の世界の交流を考えるうえでも、『伊勢物語』に結晶する以前の、業平の詠歌やそれにまつわる逸話の享受を考えるうえでも、大きな意味を持つものとなってくることは疑えない。嶋田忠臣という詩人、その人の詩を、私たちはもっと注意深く見つめていく必要があるだろう。菅原是善が菅家の命運を託すべき愛児道真の詩作の師として彼を選んだのには、やはりそれだけの理由があったのに違いない。

注

（1）たとえば、金原理「『古今和歌集』の表現構造」（『詩歌の表現』〈九州大学出版会、二〇〇〇年〉所収）、三木『平安詩歌の展開と中国文学』（和泉書院、一九九九年）所収の諸論など。

（2）その希な例として、『懐風藻』の釆女比良夫「春日宴に侍す」詩の「葉緑園柳月、花紅山桜春」や、『凌雲集』の平城天皇「桜花を賦す」、『経国集』の賀陽豊年の「桜を詠む」といった〈桜〉を詠んだ詩があげられる。また直前の本書Ⅲ―1「『文華秀麗集』『経国集』の「雑詠」部についての覚書」では、『文華秀麗集』『経国集』の雑詠部の漢詩の配列が、『万葉集』巻十に用いられたのと同様の四季を基準にした配列の発想を強く意識したものであったことを述べたが、これも和歌の世界の影響を受けた例と見ることができる。

（3）以上については、『田氏家集注』巻之下の同詩の注参照。

（4）平岡武夫「三月尽―白氏歳時記―」（『白居易―生涯と歳時記』〈朋友書店、一九九八年〉所収）。

（5）本書Ⅰ―2「嶋田忠臣と白詩」参照。

（6）「松にかかれる藤浪の」（『古今和歌集の研究』〈明治書院、一九九一年〉「古今集的表現の基層」所収）参照。

（7）「僕射来示レ有二三春向レ晩四者難レ幷之説一、誠哉是言、輒引起レ題重為二聯句一、……」という長い題記を有する白居易、劉禹錫、王起の三人の聯句（『劉禹錫集』巻三十四所収）中の劉禹錫句に「分陰当二愛惜一、遅景好二逢迎一」の例が見える。

（8）金原理「嶋田忠臣と白詩」（『平安朝漢詩文の研究』〈九州大学出版会一九八一年〉所収）参照。

（9）『仲文章』序に「聞道《きくならく》、天は西北に傾き、地は東南に欠《か》けたり。然るに女媧の代《よ》には、五色の石を練《ね》り、其の闕《か》けたる所を補ふ。亀の足を断《た》ち、以て四極を立つ」とある（引用は幼学の会編『仲文章注解』〈勉誠社、一九九三年〉による）。

（10）注（1）の拙著、Ⅵ「花と「のどけし」―平安詩歌における花詠の展開と中国文学―」参照。

（11）本書Ⅰ―2「嶋田忠臣と白詩」参照。

〔初出〕片桐洋一編『王朝文学の本質と変容　韻文編』（和泉書院、二〇〇一年）に同題で掲載。

〔補記〕初出が刊行された後、本稿の第二節「月を留める―「天柱を峙《そばだ》たしめ」と「山の端逃《は》げて」―」の内容に関して、渡辺秀夫氏から、忠臣詩の「西に沈み行く月を、天に柱を立てることで邪魔をして天空に引き留めることはできないものか」という表現は、業平歌の影響を考えなくとも、屈原の『離騒』に「日忽忽其将レ暮、吾令二羲和弭《とどメ》レ節兮〈羲和、日御也。弭、按也〉、望二崦嵫一而勿レ迫〈崦嵫、日所レ入之山也。迫、附也。言我恐二日暮年老一、道徳不レ施、欲下令二日御按レ節徐行一、望二日所レ入之山一、且勿中附近上〉」（〈　〉内は王逸注）とある、太陽の御者である羲和に命じて、車（＝太陽）の運行を遅延させ、日の入る山である崦嵫山に近づかないようにさせたい、という表現にもとづくとしてよいのではないかという意見をいただいた。確かに太陽を月に変えれば、沈み行く月を天空に留めたいという、忠臣詩と同様の状況《シチユエーション》になるが、『離騒』の場合は、太陽の進行自体を止めたいと述べるのに対し、忠臣詩は、月の沈み行く道筋に柱を建てて、その進行を妨げようとするところが、大きく異なっている。これは西の山に月を留めるための関所を設けたいという、節中に引いた『万葉集』巻七・一〇七七番歌も同様である。業平歌は月を留める障害物を設けるのではなく、月の入る山自体を動かして月が隠れないようにしようというところがユニークであるが、万葉歌・業平歌・忠臣詩のいずれもが「月自体の運行を止める」のではなく、何らかの工夫をして月が沈むべき山に行けないようにする点で共通している。その点で、忠臣詩はやはり和歌的な表現の流れに立っているのではないだろうか。ただし、業平歌や忠臣詩において（あるいは万葉歌まで含めて）、これらの詩歌の背景に、沈み行く太陽の動きを止めて崦嵫山に近づけないようにしたい、という『離騒』の発想の影響を考えてみることは重要かと考える。

3 漢詩文と『古今集』
――万葉から古今に至る〈香〉の世界の展開と漢詩文――

はじめに

五月待つ花橘の香をかげば　昔の人の袖の香ぞする

『古今集』夏部に「題知らず、詠み人知らず」としてとられたこの歌は、早くも『伊勢物語』において、自分を見限ってある国の郡司の妻となった女と偶々再会した男が、酒肴に出された橘にかこつけて女に自分を思い出させようと働きかける歌として巧みに利用されている。また『和泉式部日記』の冒頭部においても、敦道親王が和泉式部に橘花を遣わして「いかが見給ふ」と問いかけ、式部が「昔の人の」とこの歌を口ずさむ印象的な場面がある。橘花を贈れば式部は当然のようにこの歌を想起してくれる、そして「昔の人」――自分にとっては兄、式部にとっては恋人であった故為尊親王――を共に偲ぶことにより、式部と情を通わせることができる、という確信が敦道親王にはあったようである。

概して『古今集』の和歌には、自然の景物の描写を人事へ展開させたり、あるいは人事の比喩として用いたりするものが非常に多いのだが、その中でも、この「五月待つ……」の歌は、初夏に甘くかぐわしく漂う花橘の香りが、昔相《あい》親しんだ人の袖に焚きしめられた薫香の香りを思い出させるという、〈香〉を媒介にして景物から人事への展開が、優美にしかも自然になされている、非常に印象的な作品である。

『古今集』では橘の香が詠まれているのはこの一首だけであるが、『古今集』には、ほかにも春部には梅の香を詠んだ歌、秋部には藤袴の香を詠んだ歌が多く載せられているし、それらの中には当然、花の香と人の衣服の香を関連づけて歌った作品もいくつも存在する。また「花の香」という歌語も登場しているし、桜や山吹、女郎花の香を詠んだ歌も、橘同様、数は少ないものの採られている。『古今集』の四季の世界は、多くの花の香りで満たされているといっても良いだろう。しかし、『万葉集』の和歌の世界では、事情は大きく異なっている。後に述べるように、〈香〉そのものが明確に詠み込まれている和歌は、わずかであり、それも大伴家持、市原王ら万葉の晩期の歌人の詠作に至りようやく登場する新しい題材なのである。中国文学者の高橋庸一郎が、

> 日本語の「匂い」という語は、もともと「丹（に）」という色の秀でた美しさを表した、視覚的な様態表現語であったということは周知の通りである。これに対して「香（カ）」の方は「気（ケ）」の転訛とも言われ、或いは「臭ぐ（カグ）」の語根に当たるものとされたりするが、「ニホイ《ママ》」も「カ」もいずれも純粋に「匂い」そのものを指す語であることに違いはない。しかし、上代文学、例えば『万葉集』などでは、実際には「カ」が使われることは少なく、使われている場合でも、殆どは「カグハシ」という語の語根としてであり、「カ」が単独で用いられるのは極く希である。しかし「ニホヒ（フ）」の方は『万葉集』に頻出する。……（略）……つまり、上代日本人は色彩に対しては、可成り鋭敏な感覚を持っていたが、それに比べて臭覚的な認識については非常に鈍感であったと考えられよう。これは古代漢民族が匂いに対して極度に強い関心を示し、敏感な感覚を持っていたのとは好対象《ママ》である。（『匂いの文化史的研究　日本と中国に見る』〈和泉書院、二〇〇二年〉第一章「一　日本と中国における匂い認識の違い」より）

と述べて、日本と中国の、古代における人々の匂いに対する文化の違いについて注意したように、古代の日本文学、

特に和歌文学の世界においては、本来〈香〉は題材としてほとんど意識されてこなかったか、あるいはあえて詠まれることがなかったと考えられる。万葉も晩期になって、おそらく家持あたりが意識的に和歌の世界に取り込むことによって、初めて和歌の世界に登録された題材といってよいであろう。それが『古今集』でこのように盛んに詠み込まれるようになったのには、どのような経緯が存在するのであろうか。

筆者はかつて「和歌と漢文学のかかわりをいかにとらえていくか―出典研究の次に来るもの」(1)と題した小論において、和歌と中国文学、日本漢文学との関連を比較文学的に研究するには、個々の和歌の題材や表現の出典考証の段階で研究を停まらせるのではなく、個々の和歌の出典研究を点とすれば、その点と点とをつなげて線とし、さらに線をつなげて面としていくような構造を持った拡がりのある研究を目指すべきであると提唱した。その例として『古今集』のいくつかの〈香〉を詠んだ歌を例に挙げて解説したが、一般読者向けに問題提起を行うという文章の性格もあり、紙幅も限られていたため、十分に『古今集』の〈香〉の世界と中国文学、日本漢文学との関係を説き尽くすことはできなかった。今回、機会を与えられ、『古今集』と漢詩文の関係について論じるにあたり、改めて〈香〉をテーマとして、『古今集』の和歌の世界と中国文学・日本漢文学との関係を、先に述べた私なりの視点から論じてみたい。中でも特に「五月待つ……」歌のように、植物の〈香〉と人の衣服の〈香〉とを関連づけた表現に注意しながら論を進めていこうと思う。

一、上代韻文学の〈香〉の世界

――「五月待つ……」歌の発想基盤の生成――

最初に、迂遠な感を持たれるかもしれないが、上代の韻文学――漢詩と和歌――の世界における〈香〉の詠まれ方を今一度くわしく見ておきたい。というのも、「はじめに」で述べたように、日本の和歌文学においては、本来的に〈香〉は題材としては登録されておらず、奈良時代後期に和歌文学の世界に登場してきた〈香〉の詠まれ方や、それ以前の日本漢詩における〈香〉の詠まれ方の様相を検討しておくことが、平安前期の詩歌における〈香〉の展開を考える上で重要となってくるからである。まず先に述べたように、〈香〉を意識することにおいては日本の文学より遥かに先んじていた中国文学の、直接的な影響下にある『懐風藻』の漢詩から検討してみよう。花の香とそれ以外の香に分け、花の香は、植物別に分けて示すことにする。以下、登場する〈香〉を詠んだ日本の詩歌については、便宜上通し番号を付す。

○「花の香」

・一般的な花の香

1　釈智蔵「翫花鳥（花鳥を翫《もてあそ》ぶ）」

求友鶯嫣樹　友を求めて　鶯　樹《き》に嫣《わら》ひ
含香花笑叢　香《か》を含みて　花　叢《くさむら》に笑《ゑ》む

「花」は、岩波日本古典文学大系頭注に「花は特定の花を指さないが、梅の花と見ることもできる」とあるが、下に続く「叢《くさむら》に笑《ゑ》む」という表現との関連からいうと、やはり梅花よりも、花園に咲いている花々と見た方がよいのではないか。釈智蔵は天智・持統朝の人。〈香〉そのものを直接詠み込んだ日本の詩歌としては、おそらく現存するもっとも古い作品であろう。

・梅の香

2　紀古《きのこ》麻呂《まろ》「望雪（雪を望む）」

柳絮未飛蝶先舞　柳絮未《いま》だ飛ばざるに　蝶先《ま》づ舞ひ

梅芳猶遅花早臨　　梅芳猶《なほ》遅くして　花早くも臨《のぞ》む

雪を梅花に見立てて、梅は咲くのが遅くまだ芳香を放っていないが、その花だけは早くも人々の前に姿を見せたと詠み、雪を蝶に見立てる比喩を用いた前句と巧みに対句を構成する。

3　田辺百枝《たなべのももえ》「春苑、応詔（春苑、詔に応《こた》ふ）」

松風韻添詠　　松風　韻《ひびき》詠に添へ
梅花薫帯身　　梅花　薫《か》身に帯ぶ

視角ではなく、聴覚と嗅覚を素材にして対句を構成した意欲的な表現。ただし梅花の香を「身に帯びる」と詠むが、中国の六朝・初唐期の先行詩には、薫香が「風を帯びる」「露を帯びる」という表現は見えるものの、「薫香を身に帯びる」あるいは「身に薫香を帯びる」と詠んだ例は未見。押韻のために「身」字を用いた関係もあろうが、後に述べるように、中国詩の用法とはややずれた、日本的な感覚により生み出された表現であろう。

4　百済和麻呂《くだらのやまとまろ》「初春左僕射長王宅讌（初春左僕射長王が宅にして讌《うたげ》す）」

芳梅含雪散　　芳梅　雪を含みて散り
嫩柳帯風斜　　嫩柳　風を帯びて斜めなり

2とは逆に散る梅花を雪に見立てたもの。「芳梅」の語は陳の後主や張正見ら六朝後期の詩から見える。

5　箭集虫麻呂《やつめのむしまろ》　同前題

柳條未吐緑　　柳條　未《いま》だ緑を吐《は》かざるも
梅蕊已芳裾　　梅蕊　已《すで》に裾《すそ》に芳《かぐは》し

梅の花が衣服の裾に薫ると詠むが、「芳裾（薫裾）」という表現も、3の詩の「薫《か》身に帯ぶ」と同様に、先行の中国詩に例を見出せないでいる。ここも韻字の制限がある箇所だが、3と同様の日本的な感覚にもとづく表現となっているのであろう。

・桃の香

6　安倍広庭《あべのひろには》「春日侍宴（春日宴《うたげ》に侍す）」

花舒桃苑香　花舒《ひら》きて　桃苑香《かぐは》し
草秀蘭筵新　草秀《ひい》でて　蘭筵新たなり

桃の花の香を詠んだ先例としては、初唐李乂の「桃花行」に「綺萼成蹊遍籞芳、紅英撲地満筵香（綺萼蹊《みち》を成し籞《みかき》に遍《あまね》き芳《か》、紅英地を撲《う》ちて筵《むしろ》に満つる香）」などの例を見る。

・菊の香

7　田中浄足《たなかのきよたり》「晩秋於長王宅宴（晩秋長王宅に於て宴《うたげ》す）」

水底遊鱗戯　水底　遊鱗戯《たはむ》れ
巌前菊気芳　巌前　菊気芳《かぐは》し

8　藤原　宇合《ふじはらのうまかひ》「秋日於左僕射長王宅宴（秋日左僕射長王が宅に於て宴《うたげ》す）」

霑蘭白露未催臭　蘭を霑《ぬ》らす白露　未《いま》だ臭《か》を催《もよほ》さず
泛菊丹霞自有芳　菊を泛《うか》べる丹霞　自ら芳《か》有り

・蘭の香

9　長屋王《ながやのおほきみ》「元日宴。応詔（元日宴《うたげ》す。詔に応《こた》ふ）」

柳糸入歌曲　柳糸　歌曲に入り
蘭香染舞巾　蘭香　舞巾に染《し》む

植物の香が衣服などに「染《し》む」と詠んだ例として、初唐王勃「九日懐封元寂（九日封元寂を懐《おも》ふ）」に「蘭気添新酌、花香染別衣（蘭気新酌に添ひ、花香別衣に染《し》む）」と菊花の香が衣に染むと詠んだ例が見え、同儲光羲「同武平一員外遊湖（武平一員外と同《とも》に湖に遊ぶ）」に「竹吹留歌扇、蓮香入舞衣（竹吹歌扇に留まり、蓮香舞衣に入る）」と蓮の香が「舞衣」に入ると詠んだ例が見える。次の10以下の蘭の香については、後述するように典拠を持ち交情の象徴として用いられたもので、抽象的な意味あいが強い。

10　山田三《やまだのみ》方《かた》「秋日於長王宅宴新羅客（秋日長王宅に於て新羅の客を宴《うたげ》す）」詩序

小山丹桂　流彩別愁之篇　　小山の丹桂　彩《いろ》を別愁の篇に流し
長坂紫蘭　散馥同心之翼　　長坂の紫蘭　馥《か》を同心の翼に散らす

11　藤原宇合「秋日於左僕射長王宅宴（秋日左僕射長王が宅に於て宴《うたげ》す）」

霑蘭白露未催臭　　蘭を霑《ぬ》らす白露　未《いま》だ臭《か》を催《もよほ》さず
泛菊丹霞自有芳　　菊を泛《うか》べる丹霞　自ら芳《か》有り

12　藤原宇合「在常陸贈倭判官留在京（常陸に在りて倭判官の留りて京に在《あ》るに贈る）」詩序

歳寒後験松竹之貞　　歳寒くして後に松竹の貞《みさを》を験《し》り
風生廼解芝蘭之馥　　風生じて廼《すなは》ち芝蘭の馥《か》を解す

13　石上《いそのかみ》乙麻呂《おとまろ》「飄寓南荒、贈在京故友（南荒に飄寓し、京に在《あ》る故友に贈る）」

風前蘭送馥　　風前　蘭馥《か》を送り
月後桂舒陰　　月後　桂陰《かげ》を舒《の》ぶ

○「花の香」以外の香

14　刀《と》利康嗣《りのやすつぐ》「侍宴（宴《うたげ》に侍す）」

八音寥亮奏　　八音　寥亮《れうりやう》と奏《かな》で

百味馨香陳　百味　馨香と陳《つら》ぬ

14では芳醇な酒（百味）が良い香りを放ってずらりと並べられている様を詠む。大系頭注に「百味」を「種種のうまい食物」、「馨香」を「芳香のある酒類」と解するが、同補注に別解として述べられるように、対句の「寥亮」〈音楽がさやかに響く様〉との対応から「馨香」は馥郁と香る様と解し、「百味」を芳醇な酒の意とすべきであろう。『楽府詩集』巻十四所収「梁三朝雅楽歌」の沈約作「介雅」（帝に寿酒を上《たてまつ》る際に奏される楽にのせて歌われた）に「百味既含馨、六飲莫能尚（百味既に馨を含み、六飲能《よ》く尚《くは》ふること莫《な》し）」と見え、こうした酒にちなんだ頌歌の表現を用いていることがうかがえる。

これまでに掲げた『懐風藻』の漢詩は、いずれも持統・文武朝あたりから元明・元正朝、降っても天平年間初期までの作品で、少し説明を加えると、『懐風藻』の漢詩が宴席の詩を中心とするために、そこに詠まれた〈香〉も、当然宴席の景物の〈香〉を詠んだものが中心になってくるが、花の香り以外に、酒の香や舞巾に染みこんだ蘭の香などが詠まれていることは、後に述べる『万葉集』の和歌との対比において注意されて良い。特に本稿で注目している、花の〈香〉と人の衣服の〈香〉との関連にから言えば、3の「梅花薫《か》身に帯ぶ」、5「梅蕊已《すで》に裾《すそ》に芳《かぐは》し」、9「蘭香舞巾に染《し》む」などの梅花の香や蘭香が人の身や衣の裾、身につけた舞巾に移って薫るという表現に注意すべきであろう。9の長屋王詩の後に述べたように、王勃詩に「花香別衣に染《し》む」という表現が見え、上代人もこの例は周知していたかもしれないが、様々なデータベース（2）で検索してみても、中国の唐代までの詩では、花の香が人の衣服などに「薫る、染《し》む」と詠む例は、3や5でも述べたようにあまり一般的ではないように思われる。それが、『懐風藻』のさほど多くはない詩の中に三例も見られるということは、やはり特筆すべきことなのではないか。上代の日本漢詩においては、何故こういう表現が好んで用いられたのだろうか。筆者は次のような、花の色や黄葉《もみじ》の色が衣などに「にほふ、染《し》む」などと詠んだ、万葉歌に普遍的に見られる表現を、視角的なものから〈香〉へと転用したものではないかと推測する。

引馬野尓《ひくまのに》　仁保布榛原《にほふはりはら》　入乱《いりみだれ》　衣尓保波勢《ころもにほはせ》　多鼻能知師尓《たびのしるしに》　（巻一・五七）

我衣《あがころも》　色取染《いろどりそめむ》　味酒《うまざけ》　三室山《みむろのやまは》　黄葉為在《もみちしにけり》　（巻七・一〇九四）

手取者《てにとれば》　袖丹覆《そでさへにほふ》　美人部師《をみなへし》　此白露尓《このしらつゆに》　散巻惜《ちらまくをしも》　（巻十・二一一五）

紅《くれなゐの》　花西有者《はなにしあらば》　衣袖尓《ころもでに》　染著持而《そめつけもちて》　可レ行所レ念《ゆくべくおもほゆ》　（巻十一・二八二七）

花や黄葉《もみじ》の色が衣や袖に「にほふ、染《し》む」という表現は、上代の和歌の世界では、美的表現の一つの「型」として認識されていたと想像されるが、上代人《びと》は漢詩という新しく将来された韻文の世界においても、規範となる中国詩において普遍的に詠まれている梅や菊、蘭などの花の〈香〉の美しさを詠もうとするにあたり、自分たちの有していた美的表現の「型」を応用して、中国詩に見られない「薫《か》身に帯ぶ」「裾《すそ》に芳《かぐは》し」などの表現を用いて、それを表現しようとしたのではないか。王勃詩の「花香別衣に染《し》む」や儲光羲詩の「蓮香舞衣に入る」の例も、そうした日本的な「美」の意識にもとづいて奈良時代の詩人たちに発見され、応用されていった可能性もある。花の〈香〉と衣服の〈香〉とを結びつけた表現は、日本文学においては『懐風藻』の漢詩に始まるのであるが、もし既述のような推測が当たっているならば、この表現は当初から、和と漢の美的表現が結びついて生まれたものであり、『懐風藻』の日本漢詩の表現研究は、中国詩に表現の典拠を求めるだけにとどまらず、このような観点からも改めて見直されなければなるまい。

さて、既にこのように複雑な展開を見せ始めている上代の日本漢詩の〈香〉と比べ、上代の和歌の世界の〈香〉はどのようであったのだろうか。以前に拙稿でも述べたが、『万葉集』の宴席で詠まれた和歌においては、宴席に付き物の歌舞音曲や、酒食に関する表現は、まったく詠まれない[3]。従って、『懐風藻』に出てきた酒の香や舞衣の香などを詠んだ歌は全く存在しないが、それは宴席歌にかかわらず、『万葉集』すべてを見渡しても同じである。

そして〈香〉や〈かぐはし〉という香りに関する語を含んだ歌もそれほど多くはない。今、そのすべてを挙げれば、次のようである。

15　作者不明「(秋雑歌) 詠レ芳」(巻十・二二三三)
高松之《たかまつの》　此峯迫尓《このみねもせに》　笠立而《かさたてて》　盈盛有《みちさかりたる》　秋香乃吉者《あきのかのよさ》　＊製作年次不明

16　大伴家持「十六年四月五日、独居二平城故宅一作歌六首（其二）」(巻十七・三九一六)
橘　乃《たちばなの》　尓保敝流香可聞《にほへるかかも》　保登等芸須《ほととぎす》　奈久欲乃雨尓《なくよのあめに》　宇都路比奴良牟《うつろひぬらむ》　＊天平十六年（七四四）

17　大伴家持「橘歌一首幷短歌」(長歌)
可気麻久母《かけまくも》　安夜尓加之古思《あやにかしこし》　皇神祖乃《すめろきの》　可見能大御世尓《かみのおほみよに》　田道間守《たぢまもり》　常世尓和多利《とこよにわたり》……（略）……時士久能《ときじくの》
香久乃菓子乎《かぐのこのみを》　可之古久母《かしこくも》　能許之多麻敝礼《のこしたまへれ》……（略）……保登等芸須《ほととぎす》　奈久五月尓波《なくさつきには》　波都波奈乎《はつはなを》　延太尓《えだに》
多乎理弖《たをりて》　乎登女良尓《をとめらに》　都刀尓母夜里美《つとにもやりみ》　之路多倍能《しろたへの》　蘇泥尓毛古伎礼《そでにもこきれ》　香具播之美《かぐはしみ》　於枳弖可良之美《おきてからしみ》　安由《あゆ》
流実波《るみは》　多麻尓奴伎都追《たまにぬきつつ》　手尓麻吉弖《てにまきて》　見礼騰毛安加受《みれどもあかず》……（以下略）……　＊天平感宝元年（七四九）

18　大伴家持「為三家婦贈二在レ京尊母一所レ誂作歌」(巻十九・四一六九)
霍公鳥《ほととぎす》　来喧五月尓《きなくさつきに》　咲尓保布《さきにほふ》　花橘　乃《はなたちばなの》　香　吉《かぐはしき》　於夜能御言《おやのみこと》　朝暮尓《あさゆふに》　不レ聞日麻祢久《きかぬひまねく》　安麻射可流《あまざかる》　夷尓《ひなに》
之居者《しをれば》……（以下略）……　＊天平勝宝二年（七五〇）

19　占部広方（天平勝宝七歳乙未二月相替遣二筑紫一諸国防人歌・常陸国防人歌）(巻二十・四三七一)
多知波奈乃《たちばなの》　之多布久可是乃《したふくかぜの》　可具波志伎《かぐはしき》　都久波能夜麻乎《つくばのやまを》　古比須安良米可毛《こひずあらめかも》　＊天平勝宝七年（七五五）

20　市原王「二月於二式部大輔中臣清麻呂朝臣之宅一宴歌」(巻二十・四五〇〇)
宇梅能波奈《うめのはな》　香乎加具波之美《かをかぐはしみ》　等保家杼母《とほけども》　己許呂母之努尓《こころもしのに》　伎美乎之曽於毛布《きみをしそおもふ》　＊天平宝字二年（七五八）

大体の傾向を述べれば、16・17・18・19は橘の香、20が梅花の香、15は諸注釈によるとマツタケの香を詠んだものとされ、万葉歌の〈香〉は、すべて植物の香に限られている。また、製作年次不明の15を除けば、すべて天平年間後期から天平宝字年間の万葉末期の作で、大伴家持（16・17・18）とその周辺（19は家持が採取し、20の市原王は宴席でしばしば家持と歌を競っており、この宴にも家持が同席していた）に集中している。時代的には先に挙げた『懐風藻』の漢詩よりも約半世紀遅れての登場となる。題材としては、20の市原王歌の梅の香を除き、『懐風藻』の詩に詠まれていた「花の香」や「桃花の香」と直接重なるものはないが、やはり『懐風藻』の宴席詩において、〈香〉が日本漢詩の世界に華々しく登場していたことは、家持にとって少なからぬ意味を持っていたのではないか。また後半の18・19・20は、いずれも橘や梅の〈香〉を詠むことは歌全体の主題ではなく、「かぐはし」という形容詞を導き出し、それを接点にして下接の親の言葉や筑波山、宴席の主人などを賛美する、序詞的な用法の中で用いられていることも注意される。19は常陸国出身の防人が出身地の常陸国に生えていた橘の懐かしい香りを思い出して詠んだ作ではあるが、既に18のように橘の香の「かぐはし」を序詞的に用いる用法を試みていた家持が、自らの技法との一致に共感を覚えて採取したのではなかろうか——あるいは18と同様の技法を用いて、もとの防人の作に手を加えるようなこともあったかもしれない——。20は中国の詩では一般的に詠まれ、『懐風藻』の日本漢詩においても既に詠まれていた梅花の香を、和歌に詠み込んだ最も早い例。市原王は16の歌が詠まれた天平十六年に、家持と同席した宴席において、これも中国詩で一般的であった「松籟」（松風の音）をいち早く和歌の世界に詠みこんだ歌人であるが、[5]ここでもその進取性を存分に発揮している。ただしこの歌の梅花の「かぐはしさ」を宴席の主人によそえてその人を讃美するという手法自体は、おそらく18の家持歌の手法を学んだもので、漢文学から持ち込んだものではなかろう。

ここで注目すべきは、『懐風藻』の詩ではまったく詠まれていなかった「橘の香」が、和歌の世界では、家持によって、早くも――後の『古今集』における〈香〉の世界の展開を先取りするような形で――登場していることであろう。そもそも家持は何故「橘の香」に注目したのか。実は、橘は、〈香〉がほとんど注目されていなかった日本の韻文学において、唯一古くからその〈香〉が詠まれたことのある素材だったのである。『古事記』『日本書紀』の応神天皇条に、天皇が皇子の大雀命に美しい髪長比売を賜った時に詠んだとされる次のような歌謡が記されている（『古事記』のものを挙げる。引用は土橋寛『古代歌謡全注釈　古事記編』〈角川書店、一九七二年〉による）。

いざ子ども　野《の》蒜《びる》摘《つ》みに　蒜《ひる》摘《つ》みに　我が行く道の　香妙《かぐは》し　花橘は　上《かみ》つ枝《え》は　鳥居《ゐ》枯らし　下《し》づ枝《え》は　人
取り枯らし　三つ栗の　中つ枝《え》の　ほつもり　明《あか》ら嬢子《をとめ》を　いざささば　良《よ》らしな

後半に「ほつもり」など未詳の語もあるが、「香妙《かぐは》し花橘」が、「明《あか》ら嬢子《をとめ》」を賛美する比喩として用いられていることは、まず動くまい。また、ヤマトタケルの神話に登場するオトタチバナ姫や、奈良時代に藤原氏と並んで権勢を振るった橘氏のように氏族名にも「タチバナ」が用いられていることも併せて考えてみると、日本では古くから橘がその香りの良さから――花の香か実の香かは判然としないが――、美しいもの、すぐれたものを誉め讃える際に用いられる植物として意識されていたことは間違いないように思われる。家持の18はこれを「親の言葉」に冠せて用いたものであろうし、19は作者の故郷の常陸国に生えていた橘の香が、これも作者が常に眼にしていた筑波山の麗しい姿の形容として用いられており、20もこうした橘における「かぐはし」の人への賞讃の用法を、場にふさわしく梅花の香に変えて、宴席の主人への讃辞として用いたものであろう。

　こうした人などへの賞讃の冠辞として用いられていた橘の「かぐはしさ」を、純粋に景物の美として捉え、表現したのが、16・17の家持歌であろう。16は橘の香が時鳥が鳴く夜の雨に「うつろふ」と詠むが、この香が「うつろふ」という表現は、

譬喩歌　寄レ草（巻七・一三五一）

月草尔《つきくさに》　衣《ころも》者《は》将《す》レ摺《らむ》　朝露尔《あさつゆに》　所《ぬ》レ沾而後者《れてののちは》　徙《うつろひ》去友《ぬとも》

大伴家持唐棣花歌（巻八・一四八五）

夏儲而《なつまけて》　開有波《さきたるは》祢受《ねず》　久方乃《ひさかたの》　雨打零者《あめうちふらば》　将《うつろひ》レ移香《なむか》

豊後国白水郎歌（巻十六・三八七七）

紅尔《くれなゐに》　染而之衣《そめてしころも》　雨零而《あめふりて》　尔保比波雖《にほひはすとも》レ為　移波米也毛《うつろはめやも》

（天平勝宝五年正月）十一日大雪落積尺有二二寸一、因述二拙懐一歌（三首・其三）（巻十九・四二八七）

鶯能《うぐひすの》　鳴之可伎都尔《なきしかきつに》　尔保敝理之《にほへりし》　梅此雪尔《うめこのゆきに》　宇都呂布良牟可《うつろふらむか》

のような、花の色や花の色で染めた衣の色が、雨や露、雪によって「うつろふ」と詠む表現を、橘を詠むゆえに、〈色〉から〈香〉に転用してできあがったものであろう。また17の「波都波奈乎《はつはなを》　延太尔多乎理弖《えだにたをりて》　乎登女良尔《をとめらに》　都刀尔母夜里美《つとにもやりみ》　之路多倍能《しろたへの》　蘇泥尔毛古伎礼《そでにもこきれ》　香具播之美《かぐはしみ》　於枳弖可良之美《おきてからしみ》」の、橘の花を袖に扱《こき》入れてその香を賞《め》でるという表現も、たとえば「引攀而《ひきよぢて》　折者《をらば》可《ちるべみ》レ落　梅花《うめのはな》　袖尔古寸入津《そでにこきれつ》　染者雖《しまばしむとも》レ染」（巻八・一六四四）という先行歌――三野連石守の梅の歌、石守は家持の父旅人が天平二年（七三〇）太宰府から帰る時の従者であった――に見える、散り落ちた梅花を袖に扱《こき》入れるとその〈色〉が袖に染むと詠んだのを、〈香〉の「かぐはしさ」に変えて、橘花の詠歌に応用したものと見ることができる。そしてそれは、先行の『懐風藻』の漢詩において行われていたところの、花の〈色〉が衣や袖に「にほふ」「染む」と詠む和歌の表現を花の〈香〉に置き換えて、その〈香〉が衣や裾に「薫る」「染む」と詠むという手法と非常に近いものであった。家持は、〈橘の香〉という題材そのものは漢詩ではなく、古代歌謡などから学んだのかもしれないが、その〈香〉を表現するにあたり、色を詠む和歌の手法を応用していくことを、『懐風藻』に採られた奈良時代前期までの日本漢詩（資料3・5など）から学んでいた可能性を考えておく必要がある。

以上から、上代日本の韻文学においては、漢詩の世界において、花の香が人の身体や衣服に薫る、染むという表現が現れ、また和歌の世界においても、橘の香が人を賞讃する冠辞として用いられ、また家持においては、その香そのものを題材として詠むことも行われていたこと、そしてそれらが和歌の世界で既に行われていた、植物の〈色〉が人の衣に染まったり、雨などに濡れてうつろうという表現を、〈香〉に応用して詠まれたものであろうことが明らかになってきた。

が、さらに「五月まつ……」歌との関連から、注意しておかねばならないことがある。確かに、上代韻文学の〈香〉の詠まれ方は、まだ和歌の世界における植物の〈色〉の詠まれ方の影響を強く受けているが、その一方で、やはり〈色〉とは異なる独自の美の一面に、詩人、歌人たちは気づき始めていた。彼らは視角ではなく、嗅覚にうったえる〈香〉の特性を用いて、眼前にないものや、遠くにあるものを賞美する表現を用いている。例えば3の田辺百枝の「春苑、応詔」詩の「松風韻《ひびき》詠に添へ、梅花薫《か》身に帯ぶ」句では、歌の詠唱に和して聞こえてくる松風の響きと対にされて、梅の〈香〉が詠まれているが、ここでは作者はわざと花の美しさを視角によって捉えることをせずに、春風に乗って作者の座にまで漂ってくる〈香〉を詠むことで、音と香による宴席の賞美を試みている。特に注目されるのは、12藤原宇合詩序の「歳寒くして後に松竹の貞《みさを》を験《し》り、風生じて迺《すなは》ち芝蘭の馥《か》を解す」、13の石上乙麻呂詩の「風前蘭馥《か》を送り、月後桂陰《かげ》を舒《の》ぶ」に詠まれた、風が運んでくる蘭の香で、これは実際の香を詠んだものではなく、有名な『周易』の「同心の言、其の臭《か》蘭の如し」（『初学記』『芸文類聚』等にも採られる）という交情の象徴としての蘭香を詠んだ観念的なものであるが、風に乗って運ばれてくる蘭の香によって、眼前にいない遠く離れた友を偲ぶというその表現は(6)、空間的隔たりを時間的隔たりに置き変えれば、花橘の香から「昔の人」を連想する「五月待つ……」歌の表現へと繋がっていくものであることに、留意する必要がある。また和歌の世界でも、18の家持歌「……花橘《はなたちばなの》乃　香吉《かぐはしき》　於夜能御言《おやのみこと》……」、19の防人歌「多知波奈乃《たちばなの》　之多布久可是乃《したふくかぜの》　可具波志《かぐはし》

伎《き》　都久波能夜麻乎《つくばのやまを》　古比須安良米可毛《こひずあらめかも》」、20の市原王歌「宇梅能波奈《うめのはな》　香乎加具波之美《かをかぐはしみ》　等保家杼母《とほけども》　己許呂母《こころも》　之努尓《しのに》　伎美乎之曽於毛布《きみをしそおもふ》」においては、いずれも眼前にない（18・19）、あるいはやや離れたところにいる（20）対象に向けて橘や梅の〈香〉を媒介とした「かぐはし」を用い、対象への恋しさやゆかしさを詠んでいるが、これも単なる偶然ではなく、視角に依らずに対象を想起できる〈香〉の特性を十分に利用した結果であろう。花橘の「かぐはし」を「明ら嬢子《あかをとめ》」の讃辞に用いた記紀の応神天皇条の歌謡の用法には、まだこうした対象との距離の隔絶は明確には意識されず、また表現されてもいなかったから、これら万葉後期の「かぐはし」を用いた和歌は、基本的には記紀歌謡の用法を踏襲しながらも、確実に一つの方向へ進化を遂げていたと考えて良いであろう。その進化に、半世紀ほど先行する『懐風藻』の漢詩に見えた、遠く離れた人を想起する〈香〉の表現が、直接に影響を与えたかどうかは明確ではないが、少なくとも家持や市原王は、『懐風藻』やその源泉となった中国詩のこうした〈香〉の表現に触れたことはあるはずで、そこから〈香〉を表現する際の、一つの方向を学んだという可能性は、多分にあるのではないだろうか。19の防人の歌にまで漢詩の影響があったと言うつもりはないが、先にも述べたように、この歌は家持の嗜好に適《かな》って選び取られたのであるから、やはり17・18と同列に扱われるべき作品であろう。

以上の分析から、上代も後期になって、「五月待つ……」歌が生み出される基盤は、日本漢詩と和歌の双方の分野の交渉を経て、かなりの所まで整いつつあったと判断しても良いのではないかと考える。

二、勅撰三漢詩集の〈香〉の世界

平安初頭、『凌雲集』『文華秀麗集』『経国集』の勅撰三漢詩集に採られた漢詩が作られた時代は、一節で取り上げた万葉後期の和歌からでも半世紀、『懐風藻』の漢詩からは約一世紀以上も経過している。勅撰三漢詩集の漢詩の〈香〉の世界は、同じ日本漢詩である『懐風藻』の〈香〉の世界と比べても、題材や表現面で著しい進化を遂げていることが、一瞥して明らかである。この節では、その中でも特に本稿の主題と関わって注意しておかねばならないものに限って論じることにしたい。

・風と花の香

『懐風藻』の漢詩においても、風が蘭の香を伝えることを詠んだ詩は存したが、これは遠く離れた友人同士において、離れていても友情が通い合うことを、『周易』の「同心の言、其の臭《か》蘭の如し」を典拠に用いて象徴的に詠んだもので、実際に「風が花の香を運ぶ」と詠んだ例はまだ見えなかった。ところが、勅撰三漢詩集には、花の香が風によって伝わると明確に詠む多くの詩文が存する。

21　平城天皇「詠桃花」（『凌雲集』）
一香同発薫朝風　　一香同《とも》に発《ひら》きて朝風に薫る
千笑共開映暮煙　　千笑共に開きて暮煙に映ず

22　嵯峨上皇「春江賦」（『経国集』巻一）
柳懸岸而烟中綻　　柳は岸に懸《かか》りて烟中に綻《ほころ》び
桃夾堤以風後香　　桃は堤を夾《はさ》みて風後に香る

23　嵯峨上皇「重陽節菊花賦」（『経国集』巻一）
香飄朝風　　香は朝風に飄《ひるがへ》り
色照夕露　　色は夕露に照る

24　空海「現果詩」（『経国集』巻十一）
梅蕊先衆発春風　　梅蕊　衆に先んじて春風に発《ひら》き

春風一起馨香遠　春風　一たび起《た》ちて馨香遠し

25　賀陽豊年「詠桜花」（『経国集』巻十一）

風前香自遠　風前　香《か》　自《をのづか》ら遠く

日下色逾明　日下　色　逾《いよいよ》　明らかなり

24の空海の「現果詩」は仏教の教理の譬喩であるが、表面的には実際の梅花を詠んだように作られているので、ここでは一応梅花の香を詠んだ詩として扱う。これらの詩には、桃、梅、桜、菊の香が詠まれているが、このうち桃、梅、菊の香は『懐風藻』の詩にも詠まれていた。しかし、それらは「花舒桃苑香（花舒《ひら》きて桃苑香《かぐは》し）」「芳梅含雪散（芳梅雪を含みて散る）」「巌前菊気芳（巌前菊気芳《かぐは》し）」のように、「香」や「芳」の一字で単純に表されており、ここに挙げた詩のように香が風に薫ったり、香が風に飄《ひるがえ》ったりすると詠まれることはなかった。さらにこの時期の漢詩では、こうした花の香を運ぶ風を呼ぶ「香風」という熟語も、次のように用いられている。(7)

26　小野岑守「梅花引」（『経国集』巻十）

地近恩煦花早発　地は恩煦に近く花早《つと》に発《ひら》き

君王帳裏香風来　君王の帳裏　香風来《きた》る

27　有智子内親王「奉和聖制河上落花詞（聖制河上落花詞に和し奉る）」（『雑言奉和』）

桃花李花一段発　桃花李花一段と発《ひら》き

儵忽帯風左右渡　儵忽として風を帯び左右に渡る

須臾攀折日将暮　須臾にして攀折すれば日将《まさ》に暮れんとす

歴乱香風吹不止　歴乱たる香風　吹きて止《や》まず

さて、これらの詩において注意すべきは、24「春風一起馨香遠（春風一たび起《た》ちて馨香遠し）」、25「風前香自遠

〈風前香《か》自《をのづか》ら遠し〉」のように、「遠」を用いて〈香〉が遠くにある花から送られてくることを強調したり——中国の作品では梁の簡文帝「梅花賦」（『初学記』梅所収）に「漂半落而飛空、香随風而遠度〈漂ひて半ば落ちては空に飛び、香りて風に随ひては遠く度《わた》る〉」、『李嶠百二十詠』「荷」に「風来香気遠、日落蓋陰移〈風来《きた》りては香気遠く、日落ちては蓋陰移る〉」と見える——、26の「君王帳裏香風来〈君王の帳裏香風来《きた》る〉」のように、閉ざされた帷《とばり》の中まで風に乗って花の香が送り込まれる様を詠んだりと、視角で捉えられない遠方から風に乗って運ばれてくる香によって、花の存在や咲き乱れる有様を表現しようとする作品が多く現れてきていることであろう。

28　巨勢識人「奉和春日江亭閑望〈春日江亭閑望に和し奉る〉」（『文華秀麗集』上）

草色洲中短　草色　洲中に短く
花香窓外伝　花香　窓外より伝はる

29　嵯峨上皇「閑庭早梅」（『経国集』巻十一）

純素不嫌幽院寂　純素は嫌はず幽院の寂たることを
濃香偏是犯窓来　濃香は偏《ひとへ》に是れ窓を犯して来《きた》る

28は川辺の亭の窓の外から春の花の香が伝わってくる様、29は閑居している自らのもとに窓を通して早咲きの梅の濃香が漂ってくる様が詠まれていて、ともに「窓」を通して漂ってくる花の〈香〉が詠まれている。これはおそらく詩題中の「閑」と関連するもので、強いて花を見ようとせず、のんびりと室内でくつろいでいても、「窓」を通して〈香〉が風に乗って運ばれてくるので、花のすばらしさは十分堪能できるということを表わしているのではあるまいか。ちなみに28に用いられた「花香」という漢語は、後に三節に取り上げる在原元方の「霞立つ春の山辺は遠けれど吹き来る風は花の香ぞする」や紀友則の「花の香を風のたよりにたぐへてぞ鶯誘ふしるべにはやる」のように、『古今集』の撰者たちの時代の歌人により、「花の香」という歌語として和歌の世界に用いられていく。勅撰三詩集時代の漢詩の世界では、既に〈香〉は、色とともに、春の花にとって欠くことのできない美の要素として、独り立ちして定着してきていると言って良いだろう。

・橘の香の登場

和歌の世界では、『万葉集』において既に大伴家持により詠まれていた橘の〈香〉が、『文華秀麗集』において、漢詩の世界にも登場してくる。

30　嵯峨天皇「夏日臨泛大湖（夏日大湖に臨泛す）」

浦香濃盧橘　浦の香は濃き盧橘
洲色暗蒼蘆　洲《す》の色は暗き蒼蘆

岩波日本古典文学大系の頭注に、『類聚国史』を引き、弘仁六年（八一五）四月二十二日に琵琶湖に遊覧した折の作かと推定されるが、同大系ではこの箇所を「浦の香《か》盧橘に濃《こま》やき、洲《す》の色蒼蘆に暗し」と訓《よ》み、頭注で「浦のにおいが柑橘類に濃く漂い、浦洲の色が青いあしに暗い」と解するが、これでは浦のにおいが何のにおいなのか、洲の色が何の色なのかが釈然としない。むしろ私に訓《よ》んだように「浦に漂う香は濃い盧橘（の香だ）、洲の色は暗く見えるまでに青々と茂った蘆（の色だ）」と解すると、意が良く通じるのではないか。この嵯峨帝の詩の〈橘香〉は、一節で取り上げた『万葉集』の橘の香を詠んだ和歌からは直接の影響を受けていないように思われ、その源になっているのは、例えば、初唐の宋之問「下桂江県黎壁（桂江県の黎壁を下る）」の「潭曠竹煙尽、洲香橘露団（潭《ふち》曠くして竹煙尽き、洲《す》香《かお》りて橘露団《まろ》し）」、同崔湜「襄陽作（襄陽の作）」の「蛟浦菱荷浄、漁舟橘柚香（蛟浦菱荷浄《きよ》く、漁舟橘柚香る）」、盛唐の劉長卿「送孫逸帰廬山（孫逸の廬山に帰るを送る）」の「彭蠡湖辺香橘柚、潯陽郭外暗楓杉（彭蠡の湖辺橘柚香り、潯陽の郭外楓杉暗し）」等の、中国の行旅の詩に現れる、水辺の橘の香であろうと思われる。

これらの唐詩の橘の香は、その土地を象徴する景物、夏という季節を象徴する景物として、二重の意味を持って詠まれていると思われるが、嵯峨帝の詩も、これら唐詩の橘の香が持つ表現上の特色を、十分に意識して作られていよう。

・袖の香、衣の香の登場

「花の香」以外でも、〈香〉の表現世界は徐々に拡がっていた。『懐風藻』では、花の香以外には、百味（芳醇な酒）の香が一例存したのみであったのが、この時代になると、

31　嵯峨上皇「与海公飲茶送帰山（海公と茶を飲み山に帰るを送る）」（『経国集』巻十）

香茶酌罷日云暮　香茶酌み罷《や》みて日云《ここ》に暮れぬ
稽首傷離望雲烟　稽首して離るるを傷《いた》み雲烟を望む

32　惟氏「雑言。和出雲巨太守茶歌（雑言。出雲の巨太守の茶歌に和す）」（『経国集』巻十四）

深巌石髄不勝此　深巌の石髄も此《これ》に勝らず
煎罷余香処処薫　煎《い》り罷《や》みて余香処処に薫る

のように、中国から伝わった喫茶の風を反映して茶の香りが詠まれ始める。

また『経国集』巻十三には、「擣衣《とうい》」（砧《きぬた》、冬に備えて衣を打つこと）を題材にした詩の一群が存するが、ここにも注目すべき〈香〉の表現が見える。まず、

33　楊泰師「雑言。夜聴擣衣詩（雑言。夜擣衣を聴く詩）」

遥怜体弱多香汗　遥かに怜《あはれ》む　体弱くして香汗多からんことを
予識更深労玉腕　予《かね》て識《し》る　更深けて玉腕を労することを

には、衣を擣《う》つ女性の汗を「香汗」と詠んだ例が登場する。この詩の作者楊泰師は天平宝字二年（七五八）に来日した渤海使の副使を務めた人であり、時代的には、この詩は一時代前の奈良時代のものであるが、同時代の『懐風

藻』に詠まれていた〈香〉の世界にはついに見出せなかった「女性の汗の香」——そもそも『懐風藻』には「汗」という素材自体が全く詠まれていなかった——が、平然と詠み込まれているが、これはおそらく作者が日本人でないことと大きく関係するであろう。さらに、勅撰三詩集時代の女性詩人である惟氏の「擣衣」詩には、

34　「雑言。奉和擣衣引（雑言。擣衣引に和し奉る）」

随風揺颺羅袖香　　風に随ひて揺颺し　羅袖香り
映月高低素手涼　　月に映じて高低し　素手涼し

と、衣を擣《う》つ女人の羅《うすぎぬ》の袖が風に翻って薫る様が詠まれており、これは、「袖の香」を詠んでいる点で、「五月待つ……」歌の表現の前史として見過ごすことができない。33や34の「擣衣」詩の〈袖の香〉の表現には、当然中国の「擣衣」詩が意識されているはずで、例えば33の楊泰師詩の表現は、『文選』巻三十所収の謝恵連「擣衣」詩の、

微芳起両袖　　微芳　両袖より起こり
軽汗染双題　　軽汗　双題を染む

から暗示を得たかもしれないことが、小島憲之により指摘されているが、(8) この「微芳両袖より起こり」の〈袖の香〉は当然34においても意識されていると思われる。

さらに「五月待つ……」歌との関係において注目すべきは、次のように「衣の香が花（の香）に似る」「花の香（この場合は梅花の香）と衣の香が混じて区別がつかない」といった、衣の香と花の香とを関連づけた表現が現れてきていることであろう。

35　朝野鹿取「奉和春閨怨（春閨の怨に和し奉る）」（『文華秀麗集』巻中・艶情）

妾本長安恣驕奢　　妾本《われもと》長安にて驕奢を恣《ほしいまま》にし
衣香面色一似花　　衣香面色一《ひとへ》に花に似たり

36　紀長江「賜看紅梅（紅梅を看るを賜《み》はる）」（『経国集』巻十一）

香雑羅衣猶可誤　香は羅衣に雑《まじ》りて猶誤《なほあやま》つべし

光添粧瞼遂応争　光は粧瞼に添ひて遂に争ふべし

特に後者の禁裏の庭の紅梅の花の香が、紅梅を眺めている宮女たちの羅衣（薄絹の衣）の香と入り混じり、区別がつかなくなってしまうという表現は、後に取り上げる『古今集』時代に現れる、花の香と衣服の香とを関係づけて詠む和歌の詠法を先取りしたものとして重要な意味を持っていよう（ちなみに植物の香が衣服の香に「雑《まじ》る」という表現は、中国詩では、梁の元帝「採蓮曲」〈同人「採蓮賦」に「歌曰」として引かれる作で、『芸文類聚』芙蓉にも所収〉に、「蓮花乱瞼色、荷葉雑衣香〈蓮花瞼色に乱れ、荷葉衣香に雑《まじ》る〉」と、蓮の葉の香りが衣の香に「雑《まじ》る」と詠んだ例が見られる）。

以上のように、勅撰三漢詩集時代の日本漢詩においては、〈香〉の世界は上代に比べて、題材の拡がりや表現の細やかさの両面にわたり、著しい進歩を遂げた。このような漢詩の世界の〈香〉の認識に対する進展がなければ、『古今集』における和歌の世界の華やかな〈香〉の展開も到底あり得なかったはずであるが、そのことは次節の『古今集』歌の〈香〉の世界についての考察の中で、おいおい確かめていくことができるだろう。

三、『古今集』における〈香〉の世界の展開

さて、『古今集』における〈香〉の世界の展開を見ていく前に、平安朝に入った直後の延暦十六年（七九七）十月十一日の曲宴において、酒も酣《たけなわ》になって桓武帝自らが〈菊の香〉を詠んだ和歌を詠じていることに注目しておきたい（『類聚国史』巻七十五、歳時六「曲宴」）。

37己乃己呂乃《このごろの》　志具礼乃阿米爾《しぐれのあめに》　菊乃波奈《きくのはな》　知利曽之奴倍岐《ちりぞしぬべき》　阿多羅蘇之香乎《あたらそのかを》

一節で見たように、『懐風藻』の日本漢詩には既に〈菊の香〉が詠まれていたが（7・8）、この37の桓武帝歌の特徴は、そうした漢詩の表現を和歌に移すのではなく、

皇之《おほきみの》　御笠乃山能《みかさのやまの》　秋黄葉《もみちばは》　今日之鍾礼尓《けふのしぐれに》　散香過奈武《ちりかすぎなむ》　（巻八・一五五四）

手取者《てにとれば》　袖幷丹覆《そでさへにほふ》　美人部師《をみなへし》　此白露尓《このしらつゆに》　散巻惜《ちらまくをしも》　（巻十・二一一五）

のように、万葉の和歌の世界で一般的であった、時雨や露などが花やもみじを散らすのを惜しむという詠法をもとに、そこに菊花の〈香〉を惜しむ要素を加えたものと思われる。これは大伴家持が〈橘の香〉を詠んだ16「橘乃《たちばなの》尓保敝流香可聞《にほへるかかも》　保登等芸須《ほととぎす》　奈久欲乃雨尓《なくよのあめに》　宇都路比奴良牟《うつろひぬらむ》」において、花の色が雨に移ろうという表現を〈橘の香〉に応用したのと同様の手法によって、漢詩の素材であった〈菊の香〉を和歌の世界に持ち込んだもので、桓武帝歌はおそらく家持歌の詠法を意識して詠まれたと見てよいだろう。

ここまでの日本の和歌や漢詩の〈香〉の世界の展開の様相を踏まえて、いよいよ『古今集』の〈香〉の世界の分析を試みたいと思うが、それにはどのような方法が有効であろうか。例えば、梅の香、藤袴の香、などに分類して考察するのも一つの方法であろうが、ここではやはり〈香〉の表現の史的展開を中心に見ていきたいので、通常行われている『古今集』歌の時代区分に従って、〈香〉が詠まれた歌を、詠み人知らず歌、六歌仙時代の歌、撰者時代の歌の順に分類しながら〈香〉の表現の分析を行い、その展開を中心に論じたい。

・詠み人知らず歌の香の世界

詠み人知らず歌において、〈香〉が詠まれた歌には、次のようなものがある。

38折りつれば袖こそにほへ梅の花　ありとやここに鶯の鳴く　（春上・三二）

39色よりも香こそあはれと思ほゆれ　誰が袖ふれしやどの梅ぞも　（春上・三三）

40宿近く梅の花植ゑじあぢきなく　待つ人の香にあやまたれけり　（春上・三四）
41梅の花立ちよるばかりありしより　人のとがむる香にぞしみぬる　（春上・三五）
42散りぬとも香をだに残せ梅の花　恋しき時の思ひ出にせむ　（春上・四八）
43春雨ににほへる色もあかなくに　香さへなつかし山吹の花　（春下・一二二）
44五月待つ花橘の香をかげば　昔の人の袖の香ぞする　（夏・一三九）

万葉歌では市原王の一首に過ぎなかった梅の香を詠んだ歌が何首も見られ、歌群を形成するまでになり、また万葉歌にはなかった山吹の香を詠んだ歌が現れたりするなど、既に詠み人知らず歌の段階において、『古今集』の〈香〉の世界は万葉の時代から大きな進展を見せているのだが、後の六歌仙、撰者時代の歌と比べて、この詠み人知らず歌の〈香〉の世界には、『懐風藻』の日本漢詩や家持の橘の香を詠んだ歌において指摘した、上代の〈香〉の表現の特徴が色濃く影を落としている作品が多いことに気づかされる。例えば、38「折りつれば袖こそにほへ梅の花」では、梅の花を「折る」ことによって、その香が袖に移って匂うと詠むが、これは一節の『懐風藻』の詩において、「梅花薫《か》身に帯ぶ」、「梅蕊已《すで》に裾《すそ》に芳《かぐは》し」という表現が、「手取者《てにとれば》　袖并丹覆《そでさへにほふ》　美人部師《をみなへし》」「紅《くれなゐの》　花西有者《はなにしあらば》　衣袖尓《ころもでに》　染著持而《そめつけもちて》」という万葉歌の、花の色が袖に「にほふ」「染む」と詠む視覚的な表現を応用して作られたのと同様の発想に拠るもので、〈香〉を〈色〉に準じた方法により表現しようとしているのである。39の「誰が袖ふれし」の、人の袖の香が梅へと移って薫るという表現も、38と方向が逆転しているだけで、基本的な発想は38と共通している。41も梅の花に「立ちよる」とその香に「染《し》む」と詠み、これも万葉歌の花の色が衣服に染《し》むという用法を応用している。また43は「春雨ににほへる色もあかなくに」と、雨に濡れて鮮やかさを増す山吹の〈色〉に加えて、その〈香〉さえなつかしいと詠むが、これは『万葉集』において大伴家持が「詠二山振花一歌」（長歌）で「朝露尓《あさつゆに》　仁保敝流《にほへる》花乎《はなを》　毎レ見《みるごとに》」と朝露に濡れる山吹の花の鮮やかさを詠んだように、雨や露に濡れた花が

「にほふ」と詠む万葉歌の詠法をもとに、そこに「香さへなつかし」と〈香〉という新しい要素を付け加えたものと見ることができる。

　その中で40と44の二首は、梅の花の香から「待つ人の香」、橘の花の香から「昔の人の袖の香」と、それぞれ花の香から眼前にいない人の香を想起するという手法を採っており、『万葉集』の〈香〉を詠んだ歌や、『古今集』の他の詠み人知らず歌のように万葉歌の花の色の詠法を香に応用した作品には見られなかった、新しい花の〈香〉の詠法が用いられている。40の歌には「待つ人の香にあやまたれける」と、漢詩で用いられる「〜を〜と誤つ」という表現が用いられているのが注意されるが[9]、「梅の花の香を人の香に誤る」というこの歌の表現は、二節の36の『経国集』の紀長江の紅梅を詠んだ詩の「香は羅衣に雑《まじ》りて猶誤《なほあやま》つべし」という表現と共通する発想を有している。また本稿で特に注目してきた44の「五月待つ……」歌にしても、橘の香を詠んだ大伴家持の先行歌「橘乃《たちばなの》　尓保《にほ》敝流香可聞《へるかかも》　保登等芸須《ほととぎす》　奈久欲乃雨尓《なくよのあめに》　宇都路比奴良牟《うつろひぬらむ》」と比較すると、家持歌は、一節で述べたように、花の色や衣の色が雨や露などによって「うつろふ」と詠む表現を、橘の〈香〉に応用して詠まれたものであるのに対し、この「五月待つ……」歌では、40と同様に、橘の〈香〉が人の袖の〈香〉を想い起こさせると、花の〈香〉から衣服の〈香〉への連想を主にした、まったく新しい表現の方法が用いられている。この、橘の〈香〉から「人」を思い起こしていくという発想自体は、同じく一節で見てきた家持や市原王、防人たちの歌に見られた、「（橘・梅が）かぐはし」という表現を序詞的に用いて人や物を賞讃する方法と全く無縁ではなかろうが、「かぐはし」という言葉が有する、「香りの良さ」から「（人や物の）すばらしさ」までを賞讃する利用範囲の広さに頼って、「花橘の　かぐはしき　親の御言」「橘の　下吹く風の　かぐはしき　筑波の山」と、橘の香と想起される対象とを直接結びつけている万葉歌に比べて、「花橘の〈香〉をかげば」「昔の人の袖の〈香〉ぞする」と、橘の香から想起される対象〈昔の人〉へ、〈香〉を媒介とした連想を明確に打ち出しながら一首を展開している点で、「五月待つ……」歌の新しさはやはり画期的であり、また、「香をかぐ」という、〈香〉を追求する行為を堂々と詠み込んだ点でも、「折る、袖を触れる、立ち寄る」などと対象への接触、接近により「その香が移る、染む」と詠む、梅の香を詠んだ他の『古今集』の詠み人知らず歌よりも、一歩進んだ段階に達している。これも勅撰三漢詩集時代の日本漢詩において、「橘の香」や「袖の香」が詠まれ、また40の歌にも関わっていた「香は羅衣に雑《まじ》りて猶誤《なほあやま》つべし」という、「花の香」と「衣の香」を「誤つ」と詠むなど、〈香〉に対する感性が磨き上げられたことによって、初めて可能になった詠作であろう。従って40や44が詠まれた時期も、こうした日本漢詩の〈香〉の表現が一応の成熟を見た『経国集』の成立（天長四年〈八二七〉）の頃から、それにやや遅れる九世紀半ば頃にかけてと推定されるのではなかろうか。

42は散る梅花を惜しむ歌に〈香〉が詠まれているが、この歌も梅花を手折ったり、袖に触れたりして〈香〉が移る、染むと詠むのではなく、花が無くなった後に残された薫香を求めようとする歌である。梅に「香をだに残せ」と呼びかけているが、当然そこには去っていった恋しい人の〈香〉、すなわち「残り香」を求めるという行為が連想される。この歌も、梅花の香と人の衣服の香との混交や、両者の類想というものがかなり明確に和歌の作者たちに手法として意識されてきた頃、すなわち40や44と同じ時期の作品ではないだろうか。

・六歌仙時代の香の世界

六歌仙時代の歌では、『古今集』には次の二首の〈香〉を詠んだ作が見える。

45花の色は霞にこめて見せずとも　香をだにぬすめ春の山風　（春下・九一　良峯宗貞）

46花の色は雪にまじりて見えずとも　香をだににほへ人の知るべく　（冬・三三五　小野篁）

この二首は明らかに互いに影響関係があり[10]、45は作者表記から、作者が出家して遍昭を名乗る嘉承三年（八五〇）以前の若い時分の作と推定されるが、それでもおそらく仁寿二年（八五二）に没した篁の作の方が先に詠まれた可能性が高い。46には「梅の花に雪の降れるをよめる」、45には「春の歌とてよめる」という詞書がそれぞれあるが、46は雪中に薫る梅花を詠んだ中国詩、例えば『李嶠百二十詠』梅の「雪含朝暝色、風引去来香（雪は含む朝暝の色、風は引く去来の香）」（雪は朝ほの暗い時分の梅の色を含んでしまって見分けがつかない、しかし風は去来してその香を漂わせる）などを和歌に移植したものであることが明らかである。45の宗貞歌はその雪中梅を詠んだ篁歌をベースに、それをスケールの大きな春の盛りの歌へと展開させ、「花の色」を梅ではなく、不特定の一般的な春の花のものとし、「雪と見分けがつかず（梅の）花の色が見えない」という表現に一ひねり加えて、山辺にたなびく霞――この素材自体は『万葉集』から和歌の世界ではおなじみであった――が、その花の色を隠して「見せない」という擬人法を用い、それにあわせて二節で見た、勅撰三詩集の詩の世界で定着してきた花の香が風に乗って運ばれるという表現を、「（見せないなら）風よせめて香だけでもぬすんで来い」とこれまた擬人法により表現したものと想像される。この「香をだにぬすめ」という擬人法は、『晋書』賈充伝に見える「偸香」の故事を巧みに踏まえたものであることが、先の注（10）の丹羽博之の論考で論じられており、45・46ともに、詠み人知らず時代の〈香〉を詠んだ歌に比べても、かなり漢文学の〈香〉の世界に近づいたものであることが見てとれる。ただし、「花の色が見えないのならせめてその〈香〉だけでも……」という発想自体は、前の詠み人知らず歌の42の「散りぬとも香をだに残せ梅の花」に見えていたので、やはりこうした作品をベースにして、そこにより積極的に漢文学的な技法をすべりこませていったものと想像される。詠み人知らず歌42と篁の46との制作年代はあまり隔たらないのではないかとも思われる。

・撰者たちの時代の香の世界

以上のような〈香〉の表現の展開の上に、『古今集』撰者たちの時代の〈香〉の世界が築かれていくわけであるが、いくつかに分類しながら、『古今集』において最も新しい表現を持ったこれらの〈香〉を詠んだ歌が、どのようにそれまでの表現を受け継ぎ、またどういう点でそれらを超克しているかを中心に、少し考察してみたい。まず、『万葉集』の市原王歌以来、詠み続けられてきた「梅の香」を詠んだ歌であるが、撰者たちの時代の作としては、次のようなものがある。

47よそにのみあはれとぞ見し梅の花　あかぬ色香は折りてなりけり　（春上・三七　素性）
48君ならで誰にか見せむ梅の花　色をも香をも知る人ぞ知る　（春上・三八　紀友則）
49梅の花にほふ春べはくらぶ山　闇に越ゆれどしるくぞありける　（春上・三九　紀貫之）
50月夜にはそれとも見えず梅の花　香を尋ねてぞ知るべかりける　（春上・四〇　凡河内躬恒）
51春の夜の闇はあやなし梅の花　色こそ見えね香やはかくるる　（春上・四一　同前）
52人はいざ心も知らずふるさとは　花ぞ昔の香ににほひける　（春上・四二　紀貫之）
53梅が香を袖にうつしてとどめては　春は過ぐともかたみならまし　（春上・四六　詠み人知らず〈寛平御時后宮歌合の歌〉）
54散ると見てあるべきものを梅の花　うたてにほひの袖にとまれる　（春上・四七　素性）

47の素性の歌は、「あかぬ色香は折りてなりけり」と、あえて梅を折ることにより、その色と香とを賞《め》でようと詠む。この表現は、六歌仙時代の父の遍昭や篁の漢詩的な発想を受け継いだものではなく、詠み人知らずの梅の香の歌、たとえば38の「折りつれば袖こそにほへ梅の花」や39「色よりも香こそあはれと思ほゆれ誰が袖ふれしやどの梅ぞも」の、万葉歌の植物の〈色〉や〈匂ひ（＝鮮やかな色彩）〉を詠む表現をもとにした梅の香の詠法を濃厚に受け継いでいる。そこから、詠み人知らず歌のやや古風な詠法に戻った歌と取られる可能性もあるかもしれないが、彼の他の花や紅葉を詠んだ和歌にも、

見てのみや人に語らむ桜花　手ごとに折りて家づとにせむ　（春上・五五）

もみぢばは袖にこき入れて持ていでなむ　秋は限りと見む人のため　（秋下・三〇九）

とあるのを見ると、むしろそのように消極的にとらえずに、「折る」「袖に持つ」という行為を詠むことで美しい自然への強い愛惜の感情を積極的に表現しようとする素性流の表現が、ここにも現れていると見るのが妥当であろう。[11]

49から51の一連の夜に薫る梅の花の香を詠んだ歌に関しては、これらが唐詩に詠まれた夜の梅の香（＝闇香）を歌の世界に利用したものであることが、既に小島憲之により論じられている。[12] ただ、こうした中国文学に由来する「闇香」とともに、六歌仙時代の良峯宗貞や小野篁の〈香〉を詠んだ和歌において、花の色は見えないが漂ってくる〈香〉によって花の存在を知るという表現——既に述べたようにこれらの背後にもまた漢文学の〈香〉の表現が関わっていた——が既に和歌の世界に登場していたということも、これらの夜の梅の香を詠んだ歌の基盤として大きな意味を持っていたのではないか。

53 54の散る梅花の香を詠んだ歌では、ともに「袖」に残った梅の〈香〉が詠み込まれる。53は前に取り上げた42の詠み人知らず歌「散りぬとも香をだに残せ梅の花恋しき時の思ひ出にせむ」の発想を濃厚に受け継いでいるが、その〈香〉を「袖にうつしてとどめ」るというのは、万葉歌の〈色〉や〈匂ひ〉の詠法を引き継いだ38・39の詠み人知らず歌と同じ手法であり、〈香〉を「思ひ出」にするという抽象性の高い42に比べて、「袖にうつしとどめてかたみにする」という、きわめて具体的な〈香〉のとらえ方が行われている。この歌は『寛平御時后宮歌合』の作者未詳歌であるが、こうした志向は47や54の素性の梅の香を詠んだ歌と共通するもので、撰者たちの時代においては、梅の〈香〉を表現するのにも、各様の個性というものが現れてきていることがうかがえる。

また、桜花の〈香〉を詠んだ紀友則の作品も登場する。

55色も香も同じ昔に咲くらめど　年ふる人ぞあらたまりける　（春上・57　紀友則）

「桜の花のもとにて、年の老いぬることを歎きてよめる」という詞書が付されており、歌の中に主題である「さくら」を隠し詠む趣向を持ち、その桜の色と香を並べて詠んでいる。先の撰者時代の梅の歌には〈色〉〈香〉を併せて詠む例がいくつも見えたが、桜については、既に25の『経国集』の賀陽豊年の「詠桜花」詩に「風前香自遠、日下色逾明（風前香《か》自《をのづか》ら遠く、日下色逾《いよいよ》明らかなり）」と、桜の〈色〉と〈香〉を対にして詠む例が存した。桜の花の下での老の嘆きを詠んだ歌については、初唐詩「代悲白頭翁」の「年年歳歳花相似、歳歳年年人不同（年年歳歳花相似たり、歳歳年年人同じからず）」や『白氏文集』の爛漫の花の下での嘆老を詠んだ詩などに桜の花を重ねて詠まれたものであることが、渡辺秀夫により論じられているが、[13] 色のみならず香においても「同じ」と詠むことで、桜が昔と全く変わらず咲き誇る様を強調する。

55霞立つ春の山辺は遠けれど　吹き来る風は花の香ぞする　（春下・一〇三　在原元方）

56花の香を風のたよりにたぐへてぞ　鶯さそふしるべにはやる　（春上・一三　紀友則）

「花の香」という語のもとになった「花香」という漢語や、その「花香」が風に乗って運ばれるという表現は、既に二節で見てきたように、勅撰三漢詩集に存在していた。56に関して、「風のたより」が漢語「風信」に拠るものであることは、諸注に指摘されているが、風のたよりに添えて鶯を誘うという表現そのものは、白楽天の「春生」詩の著名な一聯「先遣和風報消息、続教啼鳥説来由（先《ま》づ和風を遣《つか》はして消息を報ぜしむ、続きて啼鳥をして来由を説かしむ）」（『千載佳句』『和漢朗詠集』早春に採られる。「春が生ずるにあたっては、まず春風を派遣して消息（＝たより）をさせ、続いて鶯に命じてやってきたわけを説かせるのだ」の意）を意識したもので、さらにその背後には、これも渡辺秀夫が論じた、[14] 谷にすむ鶯が早春の暖かい春風に誘われて谷を出るという、漢文学の伝統的イメージが存在している。その春風に併《あわ》せて「花の香」も一緒に鶯に届けようというのが、友則がこの歌で狙った〈新しさ〉なのであろう。

風に運ばれる花の香は、春の花だけに用いられるに留まらず、秋の花にも応用される。

57女郎花吹きすぎて来る秋風は　目には見えねど香こそしるけれ　（秋上・二三四　凡河内躬恒）

「目には見えねど香こそしるけれ」という表現そのものは、花の色は雪や霞のために見えないが、その香を愛でようと詠む宗貞や篁の歌、あるいは「色こそ見えね香やはかくるる」と躬恒自身も詠じた、梅の「闇香」を詠んだ歌などを、対象を「女郎花」に変えて作り替えた作であろう。「女郎花」は万葉歌においては、その香が詠まれていないが、その花自体は多くの作品に詠まれていた。57では花の名である「をみな」の語に女性の意を持たせて、姿は見えないが、その香が匂うと詠む。次の「藤袴」は、山上憶良の秋の七種《ななくさ》の花を詠んだ歌（巻八・一五三八）に、その一つとして名前が登場するだけであるのに対して、『古今集』の秋部では撰者時代の歌人たちがあたかも競作したような形で一つの歌群が形成されている。

58なに人か来てぬぎかけし藤袴　くる秋ごとに野辺をにほはす　（秋上・二三九　藤原敏行）

59宿りせし人の形見か藤袴　忘られがたき香ににほひつつ　（秋上・二四〇　紀貫之）

60主知らぬ香こそにほへれ秋の野に　誰がぬぎかけし藤袴ぞも　（秋上・二四一　素性）

これらの歌においても57の「女郎花」歌同様に、「ふじばかま」の「はかま（袴）」という語に注目して、訪れた人の残していった袴の香が匂うと詠むスタイルを、すべての作が採っている。藤袴は「蘭」の和名であるから、(15)「藤袴」の香を詠むことは、『楚辞』以来中国詩で一般的に詠まれ、『懐風藻』以来日本漢詩にも詠まれていた「蘭の香」を、和歌に詠むことになるが、ただそれだけにとどまらず、和歌では「はかま」という名に注目し、衣服の香をも強く意識しているわけであるから、勅撰三漢詩集から詠まれていた衣服の香を詠んだ漢詩や、より直接的には、和歌の世界において、既に花の香から袖の香を想起して詠むという表現を獲得していた「五月待つ……」歌が、これらの和歌の発想に大きな示唆を与えていたのではないだろうか。

終わりに

以上、『古今集』に登場する主要な〈香〉を詠んだ歌を、時代順に概観してきたが、このように詠み人知らず歌の時代から撰者たちの時代まで順を追ってみてくると、〈香〉の世界にも時代とともに題材の拡充や、表現の上でのかなり大きな展開が見られることが明らかになったと考える。そしてそれらの題材や表現が和歌に詠まれるに当たっては、どの時代のどの作品においても、やはり先行する中国や日本の漢詩の〈香〉の詠法や、万葉歌以来の和歌の世界の、花の〈色〉や〈香〉を詠む詠法が、充分に意識され、自覚的に応用されていたということも、かなり明確に確認することができたのではないかと思われる。

本稿では、中国詩において既に美の要素として確立していた〈香〉という題材を、日本人が自らの韻文学に受け入れようとするにあたり、どのような経緯があり、そこにどのような現象が生じてきたかを、できるだけ広範な視点から記述することを目指し、『古今集』に展開された〈香〉の世界が、その流れの中でどのように位置付けられるのかを探ろうとした。一つ一つの事例に関しては、さらに詳細な論述が必要であり、論究が不十分との誹りを免れないことは十分承知しているが、与えられた紙幅も既に尽きている。冒頭で述べた、和歌文学と漢文学とのかかわりを、個々の作品や表現という〈点〉のレベルではなく、点と点を結ぶ〈線〉、さらに線と線が交わって生まれてくる〈面〉にまで拡げた視点で論じるという試みがこれで実現したとは到底思えないが、少なくともその方向性程度は提示することができたのではないだろうか。

しかし、『古今集』の段階では、花の香を媒介とした衣服の香（＝人工の香）は詠まれるものの、中国詩に登場する純然たる衣服に焚きしめられた薫香や、室内に漂う香の香りなどは、和歌の世界にはまったく登場しない――二節で見たように日本漢詩には既に登場しているにもかかわらず――。これは音楽の表現に関して、古今集時代の和歌の世界では、琴の音がそれ単独では決して詠まれず、松風の音の譬喩として、あるいは松風に添えて詠まれる(16)のと、きわめて類似した現象である。そこからは和歌の世界が、自然の景物と人工物との間に峻厳な壁を設けていることが想像されるが、それは何故なのであろうか。また純然たる人工の薫香が和歌の世界に詠まれるようになるのは、いつの頃からで、そこにはどのような契機が存在したのであろうか。このように〈香〉に関しても、まだまだ大きな問題がいくつも残されていることを記しおいて、長々と連ねてきたこの拙い論を閉じることにしたい。

注

(1)『国文学　解釈と教材の研究』(学燈社、二〇〇〇年十二月)特集「王朝文学争点ノート」所収。

(2)『四庫全書』『四部叢刊』寒泉『全唐詩』等のフルテキストデータベースに拠る。

(3)三木『平安詩歌の展開と中国文学』(和泉書院、一九九九年)Ⅲ「楽の音と歌声をめぐる小考」参照。

(4)『小学館新編日本古典文学全集　万葉集』の同歌の頭注に「『常陸国風土記』に、行方郡および香島郡に橘の木が生い茂っており、行方郡の新治の洲からは筑波山を望見できる、とある」と見える。

(5)注(3)前掲書Ⅰ「風の音の系譜」参照。

(6)中国詩における、蘭を交情の象徴とし、その香を遠方にいる故人の元へ送ると詠んだ先行例として、晋の陸雲「贈顧尚書(顧尚書に贈る)」に「我蘭既馥、我風載清、能芬南岳、運芳北征(我が蘭既に馥《かお》り、我が風載《よ》せて清し、能く南岳に芬として、芳を北征に運ばん)」が挙げられる。

(7)「香風」は六朝詩から例が見えるが、春花について用いられた例としては、盛唐の崔顥の「行路難」に「二月三月花如霰、九重幽深君不見、艶彩朝含四宝宮、香風吹入朝雲殿(二月三月花霰の如し、九重幽深として君見えず、艶彩朝《あした》に含む四宝宮、香風吹き入る朝雲殿)」がある。

（8）『国風暗黒時代の文学　下Ⅱ』（塙書房、一九九五年）「経国集詩注」三四七五〜三四七六頁参照。
（9）「あやまつ」と「誤」については、小島憲之『古今集以前』（塙書房、一九七六年）二六五〜二六六頁参照。
（10）丹羽博之「古今集91番歌「香をだにぬすめ春の山風」と「偸香」の故事」（『平安文学研究』〈平安文学研究会〉第六十九輯、一九八三年七月）に既に両歌が類歌の関係にあることが指摘されている。
（11）素性が好んで詠み、また万葉歌に普遍的に見える、花や紅葉などの景物を折ったり手に取ったりしてその美を賞翫することについては、山本登朗が「「折る」と「惜し」―萬葉集三九〇四番歌の解釈をめぐって―」（『萬葉』第一〇七号、一九八一年六月）や「「手に取り持ちて」―古代和歌と触覚―」（『和歌文学大系　第三十二巻』月報一八〈同大系付録〉、二〇〇三年一月）などの論考を通じて追求しており、古代の日本人には、愛惜する対象物を手に取り持ち、接触し触覚によりその美を愛でようとする心情が非常に強く、平安朝にはいると、その感性が次第に薄れてくることが明らかにされている。このことは本稿で論じている〈香〉が、当初の段階で〈色〉と同様に、衣服や袖に移る、染むと詠まれることとも大きく関連すると思われ、この問題を考えてみることは、上代から平安時代にかけての日本人の美に関する意識や指向を考える上できわめて意義があると考えられる。筆者も素性歌の自然と一体になろうとする特質について、かつて少しだけ論じたことがある。『一冊の講座　古今和歌集』（有精堂、一九八七年）の「古今和歌集の歌人たち」の「素性」参照。
（12）「古今集的表現の成立」（『国文学　解釈と鑑賞』第三十五巻二号、一九七〇年二月）参照。
（13）『詩歌の森』（大修館書店、一九九五年）、Ⅱ「鳥の音と花の香」の「桜」の項参照。
（14）『平安朝文学と漢文世界』（勉誠社、一九九一年）第一篇第二章「谷の鶯・詩と歌と」参照。
（15）『和名類聚抄』に「蘭、布知波加麻、新撰万葉集別用二藤袴一」とあり、「蘭」と「藤袴」の関係については、寺井泰明『花と木の漢字学』（大修館書店あじあブックス022、二〇〇〇年）の「「蘭」はフジバカマか？」参照。
（16）注（3）の拙稿参照。

〔初出時補記〕『古今集』歌の〈梅の香〉と〈袖の香〉については、中川正美氏「万葉集から古今集へ―梅花の表現―」

（藤岡忠美先生喜寿記念論文集刊行会編『古代中世和歌文学の研究』〈和泉書院、二〇〇三年〉）においても言及があり、特に梅の花を折り取ると香が袖に移るという表現が、万葉歌の袖に色が「移る、染む」と詠む表現と関係することを論じて、

　袖に移る色を香に変えれば古今集の表現となる。万葉歌から古今集へは、意外に近いと言うことができよう。

と述べられる。梅の香と袖に焚きしめられた薫りの混交などについても言及があり、本稿の論述と併せて参照されたい。また、上代から平安前期にかけての「橘」の文学における表現を総合的に考察した論として、山元有美子氏に「万葉的橘と古今的橘」（『王朝―遠藤嘉基博士古稀記念論叢』王朝文学協会編〈洛文社、一九七四年〉）がある。この中で、山元氏は『古今集』の橘を詠んだ和歌の詠法が、万葉以来の伝統である漢籍に典拠を持たない「ホトトギスと橘」との相対関係を基本にして展開していることを強調し、

　外来の植物でありながら、和歌表現の対象規定としては、外来の典籍に拘束されず、さらに、外来の典籍と交渉しない側面を醇化して定着した。――そこに、和歌表現の素材としての橘の展開があった。

と述べ、さらに、

　古今集の作品に、漢籍を典拠とする表現が数少なくない事実は、否定しがたい。その意味で、古今集の表現には漢籍の影響が多大であったといえよう。だが、古今集には、この漢籍導入という潮流に、反対し矛盾する漢籍排除の潮流も、存在したのではあるまいか。その一例として、その徴証として、和歌表現の素材となった橘と《ママ》、考察したのである。

と論じられた。確かに『古今集』の和歌における「橘」の表現の全体的な傾向については、その通りであろうし、また橘の〈香〉を詠んだ和歌についても、氏が「中国の詩文を典拠としなければ芳香を詠めないというわけではなく、彼此の暗合ということはあっても、（個々の和歌に）中国の典拠を指摘することは困難であろう」と述べられる通りであろう。だが、「五月待つ……」歌の橘の香が、直接に中国の詩文を典拠として詠まれた可能性は少ないものの、本稿のように上代から平安前期にかけての和歌表現における〈香〉の世界の展開を追いかける立場からすれば、〈色や姿〉という視覚的な要素の「うつろひ」を〈香〉に移植してみたという段階の『万葉集』の家持歌の橘の香の歌と、「五月待つ

……」歌との間には、〈香〉のとらえ方において、表現の継承よりもむしろ大きな変革が認められる。そして、その変革をもたらしたものは、やはり勅撰三漢詩集時代の日本漢文学の世界における、中国文学の影響を受けての〈香〉の表現の拡充と定着であったと想定せざるを得ない。個々の和歌や表現の典拠・出典研究の次の段階として、和歌と漢文学のかかわりを、こうした見方でとらえていくことが、今後の『古今集』歌と中国・日本の漢文学との関係を論じていくうえで、不可欠となっていくのではないのだろうか。

〔初出〕『古今和歌集研究集成　第二巻　古今和歌集の本文と表現』（風間書房、二〇〇四年）に同題で掲載。

4　〈香〉と視覚
――『古今集』前夜における詩と歌の交感――

はじめに

筆者は先だって、古代の和歌の世界においてもともと詠まれていなかった〈香〉が、『古今集』成立までの和歌文学の世界で、どのような経緯を経て題材として捉えられ、表現されるようになってきたのかを、中国文学や日本漢文学との関連に留意しながら考察した[1]。その過程で、万葉の末期、はじめて和歌の世界に〈香〉を積極的に取り込もうとした大伴家持が、

橘の　にほへる香かも　ほととぎす　鳴く夜の雨に　うつろひぬらむ
（巻十七・三九一六）

……ほととぎす　鳴く五月には初花を　枝に手折《たを》りて娘子《をとめ》らに　つとにも遣《や》りみ　白たへの　袖にも扱《こき》入れ　かぐはしみ　置きてからしみ……
（巻十九・四一一一）

と橘の〈香〉を和歌に詠もうとするのに、

夏まけて　咲きたるはねず　ひさかたの　雨うち降らば　うつろひなむか
（巻八・一四八五　大伴家持の唐棣《はねず》の花の歌）

紅に　染めてし衣　雨降りて　にほひはすとも　うつろはめやも
（巻十六・三八七七　豊後国の白水郎《あま》の歌）

引き攀《よ》ぢて　折らば散るべみ　梅の花　袖に扱《こき》入れつ　染《し》まば染《し》むとも（巻八・一六四四　三野連《みののむらじ》石守《いそもり》の梅の歌）

などの、はねずの花や紅の衣の〈色〉が、雨に濡れて「うつろふ」と詠む表現や、散り落ちた梅の花を袖に扱《こ》き入れるとその〈色〉が袖に染《し》むと詠む表現にもとづいて、それを橘の〈香〉へとずらしていくという方法を用いていることを知り、その〈香〉の表現の仕方に強い興味を持った。

さらに家持以前の、『懐風藻』の〈香〉を詠んだ日本漢詩の中に見える、

松風韻添詠　松風　韻《ひびき》詠に添へ
梅花薫帯身　梅花　薫《か》身に帯ぶ
　　田辺百枝《たなべももえ》「春苑、応詔（春苑、詔に応《こた》ふ）」
柳條未吐緑　柳條　未《いま》だ緑を吐《は》かざるも
梅蘂已芳裾　梅蘂　已《すで》に裾《すそ》に芳《かぐは》し
　　箭集虫麻呂《やつつめむしまろ》「初春於左僕射長王宅讌（初春左僕射長王が宅にして讌《うたげ》す）」
柳糸入歌曲　柳糸　歌曲に入り
蘭香染舞巾　蘭香　舞巾に染《し》む
　　長屋王《ながやのおほきみ》「元日宴。応詔（无日宴《うたげ》す。詔に応《こた》ふ）」

といった、梅花の香や蘭香が、人の身や衣の裾、身につけた舞巾に移って薫るという表現も、中国の漢詩には例があまり見えないもので、むしろ『万葉集』に一般的に用いられる、

我《あ》が衣　色どり染めむ　うまさけ　三室の山は　もみちしにけり（巻七・一〇九四）
手に取れば　袖さへにほふ　をみなへし　この白露に　散らまく惜しも（巻十・二一一五）
紅の　花にしあらば　衣手《ころもで》に　染め付け持ちて　行くべく思ほゆ（巻十一・二八二七）

などの、花や黄葉《もみじ》の〈色〉が衣や袖に「染む」「にほふ」と詠んだ表現を〈香〉に援用して、それを漢詩の世界に詠み込んだものと考え、(2) 時代的に見れば、家持はこれら『懐風藻』の詩人たちの手法を和歌の世界に持ち込んだものではないかと推定するに至った。

無論、『懐風藻』の〈香〉を詠んだ作品のすべてが、こうした万葉歌の〈色〉を詠んだ表現を承けて詠まれているわけではなく、「花舒桃苑香（花舒《ひら》きて桃苑香《かぐは》し）」（安倍広庭《あべのひろには》「春日侍レ宴」）、「巌前菊気芳（巌前菊気芳《かぐは》し）」（田中浄足《たなかのきよたり》「晩秋於二長王宅一宴」）のように、一般的な中国漢詩の〈香〉の表現を学んで詠まれた作品も存在する。しかし中国の侍宴詩の模倣の域を出ない上代の日本漢詩の世界にあって、〈香〉を詠む場合に限っては、往々にして、当時の和歌の世界で行われていた〈色〉を詠む表現を、あえて借用せざるを得なかったということは、中国の漢詩では一般的な題材であった〈香〉を、奈良時代の日本人が、中国人同様に漢詩という文芸に詠みこむには、かなりの苦労を強いられたことをよく表していよう。そして彼らがそれを克服する手段として、和歌の世界で自分たちが馴染《なじ》んでいた〈色〉を詠む手法に依ろうとした背景には、〈香〉を視覚でとらえられる〈色〉と近似したものと見なそうとする――極端にいえば〈香〉もある種の〈色〉としてとらえようとする――、上代の日本人の意識が存在しているのではなかろうか。「にほふ」という和語が、本来目に飛びこんでくる色彩の鮮やかさをいうのに用いられていながら、奈良時代の後期には花の芳香にまで対象を拡大して用いられてくるのも、こうした上代人の意識があればこそであろう[3]。

平安時代に入り、『古今集』の和歌を眺めてみると、そこに詠まれた〈香〉の世界の豊かさは『万葉集』とは比べものにならない。その豊かさは、注（1）の拙稿（以下、「前稿」と呼ぶ）で詳しく述べたように、平安初期の『凌雲集』『文華秀麗集』『経国集』の勅撰三漢詩集において、中国漢詩の〈香〉の表現を摂取した様々な〈香〉の表現が試みられ、それらの表現が日本文学の中に定着していく過程を経て、はじめて形成されたものであった。だが、その途上においても、上代の日本文学の世界で問題となっていた、〈香〉と視覚との容易ならぬ関係は、様々なところに顔を出している。ここでは、前稿で述べられなかった、『古今集』成立前夜の日本漢詩と和歌の両方の世界にわたる、〈香〉と視覚に関わる問題について、いくつかのケースを取り上げながら、そこから浮かんでくる和歌と中国文学、日本漢文学の複雑な関係の一端を探ってみることにしよう。

一、菅原道真の「月夜見梅花」詩をめぐって

菅原道真の漢詩文集『菅家文草』の冒頭を飾る「月夜梅花を見る」詩は、題下に付された「時に年十一、厳君田進士をして之《これ》を試みしむ。予始めて詩を言ふ。故に篇首に載《の》す」という自注から、道真十一歳の斉衡二年（八五五）に作られた作品であることがわかる。

月耀如晴雪　　月耀は　晴雪の如し
梅花似照星　　梅花は　照星に似たり
可憐金鏡転　　憐れむべし　金鏡の転じて
庭上玉房馨　　庭上に　玉房の馨《かを》れるを

渡辺秀夫、藤原克己が指摘しているが、(4)見立て（比喩）の彫琢に力を注いだ道真のその後の詩作の傾向を象徴するように、この詩にはすべての句に見立てが用いられている。さらに藤原は、詩の題材としては、月夜に梅花を見ることがすでに『万葉集』に見られ、そこに梅の花の〈香〉を詠み込んでいる点が道真の新味であると述べ、高兵兵は、この詩の月—雪—花—星—玉といった連鎖が、「白」のイメージを媒介とした連想により成立しており、それは古今集時代の和歌に見られる見立ての原理と同様の手法であると述べた。(5)本稿のテーマからみても、この詩は、詩題に「梅花を見る」と視覚によって梅花をとらえることが謳《うた》われながら、最後の句には「玉房の馨《かを》れる」と、梅花の〈香〉も詠みこまれている点で、非常に興味深い作品である。藤原が指摘したように、詩題の「月夜見梅花」の「月夜の梅」は、既に万葉歌に見え、具体的には、

闇ならば うべも来まさじ 梅の花 咲ける月夜に 出でまさじとや （巻八・一四五二・春相聞 紀女郎）

我がやどに 咲きたる梅を 月夜良み 夕々《よひよひ》見せむ 君をこそ待て （巻十・二三四九・冬相聞）

雪の上に 照れる月夜に 梅の花 折りて送らむ 愛《は》しき児《こ》もがも （巻十八・四一三四 宴席に雪月梅花を詠む歌 大伴家持）

と『万葉集』中の相聞歌や相聞的な歌に詠まれた題材である。この「月夜見梅花」という詩題は、道真の自注に「厳君田進士をして之《これ》を試みしむ」とあるところから、おそらく道真の詩作の指導をしていた嶋田忠臣《しまだのただおみ》（田進士）に、父の菅原是善から「道真に詩を作らせてみよ」という下命があり、それを承《う》けて忠臣が出題したものと見て良いだろう。

ところで、近年普及してきた中国の古典文献資料の電子データベース(6)により、こうした日本漢詩の詩題と近似する詩題や詩句を中国の文献から探し出すことが随分容易になったが、この「月夜見梅花」という章句、あるいはそれに類似の語を持った詩題や詩句は唐代までの中国文献に見当たらなかった（「月」と「梅花（梅）」をキーワードに組み合わせて検索した）。さらに検索の範囲を広げてみても、「……夜……を見（看）る」という詩題や詩句自体の例が少なく、またその例のほとんどが「月」か「燈火」、または「妓女」を看るという特定の例で占められており、夜に花を看る詩題の例としては、晩唐の温庭筠の「夜看牡丹」、皮日休の「夜看桜桃花」が探し出せたが、これらはいずれも花を惜しむあまり、夜を徹して燭を秉《と》り、独りで花を見守り続ける狂おしいまでの詩人の心情を詠んでおり、皎々とした月明かりの下で梅花を愛でる道真詩や万葉歌の情趣とはかなり遠いと思われる(7)。従って、忠臣が道真に課した詩題「月夜見梅花」は、中国詩に範を求めたものというより、先に掲げた万葉歌、特に家持歌などに連なる詩題と見て良く、このような詩題を十一歳の少年の、初めての詩作に課した忠臣の狙いを、私たちは十分に吟味する必要があるだろう(8)。

道真は師忠臣の狙いにどのように応えたのだろうか。まず第一句・第二句では「晴雪の如し」「照星に似たり」と直喩により、詩題の月と梅とを雪と星にそれぞれ喩えるが、ここでは天上のものである月が地上の雪に、地上のものである梅花が天上の星に喩えられることで、天のものと地のものとのイメージが交錯させられている。ここに第一の工夫が凝らされているであろう。第三・四句では、今度は暗喩を用いて、まず月を「金鏡」に喩え、本来は壁に掛けられるか、鏡台に置かれるかして、動かないはずのその金鏡が「転がる」といい、次いで月に照らされた白梅を、玉《ぎょく》で作られた造り物の花に見立てて、(9) それが素晴らしい芳香を放っていると詠む。道真はこの結句において、単純に梅の芳香そのものを詠もうとしているのではない。玉で造られた白くつややかな人工の花房でありながら、それが玉には本来あり得ない薫香を発していると、あくまでも詩題の「見梅花」の「見」を十分に計算に入れながら、「見立て」の句として一句を仕立て、そこにみごとに〈香〉をすべり込ませているのである。十一歳の少年の習作というには、あまりに計算され尽くした構想ではあるまいか。月に照らされてキラキラと白く輝く梅花を見ながら、その〈香〉をも同時に愛でる――華麗な漢詩文の比喩の技巧に私たちは圧倒されて忘れがちであるが、この道真詩のベースにあるのは、中国の漢詩ではなく、「我がやどに　咲きたる梅を　月夜良み……」「雪の上に照れる月夜に　梅の花……」といった、『万葉集』の「月に照らされた梅を見る」世界であり、道真はその世界を漢詩という形式で表現するにあたり、いかにもそれにふさわしい形で〈香〉を登場させたと言えはしないだろうか。

二、「見えない」ことへのこだわり

――詠み人知らず歌の〈香〉から六歌仙・撰者時代の〈香〉へ――

十一歳の道真が「月夜見梅花」詩を詠んだ斉衡二年（八五五）より少し早い時期、和歌の世界でも、注目すべき

二首の〈香〉を詠んだ和歌が生まれていた。ともに『古今集』に採られた歌で、一首は、冬歌三三五番の、

　梅の花に雪の降れるを詠める　　小野篁

花の色は雪にまじりて見えずとも　香をだににほへ人の知るべく

そして、もう一首は、春下九十一番の、

　春の歌とて詠める　　良峯宗貞

花の色は霞にこめて見せずとも　香をだにぬすめ春の山風

である。篁歌は彼の没年が仁寿二年（八五二）であるからそれ以前に詠まれ、良峯宗貞歌も宗貞が出家して遍昭を名乗る嘉祥三年（八五〇）以前の作であるが、両者には明らかに影響関係が認められ、おそらく中国の漢詩に好んで詠まれる「雪中梅」という題材を詠み込んだ篁歌が先に作られ、宗貞歌はそれをもとに、さらに様々な漢詩文の表現を採り入れて、春の花の歌に作り替えたものであろうということは前稿で既に述べた。

ところで、この両歌は西暦八五〇年より少し前に詠まれているが、両歌よりおそらくさらに遡ると思われる『古今集』の「詠み人知らず歌」では、花の〈香〉が次のように詠まれている。

ア折りつれば袖こそにほへ梅の花　ありとやここに鶯の鳴く　（春上・三二）
イ色よりも香こそあはれと思ほゆれ　誰が袖ふれしやどの梅ぞも　（春上・三三）
ウ宿近く梅の花植ゑじあぢきなく　待つ人の香にあやまたれけり　（春上・三四）
エ梅の花立ちよるばかりありしより　人のとがむる香にぞしみぬる　（春上・三五）
オ散りぬとも香をだに残せ梅の花　恋しき時の思ひ出にせむ　（春上・四八）
カ春雨ににほへる色もあかなくに　香さへなつかし山吹の花　（春下・一二二）
キ五月待つ花橘の香をかげば　昔の人の袖の香ぞする　（夏・一三九）

これらの歌においては、アイウエでは、それぞれ傍点を施したように、花に触れたり、近づいたりしたために、梅の〈香〉が袖や身体に「匂う」「染む」と詠む（ただしイでは「誰かが袖を触れたために梅が香る」と方向が逆になっている）。前稿で指摘したが、これらは「はじめに」に掲げた「手に取れば　袖さへにほふ　をみなへし」「紅の花にしあらば　衣手《ころもで》に　染め付け持ちて」や、「引馬野《ひくまの》に　にほふ榛原《はりはら》　入り乱れ　衣にほはせ　旅のしるしに」（巻一・五七）などの『万葉集』の、植物の〈色〉が接触や接近によって袖や衣に「染む、にほふ」と詠む表現を、〈香〉にまで拡大して援用したものであり、またカの山吹を詠んだ作も、『万葉集』の大伴家持の「詠㆓山振花㆒歌」（巻十九・四一八五）という長歌で「谷辺に生ふる　山吹を　やどに引き植ゑて　朝露に　にほへる花を　見るごとに　思ひはやまず」と詠まれた、朝露に濡れた山吹の花の鮮やかな美しさをもとに、朝露を春雨に変え、これに〈香〉の要素を付け加えたものであろう。キも前稿では、接触や接近という行為を持ち出さずに、花橘の〈香〉から直接「昔の人の袖の〈香〉」を想起している点で、他の詠み人知らず歌に比べ画期的な新しさを持っていると評したが、花の〈香〉と袖の〈香〉（＝人の〈香〉）との連想を眼目にして詠むという枠組み自体は、アイウエと共通するものを持っている。

このように、万葉歌の〈色〉の詠法を応用しながら、〈香〉という題材を取り込み始めたのが、これらの詠み人知らず歌であるが、ここでは、その中にイやカのように、〈色〉と〈香〉を併せて取り上げる作品が登場してきていることに注目したい。『万葉集』の〈香〉を詠んだ歌には、このような作品はまったく見えず、イやカは、万葉歌の詠法を応用しながらも、花の〈色〉と〈香〉という二つの美的要素を分離して、同時に歌の中に詠んだところにその新しさを認めて良いだろう。特にカでは、春雨に濡れた山吹の花の〈色〉を「あかなくに」と賞美しながら、そこに「香さへなつかし」と、「さへ」によって〈香〉のすばらしさが付け加えられているが、これは月に輝く白梅の花の視覚的な美を中心に愛《め》でながら、そこに芳香を加えて賞翫しようとする、道真詩の「憐むべし……玉房の馨《かを》れるを」と同様の構造を持っている点で注意される。カの歌の詠作時期が不明である以上、あくまでも推測の域を出ないが、道真の処女作には、月に照らされた梅花を詠んだ万葉歌のみならず、カのような古今集の詠み人知らず歌も、影響を与えていた可能性も、ないとは言えない。

さて篁歌と宗貞歌に話を戻せば、両歌は、イやカのように花の〈色〉と〈香〉を同時に取り上げる詠み人知らず歌の流れを承けながらも、花の〈色〉を、「雪にまじりて見えずとも」「霞にこめて見せずとも」とあえて隠してしまうことにより、「〈色〉が見えない」という前提を作り、その上で「香をだににほへ」「香をだにぬすめ」と、花の美のもう一方の主役である〈香〉を追い求めようとする、共通した特徴を持っている。前掲の詠み人知らず歌オの「散りぬとも香をだに残せ……」が、「色」や「見えず」などの言葉は用いていないものの、花の「姿」が失われてしまったことを前提に、「香をだに残せ」と詠んでいるのが、両歌ときわめて近い。篁歌との前後関係は微妙であるが、どちらかがどちらかに影響を与えていると考えられる。前稿では『李嶠百二十詠』「梅」の詩句「雪含朝瞑色、風引去来香（雪は含む朝瞑の色、風は引く去来の香）」（雪は朝ほの暗い時分の梅の色を含んで見分けがつかない、しかし風は去来してその香を漂わせる）が、篁歌の発想の源になっている可能性を指摘したが、この李嶠詩では、「朝のほの暗さの中で、梅花の〈色〉は雪の色に含まれている」と表現するのに対し、篁がこの李嶠詩の発想を和歌に移そうとした時に、「見えず」という語を用いて、花の〈色〉を視覚によってとらえることができないことをより明確に示そうとしているのが興味深い。宗貞歌も篁歌を下敷きにする際に、それを十二分に意識して、「花の色は霞に込めて見せずとも」と詠んでいる。「香、薫、芳、馨」などの語を用いて、自在に花の〈香〉を詠むことができる漢詩の世界と比べ、和歌の世界では、まず読者たちの視覚を言葉の上で否定しなければ――視界から花の姿や色を消してしまうことを宣言しなければ――、〈香〉を一首の主役として独り立ちさせるのは難しいということを、当時の日本漢文学の第一人者であった篁は、おそらくよく自覚していたのであろう。その自覚は良峯宗貞

（遍昭）を経由して、半世紀あとに登場した古今集の撰者たちにも、同様に受け継がれているようだ。

月夜にはそれとも見えず梅の花　香を尋ねてぞ知るべかりける　（春上・四〇　凡河内躬恒）
春の夜の闇はあやなし梅の花　色こそ見えね香やはかくるる　（春上・四一　同前）
女郎花吹きすぎて来る秋風は　目には見えねど香こそしるけれ　（秋上・二三四　同前）
梅の花にほふ春べはくらぶ山　闇に越ゆれどしるくぞありける　（春上・三九　紀貫之）
散ると見てあるべきものを梅の花　うたてにほひの袖にとまれる　（春上・四七　素性）

これらの歌のうち、特に闇夜の梅の〈香〉を詠んだ歌には、従来から白居易、元稹らの中唐詩に見える「暗（闇）香」の影響が指摘されていた。[10] たしかに、それはその通りだが、前掲の中国文献資料のデータベースで調査してみると、この「暗（闇）香」が花の〈香〉に使われている例は、実は意外に少なく（大半は衣裳の香や仏寺・堂屋等に漂う薫香に用いられる）、平安人《びと》が確実に目にしたと思われるのは、注（10）に指摘された白居易と元稹の数例ぐらいではなかろうか。そのいわば中国詩の中でも特殊な表現が、『古今集』の撰者たちにこれだけ好んで用いられた背景には、和歌の世界における〈香〉と視覚との抜き差しならぬ関係が存在していたことを、頭に入れておく必要があろう。

三、道真詩、『新撰万葉集』詩における〈香〉の「見立て」
――『古今集』撰者たちの時代に――

以上に見たように、『古今集』前夜の和歌の世界では、六歌仙の時代から、〈香〉への注目度を高めるために「見えず」「見せず」のように、意識して視覚を打ち消す手法が始まり、撰者たちの時代になると、「闇」など新たな趣向も加えて広く使用されるようになった。一方、日本漢詩の世界では、九世紀前半の『凌雲集』『文華秀麗集』『経国集』の勅撰三漢詩集において、既に様々な〈香〉が作品に詠まれ、中国詩と同様に〈香〉そのものが文学の題材として広く認められており、一節で見た道真の処女作「月夜見梅花」詩にも、薫るはずのない玉の花房が「馨《かを》る」と詠んだ独創的な〈香〉の表現が見られた。その後の道真の詩にも様々な〈香〉が詠まれているが、彼の最初の詩作から半世紀近く経った古今集撰者たちの時代の日本漢詩には、どのような〈香〉の表現が登場しているのだろうか。最後にその中の特徴的な事例を紹介し、私見を述べておきたい。

まず道真の詩から、寛平九年（八九七）正月十四日の内宴で詠まれた「賦新煙催柳色（新煙は柳色に催すといふことを賦す）」を取り上げる。道真は既に五十三歳、この年、権大納言、翌年には右大臣に任ぜられ、まさに頂点に登りつめる直前である。詩題として課された「新煙は柳色に催す」は、「春を告げる新たな煙（かすみ・もや）は、柳の色から生まれる」の意で（「催」は「きざす、おこる」の意）、『李嶠百二十詠』「柳」に「楊柳正氤氳、含煙総翠氛（楊柳正に氤氳《いんうん》たり、煙を含みて翠氛《すいふん》を総《す》ぶ）」と詠まれた、柳が盛んに枝を茂らせた様を「煙」に喩える手法に拠ったものである。『岩波日本古典文学大系　菅家文草』では、「煙」を「柳」の比喩と解せていないために、頭注の解釈を全面的に改める必要があるが、今はそれには関わらない。この詩の中に、柳が春風に吹かれ、春雨にうたれて次第に枝を伸ばし広げることを詠んだ後に、次のような対句が置かれる。

疑帯前庭余燼燎　　前庭に帯びては余燼の燎《にほび》かと疑ふ
誤薫中殿半焼香　　中殿に薫《かを》りては半焼の香《か》かと誤《あやま》つ

宮中の各所に盛んに繁り始めた柳の様子を、「（柳が）前庭にけむる様は、庭のかがり火が燃え残って煙を上げているのかと疑い、中殿に薫る様は、殿上で焚《た》きかけた香が薫っているのかと誤る」と、視覚と嗅覚の比喩により描写した対句であるが、後句に、柳の薫香を取り上げて、これを焚きかけ（半焼）の「薫香」に喩えているのが注意される。柳の〈香〉を詩に取り上げること自体が珍しいということもあるが、それ以上に、その〈香〉を、別のものの〈香〉（この場合は殿上で焚《た》かれた薫き物の薫り）に喩えていることが大いに注目されるのである。さらに、この道真詩より少し以前、寛平五年（八九三）の序を持つ『新撰万葉集』巻上に、「春霞網に張りこめ花散らば　移ろひぬべき鶯とめむ」という『寛平御時后宮歌合』の詠み人知らず歌に対して付された、次のような漢詩（七言絶句）が見える。

春嶺霞低繡幕張　　春嶺に霞低《た》れて　繡幕《しゅうばく》張れり
百花零処似焼香　　百花零《ふ》る処《ところ》　香を焼くに似たり
艶陽気若有留術　　艶陽の気　若《も》し留むる術《すべ》有らば
無惜鶯声与暮芳　　鶯声と暮芳とを惜しむこと無からむ

この承句には、歌の「花散らば」を承けて、落花の様子を「焼香」に喩える手法が用いられている。この句は、仏教の「焼香散華」の儀式からの連想で、「多くの花が降るように散る様は、まるで仏教の散華焼香の儀式に似ている」とも解釈できそうであるが、先の道真の「賦新煙催柳色」詩の〈香〉の比喩を視野に入れると、やはり「多くの花々が零《ふ》り散る様は、（かぐわしい花々の香りが入れ乱れ）香を焼くのに似ている」と、散る花の〈香〉から薫き物の〈香〉を連想した比喩として解するのが、より自然なように思われる（一句の背景として「焼香散華」の語句や儀式を意識している可能性は依然残るとしても）。

これら寛平年間の道真詩や『新撰万葉集』詩に見られる、柳や落花の〈香〉を、人工の薫き物の〈香〉に喩える手法は、日本より遙かに古い〈香〉の表現の歴史を有し、それを進化させてきた中国詩にもあまり例が見えない。一体、それはどのように創り出されてきたのだろうか。

この時期の日本漢詩、特に道真詩においては、見立ての句を組み合わせた対句が、詩の〈見せ場〉として頻繁に登場する。

初疑碧落留飛電　初めは碧落に飛電を留むるかと疑ふ
漸誤炎州颺暴風　漸く炎州に暴風を颺《ひるがへ》すかと誤つ
（「赤紅篇を賦し得たり」『菅原文草』巻一）

飛疑秋雪落　飛びては秋の雪の落つるかと疑ふ
集誤浪花匂　集《つど》ひては浪の花の匂ふかと誤つ
（「晩秋二十詠　水鷗」同　巻二）

恰似湘妃臨岸泣　恰《あたか》も湘妃の岸に臨みて泣くに似たり
欺誣蜀錦帯波浮　欺《あざむ》きて蜀錦の波を帯びて浮かべるかと誣《し》ひたり
（「水に亜《た》る花」同　巻四）

これらの対句においては、詩題の虹や鷗、水面に垂れた花が、それぞれ「誤つ」「疑ふ」「似る」「誣《し》ふ」などの語を用いながら、技巧を凝らして別の物に見立てられている。今、問題にしている「中殿に薫《かを》りては半焼の香《か》かと誤《あやま》つ」句も、「前庭に帯びては余燼の燎《にはび》かと疑ふ」という前句と対句を構成していたが、この両句も、生い茂り煙る柳を、「誤つ」「疑ふ」の語を用いながら、それぞれ別の物に喩えた、典型的な「見立て」の対句であることは、一見して明らかであろう。柳の〈香〉を扱っているものの、道真の意識としては、この対句もおそらく先に掲げたような、一連の見立ての句を番《つが》えた対句と同列に置かれるものであって、前句の視覚の見立てに対して、後句を嗅覚の「見立て」（〈香〉に対しても、あえてこの語を用いておく）で仕立てて番《つが》えるというのが、この対句における道真の工夫であった。ちなみにこの視覚と嗅覚の句を組み合わせて対句を構成する技法も、日本漢詩において、古くから用いられていた。例えば、『懐風藻』の田中浄足《たなかのきよたか》「晩秋長王宅に於て宴《うたげ》す」詩には、

水庭遊鱗戯　水底　遊鱗戯《たはむ》れ
巌前菊気芳　巌前　菊気芳《かぐは》し

と、水底に戯れる魚の姿と、岩の前に薫る菊花の香とが対にして詠まれ、『経国集』の紀長江「賜看紅梅（紅梅を

看《み》るを賜はる)」詩になると、

　香雑羅衣猶可誤　香は羅衣に雑《まじ》りて猶誤《なほあやま》つべし
　光添粧臉遂応争　光は粧臉に添ひて遂に争ふべし

と、禁裏の庭の紅梅の香が、紅梅を眺めている宮女たちの羅衣（薄絹の衣）の香と入り混じり、区別がつかなくなってしまうという〈香〉の句と、紅梅の輝きが宮女たちの化粧した美しい顔色と競い合うという視覚の句とが対にされ、ここでは、花の香が、衣の香と入り混じって「誤つ」という状態が詠まれるまでになっている。ただし、この句においても、花の香は、実際の衣の香と入り混じって区別できないというのであって、道真詩などのように、花の香がそれ以外の別の事物の香に見立てられているのではない。結局、「見立て」を用いた視覚と嗅覚の対句は、今問題にしている道真の詩句まで見当たらない。道真は「見立て」の対句を彫琢する過程で、視覚と嗅覚との対句にまで「見立て」を導入し、その結果、柳の香を薫き物の香かと「誤つ」という表現が生み出されたのであろう。もう一つの『新撰万葉集』の「百花零《お》つる処《ところ》　香を焼くに似たり」も対句でこそないが、その生成には、道真の詩句同様の経緯が想定される。落花の見立てとして、「雪」などの常套的な見立てとは異なる比喩を模索した結果、勅撰三漢詩集で既に詠まれていた落花の〈香〉に注目し、〈焼香〉の見立てを用いるに至ったのではないのだろうか。

　中国詩にも見られない、道真詩や『新撰万葉集』詩の〈香〉の見立ての存在——それは一見、この時代の日本漢詩における〈香〉への興味の高まりを反映しているように見えるが、実際のところは、この時代の和歌や漢詩における「見立て」の盛行の中、より新奇な表現を求める過程で、生み出されてきたものと見て良いであろう。言葉を弄ぶ嫌いはあるが、こうした「見立て」の中に〈香〉が取り込まれていること自体、作者たちが〈香〉を視覚的にとらえていたことの表れといえるのではないだろうか。

終わりに

『古今集』の撰者たちが、和歌に〈香〉を詠む時に、ことさらに「見えず」や「闇」などを用いて視覚の世界を打ち消そうとする傾向があることと、道真や『新撰万葉集』詩の作者が〈香〉を「見立て」に取り込んで詩を作成していることとは、一見無関係のように見えながら、結局この時代の文学に携わる日本人の〈香〉に対する意識を、形を変えてそれぞれに反映したもののように思われる。もし日本でも中国詩と同様に、〈香〉が視覚から完全に独立した美の題材としてとらえられ、表現されていたならば、おそらくこうした現象は起きなかったのではないだろうか。〈香〉を題材として詠むことは、もともと日本の和歌文学の世界では行われていなかった。それが万葉後期から次第に行われ、古今集時代に盛行するに至った背景には、古くから〈香〉を積極的に題材としていた中国詩の影響があることは確かである。しかし〈香〉は、中国詩から日本漢詩へ、中国詩から和歌へと単純に移植されたのではなく、和歌のみならず、日本漢詩の世界においてさえ、〈香〉が表現される際には、常にそこに日本の人々に特有の〈香〉に対する感覚・意識が強く反映されていた(11)。

本稿では、その限られた事例を少しばかり紹介し分析したに過ぎず、なお考えてみなければならない問題は多い。特に〈香〉と視覚の問題に深く立ち入ろうとすると、人間の感覚・知覚に関連する心理学や文化人類学などの、文学研究の領域を越えた他分野の研究に向き合っていかねばならないだろう。今の私には、それらの研究領域を踏まえて論述を展開することは到底できそうにない。しかし、本稿で扱ってきたような事象とその分析は、逆に文学研究の分野から、他の研究領域への問題提起にもなり得るのではないだろうか。こうした期待を持って、本稿を閉じることにしたい。

注

（1）三木「漢詩文と『古今集』―万葉から古今に至る〈香〉の世界の展開と漢詩文―」（本書Ⅲ―3に所収）。

（2）上代人が親しんだ王勃の漢詩に、「蘭気添新酌、花香染別衣（蘭気新酌に添ひ、花香別衣に染《し》む）」と菊花の香が衣に染むと詠んだ例が見え（「九日懐封元寂〈九日封元寂を懐《おも》ふ〉」）、また儲光義には「竹吹留歌扇、蓮香入舞衣（竹吹歌扇に留まり、蓮香舞衣に入る）」（「同武平一員外遊湖〈武平一員外と同《とも》に湖に遊ぶ〉」）と、長屋王詩の「蘭香舞巾に染《し》む」と類似した、蓮の香が「舞衣」に入るという表現が見えるが、こうした〈香〉の表現は、六朝から唐代にかけての中国の漢詩には希なものであり、むしろ上代人の意識に適合していたために、注目されたのではないかということを注（1）の拙稿で述べた。

（3）このような知覚における共感覚現象と、その中で視覚の果たす役割の大きさについては、佐竹昭広「「見ゆ」の世界」（『萬葉集抜書』〈岩波書店、一九八〇年〉）参照。「にほふ」については、柴生田稔「「かをる」と「にほふ」」（『国語と国文学』第三十六巻三号、一九五九年三月）、藤田加代『「にほふ」と「かをる」』（風間書房、一九八〇年）第一章Ⅰ「「にほふ」の意義」などに詳しい。なお注（1）の拙稿初出と同じく『古今和歌集研究集成　第二巻』に掲載された金秀姫「古今集の感覚」は、『古今集』の嗅覚表現を対象として扱った論考で、注（1）の拙稿ならびに本稿とも関連するところが多い。ただし、金論考では、中国文学や日本漢文学との関係は考慮されておらず、本稿と同じ歌、同じ現象を扱っても、見方を異にする場合も多い。本稿では逐一それについて言及する余裕がないが、本稿と併せて参照されたい。

（4）渡辺秀夫「中国詩の受容と倭詩の好尚―比喩と見立て」（『平安朝文学と漢文世界』〈勉誠出版、一九九一年〉）、藤原克己「比喩と理智―菅原道真の詩の表現―」（『菅原道真と平安朝漢文学』〈東京大学出版会、二〇〇一年〉）。

（5）高兵兵「菅原道真の比喩表現と和歌―日中詩歌比較の視角から―」（『和漢比較文学』第三十二号、和漢比較文学会、二〇〇四年二月）。

（6）本稿では『四庫全書』『四部叢刊』「寒泉」所収『全唐詩』等のフルテキストデータベースを利用している。

（7）この万葉歌や道真詩に詠まれた情趣を、平安和歌として見事に表現したのが、『後撰集』の源信明歌、「あたら夜の月と花とを同じくは　あはれ知れらむ人に見せばや」であろう。

(8) 嶋田忠臣自身が和歌的な題材・表現に関心を寄せて詩を作っていたことについては、三木「嶋田忠臣と在原業平――漢詩が和歌を意識し始めた頃――」（本書Ⅲ―2）に、『伊勢物語』の業平歌との関連で論じた。

(9) ちなみに、中国の詩では、通常「玉房」は文字通り「玉で作られた（あるいは飾られた）部屋」の意で用いられ、花房を「玉房」と喩えた例は、白居易の新楽府「牡丹芳」の「牡丹芳、牡丹芳、黄金蘂綻紅玉房」が見える程度である。道真がもしこの「紅玉房」をヒントに、月に照らされた白梅の花を「玉房」と喩えることを考え出したのなら、それは、この少年が、詩人としての始発から、自らの感性を表現するための素材として、自由に中国詩を利用できる能力を既に有していたことを意味しよう。

(10) 小島憲之「古今集的表現の成立」（『国文学　解釈と鑑賞』第三十五巻二号、一九七〇年二月）、また『岩波新日本古典文学大系　古今和歌集』39・40番歌注参照。

(11) たとえば、中国の漢詩では「聞香」という語が頻りに用いられる。一例をあげると、晩唐の詩人李商隠は、落花を詠んで「落時猶自舞、掃後更聞香（落つる時猶自ら舞ひ、掃きて後更に香を聞く）」（「和張秀才落花有感」詩）と、地に落ちた花が掃除されて無くなった後も、そこに残る〈香〉を「聞く」と詠む。この「聞」は辞書類では「嗅」の意と説明されるが、中国詩では〈香〉は感覚的に〈音〉に近いものとしてとらえられる傾向があることをよく示している。この李商隠詩では、花の姿が失われて視覚ではとらえられなくなった時点で、「聞」という、視覚とは異なる感覚により、なお失われた花をとらえようとする。李商隠と同じ落花を詠んだ素性の歌「散ると見てあるべきものを梅の花　うたてにほひの袖にとまれる」が、花が散って後に残った「にほひ」を「袖にとまる」ものとして詠むのとは、大きな違いがある。この素性歌に付された『新撰万葉集』の漢詩も、「残香匂袖仏難却（残香袖に匂ひて払《はら》へども却《しりぞ》け難《がた》し）」と、歌より一層はっきりと〈香〉を袖にまとわりつく「もの」として詠んでいる。ちなみに平安時代の日本漢詩作品には「聞香」の語は見えない。

本稿に引用したテキストは、和歌については、『万葉集』は『萬葉集訳文篇』（塙書房、一九七二年）を用い、他は

『新編国歌大観』にもとづき適宜私に漢字を当てた。漢詩については、『懐風藻』『菅家文草』は岩波日本古典文学大系に拠り、訓読は私に改めた。『新撰万葉集』詩は寛文版本に拠る。『李嶠百二十詠』は柳瀬喜代志編著『李嶠百二十詠索引』(東方書店、一九九一年)に拠る。他の中国詩は『全唐詩』に拠った。

〔初出〕『文学』第五巻第五号(岩波書店、二〇〇四年九―十月)に同題で掲載。

Ⅳ　菅原道真の文学活動

1 『菅家文草』
――その成立・伝来など――

はじめに

中国唐代のもっとも代表的な詩人である李白や杜甫の作品は、古典の教科書や『唐詩選』などの漢詩名作選の類を手にすれば、その代表作のいくつかは、すぐにでも目にすることができるだろう。しかし、李白や杜甫が詠んだ作品のすべてを残らず読んでみたいと思っても、それは今では不可能なことである。なぜなら現在残っている『李太白集』や『杜工部集』などの彼らの詩文集は、いずれも彼らの死後何百年も経過した後、その時点で残っていた彼らの作品を集めて、後人の手で編集されたものであり、かなりの作品は、それまでに失われてしまっていたと想像されるからである。まして彼ら自身が、生前自らの作品をどのような形で残したのか、あるいは残そうとしていたのかなどということは、そこからは到底うかがうことができない。唐代の詩人の中では、自らの作品の保存にこの上なく意を用いていたと思われる白居易の『白氏文集』でさえ、中国本土では彼の意図した原型を大きく改変した宋代の刊本しか残らず、海を隔てた日本に、かろうじてその元の形を残した本が伝わっているという状況である(1)。

こうした中国の唐代詩人の詩文集の残存状態を考えると、白居易などよりほんの半世紀あとの時代を生きた菅原道真の漢詩文集『菅家文草』が、全十二巻まるごと、しかも道真自らが編纂したほぼそのままの姿で、この二十一世紀に伝わっているということは、一つの大きな奇跡といって良いであろう。『源氏物語』や『古今集』など、大部な物語や歌集がいくつも遺《のこ》されている平安文学の世界だけを見ているとそれほどピンとこないかもしれないが、アジアの漢字文化圏の中での漢詩文集の伝来という視野から見ても、『菅家文草』はまぎれもなく第一級の資料なのである。また物語や日記など女性の手になる著作が豊富な平安文学の中で、男性が自らの手で自分の境涯や思索について書き残したまとまった著作として、ほとんど唯一のものという点でも、貴重な資料といえよう。

それでは、この『菅家文草』はどのようにして編集され、どのように千百年の時を経て現在に伝わったのか、こうした点を中心に以下にしばらく述べてみたい。

一、『菅家文草』の成立

先に、この『菅家文草』（以下適宜『文草』と略称する）は、菅原道真自身の手で編纂されたと述べたが、その成立の事情についても、これも道真自らが、「家集を献ずる状」という、醍醐帝に『文草』を進《たてまつ》った際に添えた文章（『菅家後集』貞享版本に所収）の中で、くわしく記している。それによると、道真は寛平二年（八九〇）に讃岐守の任を終えて帰京後、時に東宮であった醍醐帝から、讃岐赴任中に作成した詩を差し出すように求められたので、それを二巻にまとめて献呈した（「陛下始め東宮に御《おは》せしに、令有りて臣の讃州客中の詩を求めたまふ。臣両軸に写し取りて啓進既に訖《をは》んぬ」）。さらに朝廷に復帰後、臣下のある人から「文草」（道真は自作の謙称としてこの語を用いていると思うが猶後考を待つ）をいくらか帝に献ずるように勧められた。そこで道真は讃岐へ赴任するまでの元慶以前の作品の草稿を探したが、讃岐に赴任中、書斎が雨漏りして、彼の草稿は汚損していた（「登極の後、侍臣の或る人、臣に勧めて文草多少を献ぜしむ。臣或る人の勧めを蒙《かうむ》り、元慶以往の藁草を捜《さぐ》り覓《もと》む。臣先に讃州に在る間、書斎漏湿し、典籍皆損ず。中に就《つ》きて損ずること甚しきは臣の文草なり）。途方に暮れていた道真に、或る人（先の「或る人」と同一人かどうかは不明）が、「加賀の国司の平有直は好文の士で、天下の詩文を集めているから、あなたの作品も持っているかもしれない」と教えてくれた。道真は大いに喜び有直に頼んでみると、有直は数日後数百首もの道真の作品を書写して贈ってくれた（「或る人告げて云《いは》く、賀州の別駕平有直は、詩人文士に非《あら》ずと雖も、天下の詩賦雑文を写すことを好《この》めり。疑ふらくは是れ汝の草も同じく篋中に在《あ》らんかと。臣忽然として大きに悦び、有直を招取して、或る人の語を以て殷勤に請託す。有直一諾して帰去し、数日を経《へ》て乃《すなは》ち文筆数百首を写し贈れり」）。道真は有直から贈られた作品をもとに、書斎にあった汚損した草稿と照合して補綴を加え、製作時の文辞と違背している箇所があるのを心配しながらも、昌泰三年（九〇〇）の内宴応制以前の詩とその先後の散文とを併《あわ》せて十二巻に編集した（「其の猶《なほ》欠くる所の者は、腐残の半辺余点に就《つ》き、首尾を叩《たた》き会《あ》はせ、之《これ》を補ひ之を綴る。恐るらくは往々前《さき》に背《そむ》きて人の意をして疑はしめんことを。伏して昌泰三年内宴応制以上の詩幷《なら》びに先後の雑文等を勒《ろく》して且《か》つ十有二巻と成す」）。そして自分が今日あるのは、まったく祖父清公、父是善のお蔭であるから、自らの集だけを帝に奉るには忍びず、これら父祖の集をもあわせて奉る、とこの「状」を結んでいる。

簡単に「醍醐帝の命を受けて道真自身が編纂し、帝に奉ったもの」と説明されてしまうことの多い『菅家文草』であるが、その成立までには、讃岐より帰京してから昌泰三年に到る十年間もの年月と何段階もの階梯があり、その成立の蔭には、道真の作品を求め続けた醍醐帝や、道真にアドバイスを送ってくれた「或る人」、道真の作品をきちんと書写し保存していて、快く提供してくれた平有直など、何人もの人々の力があったことを忘れてはなるまい。また同時に、帝に詩文を奉る際の添状といっても、紋切り型の文章に終始せずに、こうした私的な事情をこまごまと記しておかずにいられない道真の心情やその律儀さも、心に留めておく必要があろう。

二、『菅家文草』の構成と内容

『菅家文草』は全十二巻の前半の六巻を「詩」、後半の六巻を「文」に充《あ》てるという、整った「先詩後文」の構成を採用する。こうした構成は、白居易の『白氏長慶集』（現存那波道円刊本『白氏文集』の巻五十までにほぼ相当する）が、前の二十巻を「詩」に充て、後三十巻を「文」に充てるのと同様である。「詩」は巻一から巻六までにわたって、ほぼ年代順に配列されているが、その構成は、巻三、四として、讃岐国司に任じられてから帰京後朝廷に復帰するまで、すなわち東宮時の醍醐帝に献じた両軸の「讃州客中詩」をもとにした二巻を全体の中心に据え、それ以前と以後に二巻ずつを配して構成したように思われる。たとえば、ある程度の年齢以上の日本人には、今なお第二次世界大戦を基準にして「戦前」「戦後」と時代を区分する意識があるように、『文草』編纂時点での道真には、苦難の讃州国司時代が常に念頭にあり、それを基準に「讃州以前」「讃州以後」とする意識があったのではなかろうか。その結果、巻一、二には少年期の習作から文章生に及第し、文章博士として朝廷で活躍していた頃までの作、巻五、六には帰京後再び朝廷に復帰し、宇多帝や東宮（醍醐帝）らの命を受けて作成した作が収められることになる。さらに詩題下に施された道真の自注を辿《たど》っていくと、次のような一連の注に出会う。「予始めて詩を言う、故に篇首に載す」（巻一・一）、「此《これ》より以下四首、進士の挙に応ずるに臨みて家君毎日試みる」（巻一・四）、「此より以下十九首、進士及第の作」（巻一・八）、「此より以下、秀才の作」（巻一・二七）、「此より以下百六首、吏部侍郎の作」（巻二・七七〈巻二巻頭詩〉）、「此より以後、讃州刺史の作、向後の五首、未だ京を出でざるの作」（巻三・一八三〈巻三巻頭詩〉）、「以下二首、行路の作」（巻三・一八八）、「以下四十四首、[2]州に到りての作」（巻三・一九〇）、「以下暇《いとま》を乞ひて京に入る作」（巻三・二三四）、「以下五首、京に到りての作」（巻三・二三八）、「州に帰る次《ついで》に播州明石駅に到る。此より以下八十首、京より更に州に向かひての作」(巻四・二四三〈巻四巻頭詩〉)、「此より以下十三首、秩を罷《や》めて京に帰りての作」(巻四・三二三)、「此より以下三首、散位にて初めて昇殿を聴《ゆる》さるる作」(巻五・三三八)、「此より以下二十五首、左中弁の作」(巻五・三四一)、「此より以下六十五首、参議の作」(巻五・三六六)、「此より以下十一首、中納言の作」(巻六・四三〇〈巻六巻頭詩〉)、「此より以下十五首、大納言の作」(巻六・四四一)、「以下十三首、右丞相の作」(巻六・四五六)。( )内に掲げた岩波日本古典文学大系本の番号に「以下……首」を加えていけば明らかなように、これらの自注は任意に適宜附されているのではなく、巻一から六の「詩」部全体をカバーするように意図して附されていることがわかる。白居易の『白氏長慶集』が「詩」の中身を、詩の形式から古体と近体にわけ、さらに古体の詩を内容により諷喩・閑適・感傷に分類して配列しようとしたのに対し、道真は、自らの官人としての歩みそのものを、詩の配列の区分として採用しているといえるのではないか。

また、巻七から巻十二に至る「文」は、巻七が賦・銘・賛・祭文・記・詩序・書序・議、巻八が策問・対策・詔勅・太上天皇中宮状、巻九が奏状、巻十が表状・牒状、巻十一は願文、巻十二が願文・呪願文を収める。作品はそれぞれの文体ごとに、詩と同様にほぼ製作年次順に配列されている。この点も『白氏長慶集』の「文」部が文体ごとにほぼ年次別に作品を配列しているのと同様である(ただし文体の内容や、文体ごとの採られている作品の比重は、『長慶集』と『文草』では異なるところがある。これは白居易と道真の置かれている立場の違いや、日中において重んじられていた「文」の内容の相違などにかかわると思われ、比較検討する価値があろう)。

○『菅家文草』『白氏文集』の「文」部の文体対照表(共通する文体に傍線を付し番号を施した)

『菅家文草』
賦[1]
銘[2]
賛[3]
祭文[4]
記[5]
詩序・書序[6]
議
策問・対策[7]
詔勅[8]
太上天皇中宮状・奏状・表状・牒状[9]
願文
呪願文

『白氏文集』
賦[1]　雑文　制　詔[8]　策[7]　判　表　状[9]　奏　書　序[6]　論　頌　賛[3]　銘[2]　箴　伝　記[5]　偈　謚議　碑　誌　行状
祭文[4]

三、『菅家文草』の伝来

このように、道真が醍醐帝に奉るために、非常な努力と配慮を払って編まれた『文草』であるが、この書物は千年以上の時を経て、どのように現在に伝わったのであろうか。実は現存『文草』のほぼすべての諸本には、「天承元年八月八日進納北野廟院……」の年記のある藤原広兼の奥書が記されており、今に伝わっている『文草』はすべて、平安末の天承元年（一一三一）に、朝散大夫（従五位下）であった藤原広兼によって北野社の道真の廟に奉納された一本を祖本に持つものであるとされている。つまり昌泰三年の醍醐帝への奉献以来、広兼が北野社に献納するまでの二三〇年間、『文草』がどのような状態で伝えられてきたのかは不明といわざるを得ない。奉献後、醍醐帝の手元に置かれた一本は、帝が御製（『菅家後集』貞享版本所収）に「更に菅家の白様に勝《まさ》れる有り　茲《これ》より抛《なげう》ち却《す》てて匣塵深からん（道真の詩は白居易の詩の様《さま》よりも優れている、今後はこれを愛読するから、『白氏文集』を収めた箱には塵が深く積もることだろう）」と詠んだにもかかわらず、奉献直後に道真が讒訴され罪を得て左遷されたことにより、その立場がきわめて危ういものとなったことが想像される。道真の手元にも副本が残されていたことであろうが、これも道真や子息たちの左遷、配流にともなって、保存が危ぶまれたであろう。推測するしかないが、京の道真の邸に残された妻女たちの手によって『文草』は守られ、息子の淳茂らに引き継がれて菅家に伝わっていったのではなかろうか。

現存する『文草』に記された広兼の奥書は、巻により異なっており、

天承元年八月八日北野の廟院に進納す。一部十二巻後集を加《くは》ふの外《ほか》、菅相公御集一巻を加へ奉る〈第十巻なり〉。朝散大夫藤広兼　（巻二奥書）

天承元年八月八日北野廟院に進納す。今生の望み已《すで》に絶え、来世の果宜《よろ》しく求むべし。匹夫の志、神其《そ》れ尚《こひねがは》くは饗《う》けよ。霊悴還《かへ》らしめ、本覚の時、必ず化導に預《あづか》らん。朝散大夫藤広兼　（巻四奥書）

天承元年八月八日、北野聖廟に進納す。宮寺権上座勝暹大法師を以て政所《まんどころ》留守円真大法師(3)に触れしむ。朝散大夫藤広兼　（巻六奥書）

の三つのタイプがあり、さらに巻八と巻十二には、それぞれ「天承元年……」の奥書の前に「保安五年二月十八日於㆓燈火下㆒比校了、散位」「保安五年閏二月二十三日書之、散位藤」の奥書があることから、北野社献納の七年前の保安五年（一一二四）二月には、既に『文草』の書写自体は行われていたことがわかる。奥書には現世での昇進の望みを失い、北野社に『文草』を奉納することで、来世での道真の導きを願う広兼の願意は述べられているが、献納された本の伝来や素性をうかがい知ることはできない。広兼には文章生の経歴があり、あるいは彼が献納した『文草』は、藤原家の私塾である勧学院などに伝わっていたテキストを書写したものかもしれないが、資料の乏しい広兼の経歴や周辺について、さらに調査していけば、もう少し何かわかるかもしれない(4)。

その広兼献納本が、現存『文草』諸本の祖になっているわけであるが、今私たちが見ることのできる『文草』は、古いものでも江戸時代初期のもので、広兼の献納以来五百年もの間の『文草』の伝来は、これまた謎に包まれており、江戸時代初期に加賀の前田綱紀や江戸の林家の道春らの手で写本が作成され、寛文七年（一六六七）に版本として出版が行われるなど、突然脚光を浴びるのである。寛文七年版行の『文草』の跋には、

……其の生平の述作凡《およ》そ十二編、名《なづ》けて菅家文草と曰《い》ふ。書肆鏤行せんと欲《ほっ》するなり。既に尚《なほ》矣然として文字

錯脱し、訓点狼籍として、校正せんと欲《ほつ》するも更に別本の拠《よ》るべき無し。予暇日書匱を探るに一帙有り、菅家文草と題す。古昔《いにしへ》世に名ある者の点ずる所なり。書肆野田某之《これ》を聞きて之を請《こ》ふこと切なり。遂に之をして鋟《ゑ》らしむ。間《まま》脱字欠点有るは、固《もと》より神述の測《はか》るべからざる者なり。故に妄《みだ》りに議して校正せず。寛文七歳次丁未

夏六月日。洛陽の後学慮庵福春洞謹しみて跋す。

とあり、版本の版下となる本文を提供した京の慮庵福春洞（調査し続けているが何人かは未詳。江湖の教示を待つ）の言によれば、版下とした春洞の架蔵本とは別の『文草』写本が存在し、それは文字の錯脱が多く施された訓点も春洞には信用できないものであったという。しかし彼が蔵していた本も「古昔《いにしへ》名のある人が訓点を施した」というものの、その本文は今調査してみると、やはり他の近世初期写本と同様の本文の脱字があり、魯魚の誤りも多い。こうした状況から、近世初期に伝わっていた広兼献納本の系統に立つ現存本の祖本は、伝来のある段階で既に虫損、水損などを受けていたと想像され（そのため巻一、二を中心に本文に空格が多く存在する）、しかも、その本文は整った楷書体ではなく、行書あるいは草書などの判読が難しい書体で記されていた可能性が高いと思われる（そのため魯魚の誤りが生じやすくなり、寛文版本や近世初期の写本には判読に苦しんだ字体がそのまま残されている）。こうした本文の状況を踏まえて、水戸光圀が得た一善本により、寛文七年版本の本文に大々的に校合補正を加え、より確かなテキストを目指して作成されたのが、元禄十三年（一七〇〇）に刊行された『改正菅家文草』である。その刊行の経緯は、光圀の下で実際の作業に従事していたと想《おも》われる水戸家の学者中村顧言の同書跋文に記されている。

……我が水戸の西山公（光圀）、篤《あつ》く古《いにしへ》を好む。毎《つね》に印本の文草の、訛闕間《まま》多く、往々にして解すべからざる者有るを以て、遺憾と為《な》すこと久し。一善本を某所に獲《え》て、世に広めんと欲す。乃ち命じて剞劂《きけつ》氏（出版元）に聴《ゆる》して、校訂して梓に登せしむ。是に於て其の闕を塡《う》め、其の訛を正すこと、獺髄の傷を療《いや》すが如く、鸞膠の絃を続《つ》ぐが如し。……（略）……世の文学を伝誦する者、君侯の恵みを被《かうむ》ること、亦《ま》た尠《すくな》しと為《な》さず。剞劂《きけつ》納

氏一語を題《しる》して以て証《あかし》と為《な》さんことを請《こ》ふ。是に於て書《しる》す。元禄十三年庚辰の秋、常陽水戸府の中村顧言謹みて跋す。

この元禄版『改正菅家文草』は、寛文七年刊本の版木を利用して作成されているため、外見的には寛文版本と大きく変わりはないが、巧みに入《い》れ木《き》をするなどして、脱文や脱字を補い、一つ一つの文字にも校訂が加えられている（猶精査を要するが、林家他で行われていた『文草』の校合・補訂の作業成果なども取り入れられているようである）。この作業により、巻一、二に存した空格が埋められ、古態は保存されているが誤りも多い寛文版本[5]や同時期の近世初期写本よりも、かなり信頼度の高いテキストが提供されたのである。以後、昭和四十一年（一九六六）に川口久雄による訓読と詳細な解題・校注が施された、『岩波日本古典文学大系　菅家文草　菅家後集』が出版されるまで、三百年近くこの元禄版『改正菅家文草』が、版行を重ねながら『菅家文草』の標準テキストとして普及し、利用され続けてきたのである。

終わりに

そして今では、『岩波日本古典文学大系　菅家文草』が、広く一般に利用され、これを底本にした『菅家文草・菅家後集詩句総索引』（川口久雄、若林力編、明治書院、一九七八年）も刊行されている。この大系本『文草』が菅原道真ならびに平安漢文学の研究や啓蒙に貢献した功績は、はかりしれないものがある。が、その大系本も、刊行後三十五年を経過して、本文やその訓読、解釈について、補正しなければならない点が次第に目立ってきている[6]。また大系本では後半巻七以降の「文」部は、訓点を施した本文が掲載されているだけで、これも本文批判や訓読が待たれるところである（二〇一六年現在、文草の会『菅家文草注釈　文章篇　巻七上　第一冊』〈勉誠出版、二〇一四年〉が刊行され、引き続き刊行が予定されている）。

たとえば、歴史学の分野では、道真の讃州国司時代の作品や、太宰府左遷時の作品（「叙意一百韻」や「奥州藤使君を哭す」など）の地方の行政や世情に関するものを徹底的に分析すれば、法令や文書による研究に、また違った角度からの成果を加えることができようし（本書でこの後ろに置かれた諸論はその試みの一部である）、散文部でも、道真独特の細かい観察や描写の見られる「記」や、文人の手になったものでは、まとまって現存するものとしてもっとも古い時代に属する「願文」などは、まだまだ調べてみる余地がある魅力的な作品であろう。また、比較文学、比較文化の視点から見ても、白居易との比較研究はかなり進んできているが、元稹、劉禹錫などの「白居易文学圏」全般を対象とした総合的な比較研究や、彼ら以外の中・晩唐の文学や文化の受容研究についても、まだまだ大きな可能性が残されている。

没後千百年を経て、二十一世紀にまで奇跡的に伝わった道真の遺産『菅家文草』、今後その価値がどれだけ見直されていくかは、ひとえにこれから私たちが、この書物に対してどれだけ深く入り込み、どれだけ幅広い視野に立って活用できるかにかかっているのである。

注

（1）『白氏文集』の成立や伝来に関しては、花房英樹『白氏文集の批判的研究』（朋友書店、一九五七年初版、一九七四年再版）、『白居易研究講座第六巻　白氏文集の本文』（勉誠社、一九九五年）、太田次男『旧鈔本を中心とする白氏文集本文の研究』（勉誠社、一九九七年）など、多くの詳細な研究が積み重ねられている。

（2）大系本に「卅四首」とあるのは誤り。計算が合わない。

（3）北野別当である曼殊院門跡にかわり、実際に北野天満宮を管理していたのが、この「政所《まんどころ》」と思われる。竹内秀雄

『日本歴史叢書19　天満宮』（吉川弘文館、一九六八年）附載「天満宮関係諸系譜」の「北野宮寺政所補任次第」に「円真〈徳蓮坊〉」と見える。勝暹はその配下の僧であろうが未勘。

（4）『大間成文抄』四によると、藤原広兼は天永三年（一一一二）に文章生に補せられ、永久四年（一一一六）に正六位上で加賀国の権掾に任じられているが、それから十五年経った『文草』献納時の天承元年（一一三一）においても、官位は朝散大夫（従五位下）ということで、一階しか進んでいない。また任官も、『文草』の保安五年（一一二四）の書写奥書には「散位（職に就《つ》かず）」とあり、『平安遺文』巻一（№一六四）の「安祥寺伽藍縁起資財帳」の本奥書に「……（前略）……散位広兼朝臣を以て之《これ》を書写せしむ／保延二年十月日　前少僧都寛信」とある広兼が同一人物であれば、保延二年（一一三六）の時点でも散位で、勧修寺の寛信僧都から命じられて、同寺で発見された資財帳の書写に従事していたことがわかる。学問はありながら不遇であった境涯が察せられる。

（5）岩波日本古典文学大系「解説」の「一一　菅家文草・菅家後集の諸本」では、元禄刊『改正菅家文草』について、「これは寛文板をつかいながら、部分的にさしかえ訂正したのであるが、その所拠の「一善本」と称するものが文字通りのものでなかったとみえて、本文はかえって改竄のあとがめだち、原典批判の上から価値がひくくなっているのは惜しむべきである」と述べられるが、実際に寛文版本ではどうしても読めない本文が、改正版の校訂作業によってきちんと読めるようになっている例がしばしば見受けられ、大系自身、底本の本文では読めない場合、改正版に拠《よ》ってそれを改めている場合も少なくない。有力な古写本がなく、何段階も転写が重ねられていると思われる平安朝漢詩文のテキストにおいては、誤写や脱落は当然存在するものと想定して本文批判を行うことが、どうしても必要となってくるだろう。

（6）最近の論考では、本間洋一「『菅家文草』をめぐって―菅原道真没後一一〇〇年に向けて―」（『同志社女子大学日本語日本文学』第十三号、二〇〇一年六月）に、大系本の本文や訓読、解釈の問題点が列挙され、一般に対して、より正確で開かれた『文草』を提供していかねばならないという提言がなされている。

〔初出〕『国文学　解釈と鑑賞』第六十七巻四号（至文堂、二〇〇二年四月）に同題で掲載。

〔補記〕初出時の掲載誌に「漢詩文家としての道真」の題で掲載された後藤昭雄論考が、改稿して「『菅家文草』の成立」として『平安朝漢文学史論考』（勉誠出版、二〇一二年）に収録される。『菅家文草』編纂の経緯、『文草』の編纂方針と『白氏文集』との関係などが論じられており、併せて参照されたい。また、初出刊行後、高松寿夫「『菅家文草』元禄版本本文の性格」（『日本古代文学と白居易　王朝文学の生成と東アジアの文化交流』高松寿夫・雋雪艶編〈勉誠出版、二〇一〇年〉所収）が公刊された。『菅家文草』の寛文七年版本と元禄十三年版本（『改正菅家文草』）の本文異同のある箇所について、具体的に両版本の対照を行い考察したもので、高松の考察に拠れば、本稿第三節における寛文七年版本と『改正菅家文草』の本文についての評価は、おおむね首肯されている。

2　「行春詞」札記
――讃岐守菅原道真の国内巡視――

＊谷口真起子氏と共同執筆

はじめに

『菅家文草』巻三に「行春詞」という作品が収められている。仁和三年（八八七）、菅原道真が国司として讃岐に赴任した次の歳、道真四十三歳の折の作品であり、七言二十韻、全二八〇字からなる、讃岐守時代の彼の詩作の中でも、ひときわ目立つ長編詩の一つである。

『岩波日本古典文学大系　菅家文草　菅家後集』（以下「大系」と称す）にも、当然この作品に対して、訓読と注釈が施されている。しかし残念なことには、この訓読と注釈だけでは、個々の句はともかく、全体としては、この詩は何を題材とした詩で、道真がこの詩で何を述べようとしたのかは、今一つ明確にはならない。個々の句についても、注釈を見てもなお釈然としない箇所が散見する。それは、後述するように、大系本では、この詩の詩題となっている「行春」という言葉の持つ意味が、正確には把握されていなかったことに原因があろう。

この詩は、道真が、「行春」という、国司としての大きな任務を遂行しながら、そのことを主題として詩に詠んだ貴重な作品であり、そこには、律令で国司の任務として規定されていながら、その実体については、ほとんど記されることの無かった「行春」についての貴重な情報が、国司自身の手によって記されているのである――無論、記録ではなく詩であるので、写実性や具体性という点で、ある程度の制約は存在するが――。

本稿では、国司の実務と詩作活動という観点から、道真の「行春詞」をくわしく読むことによって、大系の訓読や注釈の補訂を行うとともに、「行春詞」という作品の特質や意義を見直し、国司としての道真が、自らの任務にどのように取り組み、それをどのような方法で、詩に詠もうとしたかについても、いささか考えてみたい。

なお本稿は谷口真起子、三木雅博両名の共同執筆の形を取るが、三木が前述のように国司の任務としての「行春」という視点で「行春詞」に関する文章を執筆していた時、たまたま谷口が、ほぼ同様の視点から、同詩の読み直しを進めていたことを知った。そこで谷口の了解を得て、両者の指摘や見解を三木が統合して取りまとめ草稿を作成し、その草稿について再び谷口が補訂を加えて完成を見たものである。

一、「行春」とは何か

この詩の詩題である「行春詞」に関して、大系頭注は、

「行春詞〈七言二十韻〉」。元稹に「春詞」という詩がある。

と記す。元稹の「春詞」（『元氏長慶集』巻二十）は、

山翠湖光似欲流　　山翠湖光　流れんと欲するに似たり
蛙声鳥思却堪愁　　蛙声鳥思　却《かへ》って愁《うれ》ふるに堪《た》ふ
西施顔色今何在　　西施の顔色　今何《いづこ》にか在る
但看春風百草頭　　但《ただ》春風百草の頭《ほとり》に看《み》む

というもので、後半の二句は『千載佳句』春興、『和漢朗詠集』草にも採られ（両書では「但看」を「応在」に作る）、

日本でも平安時代から既に有名な作品である。命の躍動あふれる春の風光の中に、移ろいゆく時の儚さを感じ取った詩人の感懐が、「西施の顔色……」以下の二句によりロマンティックに表現された佳作である。ちなみに道真自身にも「春詞二首」という、同じ詩題を有する讃岐国司時代の作品がある（『菅家文草』巻四）。

和風料理遍周遊　　和風料理して　遍《あまね》く周遊す
山樹紅開水緑流　　山樹紅《くれなゐ》に開き　水緑《みどり》に流る
自古人言春可楽　　古《いにしへ》より人は言へり　春楽しむべしと
何因我意凛於秋　　何に因《よ》りて我が意《こころ》　秋よりも凛たる

雨後江辺草染来　　雨後の江辺　草染め来たる
遥思去歳始花梅　　遥かに思ふ　去歳始めて花さきし梅
帰鴻若当家門過　　帰鴻　若《も》し家門に当たりて過ぐれば
為報春眉結不開　　為に報《つ》げよ　春眉結びて開かずと

元稹の「春詞」と同様に春の光景を描きながら、道真は元稹のように過ぎゆく時への感懐を歌うのではなく、春の風光の中で都を離れて異郷に一人暮らす哀しみを歌う。大系は、この「春詞二首」と同様に、「行春詞」も、元稹詩のように春の風情を描きつつも、都を離れた境遇にあって、心から春を楽しむことができない様を述べようとした作品ととらえているのであろう。大系では、「行春詞」の「行春」を「春に出歩く」というほどの意に解し、「春詞」を多少アレンジしたものと考えているのではあるまいか。

ところが、この「行春」というのは、実は律令に定められた国司の任務の一つなのである。藤原克己は著書『菅原道真と平安朝漢文学』（東京大学出版会、二〇〇一年）のⅢ「菅原道真の詩と思想」の3「道真・長谷雄・清行」

において、この「行春詞」をとりあげて、

「行春」は、『後漢書』鄭弘伝に「弘少《わか》かりしとき郷の鄙夫為《た》りき。太守第五倫、春に行《めぐ》りて、見て深く之を奇とし……」とみえ、李賢注に「太守、常に春を以て主《つかさど》る所の県を行りて人に農桑を勧め、乏絶を振救す」とある。また唐詩にも、劉商「送元史君自楚移越」(『三体詩』)や白居易「京使回累得南省諸公書……」詩(『白氏文集』巻十八・一一一四)等に用例が散見する。ちなみに大伴家持歌「珠洲の海に朝びらきして漕ぎ来れば長浜の浦に月照りにけり」(『万葉集』巻十八)の左注に「右の件の歌詞は春の出挙に依りて諸郡を巡行し、当時当所にして属目して作れり」とあるのも、この「行春」に相当するものであろう。

と述べる。藤原の指摘は、「行春詞」を考えるうえで重要であるが、ここに述べられた資料だけでは「行春」の実態を十分に知ることはできない。実は「行春」がどのような任務で、どのように実施されるべきものであるかは、「律令」ならびにその注釈の『令義解』『令集解』により、かなりくわしく示されている。即ち、「戸令」第八(33国守巡行条・34国郡司条)に次のような条文が見える(以下、「戸令」の引用は、『新訂増補国史大系　令義解』により、私に訓読したものによる)。

凡《およ》そ国の守は、年毎に一たび属郡に巡行して、風俗を観《み》、百年を問ひ、囚徒を録し、冤枉を理《ただ》し、詳らかに政刑の得失を察し、百姓の患《うれ》へ苦しぶ所を知り、敦《あつ》く五教を喩《さと》し、農功を勧め務めしめよ。部内に好学、篤道、孝悌、忠信、清白、異行にして、郷閭に発聞する者有らば、挙《あ》げて進めよ。孝悌ならず、礼を悖《みだ》し、常を乱し、法令に率《したが》はざる者有らば、糾して縄《ただ》せ。其れ郡の境内に、田疇闢《ひら》け、産業修《おさ》め、礼教設《まう》け、禁令行はれば、郡領の能と為《せ》よ。其の境に入りて、人《ひと》窮匱し、農事荒れ、姦盗起り、獄訴繁くは、郡領の不と為《せ》よ。若《も》し郡司、官に在りて公廉にして、私計に及ばず、色を正し節を直くして、名誉を飾らずは、必ず謹みて察せよ。其れ情貪穢に在りて、諂諛して名を求め、公節聞え無くして、私門日に益さば、亦謹みて察せよ。其れ政績の能不、及び還迹の善悪、皆録して考状に入れて、以て褒貶を為《せ》よ。即ち事侵害有りて、考に至るを待つべからずは、事に随ひて糺推せよ。

凡そ国郡司、所部に向ひて検校すべくは、百姓の迎送を受けて産業を妨廃し、及び供給を受けて煩擾せしむることを致すことを得じ。

この「戸令」の条文には、「行春」の語は見えないし、そもそもこの国司の巡行自体が、果たして春に行われたのかどうかさえ、条文を見た限りでは明らかでないのだが、先に藤原が引く『万葉集』の大伴家持歌については、瀧川政次郎に「越中守大伴家持の能登郡巡行」[1]という、この時の家持の任国巡行を当時の律令や政治状況と関わらせてくわしく考察した論が存する。そこには、

国守の部内巡行が毎年何月頃に行われるべきものであるかについては、戸令に明文がない。しかし、当時の法律学者は、前掲戸令の条文に「勧務農功」の句あることを理由として、春時に行うべきものであるといっている。即ち、令義解には、

文称㆓農功㆒。故知巡行必以㆓春時㆒。史伝所㆑伝。太守行㆑春。勧㆓人農桑㆒。是也。

とあり、令集解には、

跡云。巡行時不㆑見㆑文。然為㆑催㆑農。以㆓春時㆒巡行耳。

とある。

と述べられており（傍点筆者）、国守巡行が人々に農事を勧めるべく、春に行われることや、「行春」の語も『令義解』に存することが指摘されているのである。先の藤原の論において、詩題の「行春」の語が『後漢書』鄭弘伝に存することが指摘されていたが、直接には、この『令義解』の「太守行春」に由来するのではないか。また、瀧川は、大伴家持の能登巡行の路中での任務や行動について、「令」や他の資料を用いて、いろいろな推定を行ってい

るが、これらは道真の「行春詞」を見ていくうえでも、大いに参考になる。以下、「戸令」や瀧川の論などに導かれながら、改めて「行春詞」を読み直していくことにしよう。

二、「行春詞」読解

まず詩題の「行春詞」の「行春」については、前に述べたところであるが、道真は讃岐守着任〈仁和二年〈八八六〉三月二十六日〉直後の四月七日に、巡察を行っている（『菅家文草』巻四、262番詩詩題「丙午の歳、四月七日、予初めて境に莅《のぞ》み、州府を巡視せり」）。しかし、これは「州府を巡視」とあり、季節も既に夏に入っているところから、戸令に定められた「行春」のように国中を巡察するものではなく、就任直後、とりあえず讃岐の国府や付近を少し廻ってみて、讃岐という土地の実際やそこに住む民の状況を探ってみる、という程度のものであったと思われる。「行春詞」は、その翌年に作られた。その詩の前に「正月二十日有レ感」という詩があり、後に「州廟釈奠」（釈奠は二月三日に行われる）が置かれることから、正月下旬から二月初めに作られたと推定されるが、当然、行春もこの頃に行われたはずである。

以下、「行春詞」を二句ずつに区切って、私たちなりの訓読を示しながら、適宜大系の補正を行い、説明を加えていこう。底本は、元禄十三年版『改正　菅家文草』を用い、本文を改める場合などは、適宜注記する。

1欲貌春風不受憎　　春風の憎しみを受けざるを貌《うつ》さんと欲し
2周流四望睇先凝　　周流四望して　睇《ぬすみみ》　先づ凝《こ》らす

大系は1を「春風を貌《み》まく欲《ほ》りするも憎しみを受けざらまし」と訓み、「貌」を『令義解』の例により、人の顔状を見て、年齢を推し量り老人か壮丁かなどを判断する意に取って、「春風の顔かたちを見定めようとしても、誰からも憎しみを受けない」と解釈する。また2を「めぐりあるいて、四方を望見して、目をほそめてつくづくと（春風がどんな顔つきをしているかと）視線をこらす」とするが、「春風の顔かたちを見定める」という行為が、一体何を意味するのか解しがたい。あとの部分の解釈も、この線に沿って進められているのであるが、春風の容貌を見定めることが、国司としての自らの度量不足をうったえる3以下の句とどう繋がるのかもまったく見えてこない。
この詩の主題である「行春」が、前節のように「戸令」との関わりで理解されるのであれば、ここは国司として任国を巡検するにあたっての、道真の心持ちととらえるべきであろう。「春風」は、漢詩では為政者の仁徳、恩光の比喩として常套的に用いられるから、[2] 1・2は「温かく恵み深い春風が人々から憎しみを受けないのを真似ようと、私も任国を廻り四方を巡察するにあたって、春風が人々に温暖を与える様子をこっそりと盗み見し、目を凝らしている（今後の政治に役立てるため、国中の政情や民心をうかがい知ろうと、ひそかに注意深く観察している）」のような方向で解するべきであろう（「貌」は人や物のかたちを写す意）。「春風」は単なる春の景物として描かれているのではあるまい。

3才愚只合嫌傷錦　才《さい》愚かなれば　只合《まさ》に錦《にしき》を傷《そこな》はんことを嫌ふべし
4慮短何為理乱縄　慮《りよ》短かければ　何為《なんすれ》ぞ乱れし縄を理《をさ》めんや

「只合」は『漢語大詞典』に「只応、本来就応該」とあり、「当然〜するはずだ」の意。「傷錦」は、政務に習熟せずに任官して、公務に齟齬をきたすこと。『左伝』襄公三十一年に見える、政務に習熟していない尹何を邑の大夫に抜擢しようとした子皮を「まるで美しい錦を製《た》つ方法を学ばせずに、むざむざ美錦を製《た》たせてしまうようなもの」と戒めた子産の寓言による。大系補注に『北史』魏咸陽王伝の「傷錦の尤《とが》に非ず、実は援力の責なり」を挙げるだけでは不十分である。なお、『菅家後集』の「叙意一百韻」にも、「試製嫌傷錦、採刀慎欠鉛（試みに製《き》りては錦を傷《いた》めんことを嫌ひ、刀を採りては鉛を欠かんことを慎む）」と、この故事が用いられている。

4も大系頭注の「思慮も浅はかだから、どうして紛紛と乱れた縄をときほぐすようなことができようか」との解釈で大きな誤りはないが、やはり『漢書』巻八十九・循吏伝に伝がたてられ、『蒙求』285「龔遂勧農」でも有名な能吏である龔遂が、治民に関して述べた言葉、「治乱民、猶治乱縄。不可急也（乱民を治むるは、猶乱縄を治むるがごとし。急ぐべからざるなり）」を典拠として指摘する必要があろう。嶋田忠臣にも、『田氏家集』巻中「和野秀才秋夜即事見寄新詩（野秀才の秋夜事に即して新詩を寄せらるに和す）」に、「乱縄非我理、燥気是君傷（乱縄は我が理《をさ》むるところに非ず、燥気は是れ君が傷《いた》むところ）」と、道真と同じように、この故事を用いた詩句が見える。[3] この詩は忠臣の美濃介時代の元慶七年（八八三）に作られており、「行春詞」より四年先行するため、道真が、地方官として同様の立場にあった忠臣の先行詩句を意識して、この辞句を用いた可能性も否定できない。3・4は「自分は才も愚かであるから、かの子産が戒めたように、政務に習熟しないまま任国の政治に携わり、この国を損なってしまうことを恐れる。思慮も浅はかであるから、能吏の龔遂の言のように乱れた民たちを治めていくことなど、どうしてできようか」の意となろう。

5慙愧城陽因勇進　　慙愧す　城陽に勇に因《よ》りて進めらるるを
6庶幾馮翊以廉稱　　庶幾す　馮翊に廉を以て称せらるるを

5は、大系頭注においても意味が不明とされているが、「城陽」は「京城の南」の意で、道真が赴任している讃岐国のことを指すのではないだろうか。他の讃岐での作品に見える「南海」と同義で用いられていると思われるが、次句の「馮翊」との対応で、京師をより強く意識した語句を用いたものか。「慙愧す」とあるので、不本意にも本来の職能とは相容れない地方官吏に無理に転身させられたことに対する無念さと困惑を述べたものと想像する。典拠は求めるのが難しいが、仮に一案として、『晋書』巻三三石崇伝を候補として掲げておく。石崇は幼時から鋭敏で勇気があり、父の石苞が臨終にあたっての財産分けの際に、石崇に何も与えなかったので、見かねた母親が「何故、崇には何も下さらないのか」と尋ねたところ、石苞は「この子は今は小さいけれど、将来自分で何でも手に入れるさ」と答えたが、はたして成人して出世し、城陽太守になったという。『晋書』に「崇……少敏恵レ勇而有レ謀」「年二十余、為二脩武令一有二能名一、入為二散騎郎一、遷二城陽太守一」と見える。無論、石崇の城陽太守赴任と道真の讃岐国司赴任とでは、まったく事情が異なるが、讃岐国司に遷されたことに対する不平を露わにはできないので、石崇にカムフラージュしたかと想定してみた。しかしまだ我々が知り得ていない典拠を用いている可能性は十分にある。なお後考を俟つ。

6は大系頭注に、『漢書』巻八十三に伝の見える、左馮翊として清廉な政治を行った薛宣の故事によると記すが、先の4で名の挙がった龔遂と同じく、『漢書』巻八十九循吏伝に伝が見え、『蒙求』31に「黄覇政殊」の題目がたてられる黄覇の故事を指摘するべきであろう。黄覇は穀物を奉納することで、左馮翊の卒史に補せられたが、馮翊では彼が買官の徒であることを卑しみ、高職にはつけず、郡の銭や穀物の出納をまかせた。しかし彼は帳簿をきちんと管理し、廉を以て称せられた。『田氏家集』巻中の「美濃を拝せし後、菅侍郎の賀州を遥兼するを喜ぶ詩草を視《しめ》されしを蒙《かうむ》り、本韻に依りて之に継和す」詩に「師家狐白例名裘、閭巷龔黄豈化州（師家の狐白は例の名裘、閭巷の龔黄は豈に州を化せんや）」と龔遂、黄覇を並べて記した例があり、道真にも「悲哀鄭白源流涸、夢想龔黄徳化宣（悲哀す鄭白の源流涸れたることを、夢想す龔黄の徳化宣《の》べんことを）」（『菅家文草』巻四「丙午之歳、四月七日……」）と同様の例が見える。『田氏家集注』の同詩注に、白居易「郡斎暇日に廬山草堂を憶ひ兼ねて二林僧社に寄す三十韻」に「有期追永遠、無政継龔黄（期するに永遠を追ふこと有り、政に龔黄を継ぐこと無し）」と、既に両者を並記した例があることが指摘されており、それが忠臣、そして道真へと受け継がれていったのだろう。この「行春詞」では4と6に、間に一句を置いて配されていることになる。

ここまでの1から6は、春の巡行に出かけるにあたって、清廉・温厚な国司として州民に接しようとする一方で、心ならずも地方官に据えられてつのる不安や不満を述べた、前置き的な部分と見ることができる。

7莓苔石上心沈陸　　莓苔の石上に心は陸に沈み
8楊柳花前脚履氷　　楊柳の花前に脚《あし》は氷を履《ふ》む

ここからは、実際に巡行に出かける際の叙述となる。「莓苔の石上」「楊柳の花前」は巡行の路傍の景物ということになろう。7の「陸沈」は大系頭注にいうように、『荘子』則陽篇に出る語で、郭象注に「人中隠者、譬無水而沈也」とある。たしかに『荘子』では、水のない陸地にあって沈む（隠れる）という隠逸の意に解されるが、この解釈をそのままこの詩に当てはめるべきではない。道真は「陸沈」を、「交情は北溟の深きに謝せず、別恨は還《かへ》りて陸に在《あ》りて沈むが如し」（巻二・一一二「裴大使の留別の什に訓《むく》ゆ」）のように、出典の『荘子』にあった「隠逸」の意を取り除いて、「（陸に在りながら水の中に沈むように）心や気持ちが沈む」意で用いている。ここも、「苔の生えた固い石の上を進んで行くのに、心は陸に在りながら（水中に）沈んでいくようだ」と、慣れない任務に向かう自身の、不安で一杯の暗澹とした心の様を、「石」と「陸沈」の語を対比させながら、巧みに表現している（ちなみに前掲の112番詩でも「北溟」と「在陸」の対が効果的に配されている）。

8は大系頭注の「楊柳の花の前においても、戦戦兢兢として足が氷をふむ思いである」という解釈で問題ない。結局、7・8の両句は、巡行に出ても、周りの景物に心を動かす余裕もなく、不安と緊張で一杯であるということを訴えたものということになる。

9辞謝頑民来謁拝　　辞謝す　頑民の来《きた》りて謁拝するを
10許容小吏送祇承　　許容す　小吏の送りて祇承するを

この二句は、特に難解な箇所ではなく、大系頭注に記してあるところでほぼ間違いはない。ただし、この両句の背景にも、「行春」があることを忘れてはならない。瀧川政次郎は一節にも引いた論において、考課令67考郡司条

「凡そ国司は、年毎に、郡司の行能功過を量《はか》りて、四等の考第立てよ……」と、一節に引いた「戸令」の国守巡行条に見える郡司の功能、景迹に関する文とを併せ読むべきであることを指摘する。すなわち、「戸令」の「其れ郡の境内に、田疇闢《ひら》け、産業修め、礼教設け、禁令行はれば、郡領の能と為《せ》よ。其の境に入りて、人窮匱し、農事荒れ、姦盗起り、獄訴繁くは、郡領の不と為《せ》よ」は郡司の「不」と「能」に関する事を察し、「若《も》し郡司、官に在りて公廉にして、私計に及ばず、色を正し節を直くして、名誉を飾らずは、必ず謹みて察せよ。其れ情貪穢に在りて、諂諛して名を求め、公節聞え無くして、私門日に益さば、亦謹みて察せよ」は郡司の景迹に関するものであると述べ、「国司は部内巡行の際に、郡内の実情を仔細に観察して、どの郡司には四等の考第のうちのどれを与えるかという、（郡司の考状を朝集使に附して民部省に送るための…筆者注）腹案を作っておかねばならなかったのである。……（略）……郡司の考第は、かように国府（ママ「国守」か）の属郡巡行の際に略決定せられる。故に郡司にとっては、巡行の国守を迎える日こそ、我が運命の決する大切な時である。上第を与えられれば、位階の昇叙は速やかであるが、下下の第を与えられれば、解官免職である」と述べる。また瀧川は続けて、「巡行の国府（ママ「国守」か）を迎える日は、郡内の百姓にとっても、亦運命の日であった。郡内の百姓が国守によってその好学篤道、孝悌忠信、清白異行が認められ、貢人として推挙せられれば、京に上って官途に就くことができる……故に国守巡行して郡に来ると聞くや、郡司百姓は争ってこれを境上に迎え、一郡為めに産業を廃し、煩擾を醸すに至ることもあったと思う」と述べ、「ゆえに戸令の国守巡行条にはその後に「凡そ国郡司、所部に向ひて検校すべくは、百姓の迎送を受けて産業を妨廃し、及び供給を受けて煩擾せしむることを致すことを得じ」なる条文を置いている」と述べる。９・10句はこのあたりと密接に関わってくるのではないだろうか。瀧川の論は、天平二十年（七四八）の家持の能登巡行について述べたものであるから、仁和三年（八八七）の道真の巡行より百四十年も前のことであり、単純に瀧川の見解をこの「行春詞」にあてはめるには問題はあるかもしれない。しかし、むしろ逆にこの

9・10の詩句によって、道真が讃岐に赴任した頃の地方の統治の実態も、家持の頃とそれほど大きく変わってはいなかったということが、浮かび上がってくるということもあるのではないか。

ただ9の「頑民の謁拝」は、瀧川のように推挙を望むための謁拝と見るよりも、むしろ国守巡行というたまにしかない機会に、[4]郡司についての不平・不満を直訴したり、郡司に持ち込んでも埒《らち》の明かない土地や租税等に関する訴訟沙汰を持ち込むようなケースが、行く先々で多かったためではなかろうか。こういう訴えを国司が直接一々聞いていてはキリがないから、「辞謝す」ということになるのであろう。また10については、瀧川が前掲の文に続き、「巡行の国守を迎えた郡司が、国守を饗応し、求めるところあって財物を贈献することは、法の固く禁ずるところである。……（略）……職制律には、各種の贈収賄を定めた条文が置かれている。しかし郡司百姓が本国守を迎えて或る程度の饗応、贈献を行うことは、人情の自然であるから、これを絶対に禁止することはできない」として、「職制律」54条に「凡そ監臨の官、強ひて猪鹿の類を取れらば、強ひて監臨の財物を取れる法に依れ。乞ひ取れらば、坐贓論ぜよ。供饋を受けたるは、論ずる勿《な》かれ〈謂へらくは、強ひて乞ひ取れるに非ずして自ら供饋する者《てへり》〉」とあるのを引き、「どこまでが礼物として聴されるかは、当時の人々の良識に委ねている」と述べており、道真も、郡司たちが自らの意志で奉仕してくれるのには、まあ目をつぶっておこうということになったのだろう。

11繞身文墨徒相逐　身を繞《めぐ》る文墨　徒《いたづ》らに相逐《あひしたが》ひ
12任口謳吟罷不能　口に任《まか》する謳吟　罷《や》むこと能《あた》はず

9・10で国司として諸郡を巡行する際の、吏民への対応の煩わしさを述べる一方で、この二句では、そういうあわただしい巡行の場でも――あわただしい巡行の場だからこそというべきか――、詩を詠まずにはいられないという、道真の〈業〉ともいうべき詩作への感情が綴られている。11は、大系頭注に「身のまわりにある筆や硯のたぐいをつかって、そぞろ書画のすさびに身をいれる」と解するが、「文墨」は詩文を作ったり書写したりすることで、

「いつも私を取り巻いている文事は、こんな巡行先まで（ついてこなくてもいいのに）わざわざ私についてきて離れない」のような意に取るべきだろう。12は大系頭注に解するように「口をついて出るままに詩句をうたい吟じて、やめようとしてもついやめられない」の意ではあるが、これも「国守としての大切な巡行の最中であるのに」という自嘲めいた思いが背後に在っての詩句である。

13事事當当仁義下　事事　当《まさ》に仁義の下《くだ》るを資《たす》くべし
14行行且禱稲粱登　行行　且《まさ》に稲粱の登《みのり》を禱《いの》らんとす

13は大系頭注に「すべての事柄は仁義の道によって行われなければならない」と解するが、「事事」は一節に引いた「戸令」国守巡行条に「風俗を観《み》、百年を問ひ、囚徒を録し、冤枉を理《をさ》め……」と記された、国守巡行における吏民との接触——具体的には次の15・16以下に述べられる様々な事柄——を指すと思われる。「行春の際の様々な事柄は、（為政者の）仁義が民に下るのを助けるために行われねばならない」と解したい。14は大系頭注に「すべての行為は、かつがつ稲や梁の穀物が豊饒に稔るようにと祈ることにかかわる」とあるが、この解釈ではこの句で何を言いたいのかわからない。ここも瀧川が「新任国守の初めての部内巡行に当たっては、神拝と称して部内に鎮座する神社を巡拝して、幣を捧げることが、平安時代における慣例であるが、この事は、奈良時代にも勿論行われたと思う」と述べているのが参考になる。瀧川は「職員令」70条の「大国　守一人。掌《つかさど》るところ、祠社……」を挙げ、「祠社すなわち部内神社の祭祀が、国司の職掌の第一に挙げられている。故に国守の部内巡行に当たっては、国内神社への奉幣を真先に行わねばならなかった」と述べ、家持が能登巡行に当たって先ず能登一の宮の気多大社に参拝したと推定している[5]。道真の巡行も同様に考えるならば、「行行」は巡行の進んで行く道々のことと解して、14は「行く道々で（土地土地の社寺に詣でて）、穀物が稔るように祈りを捧げる」の意と解すべきであろう。この14は次の15・16と密接に関連しており、道真は巡行に際して、神社だけでなく、仏寺にも足を運んだと思われる。

15霊祠怪語年高祝　　霊祠の怪語は年高の祝《はふり》

16古寺玄談臈老僧　　古寺の玄談は臈老の僧

大系は両句を「霊《あや》しき祠に怪語するは年高《た》けにたる祝《はふり》、古き寺に玄談するは臈老《らふ》いにたる僧」と訓み、「あやしげな路傍の小祠に物の怪につかれたようにつぶやいている年老いた巫女、古びた山寺に神怪な説経談義をする年の劫を積んだ老僧」と解するが、全面的に誤りであろう。14を前述のように読めば、この両句は、巡行する先々の神社や仏寺で五穀豊饒の祈禱をした際に、それぞれの社寺で、そこを管轄する神主や僧侶の拝謁を受け、ひとしきり話を聴く様と解さねばなるまい。国司に拝謁するのは、それぞれの社寺において、最も位が高く、知識も豊富な年高の巫祝や老僧ということになろう。しかも道真はただの受領ではない。歴史・文学・宗教、いずれにも並はずれた知識と才能、そして興味を持っている国司なのだ。通り一遍の社寺についての報告を事務的に受けるだけで済むはずがない。「怪語」は神社や土地にまつわる伝説奇譚の類であろうし、「玄談」は大系頭注のいう「道家の清談」の類などではなく、ここでは、仏教の奥深い教理に関する談義のことであろう。9・10に見える頑陋な民人や媚び諂う郡司に応対するのとは異なり、年長者たちからこうした話を聴くのは、道真にとって巡行中のささやかな楽しみだったのではなかろうか。こうして巡行の際に仕入れた様々な話が、他の讃州での詩作に反映されていることも十分考えられよう。今回の「行春」とは時を異にするが、道真が国府の北にある蓮池の蓮を国内の寺々に分かち植えたことに関わる詩（二六二）が巻四にあり、この詩題中に、この蓮池の近くに住む「長老之言」として、蓮池の蓮の来歴が紹介されているのは、その一例と見てよいのではないか。

17過雨経営修府庫　　雨を過《すご》し　経営して府庫を修め

18臨煙刻鏤弁溝塍　　煙に臨み　刻鏤《こくる》して溝塍《こうしょう》を弁ず

以下、行春の途上で、道真が実際に行った国司としての仕事を列挙していく。17・18は「職員令」70大国条に、国司の職掌として「田宅」「倉廩」のことを掌《つかさど》るとあるのに対応する（『岩波日本思想大系　律令』同条頭注に、田宅には「田と宅地。すべての土地の現状を掌握」。倉廩には「穀倉や米倉に限らず、すべての官倉の管理」とある）。

17は大系に「長雨の降りやむのを待って、国府の倉庫を修理する。経営は、縄張りして修理を営むこと」とあるが、「過雨」は「（巡行途中に）雨に遇いながらも」の意、「経営」は「あちらこちらと奔走する」の意と解すべきであろう。「修府庫」は、『延喜交替式』に「凡そ、諸国の正倉、勤めて修蓋を加へよ。若し破壊・朽損せる税穀有らば、国郡の官人、法に依りて罪を科せ」とあるのと関わろう。

18も大系頭注は「野焼の煙の中を、木の杭に刻んだり、金属板に鏤《ちりば》めたりして溝川を弁別して、通ずるように処置する」とするが、何を何のために木の杭に刻んだり、金属板に鏤《ちりば》めたりするのか、理解に苦しむ。17との対で考えれば、悪条件を冒して懸命に職務に取り組む様であるから、「臨煙」は「過雨」との対により、「夕もやがかかる頃になるまで」の意で、夕暮れ時まで職務に精を出すことを示しているとは考えられまいか。「刻鏤」も実際に木や金属に何かを彫るのではなく、細々《こまごま》と事を行うという抽象的な用法と見た方が良かろう。「弁溝塍」は田の溝と畦を弁ずることだから、田の様子を調べて、府庁で把握しているものと同じかどうか確認することを指すのではないか。漢の班固の「西都賦」に、「溝塍刻鏤、原隰龍鱗（溝塍刻鏤せるがごとく、原隰龍鱗のごとし）」とあるが、これは「灌漑用の溝と耕作のための畦が彫刻したように細かく沃野を分かち、乾燥した高原と低湿地とが龍の鱗のように重なり合う」という意味で、皇帝の封土の肥沃な様を讃えた表現である。道真の詩句では、溝塍が刻鏤に喩えられているわけではないが、「西都賦」の文辞が一種の縁語のように、用いられているのではないだろうか。

19遍開草褥冤囚録　遍《あまね》く草褥を開きて　冤囚《えんしう》録し

20軽挙蒲鞭宿悪懲　軽く蒲鞭を挙《あ》げて　宿悪懲《こ》らす

この二句に関しては、大系頭注に「獄の中の草のしとねを開いて、無実の罪人がつながれていないかと識別する」「蒲のむちで軽くむちうって、前前からの積悪をこらしめる」とあり、20に『蒙求』500「劉寛蒲鞭」で名高い良吏劉寛の故事（『漢書』巻二十五）を指摘するのも、ほぼ適当と思われる。ただし、それぞれ、「戸令」国守巡行条にいう「囚徒を録し、冤枉を理《をさ》め、詳らかに政刑の得失を察し」、「孝悌ならず、礼を悖《みだ》し、常を乱し、法令に率《したが》はざる者有らば、糺《ただ》して縄《ただ》せ」に関わり、それを実行したものであることを押さえておきたい。

21尊長思教卑幼順　　尊長は卑幼をして順ならしめんことを思ひ
22単貧恐被富強凌　　単貧は富強に凌《しの》がれんことを恐る

両句は、目上の者が目下の者を従えようとし、卑しく貧しい者は、富み権勢を誇る者にしいたげられることを恐れているという、讃岐の国の人々の状況を憂えたもの。大系は21について、「身分の上のものは、低いものに尊卑長幼の序によって順ならしめたいと思う。道徳教育についていう」として補注に「学令」4在学為序条の「凡そ学生学に在らば、各長幼を以て序《つい》づることをせよ」を引くが、学令の条文をここに当てはめること自体に無理がある。21は道徳教育について述べているのではなく、次句と対にして考えるべきで、身分や年齢において上位にある者が、下位の者に対して、意のままに従えようとする、任国の状況を指摘したものと解するべきであろう。「尊長」と「卑幼」が律令語で、「職制律」や「賊盗律」に対で用いられることは、既に後藤昭雄に指摘がある。[6] また22の「単貧」を大系は「卑貧」に作るが、寛文版本はじめ多くのテキストに見える「単貧」が正しい。「賦役令」23差科条に「凡そ差し科せんこと、先づ富み強きに、後に貧しく弱きに。先づ多丁に、後に少丁に。其れ分番して上役せば、家に兼丁有らば要月に、家貧しくして単身ならんは閑月に」とあり、「富強」に対して「貧しくして単身」の者を「単貧」と呼ぶ。この語は、『続日本紀』霊亀二年五月辛卯条に「或は父母老疾なり、或は妻子単貧なり」と見え、また『菅家文草』巻四「懺悔会作」にも、「辺地生生常下賤、未来世世亦単貧（辺地生生常に下賤ならん、未来世世亦た単貧ならん)」と用いられている。また「富強」は、『日本後紀』大同元年五月己巳条に「富強の輩、膏粱余り有り、貧弊の家、糟糠厭はず」、『貞観交替式』太政官符「応雑徭均使事」に載せる承和五年八月廿九日付太政官符に「富強の民賂《まいない》を軽徭に入れ、貧弱の徒還《かへ》つて重役に苦しぶ」とある。21・22両句は「賦役令」22雇役丁条に「国司皆親《みづか》ら貧富強弱を知りて、因《よ》りて戸口に対《むか》ひて即ち九等作りて、簿定むべし」や、「戸令」国守巡行条の「風俗を観《み》」や「百姓の患へ苦しぶ所を知り」という条文に対応したもので、国司はこうした民情を把握したうえで、弱者の立場に立って国政を行わねばならぬという思いが、言外に籠められている。

23安存耄邁飡非肉　　安存す　耄邁《もうまい》の飡《くら》ふこと肉に非ざるを
24賑恤孤惸餓曲肱　　賑恤《しんじゅつ》す　孤惸《こけい》の餓ゑて肱《ひぢ》を曲《まぐ》るを

ここは大系の「肉をたべものとすることができないようなかわいそうな老いぼれた人があれば安慰存問する」「親兄弟のない気の毒な人人で肱を曲げて枕としているような人人があれば、救助の手をさしのべる」という解釈で、ほぼ良いであろう。典拠についても、大系補注に、『孟子』梁恵王上の「七十の者、肉を食ふべし」(23)と『論語』述而の「疏食を飯《くら》ひ、水を飲み肱を曲げて枕とす」(24)が指摘されており、そのこと自体に問題はない。ただし、ここも国守巡行途上における任務遂行の一環として描写されていることを押さえておく必要がある。「戸令」32鰥寡条に「凡そ、鰥寡孤独、貧窮老疾の自存する能はざる者は、近親をして収養せしめよ。若し近親無くんば、坊里に付けて安恤せしめよ」とあり、近親者のいない独り者や老人の世話ができているか郡ごとにチェックし、状況に応じてきちんと面倒を見させるのも国司の責任であった。

25繿縷家門留問主　　繿縷《らむる》の家門に留まりて主《あるじ》を問ひ
26耦耕田畔立尋朋　　耦耕《ぐうかう》の田畔に立ちて朋《とも》を尋ぬ

ここも「戸令」国守巡行条の「風俗を観《み》」や「百姓の患へ苦しぶ所を知り」に対応する行為。25を大系は「ぼろきれをぶらさげているような家の門前では、通り過ぎないで、どういうくらしむきかと主人を尋ねて問うてみる」とするが、「繿褸」は衣服等がぼろぼろになった様をいい、次句の「耦耕」との対から見て、そこにいる人の様子と解した方が良く、文意も通じやすい。「ぼろぼろの衣服をまとった人のいる家の門前に立ち止まり、主人に（どうしてこんなに困窮しているのかと）問いかける」と解釈できるのではないか。26は大系では「二人ならんで耕すべき田の畔で、（一人だけが耕しているのをみて、）相棒がどうしたかと声をかける」と解するが、これだと道真は兼ねてから「この田ではいつも二人が耕している」ことを知っていたことになる。これは巡行中に道真が偶々見かけた光景であるから、こうしたことはあり得ない（大系は巡行の作という前提を欠いているので致し方ないが）。「耦耕」は文字通り、二人がならんで田を耕している様。大系補注に「耦耕」の出処として『論語』微子の「長沮、桀溺耦して耕す」を引くが、道真は、単に言葉だけをここから取ってきたのではない。『論語』の物語全体を確認しておこう。耦耕する長沮、桀溺は隠者であって、「渡し場の場所を聞いてこい」と孔子から命じられた子路との問答の中で、二人は「孔子のように、つまらぬ世の中にかかわって苦労するのは馬鹿だ。君も私たちのように世の中と縁を切って気楽に暮らしたらどうか」と子路を諭《さと》す。この話を子路から聞いた孔子は「世を逃れるといったところで、まさか鳥や獣の仲間入りもできまい。人間として生まれたからには人間と共に生きていくしか、しかたがないではないか」と子路に語る。つまり、この話において、「耦耕」は、俗世と縁を切った隠者の生活の様として描かれており、家族・親戚や近所の人々と協力し合い、大勢で農作業に従事する世間一般の農民とは対照的な、ただ二人きりのさびしい耕作の様子をことさらに強調した語と考えられる。道真が巡行の途上で目にした耦耕の二人は、無論、隠者ではない。親子か夫婦か兄弟か。いずれにせよポツンと二人だけで田を耕している状況は、やはり普通ではない。「この先、田植え、草取り、刈り入れとなると人手はどうするのだ。手伝ってくれる知人はいないのか」と思わず声をかけて尋ねてみた、というところではないか。

27遊童竹馬郊迎廃　遊童の竹馬　郊迎廃し
28隠士藜杖路次興　隠士の藜杖《れいぢやう》　路次に興《おこ》る

以下四句は、巡行の途上で、自らの国司としての声価を顧みての弁。27は大系に「子供たちが竹馬に騎って遊びに余念もない、（彼らは国司がきたからといって、）郊外まで出かけて迎えるという作法もわきまえない」とあるが、ここは、まず『蒙求』において、良吏の故事として20で用いられた500「劉寛蒲鞭」と対になっている、499「郭伋竹馬」の故事（『後漢書』巻三十一「郭伋伝」にも）を指摘する必要があろう。善政を施し、良吏として名声のあった郭伋が、赴任した地方を初めて巡察したときのこと、西河郡の美稷県に行くと、児童数百人が竹馬に騎って道ばたで彼を出迎え、拝礼した。郭伋が「なぜ君たちは（竹馬に騎って）遠くからやってきたのか」と問うと、「使君が来られると聞いてうれしくなり、お迎えにやってきたのです」と答え、郭伋が立ち去る時には、皆で郊外まで見送ったという話で、良吏としての郭伋の名声や人徳が、子供たちにまで行き渡っていたことを示すものである。従って、27は子供たちが遊んでいて国守を迎えに来ないのを非難している句ではなく、「自分には郭伋のような良吏としての名声も資質もないから、子供たちも竹馬に騎って郊外まで送迎してくれることもないのだ」と述べたものと解すべきであろう。

28も大系は「隠士の藜杖路次に興《おこ》す」と訓み、「隠士はあかざの杖をついて、路すがら（国司の姿を認めて）杖をちょっと持ち上げて挨拶する」と解釈するが、27の「遊童の竹馬」に典拠が存する以上、本句の「隠士の藜杖」にも典拠があると見られ、『蒙求』404「原憲桑樞」で有名な、極貧に生きて高潔な生を全うした孔子の弟子原憲の故事が踏まえられているのであろう。それは『荘子』譲王篇や『史記』仲尼弟子列伝に見えるもので、ぼろぼろで雨漏りがし、床も濡れているような家に住む原憲を、同じく孔子の弟子の裕福な子貢が訪れたところ、原憲は藜の杖をついて門まで出迎えた。子貢が「ああ、先生は何と（貧を）病んでおられるのか」といったところ、原憲が「財の無いのは貧という。道を学んでそれを実行できないのが〈病む〉ということなのである。今、私は貧であるが、病んでなどいない」と答えたので、子貢は逡巡して恥じいる景色を見せたという話である。したがって本句は、「郭伋のように良吏としての名声もなく、子供たちの大歓迎も受けない私ではあるが、私の高潔さや真意をわかってくれる、原憲のような世に隠れた名士はいるもので、彼のように貧居からあかざの杖をついて、わざわざ私を門まで出迎えてくれるということが、巡行の途上でしばしばあった」ということになるのではあるまいか。

29冥感終無馴白鹿　　冥感は終《つひ》に白鹿を馴《な》らすこと無く
30外聞幸免喚蒼鷹　　外聞は幸ひにも蒼鷹と喚《よ》ばるるを免《まぬか》る

29は大系「冥感終《つひ》に白鹿に馴《な》るること無し」と訓み、補注において「後漢書、鄭弘伝の注に、弘が淮陰の太守になり、善政を行なったので、冥感のあまり白鹿が彼の車のこしきをはさんで馴れてつきしたがい、これを宰相に栄転する瑞兆だと人が占った。この故事による」と記すが、『後漢書』の鄭弘伝（一節所引の藤原克己の論で、「行春」の語がここに見えることが指摘されていた）の李賢注に記されたこの故事を当句の典拠として指摘するのは適切であろう（ただし原文には「冥感のあまり」や「馴れて」という語句は見えない。道真の詩句に合わせて語句を補い過ぎている感が強い）。だが、頭注に「白鹿が馴れて車につきしたがい、やがて栄転するというような神霊の感応瑞兆があるわけではない」と句意を記すのは適切ではなく、ここも先の27と同じく、昔の中国の良吏のような才能や名声が不足していることを表明したもので、「天が感応して（古《いにしえ》の鄭弘の行春の時のように）白鹿がついてくるというようなことも最後まで無く」と解すべきではないか。

30は大系に「ただ蒼鷹のような冷酷無惨な酷吏だとうわさされることは幸にないようだ」と解釈するのでほぼ正しい。ただし典拠としては、『蒙求』11「郅都蒼鷹」に採られ、『漢書』酷吏伝に名を残す郅都の、法を運用するのに厳格で、過酷な刑罰を実施し、人々から「蒼鷹」と恐れられた故事を指摘するべきであろう。

結局、この29・30の対句は、前の27・28と同様の構成を取り、前句で良吏としての才や名声には恵まれないことを述べ、後句では、しかしだからといって、国守としてまったく取り柄がないわけではない（28）、あるいは、酷吏という最悪の評判は免れている（30）、と自らを慰めている。

31応縁政拙声名墜　　応《まさ》に政《まつりごと》拙《つたな》きに縁《よ》りて声名墜《お》つべし
32豈敢功成善最昇　　豈に敢《あ》へて功成りて善最に昇らんや

この両句は、27から30にかけて振り返ってみた国司としての自分への声価が、自分の考課にどのような影響をもたらすかを述べたもの。31は為政者としての未熟さにより、国司としての自分に対する人々の評判は落ちるであろうと予想する。その結果、自分の考課の際には、治績があがって「善」や「最」の高い判定がつくなどということが、どうしてあり得ようか、と悲観する。「功」はこの場合、地方官としての治績をいい、道真には「御民銜勒本君功、顧眄将聞矍鑠翁（民を御する銜勒は本《もと》より君が功、顧眄して将《まさ》に矍鑠たる翁に聞かん）」（巻二「別れに臨みて鞍具を総州の春別駕に送る」）、「此時何悶事、官満未成功（此の時何の悶事かある、官満つるも未だ功成らず）」（巻四「納涼小宴」）、「祖業儒林聳、州功吏部銓（祖業は儒林聳ゆ、州功は吏部銓《はか》る）」（『菅家後集』「叙意一百韻」）と、国司としての治績を「功」の語で表現した例が他にも見られる。「善最」は大系補注に、「花房氏いう、唐代の考功即ち勤務評定の法に、善と最とがある、ともに功績を評価する基準。唐書、白（ママ、百カ）官志を参照」とあるが、何も『唐書』を参照しなくとも、日本の律令の「考課令」に規定が存する。まず「善」は、「徳義聞こゆること有らば一善と為《せ》よ」（3条）、「清慎顕著たらば一善と為《せ》よ」（4条）、「公平称すべくは一善とせよ」（5条）、「恪勤懈らざらば一善と為《せ》よ」（6条）とあるように、その人の官人としての勤務態度にすぐれた点があれば、一つずつ「善」を与えるポイント制の考課で、すぐれた点が多ければ、「善」の数も最高四つまで増えていく。これに対して、「最」は考課令7条に「最の条」とあり、8条以下、各官職別に「この官職においては、こういう条件を満たしたものを

〈最〉と為《な》す」という条項が続く。これは一般的な勤務態度とは別に、各官職の特性に応じてその任を良くこなした人に与えられる考課である。国司については、46条に「諸事を強済し、所部を粛清したらば、国司の最と為《せ》よ」と規定されている。[7] 道真は、その「善」「最」いずれの評価も得られまいと諦観するのである。たとえ「善」「最」の考課がつかなくとも、意に染まない官職なら、大過なく任を終えればそれで良いではないかとも思うが、やはり道真には、たとえ不本意な官職であっても、中央に帰ってからの考課では高い評価を得たいという、エリートとしての自負があるのだろう。この辺は、現代のいわゆる「キャリア」と呼ばれる高級官僚たちにも通じる意識が、道真の中に既に存在していたのかもしれない。

33 廻轡出時朝日旭　轡《くつわ》を廻らして出づる時　朝日旭《のぼ》れり
34 墊巾帰処暮雲蒸　巾を墊《しず》めて帰る処《ところ》　暮雲蒸《む》したり

以下38まで、行春の巡行の日中の労苦と、夜になって旅先の宿舎に入って、忍び寄る寂寥感とを詠んで、締めくくりへと向かう。この33・34では、巡行に出かける朝方の様子と宿舎に帰る夕方の様を対にして、日の出から日没まで長時間巡察し続けることを述べる。33は大系では「くつばみを転じて、官舎から府衙の庁に出勤する時は、朝日がきらきらとかがやく」と解するが、この句は、出勤の様でなく、宿舎を出て巡察に出発する時の景を詠んだもの。「廻轡」は馬の向きを変える意で、ここでは、次の巡察地へ向けて旅立つことを指すと思われる。「朝日旭」も、日の出とともに巡察に出かけなければならない強行軍の旅であることを言おうとするものであろう。

34は大系頭注・補注に指摘する『後漢書』巻六十七に見え、『蒙求』308「林宗折巾」で名高い郭泰（『後漢書』では「郭太」）の故事を踏まえているが、この故事は、諸国を周遊していた郭泰が、陳梁二国の間で雨に遭い、頭巾の一角がひしゃげ（墊）たので、時人はそれをまねて、ことさらに頭巾の一角を折ってかぶり、「林宗巾」と呼んだというもので、郭泰が世人に非常に慕われていたことを示す逸話《エピソード》。大系は「夕立がきて墊角《てんかく》にした頭巾をかぶって役所から宿に帰るところ、夏雲が湧きおこる」と解するが、33が巡察に出発する時の光景である以上、当然役所から帰る時の光景ではないし、「夏雲」も季節的におかしい。巡察途中でひどい雨にあっても雨宿りもできず、郭泰のように頭巾の一角が雨でひしゃげてしまう羽目になり、ほうほうの体で宿に帰着する頃には、既に夕べの雲が湧き起こっていたという、「行春」途上での辛い目にあった体験が詠まれているのであろう。

35駅亭楼上三通鼓　　駅亭の楼上　三通の鼓

36公館窓中一点燈　　公館の窓中　一点の燈

35は大系に「伝馬の往きちがう郵駅の屋上に、三つの鼓楼が見えている。役所から出て宿舎に帰る途中嘱目の景」とあるが、この駅亭も当然、国府にあるものではなく、巡行の途上、道真一行が宿泊のために立ち寄った駅《うまや》である。「三通」の「通」は鼓などの鳴る回数をいう数詞。駅亭の鼓楼の鼓が三回鳴り、夜が三更（日没から夜明けまでを五つの「更」に分ける。春の場合、三更は夜十時から十一時頃か）を告げることをいうか。(8) その鼓の音を聞きながら、道真はまんじりともせず、駅亭の公館で一人燈火を灯して起き明かしている。

37人散閑居悲易触　　人散じて閑居すれば　悲しみ触《ふ》れ易《やす》し

38夜深独臥涙難勝　　夜深けて独臥すれば　涙勝《た》へ難《がた》し

この両句については、特にあれこれ言う必要もあるまい。日中の多忙な業務、苦しい旅から解放されても、夜更けに公館の部屋に一人でいると、都を離れた悲しみ、家族と離れている寂しさがあふれ出てくるというのである。

39到州半秋清兼慎　　州に到りて半秋　清兼《ま》た慎

40恨有青青汚染蝿　　恨むらくは青青たる汚染の蝿有ることを

締めくくりの二句。39は、大系頭注にいうように、讃州に赴任して以来、半年が過ぎたが、私は清廉であり、また身を慎んできた、の意。3132に引いた「考課令」4条の「清慎顕著たらば一善と為《せ》よ」にもとづくこと、注

（8）の後藤昭雄論考に指摘がある。40の「青青たる汚染の蠅」については、大系は頭注に「臭穢にむらがる、蒼蠅のように、腐敗汚染したやから」と釈し、補注に「「青青」は黒髪をいう。蒼蠅のような男の意。「蒼蠅」は、もと詩経、斉風、雞鳴に見え、後漢書、陳蕃の伝に、「夫れ臭穢有らざれば、則ち蒼蠅飛ばず」とある」と記す。『詩経』斉風「雞鳴」に見える「蒼蠅」は、鶏が鳴き朝になったと思ったら、それは鶏の声ではなくて蒼蠅の声であったと用いられており、この詩の「蒼蠅」には、道真が用いている「青青たる蠅」のように汚れたものという意味はない。『詩経』から例をあげるなら、むしろ小雅の「青蠅」を掲げるべきであろう。ただし、中国では「青蠅」や「蒼蠅」は、小雅の「青蠅」の伝統を引いて、讒言する小人の喩えとして用いられることが多く（『白氏六帖』蠅にも「青蠅、刺レ讒也」とある）、この道真の詩句のように貪吏の喩えとして用いられる例は未見である。最後の両句において、自らの清廉と対比して、貪吏のやからを非難するのは、冒頭一節に引いた「戸令」国守巡行条に「若《も》し郡司、官に在りて……（略）……情貪穢に在りて、諂諛して名を求め、公節聞え無くして、私門日に益さば、亦謹みて察せよ。其れ政績の能不、及び還迹の善悪、皆録して考状に入れて、以て褒貶を為よ。即ち事侵害有りて、考に至るを待つべからずは、事に随ひて糺推せよ」とある、巡行時に郡司以下の各地の役人を視察考課するという仕事の結果を踏まえてのものでもあるだろう。或いは、青蠅は『詩経』小雅の諷喩通りに用いられていると見て、「自分は清廉かつ身を慎んできたのに、それをあれこれ中央に讒言しようとする輩《やから》がいる」と訴えたものと解することもできるのではないか。

終わりに

以上、菅原道真の「行春詞」を、国司の重要な任務である〈行春〉を主題にした作品として、読み直しを試みた。

全体を通読してみると、地方官としての経験を持たないまま、国司としていきなり現地に赴任させられ、「行春」という大変な任務を遂行していかなければならなかった不安や不満と、それでも与えられた任務を誠実にこなしていこうとする意欲とが交錯して、この二十韻四十句の長編詩の基調をなしていることが、あらためて感じ取れる。

また、この詩においては、詩句のそれぞれが、部内巡行に関連した「令」の条文に規定された事柄を十分に意識した上で詠まれていることが、前述の読解から明らかになった。道真はこれらの条項に記された国司の任務やその意義を十分に把握し、条文に沿って諸事を執り行いながら視察の旅を続けたと思われる。この詩一首だけでは、あくまでも外面的なことが点綴されるばかりで、任務遂行のより具体的な状況はそれほど明らかにされてはいないが、道真の几帳面な性格から考えても、形だけのいい加減なものであったとは考えにくく、郡司や役人たちに対しての鋭い監査や、領民に対する質問や慰撫が、在所在所で繰り返し実際に行われたのであろう。しかし、地方官の経験も皆無で、地方行政の実態や讃岐という土地の事情にも疎い道真が、国司として律令の条項に忠実に「行春」の任務を遂行しようとすればするほど、いわゆる〈カラ回り〉の状態になっていき、彼自身が現地の人々の間で〈浮いて〉しまうことは十分予想できる。そのことは行春に先立つ心配を述べた詩の冒頭部や、「行春」を終えるに当たっての感想めいた終盤部の叙述を読むと、彼自身も十分に自覚していたようである。

さらに、記述内容が「令」の条項と対応することとは別に、この詩のもう一つの特徴として、自らの国司としての行動や目標を、『漢書』や『後漢書』の良吏伝をはじめとする史書の列伝に収められた漢代の地方官の故事を頻りに用いて記していることが挙げられる。これらの故事は、『蒙求』にも数多く収録されているが、道真と史書には深い関わりがある。彼は若い頃、父是善から『後漢書』の講義を受け（『菅家文草』巻一・九「八月十五夜、厳閤尚書、授後漢書畢。各詠史、得龐憲〈幷序〉」）、各句に『漢書』の良吏の名を詠み込んだ五言排律を作ったこともある（『菅家文草』巻一・二五「喜雨詩」）。さらに方略試に及第した後は、私塾で『漢書』を講じ（『田氏家集』巻上・五五

『菅著作講漢書、門人会而成礼、各詠史』）、文章博士としても巨勢文雄の後を受けて『後漢書』を講議した（《扶桑集》巻九・紀長谷雄「後漢書竟宴、各詠史、得抛公《并序》」）。また讃岐にも『漢書』を持ち込んだ（《菅家文草》巻四・二五九「客舎書籍」）。道真にとって、史書の列伝に登場する官吏たちの故事を引くのは、いわば「血肉と化した」ものであったといえよう。従って、「行春詞」に道真が史書に見える地方官の故事を引くのは、単なる〈文飾〉のためではなく、やはり、これらの地方官の姿を、自らの国司としての行動の基準・規範として捉えていたからではないだろうか。

こうして「行春詞」を読み直してみると、文章博士という家学を教授する立場を離れ、一国を預かる立場の官僚として行動していかねばならなくなった道真が、国司の任務を象徴する「行春」という行為に、どのような思いで臨み、どのように取り組んでいたかが、我々にもある程度理解できるのである。しかし、同じ長編詩でも、『菅家後集』の「叙意一百韻」などと比較すると、「行春詞」は、詩句の表現が具体性・写実性に富むとは言い難く、道真の心情や現地の実態などを、さらに詳細、克明に知るには、やや物足りない感がある。『菅家文草』巻三、四に収められた他の讃州での作品には、自由闊達に自らの心情や任地の現状を表現したものもあるから、やはりこの「行春」の時期、任務への緊張感から、道真にもそれだけの精神的な余裕がなかったのかもしれない。また逆にそうした「行春」という任務への張りつめた思い入れこそが、「戸令」の国守巡行条の内容を律儀に踏まえたり、中国の史書に登場する理想的な地方官と国司としての自分とを比較したりする、この作品の基本的な方向を生み出しているのかもしれない。

以上の所感を付け加えて、この札記を終えることにしたい。

注

（1）『万葉律令考』（東京堂出版、一九七四年）所収。

（2）天子の仁徳、恩光について用いられるのが一般的。たとえば寛平二年（八九〇）の内宴詩題「春風歌」による嶋田忠臣（『田氏家集』巻下）、紀長谷雄（『朝野群載』巻一）の詩作などに典型的に見られる。なお『田氏家集注』巻之下（和泉書院、一九九四年）の「春風歌」の詩注参照。

（3）なお、『田氏家集注』巻之中（和泉書院、一九九二年）では、この「乱縄」の典拠を、『文選』巻五十九の沈約「斉故安陸昭王碑文」の「渤海乱縄、方斯易理」とするが、該当箇所の李善注で既に『漢書』龔遂伝を挙げていることや、本詩6句目の「馮翊」の読解で述べるように、忠臣と道真に共に、優れた地方官の例として龔遂と黄覇を並称する例があることを考えると、やはりここも『漢書』を念頭に置いていると見て良い。

（4）瀧川は「家持は……（略）……越中守在任五年間に唯一回しか部内を巡行していない……（略）……国守は在任中に一度部内を巡行しさえすればよい、というのが、或いは当時の「今行事」であったのかも知れない」と推測しているが、道真の場合も、在任中に「行春」を詩に取り上げたのは、この一回限りである。

（5）瀧川は、また「戸令」の国守巡行条で祠社への奉幣のことを取り上げていないのは、条文が「唐令」を模倣したためだと指摘する。

（6）後藤昭雄「菅原道真の詩と律令語」（『平安朝漢詩文の文体と語彙』〈勉誠出版、二〇一七年〉）。

（7）国司の考課の具体的な内容については、『岩波日本思想大系　律令』の「考課令」46条の補注に詳しい解説がある。

（8）後藤昭雄は注（6）論考において、「関市令」11条の「凡そ市は、恒に午の時を以て集れ。日入らん前に、鼓三度撃ちて散《あか》れよ」と関連づけ、駅の閉門時における鼓の音と解するが、日没時の市の散会の鼓と、この詩の駅亭の鼓とを関連づけられるかどうか。時間的にも、この詩では日没時と考えられる駅の閉門時より、もっと夜遅くの場面を詠んでいるようである。宮中では、漏刻により刻を告げる制があったが、諸国においても同様の制が行われていたと考えてはどうだろうか。

〔初出時補記〕なお、校正時に、「行春詞」が実際の巡検に即した作であるという次のような指摘が、大系本刊行以前に既になされていたことを知り得た。

この詩は彼の赴任翌年晩春における民情視察の一日を詠じたものであり、朝日と共に出立ち帰館した時は既に暮雲がせまってゐたと記されて居て、彼の政治に対する意図が半ば思想的に半ば現実的行動として語られてゐるものである。

（西尾陽太郎「讃岐守時代の道真」〈九州大学『史淵』第四十二輯、一九四九年十二月〉）

巡検の時期を「晩春」としたのは不適当であるが、重要な指摘である。

〔初出〕和漢比較文学会編『菅原道真論集』（勉誠出版、二〇〇三年）に同題で掲載。

3 菅原道真「讃州客中詩」の形成と「詩人無用」論

はじめに

菅原道真の漢詩文集『菅家文草』の巻三・四には、彼が仁和二年（八八六）に文章博士の任を解かれ、讃岐国に国司として赴任する時点から、寛平二年（八九〇）に国司の任を終えて帰京し——ただし交代の解由受領を待たずにではあるが——しばらく閑居していた時期までの、讃岐赴任時の詩を中心とした作品がまとめて収められている。一方、『菅家後集』貞享版本巻尾に付された道真の「家集を献ずる状」には、東宮時代の醍醐帝が道真に対して「令《おほせ》有りて臣が讃州客中の詩を求めたまふ」ことがあり、それを承《う》けて「臣、両軸に写し取りて啓し進《たてまつ》ること既に訖《おは》りぬ」という記述が見える。従って、現存『菅家文草』の巻三・四は、東宮時代の醍醐の仰せを承《う》けて道真が奉った「讃州客中の詩」両軸をもとに成立したものであり、『菅家文草』全十二巻の中でいち早く形成された、独立性の高い巻であるということができよう。小稿では『菅家文草』の巻三・四に載せられた道真の讃岐国司時代に作られた漢詩群を、「家集を献ずる状」にもとづき「讃州客中詩」と総称したい。

その「讃州客中詩」には、国司という地方官に配された自分の立場を嫌悪し、都の文人社会への帰還を切望する作品が数多く存在する一方で、国司としての立場から積極的に在地社会の抱える様々な問題を告発し訴えていこうとする作品も数多く存在している。前者に対しては滝川幸司が、文人・学者として自らを規定する道真の強い意識の現れとして言及しており、[1]後者に対しては桑原朝子が、法制史の立場から、在地の問題に対して鋭敏な反応を示す道真に注目し、平安朝の文人の中では特異な存在として言及している。[2]両者に対するこうした言及は、それぞれに首肯されるものであるが、それでは、まったく相反するように見える二つの姿勢を持つ作品が混在する「讃州客中詩」全体を、我々は一体どうとらえればよいのだろうか。後述する「行春詞」のように、一つの作品の中にこの相反する二つの姿勢がともに現れる作品さえ存在しているのである。道真がその時々の気分で相反する姿勢で作品を詠じ、後にそれらの作品をたまたま讃岐国司時代の作品ということで、無自覚に「讃州客中詩」として二巻にまとめてしまったとは、ほかならぬ道真だけにどうも考えにくい。一人の人間が、同一の時期に、同一の環境の中で、このように相反する姿勢の作品をそれぞれ多数製作していることや、一つの作品の中にまで相反する姿勢の存在が認められるということについては、我々の一般的な文学作品に対する感覚からすると大きな矛盾や疑問を感じてしまうが、はたして道真自身にとっては、どうだったのであろうか。

小稿では、国司としての立場を嫌悪し帰京を切望しながらも、国司としての立場から在地の問題を鋭く告発しようとする、「讃州客中詩」の独特な世界が形成される大きな要因として、讃岐赴任以前から宮廷の官僚たちの間に起こっていた「詩人無用」論への反発が挙げられるのではないかという仮説を提示したい。この「詩人無用」論については、近年、滝川幸司が「詩や詩人が根本的に無用であると非難しているのではなく、実務官僚であるべき儒家が主張している以上、政事、実務にとって詩など無用だという批判として解すべきではないか」という新しい解釈を発表しており（「菅原道真の位置」『菅原道真論』〈塙書房、二〇一四年〉）、この滝川の解釈にもとづけば、前述の「讃州客中詩」の独特な世界は、讃岐の国司になることを余儀なくされた道真が、儒家からの「詩人無用」論を反駁するために、一国の政事・実務の長である国司の立場で「詩」を作り続けたことで形成されたと考えられないであろうか。また前述のように桑原朝子も、在地の問題を鋭く告発する道真に注目して、「新楽府」により政治や社会の問題を告発している白居易と道真を対比し、道真が讃岐から帰京後に政治や社会における問題告発を止《や》めてしまうことを批判的に論じているが、道真の立場は「新楽府」を作製した時の白居易の立場とはかなり異なっており、「讃州客中詩」中の在地社会を扱った作品は、日本のみならず中国の漢詩までを視野に入れても、あまり類を見ない独特な姿勢で詠まれたものといえよう。小稿では、このような視点に立って、道真の「讃州客中詩」の世界を改めて見つめ直し、その位置づけを試みたい。

一、「讃州客中詩」の中の二つの流れ
――先行研究における位置づけ――

前述のように、「讃州客中詩」には二つの相反する大きな流れが存在する。それぞれをA・Bとして、その実際を分析しながら、先行研究によって、それぞれの流れがどのように位置づけられているかをあらためて述べてみたい（以下『菅家文草』の引用は元禄十三年刊『改正菅家文草』により私に訓読を付した。番号は岩波日本古典文学大系の作品番号）。

A国司の職務や讃岐での暮らしを否定的に捉えて拒み、都での公宴に侍る文官としての職務や暮らしを希求する作品群

A1国司・政務は自分の本務ではないと述べ、赴任以前の宮廷での公宴に侍り、詩を献じた頃を回想する作品（代表的な作品から必要な句のみを摘出し解釈を補う。以下同様）

「重陽日府衙小飲」（巻三・一九七）……停盃且論輸租法、走筆唯書弁訴文、十八登科初侍宴、今年独対海辺雲

（盃を停めて且《しばら》く論ず輸租の法、筆を走らせて唯書《ただしる》す弁訴の文、十八に登科して初めて宴に侍し、今年海辺の雲に独り

対《むか》ふ）

・朝廷での公宴では酒盃を手に談笑し、筆を走らせて詩を献じていたのだが、今は盃を止めて論じるのは租税の取り立ての方法、筆を走らせて書くのは訴訟の判決文。十八才で初めて公宴に侍り今まで詩を献じ続けてきたが、今年四十二歳にもなって独り辺地にたたずむ。

「九日偶吟」（巻四・二六七）……今日低頭思昔日、紫宸殿下賜恩盃（今日頭《かうべ》を低《た》れて昔日を思ふ、紫宸殿下恩盃を賜ひしことを）

・重陽の日に紫宸殿で天皇から盃を賜った昔を回想する。

「冬夜閑思」（巻四・二七四）……性無嗜酒愁難散、心在吟詩政不専（性は酒を嗜《たしな》むこと無く愁《うれ》ひ散じ難《がた》し、心は詩を吟ずるに在《あ》りて政《まつりごと》専《もつぱら》ならず）

・冬の夜、酒も飲めない自分は愁いもつのる。詩を詠むことばかり考えて、政務に専念できない。

「正月十六日憶宮妓蹋歌（正月十六日、宮妓の蹋歌を憶《おも》ふ）」（巻四・二八四）……毎属佳辰公宴日、空空湿損客衣襟（佳辰公宴の日に属《あた》る毎《ごと》に、空空として湿《うるほ》ひ損《そこな》ふ客衣の襟《えり》）

・踏歌の節会の日、かつて宮中で宴に侍し、宮女たちの歌唱や舞踏に接した思い出や、参加できない節会の様を遠く離れた讃岐から思いやる空しさを述べた後、公宴の日が来るたびに自分がそこにいられないことを痛感して涙があふれると結ぶ。

これら一連の作品に対して、滝川幸司は注（1）に挙げた『菅原道真論』第一章「詩臣としての菅原道真」の「一、讃岐赴任と宮廷詩宴」において次のように論じる（引用文中の傍線は筆者による、以下同様）。

都での宮廷詩宴を思い起こすのは、秋山*が「いうまでもなく、道真にあっては詩人は京にあって天下国家を高く領導するものとしての詩文の業に従事することが本懐であろう。従って讃岐転出はその本懐にそむく境涯に追われることにほかならない」と述べるとおりであるが、「詩文の業に従事する」という行為は、道真の都回想の詩を見ていけば、具体的には宮廷詩宴への参加にこそ重点があったように思われる。

＊秋山虔「菅原道真の位置」（『歴史教育』14―6、一九六六年）…筆者注。

ここで滝川が、これまでA1のような道真の作品の基底にあるとされていた「京にあって詩文の業に従事したい」という願望の内容をさらに深く突きつめて、「宮廷詩宴への参加、そこでの詩作こそが自分の業である」という、より具体的で限定された道真の意識を指摘した点は重要であり、前掲の各作品の波線部を見ていけば、滝川の指摘は十分に肯《うなず》けるものである。

さらに滝川は、道真が讃岐からいったん帰京するための船旅の途上で詠んだ「舟行五事」（巻三・二三六）の第二首、長年使ってきた釣り針をなくし、生業の漁師をあきらめざるを得なくなった老翁に自分を重ねた詩で、

非嫌新変業、最惜旧成功……漸憶釣翁泣、悲其業不終（新たに業を変ふるを嫌ふに非ず、最も旧の功を成すを惜しむ……漸く憶《おも》ふ釣翁の泣くは、其の業を終へざるを悲しむと）

と自らの「業」を全うできず、それを新たに変えなければならない悲しみを述べていることや、讃岐赴任直前の基経が開いた餞宴での詩作「相国東閤餞席……」（巻三・一八六）で、

為吏為儒報国家（吏と為《な》り儒と為《な》り国家に報ぜん）

と、「吏（ここは国司）であっても、儒者であっても変わりなく国家に報いよう」と述べていることに対して、（「吏と為《な》り儒と為《な》り」と一応は言っているものの…筆者注）道真にとって国家に報いる業は「詩作」なのである。しかし、詩作を「業」と認めているといっても、売文業のようなものがあったわけではなく、律令官人として官職に就き勤めるしかないのであるから、道真が「祖業」「家業」として儒学・詩作を位置づけているとしても、そこには讃岐赴任とともに解かれた文章博士・式部少輔のような儒官にいることが背景となっているので

あり、だからこそ讃岐赴任は「変業」でしかなかった。そもそも「詩人」であるためには官職は必要なかろう。国司という、都の喧噪から離れた環境は「純粋な文学創作者」としての「詩人」には好都合であったともいい得る。しかし、「詩臣」は都で「王沢」を歌い「国家」に報じてこそ「詩臣」なのである。

と道真が「祖業」「家業」として位置づけていた「詩作」というものは、宮廷で儒官に就いて行われるべきもので、「純粋な文学創作者」(すなわち現代の我々が一般的にいうところの「詩人」)の活動として行われる自由な「詩作」とは、明らかに異なった性質を持っていることをも指摘している。

この点で、「地方官に転出して詩作する」ということでは、表面的には同じように見えても、道真の讃岐での詩作の活動と白居易が司馬・刺史として江州や蘇州・杭州に赴任した折に行った詩作の活動とでは、詩作の姿勢は全く異なっている。白居易は、滝川のいう「都の喧噪から離れた環境」を享受する「純粋な文学創作者」としての「詩人」の立場を最大限に利用して数多くの「閑適詩」を詠み、任地の風景の美しさや、その風景の中でのんびりと過ごす喜びを積極的に詩に詠んだ。有名な「香炉峰下新たに山居を卜し草堂初めて成り偶《たまたま》東壁に題《しる》す」の「重題」詩に見える、

喜入山林初息影、厭趨朝市久労生（喜びて山林に入り初めて影を息《やす》め、朝市に趨《おもむ》きて久しく生を労すを厭《いと》ふ）
日高睡足猶慵起、小閣重衾不怕寒（日高く睡《ねむ》り足りて猶起《お》くるに慵《ものう》く、小閣衾《ふすま》を重ねて寒を怕《おそ》れず）
遺愛寺鐘欹枕聴、香炉峰雪撥簾看（遺愛寺の鐘は枕を欹《そばだ》てて聴《き》き、香炉峰の雪は簾《すだれ》を撥《かか》げて看《み》る）
→『千載佳句』隠逸部・山居、『和漢朗詠集』山家に採られる
匡廬便是逃名地、司馬仍為送老官（匡廬は便《すなは》ち是れ名を逃《のが》るる地、司馬は仍《すなは》ち老《おい》を送る官為《た》り）
心泰身寧是帰処、故郷何独在長安（心泰《やす》く身寧《やす》きは是れ帰る処《ところ》、故郷何ぞ独《ひと》り長安のみに在《あ》らむや）
→『和漢朗詠集』閑居に採られる

官途自此心長別、世事従今口不言（官途は此《これ》より心に長く別れ、世事は今より口に言はじ）

などの詩句は、その最たるものだろう。もちろんこれらの言葉そのままに、白居易が中央の官界への未練を完全に断ち切っていたとは思われない。江州に左遷されて三年目に作られた、雨の夜に廬山の草堂で、華やかな宮中に宿直しているかつての同僚たちのことを思いやった、

蘭省花時錦帳下、廬山雨夜草庵中（蘭省の花の時の錦帳の下、廬山の雨の夜の草庵の中《うち》）

↓『和漢朗詠集』閑居に採られる

という詩句で知られる「廬山草堂夜雨独宿、牛二・李七・庾三十二員外に寄す」詩などの存在は、そのことをよく物語っているが、白居易の江州や蘇州・杭州での作品全般を見わたしても、こうした色調《トーン》を持った作品はそれほど多くはなく、まして道真の「讃州客中詩」のように、都での天子のもとでの文人としての活動を希求したり、都での詩作の場面を追憶したりするような作品はほとんど見られない。道真と白居易の詩作の立場の違いについては、後ほどくわしく考えるが、ここではまずこのことを押さえておきたい。

さらに道真詩には、宮中での詩作には直接触れないものの、京の我が家の景物や行事を想いやる作品も数多く存在する。これをA2としよう。

A2京の家の景物や行事を想うことに力点を置いた作品

「思家竹（家竹を思う）」（巻三・二二六）、「寄白菊（白菊に寄す）。四十韻」（巻四・二六九）

・京の自宅に植えている竹や白菊を懐かしく思いやる。

「旅亭除夜」（巻三・二一三）……苦思洛下新年事、再到家門一夢中（苦《ねむごろ》に思ふ洛下の新年の事、再び家門に到る一夢の中《うち》）

・除夜に都の新年の行事を懐かしく思いやり、夢の中で家への道をたどる。

「八月十五夜、思旧有感（八月十五夜、旧を思ひて感有り）」（巻四・二九八）……従始南来長鬱悒、就中此夜不勝悲（始めて南に来りてより長く鬱悒《うついう》するも、就中《なかんづく》此の夜は悲しみに勝《た》へず）

・八月十五夜に、菅家の伝統行事で、八月が父是善の忌月になったため今は行われていない十五夜の宴を懐かしく思い出し、讃岐に来てからずっと気がふさいでいたが、ことに十五夜の今日は悲しみに堪えられない。

これらの京の我が家の景物や行事を思う作品も、純粋な望郷の思いだけで詠まれているのではあるまい。宮廷での公宴や献詩には触れないものの、その背後には、A1の各作品に見られた、京にいることができない＝学者・文人として宮廷に出仕できない、ということに対するやりきれなさが少なからず込められているのではないだろうか。

B国司として在地の民衆が抱える問題や貧困を告発する作品群

しかし、道真は「国司として政務に携わることは自分の本来の任務ではない」と執拗に繰り返しながら、その一方で、「讃州客中詩」において、国司としての立場から、任国讃岐の庶民の暮らしぶりや彼らの抱える苦しみをしっかりと把握し、それらを積極的に詩に詠んでいる。その代表的なものをいくつか次に挙げよう。

「寒早十首」（巻三・二〇〇〜二〇九）……「何人寒気早（何人《なんびと》にか寒気早き）」で始まる十首の連作詩。寒さの訪れに苦しむ貧しく弱い立場の人々（逃亡民、やもめ暮らしの老人、孤児、漁師、樵夫など）を描く。道真の社会風刺詩の代表として取り上げられることの多い作品。

「路遇白頭翁（路《みち》に白頭の翁に遇《あ》ふ）」（巻三・二二一）……道ばたで会った、生業も持たず妻子もいない老人から、昔は国司の政治が良くなく、国中が疲弊して苦労したが、有能な国司が相次いで起用されると、国も良くなり、今は安泰な老後を送っていると聞かされて、国司の手腕がいかに大切かということを述べる詩。ただし道真は「私は有能な彼らには遠く及ばない、詩を詠むことしか能が無い」と最後を締めくくる。

「問藺笥翁（藺笥《りんし》の翁に問ふ）」（巻三・二二八・二二九）……背中がかがんで足が不自由な障がいを持つ「藺笥の

翁」（イグサで編んだ箱などを作る細工職人の老人）に問いかけ、障がいを持つ不自由さや、細工職人ゆえの生活の苦しさを聞き出す。「苦しみを聞いていただきありがとうございます」という翁のお礼と「米をいただいて喜んで帰る」という言葉で締めくくられる。直前の「路遇白頭翁」詩とは逆に、国司としての自己宣伝的な要素も入っている作品。

これらBに属する作品については、注（2）に掲げた桑原朝子『平安朝の漢詩と「法」』第一節「詩人による政治―菅原道真の構想」において大きく取り上げられる。桑原は道真の漢詩が任国の在地の貧しい庶民を取り上げることの特異性について、次のように述べる。

道真以前の日本の詩において貧民の姿を描いた文学としては、『万葉集』に見える山上憶良の「貧窮問答歌」が直ちに想起されるが、これは『文選』や『陶潜集』、類書『芸文類聚』等の漢籍を模倣して作られた特異な例であった。したがって、奈良時代ないしは平安前期の文学において、貧民を描くことがトポスとして成立していたとは言い難い。殊に漢詩に限れば、貧民を詠んだ作品は皆無であり、民衆の姿に触れるものすら殆ど見られない。むろん、中国では民衆を詠った詩は古くから存在し、道真が傾倒した白居易もそうした詩を多く詠んでいるが、少なくとも当時の日本においては、貧民の姿を正面から取り上げた道真の詩は、きわめて特殊なものといえる。

憶良の「貧窮問答歌」をこのように定義づけて良いかは疑問であり、「貧民」という用語についても「下層の庶民」などの方が適切なように思われるが、Bに属する道真詩の位置づけとしては、この桑原の見解はほぼ首肯できるものである。さらに桑原は共に詩人として国司の任に就いた経験を持つ、道真の岳父嶋田忠臣と道真を比較して、次のようにも述べる。

そのこと（道真が貧民の姿を詩に詠むことの特殊性……筆者注）は、同じく国司となりながら詩人であるという自己意識をもち続け、多くの詩を残している嶋田忠臣の作品と比較すると、より明確になる。忠臣は、道真の父是善の門下生で、少年時代の道真に詩の手解きを行っており、その娘宣来子は道真の妻になっている。したがって、両者の個人的な交流は深く、儒家かつ詩人という数少ない同志として共通点も多い。しかしながら、在地社会についての詩には、両者で相当の差異が見られる。忠臣は道真以上に国司の経験が豊富であるが、在地社会の民衆については殆ど詩に詠んでいない。元慶七年（八八三）以降の美濃介在任中に、久しぶりに降った大雪を豊作の瑞兆と捉える農夫等を見て、「野老始めて知る、春の澳沐なることを。農夫只だ遵ふ、歳の豊穣なることを。」と詠んだ例などが僅かに見られるのみである。しかも、これは、抽象的で個性の乏しい民の姿を情景の一部として詠み込んでいるに過ぎない。これに対し、道真の「寒早十首」は、民衆を一括りにせず、その中でも下層にある貧民を主たる対象として、精密な観察に基づき職業ごとに見事に措き分けている。もっとも、忠臣の詩にも、寒気が到来して民を震え上がらせることを憂慮する句は見られ、一方、道真の詩にも意識の上での民衆との隔絶は表れているが、民衆に対する観察の精度や主観的な関心の深さにおいて、両者の間には格段の相違が存在するのである。先述のように、道真以前には、そもそもいかなる形であれ在地社会を扱った詩は非常に少なく、基本的には最も近い詩人である忠臣との間にさえこれほどの相違があることは、道真の「寒早十首」等の詩がいかに稀なものであったかを示している。

この両者の比較とそれに対する分析は適切であり、また道真以後の平安朝の漢詩人で、地方官を経験した作者においても（たとえば『江吏部集』を残した大江匡衡）、彼らの作品自体がそれほど多く残っていないせいもあろうが、任地での作品は極めて少なく、在地の人々の姿を描いた作品となるとさらに見つけ出すことは困難であり、桑原が忠臣について述べたのと同様の結果となる。桑原は「道真以前には……在地社会を扱った詩は非常に少なく」と述べるが、「道真以前には」というより、「奈良・平安時代を通じて、一人道真だけが任国の在地社会を積極的に詩に取り上げている」と述べた方がより適切であろう。

桑原は、このような道真の在地の民衆を詠んだ詩を、同じく民衆の苦しみを詠んだ白居易の「諷喩詩」と比較して次のように述べる。

さらに道真の民衆に対する見方が他の詩人と大きく異なる点は、国家のための租税や役務負担に苦しむ民の姿を詠んでいることである。中国においては、白居易が諷諭詩「新楽府」や「秦中吟」等の連作の中で重税や兵役に苦しむ者達の姿を詠んでおり、道真もこれを参照したものと考えられる。但し、白居易が、その詩の序や注において、彼らを取り上げるのは、彼らから搾取する官人や重い兵役を課する天子を批判するためであることを正面から述べているのに対し、「寒早十首」にはそうした注記はなく、本文においても天皇や官人に対する直接的な批判の言葉は表れない。そこに、中国の科挙官僚と違い、宮廷貴族という側面を持つ道真の限界を見て取ることは可能である。だが、民衆に対する観察の精度という点では、多様な貧民に目を配り各々の様子を描き分けている道真は、白居易に勝るとも劣らない。また、直接の非難の言葉はなくとも、重税に喘ぐ民衆の悲惨な境遇の具体的な描写は、彼らからの収奪により成り立っている都の天皇や貴族への批判を痛切に感じさせるものであり、この詩が、いずれ天皇や宮廷貴族に達することを意識して詠まれていることも疑いないと思われる。

桑原は、まず、道真の在地の民衆を詠んだ詩に、租税や庸役に苦しむ民衆の姿が描かれるのを、白居易の諷喩詩を参照したものと推測する。白居易詩は道真詩に広く深く影響を与えており、諷喩詩の影響も、もちろんあると考えてよいのであるが、もし諷喩詩の影響が、民衆の苦しむ姿を作品に詠もうとする直接的な契機であったなら、道真が讃岐に赴任する以前の都にいた時期から、こうした作品がもっと詠まれていてよいはずである。ところが実際には、讃岐赴任以前にはそのような作品は見当たらない。道真が讃岐の在地社会やそこに生きる人々の姿を詩に詠んだのには、白居易の諷喩詩の影響というより、讃岐赴任と関係する、もっと直接的な理由があると推測するのだが、これについては後述する。

次いで桑原は、道真詩に白居易の諷喩詩のような天皇や官人に対する直接的な批判や注記が見られないことを取り上げ、これを中国の科挙官僚である白居易とは異なる、宮廷貴族としての側面を持つ道真の限界と捉える。さらに桑原は、道真が国司の任を離れ中央の官界に復帰してからは、在地社会を扱う詩を詠まなくなることに対しても、

讃岐守時代、道真は詩作が受領としての仕事の妨げとなると言いつつも、在地社会を詩に詠み続けた。しかし、唐の白居易が、皇帝の側近に仕えていた時期にこそ、むしろ積極的に地方の民衆の姿を詠んでいたのに対し、道真は、讃岐から帰京すると在地社会を詩に詠むことをやめてしまい、他の者にそれを詠むように勧めることもない。……（略）……中央における詩人による政治を支えるには、在地社会に対しても詩を介して関わるという方法を積極的に推し進めるべきであったと思われる。

と、白居易と比較して批判するのだが、この分析には問題があり、そこには諷喩詩を詠んだ時の白居易と、国司としての赴任先で在地の民衆の問題を取り上げている道真との、それぞれが置かれている立場の違いへの認識が欠けている。白居易は翰林学士を経て、天子を諷諌する左拾遺の官職にある時に、多くの「諷喩詩」を作成しているのであり、政治批判や社会風刺を目的とした「諷喩詩」は、彼が就いていた「左拾遺」という天子を諌める官職と切り離せない、官職が生み出した作品といってよい。それ故に江州や蘇州の司馬・刺史として地方に赴任した際には、白居易は、道真のように任地のかかえる問題や任地の民衆の生活の苦しみを詩に詠むわけではなく、先に見たように、都を離れ朝廷の役職を逃れた自由な境涯を楽しもうという「閑適詩」へと詩作の姿勢をシフトする。国司に任じられてから、在地の問題や民衆への積極的なアプローチを見せている道真とは、その姿勢の違いは対照的とさえいえる。

では、道真は何故、国司という不本意な官職にあって、「自分には良吏の資質がない、自分は政務には向かない」と言いながら、在地の問題や民衆の姿を積極的に詩に詠むのか。滝川幸司の「詩人無用」論についての指摘に再度目を向けながら、この問題を論じていきたい。

二、「讃州客中詩」と「詩人無用」論の関係

――「行春詞」を例に――

まず「讃州客中詩」と「詩人無用」論との関係を考察するにあたり、「はじめに」で簡単に触れた、「詩人無用」論とそれに対する道真の立場について考察した滝川幸司の論を改めて確認しておく。滝川は注（1）に掲げた著書『菅原道真論』の第二章「菅原道真における〈祖業〉」の「二、詩人無用論と詩臣」において、「詩人無用」の声が喧《かまびす》しかった頃に作られた「勧レ吟レ詩、寄二紀秀才一」（巻二・九四）の「更怪通儒四面多（更に怪しむ通儒の四面に多きを）」「他日不愁詩興少、甚深王沢復如何（他日に詩興の少きを愁へず、甚深の王沢復《ま》た如何せん）」という詩句、また讃岐から帰京直後に作られた「三月三日侍二於雅院一賜二侍臣曲水之宴一、応製」（巻四・三二四）の「四時不廃歌王沢、長断詩臣作外臣（四時に王沢を歌ふことを廃せず、長《とこし》へに詩臣の外臣と作《な》るを断たん）」という詩句に注目して、道真は「通儒」らを非難して「王沢」を歌う「詩臣」であれ、といっているのである。つまり道真は「学才を基いとして政務に暁達」している「儒家」の（詩人無用という）非難に対し、「学才を基いとし」「詩臣」として国家に仕えるのだ、と反駁していると考えられるのである。道真は、父是善の、「儒家」たちの非難を招くほどに詩作を重要視する面は受け継いだが、是善のように世間に背を向けるような「詩人」ではなく、詩作によって国家に仕える「詩臣」として自らを規定したのであった。それは国家に「詩人」は無用であるという

「詩人無用論」に対する反駁によって獲得された意識であったのであろう。

＊（　）は筆者が補ったもの。以下同様。

と述べ、父是善の世間に背を向けた詩人としての在り方とは異なる、宮廷詩宴での詩作によって国家に仕える「詩臣」であろうとする道真の意識は、国家に官吏として仕える「儒家」には「詩作」は不要であるという、道真のいう「通儒」たちが唱える「詩人無用」論への対抗から生じてきた可能性を指摘している。

さらに道真が「通儒」と呼ぶ儒家たちが唱える、この「詩人無用」という語について、滝川は同著の終章「菅原道真の位置」において、嶋田忠臣の「春日仮景訪二同門友人一」詩に見える「儒家問噵詩無用〈近来盛噵詩人無用〉（儒家は問ひ噵《い》ふ詩は無用なりと〈近来盛りに詩人無用と噵ふ〉）」という句とそこに付された忠臣の自注を引いて、

儒家がいう「詩人無用」には、どのような意図があったのだろうか。文字通り、この社会に詩人など、詩など存在意義がないという意味であったのだろうか。

と問いかけ、その後に、大江音人、道真の父是善、道真の詩友巨勢文雄ら紀伝道出身者たちの官僚としての経歴に触れながら、紀伝道に求められるものが、儒学を基礎に置いた実務能力であったことを明らかにしたうえで、

（「詩人無用」論は）詩や詩人が根本的に無用であると非難しているのではなく、実務官僚であるべき儒家が主張している以上、政事、実務にとって詩など無用だという批判として解すべきではないか。是善らが非難された理由を明らかにすることは困難だが、少なくとも、儒家の頂点にありながら、儒家から無視できないほどに、詩人を標榜したということになるのではないだろうか。是善らが標榜する詩人とは、政事の役に立つのか、という非難であったと考えるのである。

と「詩人無用」論の実態を分析している。この忠臣詩が作られたのが貞観十年（八六八）頃と推定され(3)、前掲道真「勧吟詩、寄紀秀才」が作られたのが元慶六年（八八二）であるから、貞観の末頃から元慶にかけて十数年以上も

の間、儒家（通儒）による「政事、実務を行う官吏にとって詩など無用」という主張が行われてきたわけであり、道真が讃岐国司に転出する仁和二年（八八六）においても、その状況が解消されていたとは思われない。

そういう状況の下で、心ならずも讃岐国司への転出を余儀なくされ、自らが活躍すべき本来の場と考えていた宮廷での公宴や詩会での詩作が困難になった道真は、国司という地方政事・実務の責任者という立場に立たされたことで、公宴や詩会での詩作には望めない、新しい「詩の効用」を見いだしたのではないか。それがすなわち、詩でもって在地の問題を告発し、在地の民衆の姿や民衆との触れあいを詩に詠むこと――それは国司という典型的な実務官僚が同時に「詩人」であるからこそ可能になる――であり、国司である自分がこのような詩を作り続けることで、道真は儒家たちが唱えている「詩人無用」論に対して反駁を試みようとしたのではなかったのか。

とはいうものの、先に引用した論考で滝川が言うように、「詩作によって国家に仕える「詩臣」として自らを規定」し、「「詩臣」は都で「王沢」を歌い「国家」に報じてこそ「詩臣」」であると考えていた道真にとって、国司として実務官僚の立場で詩を詠むことは、あくまでも本来の〈業〉ではないのだから、そのことを訴えるために、自らの居るべき場所（都、公宴、詩会……）で詩を詠めない悲しみや不満、自分の本来居るべき場所への愛着を詩に詠むことも当然必要であった。むしろ彼の立場《ポジション》としてはこちらの方がより重要で切実な問題であろう。従って、「讃州客中詩」には、国司である自分の立場を嫌悪し、都の文人社会への帰還を切望する作品と、国司としての立場から現地の問題を告発し、現地の人々の姿を描いていく作品という、一見相反するような二つの姿勢を持った作品が共存することになったのではないか。

さらに長編詩などでは、この二つの姿勢が一つの作品に同居する場合も存在する。例えば、「行春詞」（巻三・二一九）[4]は、春の初めに、任国を巡検する業務（＝行春）のかたわら、道々で目にした在地の様子を点描した長編であるが、そこには、Bに取り上げたような讃岐の貧しい人々の姿が次のように描かれている（句頭の数字は句の番号)。

21尊長思教卑幼順　尊長は卑幼をして順ならしめんことを思ひ、
22単貧恐被富強凌　単貧は富強に凌《しの》がれんことを恐る

目上の者が目下の者を従えようとし、卑しく貧しい者は、富み権勢を誇る者にしいたげられることを恐れているという、讃岐の国の人々の状況を憂えたもの。「単貧」は、「富強」に対して「貧しくして単身」の者をいう。

25襤褸家門留問主　襤褸《らんる》の家門に留まりて主《あるじ》を問ひ
26耦耕田畔立尋朋　耦耕の田畔に立ちて朋《とも》を尋ぬ

25は、ぼろぼろの衣服をまとった人のいる家の門前に立ち止まり、主人に（どうしてこんなに困窮しているのかと）問いかける、の意。「襤褸」は衣服等がぼろぼろになった様。26は、田のあぜ道に立ち止まり、ポツンと二人だけで耕している農民に向かって、「この先、田植え、草取り、刈り入れとなると人手はどうするのだ。手伝ってくれる友達はいないのか」と思わず声をかけて尋ねてみた、の意。「耦耕」は、二人がならんで田を耕している様。家族・親戚や近所の人々と協力し合い、大勢で農作業に従事する世間一般の農民とは対照的な、ただ二人きりのさびしい耕作の様子を強調した語。

　このように、国司の目線で在地の貧しい人々の姿や彼らの抱えている問題を取り上げる一方で、同じ作品の中で道真は、一節のAで見たような、自らが国司の任務に堪えられないという不安や、任務に積極的に取り組めない心境を繰り返し述べる。

3才愚只合嫌傷錦　才《さい》愚かなれば只合《まさ》に錦《にしき》を傷《そこな》はんことを嫌ふべし
4慮短何為理乱縄　慮《りよ》短かければ何為《なんすれ》ぞ乱れし縄を理《をさ》めんや

この二句は「自分は才も愚かであるから、かの子産が戒めたように、政務に習熟しないまま任国の政治に携わり、この国を損なってしまうことを恐れる。思慮も浅はかであるから、能吏の龔遂のように乱れた民たちを治めていくことなど、どうしてできようか」の意となり、自らの国司としての政務能力や経験の欠如をうったえる。3の「傷錦」は、政務に習熟せずに任官して、公務に齟齬をきたすこと。『左伝』襄公三十一年に見える、政務に習熟していない尹何を邑の大夫に抜擢しようとした子皮に対して「まるで美しい錦を製《た》つ方法を学ばせずに、むざむざ美錦を製《た》たせてしまうようなもの」と戒めた子産の寓言による。4の「乱縄」は、『漢書』巻八十九・循吏伝に伝がたてられ、『蒙求』285「龔遂勧農」でも有名な能吏である龔遂が、治民に関して述べた言葉、「治乱民、猶治乱縄。不可急也（乱民を治むるは、猶乱縄を治むるがごとし。急ぐべからざるなり）」を典拠とする。[5]

7莓苔石上心沈陸　　莓苔《ばいたい》の石上に心は陸に沈み
8楊柳花前脚履氷　　楊柳の花前に脚《あし》は氷を履《ふ》む

7では「苔の生えた固い石の上にいても、心は陸に在りながら（水中に）沈んでいくようだ」と、慣れない任務に向かう自身の、不安で一杯の暗澹とした心の様を、「石上」と「陸沈」の語を対比させながら、巧みに表現している。「陸沈」は岩波日本古典文学大系頭注にいうように、『荘子』則陽篇に出る語で、水のない陸地にあって沈む意から、世に隠れる意に解されるが、道真は「陸沈」を、「交情は北溟の深きに謝せず、別恨は還《かへ》りて陸に在《あ》りて沈むが如し」（巻二・一一二「裴大使の留別の什に詶《むく》ゆ」）のように、出典の『荘子』にあった「隠逸」の意を取り除いて、「（陸に在りながら水の中に沈むように）心や気持ちが沈む」意で用いている。8は（春になって）楊柳の花の前に立っても、（任務のことを思うと）戦戦兢兢として足は氷をふむ思いである、の意。結局、7・8の両句は、巡行に出ても、周《まわ》りの景物に心を動かす余裕もなく、不安と緊張で一杯であるということを訴えたものということになる。そして作品の終盤で、一日の行春の任務を終えた後に押し寄せる孤独と悲哀を次のように詠む。

35駅亭楼上三通鼓　　駅亭の楼上の三通の鼓

36公館窓中一点燈　　公館の窓中の一点の燈
37人散閑居悲易触　　人散じて閑居すれば悲しみ触《ふ》れ易《やす》し
38夜深独臥涙難勝　　夜深《ふ》けて独臥すれば涙勝《た》へ難《がた》し

巡行の途上、立ち寄った駅亭の鼓楼の鼓が三更（春の場合、三更は夜十時から十一時頃か）を告げる音を聞きながら、公館の部屋の中でポツンと燈火を灯して私はいる。日中の多忙な業務から解放されると悲しみが湧き起こり、独り臥していると、こらえきれず涙があふれ出す、というのであるが、一節のAで見たように、この道真の悲しみは郷愁や家族と離れた孤独感だけに由来するものではなく、一日の「行春」の激務を終え、自らの本来いるべき立場《ポジション》とはかけ離れた所でかけ離れた〈業〉に携わっている自分をあらためて痛感せざるを得ない悲哀や苦痛も大きく加わっていよう。しかし道真は最後に、

39到州半秋清兼慎　　州に到りて半秋清《せい》兼《ま》た慎《しん》
40恨有青青汚染蠅　　恨むらくは青青たる汚染の蠅有ることを

と、自分は讃州に国司として赴任して以来半年が過ぎ、清廉でかつ身を慎んできたが――「考課令」4条に国司の勤務考課の評定基準に「清慎顕著たらば一善と為《せ》よ」にもとづく(6)――、残念なのはこの地にも青蠅のような輩《やから》――官職を汚す貪吏――がいることだ(7)と、自らは国司として恥ずかしくない過ごし方をしてきたことを強調するとともに、現地の役人には問題のある人物もいることを告発し、国司としての強い矜持を取り戻してこの長編詩を閉じるのである。

任国巡行の道々で在地の人々が置かれている厳しい状況に目を向け、それを掬《すく》い上げていく国司としての積極的な姿勢と、そうした国司としての任務を厭い、自らの〈業〉ではないと拒む姿勢、両者が綯《な》い交《ま》ぜになったこの「行春詞」は、「讃州客中詩」の世界が一首に凝縮された作品といってもよいだろう。現代的な眼で見ると、主題に

統一感がない、分裂していると捉えられそうなこの作品であるが、先に述べたように「詩人無用」論への対抗という立場から見れば、国司としての立場で自らの「行春」の有様を長編詩に詠み、読者に任国の状況やそこで起こっている問題を具《つぶさ》に伝えることは、「詩人」だからこそ可能なのであり、それは「詩人の有用性」を示していくことへと繋がっていくのである。しかし、それは天皇の側《かたわら》で公宴に侍り王沢を謳《うた》うという、道真が考える「詩人」の本来の在り方とはあまりにかけ離れたものであるから、道真自身はそれを厭い拒まざるを得ない。こうした「詩人」に対する道真の二つの思いが交錯して表現されたと考えれば、「行春詞」は道真にとって、それほど矛盾を抱えた作品ではなかったのではないだろうか。なお次章Ⅳ—4「「舟行五事」札記」で扱う「舟行五事」でも、「行春詞」と同じように、一つの作品において国司として在地の問題を鋭く見つめ告発する立場と、自らの〈業〉ではない国司の任務を忌避する立場が入り混じって詠まれる現象が起きる。このことについては、次章であらためて見ていきたい。

三、なぜ道真は帰京後、在地社会を詩に詠むことをやめたのか

ところで「讃州客中詩」において見られた、在地社会が抱える問題を告発する姿勢や在地の民衆の姿を詩に詠む姿勢は、道真が国司の任を終えて帰京して以降、彼の詩からは見られなくなる。この事象については、既に桑原朝子が第一節Bに引用した論考で、

> 讃岐守時代、道真は詩作が受領としての仕事の妨げとなると言いつつも、在地社会を詩に詠み続けた。しかし、唐の白居易が、皇帝の側近に仕えていた時期にこそ、むしろ積極的に地方の民衆の姿を詠んでいたのに対し、道真は、讃岐から帰京すると在地社会を詩に詠むことをやめてしまい、他の者にそれを詠むように勧めること

もない。

と指摘していた。この道真と白居易の比較が当たらないことはそこで述べたが、道真が讃岐から帰京後に在地社会を詩に詠まなくなるという指摘自体は重要であり検討に値する。その原因について桑原は、

確かに〈貴族〉を在地社会から切り離してしまえば、彼らがそれを詩に詠むことも難しくなる。しかし不可能ではないのであり、中央における詩人による政治を支えるには、在地社会に対しても詩を介して関わるという方法を積極的に推し進めるべきであったと思われる。恐らく道真自身、政治を主導する〈貴族〉は、決して在地社会に取り込まれてしまってはならないが、かといって、完全にこれと関係を断ってしまってもならないということは、充分に理解していたと考えられる。それゆえにこそ、中央と在地社会との切断をまず図ろうとしたのであり、この点に関しては、彼の構想はよく考え抜かれたものであったといえる。しかし、その上で、〈貴族〉と在地社会との関係を慎重に構築することに関しては、受領を媒介とする方法や、詩を介する方法についての可能性を示唆しつつも、切断を崩すことを恐れるあまり、それを積極的に突き詰めることはしていない。

と論じている(8)。要約すると桑原は、道真は貴族たちと在地社会の癒着や貴族たちの在地社会への介入を問題視し、こうした両者の好ましくない結びつきを絶とうとして、在地社会を貴族たちと切り離そうとする動きを見せ、その中で在地社会を詩に詠む試み自体を放棄していった、と推定しているようである。

確かに、道真が都の有力貴族たちと在地社会の好ましくない関係を問題視していたことは、「讃州客中詩」にいくつも例証が見い出せ、ほぼ間違いないと思われる。しかし、帰京後に在地社会を詩に詠まなくなることの原因を、貴族たちと在地社会を切り離そうとする道真の動き——本当に道真がこうした構想を持って動いていたかどうかについても検討が必要であろう——と関連づけて論じるのは、どうであろうか。

もし道真に、貴族たちと在地社会の悪しき関係を断ち切りたいという強い願望があったならば、帰京後はそれなりに中央の政事に携わるポストを得られたのであるから、引用文で桑原自身も述べているように、国司の立場で詩作を通じて果敢に行ってきたのと同様に、詩を介してこの問題を告発し続け、自分を登用してくれた宇多天皇や心ある人臣たちに訴えていくことは、やはり非常に有効な方法であったろう。だが、道真が帰京後にそうしなかったのは、在地社会の問題を詩に詠んで訴えていく必要が、もはや無くなったからではないか。

京に戻った道真は、再び天子の側で公宴に侍り、詩を賦して王沢を謳う本来の〈業〉に復帰することができた。しかも天子である宇多は、道真を登用したことで明らかなように、「政事・政務に詩人は無用」とは考えていなかった。前代とは異なり、三月三日や七夕、九月十日（重陽後朝）などの、天皇の詩作に対する強い意志を反映した私的な詩宴（＝密宴）が繰り返し行われ、[9] 道真はその多くの場に召され、献詩を行う機会を得た。小稿で述べてきたように、在地社会の問題や在地社会の人々の姿を描く「讃州客中詩」中の作品が、儒家たちが唱えている「詩人無用」論への反駁を試みるために作られたものであるならば、それは国司という実務官僚として詩を詠むことでこそ可能になるのであり、国司の職を去り京に帰り、天子の側らで「王沢」を歌い「国家」に報じるという、滝川のいうところの「本来の「詩人」」の立場《ポジション》に戻り、新帝宇多が「詩人」の有用性に理解を示す天子であることを確かめた道真にとって、在地社会を詩に詠む必要はもはやなくなった、ということなのではないだろうか。

終わりに

以上、日本の古典文学世界のみならず、中国の古典詩にも例を見ない、国司自らが在地社会の問題を告発しそこに暮らす人々の姿を詩に詠んだ「讃州客中詩」について、その作成理由や位置づけを考察し、道真は帰京後なぜ在地社会を詩に取り上げることをしなくなるのか、という問題にも踏み込んでみた。典型的な実務官僚といえる国司への就任を余儀なくされた道真が、逆にその立場を利用して、国司就任以前から高まっていた「詩人無用」論への対抗手段として、実務官僚の立場にあっても「詩人は有用である」ことを証明しようと創り出したのが「讃州客中詩」ではないかと考えたのであるが、如何であろう。

「はじめに」で述べたように、道真の「家集を献ずる状」によれば、「讃州客中詩」は帰京後に東宮時代の醍醐の求めに応じて書写され、巻軸にして献納されたわけであるが、東宮は何故わざわざ道真に「讃州客中詩」の献納を命じたのであろうか。以下は臆測でしかないが、もし「讃州客中詩」中の数々の作品が「詩人無用」論への対抗心をもって作られていたのだとしたら、道真は国司在任中、できあがった作品を積極的に京に送り続け、「詩人無用」論に対抗しようとする詩友や支援者に読まれるように手配していたのではないか——もし道真の手元に貯《た》め置かれたままであったのなら、「讃州客中詩」は讃岐国司時代の日記代わりの思い出の詩作にすぎない——。そして道真の意を汲んだ詩友や支援者は、送られてきた詩作の数々を理解してくれそうな有力者に披瀝し、やがて新帝宇多や東宮の周辺にまでその評判が伝わり、それを背景として、東宮から「讃州客中詩」献納の命が帰京後の道真に下ったのではないか——その場合はおそらく東宮の一存というより、新帝宇多が東宮教育の一環として「讃州客中詩」の献納を東宮に示唆した、という可能性もある——[10]。

讃岐からの帰京後、道真は式部少輔から蔵人頭、参議へと短期間でめざましい昇進を遂げるが、その引き金《トリガー》として「讃州客中詩」がはたらいた可能性を考えてみることも、それほど荒唐無稽な想像ではないように思う。

注

（1）　滝川幸司『菅原道真論』（塙書房、二〇一四年）第一章「詩臣としての菅原道真」、第二章「菅原道真における〈祖業〉」などの一連の論考参照。

（2）桑原朝子『平安朝の漢詩と「法」』（東京大学出版会、二〇〇五年）第三章「文人貴族の支配体制構想——菅原道真と三善清行」第一節「詩人による政治——菅原道真の構想」。

（3）蔵中スミ「嶋田忠臣年譜覚え書」（『田氏家集注』巻之上〈和泉書院、一九九一年〉）による。

（4）「行春詞」については、本書Ⅳ—2「「行春詞」札記——讃岐守菅原道真の国内巡視——」を参照。ここで取り上げた詩句の解釈についても、そこでよりくわしく述べた。

（5）嶋田忠臣にも、『田氏家集』巻中「和野秀才秋夜即事見寄新詩（野秀才の秋夜事に即して新詩を寄せらるに和す）」に、「乱縄非我理、燥気是君傷（乱縄は我が理《をさ》むるところに非ず、燥気は是れ君が傷《いた》むところ）」と、道真と同じように、この故事を用いた詩句が見える。

（6）後藤昭雄「菅原道真と律令語」（『平安朝漢詩文の文体と語彙』〈勉誠出版、二〇一七年〉）に指摘がある。

（7）40の「青青汚染蠅」句の解釈については、前稿Ⅳ—2「「行春詞」札記」の当該句の注解を参照。

（8）注（2）所引「詩人による政治——菅原道真の構想」。

（9）滝川幸司『天皇と文壇　平安前期の公的文学』（和泉書院、二〇〇七年）、第一編「天皇の文壇」第二章「宇多・醍醐朝の文壇」参照。

（10）谷口孝介「詩人の感興——菅原道真「讃州客中之詩」啓進の意図——」（『菅原道真の詩と学問』〈塙書房、二〇〇六年〉）では、皇太子時代の醍醐が、『菅家文草』巻五に載せる十首の即事詩や十七首の詠物詩などの応令作により道真の詩作の教育を受け、様々な事物に触発されて湧き起こる感興を詩人が詠じた具体的作品として「讃州客中詩」を所望した可能性を指摘し、その啓進の時期を、応令作が集中する寛平六年（八九四）九月から翌七年の初秋にかけての時期と推定している。

〔初出〕二〇一四年十一月二十九日に大阪大学豊中キャンパスで開かれた第一二五回和漢比較文学会例会（西部）での研究発表「菅原道真「舟行五事」再読——「讃州客中詩」の形成と「詩人無用」論——」の一部を成稿化して書き下ろした。

4 「舟行五事」札記

はじめに

菅原道真の「舟行五事」は、仁和三年（八八七）、道真が讃岐から一時帰京する際、船上で目にした五つの出来事を題材にした五首の五言古詩である。その作品のほとんどに、文章博士の職を解かれ、京を離れて慣れない国司の職務を遂行することを余儀なくされた道真の不遇感や孤独感が投影されていることが、既に『岩波日本古典文学大系　菅家文草』（以下「大系」と称す）の各詩の頭注に指摘されている。

小稿では、「舟行五事」五首をあらためて子細に読みなおし、それぞれの詩には、道真の不遇や孤独が詠まれているだけではなく、「国司」道真の目から見た、讃岐の在地が抱える様々な問題点が巧みに詠みこまれていることを明らかにし、「舟行五事」が、国司として地方にある自分の立場を拒みながら、その一方では、国司として地方の抱える問題に目を向け、読者——それが誰であるかは重要な問題だが——に伝えていこうとする、複雑な構造を抱えた作品であることを提示したい。

こうした傾向が「行春詞」などの他の讃岐国司時代の作品にも見え、道真の「讃州客中詩」全体を通してみられる注目すべき特徴であることは、直前の本書Ⅳ—3「菅原道真「讃州客中詩」の形成と「詩人無用」論」で既に述べたが、「舟行五事」で道真が目を向ける在地の問題は、「行春詞」よりも一段と具体的で、その中には「讃州客中詩」の他の作品で取り上げられた問題と共通するものも見える。それらを含めて、「舟行五事」五首の一首一首を再検討し、その後、この詩をどう位置づけるべきかをあらためて論じてみたい。

以下、引用する『菅家文草』の本文は、元禄十三年版本『改正菅家文草』により、字体は通行のものに改めた。また、本文に校訂を加えた場合は、右傍に番号を付し、本文の後に校訂の経緯を記した。私に訓読と現代語訳を付し、その後に、小稿の論述に関わり注記が必要な箇所については、句番号の下に注記を加えていく。論述に深く関わらず、大系頭注で故事などが指摘されており、補訂を要しないものについては、特に注記を施さない。

一、「宿舟中」詩再読

まず本題となる「舟行五事」の読解に入る前に、その直前に置かれた大系番号235「宿舟中」詩について見ておきたい。この作品を取り上げるのは、後述するように、直後に置かれた「舟行五事」と深い関係が有り、五首まとめればかなりの長編となる「舟行五事」の、〈前置き〉としての働きを与えられているように思われるからである。大系の頭注では、この作品のこうした働きについて注意が払われていないと思われるので、この点に留意しながら、注解を加えていく（なお注（1）に引く新間論文でも両者を一続きのものと捉えるべき事が指摘されている）。

宿舟中　　舟中に宿す

1寄宿孤舟上　　寄宿す　孤舟の上
2東風不便行　　東風　行《かう》に便《たより》あらず
3客中重旅客　　客中に重ねて旅客たり
4生分竟浮生　　生分して竟《つゐ》に浮生たり
5語得塩商意　　語り得たり　塩商の意
6欲随釣叟声　　随はんと欲す　釣叟の声

7此間塵染断　此間《ここ》に　塵染断つ
8更慵問家情　更に家情を問ふに慵《ものう》し

1私はいまポツンと浮かんだ舟の上に身を寄せている／2（逆風の）東風が吹き、（京への）船旅ははかどらない／3（讃岐へ赴任して）旅中にある身で、さらに（文字通りの）旅客《たびびと》となっている／4家族と離れ離れになったうえ、とうとう（文字通り水に浮いた）寄る辺ない生を送っている／5（このような状態だからこそ）塩商人と話をしてその気持ちを汲み取ることができ／6漁師の翁の話を聴きそれに同意する／7ここ（舟中）は塵に染まった俗世間とは断絶したところ／8（普段は気になる）京の我が家の情況を尋ねる気も起こらなくなってきた

4を大系頭注は、「讃岐の州民は生分（なかたがいをして諍いをすること）を好む風俗であるが、それも結局浮世のさがというものだ」と解し、補注で、

生分は親子兄弟が仲たがいして財産争いなどすること。漢書地理志、河内の条にある語。殷の紂王の化が残っていて、河内の殷墟の地方の俗は「侵奪して恩礼薄く、生分を好む」とある。ここは客中また旅客となるということから、漢書の地理志を連想し、讃州の風俗は、藤原保則伝に「州民皆学二法律一、動成二諍訟一」というように部内の土民たちが生分を好むが、それも結局浮世のさがだというのである……（略）……漢書の地理志の連想から、魚塩の利をおう民のなりわいの叙述が次に展開するのである。

と記す。確かに「生分」の語は、親が生きているうちに兄弟たちが財産分けをする意（大系頭注に引かれた漢書地理志の文章に付された顔師古注に「生分、謂二父母在而昆弟不レ同二財産一」とある）から、親兄弟が仲たがいして争う意となり、そこから一般的な「争う、仲たがいする」の意となるが、句の下の「竟《つゐ》に浮生たり」へと意味がうまく続かない。「浮生」を大系頭注は「浮世」と取るが、「浮生」は（水に浮いたような）はかない、たよりない「生」ということで、現在にいうところの「浮世」とは意味がかなり異なる。また3の「客中重旅客」との対を考えても、こ

の解釈では対句として意味をなさないであろう。『漢語大詞典』の「生分」の項には、「争う、仲たがいする」以外にもいくつかの語義を挙げるが、四つめに「生離」（生き別れ）の語意を挙げ、漢代の『焦氏易林』の「長子南戍、与我生分（長男は南方に出征し、自分と生き別れになった）」を用例として掲げる。この意だと、4は「自分は国司として讃岐に来て家族と生き別れの身になってしまったが、今は舟に乗っているので、とうとう文字通りの「水に浮かんだ」寄《よ》る辺《べ》ない「生」を送る身になってしまった」と解することができ、「讃岐で客《たびびと》となっている身でさらに旅をする身となった」という3とも対句としてよく対応する。(1) 1から4では、客《たびびと》となっている讃岐の地を離れ、さらに孤舟に乗って都へ旅する（「帰る」のではなく、また讃岐へ戻らないといけないので「旅する」ことになる）道真の心細さや孤独を詠む。

5・6は大系頭注に、5「（讃州は魚塩の利に富むところであるが、働く漁民や塩商にもそれぞれ言い分があるのだ。私は田舎ぐらしも身について、）塩商人の心持ちも語ることが出来る」、6「しかし釣りをたれる爺さんの声（言い分）に随いたいと思う」と注するが、5の「塩商」と6の「釣叟」は、本詩より以前に作られた「寒早十首」の中で、共に続いて登場していることが注意される（番号は大系の作品番号）。

207 何人寒気早　　何人にか　寒気早き
寒早釣魚人　　寒は早し　魚を釣る人
陸地無生産　　陸地に生産無く
孤舟独老身　　孤舟に独り身を老いしむ
裹糸常恐絶　　糸を裹《たわ》めて　常に絶ゆるを恐れ
投餌不支貧　　餌を投ぐるも　貧を支《ささ》へず
売欲充租税　　売りて租税に充《あ》てんと欲し

208 何人寒気早　　何人にか　寒気早き
寒早売塩人　　寒は早し　塩を売る人
煮海雖随手　　海を煮るは手に随ふと雖も
衝烟不顧身　　烟を衝《つ》きて身を顧《かへり》みず
旱天平価賤　　旱天　平価賤《いや》し
風土末*商貧　　風土　末商貧し
欲訴豪民摧**　　豪民の摧《ひとりじ》むるを訴へんと欲し

風天用意頻　風天　意を用ゐること頻りなり

津頭謁吏頻　津頭　吏に謁すること頻りなり

＊諸本「未」、意により改む

＊＊底本「権」、大系「擢」、意により改む

大系頭注は5・6を、「讃州は魚塩の利に富むところであるから（漁民や塩商は貧しくないはずであるが）、そんな彼らにも不満はあるので、その不満を聞く」という方向で解しているようである。しかし「寒早十首」に詠まれるのは、租税に充てるため、年老いた身で舟の上で風に吹かれて苦心しながら釣りをする漁師や、煙にまみれて海水を煮て塩を作っても、安値で豪商（＝豪民）に買い占め（＝摧）られてしまう末端の零細な製塩業者（＝末商）の姿であり、同様に本詩の「塩商」や「釣叟」も、在地の弱く貧しい立場にある人々として登場していよう。大系頭注では「（私は田舎ぐらしも身について、）塩商人の心持ちも語ることが出来る」と現地の風俗に慣れたので、現地の人の気持ちもわかるという方向で解しているが、そうではなく、国司としての立場にあって、こうした在地の弱者の声に注意深く耳を傾けている、ということをこの二句でアピールしているのではないか。

またこの「塩商」と「釣叟」は、直後の「舟行五事」の二首の詩にも、それぞれ登場していることに注意する必要がある。まず「塩商」は「舟行五事」の四首目に登場し、そこには塩の相場が値上がりしていると聞き、夜中に危険を冒して塩を積んで舟を出し、岩礁にぶつかり舟から放り出され、積んでいた塩も大切な生活手段である舟も失ってしまった、貧しさ故に欲に駆られて身を滅ぼす零細な塩商の姿が詠まれている。「釣叟」は二首目に登場する。前掲「寒早十首」の207番詩では、年老いた漁民が「糸を褭《たわ》めて　常に絶ゆるを恐れ」と、釣り糸が切れて、生活の拠り所である釣り針を失うことを恐れる姿が詠まれていたが、「舟行五事」の二首目では、その不安が現実化し、釣り針を失って廃業にまで追い込まれた老翁の悲しみが詠まれている。道真がこの船旅の途中で、実際にこうした悲惨な目に遭った塩商や釣叟と出会い、その実話を詩に詠んだのかどうかは何とも言えないが、この「宿舟

中」詩に詠まれる「語り得たり塩商の意」「随はんと欲す釣叟の声」は、直後の「舟行五事」に登場する当人たちの、それぞれの詩に詠まれた告白や訴えを意味しているのではないか。

3・4と5・6の対句同士の対応についていえば、3・4の対句では「客中」や「生分」の語から明らかなように、意に染まぬ国司への任命で讃岐に客《たびびと》となった孤絶感が表明され、その中でさらに孤舟の旅人となるやりきれなさが詠まれるが、5・6の対句では、一転して在地の零細な塩商や年老いた漁民の声に耳を傾ける国司（為政者）としての姿勢が示される。ここにも「はじめに」で述べた、国司として地方にあることを拒みながら、その一方では、国司として在地の問題に積極的に関わろうとする姿勢が明確に見て取れ、それはそのまま「舟行五事」の各詩に引き継がれているのである。

最後の7・8について、大系頭注は、7を「この瀬戸の便船の生活は俗界の塵けがれから超越している」、8を「この上、京の家の様子を心配することもおっくうだ」と解している。句の解釈としては、これでほぼ良いと思われるが、これまで讃岐に客となりさらに孤舟で旅をする孤独や頼りなさを詠み、在地の弱者の告白に耳を傾けてきた詩の最後に、自らのいる舟中を「世俗の塵から遮断された場所」と規定し、4で家族と生き別れになっていることを嘆いているにもかかわらず、8で「我が家の情況を尋ねるのもおっくうだ」と締めくくっているのは、やや唐突な感が否めない。これも「舟行五事」の第四首に登場する「繫がざる舟」「虚舟」と関連があろう。そこでの「繫がざる舟」「虚舟」は、実際には、前述の欲に目がくらんだ塩商の持ち船で、持ち主が海に投げ出され無人となり、行方も定めず海中に漂っているのであるが、「舟行五事」では、『荘子』列禦寇篇の「巧者労而知者憂。無能者無所求、飽食而敖遊。汎若不繫之舟、虚而敖遊者也（巧者は労して知者は憂《うれ》う。無能なる者は求むる所無く、飽食して敖遊す。汎として繫《つな》がざる舟の若《ごと》く、虚にして敖遊する者なり）」にもとづき、この漂う舟を無能で何も求めることもないかわりに何者にも束縛されず自由に生きることのシンボルとしての「繫がざる舟」「虚舟」に重ね、目前の利欲に囚《とら》われず、世俗と超絶して生きる荘子の思想を学ぶべきだと全体を締めくくる（詳しくは後の当該詩の読解参照）。

本詩7の「此間」は、道真が寄宿している「舟中」を指すが、道真は前述の「舟行五事」第四首と同様に、自分が乗っている舟を『荘子』の「虚舟」に見立て、いつもは気にかけている京の家族のことも忘れ、世俗と超絶した荘子の境地に自分を置こうと、最後の二句を締めくくっているのではないか。後述するように、「舟行五事」の第一首も、『荘子』山木篇の「昨日の山中の木、不材にして天年を終ふ（取り柄のないものがかえってその生を全うする）」を基調にして詠まれており、ここでも結末に「世間から孤立して自らを守ろう」と、荘子の教えにより自らを律しようという道真の姿勢が示される。こうした「舟行五事」における『荘子』に随う姿勢を先取りして、本詩においても『荘子』への共鳴を表明して一首が閉じられているのであろう。

以上、「宿舟中」詩は、内容・構成の面で直後の「舟行五事」の各作品と共通する点が多く、詩の後半の5・6、7・8など、この詩だけではやや舌足らずで何を言わんとしているかが察しにくい箇所も、「舟行五事」と併せて見ていくことで、句意が把握しやすくなる。この詩は「舟行五事」詩の前置き的な作品で、「舟行五事」と一続きのものとして読まれるべく作成されたものであろう。

二、「舟行五事」再読

それでは引き続き「舟行五事」詩を一首ずつ解読していきたい。本詩は『岩波日本古典文学大系　菅家文草』に、五首全体で作品番号236として採られ、訓読文と頭注が施されている。しかし個々の詩には詩題が存在しないので、便宜的に其一から其五の番号を付し、以下の文中においても、この番号で作品を示していく。

なお、詩題の「舟行」は、「舟行〇〇」（舟行して〇〇す）の形では、既に初唐詩から詩題に例が見えるが、「舟行」そのものを詩題にした例は、白居易に「舟行〈江州路上作〉」（巻六・〇二七四）、「江夜舟行」（巻十五・〇八七三）が見えるが、詩題としてそれほど一般的ではない。(2) また詩題に「〇（＝数字）詠」の語を持つ作品は唐詩に散見するが、詩題に「〇（＝数字）事」の語を持つ作品は、管見では唐代までの詩には用例を見い出せていない。「〇詠」は詠物詩において複数の景物を題材として詠む場合に詩題に用いられる一般的な語であるが、(3)「舟行五事」は詠物詩ではなく、船旅の途中に目にした複数の〈出来事〉を対象として詠むので、「〇事」としたのではあるまいか（「五事」と五首仕立てにしたのは、白居易の「放言五首」に倣ったという新間一美の指摘がある。注（2）参照）。

舟行五事

其一

1 一株磯上松　一株　磯上の松
2 巉嵒礒勢重　巉嵒《ざむがん》として礒《ぎ》勢《せい》重なる
3 松全孤立性　松は全《まつと》うす　孤立の性
4 磯絶四方蹤　磯は絶つ　四方の蹤《あと》
5 随分短枝老　分に随ひて短枝《たんし》老い
6 任天細葉濃　天に任せて細葉《さいえふ》濃《こまや》かなり
7 無心雲自到　心《こころ》無くして雲自《おのづか》ら到り
8 有節雪纔封　節《せつ》有りて雪纔《わづ》かに封ず
9 雖遇陽侯怒　陽侯の怒りに遇《あ》ふと雖も
10 基堅不近攻　基堅《もとゐかた》くして攻《せ》むるに近からず
11 雖遭班爾匠　班爾の匠《たくみ》に遭《あ》ふと雖も
12 材陋不為容　材　陋《ろう》にして容《かたち》を為《な》さず
13 ＊赤木東南嶋　赤木　東南の嶋
14 黄楊西北峯　黄楊　西北の峯
15 豪家常愛用　豪家　常に愛用し
16 貪吏適相逢　貪吏　適《たまたま》　相ひ逢ふ
17 刀割又傷斧　刀に割《さ》かれ又た斧に傷つく
18 春生不渉冬　春生じて冬に渉《わた》らず
19 文章誠可畏　文章　誠に畏《おそ》るべし
20 礒上欲追従　礒上に追従せんと欲《ほっ》す

＊諸本「場」、大系の改訂による

1一株の磯の上に生えている松／2（生えている磯は）険峻で岩が幾重にも取り巻いている／3松は独立の性を全うすることができ／4磯で四方から隔絶している／5（生えている場所が悪いので）分相応の短い枝は年老いていて／6（自らの運命を）天に任せて細い葉は細かくつややかだ／7虚心に生きているので（同じく心を無にした同類の）雲が自ずとやって来て／8（歳の終わりまで緑を保つ）貞節を持っているので雪もわずかに枝に積もるだけだ／9（溺れ死んで海神となった）陽侯が怒って大波を寄せても／10（生えている磯は）基盤が堅固だから攻め寄せて来られない／11班爾のような彫刻の名匠に遭遇しても／12素材が醜いのできちんとした形にできない（細工するのをあきらめてしまう）／13（色が赤く珍しい）赤木が東南の島に有り／14（美しく細工に適する）黄楊《つげ》が西北の峯に有る／15権勢のある人たちが常に愛用して（これらを求め）／16慳貪な官吏がたまたまこれらの樹々に行き逢う（すると都の権門への土産としてこれらを持っていく）／17（こうした有用な木々は）刀で切られ斧で傷つけられる／18春に生えても冬まで生きられない／19（これらの木々の）美しい色彩《あや》は（自らを滅ぼしてしまうという点で）本当に恐るべきものだ（同様に私たち文人が作る文章《あや》も自らを滅ぼしうる）／20私も磯の上に生える孤松を見習って生きることにしよう

13「赤木東南嶋」から16「貪吏適相逢」について、「赤木」は、『呂氏春秋』孝行覧・本味に「菜之美者、崑崙之蘋。寿木之華、指姑之東、中容之国有㆓赤木玄木之葉㆒焉（漢・高誘注　指姑、乃姑余、山名也。在㆓東南方㆒。淮南記曰……赤木・玄木、其葉皆可㆑食、食㆑之而仙也）」とあり、食すと仙人になれる赤い葉を持つ木のことをいうが、ここはその字面だけを用い、色の赤い美しい樹木を指すのであろう。大系頭注、この箇所を「瀬戸内海筋の豪族が、こういう赤木というあやのある木やつげの木のたぐいを愛用しようとする」「貪婪な酷吏はたまたまめぐりあって、赤木やつげの名木をも勝手に処理してしまう。豪家貪吏は、無法な諸王諸院。権門勢家のたぐいをさす」と解するが、「豪家」「貪吏」の解釈が曖昧である。桑原朝子が、律令の施行直後から「王臣家」と呼ばれる有力貴族が盛んに在地社会に進出し、九世紀中頃には郡司や富豪層と結託して国司に対捍するようになり、少なくとも一部の官人達にはそれが在地社会のみならず中央にとっても重大な影響を及ぼす問題であると認識されていたことが、明白に表れている。(4)

と述べるように、道真の時代以前から、郡司などの在地の豪族と中央の権門貴族との結びつきが顕在化し、様々な問題が生じてきており、道真の時代にはそれが無視できない程に顕在化してきたことを考えると、「豪家」は都の権門貴族で、「貪吏」は権門と結びついた郡司などの在地の官人たちをいうのであろう。

　この詩の主題は、最後の二句「文章誠可畏、礒上欲追従」に対して、大系頭注がそれぞれ「文（あや）や章（あや）のあることこそおそれ憚られなければならない。（赤木や黄楊のたぐいの文章あるものはきられてしまう）これは阿衡の紛議にかかわる発言。文章道の危機について憂えている心を諷じこめているか」「私は（文章ある木たらんことを避けて）、文章はなくても礒のほとりの松にならって行動し、孤立の性を全うしたい」と解しているように、『荘子』山木篇の「昨日の山中の木、不材にして天年を終ふ（昨日見た山中の木は、材質が良くなかったために伐採されずにすみ、天から与えられた寿命を全うした）」にもとづきながら、阿衡の紛議に関して、文飾のある文章など作らず文才を誇ることなく、孤立しても良いから穏やかに生を全うしたい、と述べたものであろう。

　しかし、同時に道真は傍線部13〜16の詩句で、直前に注記したように、都の権門が在地の美しい名木を欲しがり、その欲求に応えて在地の貪吏たちが勝手にそれを伐採して権門への献上品としていることを、併せて巧みに詠みこんでいるのである。以下の詩においても、同様に道真は在地の問題を詠みこんでいく。

其二

1 白頭亡*釣翁　白頭　釣《つりばり》を亡《うしな》ふ翁
2 涕涙満舟中　涕涙　舟中に満《み》つ
3 昨夜随身在　昨夜　身に随ひて在り
4 今朝見手空　今朝　手を見れば空《むな》し

5尋求欲凌浪　尋ね求めて浪を凌《しの》がんと欲《す》れど
6衰老不勝風　衰老は風に勝《た》へず
7此釣相伝久　此の釣《つりばり》　相《あひ》伝はること久し
8哀哉痛不窮　哀しき哉《かな》　痛みは窮《きは》まらず
9子孫何物遺　子孫　何物をか遺《のこ》さん
10衣食何価充　衣食　何の価《あたひ》か充《あ》てん
11荷鍤慙農父　鍤《すき》を荷《にな》ひては農父に慙《は》ぢん
12駆羊愧牧童　羊を駆《か》りては牧童に愧《は》ぢん
13非嫌新変業　新たに業を変ふるを嫌ふに非ず
14最惜旧成功　最も旧の功を成すを惜しむ
15若有僧為俗　若《も》し僧の俗と為《な》ること有らば
16寺中悪不通　寺中　悪《にく》みて通《とほ》さざらん
17仮令儒作吏　仮令《たとへば》　儒の吏と作《な》らば
18天下笑雷同　天下　雷同を笑はん
19漸憶釣翁泣　漸く憶《おも》ふ　釣翁の泣くは
20悲其業不終　其の業を終へざるを悲しむなりと

＊諸本「巳」、内閣文庫蔵林道春手校本により訂す

1白髪頭の釣り針を失ったじいさん／2涙が舟の中に満ちあふれる／3（釣り針は）昨夜は確かにこの身にしっかり持っていた／4だが、今朝手を見れば失せている／5探し求めて浪を超えて舟を漕いでいこうとするが／6老い衰えて風波に勝つことができない／7この釣り針は（先祖から）相伝して久しい／8哀しくて胸の痛みはやむ時がない／9（釣り針がなくなった今）子孫に何を遺《のこ》すというのか／10衣食を得るのに何を充てればいいのか／11（転職して）鋤《すき》をかつげば農夫のおやじにもかなわないし／12羊を追えば牧童にもかなわないだろう／13新たに職業を変えることが嫌だというのではない／14昔から続けてきてやっと成果が出るようになったのに、この仕事をやめるのが一番惜しいのだ／15もし僧侶が俗人になったならば／16寺の人々は彼を憎んで通さないだろう／17たとえば儒者が官吏となったならば／18天下の人々はそのいい加減さを笑うだろう／19（ここまできて）ようやく思い至った、漁師のじいさんが泣いているのは／20（天職と思っていた）その仕事を最後までやり終えることができなかったからだと

1を大系は「白頭已釣翁」の本文に従い「白頭釣翁を已《や》む」と訓じ、「白髪あたまの爺さん、もはや釣り人といえなくなって」と頭注で解するが、この本文をこのように解せるかは疑問である。また、3の「昨夜　身に随ひて在り」4の「今朝　手を見れば空《むな》し」も、大系の本文・解釈では、「何が」昨夜はあったのに、今朝は手から無くなっていたのかが不明のままである。漁師が「釣り針を亡《な》くした」ことこそがこの詩の主題であり、それが家業の文事・学問を失った道真自身の姿に繋がっていくのであるから、冒頭句にそのことが示されていないといけないのではないか。また、他の「舟行五事」詩の冒頭句を見ても、其一「一株磯上松（一株磯上の松）」、其三「区区渡海麑（区区たり海を渡る麑《かご》）」、其四「海中不繫舟（海中の繫《つな》がざる舟）」、其五「疲羸絶粒僧（疲羸《ひるゐ》す粒を絶つ僧）」とすべて「形容語＋～している・～である＋人物（動物）・物」という構造で統一されており、ここも校訂したように本文を改めて口語訳のように解する必要があろう。

傍線部以下について、大系頭注に「ここにも道真の諷意があろう。儒から吏に転業した自分を自嘲して、釣り針を失った釣りの爺さんによそえる」とあるように、一首の主題としては、儒者・文人として活躍してきた菅家の伝統を受け継いだ自らが、家業ではない国司・官吏としての業にあたることへの苦痛と不満の開陳にあることは間違いない。(5)

ただし前の其一同様、表面的には釣り針をなくした老漁師を詠むこの詩も、在地の人々を取り巻く問題を扱った作品として読むことができる。前節「「宿舟中」詩再読」で引いた「寒冬十首」の207に、「糸を褭《たわ》めて常に絶ゆるを恐れ、餌を投ぐるも貧を支《ささ》へず」と、釣り糸が切れて釣り針が失われてしまうことを恐れ、釣り糸をピンと張らずにゆるめて釣りをする貧しい老漁師の姿が詠まれていたことを思い合わせれば、先祖伝来の貴重な釣り針一つなくしただけで、家業を続けられなくなってしまう、地元の零細な漁師たちの生業の不安定さも、道真自身の「変業」への憤りと併せて詠みこまれているのではないか。

其三

1区区渡海麑　区区たり　海を渡る麑《かご》
2吐舌不停蹄　舌を吐きて蹄《ひづめ》を停《とど》めず
3潮頭再三顧　潮頭に再三顧《かへり》みて
4如恋故山谿　故山の谿《たに》を恋ふるが如し
5故山何恋切　故山　何ぞ恋しきことの切なる
6母鹿毎提携　母鹿　毎《つね》に提携せり
7適遇獠徒至　適《たまたま》　獠徒の至るに遇《あ》ひ
8分奔道路迷　分れ奔《はし》りて道路に迷ふ
9呼声喧左右　呼ぶ声　左右に喧《かまびす》し
10流鏃雨東西　流鏃《りうぞく》東西に雨《あめふ》る
11母子已相失　母子　已《すで》に相《あひ》失ひ
12死生永相睽　死生　永く相睽《そむ》けり
13茫茫不測水　茫茫《ばうばう》たり　測《はか》らざる水
14豈是毛群栖　豈《あ》に是れ毛群の栖《すみか》ならんや
15淼淼無涯浪　淼淼《べうべう》たり　涯《はて》無き浪
16未曾野獣蹊　未だ曾《かつ》て野獣の蹊《みち》ならず
17何福鶉巣藪　何たる福ぞ　鶉《うづら》の藪《やぶ》に巣《すく》ふは
18何分亀曳泥　何たる分ぞ　亀の泥を曳《ひ》くは
19客有離家者　客に家を離るる者有り
20看麑灑血啼　麑《かご》を看《み》て血を灑《そそ》きて啼《な》く

1海を渡るちっぽけな子鹿／2苦しそうに舌を出して蹄《ひづめ》を動かし泳ぎ続けている／3波間で何度もふり返っては／4故郷の山の谷間を恋しがっているようだ／5故郷の山がなぜそんなに恋しいのか／6母鹿がいつも寄り添っていてくれたからだ／7たまたま狩をする者たちに出くわしてしまい／8母鹿と分かれて走っているうちに道に迷ってしまった／9狩人たちの叫び声が左右から湧き起こり／10飛んでくる矢は辺《あた》り一面に雨のように降ってくる／11母と子はお互いを失い／12死ぬにしても生きるにしても永遠に離れたままだ／13茫漠とした測ることのできない海水／14どうしてこれがけものたちの棲み家であろうか／15どこまでも続く果てしない浪／16これが野獣の道となったことは今まで一度もなかった／17（あの子鹿に比べたら）何と幸福なのであろう、藪の中で暮らすうずらたちは／18何と良い身分なのだろう、泥の中で尾を曳きずる亀たちは／19（この光景を

見ていた船中の）旅人の中に家を離れた者がいた／20（彼は海に泳ぐ）子鹿を見て血の涙を流して泣くのであった

1の「区区」は、ここでは、取るに足りない小さい、の意で、下の「麑」の形容。大系頭注に「区区は、勤勤の意。母子相愛の意」と注するが存疑。6の「提携」は、手を携える、手を引く、の意。17の「鶉巣藪」、18の「亀曳泥」の対句は、それぞれ『荘子』逍遥遊篇の、大空を行く大鵬と比べられる蓬蒿（雑草）の間を飛び回る斥鷃（ちっぽけなうずら）、同秋水篇の、死んで廟堂の上に祀られる霊亀と比べられる泥の中で尾を引きずる生きた亀を指す。ここは目の前の海を泳がされている子鹿に比べれば、凡庸でも自分に合った棲み家で安穏と過ごしている小動物たちの生活は、何と恵まれていることだろうという。大系頭注に「鹿の大群が海中を泳ぎ渡る異常な悲劇的な事件と対比して、小人の平和をやや皮肉っているところがある」というが、ここは皮肉ではなく、「何」を「なんと……なことだ」と感歎の意に解し、慣れ親しんだ環境で穏やかに暮らすことのできる鶉《うずら》や亀の幸せを強調したものと解するべきであろう。

本詩について、大系頭注に「これ（本詩）も道真は鹿の群れに自らを感情移入しているところがある」と記す。「鹿の群れ」ではなく、泳いでいるのはちっぽけな一頭の子鹿であり、儒者・文人としての職務を解かれ、住み慣れた京の都を離れて暮らす道真が、その子鹿に自らの孤独や不安を重ねて詠んでいるのは確かである。しかし、この詩も海中の子鹿に自らを投影しただけの作ではなかろう。傍線部からわかるように、この詩に出てくる猟徒たちは、自らの生活の糧として、必要な一頭一頭だけを狩ることを職業としている猟師ではなく、有力者の楽しみのために行われる大規模な遊猟に駆り出されている大勢の人々と推測される。ここでは讃岐の在地の豪族が行った遊猟であろう。支配層の遊猟は人民に多大な負担と迷惑をかける行為であり、下層官吏を対象とした教訓書『仲文章』や、『将門記』では、狩猟を好む在地の支配者を、『尚書』五子之歌に見える、洛水に田猟を行い十旬の間帰らず、民の反感を買い国を失った夏王の大康や、『太平御覧』資産部猟下に引く王孫子『新書』に見える、首陽山に猟を行った折、馬の轡を撫でて嘆いているのを見た部下がそのわけを尋ねると、「私は千人以上の官吏を雇える穀物で馬を養い、数百人もの力持ちの勇士を養ってきた。獣を猟《か》りたいがためだ。だが今は隣国が賢人を養って私を猟ろうとしている、それが恐い」と答えた趙の簡子に喩えてきびしく批判する。

朝遵伴類、好大康无道之狩、夕牽猛狗、為簡子非法之行（朝《あした》には伴類を遵《さいな》み、大康无道の狩を好み、夕《ゆふべ》には猛狗を牽《ひ》きて、簡子非法の行ひを為《な》す）……『仲文章』（礼法篇）

将門常好大康之業、終迷宣王之道〈尚書曰、大康者無道而好田猟、於東都死也。車攻曰、宣王古戴。故有此句〉（将門常に大康の業を好みて、終《つひ》に宣王の道に迷ふ〈尚書に曰く、大康は無道にして田猟を好み、東都に死すと。車攻に曰く、宣王は古《いにしへ》を戴《いただ》くと。故に此句有り〉）……『将門記』（末尾の将門批判）

＊宣王之道…『詩経』小雅・車攻に「宣王復古也」とある。宣王は逃亡した父の跡に立って治世を行い周の中興を果たした。ここは将門が、遊猟を好み、宣王のような優れた治世を行えなかったという。

この「舟行五事」其三においても、道真は、海を泳ぐ小鹿の姿に自らを重ねるだけではなく、こうした悲劇を引き起こした原因として、讃岐で人々を苦しめ山野を荒らす有力者の大規模な狩猟が行われていることをも併せて詠みこんでいるのである。

其四

1 海中不繫舟　　海中の繫《つな》がざる舟
2 東西南北流　　東西南北に流る
3 不知誰本主　　知らず誰か本の主《あるじ》たるかを
4 一老泣前洲　　一老　前の洲《す》に泣く

11 欲求十倍利　　十倍の利を求めんと欲《し》て
12 還失一生謀　　還《かへ》りて一生の謀《はかりごと》を失ふ
13 老泣雖哀痛　　老いの泣《なみだ》は哀痛なりと雖も
14 虚舟以放遊　　虚舟は以て放遊す

5聞塩価翔貴　塩の価《あたひ》翔貴するを聞き
6逆風去不留　風に逆らひて去《ゆ》きて留らず
7夜行三四里　夜　行くこと三四里にして
8触石暗中投　石に触れて暗中に投ぜらる
9折楫随潮蕩　折れし楫《かぢ》は潮に随ひて蕩《ただよ》ひ
10空籠逐浪浮　空しき籠《かご》は浪を逐《お》ひて浮かぶ
15有人前有禍　人有れば前に禍《わざはひ》有り
16無物後無愁　物無ければ後に愁《うれ》へ無し
17冒進者如此　冒《おか》し進む者は此《かく》の如し
18虚心者自由　心を虚《むな》しくする者は自由なり
19始終雖不一　始終は一《いつ》ならずと雖も
20請我学荘周　我に荘周を学ばんことを請《こ》ふ

1海中を漂う繋《つな》がれていない舟／2東西南北、行方も定めず漂っている／3誰がもとの持ち主かわからなかったが／4見ると一人の老人が前方の砂州で泣いている／5（市場で）塩の値段が高騰していると聞いて／6（舟に塩を積んで）逆風に逆らって出ていって留まろうとしなかった／7暗い夜に海を行くこと三四里／8（舟が）岩にぶつかって暗闇の中に投げ出された／9折れた楫は潮の流れに従って漂い／10（塩は海に溶けて流れ）空っぽになった塩を入れていた籠が浪にゆられて浮かんでいる／11十倍の利益を求めようとして／12かえって一生食べていくための手段を失ってしまった／13老人の流す涙は哀切ではあるけれど／14（そんなことはおかまいなしに）空っぽの舟は気ままに遊び漂っている／15人がいればその前には禍《わざわい》が存在する／16物が無ければ今後の愁いは存在しない／17無理をして危険を冒して進もうとする者はこの（じいさんの）ようになる／18（漂う舟のように）あれこれ欲望を持たずに心を無にして暮らす者は自由である／19（両者それぞれに）本末は異なるけれど／20私に荘周の教えを学ぶことを要求しているのだ

14「虚舟以放遊」についていえば、「虚舟」は、大系頭注に「『荘子』列禦寇の語による」とあり、前節にも述べたように『荘子』列禦寇篇の「巧者は労して知者は憂《うれ》う。無能なる者は求むる所無く、飽食して敖遊す。汎として繋《つな》がざる舟の若《ごと》く、虚にして敖遊する者なり」にもとづく語で、才能も求めるところもないが、そのかわり何にも束

縛されない、自由な生き方のシンボルである。ここでは波間に漂う実際の無人の舟の様を詠みながら、背後にこの『荘子』の文章を踏まえる。15・16「有人前有禍、無物後無愁」を大系は「人の前に禍有ること有れば、物として後に愁へなきはなし」と訓読し、頭注で「人間は、災禍があれば、そのあと憂愁に沈まないものはない」と解するが、前句・後句と意味が繋がらない。「物」を「者」と同じように解釈しているのもおかしい。訓読を改めて口語訳のように解釈してみた。これで前後の句と意味が通じやすくなるのではないか。19・20「始終雖不一、請我学荘周」について、大系頭注は「(このありさまを見てともに語りあった同舟のある人は)私に請うていうには、物事の始終はすぐにもひっくりかえりやすいものであるけれども、(夢に胡蝶になったという)かの荘周を学びたい(我と外物とのかかわりを追究してみたい)といった」と注する。19・20句の主語を、頭注は「ともに語りあった同舟のある人」とするが、このような人は当該詩の他の詩句には全く登場しない。そうではなく、主語は直前の二句(17・18)の「冒《おか》し進む者」と「心を虚《むな》しくする者」で、両者はそれぞれの心の持ち方で、その人の「始終」(事の本末、ここでは人生の帰結のような意で用いられていよう)は大きく異なるが、どちらの結果も私(作者)に荘子の教え(物にとらわれず無心でいること)を学ぶことを請うている、と解するべきではないか。

詩の組み立てとしては、一時の欲に目がくらんで無理をして舟を失ってしまった老人と、その結果、自由に波のまにまに漂う舟との対比を通じて、何も求めることもないかわりに、何も心配することなく気ままに漂い遊ぶ『荘子』の「虚舟」の教えを知り、世俗の欲望にとらわれず虚心に生きるべきであると結んでいるが、この詩にも在地が抱える問題が詠みこまれている。傍線部に、塩の市場が高騰しているのを聞き、早く自分の塩を売りに行こうと夜に逆風をついて舟を出す老人が登場するが、この老人も、前節「「宿舟中」詩再読」に引用した、「舟行五事」より前に詠まれた「寒早十首」の大系番号208に登場するのと同様の、零細な製塩業者の類であろう。

『日本後紀』巻八の延暦十八年(七九九)十一月甲寅十四日条には、

備前国言、児嶋郡百姓等、焼塩為業、因備調庸。而今依格、山野浜嶋、公私共之。勢家豪民、競事妨奪、強勢之家彌栄、貧弱之民日弊。伏望、任奪給民。勅、乗勢迫貧、事乖共利。宜加禁制、莫令更然。

備前国言《まう》さく、児嶋郡の百姓等、焼塩を業と為し、因りて調庸に備《そな》ふ。而るに今格に依るに、山野浜嶋は、公私之を共にす。勢家豪民、事を競《きほ》ひて妨奪し、強勢の家は彌《いよいよ》栄え、貧弱の民は日弊《ひびつか》る。伏して望むらくは、奪を任《おさ》へ民に給はんことを。勅すらく、勢《いきほひ》に乗じて貧に迫《せま》るは、事《こと》共利に乖《そむ》けり。宜しく禁制を加へ、更に然らしむること莫かるべしと。

と、備前の児嶋郡では、公私が共同で利用すべき山野や海浜であるにもかかわらず、豪民（富裕層）が、零細な製塩業者の土地を奪い圧迫していることが奏上されているが、半世紀以上を経た讃岐でも、事情は同じであったろう。

こうした零細な製塩業者の一人であった老人が、塩の相場が値上がりしていると聞き――この句から讃岐の沿岸では塩の市場が立っており、律令制の下では調庸として収められていた塩が投機の対象として売買されていたことが明らかになる――、利を得ようと逆風を冒して夜に舟を漕ぎ出し、岩にぶつかり舟を失ってしまった様を描くのがこの其四であろう。苦労して作ったなけなしの塩と、塩の輸送や漁業に使う生活手段の舟を一時に失ってしまい、いよいよ困窮していく讃岐の零細な塩焼きの老人の悲劇を描き、『荘子』の教訓に随い身を慎んで穏やかに生を全うしようと自らを戒める（其一にも見られた）のと同時に、在地の困窮する人々の姿を巧みに詠みこんでいる。

其五

1 疲羸絶粒僧　　疲羸《ひるゐ》す　粒を絶つ僧
2 草庵結石稜　　草庵　石稜に結ぶ
3 石高三四丈　　石の高きこと　三四丈
4 波勢百千層　　波の勢ひ　百千層
5 隣絶糧難到　　隣《となり》絶えて糧《かて》到ること難《かた》く
6 路尖人不登　　路《みち》尖《せん》にして人登らず
7 聞其長断食　　其の長く断食するを聞きて
8 虚号遍相称　　虚号遍《あまね》く相《あひ》称せらる

9骨欲穿肌立 骨は肌を穿ちて立たんと欲《し》
10魂応離魄昇 魂《こん》は応《まさ》に魄《はく》を離れて昇るべし
11我将知実不 我将《まさ》に実《まこと》なるや不《いな》やを知らんとして
12試擲米三升 試みに米三升を擲《な》ぐ
13納受即言曰 納受して即ち言ひて曰く
14施主誠足馮 施主 誠に馮《たの》むに足る
15今朝如不遇 今朝如《も》し遇《あ》はざらば
16屍僵遂無興 屍《しかばね》と僵《たふ》れて遂に興《おこ》ること無しと
17彼非須我食 彼は我を須《もち》ゐて食するに非ず
18我非知彼矜 我は彼を知りて矜《あはれ》ぶに非ず
19嗷嗷閭巷犬 嗷嗷《がうがう》たる閭巷《りよかう》の犬
20当吠此僧朋 当《まさ》に此の僧朋に吠ゆべし

1疲れて弱った穀断ちをしている僧／2彼は草庵を岩の頂きに結んでいる／3その岩の高さは三四丈もあり／4（岩に打ち寄せる）波の勢いは、何百何千も重なっている／5隣近所と交通は途絶し食料も運ばれることは難しく／6（庵に到る）道は急峻で人は登ってこない／7彼が長い期間断食しているという噂が世に聞こえ／8虚飾に満ちたその名は遍《あまね》く称《たた》えられている／9（実際に彼の姿を見てみると）骨が皮膚を突き破って出てきそうなほど痩せこけ／10魂は今にも身体を離れて天に昇っていきそうなほど（気高い様子）である／11そこで私は（世間の評判が）本当かどうか知ろうとして／12試しに米を三升ばかり舟から投げてやった／13彼は受け取って即座にこう言った／14「旦那様は、本当に頼りになるお方です。／15今朝もしあなた様にお遇《あ》いしていなければ／16（私は）屍《しかばね》となって倒れたまま二度と起き上がれなかったでしょう」／17（彼は私のことを「本当に頼りになるお方」と言ったが）別に彼は私に頼って食料を得ている訳ではない（誰が食料をくれてもそう言って受け取っているのであろう）／18私も彼を良く知っているから哀れんで助けてやった訳でもない（そんな人間に「本当に頼りになるお方」などとよく言えたものだ）／19やかましく吠えている巷《ちまた》の犬たちよ／20吠えるなら（盗人である）この僧に向かって吠えるべきだ

大系頭注に『文徳実録』斉衡元年（八五四）七月二十二日条に見える、断食で名が知られ、備前国から貢進され

て都で「聖人」と崇められた僧が、人の見ていない夜中や明け方に食事していたことがばれた話に触れ、「道真はこの話を知って居て、瀬戸内海の一島に居た穀断の僧を見て、実験してみたのである」と注する。蓋然性のある推論であろう。またこの穀断の僧は、空海の弟子真済が編纂したと伝えられる『空海僧都伝』に、

名山絶巘之処、石壁孤岸之奥、超然独住、淹留苦練……其苦節也、則厳冬大雪著二葛衲一而顕露行道、炎夏極熱絶二穀粒一日夕懺悔。

（『弘法大師全集』首巻に拠る）

名山絶巘の処、石壁孤岸の奥に、超然として独り住み、淹留し苦練す……其の苦節たるや、則ち厳冬の大雪に葛衲を著《き》て顕露して行道し、炎夏の極熱に穀粒を絶ちて日夕に懺悔す。

と語られる、海岸の絶壁でただ独り穀断ちの苦行を行ったという、若き日の空海の行状を真似て、空海の地元である讃岐の人々の信仰を集めようとしていた可能性もあるだろう。

道真は「結局この僧も偽《にせ》聖人だ」というのであるが、「舟行五事」の最後の五首目に、道真はなぜこの「偽聖人」を詠んだのであろうか。この詩には、他の四首に見えるような、京を離れ文事・学問から隔離され国司の職にあることへの憤りや、自己の才能を顕示したり世俗の欲望にとらわれたりせず生を全うしようという『荘子』の教えへの共感は特に見られない。一見すると、偶々《たまたま》船旅の途中で見かけた偽聖人のことを風刺しただけのように思われるが、それでは他の作品との連続性が断たれてしまう。そこには、やはり在地の問題を取り上げようという道真の意図が反映されているのではないか。

この「偽聖人」の僧侶はおそらく寺には所属していない私度僧であろう。彼のような人間は、国司としての道真の立場から見ると、戸籍を外れ、労働もせず、租税も納めずに人の施しをあてにしている、在地に巣くう「盗人」同様の存在であろう。道真は、詩の最後をなぜ「やかましく吠え立てている巷の犬よ、吠えるならこの僧に吠えよ」と結ぶのであろうか。大系頭注は「お前たちはこういう糞坊主を吠えたてたらいい」と解するだけであるが、

「閭巷の犬」は、おそらく単なる野犬ではないのではないか。讃岐についての記述ではないが、『菅家後集』の「叙意一百韻」に筑紫の習俗の悪さを述べた詩句中に「群盗穏かに肩を差す（盗人の群れは安心して肩を組んで闊歩している）」と見え、在地の治安が非常に悪い様が述べられる。讃岐においても事情は同様であり、不安を抱えていた地域の住民たちが、盗人対策の一つとして飼っていたのが「閭巷《ちまた》の犬」ではないか。道真は、この偽聖人の僧侶を「盗人」と同類と見なし、閭巷の番犬たちに「無駄吠えせずに、吠えるなら盗人であるこの偽聖人のような奴に吠えろ」と呼びかけたのではないだろうか。

また、「舟行五事」全体の詩の配列を見ると、この最後に置かれた其五は、冒頭に置かれた孤松を詠んだ其一との対比も考えて作られているように思われる。其一は冒頭で「一株磯上の松、巉嵒《ざむがん》として礒勢《ぎせい》重なる、松は全《まつと》うす孤立の性、磯は絶つ四方の蹤《あと》」と、孤絶した磯に独り立つ松を描くが、この其五も冒頭で「草庵石稜に結ぶ、石の高きこと三四丈、波の勢ひ百千層、隣《となり》絶えて糧《かて》到ること難《かた》く、路《みち》尖にして人登らず」と、荒磯の岩場の石上に独り暮らす僧を描く。松も僧も、ともに孤絶した岩上に文字通り「孤高」の姿を保っているが、その後の詩の展開を見ると、植物である松が心を無にしてあくまでも孤絶を守って生きているのに対し、人間である僧は道真が投げ与えた米を見て、心の弱さをさらけ出してしまう。またそれぞれの詩の結末も、其一は「礒上に追従せんと欲《ほっ》す」と世俗との関わりを避け孤絶を守る松の生き方を見習おうと言うのに対し、其五は「嗷嗷《がうがう》たる閭巷《りよかう》の犬、当《まさ》に此の僧朋に吠ゆべし」と、見せかけだけの「孤高」を誇っていた僧は軽蔑と非難の対象となっている。このような冒頭と末尾の作品に見られる対比的な詩の在り方は、偶然ではなく、やはり道真が意図したものである可能性が高い。とすると、「舟行五事」は、船旅の途上で偶々目にした光景や体験した出来事をただ漫然と並べているのではなく、その詩の配列や題材の選択にも道真の意図が隠されているように思われてくるのである。

三、「舟行五事」詩の位置づけ

以上、「舟行五事」の各詩をあらためて読みなおしてみた。この五首の詩は、それぞれの作品ごとに属目の出来事を詠みながら、そこに道真自身の思いを託したものであることは、大系の個々の詩の頭注にも既に指摘されていた。道真は「舟行五事」のある詩では『荘子』の教えに従い、世間に才を誇らず、世俗の欲を捨てて己の生を無事に全うすることを望み（其一・其四）、またある詩では京を離れ中央官人・文人学者としての立場を追われた孤独と悲しみを詠む（其二・其三）。しかし、それと同時に、五首の詩には、すべてに在地の抱えている様々な問題が織り込まれているのである。特に最後に置かれた其五には、道真個人が置かれている境涯についての心情や感慨は特に詠みこまれてはおらず、前に置かれていた他の四首の作品との共通点は、在地で起きている様々な問題の一コマを捉えたということにあり、それでもって「舟行五事」が一《ひと》まとまりの作品としてまとめられていることになるのではないか。

従って、「舟行五事」は、其一・其四では『荘子』の教訓に従い俗世から超絶して身を守ろうという姿勢、其二・其三では、自らの〈本業〉とかけ離れた国司という官職に任じられたことに対する憤りや悲しみが強く表されているが、全体を通してみれば、讃岐の在地で起きている様々な問題に目を向ける、国司としての道真の姿勢が反映されている作品ということもできよう。それは、前のⅣ—3「菅原道真「讃州客中詩」の形成と「詩人無用」論」で論じてきた、道真の「讃州客中詩」全体の傾向とよく通じるもので、「舟行五事」は「讃州客中詩」の世界を凝縮した感のある作品といってもよいであろう。

この作品は、道真が国司の任期の途中で京へ一時帰還するという異例の事態の中、その舟中で詠まれたことになっている。詩に詠まれた五つの出来事が、すべて船旅の途中で道真が実際に目にしたものであるかどうかは今となっては知る術《すべ》がないが、ともかく道真は、京への帰還の途上、舟中において直接目にしたという形で在地の出来事を取り上げ、現代でいう現地報告《ルポルタージュ》的な要素を持たせて詩にまとめているのである。道真は、帰京後、こうした話題に興味を持って読んでくれる読者を念頭に置いて、この作品を仕上げているように思われる。この「舟行五事」が帰京後どのような読者たちの手に渡ったのかは、これも今となっては知り得ないのであるが、少なくとも嶋田忠臣や道真の親しい詩友たちには届けられたであろう。

「舟行五事」の一時帰京から三年後、道真は国司の任期を終え晴れて帰京するが、その道真に、東宮時代の醍醐帝から讃岐国司時代の詩作をまとめて提出するように仰せが下る。このように「讃州客中詩」に関心が持たれるようになるには、道真の国司在任中からこれらの詩に触れた在京の道真の詩友や支援者たちの力が大きかったのではないかとは、前の「菅原道真「讃州客中詩」の形成と「詩人無用」論」の「終わりに」で述べたところであるが、道真の一時帰京後に「舟行五事」が京の読者たちに何らかの衝撃《インパクト》をもたらし、そのことが、道真の「讃州客中詩」が注目されていく一つの要因となったのではないか。根拠のない臆測に過ぎないが、一つの可能性を提示して、ひとまず小稿を終えたいと思う。

注

（1）新間一美は「源氏物語の「浮舟」と白居易の「浮生」―荘子から仏教へ―」（白居易研究会編『白居易研究年報』第十六号〈勉誠出版、二〇一五年〉）において、この3・4句と『荘子』の影響を受けた白詩との関係について考察し、3句については新楽府「杏為梁」の「逆旅重居逆旅中（逆旅に重ねて逆旅の中に居り）」、4句については「重到渭上旧居（重ねて渭上の旧居に到る）」の「浮生同過客（浮生過客に同じ）」との関連を指摘し、道真の「客中重旅客、生分竟浮生」は、この白詩（筆者注：「重到渭上旧居」を指す）に倣って「浮生」と「客」とを同時に用いたと思われる。「客中に重ねて旅客たり」は、天地の中の旅人（客）でありながら讃岐の舟の中の旅人（旅客）でもある、の意である。「生分竟に浮生たり」の「生分」は、自分が天から受けた「分」を言い（筆者注：荘子「逍遥遊」篇末尾の「安所困苦哉」の成玄英疏「詎肯困㆓苦於生分㆒」に拠る旨の注記がある）、自らの人生は、結局、舟の上に浮かぶような「浮生」（頼りどころのない生）であると観じている。讃岐の舟の中で、水に浮かびながら人生は「浮生」であることを改めて自覚しているのである。

と3・4句を解釈する（4句の大系頭注の解釈が不適当なことも別稿で指摘している）。少し後で述べるように、道真はこの詩の最後の第7・8句で、『荘子』の「虚舟」の故事にもとづきこの舟中を世俗と超絶した場所と詠むので、舟中を『荘子』の比喩と関わらせて表現していることがわかる。第3・4句は、孤独な客《たびびと》として讃岐に赴任している中でさらに京に赴く旅客となっている自らの立場への嘆きと、自分たちの人生は水の上に浮かぶようにはかなく頼りないものなのだという諦観とが重ね合わせて表現されているように感じられるが、それには「生分」を「生き別れ」の意と「生まれつき与えられた天分」の両義に解するなど、かなりアクロバティックな操作が必要となる。そこまで複雑に考える必要はなく、どちらか一方の解釈で可とすればよいのかもしれないが、なお後考を待ちたい。

（2）白居易の「舟行」は、彼が長安から江州に左遷される旅の途上、船上で作られた作品である。この作品が江州への左遷の旅の途上で作られた作品の中で、唯一の「閑適詩」であることに注目した諸田龍美は、江州への途上の作品においては、左遷の悲しみを詠む「感傷詩」が多く、「閑適詩」がきわめて少ないことを指摘した上で、

> 江州途上の閑適詩がわずかに一首である理由は、左遷の衝撃があまりにも強烈であったからであり、にもかかわらず、「舟行」の詩にある種の余裕が看取されるのは、時間の経過による心理的回復を示すもの、と見るのがよいであろう。事実、旅程後半（襄陽―江州）の律詩には、以下のように、達観の境地を詠う作品が複数現れてくるからである。

と述べ作品名を列挙した後、その達観の境地を詠う作品の中で次の七言絶句「読荘子」（〇八九〇）に注目する。

> 去国辞家謫異方　　国を去り家を辞して異方に謫せらる

中心自怪少憂傷　　中心　自ら怪しむ憂傷の少きを
為尋荘子知帰処　　荘子を尋ねて帰処を知り
認得無何是本郷　　無何は是れ本郷なるを認め得たるが為なり

そして、江州への旅程の後半で精神の余裕を取り戻した白居易が、『荘子』を読むことで、長安ではなく身心安静な自由の境地（無何有之郷）こそが自分の家郷だと達観することを指摘し、これを「故郷の精神化という『荘子』的な発想の転換」と位置づけた（「白居易「自誨」詩製作の時空―元和十年、江州左遷の旅―」『日本中国学会報』第六十八集、二〇一六年十月）。白居易の「舟行」詩には、のんびりとした舟旅の、船上での自由気ままな暮らしを楽しむ姿が描かれているものの、直接『荘子』を想起させる表現は現れないが、詩の末尾で「何ぞ況や家を失はず、舟中に妻子を載するをや」と「自由気ままな暮らしに加えて、家族まで載せているこの舟こそ我が家である」ことを謳うのは、諸田のいう『荘子』的な達観の反映であろう。

さらに注目すべきは、注（1）に引いた新間論文で、ともに『荘子』の思想に共鳴し、五首の連作により構成されるという理由で、白居易の「放言五首」に倣って道真が「舟行五事」（とその前に置かれた「宿舟中」）を作成した可能性が指摘されている点である。五首の連作が個別に題を持たないという形式的な共通点も含めて、新間の推定は首肯されるが、この「放言五首」も、やはり諸田が論じた江州左遷の旅の旅程の後半に詠まれ、直接『荘子』的な達観が表明された重要な作品であった。

もし道真が讃岐に赴任した期間に、自らの境遇に照らして白氏の江州左遷時の詩をまとめて精読するようなことがあり、そこに収められた「舟行」や「放言五首」などの江州への旅程後半の舟旅の途上に作られた作品から、諸田が指摘したような『荘子』による白氏の精神的余裕の回復を読み取ったならば、そのことが「宿舟中」や「舟行五事」に『荘子』への指向が強く見られることの要因となっている可能性が出てくるであろう。

（3）詩題に「〇詠」を持つ詩については、本書Ⅲ―1「『文華秀麗集』『経国集』の「雑詠」部についての覚書―その位置づけと作品の配列をめぐって―」参照。

（4）『平安朝の漢詩と「法」』（東京大学出版会、二〇〇五年）第二章第四節「中央貴族と在地社会」二〇五頁。

（5）　滝川幸司『菅原道真論』（塙書房、二〇一四年）第一編第一章「詩臣としての菅原道真」十八～二十頁参照。

〔初出〕二〇一四年十一月二十九日に大阪大学豊中キャンパスで開かれた第一二五回和漢比較文学会例会（西部）での研究発表「菅原道真「舟行五事」再読─「讃州客中詩」の形成と「詩人無用」論─」の「舟行五事」に関する部分を成稿化して書き下ろした。

V　幼学の世界と平安朝漢文学

1 下層官吏層の〈学文〉と文学活動
――その実態と展開について――

はじめに

本稿は、もともと第十九回和漢比較文学会大会シンポジウム「平安朝漢文学の継承と変容―教訓・幼学・唱導―」（二〇〇〇年九月開催）の基調報告を成稿化したものである。このシンポジウムは、平安朝の漢文学の世界が、院政期を経て鎌倉時代以降の文学に継承され、中世における文学史の展開に寄与していく過程を、「教訓・幼学・唱導」という、正統的な漢文学作品とはやや離れた世界に目を向けながら討議していくことを目的としている。私は主として「幼学」というテーマにかかわって、下層官吏層の〈学文〉、それが形になって現れた漢文作品について、その展開（変遷）を述べた。その上で、院政期以降の文学作品の形成に、下層官吏層が培《つちか》ってきた〈学文〉がどのように影響を与えていくか、その見通しの一端を、不十分ながら述べてみた（なお〈学文〉とは、現在用いられる「学問」とは異なり、漢文の読み書きを中心とした漢学をいう、当時の一般的な用語である）。

末尾の〔初出時附記〕に記したように、本稿には歴史学の分野からの視点が欠落している部分があり、不完全なものではあるが、幼学と平安朝漢文学の関係についての私なりの見通しを述べているので、本章に収めた以下の諸論考の〈前置き〉として、ここに配することにしたい。

一、『那須国造碑』の文章と『仲文章』の文章

まず、下層官吏層の〈学文〉に連なる作品として、最も古い時代のものと思われる『那須国造碑』[1]の文章を取り上げてみよう。この碑は栃木県湯津上村に在り、文武四年（七〇〇）に薨じた那須国造韋提《いで》の履歴や行徳顕彰を、子の意志麻呂らが行ったものである。そこには、

仰ぎ惟《おもひ》みるに、殞公は広氏の尊胤にして国家の棟梁なり。一世の中に重ねて弐照を被《かふむ》り、一命の期に連ねて再甦せらる。骨を砕き髄を挑《かか》ぐとも、豈《あに》前恩に報《むく》いむや。（『古京遺文』の本文に拠り、私に訓読した）

と、父韋提が二代の天皇の恩顧（弐照）を蒙り、そのお陰で父の死後もその官職を子が受け継ぐことができた（再甦せらる）こと、どんなことをしても、その父の恩に報いなければならないことを述べ、そのあとに次のような文章を記す。

是以、曽子之家、无有嬌子。仲尼之門、无有罵者。行孝之子、不改其語。銘夏堯心、澄神照乾。六月童子、意香助坤

是を以て、曽子の家に、嬌子有ること无し。仲尼の門に、罵《のの》しる者有ること无し。孝を行《おこな》ふ子は、其の語を改めず。夏の堯の心を銘じて、神《こころ》を澄《す》ませ乾（＝父）を照らす。六月の童子は、意香《かお》りて坤（＝母）を助く。

前半の対句では、孝子として名高い曽参《そうしん》の家には「嬌子」が出ることはなく、礼の創始者である孔子の門には「（親を）罵しる者」はいないと、自分たちも孝を忘れず礼を尊ばねばならないことを述べる。後半は非常に難解であるが、「銘夏堯心……」は東野治之によると「夏の堯の心を銘《しる》す」で、実子に国を継がせず、孝子舜に二女を与え国を譲った古代の聖帝堯の事をふまえ、「六月の童子……」は『詩経』「六月」に詠まれた尹吉甫の子、伯奇を指すか

といわれる。(2) 今、この文章の書き様を、平安後期の教訓書『仲文章』(3) の、次のような文章と見比べていただきたい。

開肉眼之門、啻仲尼之家。照愚懐之燭、急顔回之光也。

肉眼を開く門は、啻《ただ》仲尼の家なり。愚懐を照らす燭は、急《たちま》ち顔回の光なり。（学業篇）

緹縈為奴、金吾免父之罪。鄱陽求医、慧龍救母之病。故、孝妣恤則子孫有大悦、子孫孝則天地致感。

緹縈奴と為《な》りて、金吾父の罪を免《ゆる》す。鄱陽医を求めて、慧龍母の病を救ふ。故に、孝妣恤《めぐみ》あれば則ち子孫大悦有り、子孫孝なれば則ち天地感を致す。（孝養篇）

故事や人名に「……の門」「……の家」などの修飾を加えて対句を作る手法といい、正統的な漢文から逸脱する破格の語法や用字といい、両者には、時代を超えて共通する要素が看取される。四百年近い年月の差はあり、作品としての分野も異なるものの、両作品の作者の〈学文〉の素養には相通じるものがあるのではないだろうか。『那須国造碑』には『孝子伝』やそこに登場する人物を意識して文章の作成が行われており、また、こうした資料を通じて、飛鳥時代の「浄原令」の段階から「孝」の概念が既に行われていたことが、これも東野治之により指摘されている。(4)『那須国造碑』の文章作成者は、漢文の作成能力はそれほど高くはないものの、中央で施行された『令』の背景となる「孝」の概念を、いち早くこの碑の銘文に積極的に取り込んでいるわけで、このような中央の動向にも通じた、下野国の在地の下層官吏の一人であったのではないだろうか。

『仲文章』の作者も、下層官吏で地方の暮らしを経験した人物ではないかと推定される。(5) これまで上代・中古の文学史（漢文学史）においてスポットがあたっていたのは、大学寮出身で文章生試験にパスし、朝廷で学者・文人、官僚として活躍した人たち、『懐風藻』以下、勅撰三漢詩集や平安期の漢詩文集に作品を残しているような人たちであった。これに対して、その人たちの下で朝廷での下働きをする官吏、あるいは在地の官吏たち（ここでは、こうした人々を「下層官吏層」ととらえている。具体的には『律令』に規定される「史生」や、『延喜式』に見える「書生」

クラスの人たちを想定している、また次節で触れる、官吏にならずに、寺院などで僧として記録や書状・願文等の作成に携わっていた人々もこれに含められよう）にも〈学文〉はあり、彼らが残したと思われる作品も、稀にではあるが残存している。これらの作品には、先に見てきたように、時代を超えて共通する要素が見られるが、それは作者の階層の共通性、身につけていた〈学文〉の共通性によるものと考えられる。

二、下層官吏層の〈学文〉について

それでは、彼ら下層官吏層の〈学文〉はどこで提供されたのであろうか。この問題は下層官吏層の〈学文〉の場というよりも、大学寮に入る以前の〈学文〉の場や、あるいは大学寮以外での〈学文〉の場はどこか、という問題としてとらえられなければならない（たとえば空海は、十五才で都へ出て阿刀大足に師事する以前、幼少期に讃岐で何らかの幼学の教育を受けたはずであるが、その実態はどういうものだったのだろうか）。菅家の「菅家廊下」や藤原家の「勧学院」などの私塾で学べる特別な人たちは別として、そういう場所に縁を持たず〈学文〉に志す都の人たち、あるいは地方にあって〈学文〉に志す人たちが少なからず存在していたはずである。文人・学者や朝廷の官僚になるという大それた目的ではなく、とりあえず文章の読み書きができ、簡単な事務能力を身につけ、運良く下層官吏に採用されれば、少なくとも辛く苦しい農作業に従事し租税を取られるだけの生活から抜け出して、逆になにがしかの俸給を得られる立場に立てるからである。もちろん〈学文〉を身につけられるのは、大半はある程度余裕のある家庭の子弟たちであったろうが、貧しい家庭の子弟でも才があれば〈学文〉で生計を立てていくこともできたのではないか。次にあげる『仲文章』の文章は、こういう「食べる手段としての〈学文〉」の魅力を読者に大いにうったえている。

勤めて学を為《な》さば、飢えを忍びて励む者は、三情を金樽に満たす。腹を迫《せ》めて勤むる者は、百膳を玉俎に烈《つら》ぬ。

（学業篇）

童郎語りて云く、引率《いざや》学堂に行きて与《とも》に遊ばんか。故《ゆゑ》何となれば、縄を縫えば手の裏戻《うちむく》れ、苧《を》を績《う》めば指鉾平《ゆびさきひら》む。文を見れば眼《まなこ》明らかに、筆を取れば胲膿《ほほこま》やかなり。時に童女、詩公の側《かたはら》に至り、仲舒の案《つくえ》に倚る。文を聞けば逐《したが》ひて朱楼珠殿の君に奉《つかへまつ》り、侍中の博士と成る。字を書けば則ち金床碧台の后に観《み》せ、世上の名誉を得《う》。

（金友篇）

これら〈学文〉に志す子弟たちの教育に携わっていたのが、各地の寺院における僧侶たちだったのではないだろうか。江戸時代には庶民教育のシステムとしての「寺子屋」が寺院を離れて確立するが、上代から平安、そして中世にあっては、「寺」こそが最大の庶民の〈学文〉の場であったのではないか。従って幼学の世界は仏教といやおうなしに結びついていたのではないかと思われる（『実語教』『童子教』『仲文章』などの幼学向のテキストがいずれも「儒仏混交」の立場で編まれているのもこのことと深くかかわる）。こうした幼学教育を受け首尾良く国衙やその出先機関などにもぐりこむ者もいれば、役人にならずにそのまま寺院で生活する者も出てくる。下層官吏の書く記録や報告の文章も、仏家の唱導（たとえば『東大寺諷誦文稿』など）も、実は寺院を現場とした同じ教育的基盤から生まれていたのではないか（ただし後の〔初出時附記〕に述べたように、寺院の教育的基盤と一口にいっても、その実態の解明は進んでおらず、宗派や個々の寺院による環境の違いや時代的な変遷もあり、その具体的な検証は困難を極める）。

三、下層官吏層の〈学文〉の基盤と、その〈学文〉が生み出した作品について

こうした寺院を中心に行われた〈学文〉の場では、どのような書物を用いて子弟たちの〈学文〉の基盤が形成さ

れていたのであろう。それは既出の『仲文章』や、以下にあげる『尾張国解文』『将門記』などに用いられている書物を検証していくことにより、明らかになる。私が知り得ている範囲でいえば、中国側の書物としては『千字文(注)』『蒙求(注)』『百詠(注)』『孝子伝』などが主なもので、さらに逸書では『琱玉集』『典言』『韻詮』『文場秀句』なども用いられたようである。日本側の書物としては、平安中期までには成立していた『実語教』『童子教』、逸書では吉備真備撰と伝えられる『私教類聚』なども用いられていたと思われる。

また、これらの書物により形成された下層官吏層の〈学文〉が生み出した作品としては、平安朝では次のようなものがあげられる。

『仲文章』（彼らの〈学文〉が教訓書の形で結晶したもの。彼らの学んでいた〈学文〉の実態や、彼らが抱いていた思想――といえるほど昇華していないかもしれないが、彼らのモラルや主張は盛り込まれている――をも知ることができる）

『尾張国解文』（尾張国司の職務怠慢と不法という事実についての報告と、それに対する意見の主張。地方で起こっている問題を朝廷に訴える際に、彼らの〈学文〉がきわめて効果的に用いられた例）

『将門記』（坂東における平将門の乱の勃発から集結までの記録。『尾張国解文』のような事実の報告だけを目的とするにとどまらず、軍記文学への一歩を踏み出している）

これらの作品に共通してみられる特徴として、作者が述べようとする事象を、自分たちが学んできた〈学文〉の世界（幼学の世界）により把握して、記述しようとする傾向がきわめて強いことがあげられる。これは、たとえば後世の『平家物語』が、木曽義仲の人物像や運命を、『史記』項羽本紀などにみえる項羽の記述を用いて脚色しようとするような営為――自分たちが語ろうとする事象を、漢故事によって装飾・脚色しようという積極的な意図（高度に文学的な意図）による営為――とはやや異なり、自分たちが述べようとする事象を、まず幼学の世界で繰り広げられる〈漢〉の世界とのアナロジーによって把握し、その枠組みにもとづいてそれを記述していこうとするという営みであるように思われる。あえていえば、彼ら下層官吏層は、そういう形でしか「ものを書く」ことができなかったということになるかもしれない（もしかすると、先の『平家』の漢故事の利用にも、ある程度こういう側面が存するのかもしれない）。また、大学寮などで正規の〈学文〉を修めた人々も、その教養の下層は、これら下層官吏層のものと通底しており、両者の〈学文〉が完全に懸け離れていたとは思われない。

四、院政期から鎌倉期にかけて、彼ら下層官吏層の〈学文〉が文学史にどのように関わってくるのか

しかし、このように限界を抱え、平安中期までは文学史の「表の世界」に現れにくかった下層官吏層の〈学文〉の世界は、院政期から鎌倉期以降にかけて、『平家物語』や『太平記』等の軍記、『宝物集』『十訓抄』等の説話（教訓）文学、安居院等の唱導等へ流れ込んで、いたるところでその表現を支えていくことになる（直接的な例では、『平家』の延慶本に『仲文章』の章句が引かれる等）。これまでに黒田彰・牧野和夫・山崎誠らの研究(6)により、個々の作品の説話や表現に幼学・注釈・唱導の世界が色濃く反映されることや、その幼学・注釈・唱導の世界の基盤となる資料や体系などが解明されてきた。しかし、『平家物語』なら『平家物語』という、個々の作品全体が、どのようにして形成されてきたかという具体的な経過は、なお明らかにされたとはいえないのが現状であろう。

こうした問題を解明するためには、これまで述べてきたような下層官吏層（そして同様の教育的基盤を共有する仏家の人たち）の活動を、平安末〜鎌倉期にかけてさらに追求してみる必要があるのではないだろうか。特に注意しなければならないのは、院政期から鎌倉期にかけて、武士の勢力の進展に伴い、今までの朝廷を中心とした外記等

の職とは別に、在地の武士層の右筆等、書記能力を持った人材の必要性が高まっており、下層官吏層の活躍の場が、国衙など官庁以外にも、大きく拡《ひろ》がったのではないかということである。(7) このことと、この時代になって幼学の世界が文学の表面に大きく顔を出してくることとは大きく関連しているのではないか。また、これらの下層官吏層は、中央の貴族階級や大学寮出身の文人学者などとは異なる視点を持つことができた。階級でいえば下層の武士や農民、商工者、地域でいえば諸国の在地在地に目を向けることが可能であった。たとえば『今昔物語』『宇治拾遺物語』の諸国の説話や、軍記物語の各地における武士たちの合戦や動向の記述には、在地の下層官吏層（寺院の仏家を含む）の記録が直接・間接に用いられているはずである。これらの資料がまとまって、一つの説話集なり軍記物語として形成されるには、中央にあって朝廷や寺社のネットワークを用いてこれらの資料を統《す》べることのできる立場にある人物や機関の存在と、そうした人物や機関がこれらの下層の資料やその編纂、作品としての体系化に高い関心を有することが必要であった。その人物や機関がすなわち摂関家であったり、宇治大納言源隆国であったり、守覚法親王の文化圏であったりするわけではないのだろうか。個々の資料が生まれ出てくる現場と、その資料がまとめられ体系化されていく現場、その現場と現場を結ぶネットワーク、このような道筋を考えていく際に、資料が生まれ出る現場や、それを結ぶネットワークに携わっていた下層官吏層や、彼らを支えていた〈学文〉の存在は、もっと注意されて良いと思われる。

注

（1）『古京遺文』所収。『栃木県史史料編　古代』（栃木県、一九七四年）、『古京遺文注釈』（おうふう、一九八九年）等に注釈、解説が存する。
（2）『日本古代金石文の研究』（岩波書店、二〇〇四年）第七章「那須国造碑」。

（3）永延二年（九八八）〜寛治二年（一〇八八）の成立。白舎人撰（仮託）。幼学の会編『諸本集成　仲文章注解』（勉誠出版、一九九三年）に校訂本文と注解、諸本の影印が収められており、基本的な解説と諸本の書誌や研究の展開が、同書の解題（黒田彰執筆）に記されている。なお、本書V—3「教訓書『仲文章』の世界—平安朝漢学の底流—」においては、『仲文章』の文章の解析を通じて、作者の学問的基盤の特質を考察し、この書物が平安朝の漢学の基底にある、初歩的、下層的な学問の体系を反映した貴重な文献であることを論じている。

（4）注（2）論考ならびに『日本古代史料学』（岩波書店、二〇〇五年）第一章「編纂物」の5「律令と孝子伝」参照。

（5）本書V—3「教訓書『仲文章』の世界—平安朝漢学の底流—」参照。

（6）黒田彰『中世説話の文学史的環境』（和泉書院、一九八七年）、『中世説話の文学史的環境　続』（同上、一九九五年）、牧野和夫『中世の説話と学問』（同上、一九九一年）、山崎誠『中世学問史の基底と展開』（同上、一九九三年）など。

（7）たとえば『和漢朗詠集私注』や『新楽府略意』などを著した釈信救（信阿、覚明）などはその典型の一人である。彼は藤家の出で、勧学院から大学寮へ進み、文章生から朝廷での官僚としての活躍を目指していたと思われるが（その点ではここで述べる下層官吏層よりかなり高度な〈学文〉のレベルを有していた）、個人的な事情や時代の流れで、このコースに乗ることができず、出家して南都興福寺に住し、幼学のために『私注』を著すとともに平家に対して南都牒状を記し、興福寺にいられなくなってからは右筆として木曽義仲に仕え『平家物語』七に載る著名な文書群を記し、義仲滅亡後も、全国各地の寺社にかかわってその文業を伝えている（おそらく興福寺在住時に繋《つな》がりを持った寺社のネットワークを利用してであろう）。なおくわしくは太田次男「釈信救とその著作について—附『新楽府略意二種』の翻印—」（『旧鈔本を中心とする白氏文集本文の研究　下巻』〈勉誠出版、一九九七年〉第四章「新楽府注釈書の研究」所収）、黒田彰「中世叢林の学問—康頼、覚明のこと—」（注（6）所引『中世説話の文学史的環境　続』「I唱導文学史の構図」所収）、三木「院政期における和漢朗詠集注釈の展開—『朗詠江注』から『和漢朗詠集私注』へ—」（『和漢朗詠集とその享受』〈勉誠出版、一九九五年〉「Ⅲ『和漢朗詠集』の享受と古注釈」所収）参照。

〔初出時附記〕　この報告要旨の草稿を作成した段階で、『那須国造碑』の解釈や扱い等についてご意見をうかがおうと、東野治之氏に草稿を御覧いただいたところ、東野氏から、本報告について次のような問題点があることをご指摘いただいた。

・律令制が一応機能していた古代前期と、律令制が崩壊していった九世紀以降とでは、官司や国郡衙は大きな変遷を蒙っており、『那須国造碑』が作られた頃と『尾張国解文』や『仲文章』が作られた頃の下層官吏層の〈学文〉の環境や、彼らが〈学文〉をすることでどのような地位や立場を指向していたかは一律に論じることはできない（無論、院政期以降になると様相はさらに変遷していく）。

・同様に寺院における〈学文〉の環境についても、九世紀から十世紀にかけて寺院運営の機構や方法が大きく変化するため、簡単に論じることはできない。特に平安中期以降の寺院は、寺院寺院によって個別にそれぞれのシステムで運営されていたために、寺院別に組織や運営の実態を見ていく必要があり、そうした研究は歴史の分野でもそれほど進んでいない。こうしたことを明らかにしていかないかぎり、寺院における〈学文〉の環境についても、本当のところはわからない。

要するに、本報告には、律令制の崩壊以降の国家の機構の変遷や、寺院の運営システムの変遷という、歴史学の分野における重要な視点が欠落しているということであり、今後、具体的に本報告で扱ったようなテーマに取り組む際には、何よりもこうした歴史学の視点をふまえた検討が必要となろう。特に寺院の〈学文〉の環境については、個々の寺院について、寺院内部の資料にもとづく調査を行ったうえで、考察を進めていかねばなるまい。きわめて大きな課題であり、本報告を文章化するにあたり、附記しておきたい。

〔初出〕　『和漢比較文学』二十七号（和漢比較文学会、二〇〇一年八月）に同題で掲載。

2　『仲文章』に関する二・三の考察
――『和漢朗詠註抄』所引『代讃章』佚文との関連から――

はじめに

『仲文章』は平安時代末までに成立したと推定される幼学書で、『宝物集』や釈成安撰『三教指帰注集』などに引用される(1)。『蒙求』『千字文』などの中国渡来の幼学書や『世俗諺文』『実語教』などの本邦撰述の幼学書が、四字、あるいは四字前後の比較的短い句により、暗唱に便利なように構成されているのにくらべ、『仲文章』の本文は格のくずれた難解かつやや稚拙な四六駢驪体の漢文で書かれており、このことが災いしてか、『仲文章』の流布範囲は前述の諸幼学書にくらべると、それほど広いとはいえない。

しかし、その本文には、現在その所在が知られていない典籍が引用されるとともに、『注好選』など一部の書物だけにみえるあまり一般的でない説話をふまえた表現や、書名をあげていながら原典の書物には該当する本文が見えないという引用も随所にみられ、また、一応出典が確かめられる漢籍や仏典の故事・説話の引用についても、現代の我々のものとは相当に異なった理解にもとづくものが数多く見受けられる。

このように、わが国における幼学書の歴史を考えたり、漢籍や仏典の受容を考えたりするうえで、『仲文章』はさまざまな問題を提供してくれる、見過ごすことのできない書物であるが、つい最近までほとんど研究の対象とされることもない状態にあった。近時、黒田彰により現存写本のうち最古の正安二（一三〇〇）年の書写奥書を持つ西野本の影印が、(2) 山崎誠により西野本とは本文系統を異にする静嘉堂文庫本の翻刻が相次いで公にされ、(3) さらに山崎の論考「『仲文章』管見」により成立年代や内容などについて全般的な考察がなされるに到って、(4) ようやくその研究の端緒が開かれたといえる。しかし、まだまだ未知の部分は多く残されており、中でも本書の成立の事情などは、編者の問題とも絡んで、特に謎をはらんだものであろう。

このたび鎌倉時代初期の成立と推定される「和漢朗詠集」の注釈書『和漢朗詠註抄』(5) に引用された『代讃章』なる書物の佚文をたまたま目にして、この書物が『仲文章』と関連を持ち、『仲文章』を考える際にいくらかの示唆を与えてくれる書物ではないかと推察するに至った。もとより『仲文章』の成立事情を完全に解明するような性質の論ではなく、主として書名の由来やその周辺をめぐる推論に過ぎないが、とりあえずつたない考察を述べ、広く御教示・御叱正を仰ぎたいと思う。

一、『和漢朗詠註抄』所引『代讃章』佚文について

まず、当面問題になる東北大学附属図書館狩野文庫蔵『和漢朗詠註抄』所引の『代讃章』の本文を掲げる（本文は通行の字体に改め、割注は〈 〉の中に記した）。

代讃章一云〈白居易作也〉、凡人《ソ》生《ト》逕《レテフル》世年《ヲ》百有余《ヨ》廿《ナリ》。照煦《セラル、コト》白日之光一《リニ》四万三千二百、蓋笠《スルコト》団月之影二《ニ》一千四百四十。爰初《ニ》十《ニハモテアソテ》抛竹馬二《ヲ》而入学。廿《ニテハナラフテ》芸才号二《ヲ》而顕跡《スヲ》。卅《ニテハ》揚巧術二《ヲ》而建業一《タツヲ》。四十《ニテハ》定身《テ》意二《ヲ》以絶迷一《タツヲ》。五十《テハナラフテ》練万事二《ヲ》而知方一。六十《ハ》弁風霜二《ヲ》以順音一。七十《ハ》挙懸車二《ヲ》而致仕《ス》。八十《テハ》帰旧居二《ニ》以耆老《タリ》。九十《テハ》貫恩顧二而静《ニ》慰《ヤスム》。百歳之門《ニハ》不致魔目一。百十之家《ニ》留魂魄一。百廿之人《ハ》不守心神一《ヲ》〈已上〉。

この引用は、『和漢朗詠集』暮春部の小野篁の詩句「人更に少《わか》きこと無し時須《すべ》からく惜しむべし」の注の中で、人の一生の各年齢においての規範を述べるためになされたものであろうが、この『代讃章』の佚文が『仲文章』と類似している点、『仲文章』と関連をもつと思われる点を以下にあげてみたい。

・ともに「＊＊章」という三字の書名を有する点。「……抄（鈔）」という書名はわが国の幼学書にも見受けられるが（たとえば『文鳳抄（鈔）』『幼学指南鈔』等）、「章」の字を書名に用いるものは、仏書には一般的に見受けられるものの、幼学書（範囲を広げれば漢籍類）にはそれほど多くは見かけないのではないか。

・ともに白居易に作者を仮託している点。『代讃章』は「白居易作也」と『和漢朗詠註抄』の作者が割注で記しており、この書物が鎌倉初期に白居易の作と信じられていたことがうかがえる（無論、白居易の著作にはみえない）。また『仲文章』も序文の冒頭に「仲文章　并序　東尉山白舎人」とみえ（静嘉堂文庫本による、彰考館本「東尉山中白舎人」、島原松平本「東尉山中白居易解辞」、西野本は序を欠く）、白舎人＝白居易に仮託して何者かが撰述したものである。

・『代讃章』の引用文中、特に修辞に凝らなくともよいような部分に「百歳之門ニハ不致魔目一。百十之家ニ留魂魄二」と「門―家」の語を対にして用いた表現がみえるが、この対は『仲文章』（西野本の本文による）にも「開二肉眼一之門。啻仲尼之家ナリ」（学業篇）とみえる。このほか『仲文章』には「我坐次必教二友於善達之門一、友起居間勧致二吾於正直之枢一」（金友篇）、「還仰二其恩門一」（学業篇）のごとく「＊＊（の）門」という修辞が好んで用いられる。正統派の漢文ではあまり用いられないやや稚拙な修辞を両書がともに用いているのは単なる偶然とは考えられないのではないか。

以上のような観点から、『代讃章』は『仲文章』と相当密接な関係にある書物ではないかと推察するのである。両者は同一の作者による一連の著作であるかもしれないし、たとえ作者が別であっても、一方の書物がもう一方を強く意識して書かれたものである可能性はかなり高いのではあるまいか。

二、『仲文章』の「仲文」と『代讃章』の「代讃」

このように考えられるならば、これまでいくつかの考えが示されながら、なお明らかにされていないと思われる『仲文章』の書名の由来について、『代讃章』を介在させることにより、これまでの考えとは別の視点から迫ってみることが可能となるように思われる。

『仲文章』の「仲」を『群書解題』では「兄弟の二番目、弟」の意に解し、年下の者に教訓する書物の意とするが、この文字は、もともと「二番目、次点」の意をも持つようである（例えば『釈名』釈親属に「父之弟曰二仲父一、仲、中也。位在レ中也」とみえる）。とすると、「仲文」は「さほど上手でもない、つたない文」という自らを卑下する意を込めた命名と考えられ、序文の中の「唯愧《は》づらくは詩に非ず賦に非ず、文句錯乱し、韻声粉綸として韻に背《そむ》き、諺・雑句を交へて啻《ただ》続くるなり」（静嘉堂文庫蔵本の本文にもとづき訓読）という撰者の自嘲とも響きあった書名ということになるだろう。

一方、『代讃章』という書名の意味は、訓読によって示すならば「讃に代《か》ふる章」ということになろう。この「讃に代ふる」という語句は、本書が白居易に仮託された書物であることを勘案すれば、『和漢朗詠集』の仏事部にもとられ、わが国でも文学と宗教との関係を論ずるときに必ず引合いに出される、

願《ハクハ》以《テ》二今生世俗文字之業・狂言綺語之誤《チヲ》一
翻《カヘシテ》為《サム》二当来世々讃仏乗之因・転法輪之縁《ト》一

という『白氏文集』の「香山寺白氏洛中集記」の著名な一節にもとづくものであろうことは容易に想像がつく。お

そらく「仏法への讃に代える」という意味の命名なのであろう。

今、『仲文章』と『代讃章』が密接な関連を有するとして、両者の書名を仮に合わせてみると「代讃仲文（讃に代えるつたない文）」、あるいは「仲文代讃（つたない文を讃に代える）」となり（「仲」の訓法としてもし可能であれば「文を仲（ナカダチ）として讃に代える」という訓みも一案として示しておく）、この両書の書名を組み合わせると、より一層前に掲げた『白氏文集』の佳句の言わんとするところに近づくことが明らかになる。

『仲文章』には漢籍だけでなく仏法故事や仏語が横溢しており、この書物の作者が例えば源為憲のような「儒仏二教合一」の立場をとる人物であろうとは、山崎誠の推定するところであるが、(6)『仲文章』や『代讃章』が白居易の作として仮託されたのは、単に彼が有名な文人であるためだけでなく、白居易のとなえる「文章・文学をもって仏法への讃や仏道への因縁と為す」という言葉に共鳴する作者の意識（それは平安末から中世にかけての文事に携わる者の平均的な意識でもあるが）を強く反映した結果なのではないか。もし両書の作者が別人であっても、その二人の意識はほぼ同一人のそれのようなものと考えてもよいであろう。両書の書名の命名には、こうした白居易に対する共鳴（あるいは崇拝）が一貫して読み取れるように思われる。

三、『仲文章』『代讃章』の「章」について

「仲文」「代讃」が前節のように解せるとして、それではこの両書の書名に共通して用いられている「＊＊章」という文字使いには何かもとづくところがあるのだろうか。この問題に関しては、絶対的な確証があるわけではないが、中国で漢代に成立し、わが国にも平安初期から伝わっていた幼学書『急就章』（漢・史游撰）の書名に倣ったものではないかと推定してみたい。

『急就章』は現在では『急就篇』とよばれることが多いが、古い資料によると、中国のものでは『隋書』経籍志・『旧唐書』経籍志上に「急就章」とみえ、わが国のものでは、空海の『性霊集』巻四の「献雑文表」に「急就章一巻」と記され、その空海の書写本の模本といわれる萩原寺蔵の写本（重要文化財・平安後期写）の書名もやはり「急就章」である。九世紀末に藤原佐世の編んだ『日本国見在書目録』には「急就篇一巻〈史游撰〉」「急就篇注序十巻〈顔師古撰〉」と「篇」で記す例もみえるが、同時に「急就章音義一巻〈釈智騫撰〉」のごとく、「章」と称した例も記される。

空海がこの書物の伝来に関わっていること、また空海がその書名を「急就章」と記していることなどから、平安朝を通じて寺院（特に真言系の）ではこの書物が幼学書として用いられることがあり、その書名も「急就章」と呼ばれていたのではないかと想定すると、漢学の素養も多少あるが前述のように仏家としての面影が色濃くうかがえる『仲文章』（あるいは『代讃章』も含めた）作者が、自らの手で新たに幼学書を創ろうとした時、この書物の書名に倣って「＊＊章」という命名をしようと考えたというのは、ある程度有り得ることではないのだろうか。

終わりに

以上、『和漢朗詠註抄』所引の『代讃章』佚文との関連から、書名の問題を中心に『仲文章』について考えてみた。『代讃章』の佚文は、今のところ管見の範囲ではこの一条を得ているに過ぎないが、例えば国会図書館蔵『和漢朗詠註』(7)や京都大学附属図書館蔵『和漢朗詠集注』(8)にみえる「楽天ノ讃章記」なるものも、おそらくこの『代讃章』と同一のものからの引用かと思われ、(9)『代讃章』という書名それ自体が確定的なものとはいえないのが実情である。当然、今後の新たな佚文の発見によって本稿の推論を修正する必要も出てくるかもしれないし、また、『急就章』との関連についても単なる想像の域を出ないものであり、より詳細な『急就章』の享受の考証や仏書をも含めた他の「＊＊章」と名づけられた書物についての検討も必要であろう。[10]

このように、『仲文章』はその書名一つをとってもまだまだ多くの問題を我々に投げかけている書物である。ましてその内容に踏み込めば、初めに述べたように、考えねばならない問題はそれこそ山積みされている。また、作者の問題についても、『代讃章』が引用されている『和漢朗詠註抄』が南都の学僧の手になるものであるとして[11]、こうしたところからその所属する階層を絞っていくことも不可能ではなかろうが、現段階では資料があまりにも不足している。

これらの問題を少しずつでも解明してゆくことが、すなわち、今までの常識的な平安朝漢文学史の枠組みの外にある、知られざる漢文学の世界――それはおそらく中世の唱導や説話の世界に直接流れ込んでいく世界であろうと思われる――の一端を探ることになるのではないだろうか。

注

（1）『諸本集成　仲文章注解』（勉誠出版、一九九三年）の解題（黒田彰執筆）参照。
（2）注（1）前掲書に影印が掲載される。
（3）「静嘉堂文庫蔵『仲文章』について（覚書・翻刻）」（『国書逸文研究』第十八号、一九八六年十二月）
（4）「『仲文章』瞥見」（『中世学問史の基底と展開』〈和泉書院、一九九三年〉所収）。
（5）山崎誠「『和漢朗詠注抄』攷」（注（4）前掲書所収）参照。
（6）注（4）の山崎論考による。
（7）黒田彰「室町以前〈朗詠注〉書誌稿」（『中世説話の文学史的環境』〈和漢書院、一九八七年〉所収）参照。『和漢朗詠集古注釈集成　第二巻』（大学堂書店、一九九四年）に翻刻あり。

（8）　注（7）の黒田論考の「四、永済注系」の「京大本」の項を参照。

（9）　『和漢朗詠集』秋部・早秋の白楽天の詩句「秋の二毛を送りて来たれる事を知らず」の注の中に「楽天ノ讃章記ニ云、予《ヨ》配州之日、発《ハツ》花之春、二毛四《シ》八ニハ、父母在《マシ〳〵》堂、帰洛之時、落葉之秋、生身七八ニハ、二親共ニ没スト云々」（国会本の本文による。京大本もほぼ同じ内容を漢字平仮名交じりで記す）とみえる。白楽天が三十二歳の時に配流されたというのは事実ではなく、『文選』「秋興賦序」にみえる潘岳の二毛の故事から創作したものと思われるが、五十六歳の帰洛は事実であり、この文を白楽天自身の作であるかのように見せようとする強い意識が窺われる。また「予……」という言い回しや自らの体験を語っている内容からみて、この箇所は『代讃章』（「讃章記」）の本文ではなく、その前置きの序にあたるものの一部ではないかと推測する。

（10）　たとえば山崎誠の教示によれば、敦煌資料の中に隋の才人杜正倫の著である『百行章』なる書物が存在する（この書は『新唐書』芸文志・『宋史』芸文志等にその名が見える。スタイン・ペリオ両文書中に数種類の写本が存し、そのうちS1920は完本）。この書物は序を有し、「孝行章第一」「敬行章第二」のごとく八十四章の篇目をたてる。幼学書として『急就章』の流れを受けながら、それよりも規模も大きく詳細なものを目指して作られたもののようである。わが国への将来については確認できないが、「＊＊章」と名付けられた幼学書の一つとして注目される。

（11）　注（5）の山崎論考参照。

〔初出〕『汲古』第十七号（汲古書院、一九九〇年六月）に同題で掲載。

〔補記〕黒田彰が「金玉要集と仲文章―所引『白居易詞』をめぐって―」（『中世説話の文学史的環境　続』〈和泉書院、一九九五年〉所収）において、本稿の内容に触れながら、『仲文章』の享受に関して興味深い論を展開している。また本書で次に載せる「教訓書『仲文章』の世界―平安朝漢学の底流―」では、本稿の立場とは異なり、『仲文章』の書名の「仲文」に関しては、後漢の儒学者で徳行に優れ、地方官として善政を敷いた馮仲文（字、本名は馮豹）にちなんだものではないかという考えを示しているが、そこにも述べたように、逸書『代讃章』との関係から見れば、本稿で述べた「仲文代讃」（文《ふみ》を仲だちとして讃に代《か》える）という考え方は、なお有効と考えている。

3 教訓書『仲文章』の世界
――平安朝漢学の底流――

はじめに

『仲文章』は、その章句中に永延二年（九八八）成立の『尾張国解文』の一部が引用され、また寛治二年（一〇八八）の序を有する『三教指帰注集』にその章句が引用されるところから、平安中期、およそ十一世紀に成立したと推定される、漢学の初学者のための、対句仕立の漢文体で綴られた教訓書である。(1) 後世、『宝物集』や『延慶本平家物語』にもその章句が引用され、(2) ある程度の範囲には普及を見た書物であろうと思われるが、「続群書類従」に一本が活字化されながら、近年まであまり注目されることなく見過ごされてきた。

筆者は四年間にわたり黒田彰・後藤昭雄・東野治之・山崎誠の各氏の末席に連なって、この『仲文章』の輪読に参加してきた。今般その論読の成果を元に『諸本集成　仲文章注解』が刊行されたのであるが、(3) この機会に輪読の途上で出てきた『仲文章』という書物に関する様々な問題を、私なりに整理して、『本朝文粋』などにとられた名のある平安朝の文人たちの漢文作品とは、少なからず位相を異にするこの作品の成立の基盤を、少しでも明らかにしてみたい。

たとえば、平安貴族の標準的な漢学の教育の初学の書としては、『千字文』『蒙求』『李嶠百詠』『和漢朗詠集』のいわゆる「四部の書」が基本になっているとされるが、この『仲文章』に取りこまれている表現や知識は、こうしたオーソドックスな書物とは範囲をかなり異にしており、これまで平安時代にはあまり利用された痕跡が報じられていない、『実語教』『童子教』『私教類聚』といった本邦で作成されたいくつかの教訓書と共通する基盤を持っている。そして、そこに述べられる教訓の内容も、殿上人や、彼らに召されて詩会や作文会に侍る文人官僚たちを対象とするよりも、より下級の階層の人々を対象にしているようである。(4)

このような問題を一つ一つ検討しながら、最終的には、「白舎人作」と白楽天に仮託されてはいるものの、その素性が明らかにされていない『仲文章』の作者像や、その成立の背景などにも言及してみたいと思う。

〈なお、以下に用いる『仲文章』本文は、西野本を底本として校訂した『諸本集成　仲文章注解』〈勉誠出版、一九九三年〉の本文と訓読文を引用し、引用文の前後に、該当本文が記された『仲文章』の篇名と同書の頁数を記した。必要のあるときは他本の本文をも適宜取り上げる。本文中に引用した文献に付した傍点は、すべて私に施したもの。本稿で扱った『仲文章』の出典の指摘に関しては、そのほとんどが『諸本集成　仲文章注解』の注に示されている。こうした出典調査については、私個人の力ではなく、輪読における共同の研究の調査の結果を利用させていただいているに過ぎないので、はじめにその事をお断りしておく〉

一、教訓書としての基盤
――本邦撰述の教訓書との関連――

『実語教』『童子教』と『仲文章』

まず手始めに、さきほど『仲文章』の大きな特長として挙げておいた、本邦で作成された教訓書との関係について見ていくことにしたい。『仲文章』にはいくつかの本邦撰述の教訓書が利用されているが、既に注（1）にあげた後藤昭雄の論により、『実語教』『童子教』の両書と『仲文章』との密接な関係が論じられている。後藤は『仲文章』の各篇にわたり、いくつもの文章や語句が、『実語教』『童子教』のそれと関連する例を逐一示し、次のような重要な指摘を行っている。

・『童子教』『実語教』の両書は『仲文章』と直接的な関わりを持っている。その影響関係は、この両書が『仲文章』に影響を与えた（受容された）のであって、その逆ではない。

・『仲文章』の教訓は儒教的教養を述べることを基本としながらも、仏教的教訓をも混在させて、儒仏二教に立脚する立場を取るが、このような姿勢は『童子教』『実語教』の両書に既に見られるところであり、『仲文章』の基本的性格付けがこの両書の直接的影響によるとばかりは言えないであろうが、きわめて近い先蹤として見逃すことはできない。

・『実語教』が平安朝の十一世紀に既に行われていたことに関しては、これまで永保三年（一〇八三）以降康和四年（一一〇二）までに成立した図書寮本『類聚名義抄』にこの書が引用されることが、唯一の論拠として論じられていたが、寛治二年（一〇八八）以前成立の『仲文章』に引用されることにより、新たな証拠が得られた。さらに重要なことは、これまで鎌倉時代の文献にしか影響が見られなかった『童子教』が、『仲文章』に引用されていることが明らかになった結果、『実語教』と同じく十一世紀後半までには、既に成立し、行われていたことが判明した。

ここでは、以上の後藤の研究成果を踏まえ、『実語教』『童子教』を、『仲文章』がどのように享受し、またそれを受けて、どのように独自の立場を打ち出しているかを、私なりにもう少し踏み込んで述べてみたい。次の例は後藤が、『実語教』の引用の例として既に取り上げたものである。

［学業篇］ 椋内之財、僅救於眼前、函底之鏡、終被奪於身後。養眼之畜、身中之才学、照名之光、胸間之智恵也（椋《くら》の内の財は、僅かに眼前を救ふのみ。函《はこ》の底の鏡は、終に身後に奪はる。眼を養ふの畜へは、身中の才学、名を照らす光は、胸間の智恵なり）。46頁

『実語教』の「倉内財有レ朽、身内才無レ朽。……（略）……富是一生財、身滅即共滅」と関係を持つ部分である。この場合、「富是一生財、身滅即共滅」と『実語教』が抽象的に述べているところを、『仲文章』は「函の底の鏡は、終に身後に奪はる」と具体的・即物的に述べていることが注目されよう。『実語教』の「富は身が亡びると共に失われる」という章句から、『仲文章』作者は「秘蔵の鏡が没後に奪われる」という具体例を考え出し、これを「倉の内の財」と番《つが》えて前半の対句を構成し、また後半の「眼を養ふの畜へは、身中の才学」以下の句も、『実語教』の「倉内財有レ朽」の対句「身内才無レ朽」をもとに、これをさらに四句の対句に敷延していったものと見ることができよう。『仲文章』のこの八句からなる対句は、『実語教』の「倉内財有レ朽、身内才無レ朽」という五字句の短い単純な対句を核に置いて、さらに具体的・即物的な修飾を次々に付加し、長文の対句へと増幅していったものと考えて良いのではないか。

［礼法篇］ 乍具蜉蝣之体、常慕亀鶴之齢。乍知槿花之姿、僅冀松竹之年（蜉蝣の体を具し乍《なが》ら、常に亀鶴の齢《よはひ》を慕《もと》む。槿花の姿を知り乍《なが》ら、僅かに松竹の年を冀《こひねが》ふ）。128頁

この句は、『淮南子』説林訓に「鶴寿千載以極二其楽一、蜉蝣朝生而暮死、而尽二其楽一」に端を発し、『文選』巻二十一遊仙詩に「借問蜉蝣輩、寧知二鶴亀年一」と詠まれる「蜉蝣」「鶴亀」の対を用いるが、直接には、「蜉蝣」の如きはかない身でありながら、「鶴亀」の齢を求める愚かさを述べる点で、『童子教』の「寿命如二蜉蝣一朝生夕死……（略）……致二亀鶴之契一、露命不レ消程」を踏まえたものと推定できる。さらに『仲文章』作者は、『童子教』において「蜉蝣」「鶴亀」という動物を用いて示された「はかない身で長寿を求める」という主題を、対句化して

表現するために、今度は植物の中の短命なものと長寿のものを対にした『和漢朗詠集』秋・槿の部に採られた白詩句「松樹千年終是朽、槿花一日自為レ栄」を用いて、後半の「乍レ知二槿花之姿一……」以下の句を作成するのである。

この二つの例は、暗唱用に作成された『実語教』『童子教』の簡潔な章句を文章の核に据えながら、それをふくらませて対句構成の長文を作り上げていくという点で、『仲文章』作者の文章作成法の一つの典型的なパターンを示していると考えられる。

また、増幅という方向とは反対に、次のような凝縮の方向での享受が見られることも注目される。

［学業篇］　一字之師恩、尚思百年之桂陰（一字の師の恩は、尚ほ百年の桂の陰と思へ）。61頁

この部分は、『童子教』の「一日学二一字一、三百六十字。一字当二千金一、一点助二他生一。一日師不レ疎、況数年師乎。師者三世契、祖者《おや》一世昵」という文辞を踏まえて、『仲文章』が「一字之師恩」と簡潔に成句化したものであろう（『童子教』の残りの後半部の「師者三世契」をもとに文飾を加えたのが「百年之桂陰」の部分であろうと思われる）。

また、このように『童子教』の章句を受け継いで、そこで述べられた内容を増幅・凝縮するだけでなく、『仲文章』には、『童子教』の章句を利用しながら、『童子教』の文脈とは異なった独自の展開を創り出していく場合も存する。

［学業篇］　車无三寸之轄、不廻咫尺程。男子无一端之秉、則空懐万事恥（車に三寸の轄《くさび》无くば、咫尺の程も廻らず。
男子に一端の秉《とりえ》无くば、則ち空しく万事の恥を懐《いだ》く）。48・49頁

この部分は、『童子教』に「車以二三寸轄一、遊二行千里道一。人以二三寸舌一、破二損五尺身一」とあるのによる。『童子教』では、三寸の轄《くさび》というちっぽけな存在が、車をどこまでも進めて行くことができるように、人間においてはわずか三寸の舌が、その身を破滅させることを言おうとするが（多言・妄言の戒め）、『仲文章』はこの車の轄《くさび》の比喩を用いて、小さな轄《くさび》一つ欠けても車が動かないように、男子たるもののわずかなとりえ（ここは学問を指す）がなけ

れば、多くの恥を懐《いだ》くことになる、と述べる。ともに車の轄《くさび》を、人間にとって些少な存在であるものが、人間に大きな影響をもたらすことの喩えに用いるが、『仲文章』は『童子教』の「遊二行千里道一」を逆手にとって「不レ廻二咫尺程一」と変え、同時に多言・妄言の戒めから、学問の無いことを戒める比喩へと転換を行っているのである（ただし、敦煌写本の類書『新集文詞九経抄』〈P. 3469〉には、「彦（諺）曰……（略）……又曰、車無二三寸之轄一、則不レ可レ馳。戸無二両木□□一、則不レ可レ閉」という俗諺が見えるので、こうした俗諺が日本にも入ってきていたとすれば、『仲文章』の言辞は直接こうしたものに拠っている可能性もある）。

　このように『仲文章』においては、『実語教』『童子教』の章句を独自の新しい文脈に転換させて用いている場合も存するのであるが、その中には、表現の上では『実語教』『童子教』の章句によりながら、内容的にはそれらとは逆の方向のことが述べられている文章も見受けられる。それは、学問の姿勢について述べた部分に顕著に見られる。

［跋］　当知、易習易廃、音声浮才。難練難学、書筆博芸（当に知るべし、習ひ易く廃《すた》れ易きは、音声の浮才なり。練り難く学び難きは、書筆の博芸なりと）。155頁

『実語教』の「夫、難レ習易レ忘、音声之浮才。又、易レ学難レ忘、書筆之博芸」によっていることは既に後藤の指摘するところであるが、内容的には、『実語教』は「歌舞音曲は、習いにくく忘れやすいのに対して、文筆にかかわる諸《もろもろ》の学芸は学びやすく忘れにくい」と無益な遊芸よりも学問の方が簡単に学べるということを強調し、学問への誘引を行うのに対し、『仲文章』は同じ措辞を用いながらも、遊芸が簡単に習えるのに比べ、学問は学び難いものだと、逆に学問の厳しさを説く文脈になっている。

［学業篇］　或削弓矧矢、徒過学文之時、或好舞習歌、空運誦習之年。総角之初、荷樗捕之労、成老終、懐不才之歎。後雖恨悔、豈更前怠還乎（或は弓を削り矢を矧《は》ぎ、徒らに学文の時を過ごす。或は舞を好み歌を習ひ、

空しく誦習の年を運ぶ。総角の初めに、樗捕の労を荷なひ、成老の終りに、不才の歎きを懐《いだ》く。後に恨悔すと雖も、豈に更に前の怠り還《かへ》らんや)。39・40頁

この箇所は『実語教』の「幼時不二勤学一、老後雖二恨悔一、尚無レ有レ所レ益」の章句を基本に据えて、さらに『童子教』の「縦磨レ塞振レ筒、口恒誦二経論一、又削レ弓矧レ矢、腰常挿二文書一」を組み入れて構成されているが、『童子教』では「磨レ塞振レ筒」や「削レ弓矧レ矢」しても学問する姿勢だけは忘れるなと、樗捕や弓矢遊びの類を全面的に否定しているわけではない。ところが『仲文章』では、これらは学問せねばならない年少時の大切な時間を無駄に費やすものとして、否定的に取り扱われているのである。

これらの例では、総じて『実語教』『童子教』が、学問に対してどちらかといえば妥協的に、とにかく少しでもやれば役に立つという方向で、幼い者や熱意のない者をもとりあえず学問に取り組ませるように誘導する方向が見て取れるのに対して、『仲文章』は、表現の面では両書の章句を用いながらも、内容の点では、両書のこうした方向とは異なり、学問に取り組む姿勢として、厳しい、ストイックな方向を強く打ち出しているのである。このことは、『実語教』『童子教』の編者と『仲文章』編者の学問に対する姿勢の違いというよりも、双方の書物の用途の違いや、対象としている読者（学習者）層の違いを物語っていると考えた方が良いように思う。『仲文章』が対象としている読者層については、本書を著す際の作者の作成意図とかかわって、後に改めて検討するが、続群書類従の活字本で一・二頁の小篇に過ぎない『実語教』『童子教』と十頁に及ぶ『仲文章』とでは、やはりその学習に要する能力や時間にはかなりの差があるだろうし、学習の目的にも自ずから違いがあろう。『実語教』『童子教』の両書は分量的に見ても、短い章句から成る簡潔な文体から見ても、学文・孝養・信仰などのいろいろなテーマの教訓を要領よく網羅した暗唱用の短編教訓テキストとして編纂されていると考えられるが、『仲文章』はこの両書とは異なり、孝養・学業・農業……などの各篇目ごとに、教訓の内容を学ぶだけでなく、より長文の対句構成の文章に

よって、文章作成の模範的な実例までをじっくりと学習するための、やや長編の教訓・模範文例テキストというように位置づけることが可能なのではないか。したがって、先に述べたような、学問に対するやさしくゆるやかな誘導と、謹厳な鞭撻という双方の書物の読者への対処の仕方の差異も、両書の用途の差、ひいては対象とする学習者層のレベルの差に応じて生じているものと思われる。

このように考えれば、後藤が述べたいくつかの重要な指摘に加えて、『実語教』『童子教』と『仲文章』との関係をさらに深めて考えていくことができるのではなかろうか。

『私教類聚』と『仲文章』

短編の教訓書『実語教』『童子教』が、『仲文章』の文章の形成にあたって、一方の〈核〉、あるいは〈骨格〉のような形で享受されているとすれば、もう一方で篇目を持った長編の教訓書としての『仲文章』の在り方に、大きな示唆を与えていたと想像されるのが、吉備真備撰と伝えられる、本邦で編まれた最も古い教訓書『私教類聚』(5)であろう。

『私教類聚』は現在は逸書であるが、『拾芥抄』教誡部に「吉備大臣私教類聚目録」として全三十八条の目録が存し、『覚禅抄』七仏薬師法に「私教類聚〈吉備大臣撰〉(6)」、『政事要略』に「吉備大臣私教類聚」、『河海抄』（若菜上）に「私教類聚」として逸文が存する。この書は体裁の範を中国の『顔氏家訓』（顔之推〈五三一～?〉撰）にとり、その大半の文章がこの『顔氏家訓』から引用されていることが注（5）の瀧川論考において早くから指摘されている。『仲文章』においては、次の箇所にまとまった享受の跡が見られる。

[学業篇]　①曽子之学、不憚縦心、荀卿之才、不愧知命。顔氏家訓云、古世学者、為人求道而利世、今之学者、為己修身而勧功、講説文章春華也、修身利行秋実也。②貞券師云、朝道聞夕死、誠所甚也。③故、宣尼臨終、不棄手文巻、白元没命、不止口誦（曽子の学は、縦心を憚らず。荀卿の才は、知命を愧《は》ぢず。顔氏家訓に

云く、古の世の学べる者は、人の為に道を求めて世を利す、今の学べる者は、己の為に身を修めて功を勧む。講説の文章は春の華なり、修身の利行は秋の実なり。貞券師云く、朝に道を聞きて夕べに死す、誠に甚しき所なり。故に、宣尼は終りに臨みて、手に文巻を棄てず、白元は命没するに、口に誦するを止めず）。39頁
（二行目、他の諸本は「古之学者、為人行道以利世。今之学者、為己修身以求進也」とし、最後の「白元没命、不止口誦」の一句、静嘉堂文庫本は「仲舒至没、不輟口誦習」とする。彰考館本・島原本・楊守敬旧蔵本はこの句を記さない。「貞券師」、他本「貞巻師」に作る）。

この学業篇の部分は『私教類聚』（『政事要略』巻九十五、学校下所引逸文）の「吉備大臣私教類聚云、可レ勤二学文一事。……（略）……論語曰、子曰、吾嘗終日不レ食、終夜不レ寝、以思無レ益、不レ如レ学也。又曰、②朝聞レ道夕死可矣。礼記云、玉不レ琢不レ成レ器、人不レ学不レ成レ道也。③故劉子曰、宣尼臨レ没、手不レ釈レ巻。仲舒垂レ没、口不レ輟レ誦。……（略）……顔氏家訓曰、……（略）……又曰、孔子曰、五十以学レ易、可三以无二大過一矣。①曾子七十、迺好レ学、名聞二天下一。荀卿五十、始来遊学、尚為二碩儒一」の対応する番号を付した傍線部を踏まえて作成されている。

①は晩年になって学問を始め、学者として名をなした曽子（曽参）と荀卿を対にして述べたもので、『顔氏家訓』本文の「七十」を「縦心」、「五十」を「知命」に、それぞれ置き換えたものである。②は「貞券（巻）師云」が解しにくいが、『論語』の著名な章句から来ている。ここも単独に『論語』から引かれてきたのではなく、『私教類聚』に①③などの他の章句と共に近接して存するので、『私教類聚』から一括して『仲文章』に引かれたものと思われる。特長的なのは③で、この文章は、『文心雕龍』の撰者である劉勰の著した教訓書『劉子』巻一の「崇学第五」にある一節に拠ったものである。『劉子』は『日本国見在書目録』雑家にも見え、早くから日本に将来されていたはずであり、完本も現在に伝わるが、『顔氏家訓』に比べると引用されることの少ない、どちらかといえば「珍しい」書である。ここも『劉子』原文ではなく、『私教類聚』の「可レ勤二学文一事」の引用部によりこれを孫引

きしながら、さらに西野本では「仲舒垂レ没」の部分を「白元没レ命」と置き換えている。「白元」は、『注好選』白元結帯・第四十に「此学生居レ家学レ書。敢無二伴侶一。飲食難レ得。従レ旦至二于暮一、結レ帯七分、以レ帯為レ力、昼夜読レ書。年長功成、遂位至二御史之官一」と記されている人物で、『注好選』以外には、『蒙求』『初学記』『白氏六帖』などの一般的な類書には現れない。これを嫌ったためか、西野本とは別系統の静嘉堂文庫本や金沢文庫本では、『私教類聚』所引の本来の『劉子』の本文に見える著名な「仲舒（董仲舒）」を用い、また彰考館本・島原松平文庫本・楊守敬旧蔵本はこの句を削ってしまったものと思われる。『私教類聚』の引用を通じて、『仲文章』諸本の異本系統での本文操作の実態が窺える例である。『仲文章』本文の「顔氏家訓云……」以下「……秋実也」までの部分は、現存『私教類聚』の逸文には見えず、『顔氏家訓』勉学篇に「古之学者、為レ人行レ道以利レ世、今之学者、為レ己修レ身以求レ進也。夫学者猶レ樹也。春玩二其華一、秋登二其実一。講論文章春華也、修身利行秋実也」と見える（『明文抄』巻五にも採られ、そこでは「講論」を『仲文章』と同じく「講説」につくる）。前後の部分がすべて『私教類聚』からの引用で占められている中で、ここだけが原典の『顔氏家訓』にあたって直接引用しているというのは、かえって不自然であるように思われる。『私教類聚』に引用される『顔氏家訓』の頻度の高さから考えて、この引用句も現存逸文には存しないものの、もとの『私教類聚』に存した可能性が強く、『仲文章』はそれを孫引きしているのではないだろうか（もっともここだけは直接原典にあたったのであえて「顔氏家訓云」と書名をあげているということもいえなくもないが）。

このように『私教類聚』の利用が明らかになってくれば、次のような箇所にもその影響が考えられないだろうか。

［序］　仰冀王逸少之優学、伏吟白魯公之不才。皇甫読書、若冠已過、拙身忌学、成立漸来（仰いでは王逸少の学に優れたるを冀《こひねが》ひ、伏しては白魯公の不才を吟ず。皇甫書を読むは、若冠已に過ぐ、拙身学を忌み、成立漸く来れり）。19頁

『仲文章』作者が自らの不才を嘆き、学問に取り組むことの遅さを述べるこの部分には、何人かの中国の人物が引かれているが、『私教類聚』（『政事要略』巻九十五、学校下所引逸文）に「吉備大臣私教類聚云、可レ勤二学文一事。……（略）……又顔氏家訓曰……（略）……朱雲亦四十、始学二易・論語一、皇甫謐廿、始受二孝経・論語一、皆終成二大儒一。又曰、可レ知二書算一事。右顔氏家訓曰……（略）……王逸少風流才子、蕭散名人、挙レ世知二其書一、翻以能自蔽」と皇甫謐が二十歳（若〈弱〉冠）になって初めて『孝経』『論語』を学んだことが記され、また、王羲之の字《あざな》王逸少を用いて「風流才子」であると記されている。王羲之は日本では通常職名の「王右軍」、あるいは「王羲之」と記されることが多く、「王逸少」と字《あざな》で記されることはあまりない(7)。皇甫謐も王羲之もともによく知られた人物ではあるが、『仲文章』作者が、王羲之を「王逸少」と記し「学に優れたる」人ととらえ、皇甫謐を「書を読むは、若冠已に過ぐ」と遅れて学に志した人ととらえる、その発想の源は、中国の史書の皇甫謐や王羲之の伝などではなく、和製の教訓書『私教類聚』にあるのではないのか。

［礼法篇］　老子先生、陳西邑於五千之分、漢夢帝皇、写東都於十二之教（老子先生、西邑に五千の分を陳べ、漢の夢みし帝皇、東都に十二の教へを写す）。121頁

この対句の後半も『私教類聚』による可能性がある。『河海抄』巻十三（若菜上）所引逸文に「漢書《ママ》曰、後漢明帝、夢見二金人一。即遣下中郎蔡愔等十八人、往二於西域一、尋中訪仏法上。至二天竺国一、見下沙門迦葉摩騰・竺法蘭等二人、経負二白馬一来上。蔡愔等乃求二請之一、即共二僧等一温二渉流沙一至二洛陽一、立二精舎一。今白馬寺是也〈私教類聚〉」とあるが、この故事は、早くは『弘明集』巻一所引「牟子理惑論」に「漢地始聞二仏道一、其所二従出一耶。牟子曰、昔孝明皇帝、夢見二神人一……（略）……欣然悦レ之。明日博問二群臣一。此為二何神一。有二通人傳毅一曰、臣聞、天竺有二得レ道者一、号曰レ仏……（略）……遣二中郎蔡愔、羽林郎中秦景、博士弟子王遵等十二人於大月氏一。写二仏経四十二章一。蔵在二蘭台石室第十四間一。時於二洛陽城西雍門外一起二仏寺一。……（以下略）……」（『大正新修大蔵経』五十二巻所収）と見える、

仏教伝来譚にもとづくものであろう。この伝来譚は、中国においては『後漢紀』『後漢書』西域伝、『世説新語』文学篇の注や『文選』「頭陀寺碑文」の李善注に略述され、日本にも早くからもたらされ、天長七年（八三〇）成立の豊安『戒律伝来記』や菅原是善の『東宮切韻』等に引かれている（この伝来譚の展開に関しては本田義憲「今昔物語集震旦部仏来史譚資料に関する一二の問題」〈『和漢比較文学叢書十四巻　説話文学と漢文学』〈汲古書院、一九九四年〉に詳述される）。和漢を通じて広く流布していた話であることはうかがえるが、以上に掲げた文献で、比較的容易に入手でき、目に触れやすい資料というのは案外少ないように考えられる。『世説新語』や『文選』も、本文部分にその話が引かれているのならともかく、注に略述される程度では目にすることは難しいであろう。特定の文献によらず、仏教の伝来譚として寺院等の幼学の場で広く語られていた話と考えてもよいのであろうが、『仲文章』作者がこの話を取り入れようとした拠り所としては、他の箇所にも引用を見る『私教類聚』を想定してもよいのではないか。

その他にも、現在では本文自体は残存しないものの、『拾芥抄』所収の『私教類聚』目録によると、『私教類聚』の内容が『仲文章』の篇目や章句と共通するところがあるのではないかと思われる項目は多い。目録の題目と『仲文章』の該当篇目や章句を対照してこれを示せば、次のようになる。

・第六　不レ可ニ殺生一事

［礼法篇］　朝遵伴類、好大康无道之狩、夕牽猛狗、為箇子非法之行（朝には伴類を遵《さいな》み、大康无道の狩を好み、夕には猛狗を牽《ひ》きて、箇子非法の行ひを為す）以下の狩りを好んで行う人間をたしなめる部分。132頁

・第八　不レ可レ行ニ姦淫一事

［金友篇］　遂仏像之背、莫偏作鱠之罪垢（仏像の背に遂《したが》ひ、鱠《なます》を作る罪垢に偏《かたよ》る莫かれ）。138頁

・第廿四　莫レ娶ニ両妻一事

［金友篇］内室睦、莫過夫婦……（略）……雖認佳人、莫先於妻念（内室の睦は、夫婦より過ぎたるは莫し……（略）……佳人を認むと雖も、妻を念《おも》ふより先なるは莫し）。146頁

寧欲停家室之鬩、夫耐斉公之行、若欲遂同心之契、妻存末利之迹。愛嬌大切、止夫姦行盗犯故。貴徳要枢、慎妻多言隣行故（寧《むし》ろ家室の鬩《せめ》ぎを停めんと欲せば、夫は斉公の行ひに耐えよ、若し同心の契りを遂げんと欲せば、妻は末利の迹《あと》を存せよ。愛嬌大切なり、夫の姦行盗犯を止むる故なり。貴徳要枢なり、妻の多言隣行を慎む故なり）。148頁

（「斉公者、琱玉集曰、斉朝国□也。此人偏好二邪淫一、放逸无度也。末利者、聖教曰、波斯匿王后也。清行嘲二普賢一、慈悲談二観音一」の割注有り）

・第十一　可レ存二忠孝一事

［孝養篇］全般。

・第十三　可レ信二仏法一事

『仲文章』全般。章句の形で端的に表れた例をあげれば、

［礼法篇］払災運菩提、功徳之車也。廻命積福、善根之轅矣（災を払ひ菩提を運ぶは、功徳の車なり。命を廻らし福を積むは、善根の轅《ながえ》なり）。132頁

聞法之鰓、高昇四禅之位。忍教之蹄、未出三途之穴（聞法の鰓《あぎと》は、高く四禅の位に昇る。忍教の蹄は、未だ三途の穴を出ず）。133頁

・第十九　可レ番二交友一事

［金友篇］全般。

・第廿六　不レ可二博奕一事

・第卅三　莫レ勤二音声一事

［農業篇］吹笛弾琴、双六好淫、才良而傭。速離之。終為盗懐恥故也（笛を吹き琴を弾《ひ》き、双六うち淫を好むは、才良くとも傭《ものう》し。速かに之《これ》に離《さか》れ。終に盗と為り恥を懐《いだ》く故なり）。83頁

［跋］当知、易習易廃、音声浮才。難練難学、書筆博芸（当に知るべし、習ひ易く廃《すた》れ易きは、音声の浮才なり。練り難く学び難きは、書筆の博芸なりと）。155頁

＊前述のように、直接には『実語教』によるが、さらに「音声の浮才」という把え方の背景に『私教類聚』の「莫レ勤二音声一事」の教訓が存していると考えられる。

・第卅七　可レ勤二学文一事

［序］及び［学業篇］全般。具体例については先に掲げた。

以上、『仲文章』は、その全般にわたって、『私教類聚』を直接引用するのみならず、教訓の内容面においても、かなり共通する要素が多いことが明らかになったと考える。これまで『私教類聚』が引かれていた平安朝中期の文献は『政事要略』のみで、他はいずれも鎌倉期以降のものであり、『仲文章』における『私教類聚』の利用が明らかになったことから、平安中期に『私教類聚』が実際に教訓書として機能し、流布していたことが想像されてくるのである。『政事要略』の『私教類聚』引用は、大量の逸文を存している点で貴重であるが、『仲文章』の『私教類聚』の利用は、本邦撰述の教訓書が、さらに新しい教訓書を生み出して行く過程を知る上で、それにまさるとも劣らない貴重な資料といえるだろう。しかも、前述の例で述べたように、もし『実語教』の「夫、難レ習易レ忘、音声之浮才。又、易レ学難レ忘、書筆之博芸」の章句が『私教類聚』の「莫レ勤二音声一事」や「可レ勤二学文一事」の篇目の教訓を背景にして綴られたものであり、それを『仲文章』が享受しているのであれば、そこからは、『私教類聚』という篇目を持った長編の教訓書の要旨をコンパクトにまとめる方向で『実語教』『童子教』などの短編の暗唱用

の教訓書が編まれ、さらにその『私教類聚』や『実語教』『童子教』を受け入れながら、『仲文章』という長編の教訓書が再生産されて行くという、これまで表面に出てきにくかった平安前期から中期にかけての本邦における教訓書撰述の、一つの流れが見通せるのではないか。

このように考えることができるならば、『実語教』『童子教』『仲文章』がいずれも儒仏一体の思想をもった教訓書として作成されているのは、当時の漢学教育に携わる人々がそのような考えに立って行動していたということが背景にあったということとともに、さらに、これらの書物の先蹤であり母胎でもあった『私教類聚』が既に濃厚に儒仏一体の考えによって貫かれた書物であったことも[8]、その一因となっているのではないだろうか。また、『私教類聚』の吉備真備撰が、注（5）に述べたように、なお擬撰である可能性を残すとすれば、『実語教』『童子教』が後人により弘法大師空海の撰に仮託されていること、『仲文章』が「白舎人撰」と白居易の撰であるかのようにうたった擬撰の書であることと合わせて、『私教類聚』から『実語教』『童子教』を経て『仲文章』に連なる本邦撰述の教訓書の流れは、真備・空海・白居易と日中を股にかけて活躍した――白居易が実際に日本にやってきたわけではないが――有名な文化人に仮託された壮大な擬撰書の系譜であるともいえよう。

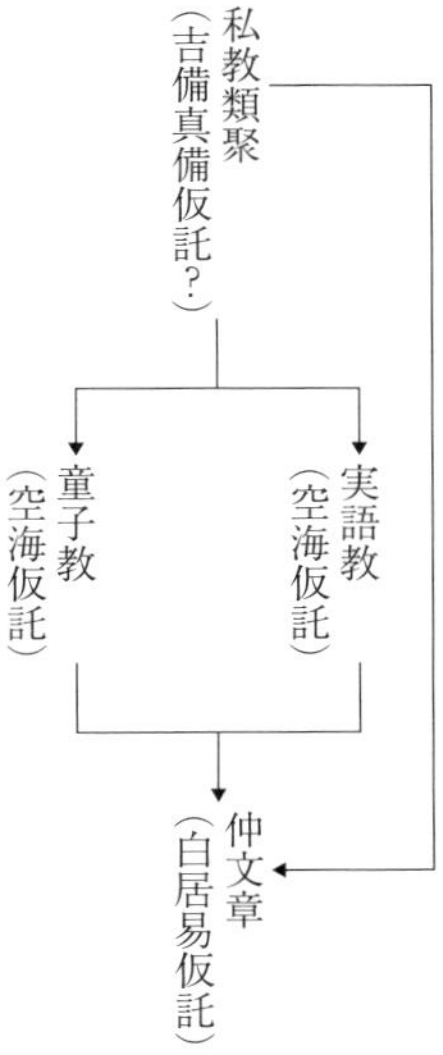

二、表現の特色

――地方の出来事を報告する文章との関連――

教訓書『仲文章』の特長の一つは、前節で述べたように、平安中期までに成立していた本邦撰述の教訓書の影響を強く受けていることであるが、もう一つの特長は、その表現に、『尾張国解文』や『将門記』といった、十世紀に成立した地方の事件を告発・報告した文章の表現や辞句と共通するものを持っていることにある。このことは『仲文章』の成立している基盤、作者の属している位相を探るうえで、きわめて重要な意味を持つだけでなく、これまではその作品自体の閉じられた体系の中でとらえられていた感の強い『尾張国解文』や『将門記』の文章が、『仲文章』という教訓書の文章に共通して影響を与えているという視点から、両書の位置付けや受容のされた方についても、改めて検討し直す必要があることをも示唆している。

以下に『尾張国解文』『将門記』の両書の文章が、どのように『仲文章』の文章と関係しているかを見ていくことにしたい。

『尾張国解文』と『仲文章』

『尾張国解文』（以下適宜『解文』と略称する）は、尾張国の郡司百姓等が、尾張守藤原元命《もとなが》の悪政を三十一箇条にわたって告発・糾弾した解文で、その末尾に「永延二年（九八八）十一月八日　郡司百姓等」と記される。「この前後、諸国の百姓が、その国守を訴えた例が多い。しかしその解文が残っているのは、本例だけである。その作者が京都の文人ではないかとの推測があるほどの名文であるためであろうか」（『岩波日本思想大系　古代政治社会思想』竹内理三解説）と述べられるように、この種の文書としては異例のことに、古い時代の写本がいくつも残っている。

『仲文章』におけるその利用については、既に次の「農業篇」の例が、注（1）の黒田「西野本仲文章」解題により報告されており、これによって『仲文章』成立の上限が、永延二年（九八八）と限定できることになったのである（以下、『解文』の引用は『岩波日本思想大系　古代政治社会思想』の校訂本文による）。

［農業篇］　昔格曰、惰業之徒、以劉寛之鞭懲之、誇農之夫、運王丹之酒盛之（昔の格に曰く、惰業の徒は、劉寛の鞭を以て之を懲《こ》らし、農に誇る夫は、王丹の酒を運びて之を盛んにすと）。74頁

これは『解文』の第三条「遊レ手嬾レ農、懲以二劉寛之鞭一、肆レ力誇レ業之夫、賞以二王舟（丹）之酒一」の対句をそのまま利用し、それに多少手を入れて「昔格」として引いていることが明らかな例である。これほど明確ではないが、『仲文章』の表現や辞句が『解文』の表現・辞句を承けて書かれていると推測される例を、他にも指摘することができる。［吏民篇］には、次のような例もある（〈　〉は割注）。

［吏民篇］　①師広嚬眉、哭於琴前、于公恨天、②避於楼後〈周書曰、師曠者斉朝臣名也。能調琴足被重。即当皇之不治、懐嘆而入松山。于公者説蒙（苑）云、東海郡有孝婦。披讒言於後母、入獄。即于公无誤故、有天裁早放〉……（略）……③忠臣降獄、五月霜下、孝婦稟罪、三年不雨耳（師広眉を嚬《ひそ》め、琴の前に哭す、于公天を恨み、楼の後に避《さ》る〈周書に曰く、師曠は斉朝の臣の名なり。能く琴を調べ重んぜらるに足る。即ち皇の不治に当り、嘆きを懐《いだ》きて松山に入る。于公は説蒙（苑）に云く、東海郡に孝婦有り、後母に讒言せられ、獄に入る。即ち于公誤り无きが故に、天裁有りて早く放たる〉……（略）……忠臣獄に降れば、五月に霜下る、孝婦罪を稟《う》くれば、三年雨ふらざるのみ）。110・111頁

初めの師曠の故事は、注の「周書曰」以下を合わせても話の全体像が見えてこないが、『史記』楽書・感応に記され、『淮南子』『韓氏外伝』『琱玉集』などにとられた、晋の君主平公が「徳薄き者は聞くべきでない」という師曠のいさめを聞かず、鬼神を集める楽を演奏させたために、晋国が大旱魃に見舞われたという「濮上の楽」の故事

を指すか。次の于公の話は『漢書』于貞国伝に見える「東海孝婦」譚とかかわる。東海郡の若くして寡婦となった孝婦が夫亡き後も姑に良く仕え、それをあわれに思った姑が自ら命を絶ったのを、姑の実の娘が「孝婦が殺害した」と讒訴したため、孝婦の無実を信じる于定国（于公）がこれを弁護する。しかし、郡の太守は讒を信じ、于公の必死の抵抗にもかかわらず、孝婦に罪ありとして聞かない。ついに于公は病と称して官吏を辞し、太守は死刑を強行する。郡中に三年間旱魃が続き、太守が交替し、新任の太守が于公の言を聞き入れて、孝婦の霊を祭ったところたちまち大雨が降り、穀物が再び実り、人々は于公を尊敬した、という話で『捜神記』『説苑』『法苑珠林』にもほぼ同話が引かれ有名である。ただし『仲文章』の注に引かれる記事の内容は、本来「姑の娘」から讒言されるところを「後母」としたり、『漢書』や現行の『説苑』などに比べ随分省略があったりで、かなり原話と違ったものになっている。

　この『仲文章』の文章の最後の③の対句の「五月の降霜」は、『太平御覧』天部・霜に「淮南子曰、……鄒衍事二燕恵王一尽レ忠。左右譖二之王一。王繋二之獄一。仰レ天哭。夏五月、天為レ之下レ霜」とみえる記事がその典拠となっていると思われる（現行『淮南子』に未見）。東海孝婦譚と類似の、讒言により忠臣を罪に陥れた君主に天が怒りを下す話だが、この『太平御覧』の鄒衍の「五月降霜」と東海孝婦譚の「三年旱魃」とを対句につながえる『仲文章』のこの文章は、実は『尾張国解文』第二十五条の「昔聞、五月之宵、霜雪白露滴。今伝、三年之旱、雲霞赤霏」にもとづきつつ、その典拠となった故事の「五月の降霜」「三年の旱魃」といった結果の部分だけの対句では文意を理解し難い読者のことを考え、讒言による孝婦や忠臣の受難の記述をも補ったうえで作られたものであることは、先にあげた『仲文章』の『解文』の対句の利用の例から見て明らかであろう。

　さらに、中国のオーソドックスな原話とは、随分かけ離れた『仲文章』独特の記事の中に①「眉を嚬《ひそ》め……哭す」②「楼の後に避る」の表現が見えるが、これはともに先にあげた現行の中国の資料の文中には見えない表現である。ところが、①「眉を嚬め……哭す」は、『解文』第七条に「于レ時天朝人民嚬レ眉泣歎」とあり、さらに後にとりあげる『将門記』にも「国内之吏民、嚬レ眉而涕涙」と見え、君主（この場合は国司）の横暴に、その下で働く役人や人民（『将門記』には「吏民」とある）が苦しみ嘆くことをいう際の、これらの文章を表記した作者たちの常套表現であったことが知れる。②「楼の後に避る」も解し難い表現であるが、これも『解文』第二十六条に「為レ政之日、庁頭不レ挺レ首、致レ愁之朝、館後猶秘レ身」と見える傍点部と類似した言い回しである。『解文』の意は「（国守元命は）政《まつりごと》をとる日には国庁に姿を現さず、我々が館にまで愁訴に赴いても館の後ろに隠れて現れない」というのであるから、『仲文書』の「楼の後に避る」も、『漢書』于定国伝の「病と称して官吏を辞した」という記事に当たるところの、孝婦の判決に抗議して于公がわざと身を隠したことを、このように表現したものと考えられ、『解文』の言い回しと共通の物言いが見られる表現であろう。

［吏民篇］治国以道、其境内无迷徒、務政以徳、彼里尠幣民。苟失斯道、民去如市、貴施彼徳、餌集如魚。能治之君、如孕児之母、存理之民、猶似仰父之子。慎見不治之羅、民鳥驚避、聞正務之芳、蟻集蠢（国を治むるに道を以てすれば、其の境内迷徒无し、政を務むるに徳を以てすれば、彼の里幣民尠《すくな》し。苟くも斯の道を失はば、民去ること市の如し、貴くも彼の徳を施さば、餌に集る魚の如し。能治の君は、児を孕める母の如し、存理の民は、猶父を仰ぐ子に似たり。慎んで不治の羅《あみ》を見れば、民《たみ》鳥のごとく驚き避く、政務の芳しきを聞かば、蟻のごとく集り蠢《うご》めく）。99・100頁

善政を施せば民はその徳を慕って集まり、それを失えば民はたちまち逃散していくことを、様々な喩えを使って繰り返し述べている部分であるが、これは『尾張国解文』第十条の「上之化レ下、譬如三大風靡二小枝一。是以公家為二在レ路救レ民、故配二置租糶一、所二恩救給一也。仍流冗之民、跉跰之輩、不レ招而如レ子来、不レ呼而如レ鳩聚。来則如二飢魚覓レ餌、聚則不レ異二疲馬立レ旅」などに類似の表現を見る。『仲文章』の最初の「治国以道」以下の部分も、『解

文』に述べられた「公家は路傍に稲米を配布して流民を救え、そうすれば、民は逃散せず、自ずから領地に集まってくる」という具体的な内容を、教訓書にふさわしく抽象的な表現を用いて表現すれば、このような文章が出来上がるのではないだろうか。『仲文章』作者が「道を以てすれば」「徳を以てすれば」「徳を施さば」という、その〈道〉や〈徳〉は、従って、それほど形而上的・哲学的なものではなく、おそらく『解文』の「配二置租籾一、所二恩救給一也」という程度の為政者の配慮を求めたものではなかろうか。また文中に「能治之君」という辞句が見えるが、この「能治」はおそらく「能《よ》く治《おさ》む」という意味の語であろう。この語も『解文』第二十一条に「而元命朝臣奪二留其飲食一、以顧二己之郎従一、能治之化、无レ始无レ終、兇濫之政、継レ日継レ夜」と見え、しかも「能治＋之＋（名詞）」と下接語への続け方も一致しており『解文』『仲文章』両者の作者の漢文表現の共通した素養をうかがわせるのではないか。

次にあげる「民煙」なども、『解文』にも例が見えるが、『将門記』やその他の史書等にも例が見える語である。

［吏民篇］　勤公事之道、楽而必有苦、領民煙之理、強而復和（公事を勤むる道は、楽しけれども必ず苦有り、民煙を領する理《ことはり》は、強けれども復た和《なご》やかなれ）。101頁

＊「民煙」、「煙」字他本無し

この語は民家から立つ煙の意ではなく、民戸、人家の意で用いられる（『続日本紀』延暦十年十二月十日条「於レ是、牛養等戸廿煙依レ請賜レ之」のごとく「煙」には「戸」の意味がある）。この語も『尾張国解文』第五条に「方今無二郡司一者、国宰有レ誰。無二民烟一者、郡司何奉公」、同第十四条に「致二民烟一者、自レ馬不レ下、不レ着二于座一、乍レ騎二於馬一、以二郎等従者一破レ戸放レ蔀……」と用いられ、また『将門記』にも「夜、民烟絶レ煙」の例が見えるところから、『解文』や『将門記』の筆者にとっては常用の語であったと考えられる。『仲文章』では西野本だけが「民煙」を用い、他の諸本は「煙」字を削除しているが、これは他本には全体的にこのような正統的でない漢語の使用を避けよ

うとする意識が働いていることによるものと思われる（この西野本と他本との問題については、注（1）の山崎論考にも触れられている）。

　また次の「非法」の語も同様である。

［吏民篇］敗国之賊、莫悪於讒人、追民之敵、莫悲於非法……（略）……所謂、讒言剣破巌、非法鉾傾山（国を敗《やぶ》る賊は、讒人より悪しきは莫し、民を追ふ敵は、非法より悲しきは莫し、……（略）……所謂、讒言の剣は巌をも破《やぶ》り、非法の鉾は山をも傾く）。109頁

「非法」とは、法を無視した非道の行為をいうのであろうが、[9]『解文』第九条には「各為蒙褒賞之誉、互好非法之責、凡破郡破国之謀、却物却民機、尤有於此（各褒賞の誉れを蒙らんが為に、互ひに非法の責を好む、凡そ郡を破り国を破る謀《はかりごと》、物を却《さ》り民を却《さ》る機、尤も此に有り）」と、「非法」が民を失う大きなきっかけとなっていることを訴えており、こうした発想が『仲文章』に受け継がれ、「民を追ふ敵は、非法より悲しきは莫し」という章句が生み出されてくるのであろう。[10]

　さらに、『仲文章』は最後の［金友篇］の末尾に一応跋文に当るものを記しているが、その冒頭部は、

　以前之七箇条之素志、書録如斯（以前の七箇条の素志、書録すること斯《かく》の如し）154頁

と始まっている。「以上」ではなく「以前」、「七篇」ではなく「七箇条」という表現を用い、「書録如レ斯」という教訓書には似つかわしくない公文書的なもってまわった言い回しを用いる、などの点が目につくが、実はこの跋文も『尾張国解文』の跋文「以前条事、為知憲法之貴、言上如件（以前の条の事、憲法の貫きを知らせんが為に、言上すること件《くだん》の如し）」などの文書の様式を下敷にして書かれたものであることはほぼ間違いあるまい。

　以上のように、『仲文章』作者は、『尾張国解文』のみならず、このような類の文書一般の用語や文章・文体に習熟しており、その用語や文章・文体を、この『仲文章』という教訓書の文章を作成する際にも幅広く応用していた

であろうことが、うかがえるのである。

『将門記』と『仲文章』

『将門記』は現存本末尾に「天慶三年（九四〇）六月中記」とあるところから、一応この時点で成立したものと見なされている。この成立時期に疑問を呈する向きもあるようだが、遅くとも十世紀中ごろ、前に述べた『尾張国解文』より数十年前には成立していた作品である。『尾張国解文』が地方の国守の悪政を中央に訴える文書であるのに対し、『将門記』は東国で起こった平将門の乱の発端から終焉に至るまでを詳細に記録した作品である。一見、両者は性格をまったく異にするように見えるが、地方に起こった出来事を記録し、報告するという点で、その基底において共通するものを有している。さらに、その用いている漢文の文体や表現・辞句などについても、多くの共通点があるように思われる（この点についてはさらに詳細な比較検討が必要であろうが、本稿では必要以上に立ち入ることはしない）。『仲文章』にも、『解文』とともに、この『将門記』と共通する用語や表現が多く見いだされる。特に『将門記』においては、その章句の中に用いられている特長的な比喩が注目され、この比喩と同趣のものが『仲文章』の文章に取り入れられている場合が多いように見受けられる。以下に『仲文章』と『将門記』の関連について尋ねてみよう。

［農業篇］　智者幣、譬如瑩玶堕土、愚者豊、相同厠虫不餒（智者の幣《おとろ》へたるは、譬へば瑩玶の土に堕《お》ちたるが如し、愚者の豊かなるは、厠虫の餒《う》えざるに相同じ）。82頁

＊西野本「厠虫」を他本「蛣蜋」に造る

現代でも「ウジ虫のような奴」と侮蔑の形容に用いられる「厠虫」であるが、『将門記』の貞盛が将門の私兵の強さに対して、追討軍の弱さを嘆く場面に「貞盛仰レ天云、私之賊、則如二雲上之雷一。公之従、則如二厠底之虫一」と用いられる。この表現は『将門記』から『仲文章』へと直接引き継がれたというよりも、平安朝当時から世間一般

に流布していた世俗的な比喩を、両者がたまたま用いた可能性も高いが、しかし『本朝文粋』に載るようなオーソドックスな漢文作品には、まず用いないであろうこの表現を、ともに平気で用いているところに、『将門記』『仲文章』の両作者の文章の素養の共通性を読み取るべきであろう。これを『仲文章』の西野本以外の他本が「蛣蜋」と意味は同じながらも正統的な漢語表現に改めた[11]のは、さきの『解文』の項で述べた、「民煙」という表現を嫌って「民」に改めたのと同様の意識が働いていよう。

［吏民篇］　所謂、讒言剣破巌、非法鉾傾山（所謂、讒言の剣は巌《いは》をも破り、非法の鉾は山をも傾く）。109頁

『解文』の「非法」の項で取り上げた例であるが、「所謂」という言い回しが作者の独自の手になる文章ではなく、拠るところがあることを示している。はたして、この対句は、『将門記』にも「于レ時彼介以為、讒剣破レ巌、属請傾レ山」と同想の対句が見え、当時、『将門記』や『仲文章』の作者たちの間に、こうした諺的な言い回しが一般的に行われていたことが想定される。

［礼法篇］　貪財忘善、如魚呑釣、侈徳好悪、似踏鉾之虎（財を貪り善を忘るるは、魚の釣《つりばり》を呑むが如し、徳に侈《おご》り悪を好むは、鉾を踏む虎に似たり）。

自分の権勢におごって、その置かれた立場のあやうさを顧みない愚を喩えた「徳に侈り……鉾を踏む虎に似たり」が『将門記』の将門敗死後の記事「哀也、新皇敗レ徳之悲、滅レ身之歎……（略）……左伝云、貪レ徳背レ公、宛如二憑レ威踏レ鉾之虎一」とほぼ一致する。『将門記』の「左伝云……」は、無論現行の『春秋左氏伝』やその諸注には未見であり、他の書物にも現在のところ見いだすことはできない。この言い回しもおそらく当時『左伝』にあると信じられていた俗諺に出るもので、『仲文章』はさらにその「鉾を踏む虎」に「釣を呑む魚」を対にしたものであろう。

［礼法篇］　朝遵伴類、好大康无道之狩、夕牽猛狗、為箇子非法之行（朝には伴類を遵《さいな》み、大康无道の狩を好み、夕

には猛狗を牽《ひ》きて、箇子非法の行ひを為す）。132頁

既に『私教類聚』の「不レ可二殺生一事」の影響の例として取り上げた章句であるが、この中の「大康无道の狩を好み」が『将門記』の「将門常好二大康之業一〈尚書曰、大康者無道而好二田猟一、於二東都一死也〉」（〈　〉は割注）の表現と共通する。この大康の故事は、『将門記』の注に言うように『尚書』五子之歌に「大康失レ邦、昆弟五人須レ于洛汭一作二五子之歌一。五子之歌、大康尸レ位以二逸豫一、滅二厥徳一黎民咸弐。乃盤遊無レ度、畋二于有洛之表一、十旬弗レ反」とみえ、大康が洛陽（東都）に十旬もの間遊猟を行い国を失ったことを誹ったものであるが、『尚書』本文やその現行の注には、『将門記』の注のような「無道」や「東都に死す」といった辞句は見えない（「無道」はあるいは『尚書』本文の「盤遊無度」に由来するか）。従って、『仲文章』作者は『尚書』ではなく、『将門記』本文やその注の「尚書曰……」に見える大康の故事によって、「大康无道の狩を好み」という表現を創り出したと考えてよいであろう。

さらに、語句としては、この対句の最初の「伴類」が『将門記』に頻出する語句として注目される。『将門記』から例をあげると、「将門僅聞二此由一、亦欲二征伐一、所レ備兵士千八百余人、草木友靡。以二十九日一、発二向常陸国真壁郡一、乃始レ自二彼介服織之宿一、与力伴類舎宅、如レ員掃レ焼」「将門具聞二此言一、告二伴類一云、讒人之行、憎三忠人之在二己上一」などである。石母田正はその著『古代末期政治史序説』（未来社、一九六四年）において、『将門記』に特長的な語として、この「伴類」に注目し、平安期の武士団の勃興と関連して解説したのであるが、この語は『尾張国解文』第十六条にも「而為二宥子姪伴類一、不レ知二法条所レ差、只任二貪欲催一、無レ顧二狂心之輩二」と見え、また『仲文章』にも見えることから、『将門記』だけに特長的な語ではなく、前述の「民煙」「非法」などと同様に、『本朝文粋』に採られるような漢文作品には登場しないものの、世俗的にはそれほど特殊な言葉ではなく、むしろ一般的に広く用いられていた語であったと想像される。とはいえ、これを躊躇せずに文章の中に用いているところに、前述

のいくつかの語句の使用の場合と同様に、『解文』『将門記』と『仲文章』とに共通する作者の漢文の素養がうかがわれるのである。

そして、これも『仲文章』と『将門記』の作者の漢文の要素の共通点の一つにあげてよいかと思われるが、両書がともにその注の中に逸書『韻詮』を引用することは注意されてよい。(12)『韻詮』は唐の武玄之の撰で、則天武后朝の成立と推定される韻書である。(13)図書寮本『類聚名義抄』等に逸文が存するが、源順の『和名類聚抄』や具平親王の『弘決外典抄』などの平安中期の名高い文人の撰した辞書や注釈書には用いられていない。この『韻詮』の引用も、『将門記』『仲文章』の作者の学問の基盤が共通していることの一端を示すものであろう。

三、典拠の出処
――『仲文章』と『注好選』――

これまで述べたところから、『仲文章』の教訓書としての基盤が、どのような所に成立し、その文章が、どのようなものと共通した質を有しているのか、ということが少しずつ明らかになってきたと思われるが、さらに『仲文章』の対句のうち、典拠を詠みこんだ句については、平安後期の説話集『注好選』との深い関連が見てとれる。(14)このことも『仲文章』の成立基盤を考えるうえで重要な要素となってこようが、また同時に『注好選』自身の成立を考えるうえでも大きな問題を提起しているように思われる。とりあえず『仲文章』と『注好選』所収の記事がどのように関わっているかを示し、その後でこれらの問題について考えてみたい。

［孝養篇］　潘陽求医、彗龍救母之病（潘陽医を求め、彗龍母の病を救ふ）。24頁

この下句の彗龍の句は『注好選』上に「恵龍得レ薬第八十八　此大王母、沈レ病擬レ死不レ久、即王仰レ天高泣、天

為レ之乗レ雲下来、天薬授レ王、々得レ之治二母病一、延レ命廿七年也」と見える故事を典拠としたものであるが、この故事は管見の範囲では、他の和漢の類書や孝子伝等に類話が見えないものである。また同じく孝子を扱った次の句、

［孝養篇］ 姜臣汲水、玉泉流庭（姜臣水を汲めば、玉泉庭に流る）。25頁

も『注好選』上に「姜詩因レ江逐レ婦第四十九　字子遊。後漢人也。其母好二江水一。不レ得不レ食。去レ江八里。婦吾更謂レ不レ堪。因レ之却二其妻一、自負二江水一供レ母。大旱遂仰レ天位、従レ庭江水自出レ泉也」と見える「姜詩」の故事を典拠とする。この故事は『孝子伝』がもともとの出典であるが、敦煌本『孝子伝』、敦煌類書『語対』に類話が見えるものの、これも一般的な類書には見えない話である。ただし『童子教』には「姜詩去二自婦一、汲レ水得二庭泉一」と見えるので、前述した『童子教』との関わりからいえば、ここは直接には『童子教』に示唆を受けたものと見てもよいであろう。しかし、その背景には当然『注好選』に載せられているような説話が意識されていたはずである。

［孝養篇］ 西夢打父、裂天雷於其身（西夢父を打てば、天雷其の身を裂く）。25頁

『注好選』上に「西夢裂レ身第八十六　此人不孝之上、毎来レ農与レ父共相二論沃田一。即貪心熾不二思停一。時以レ杖打レ父。俄雲雷。未レ還レ家、天雷裂二其身一也」と見える故事にもとづく。この故事も類書などに類話は見えないが、『童子教』に「西夢打二其父一、天雷裂二其身一」とあるのが注目され、ここにも直接には『童子教』の文をそのまま引いた可能性が高いであろう。以上の二例は、『童子教』『仲文章』『注好選』三者の密接な関連をよく示している。

以上の例はいずれも孝・不孝に関する故事の例であったが、次のような例も『注好選』と『仲文章』の深い関連を考えさせるものである。

［学業篇］ 若夫、渡海之具、莫大於貨狄之謀、歩陸之備、莫過於奚仲之芸〈貨狄者、広雅曰、貨狄黄帝時臣、造始船及其具、公私令得利益也。奚仲者、同時臣也。造始車、為公卿之儀也〉（若し夫《そ》れ、渡海の具は、貨狄の謀《はかりごと》より大なるは莫く、歩陸の備《そなへ》は、奚仲の芸より過ぎたるは莫し〈貨狄は、広雅に曰く、貨狄黄帝

の時の臣、始めて船及び其の具を造り、公私に利益を得さしむるなり。奚仲は、同じ時の臣なり。始めて車を造り、公卿の儀と為すなり〉）。38頁

舟車の発明者としての貨狄・奚仲の故事自体は、たとえば『初学記』器物部・舟に「世本日、共鼓・貨狄作レ舟。黄帝二臣也」、同書・車に「古史考曰、黄帝作レ車、引レ重致レ遠。少昊時、略加レ牛、奚仲加レ馬」とあるほか、同様の記事が『芸文類聚』など他の類書にも見えるが、この『仲文章』の記載はそれらとは異なっている。『仲文章』の注には「広雅曰」とあるが、現存『広雅』およびその注釈書にこのような注記を持ったものは、管見の限り見当たらない。『広雅疏義』の「舟」に「説文、舟、船也。古者共鼓・貨狄、刳レ木為レ舟、剡レ木為レ楫。以済二不通一……」、「車」に「説文、車、輿輪之総名。夏后時奚仲所レ造。象形。……」、と注が有るが、これも『説文』によるもので、先の『初学記』のものと大きく異なるものではない。ところが、『注好選』上には「奚仲造レ車第九十三　此人黄帝時大臣也。黄帝者前人皇是也。即皇幸為レ令レ厳、始造レ車駕レ牛。甚以美也」、「貨狄泛レ船第九十四　此人黄帝時大臣也。即県々在民管々置。故往還煩多レ之、不レ可レ不レ助。乃泛レ船、造レ梶矣」と貨狄・奚仲が隣り合って取り上げられており、さらに、舟の発明者としては、通常は共鼓・貨狄の二人がセットで挙げられるのに対し、貨狄一人を発明者として挙げることや、貨狄・奚仲を共に「黄帝時大臣也」と黄帝の臣下と明示するなど、『注好選』には『仲文章』との特長的な記事の一致が見られる。また『注好選』の「即皇幸為レ令レ厳」「故往還煩多レ之、不レ可レ不レ助」が、それぞれ『仲文章』の「為二公卿之儀一也」「公私令レ得二利益一也」という記述と対応していると思われるが、このような記事も『注好選』以外の他の資料には、今のところ見いだせないものである。

［農業篇］　斯神農乗六龍巡九州、嘗万草味於其口、蒔五穀種於其掌（斯に神農六龍に乗りて九州を巡り、万草の味を其の口に嘗め、五穀の種を其の掌《て》に蒔く）。69頁

縦三皇為天下之尊、握金鍬於玉手（縦《たと》ひ三皇天下の尊為《た》りとも、金の鍬を玉手に握る）。74頁

神農の故事は名高く、例えば『淮南子』修務訓に「於レ是神農乃始教三民播二五穀一。嘗二百草之滋味、水泉之甘苦一、令二民知レ所二辟就一。当二此之時一、一日而遇二七十毒一」と見え、同様の記事が『太平御覧』皇王部・神農氏をはじめ諸類書にも引かれる。ところが、『注好選』上にも「神農第七　伏羲子之後、神農即レ位、治レ世顧レ民。従二此帝一之前、未レ有レ種二五穀一、又無二耕レ田作レ畠。即神農登レ山遊レ野、取二草木葉一、一々嘗二其味一。一日之内、逢二七十二毒草一、百度死百度生。即在二天命一、遂獲二五穀一。謂粟麦稲麻豆也。此帝手自取二金鋤一、蒔二五穀為レ民。即従レ此已来、播殖養レ命也」という記事が見え、これによると神農帝が「手自ら金鋤を取って五穀を蒔いた」とされており、『仲文章』の「蒔二五穀種於其掌二」「握二金鍬於玉手二」といった記述は、『注好選』に採られているような記述から出てきたものと考えられる。こうした記述も、『注好選』以外の資料には見えないものである。

かつて今野達は、『童子教』と『注好選』の密接な関連に注目し、「注好選集が童子教に引く中国故事の三分の二以上を収載し、その配列・本文までが一致乃至相似している事実は、注好選集編者の周辺にすでに童子教が存在し、注記項目の選択に当っての有力な参考資料の一つになったことを強く示唆する。童蒙は童子教によって故事を学ぶが、必ずしも典拠の本文に接するわけではない。注好選集の編者は多分そうした実情を踏まえて、その欠を補うべく、童子教から要項を選び出してその典拠を注記したのであろう」と指摘した[15]。さらに今野は続けて「童子教における ほど明確な形ではとらえがたいが、他の初学者向けテキスト、たとえば仲文章や蒙求などとの関係においても、類似のことが言えるようであり」と述べ、『仲文章』と『注好選』の関連についても暗に示唆したのであるが、これまで述べてきた例から、『仲文章』と『注好選』の関連の密接なことは、より強く確認されたように思われる。だが、『注好選』は、はたして今野が述べたように、『童子教』や『仲文章』から要項を選び、その典拠となる故事・説話を記載した書物なのであろうか。

『注好選』自体は、その書名からすれば、「注千字文」「注蒙求」などの例から類推して『好選』という書物の本文に故事典拠を注記したものであると考えるのが自然であるように思われる(16)。その『好選』という書物は、これまた現存する「注千字文」「注蒙求」の形態からすれば、現存『注好選』の注記の前に記された標題部分、前掲の例でいえば「恵龍得レ薬」「姜詩因レ江逐レ婦」「酉夢裂レ身」「奚仲造レ車」「貨狄泛レ船」「神農」といった部分がその本文であって、これらの二字から六字前後の章句或いは語句によって形成された書物であったと考えられよう。『千字文』『蒙求』のように四字が一句を成すという定型化がなされていない訓蒙書、たとえば本邦で撰述された『世俗諺文』のスタイルを想起すればよいのかもしれない。こうした『好選』が想定されるとして、この『好選』と『童子教』や『仲文章』の関係を考えてもよいのではないか。『好選』の本文が現存『注好選』の標題部に当るとすれば、それは当然『童子教』や『仲文章』の文章から摘みとられてきたものではないし、また両書の要項を抜き出して記した形ともおそらくいえないであろう。むしろ『好選』のような諺文集成を念頭に置いて、『童子教』や『仲文章』のような構成を持った文章が書かれるという方向が自然なのではないか。ただ想像上の書物にとどまる『好選』、或いはそれを本文としてしかるべき故事典拠を注したものかと思われる現存『注好選』が、『童子教』や『仲文章』に直接利用されたかどうかは現段階では確認できないし、本稿でもそのことをあえて強調しようとは考えていない。しかし、現存『注好選』の標題やその注記の背後に存する学問の位相が、明らかに『童子教』や『仲文章』の作者のそれと重なり合っていることだけは、紛れもない事実として注意しておきたい。

四、文飾《かざり》を持った教訓書

——和歌的表現と『仲文章』——

『仲文章』の教訓の内容や文章の典拠が、『実語教』『童子教』『私教類聚』などと共通の基盤に拠っていることは、本稿の第一・第二節でも述べてきたところであるが、これらの先行する本邦撰述の教訓書に対して、『仲文章』という教訓書の最大の特長は、文章に彫琢を施すことであろう。この書物の対句表現は、単に暗誦の便宜をはかるために章句を対称的に構成するというような程度を超えて、詩序・願文などの対句のように、文章を華麗に装飾することを志向して行われている。そこに内容本意・実用本意に編纂された先行の三教訓書と『仲文章』との撰述態度の違いを見ることができるが、それはまた、第一節「『実語教』『童子教』と『仲文章』」の項の終りに述べたように、『仲文章』が先行の教訓書とは異なり、単なる暗唱用の教訓書ではなく、文章作成のための、模範文例的なテキストとしての性格を持った教訓書を目指していたこととも関わってくる問題でもあろう。

その対句を構成するためには、第二節でも述べた『将門記』の特長のある表現を用いた章句や、『注好選』の注記に見える多くの漢土・天竺の故事などの、通常の詩序・願文の対句に用いられる『初学記』や『蒙求』さらに『文選』などに載せられた一般的な漢籍に見える用語や故事とは位相の異なった、独特の要素が導入されていることも、これまで見てきたところであるが、さらに『仲文章』の文飾の特長として、和歌に見える表現を漢文の形に加工して、対句の中にそれを用いる点があげられよう。たとえば、

[学業篇]　漂露之身、賢愚共然。経世之理、貧富非常。鄙推此理、弥闇入闇（漂ふ露の身は、賢愚共に然り。世に経る理《ことはり》は、貧富常に非ず。鄙《いや》しくも此の理を推せば、弥《いよいよ》闇《くら》きより闇《くら》きに入る）。60頁

という箇所を例に取り上げよう。学問をしない愚夫のへ理屈と、それに対する作者の批判を述べた箇所である。まず「漂露之身」という語は、一見、仏教語のように見えるが（たとえば『唯摩経』に「此の身水の泡の如し」とある）、「漂露」という表現は経典などになかなか見いだせない。ところが、曾祢好忠の歌集『曽丹集』の「毎月集」六月終の部には、

夏の日の水の面かくす蓮葉《はちすば》にただよふ露の身をいかにせん

という表現があり、これを漢文的に表記すれば、ここの「漂露之身」という章句が生まれるのである。また、「露の身」だけなら、早く『伊勢集』『貫之集』に例があり、勅撰集では『後撰集』から見える。

この好忠の歌は、管見の限りでは、勅撰集やその他著名な私撰集にも採られておらず、またそうした類の著名な歌集には、「ただよふ露の身」という語句が他にも見えないところから、この部分だけでは、和歌からではなく、何らかの経典類や願文等から持ち込まれた表現と考えられるかもしれないが、この「漂露之身」と対になる「経世之理」も、和歌に由来する可能性が高いことを考えれば、やはり好忠歌、またはそれに類する何らかの和歌によるものと見た方がよいのではないか。「経世」は、本来正当な漢語では「世を治める」の意であることはいうまでもないが、『仲文章』のここの「経世」は、この意ではどうにも解し難い。これも『古今集』春下の小野小町の著名な和歌、

花の色はうつりにけりないたづらに我が身世に経るながめせしまに

などに見える「世に経る」を漢語化したものに他ならないのではないか。そうすると、この愚夫の言葉は、「漂う露のようなはかない身であることは、賢者も愚者もまったく同じだ。この世を生きていくからには、（賢者であろうと愚者であろうと）当然貧富は常ならぬものであるはずだ（だから学問なんてしてもしなくても一緒じゃないか）」の意となり、文意が通じるのである。

さらにこの愚夫の言葉に対する批判の「弥闇入闇」は、西野本などの傍訓に「闇《キヨリ》入二闇一」とあるからこそこのように訓《よ》めるのであるが、これも『拾遺集』哀傷に採られた有名な和泉式部の和歌、

くらきよりくらき道にぞ入りにけるはるかに照らせ山の端の月

に示唆を受けたものと見てよいのではないか。もちろんこの歌の典拠となっている『法華経』化城喩品に「衆生苦悩……従レ冥入二於冥一、永不レ聞二仏名一」の表現が既に見えるのだが、この箇所もその前に和歌的表現が用いられて

いる流れから、まず和泉式部の歌が『仲文章』編者の脳裏に浮かび、そこから『法華経』の「冥《くら》きより冥《くら》きに入る」が持ち出されてくることになったのではないか。或いは、前の句の「世に経る」から小町の歌が想起されるところから、同じく著名な女性歌人の著名な歌ということで「くらきより……」が想い起こされたというようなことが、なかったとはいえないだろう。

このような平安朝の有名な和歌に用いられる表現を利用しているだけでなく、『仲文章』編者が相当和歌の世界に通じている人物であったことを示すものとして、さらに次のような例があげられる。

[貴賤篇]　遊牽牛於天漢、恒漕明月之舟。娉織女於雲中、鎮跨錦霞之文。春風催浪、水上開花。冬月研霜、池下布鏡（牽牛天漢に遊び、恒《つね》に明月の舟を漕ぐ。織女雲中に娉《なま》めきて、鎮《とこしへ》に錦霞の文を跨《ふ》む。春風波を催し、水の上に花を開く。冬月霜を研《みが》きて、池の下に鏡を布《し》く）。94頁

この章句の一句目の「牽牛が天漢《あまのがは》に月の舟を漕ぐ」という表現は、『本朝文粋』『和漢朗詠集』などに採られる、それまでの七夕を題材にした漢詩文には見られないもので、

天海丹《あめのうみに》　雲之《くもの》波立《なみたち》　月舟《つきのふね》　星之《ほしの》林丹《はやしに》　榜隠《こぎかくる》所見《みゆ》　（巻七・一〇六八、『拾遺集』巻八にも出）
秋風之《あきかぜの》　清夕《きよきゆふべに》　天漢《あまのがは》　舟滂度《ふねこぎわたる》　月人壮子《つきひとをとこ》　（巻十・二〇四三、『人麿集』『赤人集』『家持集』にも出）
天漢《あまのがは》　霧立度《きりたちわたり》　牽牛之《ひこぼしの》　楫音《かじのおと》所聞《きこゆ》　夜深往《よのふけゆけば》　（巻十・二〇四四、『人麿集』『赤人集』にも出）
天漢《あまのがは》　河音清之《かはのおときよし》　牽牛之《ひこぼしの》　秋滂舟之《あきこぐふねの》　浪躁香《なみのさわきか》　（巻十・二〇四七）

というような、もともとは『万葉集』の巻七に見える「月の舟」の語や、巻十の秋雑歌の七夕歌群に見える「牽牛が天漢に舟を漕ぐ」という表現によって創り出されたものと考えなければならないだろう。これらの万葉歌の多くは、平安期に入っても『人麿集』や『赤人集』、そして『拾遺集』などに採られているので、『仲文章』編者は、直接『万葉集』によらず、こうしたところからこの章句の表現の構想を得ていたと考えてよいであろう。『拾遺集』

にとられた万葉歌や『人麿集』『赤人集』などの後世仮託の万葉歌人の家集の万葉歌は、十世紀後半から十一世紀前半にかけて、『万葉集』の表現が再評価され、和歌の世界の一つの潮流となっていく過程でクローズアップされてきたものであるが、『仲文章』編者が、『古今集』などのいくつかの著名な歌だけでなく、このような万葉歌に由来する表現にまで関心をもって、それを章句に利用していたとすれば、編者の和歌に関する知識はそれほど低いものではなく、編者の所属する階層の位相を考えるうえで、重要なポイントの一つになるものと思われる。

また、その後に続く「春風浪を催し、水の上に花を開く。冬月霜を研《みが》きて、池の下に鏡を布《し》く」の対句も、前の句は『古今集』春上の源当純歌、

　谷風にとくる氷のひまごとにうちいづる浪や春の初花

を意識したものであろうし、後句は『拾遺集』冬部の清原元輔歌、

　冬の夜の池の氷のさやけきは月の光のみがくなりけり

や同じく冬部の詠人知らず歌、

　冬の池の上は氷に閉ぢられていかでか月の底に入るらん

などを念頭に浮かべて作られているのではないのだろうか（『源氏物語』総角には「四方の山の鏡と見ゆる汀の氷、月影にいとおもしろし」と冬月に照らされた氷を鏡に喩えた表現が見える）。

［跋］　口称読字不染心之哢、如算他宝不問己手。喧声而眼不結章句、相同浮水萍渉波不定（口に称し字を読みて心に染まざる哢《さへづ》りは、他《ひと》の宝を算《かぞ》へて己の手に問はざるが如し。声を喧《かまびす》しくして眼《まなこ》に章句を結ばざれば、水に浮かぶ萍《うきくさ》の波に渉《ゆ》られて定まらざるに相ひ同じ）。155頁

右は「表面だけ学問しているふりをしても、心が集中していなければ、それは虚しくはかないものである」ということを対句で述べたものであろうが、まず、後半の「水に浮かぶ萍《うきくさ》の波に渉《ゆ》られて定まらざる」という喩えは

『古今集』恋の有名な小野小町の歌、

わびぬれば身をうきくさの根をたえてさそふ水あらばいなんとぞ思ふ

や、『古今六帖』草部の「うきくさ」にとられた伊勢の、

ねを絶えて水にうかべるうきくさは池のふかきをたのむなるべし

などに見られる、和歌的な「うきくさ」の表現を意識したものとみてよいであろう。とすると、それとつがえられる前半の句の「他《ひと》の宝を算《かぞ》へて……」も、たとえば『後撰集』恋一の詠人知らず歌、

ともすれば玉にくらべしますかがみひとのたからと見るぞ悲しき

などに見える「ひとのたから」という歌語を用いているのではあるまいか。

丹念に見ていけば、まだまだこのような例は捜し出せると思われるが、『仲文章』の漢文が、中国の本格的な四六駢驪文を意識した正格の漢文ならばおよそ用いないような和歌の世界の表現をも、ためらうことなく取り込んでいることが、以上の例から明らかになったと思われる。これは『仲文章』の文体が、前述の『尾張国解文』や『将門記』と共通する、和語の語法や語彙を大幅に取り込んだ変体漢文体により記されていることと大いに関連するところで、特に、漢土の故事のみならず当時の俗諺などをしきりに文飾に用いて対句を綴り、事件や人物の描写を行おうとする『将門記』の文章との近似性が注目される。『仲文章』は、『将門記』の変体漢文のこのような文飾の方法をさらに押し進めて、貪欲に和歌表現をもそこに取り込んでいったのではあるまいか。

『将門記』『尾張国解文』と『仲文章』とでは、用いている漢文体の質は相通じるけれども、本節で述べたように、『仲文章』の作者は、ある程度和歌的な素養あるいは和歌に対する関心を持っており、それが『将門記』や『尾張国解文』のような記録ないしは実用のための文章を残した作者たちとの、一つの大きな相違点となっているように思われる。やや先走った言い方になるが、このことと、『仲文章』が、それまでの『実語教』『童子教』『私教類聚』

といった実用本意の目的で綴られた教訓書にくらべ、格段に文章を飾った教訓書となっている――時には文飾に凝るあまり、後世の我々には章句の意味内容が把握しかねることもある――こととの間には、少なからぬ関連があるように思われるのである。

五、大江匡房の漢文表現と『仲文章』

前節では、『仲文章』の文章が、『将門記』や『尾張国解文』などの地方の視点に立って書かれた漢文と共通するものを持つだけでなく、和歌といった都ぶりの雅《みやび》な要素も合わせ持つということを述べてきたのであるが、本節でもさらに『仲文章』と「都」的なものとの関連について述べてみたい。院政期を代表する文人大江匡房は長久二年（一〇四一）に生まれ天永二年（一一一一）に没しており、十一世紀後半になって活躍し始める。『仲文章』は冒頭に述べた通り、『解文』成立の永延二年（九八八）以降、この書が引用される釈成安『三教指帰注集』の序の記された寛治二年（一〇八八）以前の成立ということで、匡房が四十八歳になる以前には『仲文章』は成立していたことになる。ところで、この院政期漢文学の大家匡房の漢文作品と『仲文章』との間には、気になるいくつかの共通点が見られるのである。たとえば、

［序］　以為、頗捜曲尼之遺、漸欲求陸雲之跡（以為《おもへ》らく、頗る曲尼の遺《のこ》りを捜り、漸く陸雲の跡を求めんと欲すと）。
20頁

この序で『仲文章』編者は、曲尼（曲阜の仲尼の略で孔子を言うものと思われる）の遺徳を捜し、陸雲の跡を求めようと述べ、孔子の残した儒教の道徳を追求するのみならず、文学者陸雲の名を並べて記し、文章の道をも追求することを宣言する。このことが、これまで幾度か述べてきた『仲文章』の作文のための模範文例テキストとしての

性格と関連するのはいうまでもないが、当面はここで名前のあがっている陸雲が注目される。陸雲は兄の陸機とならんで「二陸」と称されている晋の文人であるが、『詩品』では陸機の上品に対して陸雲は中品にランクされ、平安朝の詩文でも言及されることは、陸機に比べはるかに少なく、後期に至りようやく現れる(17)。その早い例が匡房の「詩境記」（『朝野群載』巻三所収。「司馬氏之化、陸機陸雲潘安仁佐大沖、承為レ著レ姓」と見える）なのである。このことだけでは、『仲文章』と匡房の文学との関連を云々することは無論できないが、『仲文章』が文人の代表格として陸雲を提示していることが、匡房など院政期の文人の感覚と共通している、あるいは場合によっては先取りしている可能性があることに注意しておきたい。

ついで、この匡房の「詩境記」、さらには「暮年詩記」（『本朝続文粋』巻十一・『朝野群載』巻三所収）との関連で注意されるのが、次の例である。

[学業篇]　誘傍弘文、学生志也。①白居・禹錫、詩豪者也。其体森然、敢少当。②相去叵過万里地山、復江重山。人便往者希岐、来者可中。唯為慇懃馮雁翅而已（傍《かたはら》を誘ひて文を弘むるは、学生の志なり。白居・禹錫は、詩の豪なる者なり。其体森然として、敢へて当るもの少なし。相去ること万里の地の山を過ぎ叵《がた》く、江復《かさな》り山重なる。人便ち往く者希に岐《さか》しくして、来る者は可中《たまさか》なり。唯為に慇懃に雁翅を馮《たの》むのみ）。65頁

まず①の「白居・禹錫、詩豪者也……」以下の部分は、直接には『白氏文集』巻六十九の「劉白唱和集解」の「彭城劉夢得、詩豪者也。其鋒森然、少二敢当者一」の文による。本来は白居易が詩友劉夢得（禹錫）の詩才を讃えた辞句であるが、『仲文章』はそれに白居易を加えて、その詩才をも讃えようともくろんだものであるらしい（白舎人〈白居易〉撰をうたう書物としては馬脚を露すような感がないでもないが）。ところが、匡房の「暮年詩記」にも、「十六《ニシテ》作二秋日閑居賦一、故大学頭明衡朝臣深以許レ焉。常曰、其鋒森然、定少二敵者一」と先達の藤原明衡が、若き日の匡房の文才を讃えた際の褒め言葉として、この「劉白唱和集解」の同じ箇所が引かれているのである（ちなみ

に『本朝文粋』所収の作品で「劉白唱和集解」のこの箇所を引用するものは見当たらないようである）。さらに②では、白居易や劉禹錫たちのような優れた文章の境地への至り難さを、行旅の遙遠や難渋に喩えて述べている。この中の「復江重山」という表現は、『本朝文粋』巻七にとられる高階成忠の「出雲権守藤原朝臣（隆家）請レ被丁殊蒙二哀憐一聴丙帰レ京且加二身病療治一且訪乙老母晨昏甲状」に「右隆家、坐レ辜以降、離レ家之後、日月多移、霧露頻侵。山重江複、南嶺之薬難レ採」（引用は岩波新日本古典文学大系による）とあるのと酷似しており、直接の影響も考えられよう。ただ、この高階成忠の例では、「山重江複」は実際に距離の遙かに遠い様をいうのに用いられており、『仲文章』のように文章の佳境に至る難しさの喩えとしては用いられていない。

　ところが、文章の佳境に至る難しさを行旅の難渋に喩えて表現した類例として、先に引いた匡房の「詩境記」に「夫詩境者、無二水土山川一無二人民戸邑一。又不レ知レ在二何方面一。……（略）……至二其佳境一、難中之難也」という表現が見えるのである。[18] 先の陸雲への注目といい、匡房の「詩境記」それに「暮年詩記」と『仲文章』とのこうした類似は、単なる偶然に過ぎないものなのであろうか。それとも何らかの関連が両者には存するのであろうか。さらにもう一例、匡房の作品の表現と『仲文章』の表現の類似例を見てみよう。

［金友篇］　若夫、道同者、飛南山之嶺、心等者、遊東海浜（若し夫れ、道同じき者は、南山の嶺に飛び、心等しき者は、東海の浜に遊ぶ）。137頁

「金友篇」冒頭の、道を同じくし志を等しくする親友同士が、「南山」や「東海」に遊ぶと述べた章句であるが、この「南山」「東海」の対句は、文飾のために単なる山・海の対句に方角を冠しただけのものなのであろうか。それとも何か特に意味するところがあるのであろうか。実は匡房の「春日陪二左丞相水閣一同賦三花樹契二遐年一」詩序（『本朝続文粋』巻九所収）には「梅片之綻二嶺頭一也、自斯南山之寿。柳條之臨二岸脚一也、更待二東海之塵一、況亦訪二同情於仙都一、則紅桃開二三千之春霞一」と、『仲文章』のこの箇所と同じく「南山」「東海」を対にした例が見え、こ

の詩序の例で見ていくと、「南山」「東海」は、それぞれ『詩経』小雅の「南山之寿」[19]、『神仙伝』麻姑の「東海揚塵」[20]の故事により、詩題の「遐年」（長寿・長命の意）を対句にして表現したものと知れる。それぞれの故事自体は、共に他の平安朝の漢詩文にもしばしば引かれる有名なものであるが、この両者が対句として併用された例は、『本朝文粋』等管見の限りでは他に見当たらない。この匡房の詩序の対句を参照することにより、『仲文章』「金友篇」の「南山の嶺に飛び」「東海の浜に遊ぶ」が、親友同士の交情が永遠に保たれることを表現したものであることが理解されるのである。『仲文章』と匡房の詩序のこの箇所は、他にも『仲文章』の「南山の嶺」と詩序の「嶺頭」、「東海の浜」と「岸脚」、「心等しき者」と「同情」など、周辺の語句にも類似したものが存し、やはり両者を無関係として考察を中止してしまうよりは、関係ありとして検討を続けていく方が有益なように思われるのである。

それでは仮に匡房のこれらの作品と『仲文章』との間に何らかの関連が考えられるとするならば、それはどのようなことを意味するのであろうか。匡房の作品の成立時期を考えてみると、まず「暮年詩記」はその題名から考えても彼の晩年、六十歳頃以降の作であることは間違いないだろうし、「詩境記」も、制作年は不明であるが、中国の晩唐期までの詩風・詩人の史的評価を行った後、さらに本朝の詩史の展開を述べるという、その知識や経験の豊富な蓄積を要する内容から考えて、前半生の若い時分の作とは考え難く、「詩境記」もまた、匡房後半生の作品ということになろう。「春日陪二左丞相水閣一、同賦三花樹契二遐年一年」詩序は、この「左丞相」が匡房と関係の深い源俊房であるとすると、彼が左大臣になったのが永保三年（一〇八三）であるから（以後保安二年〈一一二一〉に出家するまで左大臣にとどまる）、匡房四十三歳以降の作品ということになる[21]。本節の初めで述べたように一応匡房の四十八歳以前に既に『仲文章』が成立して流布していたとすると、詩序を除く二作品は『仲文章』成立以降の作の可能性がきわめて高く、詩序も『仲文章』の成立が先か、あるいは、そうでない場合も、きわめて近い時期に前後してできあがったということになる。

『実語教』『童子教』『私教類聚』といった先行の通俗的な教訓書の影響を大きく受け、『将門記』『尾張国解文』といった地方の出来事を報告する「鄙」の要素を強く持った作品の文章と基盤を同じくすると分析してきた『仲文章』であるが、その一方では和歌的な表現に関心を払い、文章の中にそれを取り込もうとしたり、さらには院政期きっての文人大江匡房の漢文の表現と近似の発想を持った表現を、ことによっては匡房に先立って行っていた可能性も存するのである（匡房も漢詩文のみならず当代きっての歌人であったことが注意される）。このように相反する二つの側面を見せているように見える『仲文章』を成立させている基盤が、一体どのようなところにあるのかを、後節でさらに追求していきたいと思う。

六、『仲文章』が対象とした人々

これまでしばしば述べたように、本稿では『仲文章』は、『実語教』『童子教』『私教類聚』のような単なる教訓を学ぶためだけのテキストではなく、対句を中心とした漢文を作成するための模範文例集的な性格をも合わせ持っていることを指摘してきた。それでは、この『仲文章』をテキストとして教訓や故事の学習、漢文の書き方の学習といった学問（『仲文章』や『実語教』『童子教』では一貫して「学文」を用いる。以下本稿では、これに倣って「学文」と記す）をしていた人々というのは、一体どういう人たちだったのであろう。とりあえず、『仲文章』の中から、こうした問題に関連するような箇所を抜き出して考察してみよう。

［学業篇］　為勤学、忍飢之励者、満三情於金蹲。迫腹之勤者、烈百膳於玉俎。初廻民家、含無智之恨、終侍君辺、為碩儒之忠官（勤めて学を為さば、飢えを忍びて励む者は、三情を金蹲に満たす。腹を迫《せ》めて勤むる者は、百膳を玉俎に烈《つら》ぬ。初めは民家を廻り、無智の恨みを含む、終には君辺に侍し、碩儒の忠官と為る）。49頁

ここでは学文による貧困からの脱出、出世がきわめて実利的に説かれる。その貧困は「飢えを忍びて」「腹を迫めて（空腹をがまんすることか）」「民家を廻り（物乞いをすることをいうか）」などと食事にも事欠く窮状として表現されており、学文により得られる結果も「三情を金蹲に満たす」「百膳を玉俎に烈《つら》ぬ」という、「腹一杯食えて豊かな生活ができる」的なものとして表現されている。この文章が『仲文章』を学ぶ人々の境遇を直接そのまま表したものとはいえないであろうが、かといって、まったく現実離れしたものなら、わざわざこんな文辞をここに記す必要はないだろう。やはり『仲文章』を学ぶ人々の中には、貧困からの脱出の手段として「学文」していた人が少なからずいることを意識しての文章であろうと思われる。そして、その学文によりもたらされる望ましい姿が「君辺に侍す碩儒の忠官」と表現されていることにも、大いに注意しておく必要が有ろう。

さらに、この学文による貧困からの脱出は、後にも繰り返し説かれている。

［金友篇］　童郎語云、引率行学堂与遊哉。故何者、縫縄手裏戻、續苧指鉼平。見文眼明、取筆胲膿。爾時童女、至詩公之側、倚仲舒之案。聞文逐奉朱楼玉殿君、成侍中之博士、書字則観金床碧台之后。得世上之名誉（童郎語りて云く、引率《いざや》学堂に行きて与《とも》に遊ばんか。故《ゆゑ》何となれば、縄を縫えば手の裏《うち》戻《むく》れ、苧《お》を續《う》めば指鉼《ゆびさき》平む。文を見れば眼明らかに、筆を取れば胲膿《ほほこまや》かなり。時に童女、詩公の側に至り、仲舒の案に倚る。文を聞けば逐ひて朱楼玉殿の君に奉《つかへまつ》り、侍中の博士を成る、字を書けば則ち金床碧台の后に観《み》せ、世上の名誉を得《う》）。145・146頁

ここでは「童郎」から「童女」への言葉として「学文の勧め」がなされている。「縄をない苧《お》を續《う》めば」「手の裏《うち》が戻《むく》れ、指鉼《ゆびさき》が平む」というきわめて生活の実感が漂う表現があるが、これはおそらくまだ体力的に農作業に従事できない童郎・童女に課せられた労働とそのつらさを述べたものであろう。その後に、これに対応する形で、男は「文を見れば――眼明らかなり――文を聞けば――朱楼玉殿の君に奉《つかへまつ》り、侍中の博士と成る」、女は「筆を取れば――胲《ほほ》

朧《こまや》かなり―字を書けば―金床碧台の后に観せ、世上の名誉を得」と、男は文（漢文）を読み書きすること、女は筆を取り字を書くことにより、それぞれ貧しい暮らしを脱し、出世できると説かれている。漢文の読み書きや字が書ける程度のことで「朱楼玉殿の君」や「金床碧台の后」に仕えることができるというのは、前の引用例の「百膳を玉俎に烈ぬ」と同じく文飾による誇張した物言いであろうが、「侍中の博士」の方は、ややおかしな表現であるとはいえ、前の引用例に見えた「碩儒の忠官」を具体的に言い換え、文才により抜擢される官職として侍中（蔵人）や博士を究極の理想として取り上げたものであろう。ともかく、そうした漢文や文字の読み書き（学文）の能力によって、権勢ある何らかの「君」やその「后」に仕える、という処世の方法を、『仲文章』の作者は、この書を学ぶ人たちに強くアピールしていることは確かであろう。

これらの引用例から想像される、『仲文章』の作者の念頭にある学文する階層は、何もしないでも衣食にはありつけ、風雅や教養のために学文をする貴族の子弟ではなかろう。それは食事も満足にとれず、時には縄をなったり苧を績んだりする仕事を課せられているような童たちであり、従って、学文の道に不適格となれば、彼らはまたものつらい仕事に従事しなければならない。

［学業篇］故誨子道、年迄七歳習至孝之義、習承事胤。至二十算預能師、以試其浅深。若不感其業、早召還、以使公役。空不可煩其師、徒莫費庸民之暇（故に子に誨《おし》ふる道は、年七歳に迄るまで至孝の義を習はせ、承事の胤《すぢ》を習はす。二十の算に至るまで能師に預け、以て其の浅深を試みよ。若し其の業に感ぜずば、早く召し還《かへ》し、以て公役に使へ。空しく其の師を煩はすべからず、徒らに庸民の暇を費す莫《な》かれ）。60頁

「其の業に感ぜずば（もし学業に目を見張るようなものがなければ）」「早く召還して公役に使え」「庸民の暇をむだに費するな」という、『仲文章』作者の言葉は、先の引用例と共に、作者と彼の念頭にある学文する人たちとの関係を考察するうえで重要なものであろう。(22)

さて、それでは、めでたく当初の目的を達成して権勢ある「君」に仕える身となったものは、どのような身分、役職に就いたのであろうか。先に引いた例に見えた「碩儒の忠官」「侍仲の博士」が、まずその一つにあげられるが、まだ他にも重要な役目があったようである。『仲文章』には「農業篇」「吏民篇」といった篇目が存するが、そこにはつぎのような文辞が連ねられている。

[農業篇]　為憕不喚必臻、為恪故呼不視。欲勤明年之農、紓今年之衆情、将成春首之業、顧冬尾之人困（憕《こころよ》きことを為さば喚ばずとも必ず臻《いた》る、恪《やぶさ》きことを為さば、故《ことさら》に呼べども視《まみ》えず。明年の農を勤めんと欲すれば、今年の衆情を紓《ゆる》めよ、将に春の首《はじめ》の業を成さんとすれば、冬の尾《をはり》の人の困《くる》しみを顧《かへりみ》よ）。78頁

[吏民篇]　昔者帝皇令曰、見一民飢、知与我饉。聞百姓之困、悟堕不治坑。勤公事之道、楽而必有苦。領民烟之理、強而復和（昔者《むかし》帝皇令《おほ》せて曰く、一民の飢ゑたるを見ては、我が与《ため》に饉《う》うるを知れ。百姓の困《くる》しむを聞きては、不治の坑《あな》に堕《お》つることを悟れ。公事を勤むる道は、楽にして必ず苦有り。民烟を領ずる理《ことはり》は、強くして復た和《なご》やかなり）。101頁

これに第二節の「『尾張国解文』と『仲文章』」の項で取り上げた[吏民篇]の「国を治むるに道を以てすれば、其の境内迷徒无し、政を務むるに徳を以てすれば、彼の里弊民尠《すくな》し。苟《いやし》くも斯の道を失はば、民去ること市の如し、貴くも彼の徳を施さば、餌に集る魚の如し。能治の君は、児を孕める母の如し、存理の民は、猶父を仰ぐ子に似たり。慎んで不治の羅《あみ》を見れば、民《たみ》鳥のごとく驚き避く、正務の芳しきを聞かば、蟻のごとく集り蠢《うご》めく（99・101頁）」を合わせ見れば、これらはすべて、苛政・暴政を極力排除し、寛仁の政治を行うべきであるという、領地の人民を治めるにあたっての、配慮・心構えを説く文辞である。そして想い起こされるのは、『尾張国解文』においては、まさにこれらの文辞が述べるのと逆の苛政・暴政を国守藤原元命が行い、領民が逃散していく様が報告され糾弾されていたことである。『仲文章』作者と『解文』の作者とは、漢文の措辞や表現の面から共通する基盤に属

していることを第二節で述べたが、それだけではなく、かたや苛政・暴政を行う為政者に対する告発・糾弾の書、かたや苛政・暴政を戒め寛仁の政治を行うことを説く教訓書と、その発現の形態は異なっても、為政者や領民に対する立場や考え方においても、両者は共通するものを有しているのである。

『仲文章』編者は、さらに為政者と領民の関係について、次のような注目すべき見解を述べる。

［吏民篇］　君与民中間異、初後一同也。焉識之者（君と民とは中間異り、初後一同なり。焉《いづくん》ぞ之《これ》を識《し》るとなれば）……（以下、大瞿曇の血から最初の一組の男女が誕生し、その二人から人類が産み広められた事を説く）……今、君与民非他種、一脈也。復謂其終者、同苦埋泥土下。於身骨、人臣今暫謂他姓、其以為愚而已。随世趣品、君者専愛民、々慎敬君。不可失初中後正理（今、君と民とは他種に非ず、一脈なり。復た其の終りを謂はば、同じく苦しみて泥土の下に埋めらる。身骨に於て、人臣今暫く他姓と謂ふは、其れ以為《おもへ》らく愚なるのみ。世に随ひ品に趣き、君は専ら民を愛し、民は慎みて君を敬へ。初中後の正しき理《ことはり》を失ふべからず）。

『十二遊経』に出処を持ち『法苑珠林』巻八等に採られた大瞿曇による人類の始祖説話を引用して、為政者も領民も、もとを正せば同じ血を分けた人間同士であるから、それぞれ身分職能の違いはあっても、お互いに上は下を愛し、下は上を敬うべきであると述べるこの発想は、平安朝中期当時の天皇制や貴族政治の中にあって、どのような所から影響を受けて生み出されてきたのか興味深いが、ここではこうした思想的な面での追求はさしひかえ（ただ、作者が経典に見える大瞿曇の説話を用いて論を述べているところから見て、おそらく仏教的な一種の平等思想の反映をそこに見ることは許されるのではないか）、『仲文章』の作者が『尾張国解文』に告発されたような、為政者の暴政と領民の忌避・逃散という現状を深刻に受け止め、先に見てきた為政者に対する訓戒を述べた一連の文辞からの流れのうえに立って、このような「君民初後一同」という論を持ち出してきたものと考えておきたい。

以上の例から見て、『仲文章』作者はまた、この書を学ぶ人たちが、領民を治める為政者の側に立つ人間に育つことを意識していることはまちがいなかろう。とすると、これまでの『仲文章』内部の言辞によるところでは、『仲文章』作者は、朝廷にあっては碩儒の忠官として君辺に侍し、そして、地方にあっては領民たちを治める受領やその下にあって実務を行う役人として、読者たちが活躍することを期待して、本書を編んだことがうかがえるのではなかろうか。例えば、『仲文章』の成立の頃に近い平安中期でいえば、文章博士・東宮学士を歴任し二代の天子の侍読を務め、さらに尾張・丹波の国守とし赴任し地方官としても活躍した大江匡衡などは、この『仲文章』編者の読者に対する期待を、理想的な形で具現化している人物としてあげることができよう[23]。

七、『仲文章』の書名について

さて、『仲文章』作者が、この書物の読者に、朝廷にあっては碩儒の忠官として、地方にあっては直接領民たちを治める能吏として、活躍することを期待していたらしいということになると、かつて山崎誠が『仲文章』の書名の由来に関して、いくつかの可能性のうちの一つとして提示した次のような見解[24]が、あらためて注目されるのである。

或は「筆海要津」に「人以為馮仲文之直漢国（略）世以為白楽天之在蘇州」の対語あれば、白舎人に馮豹（「漢書」巻第五十八に本伝あり）を配したものか。

山崎は、『筆海要津』において、『仲文章』の仮託された作者名白楽天に、書名と同じ名を持つ馮仲文（馮豹の字《あざな》）が対にされているという人名の関連から、馮仲文が書名の由来に関わる可能性を示唆された。『筆海要津』は藤原通憲の遺文を孫の海恵が抄出・分類した書であるが、氏が省略引用された、この通憲の句（詩序の一部）を全体的に見直してみると、さらに興味深いことが浮び上がってくる。

泉州藤刺史者、我道之好事也。畜二賢智一而立レ朝、携二詩書一而仕レ国。入趨二鸞台一之昔、人以為馮仲文之直二漢国一。出割二虎符一之今、世以為白楽天之在二蘇州一。雅誉之美、不二其然一哉。〈詩序〉

刺史〈好学　自謙〉

（「安居院唱道資料纂輯（三）」〈国文学研究資料館『調査研究報告』第十四号、一九九三年三月〉所収の山崎の翻刻による。この句は好学の例、次に自謙の句の例を載せる）

この句は、「賢智を畜へて朝に立ち」、すなわち勉学に励み研鑽を積んで朝廷に出仕し、「詩書を携へて国に仕ふ」、国司として赴任するにも詩書を手放さない好学・好文の人物である、和泉の国司藤原某の人となりを、「彼が昔朝廷にあって鸞台（蔵人所を指すか）に勤務していた当時には、人々はあたかも馮仲文が漢の朝廷で政務に当るかのように思い、地方官として和泉に赴任した今は、世間は白楽天が蘇州にいるかのように思っている」と、馮仲文・白楽天を喩えに持ち出して讃えたものである。藤原某は、単に好学・好文の士であるだけでなく、その文才をもって朝廷にあっては弁官に抜擢され、さらに国司として和泉の国に赴任している点で、先程から問題にしている『仲文章』に盛り込まれた作者の志向と、まさに一致するのである。(25)

だが、さらに重要なことは、この藤原某の人となりの喩えに用いられている馮仲文・白楽天の両者が、ともに好学・好文の士であるのみならず、朝廷にあっては文官として活躍し、地方官としても任地の統治に功績をあげた人であるという点である。まず、白楽天の場合は、朝廷にあっては、その文才により翰林学士や中書舎人などの要職に任じられ、皇帝の側近く侍し詔旨・制勅の起草に当り、「翰林制詔」（『白氏文書』巻三十七―四十）「中書制誥」（同巻三十一―三十六）など、彼の活躍の跡を示す数多くの文章が、本朝の文事に携わる人々にも知られており、一方では、杭州や蘇州の刺史として赴任し、「琵琶行」をはじめとする数多くの名作を残したばかりでなく、杭州での西湖の治水事業に代表されるように、地方官としても業績を残していて、朝廷の文官としても地方官としても、その行跡はあまねく知れわたっている。[26]では、通憲の句で白楽天と対にされていた馮仲文はどのような人物であったのだろうか。彼の伝は『後漢書』巻五十八・列伝第十八下に、父の馮衍の伝[27]が巻第十八の上下にわたって長々と続いた後に、「馮豹伝」として短く載せられる。その全文は以下の通りである。

豹、字仲文。年十二、母為レ父所レ出。後母悪レ之。嘗因二豹夜寝一、欲レ行二毒害一。豹逃走得レ免。敬事愈謹、而母疾レ之益深。時人称二其孝一。長好二儒学一、以二詩春秋一教二麗山下一。郷里為レ之語曰、道徳彬彬馮仲文。挙二孝廉一、拝二尚書郎一。忠勤不レ懈毎奏レ事。未レ報常俯二伏省閣一、或従レ昏至レ明。粛宗聞而嘉レ之。使二黄門一持レ被覆レ豹、勅令レ勿レ驚。由レ是数加二賞賜一。是時方平二西域一。以三豹有二才謀一、拝為二河西副大尉一。和帝初、数言二辺事一、奏置二戊巳校尉城郭諸国一。復率二旧職一。遷二武威大守一。視レ事二年、河西称レ之。復徴入為二尚書一。永元十四年、卒二於官一。

（引用は「百納本二十四史」による）

これによると、馮豹（仲文）は自分を毒殺しようとした継母に謹んで仕えるほどの孝子であり、儒学を好み、郷里の人々からその道徳を讃えられ、学問と徳行により孝廉に挙げられ官吏に任用され、朝廷にあっては尚書郎として任務に励み、夜のうちから省閣に俯伏して待機するという忠勤ぶりを見せ、帝の賞賛を得る。さらにその才能を買われて西域の地方官に任用され、ここでも任務に励み功績をあげた後、再び尚書郎として朝廷に復帰している。先の白楽天ほど有名ではないにせよ、やはり学問により官吏に任用され、朝廷にあっては文官である尚書郎としてひたすら忠勤を励み、地方官としても治績をあげた人物であることがわかる。

時代は上代に遡るが、『経国集』巻二十に収められた百済倭麻呂[28]の対策文（慶雲四年〈七〇七〉九月八日）にも、この馮豹が登場している。この対策文は「問、伏閣之臣、精勤徹レ夜。還珠之宰、清倹日新。瞻二彼二途一、兼レ之非レ易。如不レ得レ已、何者為レ先」という問に対しての答案であるが、その問自体が、朝廷にあって官人として精勤することと、地方官として清廉な政治を行うことという、『仲文章』や通憲の詩序の句と共通する二つのテーマの、どちらを優先させるかというものであった。倭麻呂はまず「損レ金投レ玉、虞舜之清倹矣。櫛レ風沐レ雨、夏禹之精勤矣」と、古代の帝王の清廉、精勤ぶりを述べた後、「加以、楊震作レ守、陳二神知於枉道一。馮豹為レ郎、侍[29]二天渙於閤前一」と、刺史として赴任した時、かつての弟子で県令に推薦した者が「誰もこのことを知るものはいないから」と暮夜にこっそり礼金を手渡そうとした時、「天知る、神知る、我知る、子知る、何ぞ知る無きと謂はんや」と諭し、清廉を貫いた楊震の有名な故事（『蒙求』上巻に「震畏四知」として採られる）を地方官の清廉の喩えとして取り上げ、さらに「伏閤之臣、精勤徹レ夜」という問の文辞から、『後漢書』馮豹伝の「馮豹拝二尚書郎一。忠勤不レ懈毎奏レ事。未レ報常俯二伏省閣一、或従レ昏至レ明。」の文辞を想起し、「郎（尚書郎）として天渙（天子の仰せ）を待ち夜を徹して閤前に侍した」と、朝廷における官人の精勤の喩えとして馮豹の故事を対にする。対策の出題者にも答者の倭麻呂にも、ともに馮豹の伝が意識されていたものと想像され、上代の日本の漢学の世界において、既に馮豹は、楊震や、対策の問に見えた『蒙求』の「孟嘗還珠」の故事で名高い合浦の太守孟嘗と同程度に知られた人物であったことがうかがえる。馮豹は、『後漢書』馮豹伝以外には、『初学記』や『蒙求』など一般的な類書にも名が見えず（管見の範囲では、類書では『太平御覧』二一五職官部・総叙尚書郎に、前引の『後漢書』の記事が引かれるのみ）、現代の我々にはあまり知名度のない馮豹がこの対策文に取り上げられた背景は、今のところ不明としか言いようがないが、或いは上代から既に活用されていた類書『琱玉集』の散逸部分にでも、馮豹の名や故事が記されていたのであろうか。

　それでは院政期の藤原通憲は、馮豹（仲文）を何故白楽天と対にして、藤原某の喩えに用いたのであろう。たまたま詩心のある刺史として有名な白楽天をとりあげ、刺史に赴任する藤原某を大いに持ち上げたに過ぎないということも考えられようが、『経国集』の対策文のように「楊震・馮豹」と同じ後漢の人が対にされるのならともかく、時代も知名度も大きく異なる馮仲文・白楽天の対はいかにも唐突な印象が強い。『仲文章』は既に寛治二年（一〇八八）の『三教指帰注集』（成安注）に引かれており、通憲に近い時代では『宝物集』に引用が見られるところから、平安末期には朝廷に出入りする官人たちにもある程度読まれていた可能性が高く、通憲もこの書を実際に目にしたか、たとえ目にしてはいなくとも、その書名や白居易の作とされているといった程度の情報は、持ち合わせていても不思議ではない。とすると、通憲は『仲文章』の書名と作者白居易の取り合わせに示唆を受け、さらにその書名の「仲文」が馮豹の字に由来するものとしたうえで、この詩序の馮仲文―白楽天の対句を組み立てた可能性も浮上してくるのである。

以前に筆者は、『和漢朗詠註抄』に引用される『代讃章』なる書物の佚文に注目し、この書が『仲文章』と同様に白楽天に仮託されることや、文体のパターンが共通することから、「両書が同一の作者による一連の著作かもしれないし、たとえ作者が別であっても、一方の書物がもう一方を強く意識して書かれたものである可能性がかなり高いのではあるまいか」と推測した上で、両書の書名を合わせた「仲文代讃」で、「仲文（拙い文）を讃に代える」或いは「文を仲（なかだち）として讃に代える」となるところから、白楽天の有名な「願以㆓今生世俗文字之業狂言綺語之誤㆒、翻為㆓当来世々讃仏乗之因転法輪之縁㆒」の思想を表そうとしたものではないかと考えた[30]。現時点においても、『代讃章』との関連においては、この臆測はなお有効なのではないかと考えているが、問題を『仲文章』だけに限定すれば、本節で述べてきたこの書物の内容との関連からも、その書名には、やはり後漢の官人馮仲文が意識されているものと考えて良いように思われる。奈良時代の百済倭麻呂の対策文と平安末の藤原通憲の詩序と、四百五十年もの時間の隔たりがあるものの、そこにはともに、学問を好み忠勤に励む官人の模範として、馮豹（仲文）が取り上げられているのである。文学史の表面には現れないものの、馮豹をこのような人物としてとらえる考え方は、我々の目に触れない類書或いは幼学書に載せられた何らかの忠勤に関する故事を通じて、平安漢学の底流の中においては絶えることなく受け継がれており（たとえば前述の『琱玉集』などは『仲文章』西野本の注記部分にその引用を見る）、たまたまその水脈からそれをすくい取った『仲文章』作者は、自らの教訓書を学んで育つ人たちの理想像として、馮豹の字《あざな》を自著に冠したものではないのだろうか（ただし前述のように、単に馮豹の字《あざな》による命名というだけでなく、同時に複数の意味をこめたものと考えることも許されよう）。

八、『仲文章』の作者とその成立をめぐって

書名に関する考察を終え、最後にこれまで本稿で述べてきた諸々のことがらを踏まえ、「東尉山白舎人」（静嘉堂文庫本序による。彰考館・島原松平文庫本は、「東慰山中白居易」）と名乗る、『仲文章』の作者について若干の愚見を述べておきたい。まず東尉山（東慰山中）がどこを指すのか、はたして具体的な地名であるかどうか、目下のところ不明としか言い様がない。白居易が仮託の作者として選ばれた理由も不明であるが、単に著名な文人としてだけではなく、前節で書名の「仲文」との関連で述べたように、白居易もまた文才により立身し朝廷に文官として仕え、地方に転出して善政を敷いた人物として意識されていたことによる可能性も考えられよう。

ついで、［序］に述べられた作者の経歴によれば、

僕、稟性体於南郊、停廻蹤於東陸（僕、性体を南郊に稟《う》け、廻蹤を東陸に停《とど》む）。19頁

とあり、金沢文庫本『仲文章要文』の抄出文には、南郊に〈南閻浮提也〉、東陸に〈坂東也〉と割注で記されている。『仲文章注解』では、「本書が白居易の作とされるところから、中国に生まれたことをいうものと考えられる。「南郊」は金沢本注に「南閻浮提」とあり、この世。「東陸」は、金沢本注に「坂東」とあるが、東の国ということで、インドの東方、中国をいうものと解される」とこの部分を解するが、こうして一見白居易の自作のように見せ

かけながら、そこに作者自身の経歴をもこめて記していると考えれば、「南郊」は京都の南の郊外で、宇治や木幡、或いは大和のあたりまでをも指すかもしれず、また「廻蹤を東陸に停む」とは、金沢文庫本の注によれば、坂東に赴いた経験があるということになるが、第二節で述べた『将門記』『尾張国解文』と『仲文章』との関連からいえば、東陸＝坂東というこの金沢文庫本の注記は非常に興味深い。『仲文章』作者は史生或いは書生などに任用され、坂東の某国の国衙に勤務した経験もあったのではないか。『仲文章』に「農業篇」「吏民篇」の篇目が存し、また第六節その他に引用したように、繰り返し領民に対する寛仁の政治を訴えたり、農民たちの苦しい暮らしをリアルに描写した箇所が存するのは、この書が書物の中にある観念的な教訓だけで作られた教訓書ではなく、作者が東国勤務により実際に目の当たりにした経験を強く反映したものだからではないのだろうか。

さらに［序］の中で作者は、「叩遅学之盤（遅学の盤を叩き）」「拙身忌学、成立漸来（拙身学を忌み、成立漸く来れり）」「朝起悒衰顔之幹、夕居嗟若年之老（朝に起きては衰顔の幹《うつけ》たることを悒《うら》み、夕に居りては若年の老いたることを嗟《なげ》く）」と、自身が学文に志すのが遅れたために、徒らに老い衰えてしまったことを繰り返し嘆く。その結果、学文は進まず、

　薛蘿沈谷、惴冬氷之難泮。松枝含霜、恨春風之遅扇（薛蘿谷に沈み、冬氷の泮《と》け難きことを惴《うれ》う。松枝霜を含みて、春風の遅く扇ぐことを恨む）。20頁

と、自らの官位が遅々として進まないことを嘆くのである。この文の直後に、

　以為、頗捜曲尼之遺、漸欲求陸雲之跡。故、為翫冠毫、怞銘此書。窃卞知音之懐、提撕而已。勒為一巻、名曰仲文章（以為《おもへらく》、頗る曲尼の遺《のこ》りを捜《さぐ》り、漸く陸雲の跡を求めんと欲すと。故に、冠《つ》びたる毫《ふで》を翫ぶことを為して、怞《いささ》かに此の書を銘《しる》す。窃《ひそ》かに知音の懐《ふところ》に卞《そへはさ》みて、提撕するのみ。勒して一巻と為し、名づけて仲文章と曰ふ）。20頁

と、そのような状況の中で、一念発起してこの『仲文章』を書き上げたことを記しているが、そこで「曲尼の遺《のこ》り

を捜《さぐ》り、陸雲の跡を求めんと欲す」と本書の執筆動機を述べている。これは第五節で述べたように「孔子の残した儒教の教訓を求めるとともに、陸雲に代表される華麗な文学的表現をも追求しようと思った」ということであり、従って、『仲文章』がそれ以前の『実語教』『童子教』『私教類聚』などの本邦撰述の教訓書のように、教訓のみを実用本意の文章で記すのではなく、典拠を持った対句仕立ての文章を作り、第四節で述べたように和歌的表現をも文飾に取り入れるなど、修辞の凝った文章を志向しているのは、作者の当初からの方針によるものであったことが、この言辞から理解される。『仲文章』作者は、この点を、これまでの本邦撰述の教訓書とは異なる本書の眼目としようとしたのであろう。

では何故作者はこのような特色を持った教訓書の作成を思い立ったのであろうか。『仲文章』の教訓書としての性格からすれば、それは第一節に既に述べたように、学習者に教訓の内容を学ばせるだけではなく、こうした文飾を持った対句構成の文章を学ぶことによって、本格的な対句仕立ての文章を作成する方法を学ばせるためであったと考えられよう。だが、執筆動機の前に書かれていた作者の官位の停滞を嘆く述懐を思い合せると、そこにはこうした本来の教育的な目的だけではなく、別のもう一つの目的も含まれていたように考えられる。先の部分に引き続いて作者はこの序を次のように結ぶ。

唯愧、非詩非賦、文句錯乱。韻声紛綸背韻、交諺雑句啻続也。是不好艶。所以、且習且学、今寄徒遊之暇、披空胸於碩儒之前。請庶、捨嚬蹙、必垂少覧。謹言（唯愧《は》づらくは、詩に非ず賦に非ず、文句錯乱することを。韻声紛綸として韻に背《そむ》き、諺を交へ句を雑《まじ》へて啻《ただ》続くるなり。是れ艶を好まざるなり。所以《ゆゑに》、且つ習ひ且つ学び、今徒遊の暇に寄せ、空胸を碩儒の前に披く。請《こ》ひ庶《ねが》はくは、嚬蹙《ひんしゅく》を捨て、必ず少覧を垂れよ。謹しみて言《まう》す）。20・21頁

ここで作者は自らの文章の稚拙さを卑下した言辞に続いて、「且つ習ひ且つ学び」と自らこの書を記すに当って相当の努力をしたことを述べ、「空胸（才能のないことをいうか、或いは虚飾や偽りのない心のことをいうか）を碩儒の

前に披く」以下では、碩儒の前に本書を呈して一覧を請う、というのである。この教訓書を学ぶ初学の読者たちを「碩儒」と敬って称したとは考え難く、本書を学ぶ者たちへの序での言葉としては、この一つ前に引用した箇所に、「窃《ひそ》かに知音の懐《ふところ》に卞《そへはさ》みて、提撕するのみ（ひそかに私の主張を理解してくれる者の懐《ふところ》に本書を携えてもらって、その者を教え導いて行くだけだ）」とあるのがふさわしい。ここに引いた箇所は、本書を教訓書として学ぶ読者に対して書かれたというよりも、別に、本書を呈する「碩儒」を意識して書かれたものと考えることができるのではないだろうか。

官位の停滞を嘆く文人が、自らの苦学研鑽の様やそれにもかかわらず不遇をかこつ現状を訴えたものとしては、橘直幹の「直幹申文」や、『今昔物語』以下の説話集に採られて有名な藤原為時の申文がまず思い浮かぶが、彼らのように格別の文才をもって聞こえた人間でもなく、また天皇に直接申文を奉れるような身分でもない下級の役人が、自らの苦学研鑽をアピールし、不遇を改善させようとするには、とりあえず、文章の価値がわかり、加えてある程度高い地位にある「碩儒」に、自らの苦学研鑽の成果を盛り込んだ文章を差し出して評価してもらい、自らの昇進をしかるべきところに推薦してもらうという道が残されていたのではなかったか。中国においては、唐代、科挙を受験する前に、受験生が有力な政治家や名を成した文人に自らの秀作と思われる詩文を送って、自己の文才を事前にアピールしておき、合格に有利になるよう計らってもらったり、合格後に良いポストに就けるように計らってもらう、「行巻」の風習があり、多くの有名な詩や伝奇小説などの散文が、その「行巻」の中から生まれてきたと言われる。[31] 日本には科挙の制度は行われなかったが、だからといって、こうした「行巻」的な行為がまったく行われなかったとは言い切れまい。教訓書『仲文章』の作者が、「是れ艶を好まざるなり」という序に記したその言葉とは裏腹に、正格の漢文体でない、和習のかった漢文体にもかかわらず、一流の文人の詩序や願文のように、懸命に典拠を織り込み文飾を施した対句仕立ての文章を綴ろうとする背景には、高名な文人・学者に自分の文章の才をアピールしようという、もう一つの動機があったのではないだろうか。

このように、『仲文章』がある程度の地位にある文人・学者に提出されたものではないかという推測をうながす材料が、もう一つ存在する。それは『仲文章』の現存諸本のうちの西野本と静嘉堂文庫本以下その他の諸本との間に存する、大きな本文の異同である。この本文の異同については、注（1）の山崎「『仲文章』瞥見」において、既に指摘され、また本稿でもいくつかの例を述べたが、西野本の本文の和習を帯びた語彙や破格の構文が、静嘉堂文庫本以下の諸本では、より一般的な漢語の語彙に置き換えられたり、より対句として整えられた正格の構文に改められたりする傾向が、本書の全体にわたって顕著に見られ、また、西野本の卑俗な表現が、他本では削除されている例もいくつか見いだせる。こうしたところから、西野本が原撰時の本文を伝え、静嘉堂文庫本以下の他本が改訂された本文の形を伝えているものと推測されるのであるが、こうした大きな本文の改訂が、どういう状況で行われたのかを考える場合に、西野本のような本文が、有力な文人・学者に提出されて、その添削を受けた結果と考えると理解がしやすいのである。

原撰時の本文を記した同一人物が、推敲の結果、改訂本文を生み出すことができたとはどうしても考えられず、改訂時の本文が作成できる人物ならば、最初からもう少し整った漢文を著したであろうと思われるし、さらに享受段階での改訂を考える場合でも、教訓書として本書を学ぶ初学者が、この書の不備を正そうとしてそのような高度の本文改訂を行える能力を有するとも思えない。さらに状況証拠に過ぎないかもしれないが、原撰時の本文を伝える本文は西野本一本しか残されていないが、改訂本文の方は数本の写本を伝えており、ある程度の流布を見ていたと想定されることや、また抄出本の金沢文庫本や、以後の資料に引用された『仲文章』本文が、『仲文章』本文に異同のある箇所においては、いずれも静嘉堂文庫本以下の改訂本文に拠っているところからも、(32)『仲文章』は大きな改訂を受けた後に、その改訂本文によって世に行われるようになったという印象が強い。これは見方を変えれば、改訂に関与した人物が、この書物の流布に関してそれだけの力を発揮したということであり、その人物が有力な文人・学者であったと想定すれば、こうした現象も解しやすい。

では、もし仮に有力な文人・学者に提出して自らの文才をアピールするために『仲文章』を著したとすれば、なぜ作者は、詩賦や詩序などのそうした対句仕立ての文章にふさわしい形態を選ばず、教訓書という形態によって自らの文才を示そうとしたのか。一つには作者が自ら「唯愧《は》づらくは、詩に非ず賦に非ず、文句錯乱、韻声紛綸として韻に背けることを」と卑下しているように、作者の文章能力では、詩賦・詩序のように構成や韻律を厳格に整えなければならない作品を作成するのは困難であったことにもよるだろうが、また同時に作者のような階層の人たちに要求されていたのが、公宴や詩会に出席する文人たちが作るような風雅のための詩文ではなく、やはりあくまでも実用的な文章であったからでもあろう。そうした実用的な面を持った文章の中では、教訓書というのは、自らの思うところを比較的自由に述べることができ、学んできた故事・成語などの知識を活用することもたやすい、作者にとって恰好の形態だったのではないだろうか。

前節で述べたように、『仲文章』作者は、この書を学ぶ者たちが、学問に励み文才を身につけることによって、貧しい環境から脱し栄達の道をつかむことを期待しているが、それは同時に彼自身がこの書を著す時に抱いていた、自分自身についての期待でもあったのかもしれない。

終わりに

以上、『仲文章』という教訓書を生み出してきた基盤や、対象とした読者、作者とその成立事情などについて、それぞれ考察したところを述べてきた。従来平安朝の漢学といえば、菅原道真や大江匡衡などの作品に代表される、中国の漢詩文と比較してもひけをとらないような、正統的、本格的な漢文学を対象として研究が積み重ねられてきた。しかし、こうしたいわばエリートたちの漢学とは異なるレベルで展開されていた、より下層の人々による漢学の世界が、平安朝には確かに存在していたのである。それらは『本朝文粋』に採られている漢詩文のような形態で残っているわけではなく、また作者自体も有名でないために、多くの文章が反故として陽の目を見ずに消え去っていったことであろうが、本稿で取り上げた『仲文章』や、『尾張国解文』『将門記』などは、そのもう一つの漢学の世界の一端を今に伝えている貴重な作品といえよう。これらは教訓書や報告（告発）書・記録文とそれぞれ異なった形態をとっているが、その立脚している基盤が共通することは、本稿でも繰り返し述べてきた通りである。そしてこうした基盤に属する人たちの学文が、どのような書物により、どのように形成されていったのかは、今となっては杳として知る術《すべ》もないが、本稿ではそのごくわずかな一部でも、かいま見ることができたのではないかと思う。

さらに、こうした基盤に属する人たちの学文を知るためには、「童郎語りて云く、引率《いざや》学堂に行きて与《とも》に遊ばんか。故何となれば、縄を縫えば手の裏戻《うちむく》れ、苧を讀《う》めば指鉾《さき》平む。文を見れば眼明らかに、筆を取れば胲膿《ほほこまや》かなり」（『仲文章』金友篇、前引）と記された、下層階級の少年少女たちが学文（文章の読み書き）を修める場と考えられる「学堂」の実態にも注目しなければならない。これについても、現在のところ何らの知見も有していないが、少なくとも都にある大学寮や勧学院その他の貴族の私塾を指したものではなく、おそらく各地の「国学」や、寺院に設けられた後世の「寺子屋」のルーツ的なものではないかと仮に想像している。今後、国学や寺院関係の資料をも収集検討して、平安時代における下層階級の漢学教育の実態を、様々な角度から解明していく必要があるだろう。

こうした平安漢学の下層階級として学文をしてきた人たちは、おそらく朝廷や地方の国衙の下働きとして、公文書をはじめとする雑多な書類の作成や清書の任に当ることを期待されていたはずであるが、彼らの記す文章のレベルは、高名な文人・学者の記す文章には到底及ぶはずもないものであったろう。しかし彼らはその出身階層から見て、都や地方の一般民衆の動向や人情には通暁していたであろうから、彼らの間には、博士家などに蓄積された知識とはまた違った、各地方にわたる世俗の諸々の情報がもたらされていたものと思われる。『尾張国解文』『将門記』などはこうした情報にもとづき、一般民衆の立場を踏まえて記されたもので、このような作品は、逆に中央の高名な文人たちには綴ることのできないものであり、それゆえに注目・評価され、(33)現在にまで伝わったのであろう。『仲文章』も、平安朝の漢学の底流に基盤を置くが、『解文』『将門記』とは目的・性格も異なる本書は、その底流の中に存する、あらゆる知識・表現をフルに活用して綴られたものと思われ、平安期におけるこれらの下層階級の漢文の、一つの極致を示していると見なしてもさしつかえあるまい。もし本書が前節で考察したように、その完成後、高名な碩儒に提出され、その添削を受けた結果世に広まるという経緯をたどったものとすれば、院政期の大江匡房・藤原通憲といった、下層階級の漢文の世界にも大いに目を向け、そこから新しい漢文学の題材や表現を吸い上げようとしていた著名な文人の作品の中に、前述のように本書の表現と共通するものが見いだせることも、単なる偶然として片付けるわけにはいくまい。今後は、これらの院政期の漢文作品を読む場合においても、本書との関係を検討してみる必要も生じてこよう。

『仲文章』作者が、白舎人（白居易）を名乗る背後には、卓越した文才を持ち、中央の官人としてまた地方官として活躍した白楽天を、作者が理想像として崇めていたことがあったのではないか、というのは既に述べたところであるが、無論、「白」には「無名」の意味がこめられているとも考えられる。つまり卑官にあり正格の漢文を作成する能力を持たない作者自身の、謙遜・卑下の現れと見ることもできるのだが、その一方では、この教訓書『仲文章』を著すことにより、平安漢学の底流を形成する世界において、作者自らを、数多くの詩文や類書『白氏六帖』により後進に官人としての規範や文章の規範を示した白楽天になぞらえようとする、彼の野心をそこにかぎとることも、また可能なのではないかと思ってみるのである。そして、先に見てきたように、後世において注釈書・

説話集・格言集・辞書等、比較的広範囲に享受され、その中には、『仲文章』を真に白楽天の著述と見なして、「白居易云……」の文辞とともにこの書の章句を引用する文献もいくつか存することを思えば、この作者のねらいは、ある程度成功したといえるのではあるまいか。

注

（1）これまでの『仲文章』に関する研究の展開については、後に述べる幼学の会編『諸本集成　仲文章注解』の解題（黒田彰執筆）を参照。『仲文章』に関する基本的な論としては、黒田彰「西野本仲文章」解題（『説林』〈愛知県立大学国文学会〉三十五号、一九八七年二月）、山崎誠「『仲文章』瞥見」（同『中世学問史の基底と展開』〈和泉書院、一九九三年〉所収）、後藤昭雄「仲文章・注好選」（『説話の講座4　説話集の世界』〈勉誠社、一九九二年〉）などがあげられる。

（2）『宝物集』の引用は注（1）の黒田解題、また『延慶本平家物語』の引用は、『諸本集成　仲文章注解』二十六頁注六参照。

（3）勉誠社、一九九三年十月。

（4）太田晶二郎「『四部ノ読書』考」（『太田晶二郎著作集　第一冊』〈吉川弘文館、一九九一年〉）参照。

（5）『私教類聚』に関しては、瀧川政次郎に「私教類聚の構成とその思想」（『史学雑誌』第四十一編第六号、一九三〇年六月。後に『日本法政史研究』〈有斐閣、一九四一年〉に収録）があり、現代に至るまでこの論考で述べられた記述が同書について論じられる際の基本になっているように思われる。諸逸文に掲げられた同書の「吉備真備撰」についても、瀧川が主にこの書の内容面からの考察により「真備の真作なることを確信するに憚らない」と述べて以来、真備撰として解説されてきているが（『岩波日本思想大系　古代政治社会思想』『国史大辞典』等）、瀧川が否定した重野安繹の「世ニ教訓書及遺訓ト称スルモノ多クハ後人ノ仮托ニ成ル。菅家遺戒、東照公遺訓ノ類是ナリ。吉備公ノ私教類聚モ果シテ公ノ手ニ成リシヤ未ダ審カナラズ」（『右大臣吉備公伝纂釈　下巻』〈吉備公保廟会事務所、一九〇二年〉七十九頁）という疑念はなお残っていると思われる。たとえば直木孝次郎は、『覚禅抄』所引の逸文「余〈真備〉三十有六之時、稍煩二身病一。即余参二薬師寺一、敬二礼薬師丈六瑞像一……」（「可レ信二仏法一事」などの逸文か）の記事に対して「真備三十六歳といえば天平二年にあたるから……（略）……真備は養老元年に入唐し、帰朝するのは天平六年で、天平二年に平城の薬師寺に参詣することはできない」と述べる（『わたしの法隆寺』〈塙書房、一九七八年〉）。本稿では、平安中期には吉備真備撰と信じられて享受されていた書物として扱いたい。ただし瀧川が論じたように、内容的には真備の時代をそれほど大きく下るものとは考えられないので、本邦で編まれた教訓書の中では現存最古のものという位置づけには問題がないと考える。

（6）『覚禅抄』の原文では『弘教類聚』とするが、誤写であろう。

（7）『天喜四年殿上詩合』に王逸少と記された例が見える。王羲之の記され方については、平安朝漢文学研究会編『平安朝漢文学総合索引』（吉川弘文館、一九八七年）を参照した。

（8）注（5）の瀧川論考の第三章第一節「仏儒習合説」参照。

（9）『類聚三代格』巻十六所収「応レ聴二樵蘇禁野内一事」（元慶七年十二月廿二日）に「而今預等仮《カリ》二託《ツケ》威勢一、矯《イツハリ》二行《ヲコナフ》非法一」の例が見え、『三代実録』の該当本文では「行非法」を「峻二法禁一」とする。

（10）『仲文章』には他に第一章の『私教類聚』の「不レ可二殺生一事」の影響の項にあげた「礼法篇」の文章に「簡子非法之行」の例が見える。

（11）『爾雅』釈虫に「蛣蜣、蜣蜋」とあり、蛣も蜋も「糞虫」のこととされる。

（12）『仲文章』の『韻詮』の引用は、「学業篇」の「車无二三寸之轄一、不レ廻二咫尺程一」の「咫尺程」の割注に「韻詮曰、八寸云」、「貴賤篇」の「獱獋開レ咲、則扇二巌風於嶺山一」の割注に「竟鈴（韻詮の誤写）云、体女大、西都人也。其面開レ咲、嘉風有レ天、令レ嘉二万物一」とある二箇所。一方、『将門記』には「人々和怡、逆心御止」の「御止」の注に「員詮曰、御止者暫息」と見える。

（13）『諸本集成　仲文章注解』の五十一頁の注二一参照。

（14）後に述べるように、今野達「童子教の成立と注好選集―古教訓から説話集への一パターン―」（今野達説話文学論集刊行会編『今野達説話文学論集』〈勉誠出版、二〇〇八年〉）、注（1）にあげた山崎誠「『仲文章』瞥見」などの論考において、両書の関連については、既に指摘されている。ここではそれを改めて確認しながら、両書の関連について私に考えていることを述べてみたい。

(15) 今野前掲論文。今野は『童子教』『注好選』の成立を鎌倉時代初期に想定して論を立てたため、その後、平安末の書写になる東寺観智院本『注好選』の発見にともない、両書の前後関係が逆転する可能性があるとして、この論旨を修正した（「東寺観智院本『注好選』管見―今昔研究の視覚から―」〈注（14）前掲書〉）。しかし、『童子教』の成立が『仲文章』に先立つものとして平安中期にまで引き上げられることが明らかになった以上、今野の論は依然として有効であることを、注（1）の後藤昭雄論考が指摘しており、しかも、今野の論は、平安後期、十一世紀末から十二世紀前半という頃に時代を遡らせて適用することが可能となったとされる。

(16) このことについては、山崎誠が注（1）にあげた「『仲文章』瞥見」の中で、幼学書の形態を（1）本文単行型（2）本文注文合会型（3）本文注文別行型の三つに分類して、「（3）は本文とそれを理解するため注釈が別々に行われるもので、『注好選』はその注釈部分のみが残ったと考えられる。これがいかなる本文を対象としたものかは不明である（或は『注蒙求』『注千字文』の言い方からすれば『好選』と言う幼学書か）」と示唆している。ただし、以下に述べるように、私見では『注好選』は現存の「注蒙求」「注千字文」と同様に、『好選』の本文と注釈を合わせた（2）の「本文注文合会型」の幼学書と考えてみた。

(17) 『諸本集成　仲文章注解』二十三頁の注一四に指摘がある。

(18) この「詩境記」の表現に関し、初唐王績の「酔郷記」に倣ったものであること等、後藤昭雄「大江匡房『詩境記』考」（『平安朝漢文学史論考』〈勉誠出版、二〇一二年〉所収）に言及がある。

(19) 『詩経』小雅・天保の「如二南山之寿一、不レ騫不レ崩」にもとづくもので、永久不変の喩えによく引かれる。

(20) 『神仙伝』巻七麻姑の条の仙女麻姑と仙人方平の話中に出る「麻姑自説云、接待以来、已見三東海三為二桑田一。向到二蓬萊一、水又浅二於往者会時一略半也。豈将復還為二陵陸一乎。方平笑曰、聖人皆言、海中復揚レ塵也」にもとづくもの。普通の人間の常識を超えたきわめて長い期間の喩えによく引かれる。

(21)『日本漢学年表』『平安朝漢文学総合索引』『史料所載平安朝詩題索引』等によっても、この詩がいつ作られたのかを史料により知ることはできなかった。

(22)さらにいえば、こうした学文しようとする人たちを預り教育する「能師」とは、具体的にどのような人を指すか、また、前の引用例で、童郎が童女に遊びに行こうと誘っている「学堂」が、彼らの学ぶ場とすれば、それは具体的にはどのようなものを指すか、また男性に対して、女性の学文による立身ということを謳っている（他の箇所でも男性についての教訓と対にして女性を対象とした教訓を記した箇所がしばしば見られ、平安時代における女性を意識した教訓書という意味でも、本書は注目に値する）など、この箇所には、教育史的にも興味深い問題がまだいくつも蔵されている。

(23)もっとも『仲文章』の和習の強い格のくずれた漢文と匡衡の作成した正格の漢詩文とでは、レベルに格段の差がある。『仲文章』作者の漢文のレベルがどの程度のものかは、なお相対的な比較検討を行わないと確かなことはいえないが、匡衡のような地位や作文の能力は、作者の階層にとっては、おそらく「雲の上」のものであったろう。また、匡衡自身は、こうした博士や受領という経歴には到底満足しておらず、常に公卿の地位に上ることを望んでいたことが、後藤昭雄により指摘されている。「大江匡衡―卿相を夢見た人―」（『平安朝文人志』〈吉川弘文館、一九九三年〉所収）参照。

(24)注（1）の「『仲文章』瞥見」に示される。

(25)この藤刺史を、山崎は保安二年（一一二一）に和泉守に任ぜられた日野流敦宗の男宗兼と推定している（「藤原通憲の修辞学」『講座平安文学論究』第九輯〈風間書房、一九九四年〉所収）。宗兼は『中右記部類紙背詩集』に詩作が存し、この詩序の人物像としてはふさわしいが、彼の和泉守時代には通憲はまだ十六才から十八才というところで、このような詩序を作り、国司クラスの人に送るには若過ぎるのではないか。私案では、康治二年（一一四三）正月二十三日に蔵人所から和泉守に任ぜられた藤原光盛（『本朝世紀』による。『尊卑分脈』には「光成」とし「イ云光盛」と記す。権中納言実光男）を当てるのが適当ではないかと考えている。勘解由次官、中宮大進など朝廷の文官を歴任し、和泉・佐渡の守にも任じられている。母は近江守高階重仲の女であるが、通憲も高階重仲の女を妻にしており、人脈的にも繋がりがありそうである。

(26) 『白居易研究講座第一巻　白居易の文学と人生Ⅰ』（勉誠社、一九九三年）所収の布目潮渢「白居易の官人としての経歴」、村上哲見「白居易と杭州・蘇州」等を参照。

(27) ちなみに馮豹の父親の馮衍は文人でもある有名な人物で、『蒙求』にも「馮衍帰里」の項目が立てられている。

(28) 『懐風藻』に三首の詩を残す。帰化人系の百済氏の出身で、『懐風藻』の記述や詩の内容から正六位上、但馬守であったこと、五十六歳で没したこと、長屋王の時代に活躍したこと、などが知れる（『岩波日本古典文学大系　懐風藻』の「詩人小伝」参照）。

(29) 「漁」、群書類従本「漁」に誤る。岡山大学池田文庫蔵本により訂す。

(30) 本書Ⅴ―2「『仲文章』に関する二・三の考察―『和漢朗詠註抄』所引『代讃章』佚文との関連から―」参照。

(31) これらの唐代における「行巻」の実態や、唐代文学に与えた影響については、程千帆著、松岡栄志・町田隆吉訳『唐代の科挙と文学』（凱風社、一九八六年）に詳述される。

(32) たとえば室町期の辞書『温故知新書』には、『仲文章』から多数の語彙が抄出され「仲」の注記と共に記されているが、これらを『仲文章』諸本と対照すると、静嘉堂文庫本以下の改訂本文に拠っていることが明らかにされている（寺島修一「『温故知新書』引書攷―『仲文章』の場合―」『文学史研究』第三十四号〈大阪市立大学国語国文学研究室、一九九三年十二月〉所収）。

(33) たとえば、『尾張国解文』などは、藤原公任の『北山抄』に抜粋して載せられている。

〔初出〕『国語国文』第六十三巻第五・六号（京都大学国語学国文学研究室、一九九四年五・六月）に同題で掲載。

〔補記〕 佐倉由泰『軍記物語の機構』（汲古書院、二〇一一年）の第二章「『将門記』の記述を支えるもの」では、本稿や本書Ⅴ―1「下層官吏層の〈学文〉と文学活動―その実態と展開について―」で述べた、『仲文章』と『尾張国解文』『将門記』の作者たちが共有している下層官吏層の〈学文〉に注目し、その〈学文〉にかかわるリテラシー・イデオロギーの発露として『将門記』を捉え、その文章や用語を丁寧に分析している。本稿で『仲文章』を対象として考察してきた下層官吏層の〈学文〉の力が、「将門の乱」という平安王朝を揺るがした大事件をどのように描き出しているかを論じた好論である。併せて参照されたい。

4　『童子教』の成立と『三教指帰』

はじめに

『童子教』という書物がある。現在では、ほとんどの人が、その名を耳にすることのない書物であるが、明治時代以前の日本人なら、ごく普通の庶民でも、誰もが親しんでいた書物である。江戸時代において、この書物は、漢字・漢文の読み書きを習い、様々な故事を学び、さらに人生を生きるための教訓書として、もう一つの類似の教訓書である『実語教』や、模範文例集である『庭訓往来』とセットで、日本各地の寺子屋において、基礎中の基礎のテキストとして用いられていた。

現代の我々にもよく知られた諺《ことわざ》の中には、この『童子教』に出処をもつものがたくさんある（↓の下が『童子教』の本文）。

飛んで火にいる夏の虫↓勇者必有危、夏虫如入火（勇める者は必ず危有り、夏の虫の火に入るが如し）

口は災いのもと↓口是禍之門、舌是禍之根（口は是れ禍《わざはひ》の門、舌は是れ禍の根）

前車の覆《くつがへ》るをもって後車の戒《いまし》めとなす↓前車之見覆、後車之為誡（前車の覆るを見て、後車の誡めと為《な》す）

三歩下がって師の影を踏まず↓弟子去七尺、師影不可踏（弟子は七尺去りて、師の影を踏むべからず）

虎は死して皮を残す→人者死留名、虎者死留皮（人は死して名を留め、虎は死して皮を留む）

試みに五つばかりの例をあげてみたが、一般的な辞書の一つである『新潮国語辞典』を見ると、一つ目の諺は用例として『国姓爺合戦』を、二つ目は「口は禍の門」の形で『十訓抄』を、三つ目は『漢書』賈誼伝、四つ目は用例ナシ、五つ目は『五代史』王彦章伝を掲げている。諺によって表現が少なからず異なっているものもあるが、一つ目の『国姓爺』の例は、『童子教』から形を変えて用いられてきたものであろうし、三つ目の『漢書』や五つ目の『五代史』は、もともとの出処としては、これらの漢籍をあげるのが正しいのであろうが、日本でこれらの章句が広く庶民の間にも流布するようになった源流としては、やはり『童子教』をあげなければいけないだろう。

『童子教』は江戸時代に膨大な種類の版本が刊行され、また古い写本としては、後に用いる室町時代後期のものぐらいしか存在しないために、中世以降に流布した教訓書で、それほど古い時代のものではないように思われてきたのであるが、今野達が、鎌倉時代の資料である『続教訓抄』や『五常内義集』、日蓮遺文に『童子教』の文章の影響が見られることから、「十三世紀を待たずして流布した」として、鎌倉時代前期の『童子教』の流布を確認した。[1] 先にあげた諺の二つ目の『十訓抄』の例も、『童子教』によったと考えても良いことになる。さらに画期的なことに、近時、後藤昭雄により、寛治二年（一〇八八）以前に成立していた教訓書『仲文章』に、『童子教』の確実な影響が見られることが指摘され、『童子教』は平安時代中期には既に成立しており、流布していたことが明らかになったのである。[2] 筆者もその驥尾に付して、『実語教』『童子教』から『仲文章』への流れを追考し、菅原道真ら一流の文人たちを生み出した平安時代の漢学の底辺がどのようなものであったかを考察したが、[3]『童子教』は、『実語教』とならんで、平安時代から江戸時代の終わりまで、実に八百年近くにわたって、日本人の「教科書」であり続けてきたことになる。そこから、多くの諺が生み出されていったのも、当然のことであった。

ところが、その『童子教』自身のことについては、くわしいことはほとんど明らかになっていない。成立時期こそ、平安時代中期（少なくとも西暦一〇八八年）以前であることが明らかになったが、撰者については、平安前期の天台宗の学僧安然《あんねん》（生没年未詳、円仁の弟子、八八四年に伝法阿闍梨に任ぜられる）という説があるものの、伝承の域を出ないものである(4)。本稿では、成立時期や作者という面からではなく、『童子教』という書物が、どのような教養、学問的地盤から成立してきたものか、という面について、その一端を考えてみたい。無論、このことについても、多方面からのアプローチが必要であろうが、今回は、その試みの一つとして、空海の『三教指帰』と『童子教』との関係について述べる。特に『三教指帰』との関係が深いと思われる、学業に関する教訓が続く部分（以下、本稿では便宜的に「勧学部」と呼ぶ）と、父母への孝養に関する教訓が続く部分（同様に「孝養部」と呼ぶ）、そして、それ以外の部分とに分けて、『三教指帰』の詞章や、詞章に凝縮されて表現された中国の故事の世界が、『童子教』の章句の配列や内容と深く関わっている場合が存することを論じ、併せて、『三教指帰』を利用して章句を作り上げる際の、『童子教』撰者の方法についても論じてみたい。

一、『童子教』の勧学部と『三教指帰』

まず、『童子教』の勧学部の中から、『三教指帰』と関係する箇所を取りだして、両者の関係を考えてみよう。以下、本稿で用いる『童子教』本文は、『往来物大系　三十一巻』所収の文明十一年（一四七九）忍恵写謙堂文庫蔵本（『実語教』と合本）の影印にもとづき、通行の字体に翻字したものを用い、東洋文庫蔵明応六年（一四九七）写本（『実語教』と合本、略称「東」）、永和三年（一三七七）写本（『童子教』のみの単独本、略称「永」）と異同のある場合には、本文の右傍らに＊印を付し、左傍にそれぞれ写本の略称を用いて、その部分の本文を示した（なお、明応六年写本と永和三年写本の本文については、酒井憲二「実語教童子教の古本について(5)」の翻刻と校異によった。参照の便をはかるためにその翻刻に付けられた章句の番号を各句の上に付した）。底本に付された訓点や傍訓、送り仮名の類はすべて省略し、（　）の中に私に訓読文を付した。

81匡衡為夜学、鑿壁招月光（匡衡は夜学の為に、壁を鑿《うが》ちて月光を招く）
82孫敬為学文、閇戸不通人（孫敬は学文の為に、戸を閇《と》ぢて人を通さず）
83蘇秦為学文、錐刺股不眠（蘇秦は学文の為に、錐にて股を刺し眠らず）
84俊敬為学文、懸縄頸不眠（俊敬は学文の為に、縄を頸《くび》に懸《か》けて眠らず）
85車胤好夜学、聚蛍為燈矣（車胤は夜学を好みて、蛍を聚《あつ》めて燈と為す）
86宣士好夜学、積雪為燈矣（宣士は夜学を好みて、雪を積みて燈と為す）

ともに学文[6]に熱心であった人々の故事を並べ立てた箇所であるが、このうち、81と82の匡衡と孫敬の対は、既に中国で編まれた幼学書の『蒙求』に「9匡衡鑿壁、10孫敬閇戸」として先蹤が見える（以下、『蒙求』の本文は『蒙求古註集成』〈汲古書院、一九八八年〉所収の故宮博物院蔵古鈔本による。句番号も同書のもの）。また、85と86の車胤と宣士との対は、『蒙求』に「193孫康映雪、194車胤聚蛍」と見えるものとくらべて、人物が「孫康」から「宣士」に替わってはいるが、貧しく油が買えないため、雪や蛍の光で書を読み夜も学文に励んだ故事を対にしているという点で一致を見る。『蒙求』は唐代玄宗の頃の李翰の撰で、都良香（八三四～八七九）に「始めて蒙求を受くる詩」（『扶桑集』所収）が存するところから、日本にも平安朝前期、西暦八五〇年前後までには将来されていたことが確かめられる。『童子教』の成立時期の上限との関わりもあるが、81と82、85と86の故事の組み合わせは、『蒙求』によるものと考えて良いかもしれない。

しかし、問題になるのが、その間にはさまれる83と84の、ともに睡魔に堪えて学文をするために苦心するという、蘇秦と俊敬の対である。『蒙求』において、蘇秦は、この故事のみならず、人物自体が登場しないし、84の俊敬も同様である。蘇秦が股に錐を刺して眠気を払ったという記事は、『史記』蘇秦列伝には見えず、『戦国策』を出処とするらしい。一方の俊敬という人物は、まったく諸書にその名が見えない人物である。ところが、83の「錐で股を刺す」と84の「縄を首に懸ける」を組み合わせた例が、実は『童子教』の他にも存在する。それがほかならぬ空海の『三教指帰』であり、この書には二箇所にわたって、この二つの故事を組み合わせた表現が見える（『三教指帰』の引用は、岩波日本古典文学大系による。訓読は私に施したもの。以下同様）。

余、年志学、就外氏阿二千石文学舅、伏膺鑽仰。二九遊聴槐市。拉雪蛍於猶怠、怒縄錐之不勤。

余、年志学にして、外氏阿二千石文学の舅に就きて、伏膺鑽仰す。二九にして槐市に遊聴す。雪蛍を猶怠るを拉《とりひし》ぎ、縄錐の勤めざるに怒る。（巻上、序）

臨学堂而欠伸、還若毚兎之睡陰、懸首刺股之勤、全闕心裏。

学堂に臨みて欠伸し、還《かへ》りて毚兎《さんと》の陰に睡《ねむ》るが若《ごと》し、懸首刺股の勤《つと》め、全く心の裏《うち》に闕《か》く。（巻上、亀毛先生論）

前者は、空海が十八歳にして大学に学んだ際に、大学の学生たちが勉学に励まないことを憤ったもの。後者は亀毛先生が、勉学に身を入れない蛭牙公子の様を難じたものであるが、これらの傍線部は明らかに『童子教』の問題の83・84の「錐刺股」「懸縄頸」と同じ故事にもとづく表現であろう。この前者の「縄錐」について、現存最古の『三教指帰』の注、『三教指帰注集』（釈成安の注、寛治二年〈一〇八八〉の序を有する）は次のように記す（引用は大谷大学刊行の『三教指帰注集の研究』の影印・翻刻による。通行の字体に改め、私に返り点を施した。以下同様）。

琱玉集云、孫敬、字文宝。後漢楚郡人也。為レ性好レ学、恒閇レ戸読レ書、終夜不レ息。弗レ堪二其睡一、乃以レ縄繋レ頭懸レ頭、懸二着屋梁一、睡則牽挙。乃至二於市一、市人見レ之、皆曰、閇戸先生来也。史記云、蘇秦、字季子。洛陽人也。読書怨レ睡、乃以レ錐刺レ股。竟相二六国一矣。見二下文一。

いまは零本としてしか存在しない類書『琱玉集』を引きながら、「縄錐」の句のもとになっている故事を解説するが、これによると、縄を首に懸けて眠気を払うのは、『童子教』82の戸を閉じて人に会わずに学問に専念した孫敬の故事であったことになる。念のためにこの注よりやや遅れて成立した藤原敦光（一〇六二〜一一四四）の『三教勘註抄』によると（引用は「真言宗全書」による）、

楚国先賢伝曰、孫敬字文宝。恒閉レ戸読レ書。睡以レ縄繋レ頭、懸二之梁之上一。史記、蘇秦者、東周洛陽人也。東事レ師、於レ斉而習二之於鬼谷先生一。戦国策曰、蘇秦読レ書、欲レ睡、引レ錐自刺二其股一。血流至レ踵。

と、『琱玉集』に代えて『楚国先賢伝』を用いながら、やはり孫敬の「閉戸」と「縄を懸ける」故事の両方を提示している[7]。つまり『三教指帰』において、空海は、孫敬については、『蒙求』の表題に採られた「閉戸」ではなく、睡魔を克服して学問に励む「懸縄」の方に注目して、同じく身を責めて学問に励む蘇秦の「錐で股を刺す」故事とつがえて「縄錐」の表現を用いているのであり、後者の「亀毛先生論」の「懸首刺股」も同様に、この二つの故事を、序とは違った表現で組み合わせたものである。『童子教』の83・84の句の組み合わせと、『三教指帰』のこれらの表現には明らかに関連があるのではないだろうか。さらに前者の『三教指帰』序の文章では、二つの故事を組み合わせた「縄錐」を、夜も眠らず苦学する「雪蛍」の語と対にするが、これについての『三教指帰注集』の注は、次のようである。

琱玉集云、孫康貧無レ油。常映レ雪読レ書。亦云、車胤字武子、家貧無レ有二燈燭一。乃取二数十蛍火一、以二絹帋一盛レ之懸照読レ書。於レ後位至二司徒一也。

『蒙求』と同じ、孫康と車胤の故事を『琱玉集』を用いて示す。年代的に見ると、空海の場合には『蒙求』ではなく、『琱玉集』によって、この「雪蛍」の表現を生み出した可能性が高いが（『蒙求』自体も『琱玉集』により、この項を立てた可能性もある）、それはともかく、『童子教』の83と84、85と86をそれぞれ対にして、さらにそれを組

み合わせて配列する、その並べ方の背後に、この『三教指帰』の「雪蛍」と「縄錐」を対句にした序の文章の存在を考えてみることもできるのではないだろうか。

さらに類例をあげ、『童子教』の章句と『三教指帰』の関係を考えていくことになるが、『童子教』のこの箇所でもう一つ気になるのが、『童子教』84では、「懸縄」の故事の主人公を「孫敬」ではなく「俊敬」と記し、孫敬については、別に「閉戸」の故事により82の章句を立てることである。実は、このことについては、既に江戸時代の寛文十年（一六四七）に出版された、和歌山の学僧恵空の撰になる『童子教諺解』に、次のように注目すべき言及がある。

俊敬といふ人をば、いまだかんがへず。右にある孫敬がことを、あやまりて両段としけるか。先賢伝に、孫敬がかくもんをつとむるとき、縄をくびにかけ、それを屋のうつばりのうへにかけておけり。

（引用は『岩波新日本古典文学大系　庭訓往来　句双紙』所収の翻刻による。以下同様）

ここで「右にある孫敬がこと」というのは、82の孫敬のことを指し、この82番句に対して、『童子教諺解』は、『楚国先賢伝』の記事（前引の敦光の『三教勘注抄』に引かれていたもの、覚明『三教指帰注』にも引かれる）を和訳して引いている。つまり恵空は、『童子教』撰者が、本来孫敬一人の故事であったはずの「閉戸」「懸縄」を、それぞれ二人の故事と見て、「懸縄」の故事の方には、孫敬ならぬ俊敬という、発音のよく似た本来存在しない人物をその主人公と考え、それを孫敬とは別に、一句として立ててしまったと考えたのである。これは、妥当な考えであり、基本的には、この線は動かないと思われるが、『三教指帰』古注や『蒙求』注、『琱玉集』などにおいて、すべて『楚国先賢伝』と同様の記事が引かれており、孫敬の事跡として「閉戸」「懸縄」が初学のレベルにおいてもよく知られていたと思われる状況の中で、それが別々になって、二人の事跡として誤られるということが、はたして起こりうるかということも考えておかねばならない。可能性としては、『童子教』撰者が、孫敬の故事のうち、「閉戸」

の方を『蒙求』のように匡衡の「鑿壁」の故事と組み合わせ、もう一方の「懸縄」の方も、『三教指帰』のように蘇秦の「錐で股を刺す」故事と組み合わせ、睡魔と戦い学文に励む章句の対句を作ろうと欲張ったために、むしろ確信犯的に、孫敬から俊敬という人物をわざわざひねり出して、83・84の対句を創りあげる、というようなこともあったのではないかと考えられる。

さらにもう少し『童子教』の勧学部における、『三教指帰』との関連を考えてみよう。

95張儀誦新古、枯木結菓矣（張儀新古を誦せば、枯木菓を結ぶ）

96亀耄誦史記、古骨得膏矣（亀耄史記を誦せば、古骨膏《あぶら》を得《う》）

この二句は、学才すぐれた者たちの、書を誦読する際の弁舌のすばらしさを讃えた句であるが、ともにはっきりした典拠を示すことが難しい句である。前者の95については、たとえば、先に引いた恵空の『童子教諺解』では、次のような漢籍を引いて注する。

文選魏都賦《ノ》註《ノ》李《ニ》周翰《ガ》曰《ク》、張儀張禄《ガ》英雄《ノ》弁舌栄《サカヤカシカレタルヲ》レ枯、在《テ》二於一朝《ニ》一能《ク》済《スクフ》二時《ノ》厄《ヲ》一。又鏡機子《ガ》七啓《ノ》首《ニ》鏡機子《ガ》曰、夫《レ》弁言之艶《ミヤビカナルハヨクシム》　能使窮沢《ヲシテ》　生《ジ》レ流《ヲ》、枯木《ヲシテ》　発《セ》レ栄《サカヘヲ》。

前者の『文選』魏都賦の李周翰注は、魏都賦の、

英弁栄枯、能済其厄、位加将相。窒隙之策、四海斉鋒、一口所敵、則張儀張禄亦足云也。

英弁は枯れたるを栄《さか》やかし、能《よ》く其の厄を済《たす》け、位《くらゐ》将相を加《くは》ふ。窒隙の策は、四海鋒を斉《ひと》しくし、一口の敵とする所、則ち張儀・張禄も亦た云ふに足らざるなり。

に対する注で、『文選』の本文自体は、すぐれた弁舌が枯れた木を再び栄えさせることをいい、その弁舌のすぐれた様は張儀や張禄も及ばないと述べたもので、直接張儀の弁舌が枯れ木を栄えさせたということは述べられていない。李周翰注を載せた五臣注『文選』は、九世紀後半には日本に入ってきていたと推定されるが[8]、奈良時代から盛

んに行われた李善注に比べると、その流布の範囲も限られていたであろうし、この李周翰の注が『童子教』95の句の直接の出処であるとは考えづらい。後者の「鏡機子七啓」とは、『文選』所載の曹植の「七啓」のことであるが、この文章も、弁舌のすばらしさが枯木を栄えさせることを述べるにとどまり、原典の「七啓」に戻って確認したが、張儀との関連は語られていない。さらに次の96になると、「亀毛」という人物自体が、中国の諸資料に見あたらないのである。この句についても、恵空『童子教諺解』は、次のように注目すべき見解を述べている。

亀毛先生といふ人が三寸の舌を発してものをいへば、かれたる木も花さき、一言いひ出せば、ひさしくさらしたる骨もし、づくやうな、といふ事、空海大師の三教指帰に見えたり。これは実にありし人にあらず。亀には毛のなきものなれば、亀毛といふてかりの名をもふけ、実には世間の儒者をさすなり。いまこゝに史記をよむと有は、いにしへの史類記類の書なるべし。三教指帰にこの亀毛先生の徳をほめて、九経三史心臓に括嚢し、三墳八索意府に諳憶せり、とあるほどに、かくいふ也。しかれども、又外に亀毛といふ人有て、司馬遷がつくりし史記をよみて、この奇瑞ありしことあるや、いまだしかなるよりどころをみず。

左伝云《ニ》、薳子憑曰《ガク》、吾見《レニ》二申叔夫子《ヲ》一、所謂生《ルイカシテ》レ死《タルヲ》 而肉《シシツクホネニ》レ骨 也。

ここで、恵空が引いている『三教指帰』は、巻上「亀毛先生論」の次の箇所である。

有亀毛先生、天姿弁捷、面容魁悟……三寸纔発、枯樹栄花。一言僅陳、曝骸反宍。蘇秦晏平、対此巻舌、張儀郭象、遙瞻飲声。

亀毛先生有り、天姿弁捷にして、面容魁悟……三寸纔《わづ》かに発すれば、枯樹も花を栄《さか》やかす。一言僅《わづ》かに陳《の》ぶれば、曝骸反《かへ》りて宍《しし》つく。蘇秦・晏平も、此に対《むか》へば舌を巻き、張儀・郭象も、遙かに瞻《まも》りて声を飲む。

注目しなければならないのは、傍線部のように、「枯れ木に花が咲く」「骸骨に肉がよみがえる」という表現が対になっていること、さらに、おそらく前引の『文選』魏都賦の「英弁栄枯」と張儀との関係を踏まえてのことであろうが、ここにも張儀が顔を出していることである。ちなみに、この箇所に対する『三教指帰』の古注の内容は次のようである。

成安『三教指帰注集』

照明抄云、弁言之艶、能使二窮沢生レ流、枯木発レ栄也。戦国策云、蘇秦者斉人也。従二鬼谷先生一而学。学業已了欲レ去。先生試令レ説二国家之利害一。蘇秦未二説畢一、先生涙不レ収。□曰、天下成敗、在二汝一人之口一也。（晏平の注、略）史記云、張儀、師二事鬼谷先生一十年、通二六藝百家一。海内無双。即可レ謂二博聞弁智一矣。（郭象の注、略）

敦光『三教勘註抄』

魏都賦曰、英弁栄レ枯、能済二其厄一。張文成遊仙窟曰、白骨再宍、枯樹重栄。劉琨勧進表曰、所謂生二繁華於枯荑一、育二豊肥於朽骨一……（以下略）……

成安注に引かれる『照名抄』の内容は、前の『童子教諺解』に引かれる曹植の「七啓」の文と同じであり、張儀の記事についても、特に「枯れ木を栄かす」との関連は見あたらない（省略したが敦光注でも『史記』の張儀伝を用いる）。ただ、敦光注に見られるように、「枯れ木を栄かす」と「骨に肉をよみがえらせる」の両者の表現が、『三教指帰』以前に『遊仙窟』と劉琨「勧進表」（『文選』所収）に見られることは注意すべきで、空海はこうした先行文献の表現によって（表現の類似からすると『遊仙窟』をもとにしたか）、この対句を構成しているのであろう。しかし、『童子教』の95・96の句の場合は、『文選』や『遊仙窟』からいきなり生み出されるとは考えにくく、弁舌の才と「枯木に花」「骨がよみがえる」両表現の組み合わせ、張儀の登場、さらに文字面こそ多少違うものの、亀毫という中国の諸資料に出てこない人名までが、そこに見いだせるとなれば、やはり95・96の句も、『三教指帰』のこの箇所を下敷きに構成されていると考えるべきではないか。『童子教』撰者は、弁舌の才を述べる句を構成しようとして、『三教指帰』の「枯樹栄花—曝骸反宍」の対に注目したが、この表現が特定の人物と結びついた表現でなかったために、何とか95・96の前後の他の句と同様に、『蒙求』的な人物と結びついた句にしようともくろみ、『文選』魏都賦でも「栄枯」と関連して名前のあがっていた張儀をこの表現と結びつけ、さらに蘇秦・張儀らもしのぐ弁舌の才を持つとされている、この場面の主人公、亀毛先生を、すこし文字面を代えて「亀毳」と別人らしく仕立て上げ、強引に「骨」の方と結びつけたのではないだろうか。

以上の勧学部の例から、『童子教』の章句の配列や故事の組み合わせに対して、『三教指帰』の文辞が影響を及ぼしている場合が存することが確かめられたと思われる。また、『三教指帰』の文辞にもとづいて、『童子教』撰者が句を作り上げていく際に、本来その故事に当てられていた人物とは異なった、あるいはもともと存在しなかった人物を、良く言えば創作、悪く言えば捏造し、故事と人物のバラエティーを増やそうとする傾向があることも看て取れた。次節では、孝養の部の章句にも、『三教指帰』の文辞の影響が及んでいることを検証してみたい。

二、『童子教』の孝養部と『三教指帰』

この孝養の部には、父母の恩のありがたさを説いた一般的な句が続いた後に、父母に孝養を尽くした中国の孝子たちの故事が、集中的に配列されている部分がある。これらの孝子の故事自体は、いずれも日本に伝わって残存している陽明文庫本や清原（船橋）家本の『孝子伝』に見えるものがほとんどであり、先の勧学部で取り上げたいくつかの句のように、そこに見えている人物自体をあれこれ吟味する必要はなさそうに思われる。しかし、これらの故事を盛り込んだ章句の配列の仕方については、『童子教』は『孝子伝』の孝子の配列をそのまま踏襲しているわけではない。

たとえば、孝子故事の配列の最後に置かれた次の二句の場合であるが（墳墓を作るに際しての句で、親への死後の孝養のしめくくりということで最後に配されたのであろう）、

129顔烏負墓土、烏鳥来運埋（顔烏は墓の土を負ひ、烏鳥来《きた》りて運び埋《うづ》む）
130許牧自作墓、生*松柏作墓（許牧は自ら墓を作り、松柏を生《う》へて墓と作《な》す）

＊生松柏―東「松栢生」永「栽松栢」

これなどは『孝子伝』の下巻に第三十話、三十一話として連続して載せられている配列を、そのまま踏襲したものとみても良いであろう。ところが、孝子故事の中心をなす次の四句の配列の場合は、『孝子伝』のみに拠ったものではないことは明らかである。

121郭巨為養母、堀穴得金釜（郭巨は母を養ふ為に、穴を堀りて金釜を得《う》）
122姜詩去自婦、汲水得庭泉（姜詩は自らの婦を去り、水を汲みて庭泉を得《う》）
123孟宗哭竹中、深雪中抜笋（孟宗は竹中に哭し、深雪の中に笋を抜く）
124王祥歎叩氷、堅凍上踊魚（王祥は氷を叩きて歎き、堅凍の上に魚踊る）

『孝子伝』では、121の郭巨は第五話（上巻）、122の姜詩は第二十八話（下巻）、123の孟宗は第二十六話（下巻）、124の王祥は第二十七話となり、後ろの三句だけなら、『孝子伝』においても互いに話が近接しているから、特に問題はないのであるが、121の郭巨の話と後ろの三句の話とでは、あまりにも場所が離れ過ぎており、この結びつきが『孝子伝』からはどうしても見えてこない。ところが、前節の勧学部において、その影響を検討した『三教指帰』を見ると、この郭巨の故事と、後ろの三人の故事が結びついている文辞が、巻上「亀毛先生論」に存在するのである。

嚮使、蛭牙公子、若能移翫悪之心、専行孝徳、則流血出瓫抽笋踊魚之感、軼孟丁之輩、馳蒸蒸美（嚮使《たとへば》、蛭牙

公子、若《も》し能《よ》く悪を翫ぶ心を移し、専ら孝徳を行はば、則ち血を流し瓮を出し笋を抽《ぬ》き魚を踊らすの感、孟丁の輩に軼《ぬきいで》て、蒸蒸の美を馳せむ)。

亀毛先生が、蛭牙公子に悪心を改め、孝行の人となるように説諭する部分であるが、ここでは、傍線部のように「出瓮」(郭巨の故事)と「抽笋」(孟宗の故事)「踊魚」(王祥の故事)が、ひとまとまりになって続けられている。さらに成安『三教指帰注集』のこの箇所に対する注を次にあげよう。

孝子伝云、(高柴、流血の注、略)又云、郭巨事レ母至孝。妻産二一男一。恐三養レ之則妨二母供養一、乃令二其妻一抱レ児、掘レ地欲レ埋レ之。於二土中一乃得二金釜一。上有二鉄銘一云、賜二孝子郭巨一也。仲文章云、文臣(ママ)埋レ穴、得二金瓮一也。孝子伝云、孟仁、字恭武、江夏人也。事レ母至孝。母好レ食レ笋。仁常勤供レ之。冬月未レ抽。仁執行泣。精霊有レ感、為笋之出生也。典言云、王祥、字休徴、至孝也。盛寒之月、後母思二生魚一。徴脱レ衣将割レ氷求レ之。有二少処一氷解、下有二魚出一。因以供二養之一。又云、姜詩、字子遊。母好レ飲二江水一、嗜二魚膾一。夫妻恒求覓供レ之。其舎旁忽涌レ泉。味如二江水一。毎旦鯉魚踊出。常取レ之供二養於母一也。又云、孟宗母嗜レ笋。母没之後、冬節将レ至、笋尚未レ生。宗入二竹薗一哀歎。笋為レ之出也。(丁蘭の注、略)

ここでは、『三教指帰』の本文の「踊魚」に対して、逸書『典言』[9]を引き、王祥の故事と共に、姜詩の故事をも引用するのである。これは姜詩の故事が、母のために遠路江水を汲んで運んだ結果、天感により庭に江水の味の泉が湧き出たという、「涌泉」の故事としてだけではなく、母が魚膾を好んだことにより、孝行の結果、鯉も踊り出たという、王祥同様の「魚を得る」故事としても機能していたからであろう。したがって、『三教指帰』の本文に対して、この成安注のような理解をしていたとすれば、ちょうど郭巨、孟宗、王祥、姜詩という、『童子教』の121から124の四人の故事を、母に孝養を尽くした結果、天から賜物を得た話として、ひとまとまりにして捉えるきっかけがそこに存したわけで(『三教指帰』の本文の最初の「流血」にかかわる高柴の話だけが、父の死を傷んで三年間血の涙を流し続けたということで、他の三者とは趣を異にする）、『童子教』がこの四句をまとめて配列することに関し、やはり『三教指帰』の文辞がそのきっかけとして働いていたと推定したい。

なお、この孝養部において、いま一つ付け加えておきたいのは、この部の初めに置かれた次の二句に関してである。

105 父恩者高山、須弥山返下*（父の恩は高き山、須弥の山返りて下《ひく》し）

106 母徳者深海、滄溟海還浅（母の徳は深き海、滄溟の海還《かへ》りて浅し）

＊返―永「反」

このような父母の恩徳を山の高さや海の深さに喩える先行例としては、『心地観経』報恩品下の「慈父恩高如二山王一、悲母恩深如二大海一」があるが、『三教指帰』にも、巻下「仮名乞児論」に、

夫父母覆育提挈慇懃。顧其功也、高竝五岳。思其恩也、深過四瀆。

夫れ父母の覆育提挈すること慇懃なり。其の功を顧れば、高きこと五岳に竝《なら》ぶ。其の恩を思へば、深きこと四瀆に過ぐ。

の文辞がある。『童子教』のそれぞれの上句は、父と母をそれぞれ山と海に割り振っている『心地観経』に拠っていると思われるが、五岳や四瀆を例にあげて、父母の恩はそれよりも高く、あるいは深いと説く『三教指帰』の表現も、『童子教』の「須弥の山返りて下し」「滄溟の海還りて浅し」に投影している可能性も考えられよう。

三、勧学部・孝養部以外の『童子教』章句と『三教指帰』

この章では、これまで見てきた勧学部・孝養部以外の、『童子教』の何らかの典拠を持つと思われる辞句の中で、

『三教指帰』、あるいはその古注と関連するものを取り上げて、順に見ていきたいと思う。

22口是禍之門、舌是禍之根（口は是れ禍《わざはひ》の門、舌は是れ禍の根）

多言を慎み、妄言を吐くことを誡める一連の訓戒を記した部分の一句であるが、恵空『童子教諺解』は、この22番句について、

弁意長者子経云、爾時世尊以二偈頌一曰、人心是毒根、口為二禍之門一、心念而口言、身受二其罪殃一。家語金人銘曰、誠能慎福之根、口是何傷禍之門也。報恩経云、人生二世間一、禍従レ口生。山居四要云、禍従レ口出、病従レ口入。

劉子云、口者言語之門戸、舌者門戸之関籥。関籥動則門戸開、口舌動則言語出。

と、いくつかの仏書・漢籍を引きながら、これらの句と類似する文辞をあげている。このうち、「口是禍之門」については、最初の『弁意長者子経』の「口為二禍之門一」の文辞が近いが、この経典の普及度などを思うと、『童子教』撰者が直接これに拠ったとは考えにくく、むしろポピュラーさからいえば、その次に引く、『孔子家語』金人銘の方を出処と考えても良いように思われる。さらに22番句が、単に口のことをいうだけではなく、舌の方をも問題にする点においては、恵空が引く『劉子』の文も重要であると思われる。これは『劉子』慎言の文辞であり、原典の『劉子』では恵空の引いた箇所の後に、さらに「言語善、則千里応レ之。出言悪、則千里違レ之。言出二於己一、不レ可レ遏二於人一」と言語に関する教戒が記される。この「言は己に出て、人に遏《とど》むるべからず」は、一度外に漏れてしまった言葉が、もはや止めようもないことをいうが、『童子教』にも、この22番句の少し後の24番句に、

24過言一出者、駟追不返*舌（過言一たび出《いづ》れば、駟もて追ふも舌を返さず）

＊返―東「反」永「及」

とある。この24番句の表現自体は、『論語』顔淵第十二の「惜乎。夫子之説二君子一也、駟不レ及レ舌」に対する鄭玄注「過言一出、駟馬追レ之不レ及」を本来の拠り所としたものであるが、22番句で口や舌について触れ、そこから24

番句のように、口や舌から一度外に出た言葉が、止めようとしてももはや止められないと続いていく、『童子教』のこのあたりの章句の流れは、前に述べてきた『劉子』の慎言の記述と、なにがしか関連するのではなかろうか。
ところで、『三教指帰』巻上の「亀毛先生論」には、次の一節がある。

　好談人短、莫顧十韻之銘。屢事多言、不鑒三緘之戒。
　　人の短を談ずるを好み、十韻の銘を顧みること莫し。屢《しばしば》多言を事とし、三緘の戒めを鑒《かんが》みず。

亀毛先生が蛭牙公子の言行の誤りを糾弾していく部分の中で、他人への悪口や多言を非難した箇所である。表現の上では、『童子教』の章句の表現と直接結びつく文辞は見えないが、ここに引かれた「十韻の銘」とは、「人の短を道ふ無かれ、己が長を説く無かれ」で始まる後漢の崔子玉の「座右銘」(『文選』巻五十六所収)を指し、「三緘の戒」が、『童子教諺解』に引かれた『孔子家語』観周に出る「金人の銘」を指す。そこで、成安の『三教指帰注集』を見ると、

　劉子云、口者言語之門戸。舌者門戸之関籥。関籥動則門戸開、門戸開則言語出。言語善、則千里応レ之。出言悪、則千里違レ之。言出二於己一、不レ可レ過二於人一。情発二於近一、不レ可レ止二於遠一。天有二巻舌之星一、人有二緘口之銘一。老子云、多言自亡二其身一也。家語云、孔子入二太廟一、階左有二金人一焉。三緘二其口一。子夏曰、君子非二詩書一而不レ言レ之。非二礼楽之道一而不レ動。故昔賢人三緘二其口一以誡レ心。

と、前に問題にした『劉子』慎言の文辞が、『童子教諺解』の恵空の引用部の後の部分まで含めて引かれており、さらに『孔子家語』の「金人の銘」も、銘自体の文は引かれないものの、「三緘」の語の方に注目する形で、その故事が記されているのである。『三教指帰』の本文だけでは、『童子教』の句との関連を云々することは不可能であるにしても、『三教指帰』の本文を理解するための注(=基礎となっている教養)の世界にまで目を向ければ、そこには『童子教』の一連の章句と共通する部分があることが認められるのではないだろうか。

36前車之見覆、後車之為戒（前車の覆るを見ては、後車の戒めと為す）

この句は、『童子教諺解』が引く『晏子春秋』や『漢書』賈誼伝に「諺」として引かれる「前車覆、後車戒」に拠るものと見ても差し支えはないが、『三教指帰』巻上「亀毛先生論」にも、

竝是、前覆之亀鏡、後戒之美風。可不戒哉。可不慎哉。

竝《なら》びに是れ、前覆の亀鏡、後戒の美風なり。戒《いまし》めざるべけんや。慎しまざるべけんや。

の文辞が見え、成安注には特に注が付されていないが、覚明の『三教指帰注』には、

典言注云、慶氏亡分二其邑一、与二晏子一。晏子不レ受レ之。人問曰、富者人之所レ欲、何為不レ受。対曰、無功之賞、不義之富、禍之基也。我非レ所レ欲。諺曰、前車覆、後車戒。恐レ失レ富、故不二敢受一。

と、前にも見えた逸書『典言』の注（『晏子春秋』と同内容）を引いて、『三教指帰』の本文のもとになっている、この諺を示している。ここも前の22番句の場合と同じく、あえて『三教指帰』本文自体を典拠とする必要はないところであるが、『三教指帰』の注の世界に、『童子教』章句と共通する言辞が存するケースである。

62随順善友者、如麻中蓬直（善友に随順すれば、麻中の蓬の直なるが如し）

これも有名な諺で、諸書に散見するが、『童子教諺解』では、

荀子巻一、勧学篇云、蓬生二麻中一、不レ扶而直。文選巻廿六潘岳河陽県詩云、曲蓬何以直、託レ身依二蒹麻一也

……（以下略）……。

と、『荀子』と潘岳の「河陽県詩」とを引く。ところが、『三教指帰』巻上「亀毛先生論」にも、

橘柚徙陽、自然為枳。曲蓬糅麻、不扶自直。

橘柚も陽に徙《うつ》せば、自然に枳《からたち》と為る。曲蓬も麻に糅《まじ》はれば、扶《た》めずとも自づから直し。

寔由鮑廛嗅気、猶未改変。麻畝直性、又未萌兆。

寔《まこと》に鮑の廛《みせ》の嗅気、猶未だ改変せず。麻の畝の直き性、又未だ萌兆せざるに由《よ》れり。

と、蛭牙公子の更正に関して、二度にわたってこの比喩が引かれ、成安『三教指帰注集』に、この箇所に関して、最初の例には、

（橘柚の注、略）史記云、夫蓬生二麻中一、不レ扶自直、白沙投レ涅、自黒也。

と、『史記』を出典としてこの諺を引き、次の例に対しては、

（鮑嗅の注、略）六帖云、蓬生二麻中一自直。

と、『白氏六帖』を引く。この62番句も著名な諺をもとにしているから、『三教指帰』の関与だけを特に取り立てていうことはできないが、『三教指帰』の本文中に、近い箇所に二度にわたって、この諺に拠った文辞が見えることに注意したい。

ちなみに、敦光の『三教勘註抄』では、『三教指帰』前者の例に対し、「潘岳河陽県作詩曰」として、『童子教諺解』と同様の詩句が引かれているが、前の22番句の場合にも、『童子教諺解』の引く『劉子』『孔子家語』などの漢籍が、成安注などの『三教指帰』古注の引用漢籍と一致する例が見られた。また第一節にとりあげた勧学部の章句においても、類同の例が見られ、『童子教諺解』撰者の恵空は、『童子教』を注するための拠り所の一つとして、『三教指帰』の古注を利用していたことが推測される（注の流布の度合いを考えると、成安や敦光の注をじかに利用したのではなく、直接にはこれらを集成して増補した覚明の『三教指帰注』か運敞の『三教指帰註刪補』等の、『童子教諺解』成立以前に出版されていた刊本に拠った可能性が高い）。このことは、『童子教』と『三教指帰』の関連を考える上でも重要かと思われるので、最後の「終わりに」でもう一度考えてみたい。

137 寿命如蜉蝣、朝生夕死矣*（寿命は蜉蝣の如し、朝《あした》に生じ夕《ゆふべ》に死す）

＊夕死矣―東「而夕死」

143＊致亀鶴之契、露命不消程（亀鶴の契りを致すも、露の命の消えざる程なり）

＊致亀鶴之契―東「雖致亀鶴契」

これは『童子教』の終わりの方の、仏教的な教戒を述べる部分のうちの、人の世の無常を述べた二句である。『童子教諺解』では、137番句について、

卓氏藻林、まきの三、人物の類にいはく、蜉蝣は、朝にむまれて、くれに死す、人の長生することとあたはざるにたとふ。

と、明の卓徴甫撰の類書『卓氏藻林』を用いて注するが、時代的に見て、『童子教』撰者の拠った書物でないことはいうまでもない。143番句については、『童子教諺解』は、

養生要集に、亀鶴ゐのち百千のかずあり、といへり。瑞応図にも、かめは三千歳とあり。本草綱目鶴の条下をみれば、相鶴経をひきていはく、鶴は陽の鳥なり。百六十年にして雌雄あひみてはらむ。千六百年にしてかたちはじめてさだまる。……（以下略）……

と注する。これら蜉蝣や亀鶴の喩えも、実は『三教指帰』巻中「虚亡隠士論」に対句として次のように用いられている。

説汝以長生之奇密、令汝得蜉蝣短齢、与亀鶴相競。

汝に説くに長生の奇密を以てすべし、汝をして蜉蝣の短齢もて亀鶴と相競ふことを得さしめん。

成安『三教指帰注集』は、この蜉蝣と亀鶴に対して、

毛詩注云、蜉蝣朝生夕死虫也。瑞応図云、亀三千歳。養生集云、亀鶴寿有千百之数。相鶴経云、鶴千六百歳也。

と注する。やはり、『三教指帰』の本文自体から直接に137や143の句が形成されてくるわけではないが、成安注に記されているような、蜉蝣や亀鶴に対する知識にまで目を向けると、『童子教』のこれらの句との共通点が見えてこ

よう。ちなみに、この亀鶴に対する注でも、恵空の『童子教諺解』と『三教指帰』の古注釈との間に、『瑞応図』『養生（要）集』など、共通する引用書が見られ、ここでも恵空が『童子教』の注釈に際し、『三教指帰』古注（こも成安注を引いた覚明『三教指帰注』に拠ったものであろう）を利用しているものと推察される。

最後に、前に引いた143番句の少し後に存する次の一連の句について述べておこう。

147須達之十徳、无留於無常（須達の十徳も、無常を留むること无し）
148阿育之七宝、无買於寿命（阿育の七宝も、寿命を買ふこと无し）
149月支還月威、被縛琰王使（月支の月を還《かへ》し威も、琰王の使に縛らる）
150龍帝投龍力、被打獄率杖（龍帝の龍を投げし力も、獄率の杖に打たる）

これらの句は、どんなに徳や財宝、勢力や力を誇っていても、人間である以上、世の無常からは逃れることはできず、必ず死が訪れることを、それぞれ具体的な人名をあげて述べたものである。『三教指帰』には、これらの具体的な人物名が列挙される文章は見られないが、仏教の教えを説く巻下の「仮名乞児論」の中に、次のような文章が見える。

無常暴風、不論神仙。奪精猛鬼、不嫌貴賤。不能以財贖、不得以勢留。
無常の暴風は、神仙を論ぜず。精を奪ふ猛鬼は、貴賤を嫌はず。財を以て贖《あがな》ふこと能《あた》はず、勢を以て留むることを得ず。

これは、人名や故事典拠の引用こそないものの、無常の嵐は神仙でさえも逃れることはできず、老や死というものは、貴賤を選ばず、財産や権勢でもどうすることもできない、ということを述べたものである。この『三教指帰』の文章に、具体的に有名な貴人や財産家、権勢を誇っていた人物を当てはめていけば、『童子教』の章句のような文章が、自ずとできあがってくるのではないだろうか。この例は、いままで述べてきた、共通する故事や表現が用いられているというのとは少し毛色の変わったケースであるが、『三教指帰』の一般的、抽象的な表現から、『童子教』編者が、その表現に叶った具体的な人物を充てて、『童子教』の章句を組み立てている可能性もあり得るということで、最後に取り上げた次第である。

終わりに

以上、『童子教』の勧学部、孝養部、その他の部分、の三つにわたって、『三教指帰』と関連を持つと思われる箇所を取り上げ、検討を加えてきた。一つ一つの例についてだけ見ると、あえて『三教指帰』を持ち出さなくても、他にも出処の候補にあげられる書物を指摘できるものもいくらかあったと思われるが、やはり対句や複数の章句にまたがる表現の流れということに注意しながら、全体的な視野で見渡してみると、『童子教』には、『三教指帰』と関連を持つ部分が、少なからず存することが見て取れたのではあるまいか。

そして、その関連の有り方は、直接『三教指帰』の文章を下敷きにして、『童子教』の章句が作られているというより、対句の構成や句の配列は『三教指帰』の本文に拠りながらも、『童子教』の章句の文辞自身は、『三教指帰』の文章の背後にある故事や典拠のレベルにまで遡って、そこからもう一度組み立てられているということも、いくつかの例を通じて指摘できたと思う。また章句を創るにあたっては、『童子教』撰者は、本来の中国故事に無い人物を組み入れて章句を増やしていくなど、かなり思い切った処置をとっている。

華麗な文辞を対句にちりばめた空海の四六駢驪文の傑作『三教指帰』と、漢文としても拙い、初学者のための質朴な教訓書『童子教』という、一見対照的に見える両者の間に、意外にも共通する典拠が少なからず存するということは、空海の天才的な博学ぶりをいう時によく引き合いに出される『三教指帰』という書物が、実際はどのような教養を基盤にして作られているかを雄弁に物語っていよう。

空海は、初学者が見当もつかないような特殊な文献を典拠として多用しているのではなく、むしろ、初学者にとってなじみやすい文献（たとえば『琱玉集』などはその有力なものの一つではないか）に採られている話を多く典拠に用いて、この書物を書いているのではないだろうか。この書物が、儒教や道教の教えやすぐれた点を順に述べ、最後にそれらを超えた仏教の優位を教えていくという教導の書の性格を強く持つ以上、そこに使われている故事や典拠が読者に理解してもらえないのでは、どうにもならないであろう。(10)

さらに、本稿では、江戸初期の学僧恵空の『童子教諺解』という、今までのところもっとも本格的な『童子教』の注釈が、『三教指帰』の古注釈を利用して『童子教』の章句の典拠の注を施している例を、いくつか紹介した。本稿の直接のテーマとはやや離れるため、逐一挙げることはしなかったが、恵空の『童子教諺解』での『三教指帰』古注の利用は、ここに挙げたもの以外にもさらに多くの例を見ることができる。江戸時代の学僧の注釈に『三教指帰』注が利用された例としては、井野口孝により、契沖の『万葉代匠記』に運敞の『三教指帰註刪補』が利用された例が論じられており、契沖の真言僧としての教養の基礎に『三教指帰』やその注釈が深く根付いていた結果、こうしたことが可能となったとの推定がなされている。(11)恵空の『童子教』に対する『三教指帰』古注の利用にも、もちろん、彼の教養のあり方が深く関わっていようが（ただし恵空はもともと浄土真宗の家に育ち二十四歳の時に天台の教義にひかれて叡山にのぼり、顕密二教を修学した人であり、真言僧ではない）(12)、あるいは、恵空は、『童子教』の章句に出る文辞の出処を求めるために、単なる辞書代わりの書物として、たまたま自分の教養の範疇にあった『三教指帰』注を用いた、というのではなく、本稿で述べてきた『童子教』と『三教指帰』との関係に既に気がついていて、意図的に『三教指帰』の注を『童子教』の注釈に導入したということも、あり得るかもしれない。

最後に、このように『童子教』が『三教指帰』と関係を有することが認められるならば、『童子教』の成立に関して、どのようなことがいえるかを述べて本稿を閉じたいと思う。まず、『童子教』の成立年代についていえば、その下限は「はじめに」で述べたように、現在のところ寛治二年（一〇八八）にまで絞り込まれているが、上限についても、『三教指帰』成立以降というように限定することが可能となる。さらに推測すれば、その成立は『三教指帰』成立直後や空海の生前といった早い時期ではなく、それより少し下って、『三教指帰』が、学文を初学者（童子）に教えていくような学僧たちの間で、儒仏兼学の教導書として、ある程度規範的に位置づけられてくるようになってからのことであろうと考えている。また『童子教』撰者の問題については、『三教指帰』との関連が明らかになったからといって、具体的な人物が特定できるわけではないのだが、注（4）に掲げた恵空の『童子教諺解』に引かれる、学僧安然が京の市井に居住している時に、学文をしに来る童のためにこの書をこしらえたという伝承も、安然の生きていた九世紀後半という時代や、彼の属している階層を考えてみると、根も葉もない説としてまったく無視してしまうこともできないように思われる。安然自身が撰者であるとはいえないけれども、彼も候補の一人として、彼と近い時代に、彼と似たような立場にある人を、この『童子教』の撰者として想定することは、許されるのではあるまいか。

注

（1）「童子教の成立と注好選集―古教訓から説話集への一パターン―」（今野達説話文学論集刊行会編『今野達説話文学論集』〈勉誠出版、二〇〇八年〉）。

（2）「仲文章・注好選」（『説話の講座4　説話集の世界Ⅰ―古代―』〈勉誠社、一九九二年〉）。

（3）本書Ｖ―3「教訓書『仲文章』の世界―平安朝漢学の底流―」。

（4）後に引く恵空の『童子教諺解』に、

童子教は五大院の安然和尚の制作なり。其故は和尚まづしかりし時に、洛陽に居住したまひて、童子をあまたあつめ、手習などさせ書をよみおしへて、ひさしく年月をへたまふほどに、あるとき、此書を制作し、わらわべのたぐひによましめられたり。この故に、巻のおはりにいはく、幼童を誘因せんがために因果の道理を記す、と也。是、此書のおこりなり。しかれども、かの師のつくれる教時問答、菩提心義、即身成仏義私記などとくらぶれば、はるかに文義へりくだれり。さりながら童子のおしへなれば、あながち勝劣を沙汰すべからず。

と記すが、安然作の根拠は示されていない。

（5）山田忠雄編『国語史学の為に』（笠間書院、一九八六年）第一部「往来物」所収。

（6）中世以前の資料では「学問」ではなく、「学文」が一般的な用字である。書物の文章を読み、それをひたすら暗誦するという、中世以前の漢学の学習の方法については、近代的な匂いのする「学問」よりも、「学文」の用字の方がよりふさわしいように思われる。本稿でも以下この用字を用いる。

（7）この『楚国先賢伝』の引用は、故宮博物院本『蒙求』の「孫敬閉戸」の古注とほぼ同文であり、おそらく『蒙求』注を孫引したものであろう。

（8）大塚雅司「『都氏文集』における『文選』の影響―『五臣注文選』摂取の上限について―」（『論輯』〈駒沢大学大学院国文学会〉第十七号、一九八九年二月）参照。

（9）『典言』については、東野治之「『典言』の成立と受容」（『遣唐使と正倉院』〈岩波書店、一九九二年〉所収）参照。

（10）川口久雄『三訂平安朝日本漢文学史の研究（上）』（明治書院、一九七五年）の第二章「弘仁期僧団の文学」の第五節「聾瞽指帰と文鏡秘府論」には、

『三教指帰』が三史五経やオーソドックスな仏教経典、さては芸文類聚のような典籍にもとづくのみならず、極めて通俗的な民間の類書や説話集などにも拠っているらしいことはたいへん興味がある。

と述べられている。

（11）『契沖学の形成』（和泉書院、一九九六年）第二章「『萬葉代匠記』と『三教指帰註刪補』」。

（12）恵空の履歴・著述については、中田祝夫「恵空編『節用集大全』のために」（『恵空編節用集大全研究並びに索引　索引篇』〈勉誠社、一九七五年〉）参照。

〔初出時附記〕 本稿は一九九七年十一月二十九日、羽衣学園短期大学で行われた和漢比較文学会西部例会での研究発表にもとづく。当日国文学研究資料館の相田満氏から種々御意見をいただいたが、中でも『童子教』撰者が本来存しないはずの人物や故事を創り出して章句を作ったと考える筆者の見解に対する、未知の類書や幼学書にそのような人物や故事が実際に記されており、それに拠って章句を作った可能性もあるという御意見は、心に留めておくべきであろうと思う。

〔初出〕『梅花女子大学　文学部紀要』三十一号「比較文化編1」（一九九七年十二月）に同題で掲載。

〔補記〕 三角洋一は「『童子教』雑感」（『徳江元正退職記念　鎌倉室町文學論纂』〈三弥井書店、二〇〇二年〉所収）において、『童子教』の性格や典拠、成立時期などを概観的に論じているが、その中で「五　『童子教』と『三教指帰』」の章を設け、本稿で取り上げた『三教指帰』と共通点を持つと思われる『童子教』章句の若干の例を取り上げて解説した後に、

以上のように『三教指帰』と『童子教』の間では、名言や故事を共有することがきわめて多いのであるが、では『童子教』の作者は『三教指帰』を読んでいて、これを利用したかとなると、決め手を欠くのである。ただし、さきに考察を途中でわざと打ち切ったところであるが、出典が『文選』と考えたほうがよいと指摘した句が、すべて『三教指帰』にも引用されていたということを、ここで再考してみる必要がある。これが偶然でないとすれば、『文選』は出典からはずれ、『三教指帰』およびその成安注か敦光注か覚明注が参照されたということになる。断言するわけにはいかないが、『童子教』の作者は注付きの『三教指帰』を手元に置いており、『三教指帰』そのものから句を引くことをしなかったものの、句を連ねていくうえで、大いに参照し、活用したと予想しておきたい。

と述べる。初出時の本稿は三角の目に触れていないが、三角が慎重に〈予想〉した内容は、本稿で論じたところとほぼ一致している。同論考によると、三角は『童子教』の成立を十二世紀中葉以降と考えており、『童子教』作者は引用文中に掲げた『三教指帰』のいずれかの注釈書を参照したと推定しているが、本稿で述べたように、『童子教』は現存最古の『三教指帰』注釈書である成安注に引かれる『仲文章』に既に利用されているので、『童子教』作者がこれらの注釈書を参照することはできない。しかし成安注や敦光注は、平安前期から中期にかけて行われていた『三教指帰』やその出典に対する理解を引き継いでいるはずであり、三角の見通し自体は、『童子教』の成立時期を彼の推定よりかなり遡らせてもなお有効であろう。本稿の論述は三角の〈予想〉を裏付ける形でなされていたということになろうか。

5 『口遊』所引の中国の占雨誦句と大江匡衡の賀雨詩序の「東方朔之前言」

はじめに

『口遊』という書物がある。「くちずさみ」とも「くゆう」とも称される。平安中期、天禄元年（九七〇）に、漢学者源為憲により編まれたもので、彼が家司的立場を務めていた一条家の主《あるじ》藤原為光（九四二～九九二、藤原師輔九男、従一位太政大臣に至る）の長男で、七歳になる松雄君（後の藤原誠真、九六四～一〇〇一）のために、貴族として必要な広範な知識を、おぼえやすい誦句の形で、次の十九の部門別に配置した書物である。

乾象門、時節門、年代門、坤儀門、諸国門、田舎門、宮城門、居処門、内典門、人倫門、官職門、陰陽門、薬方門、飲食門、書籍門、音楽門、伎芸門、禽獣門、雑事門

これらの部門から、『口遊』は自然現象から始まり、人間の生活にかかわる様々な分野を網羅した書物であることがわかる。かつて清水達雄は『数学セミナー』一九七九年10月号～八〇年5月号に「口遊―平安朝少年百科―」というタイトルで八回にわたり、この『口遊』の各部門の本文紹介と解説を試みたが、そのタイトルに使われた「平安朝少年百科」というネーミングは、この書物の性格を現代的な感覚でよく言い表していると思われる。

だが、これほど広範な知識が詰め込まれている書物であるのに、従来注目されることは少なく、この書物の名が

挙がるのは、国語史の分野で、「いろは歌」が普及する以前に仮名学習用の暗誦歌として使われていた「あめつちの歌」や「たゐにの歌」を載せる文献として、あるいは数学史の分野で、日本において掛け算の九九が記された最古の文献としてであり、判で押したようにこの二つの記事が引かれるのみであった。しかし、近時、島根県の出雲大社で、平安時代の本殿の巨大な柱の一部が出土して（二〇〇〇年四月二十八日、島根県教委・大社町教委発表）、出雲大社が平安時代においては東大寺を上回る巨大建造物であったことが証明されて話題を呼んだが、このことを当時の文献として唯一記していたのが、ほかならぬこの『口遊』であった。(1)『口遊』は平安時代の人々が有していた知識についての様々な情報を、私たちにもたらしてくれる〈宝庫〉といっても過言ではない。

かつて私は所属する「幼学の会」のメンバー、黒田彰、後藤昭雄、東野治之、山崎誠の各氏とともに数年間この『口遊』を輪読して注釈を行い、その成果は、幼学の会編『口遊注解』（勉誠社、一九九七年）として刊行されたが、最近、私が注釈を担当した乾象門に載せられた中国渡来の占雨の諺（その年の旱魃・大雨などの雨の降り方を知るための占法を諺にしてまとめたもの）が、平安中期の文人大江匡衡（九五二〜一〇一二）の作成した「賀雨」の詩序の内容に深く関わっていることをたまたま知ることができ、『口遊』に載せられた誦句の内容が、当時の平安貴族たちに有力な知識として受け入れられ、実際に利用されていたということをあらためて痛感した。

小稿では、この『口遊』に載せられた占雨の諺と大江匡衡の「賀雨」の詩序との関係について考察を行い、当時の貴族たちの日常に、中国の文化、それも、意外に通俗的な民間の文化が深く入り込んでいた一つの事例として紹介し、併《あわ》せて当時の貴族たちにとって、この俗諺がどのような意味を持っていたのかについても考えていきたい。

一、『口遊』乾象門の占雨の諺をめぐって

――中国の文献に見える占諺とのかかわり――

まずはじめに、これから問題となる『口遊』乾象門に載せられる占雨の諺を紹介しよう。ちなみに乾象門とは、日月や星辰、雨、雲など天（＝乾）に関する事象についての誦句が集められた部門であり、通常の中国の類書（『芸文類聚』『初学記』『太平御覧』など）では「天」部と称せられている部門である。この「乾象」という部門名との関わりでは、『口遊』と同じく初学者のために作られた作詩・作文の教科書《テキスト》である『李嶠百詠』が、やはり同様に冒頭を「乾象」で始めているのが注意される。

さて、『口遊』の乾象門では、日、月、星辰に関する誦句が数句並んだ後に、〈雨〉に関する誦句として、次のような占雨の諺が収められている（以下『口遊』本文の引用は、前出の『口遊注解』による。〈　〉内は原文では割注であることを示す）。

a 一日雨、井水枯。二日雨、得自如。三日雨、廃犂鋤。四日雨、決溝渠。五日雨、隠山居。六日雨、人成魚。七日雨、騎木驢。八日雨、大雨大旱、小雨小旱〈謂之四月八日已前大唐雨誦〉。

一日の雨は、井水枯る。二日の雨は、自如を得《う》。三日の雨は、犂鋤を廃す。四日の雨は、溝渠を決《こぼ》つ。五日の雨は、山居に隠る。六日の雨は、人《ひと》魚と成る。七日の雨は、木驢に騎《の》る。八日の雨は、大雨は大旱、小雨は小旱〈之《これ》を四月八日已前の大唐雨誦と謂ふ〉。

＊「自如」は精神がゆったりと安定している様。ここは農作物の生育が順調で心配しなくてよいことをいうか。「木驢」については後述。

b雲行東、道路通。雲行南、水湛々。雲行西、馬踏泥。雲行北、人乗木。旦朝雨、但向田。日中雨、屋裏眠〈謂之大唐雨誦〉。

雲《くも》東に行けば、道路通ず。雲南に行けば、水湛々。雲西に行けば、馬《うま》泥を踏む。雲北に行けば、人《ひと》木に乗る。旦朝の雨は、但《ただ》田に向かへ。日中の雨は、屋の裏《うち》に眠れ〈之《これ》を大唐雨誦と謂ふ〉。

小稿のテーマである大江匡衡の「賀雨」詩序と深く関わるのは、右の二つの諺のうちのaであるが、以下、bもあわせて、これらの諺について少し考察してみたい。aもbもその割注部分に「大唐雨誦」とあるところから、両者が、ともに中国に由来を持つ占雨の諺であったことが知れるが、字音で読めば、暗唱に適した歯切れの良いリズムになるように、三字ずつで一まとまりになっていて、いかにも中国の諺らしい形式を持っている。またaでは、七日までの各日の句の終わりごとに、枯、如、鋤、渠、居、魚、驢と韻を踏み（『広韻』によると初めの「枯」だけが上平声十一模韻、あとは全て上平声九魚韻）、bでは東と通、南と湛、西と泥、北と木が韻を踏むというように、音韻面でも暗唱向けの工夫がなされている。だが、最後の「旦朝雨、但向田。日中雨、屋裏眠」の部分にはこうした押韻がなく、内容的にもそれ以前の部分とは異なるので、bの前半と後半はもともと別の諺であったものが一つにまとめて記されている可能性が高い。

ところで、aにはbとは別に「四月八日已前大唐雨誦」との注記があるが、この「四月八日已前」とは、どういう意味なのであろうか。実は、このaと同じ系統の諺であろうと思われるものが、北宋の孔平仲の言談を記した『孔氏談苑』に次のように見えている。

於四月一日至四日、卜一歳之豊凶云、一日雨、百泉枯。言旱也。二日雨、傍山居。言避水也。三日雨、騎木驢。言踏車取水、亦旱也。四日雨、餘有餘。言大熟也。

四月一日より四日に至り、一歳の豊凶を卜して云く、一日の雨は、百泉枯る。旱を言ふなり。二日の雨は、山居に傍《よ》る。水を避くるを言ふなり。三日の雨は、木驢に騎《の》る。車を踏みて水を取るを言ふ、亦旱なり。四日の雨は、餘りて餘り有り。大いに熟《みの》るを言ふなり。

『口遊』のものに比べ、こちらは諺の前後に説明的な文章が挿入されているので、文意を解しやすいが、夏のはじめ、四月一日から四日までの四日間の、どの日に雨が降るかで、その年の夏の雨の降り方を占う諺であることがわかる。四月一日に雨が降れば大旱魃、二日に降れば大雨がふり水害が起こる、三日に降れば日照りになって、木驢（孔平仲の記述によれば、水位の低い川や池から田畑の水路に水を汲み入れるための、木製の足踏み水車であろう。今でも中国の南部やインドシナの農村風景を映したテレビ番組等で目にすることがある）を踏まねばならないが、一日に雨が降る場合よりは旱魃の程度はゆるやか。四日に雨が降れば、天候は順調で豊年となるというのである。『口遊』のaでは占諺が八日分になっており、雨が降る日とそれによってもたらされる結果の対応も異なるものの、ともに三字一句で押韻する形式はまったく同じで、「井水枯」と「百泉枯」、「隠山居」と「傍山居」、「騎木驢」と類同の言い回しが用いられ、この両者は同一系統の諺で、そのバージョンを異《こと》にするものであると推定される。

また『口遊』のbの前半の諺「雲行東、道路通。雲行南、水湛々。雲行西、馬踏泥。雲行北、人乗木」についても、同じ形のものを中国の文献の中に見いだすことができる。『説郛』巻七十四所引の『農家諺』（漢の崔寔撰とされるが存疑）に、

雲行東、車馬通。雲行南、水張潭。雲行西、馬濺泥。雲行北、好晒麥。

雲《くも》東に行けば、車馬通ず。雲南に行けば、水《みづ》潭に漲《みなぎ》る。雲西に行けば、馬《うま》泥を濺《すす》ぐ。雲北に行けば、麥《むぎ》を晒《さら》すに好《よ》し。

とあるのをはじめ、明の楊慎撰『升菴経説』巻一に、

易曰、密雲不雨。自我西郊。天地之気、東北陽也。西南陰也。雲起東北、陽倡陰必和、故有雨。雲起西南、陰

倡陽不和、故無雨。俗諺云、雲往東、一場空。雲往西、馬濺泥。雲往南、水潭潭。雲往北、好晒麦。是其験也。
易に曰く、密雲して雨ふらず。我が西郊自《より》すと。天地の気、東北は陽なり。西南は陰なり。雲東北に起れば、陽倡《さかん》にして陰必ず和す、故に雨有り。雲西南に起これば、陰倡《さかん》にして陽和せず、故に雨無し。俗諺に云く、雲《くも》東に往《ゆ》けば、一場空し。雲西に往《ゆ》けば、馬《うま》泥を濺《すす》ぐ。雲南に往《ゆ》けば、水潭潭《たんたん》。雲北に往《ゆ》けば、麦《むぎ》を晒《さら》すに好《よ》しと。是れ其の験なり。

明の婁元礼撰『田家五行志』に、

雲占晴雨。諺云、雲行東、雨無踪、車馬通。雲行西、馬濺泥、水没犂。雲行南、雨潺潺、水張潭。雲行北、雨便足、好晒穀。

雲にて晴雨を占ふ。諺に云く、雲《くも》東に行けば、雨踪《あと》無く、車馬通ず。雲西に行けば、馬《うま》泥を濺《すす》ぎ、水《みづ》犂を没す。雲南に行けば、雨潺潺、水潭に漲《みなぎ》る。雲北に行けば、雨便ち足り、穀を晒《さら》すに好《よ》しと。

と、少しずつ形を変えながら現れている。これらの諺は、『口遊』のbの占諺と「雲〜に行けば」の部分は同じで、下の辞句が少しずつ異なるものの、各方向の句ごとに韻を踏むのはやはり同様であり（『田家五行志』の諺になると東、踪、通のように韻を踏む句が一句増えていて、より凝《こ》った形になっている）、やはりbの占諺も、中国で民間に広く行われていた、雲の行方を見て今後の天候を占う諺の一つのバリエーションであったことがわかる（ちなみに『升菴経説』では、『易』の句の解釈の後に、「俗諺」としてこの占諺を掲げて、『易』の文辞にいうところが民間の俗諺によっても確かめられるとするが、『易』の解釈とこの占雨の諺とでは、雲のある方角と降雨の有無との関係はまったく逆になるように思われるがいかがであろう）。

最後のbの後半の「旦朝雨、但向田。日中雨、屋裏眠（明け方の雨は晴れるが、日中の雨は一日やまないことをいう）」については、今のところ類似したものは探し出せていないが、前出の『孔氏談苑』にも、

大理少卿杜純云、京東人言、朝霞不出門、暮霞行千里。言、雨後朝晴、尚有雨也。須晩晴、乃真晴耳。

大理の少卿杜純が云く、京東の人の言に、朝霞には門を出でず、暮霞には千里を行くと。言ふこころは、雨後の朝晴には、尚雨有るなり。晩晴を須《ま》てば、乃ち真の晴れあるのみ。

と、朝夕の天候から、その後の天候を占う諺が見え、この諺もやはりこうした諺の一種で、三字一句のリズムを持っていたところから、先の諺と合わせて行われていたものであろう。

以上のように、『口遊』に載せられた占雨に関する諺は、同じ系統のものが中国の文献にもかなり見られ、それらは中国の知識人たちの随筆に「諺」「俗諺」として記録され、また農事に関する書物にも「諺」として載せられるところから、民衆、特に農民たちの間に俗諺として広まっていたものであろうと推測される。だが、これらの諺が中国の民衆の間ではポピュラーな存在であったとしても、『口遊』の撰者である源為憲にとってはどうであったのだろう。彼自身はこれらの諺を「大唐雨誦」と称している。これは固有名詞ではなく、おそらく「中国で行われている雨についてのとなえごと」というほどの意味で用いられているのであろうが、彼がどのようにしてこうした中国の民間の俗諺を知り得たのか、また貴族の子弟にとって必要な知識として、なぜそれをわざわざ『口遊』に記しているのかは、当時の貴族たちの〈俗的な中国文化〉――四書五経などの経学や詩文といった正統的なものからはずれた――の受容を考えるうえできわめて興味深い問題であろう。しかし、以前にこの箇所の注解を担当した時には、前掲の中国の諸文献に類似の諺は見いだせたものの、これらの文献はほとんど宋代以降のもので、為憲の時代には日本にもたらされておらず、為憲がどのようなルートでこれらの俗諺を知り得たのかは、不明とするほかはなく、『口遊注解』の注記には「この『大唐雨誦』なるものは、しかるべき典拠（舶載の占法の書や農事に関する書に掲げられていたもの）にもとづくものであろう」と記すにとどまっていた。また何故こうした農民向けの俗諺を、『口遊』に暗誦すべき誦句として取り上げたのかも、実のところよくわからなかった。ところが、「はじめに」に述べたように、近時たまたま大江匡衡の「賀雨」詩序にこの諺と密接に関連する辞句があることを知り、この諺が日本にもたらされた経緯や、当時の貴族たちにどのように意味を持っていたのかについて、新たな知見を得ることができたのである。以下、この点について述べてみたい。

二、大江匡衡の「賀雨」詩序の「東方朔之前言」と『口遊』の占雨の諺句

ここで取り上げる大江匡衡の「賀雨」詩序は、彼の詩集『江吏部集』巻上の天部に収められているものである。その全文を次に示そう（引用は群書類従本による）。

今年四月一日陰雨、八日大雨。信東方朔之前言、心恐*大旱。入五月以来久不雨。十一日公家班幣諸社祈雨。又是月相府依例被修法華三十講。於是、皇沢雲霑、忽救稼穡之艱難。法音雨洒、自致陰陽之燮理。於戯、君臣合体、朝野歓心。僕以紙為良田、以筆為耒耜。不独弄風月誇翰林主人之名、亦欲慕循良顕丹州刺史之志。以絶句二首題東閣之壁。

今年四月一日陰雨、八日大雨あり。東方朔の前言を信じ、心に大旱を恐る。五月に入りて以来久しく雨ふらず。十一日公家諸社に班幣し雨を祈る。又是の月相府例に依りて法華三十講を修せらる。是に於て、皇沢雲《くも》霑《うるほ》ひ、忽ち稼穡の艱難を救ふ。法音雨洒《あめそそ》ぎ、自ら陰陽の燮理《せふり》を致す。於戯《ああ》、君臣合体し、朝野歓心す。僕紙を以て良田と為し、筆を以て耒耜《らいし》と為す。独り風月を弄《もてあそ》び翰林主人の名を誇るのみならず、亦循良を慕《ねが》ひ丹州刺史の志を顕《あら》はさんと欲し、絶句二首を以て東閣の壁に題《しる》す。

＊恐―原文「怨」、意により改めた。

この詩序については、木戸裕子「江吏部集試注（四）[2]」（以下、「試注」と略称する）に取り上げられ、訓読や注が

なされている。私がこの詩序を顧みる機会を与えられ、『口遊』の占雨の諺との関連に気づいたのも、この「試注」によってである。「試注」の製作年次の考証によると、この詩序が作られたのは寛弘七年（一〇一〇）の可能性が高く、大江匡衡の晩年の作品であり、『口遊』の成立からは四十年後ということになる。この詩序の冒頭には「今年四月一日は陰雨（長雨）があり、八日は大雨であった。私は東方朔の前言を信じて、心秘かに大旱魃を恐れていた。はたして五月に入ってからこのかた、久しく雨が降らなかった」と記されている。「試注」では、この箇所については「東方朔之前言」に関して、

未詳。東方朔の天候に関する発言としては、「旱頌」「東方朔占」がある。「四月無三卯、旱。種麻」（「東方朔占」『全漢文』巻二五）

と注されているが、一見して明らかなように、この詩序冒頭の記述は『口遊』のaの占諺「一日雨、井水枯……（略）……八日雨、大雨大旱、小雨小旱」と深く結びついている。この年の四月一日に陰雨があり（「試注」に道長の『御堂関白記』寛弘七年四月一日条に「従夜部雨終日」〈「夜べより雨終日」と訓むか〉の記述があることを指摘）、これはaによると「井水枯」で旱魃の兆《きざ》しであるのに、そのうえさらに八日は大雨であったから、「大雨、大旱」という大旱魃の条件にも当てはまってしまう。そして、その通り五月に入って久しく雨が降らなかったというのであるから、匡衡が信じていたという「東方朔之前言」は、文章としては記されないものの、『口遊』aの「四月八日已前大唐雨誦」と、ほぼ同じ内容であったと推定される。為憲だけでなく、匡衡もまたこうした諺を知っており、さらに匡衡の場合には、実際に「四月の月初めの八日間の、どの日に雨が降ったか」についてあらかじめ注意しており、旱魃があることを予測し、内心心配していたというのである。

詩序には、その後五月十一日に朝廷から諸社への祈雨の班幣が行われ、藤原道長邸（相府）で行われた法華三十講の功徳もあって、幸いにも降雨を見、それを祝賀して丹波国守の立場にあった匡衡も自らの邸の東閣の壁に詩二

首を記したと、詩を制作した経緯と動機が述べられているが、こうした序の流れの中で、冒頭に置かれた四月一日の陰雨、八日の大雨とそれにまつわる「東方朔之前言」は、この年の旱魃が避けがたく、またひどいものとして、匡衡には事前に予測されていたことを読者に強く印象づけ、さらにそれだけの天災を免れることができた朝廷や摂関家（＝現政権）の威徳を讃えるうえで、重要な意味を持っていたといえよう。

三、「東方朔之前言」をめぐって

――逸書『東方朔書』との関連について――

匡衡の詩序に見え、『口遊』の「四月八日已前大唐雨誦」と深い関連を持つと思われる「東方朔之前言」であるが、木戸『試注』には、既述のように東方朔の天候に関する著作として「旱頌」「東方朔占」をあげ、『全漢文』に載せる『東方朔占』の逸文をあげる。この逸文の内容は「四月無三卯、旱。種麻（四月に三回卯の日が無い年は旱《ひでり》があるので、麻を種《う》えよ）」というものであり、東方朔の名を冠した書物にこうした旱魃に関する占諺が見える例として興味深い。もちろんこうした東方朔の名を冠する書物は、実際にすべてが彼の著作であるかどうかは疑わしく、この類の書物の常として、権威づけのために彼の名を冠したにすぎない可能性も高いが、一度世に出ると東方朔の名の下に権威を持って広く行われたことは想像に難《かた》くない。

中国の書目類には、『東方朔占』（『隋書』経籍志五行家〈二巻〉、『旧唐書』には『東方朔占書』〈一巻〉）、『東方朔歳占』（『隋書』経籍志五行家〈一巻〉）、『東方朔書』（『隋書』経籍志五行家〈二巻〉）、『東方朔書鈔』（『隋書』経籍志五行家〈二巻〉）、『東方朔暦』（『隋書』経籍志五行家〈一巻〉）、『東方朔占候水旱下人善悪』（『隋書』経籍志五行家〈一巻〉）など数々の東方朔の名を冠した占いの書物が掲げられている。

その中でも、注目されるのが、平安前期、寛平年間に成立したとされる藤原佐世編『日本国見在書目録』の五行家に「東方朔書十一巻」と記される『東方朔書』であろう。この書物は、また『令集解』に「東方朔書曰」として逸文が引用されており(3)、源為憲や大江匡衡が活躍するより以前の平安前期に既に日本にもたらされ、しかも実際に官人に利用されていたことが確実である。匡衡は、この書物により『口遊』のaの「四月八日已前大唐雨誦」と同内容の記事を知り、これを「東方朔之前言」と詩序において称している可能性が高いのではないか。『隋書』経籍志では「二巻」とあった巻数が、『日本国見在書目録』では「十一巻」と増加しており、もし誤写等が無ければ、『日本国見在書目録』に掲げられた、日本にもたらされていた『東方朔書』は、中国のものに比べて大きく増補されていたと推測される。おそらく『隋書』経籍志に載っていた本来の『東方朔書』をベースに、他の「東方朔……」と称する書物や、その他の占いや諺の書物からの記事を増補したものではなかろうか。

『本邦残存資料による漢籍逸文輯成』（京都大学人文研究所、一九六八年）第十三、五行類には『天文要録』や『天地瑞祥志』の両書から「東方朔」として引用される逸文が、かなりの量で集成されている。この「東方朔」がすべて『東方朔書』からの引用かどうかは今のところ明らかにできないが、特に注目されるのは、『天地瑞祥志』巻十二の雨に関する占諺を集めた条に、多くの「東方朔」の引用が見られるところから、この書には占雨にかかわる占諺がかなりたくさん採られていたと推測できる点である。例をあげれば、

正月三日小雨、廿日大雨。二月四日六七日小雨、廿日大雨。三月四八十日五日小雨、二十七日大雨。四月十三四日小雨、廿七日大雨。五月十日小雨、廿七日大雨。六月一廿一小雨、十五日廿四日大雨……（以下略）……

（『天地瑞祥志』巻十二・候雨条、以下、引用文の訓読は省略）

といった、各月の特定の日に小雨が降れば、その後の特定の日に大雨が降るという占諺や、

甲子日雨、丙寅止。乙丑雨、丁卯止。丙寅日、即日止。丁卯日雨、夕時止。戊辰日雨、夜半止。己巳日雨、立

止。庚午日雨、辛未止……（以下略）……　（同前）

といった、雨が降った日の干支によってその止《や》む時を知る占諺、

春甲午、夏丙午、秋庚午、冬壬午、此日雨者、其年悪、五穀不成、人民流亡。

（『天地瑞祥志』巻十二・四時雨条）

正月一日雨、七月有水。二日雨、六月有水。三日雨、五月有水。四日雨、四月有水……（以下略）……　（同前）

正月朔陰雨至三日、不見日、雷鳴疾風折木発屋、必有死君（者カ）。若二日无風雨、陰不見日、歳大美十倍之也。正晦二月朔有風雨、稲悪秋入米貴。二月晦三月朔有風雨、人民多疾病、春兵起。三月晦四月朔有風雨、人民多疾病、四月晦五月朔有風雨、其歳大水、麥悪……（以下略）……　（同前）

などの特定の日の雨の降り具合で、その年の天候や農作物の出来不出来、ひいては疫病・戦乱まで占う諺が記されていたことが知れる。

匡衡がいう「東方朔之前言」と同内容と想定される『口遊』のａの「四月八日已前大唐雨誦」と一致するものは、これらの「東方朔（書）」の逸文の中には残念ながら見い出せないが、これらの逸文の内容からみても、匡衡が拠《よ》り処《どころ》とした「東方朔之前言」は、これらの逸文の出処となった『東方朔書』、あるいはそこから抜粋されたものに拠った可能性がかなり高いと思われる。そして『口遊』に源為憲が「大唐雨誦」として引いたａｂの占諺もまた、この『東方朔書』にもとづいたものであった可能性が高いのではないだろうか。

仮にこの両者がそれぞれ『東方朔書』の同じ占諺をもとにしていたと想定してみると、為憲は『東方朔書』から諺を引くに際して、東方朔の権威にはこだわらず、単に中国で行われている占雨の誦句としてこれを扱ったのに対し、逆に匡衡はこの書に冠せられている「東方朔」の権威を重々しく利用して詩序を構成していることになる。おそらく、この違いは両人のこの書物に対する把握の仕方の差によるのではなく、幼童に占雨の知識としてこの占諺

を伝授すればよい『口遊』撰者為憲と、国司として旱魃を予測し得た自らの判断の根拠となった知識を、由緒・権威あるものとして述べなければならない詩序作者匡衡との、作者としての立場の違いからくるものと考えるべきであろう。

しかし、こうした作者としての立場の違いがあり、またともに同じ文献に拠《よ》ったかどうかも明らかでないとはいえ、為憲も匡衡も、中国から渡ってきたこの占雨の諺に大きな注意を払い、それを自らの著述の中で、読者に重要なものとして示していることに変わりは無い。既述のように、以前『口遊』の注解に携わったときには、なぜ上流貴族の子弟が知っておかねばならない天象に関する知識として、このような農事にかかわる民間の占諺が載せられているのか、いささか疑問に思ったことがあったが、匡衡の詩序を通して、やはり当時の貴族階級にとっても、こうした占諺はおろそかにできないものであったことが、理解できるようになった。最後にこの問題に言及しておきたいと思う。

四、占雨の諺と為政者たち
——まとめに代えて——

ここで匡衡の「賀雨」詩序に立ち返ってみると、この詩序の終わり近くに彼は次のように記していた。

僕紙を以て良田と為し、筆を以て耒耜《らいし》と為す。独り風月を弄《もてあそ》び翰林主人の名を誇るのみならず、亦循良を慕《ねが》ひ丹州刺史の志を顕《あら》はさんと欲す。

自分は文筆の業をもって農事に携わる者と同じように国のために働いている。そこで風流を弄び文章博士としての名を徒《いたず》らに誇るだけでなく、また良吏たることを願い丹波国司としての自分の志をここに明らかにしたい——この詩序の終わりに記されている、こうした一国の政事を預かる者としての自負が、この詩序の冒頭の「東方朔之言」と呼応しているのではないだろうか。風流文事にかかわらない、中国の農事に関わる占諺も、為政者である国司の立場としては、国の民たちのこれからの農事、ひいては今後の国家の経営に重要な意味を持つ貴重な典拠《よりどころ》である。

『口遊』において為憲が、冒頭の乾象門という天象に関する知識を授ける部門にこうした占諺を引くのも、この書が第一の対象読者としている松尾君に、将来国の政事に関与する者として、やはりこうした知識は知悉しておいて欲しいとの思いがあったからではないだろうか。(4)

『日本国見在書目録』の五行家には、『東方朔書』以外にも数多くの占いに関する舶載書の名が載せられている。文人・学者たちに重んじられた経書や史書、詩文集などが現在までよく伝わっているのに比べ、こうした占いの書物はその実用的な性格からそれほど大切に扱われることはなく、現在ではそのごく一部が伝わるにすぎない。しかし、小稿で取り上げた占雨の諺の事例を見ていると、中国から伝わったこれらの占書の類《たぐい》は、現代の私たちが想像する以上に、都の貴族社会においても、あるいは地方の国衙においても、広く浸透し、また医学書や本草書などと同様に、人間生活を営む上で、重い意味を持って用いられていたのではないかと思われてくるのである。

注

(1) 居処門に「雲太《うんた》、和二、京三〈之《これ》を大屋の誦と謂ふ〉」という誦句があり、「今案ずるに、雲太は出雲国城築《きづき》明神の神殿を謂ふ〈出雲郡に在《あ》り〉、和二は大和国東大寺大仏殿を謂ふ〈添上郡に在り〉、京三は大極殿を謂ふ」という注が施されている。日本の大きな建築物のベスト3を覚えるための誦句であり、大仏殿は二位（二）で、一位（太）は出雲大社の神殿であることが、ここから明らかになる（ちなみに「太」は「太郎」の「太」で「一番目」の意)。

（2）『文献探求』第37号（文献探求の会、一九九九年三月）所収。

（3）巻三「職員令」の「陰陽寮」の項の「天文、暦数、風雲気色を掌《つかさど》る」に対する注記の「釈云」に「東方朔書に曰く、正旦に雲気を瞻《み》、当年の豊倹災祥を知るなり」の引用が見られる。

（4）厳密にいえば、aの「四月八日已前大唐雨誦」のような、その年の大雨や旱魃などの政事《まつりごと》を左右するようなことを占う諺に、特にこうした意味あいが強く、bのように雲の行方や雨の降る時間帯から、これから雨がどうなるかを占う諺のようなものは、もう少し個人的《プライベート》な利便の為に供せられているものと思われる。

〔初出〕『梅花女子大学　文学部紀要』三十四号「比較文化編4」（二〇〇〇年十二月）に「『口遊』所引の中国の占雨誦句と大江匡衡の賀雨詩序の「東方朔之前言」――〈平安貴族の生活と中国文化〉素描・その一――」の題で掲載。

索引

凡例

以下の索引について、原則として各論考の初出例を示した。配列は現代仮名遣いの五十音順とする。論考内で同一の項目が重複する場合は、二例目以降を割愛している。

事項索引

書名索引《中国・日本》

・中国では辛亥革命以降、日本では明治時代以降の近現代の研究書・注釈書等は載録していない。

・漢訳仏典は《中国》の項に含めた。

作品名索引《中国・日本》

・中国では辛亥革命以降、日本では明治時代以降の近現代の研究論文等は載録していない。

・作品名の後ろには（ ）内に作者名を記した。主要な作者には次の略号を用いた。

白＝白居易
元＝元稹
劉＝劉禹錫
嵯峨＝嵯峨天皇
菅＝菅原道真
田＝嶋田忠臣
紀＝紀長谷雄

ただし、「詩経」や「古事記歌謡」中の作品のようにもともと民間歌謡で作者が不明の場合は、収録書名を（ ）内に記した。

和歌索引

・作者不明のものは、万葉歌は「作者未詳」、平安以降は「詠み人知らず」とした。

人名索引《中国・日本》

・中国では辛亥革命以降、日本では明治時代以降の近現代の人名は載録していない。

事項索引

あ行

か行

さ行

た行

書名索引

《中国》

あ行

か行

さ行

《日本》

作品名索引

《中国》

さ行

た行

な　行

は　行

ま　行

や　行

ら　行

わ　行

和歌索引

あ行

か行

さ行

た行

な行

は行

人名索引

《中国》

あ行

か行

■著者紹介

三木雅博（みき まさひろ）

一九五四年、和歌山県和歌山市生。

大阪市立大学大学院後期博士課程単位取得退学。

博士（文学）。

梅花女子大学教授。

〔専攻分野〕日中比較文学、平安朝文学。

〔主著〕『和漢朗詠集とその享受』（勉誠社、一九九五年）、『平安詩歌の展開と中国文学』（和泉書院、一九九九年）、『紀長谷雄漢詩文集並びに漢字索引』（和泉書院、一九九二年）、『和漢朗詠集現代語訳付き』（角川ソフィア文庫、二〇一三年）

以上単著

『上野本　注千字文注解』（和泉書院、一九八九年）、『諸本集成　仲文章注解』（勉誠社、一九九三年）、『口遊注解』（勉誠社、一九九七年）、『孝子伝注解』（汲古書院、二〇〇三年）、『太公家教注解』（汲古書院、二〇〇九年）、『菅家文草注釈文章篇　第一冊』（勉誠出版、二〇一四年）、『和漢朗詠集古注釈集成　第一巻』（大学堂書店、一九九七年）

以上共著

研究叢書490

平安朝漢文学鉤沈

二〇一七年一二月三〇日初版第一刷発行
（検印省略）

著者　三木雅博

発行者　廣橋研三

印刷所　亜細亜印刷

製本所　渋谷文泉閣

発行所　有限会社　和泉書院

大阪市天王寺区上之宮町七－六
〒五四三－〇〇三七
電話　〇六－六七七一－一四六七
振替　〇〇九七〇－八－一五〇四三

ISBN978-4-7576-0858-0　C3395

研究叢書

栄花物語新攷 思想・時間・機構	渡瀬　茂著	471	一二〇〇〇円
鷹書の研究 宮内庁書陵部蔵本を中心に	三保忠夫著	472	二八〇〇〇円
伊勢物語校異集成	加藤洋介編	473	一八〇〇〇円
中世近世日本語の語彙と語法 キリシタン資料を中心として	濱千代いづみ著	474	九〇〇〇円
中古中世語論攷	岡崎正継著	475	八五〇〇円
紫式部日記と王朝貴族社会	山本淳子著	476	一二〇〇〇円
国語論考 語構成的意味論と発想論的解釈文法	若井勲夫著	477	九〇〇〇円
万葉集防人歌群の構造	東城敏毅著	478	一〇〇〇〇円
『保元物語』系統・伝本考	原水民樹著	479	一六〇〇〇円
近世寺社伝資料『和州寺社記』・『伽藍開基記』	神戸説話研究会編	480	一四〇〇〇円

（価格は税別）